Linda Howard
Gegen alle Gefahr

Liebesnächte in Mexiko

Das einsame Strandhaus

Zweimal Himmel und zurück

Die Farbe der Lüge

SILHOUETTE ™
Band 95045
1. Auflage: Juli 2013

SILHOUETTE ™ BÜCHER
erscheinen in der Harlequin Enterprises GmbH,
Valentinskamp 24, 20354 Hamburg
im Vertrieb von
MIRA® Taschenbuch

Copyright dieser Ausgabe © 2013 by Harlequin Enterprises GmbH
Geschäftsführer: Thomas Beckmann

Titel der nordamerikanischen Originalausgaben:

Midnight Rainbow
Copyright © 1986 by Linda Howington
erschienen bei: Silhouette Books, Toronto

Diamond Bay
Copyright © 1987 by Linda Howington
erschienen bei: Silhouette Books, Toronto

Heartbreaker
Copyright © 1987 by Linda Howington
erschienen bei: Silhouette Books, Toronto

White Lies
Copyright © 1988 by Linda Howington
erschienen bei: Silhouette Books, Toronto

Published by arrangement with
HARLEQUIN ENTERPRISES II B.V./S.àr.l.

Konzeption/Reihengestaltung: fredebold&partner gmbh, Köln
Umschlaggestaltung: pecher und soiron, Köln
Redaktion: Mareike Müller
Titelabbildung: Harlequin Enterprises S.A., Schweiz
Satz: GGP Media GmbH, Pößneck
Druck und Bindearbeiten: CPI – Ebner & Spiegel, Ulm
Printed in Germany
Dieses Buch wurde auf FSC®-zertifiziertem Papier gedruckt.
ISBN 978-3-86278-737-1

www.mira-taschenbuch.de

Werden Sie Fan von MIRA Taschenbuch auf Facebook!

Linda Howard

Liebesnächte in Mexiko

Roman

Aus dem Amerikanischen von
Emma Luxx

1. KAPITEL

*D*u bist wirklich zu alt für so einen Blödsinn, dachte Grant Sullivan verärgert. Warum zum Teufel kroch er hier herum, wo er sich doch geschworen hatte, nie mehr im Leben einen Dschungel zu betreten? Er war beauftragt worden, eine Tochter aus reichem Hause zu retten, aber jetzt, nach zwei Tagen, wurde er den Eindruck nicht los, dass die junge Dame gar nicht gerettet werden wollte. Im Gegenteil, sie schien ihr derzeitiges Leben, das aus Lachen, Flirten und am Swimmingpool in der Sonne brutzeln bestand, in vollen Zügen zu genießen. Morgens schlief sie lange, dann stand sie auf und setzte sich zum Frühstück in den mit Steinplatten belegten Patio, wo sie den neuen Tag mit einem Glas Champagner begrüßte, während ihr Vater mittlerweile fast von Sinnen war vor Sorge um seine Tochter, weil er die Befürchtung hegte, ihre Entführer könnten sie schlimmsten Folterqualen unterziehen.

Der Einzige, der hier gefoltert wird, bist du, dachte Grant mit wachsender Verärgerung und schlug um sich, um sich der Moskitos, die ein williges Opfer gefunden zu haben glaubten, zu erwehren. Der Schweiß lief ihm in Strömen über den Rücken, und seine Beine schmerzten vom langen Sitzen. Eben, als er seine Marschverpflegung heruntergewürgt hatte, war ihm wieder einmal aufgegangen, wie sehr er Marschverpflegung hasste. Die Schwüle bewirkte, dass sich seine Narben bemerkbar machten, und er hatte nicht wenige davon. Nein, es gab keinen Zweifel, er war definitiv zu alt für so einen Job.

Er war jetzt achtunddreißig und hatte gut die Hälfte seines Lebens irgendwo, in irgendeinem Krieg, verbracht. Mit der Zeit war er müde geworden, so müde, dass er sich schließlich nur noch gewünscht hatte, jeden Morgen in demselben Bett aufzuwachen. Er war ausgebrannt und sehnte sich nach nichts weiter als nach Ruhe.

Nicht, dass er sich nun in die Berge in eine Höhle zurückgezogen hätte, aber immerhin hatte er daran gedacht. Stattdessen hatte er sich eine heruntergewirtschaftete Farm in Tennessee gekauft und sie wieder auf Vordermann gebracht. Er war ausgestiegen und hatte sein altes Leben hinter sich gelassen, doch offensichtlich nicht weit genug, um nicht ab und zu aufgestöbert zu werden. Immer wenn bei einem Fall Dschungelerfahrung gefragt war, erinnerten sich seine ehemaligen Vorgesetzten beim Geheimdienst an Grant Sullivan.

Ein Geräusch auf dem Patio riss ihn aus seinen Gedanken, und er schob vorsichtig ein großes Blatt beiseite, um sein Gesichtsfeld zu erweitern. Da kam sie, leicht bekleidet wie stets, mit Sandaletten an den nackten Füßen, in der einen Hand einen kühlen Drink und in der anderen ein Buch. Ihr Gesicht war fast zur Hälfte von einer überdimensionalen Sonnenbrille verdeckt, doch als sie jetzt den Wachen lächelnd zuwinkte, während sie sich in den Liegestuhl am Pool gleiten ließ, sah er ihre Grübchen.

Verdammt noch mal, warum hatte sie unbedingt umherreisen und aller Welt ihre „Unabhängigkeit" beweisen müssen, anstatt schön brav zu Hause unter Daddys Fittichen zu bleiben? Dann wäre das alles nicht passiert, und er, Grant, säße jetzt nicht hier, sondern könnte in aller Gemütsruhe auf seiner Farm herumwerkeln. Aber anscheinend hatte sie ein bemerkenswertes Talent, sich in gefährliche Situationen zu bringen.

Verdammt noch mal, ihr schien gar nicht klar zu sein, dass sie eine zentrale Rolle in einer hässlichen Spionagegeschichte spielte, in die mindestens drei Regierungen und verschiedene revolutionäre Splittergruppen verwickelt waren. Sie alle waren auf der Suche nach einem verschwundenen Mikrofilm. Das Einzige, was ihr bisher das Leben gerettet hatte, war der Umstand, dass sich niemand so genau darüber im Klaren war, wie viel sie wusste. War sie in George Persalls Spionageaktivitäten verwickelt, oder war sie einfach nur seine Geliebte gewesen? Wusste sie, wo sich der Mikrofilm jetzt befand, oder hatte ihn Luis Marcel an sich gebracht? Sicher war nur, dass sich der Film noch kurz vor George Persalls Tod in dessen Besitz befunden hatte. Doch nachdem Persall einer Herzattacke erlegen war – und zwar in ihrem Schlafzimmer – war der Film nicht mehr auffindbar gewesen. Hatte Persall ihn bereits vorher an Luis Marcel weitergegeben? Marcel war zwei Tage vor Persalls Tod untergetaucht, ob mit oder ohne den Film, war ungeklärt. Die Amerikaner waren hinter besagtem Film nicht weniger her als die Russen und die Sandinisten sowie alle möglichen Rebellengrüppchen in Zentral- und Südamerika. Teufel noch mal, dachte Sullivan jetzt, wahrscheinlich sind sogar die Eskimos scharf auf das Ding.

Und wer hätte jemals gedacht, dass George Persall, ein honoriger Geschäftsmann, der vorwiegend in Costa Rica seine Geschäfte tätigte, in Spionageaktivitäten verwickelt war? Das Einzige, was an ihm von jeher auffällig gewesen war, war seine Schwäche für auffallend attraktive, langbeinige „Sekretärinnen", doch das war weiß Gott nichts Außergewöhnliches. Und dann war George, der zwar nicht mehr der Jüngste war, vor Gesundheit aber nur so strotzte, plötzlich einer

Herzattacke erlegen … und der Mikrofilm war verschwunden. Jetzt herrschte bei den Amerikanern Alarmstufe eins, weil sie befürchteten, dass die Informationen über eine neu entwickelte Laserwaffe, die sich auf dem Film befand, in unbefugte Hände fallen könnten.

Manuel Turego, der Geheimdienstchef von Costa Rica, hatte am schnellsten geschaltet, indem er sich, ohne lange herumzufackeln, Priscilla Jane Hamilton Greer geschnappt und sie auf seine schwer bewachte Plantage in Costa Rica verschleppt hatte. Vielleicht hatte er ihr ja weisgemacht, er würde sie in „Sicherheitsverwahrung" nehmen, und sie war möglicherweise naiv genug gewesen, ihm das abzukaufen und ihm dafür auch noch dankbar zu sein. Sicher war Turego schlau genug, um die Sache mit viel Fingerspitzengefühl anzugehen, denn zweifellos war ihm bekannt, dass Priscilla Jane Hamilton Greers Vater ein reicher Mann war, der zudem über eine Menge Einfluss verfügte. Turego hatte sich offensichtlich entschlossen abzuwarten, bis entweder Luis Marcel oder irgendeine Spur von dem Mikrofilm wieder auftauchte, und währenddessen hatte er Priscilla sozusagen als Unterpfand.

Nachdem James Hamilton erfahren hatte, dass sich seine Tochter in Turegos Gewalt befand, hatte er alle Hebel in Bewegung gesetzt, um sie freizubekommen, doch die amerikanische Regierung war wild entschlossen, ihre diplomatischen Beziehungen erst dann spielen zu lassen, wenn sich von Luis Marcel eine Spur gefunden hatte.

Da sich die Sache immer mehr in die Länge gezogen hatte, war James Hamilton schließlich verzweifelt genug gewesen, um die Angelegenheit selbst in die Hand zu nehmen, und so war er, Grant, ins Spiel gekommen. Hamilton hatte seine Verbindungen zum Geheimdienst genutzt, wo Grants ehemalige Kollegen ihm unter der Hand den Tipp gaben, sich an ihn zu wenden. Und er hatte sich idiotischerweise breitschlagen lassen, Priscilla Jane Hamilton Greer aus den Fängen ihrer Entführer zu befreien.

Sie hier auf der Plantage aufzuspüren, war geradezu lächerlich einfach gewesen, und Kell Sabin, dem Eiswasser statt Blut durch die Adern rann und den er noch aus alten Zeiten kannte, hatte ihm dabei gute Dienste geleistet.

So war er also jetzt hier im tiefsten Regenwald von Costa Rica. Dass die Grenze zu Nicaragua verdammt nah war, war nicht gerade ein Trost, weil umherschweifende Rebellentrupps, Revolutionäre oder auch einfach nur Terroristen die Gegend unsicher machten und man immer darauf gefasst sein musste, sich plötzlich einer Gruppe schwer bewaffneter Männer – oder auch Frauen – gegenüberzusehen. Priscilla jedoch schien diese Tatsache nicht im Mindesten zu berühren. Sie nippte Tag für Tag ungeachtet aller Gefahren, die im Dschungel lauerten, an ihren Eisdrinks und aalte sich in der Sonne.

Nun, er hatte genug gesehen. Heute Nacht würde er zuschlagen. Mittlerweile kannte er sowohl ihren Tagesablauf als auch den der Wachen bis ins letzte Detail und hatte sich seinen Plan genauestens zurechtgelegt. Das Einzige, was ihn störte, war, dass ihm nichts anderes übrig blieb, als ihn in der Nacht auszuführen, denn die Aussicht, hinterher mit ihr in der Finsternis durch den Dschungel zu stolpern, fand er nicht sonderlich erheiternd, aber eine andere Möglichkeit gab es nicht. Da sie morgens lange zu schlafen pflegte, würde sich niemand etwas dabei denken, wenn sie bis elf Uhr vormittags noch nicht aufgetaucht war. Bis dahin würden sie über alle Berge sein, weil Pablo sie mit seinem Helikopter kurz nach Sonnenaufgang an einer bestimmten Stelle, die sie genau abgesprochen hatten, einsammeln würde.

Grant rutschte vorsichtig auf Knien rückwärts tiefer in den Dschungel hinein, bis ihn ein dichter grüner Blättervorhang von dem Haus abschirmte. Erst dann richtete er sich auf und begann, aufmerksam nach Tretminen Ausschau haltend, um das Anwesen herumzuschleichen, um sich die örtlichen Gegebenheiten noch ein letztes Mal bei Tageslicht genau einzuprägen. Er wusste, wo Priscilla schlief, und er wusste auch, wie er in ihr Zimmer gelangen konnte. Der Zeitpunkt für die geplante „Entführung" hätte nicht günstiger sein können, denn Turego war gestern weggefahren und bis jetzt noch nicht wieder zurückgekehrt, und Grant hoffte inständig, dass sich das auch bis nach Einbruch der Dunkelheit nicht geändert haben würde.

Stunden später fand er sich an derselben Stelle wieder, an der er am Nachmittag gekniet und Priscilla beobachtet hatte. Mittlerweile war die Dunkelheit hereingebrochen, und der Dschungel spielte zu seinem nächtlichen Konzert auf, das Grant bestens vertraut war: Affen schnatterten, Nachttiere, die sich auf die Wanderschaft machten, zirpten und raschelten im Unterholz, und irgendwo, nah beim Fluss, schrie ein Jaguar, doch Grant schenkte ihm kaum Aufmerksamkeit, so zu Hause fühlte er sich hier.

Gegen Mitternacht erhob er sich und schlich die Route, die er im Kopf wieder und wieder zurückgelegt hatte, entlang. Er bewegte sich so geschickt im Dschungel, dass ihn die Tiere nicht als einen Eindringling in ihrem Reich wahrzunehmen schienen, was ihm die Möglichkeit gab, sich voll und ganz auf eventuell vorhandene Tretminen zu konzentrieren. Zu diesem Zweck hatte er einen langen Stock in der Hand, mit dem er den Boden vor sich behutsam abtastete. Als er die ersten Ausläufer der Plantage erreicht hatte, blieb er stehen, legte den Stock beiseite und kniete sich hin, um durch das Blätterwerk in die Richtung zu spähen, die er einzuschlagen gedachte. Aus dem Haus fiel ein schwacher Lichtschein auf die Wachen, die zwar auf ihrem Posten waren, aber vor sich hindösten – bis auf einen Mann, der am Zaun langsam auf- und abging. Sie schienen in dieser gottverlassenen Gegend nicht mit unerwünschten Besuchern zu rechnen, was sie zu einer Unachtsamkeit in hohem Maße verführte, wie Grant die vergangenen drei Tage bereits beobachten konnte. Und dennoch waren sie da, und die Gewehre, die sie bei sich trugen, waren zweifellos mit scharfer Munition geladen. Einer der wichtigsten Gründe, weshalb Grant die vergangenen achtunddreißig Jahre lebend überstanden hatte, war der, dass er einen Heidenrespekt hatte vor Schusswaffen. Leichtsinn und Tollkühnheit zahlten sich niemals aus, sondern konnten einen das Leben kosten. Er wartete. Die Nacht war sternenklar, deshalb blieb ihm keine Bewegung der Männer verborgen. Ihn störte die Helligkeit nicht, es gab noch immer genug Schatten, in dessen Schutz er sich bewegen konnte.

Der Wachposten an der linken Seite des Hauses hatte sich in der ganzen Zeit, in der Grant ihn beobachtet hatte, noch keinen Millimeter von der Stelle gerührt; offensichtlich schlief er den Schlaf des Gerechten. Der andere Wachmann, der bis jetzt auf- und abgegangen war, ließ sich nun auf den Boden nieder und lehnte sich mit dem Rücken gegen eine der Säulen am Vordereingang des Hauses. Der kleine rot glühende Punkt in Nähe seiner rechten Hand sagte Grant, dass er rauchte. Seinen Gewohnheiten zufolge konnte es nun nicht mehr lange dauern, bis er sich, nachdem er seine Zigarette ausgemacht hatte, seine Baseballkappe tief in die Stirn ziehen und sanft entschlummern würde.

Leise wie ein Geist verließ Grant das schützende Dickicht und huschte, von Busch zu Busch springend, auf das Haus zu. Einen Augenblick später hatte er, ohne das geringste Geräusch zu verursachen, die Veranda erklommen und drückte sich eng gegen die Hauswand, während er mit Blicken die Gegend absuchte. Alles blieb ruhig.

Priscillas Zimmer lag nach hinten hinaus. Es hatte eine große, doppelt verglaste Verandatür, die möglicherweise abgeschlossen sein würde, doch diese Tatsache bereitete ihm wenig Kopfzerbrechen. Mit

Schlössern kannte er sich aus. Er schlich auf die Tür zu und drückte die Klinke herunter. Sie ließ sich anstandslos öffnen. Ausgesprochen entgegenkommend von Priscilla.

Leise schob er die Tür Zentimeter für Zentimeter auf und schlüpfte lautlos durch den Spalt. Dann blieb er einen Moment stehen und wartete, bis sich seine Augen an die Dunkelheit gewöhnt hatten. Nach der mondhellen Nacht draußen erschien es ihm in dem Raum plötzlich so dunkel wie im tiefsten Dschungel.

Wenig später vermochte er bereits die ersten Umrisse zu erkennen. Das Zimmer war groß und geräumig eingerichtet, den Holzfußboden bedeckten Strohmatten. Das Bett, um das ein Moskitonetz gespannt war, befand sich an der Wand zu seiner Rechten. Durch das dünne Netz hindurch konnte Grant die Bettdecke sehen, unter der sich ein sanfter Hügel abzeichnete. Zu seiner Linken wurden die Schatten tiefer, aber er konnte eine Tür erkennen, bei der es sich wahrscheinlich um die Badezimmertür handelte, und an der Wand einen großen Kleiderschrank. Langsam und lautlos wie ein Panther tauchte er in den Schatten neben dem Kleiderschrank ein. Jetzt sah er neben dem Bett, in dem sie schlief, einen Stuhl, über dessen Lehne ein langes weißes Kleidungsstück hing, ein Nachthemd oder ein Morgenrock. Der Gedanke, dass Priscilla womöglich nackt schlafen könnte, entlockte ihm ein kleines, schiefes Grinsen, das jedoch keine wirkliche Belustigung enthielt. Angenommen, sie schlief tatsächlich nackt, würde sie sich wehren wie eine Wildkatze, wenn er Hand an sie legte, und ganz genau das konnte er im Moment gar nicht gebrauchen. Deshalb hoffte er zu ihrer beider Bestem, dass sie zumindest irgendetwas auf dem Leibe trug.

Er trat vorsichtig näher an das Bett heran, die Augen unablässig auf die schmale Gestalt unter der Bettdecke gerichtet. Sie lag so unnatürlich still da … Plötzlich stellten sich ihm die Nackenhaare auf, und bereits eine Sekunde später warf er sich zur Seite, sodass ihn der Handkantenschlag an der Schulter traf und nicht im Nacken. Er rollte über den Fußboden, und als er wieder auf die Füße kam, erwartete er, seinem Angreifer von Angesicht zu Angesicht gegenüberzustehen, doch er konnte niemanden entdecken. Nichts bewegte sich, nicht einmal die Frau im Bett. Grant versuchte irgendwelche Geräusche auszumachen, ein Atmen, Kleiderrascheln oder sonst etwas, aber da war nichts. Die Stille im Raum wirkte betäubend. Wo war der Angreifer? Wie Grant hatte er sich in den Schutz der Dunkelheit zurückgezogen.

Wer war er? Und was hatte er in dem Schlafzimmer der Frau zu suchen?

Vielleicht stand er ja neben dem Kleiderschrank. Dort war es so dunkel, dass man kaum die Hand vor Augen sehen konnte. Grant zog das Buschmesser an seinem Gürtel aus der Scheide, schob es jedoch gleich darauf wieder zurück. Seine Hände waren genug.

Da … es war nur eine winzige Bewegung, sie genügte jedoch, um den Mann in der Dunkelheit auszumachen. Grant duckte sich zum Sprung. Einen Moment später machte er einen Satz und riss die schlanke Gestalt, deren Schatten sich dunkel neben dem Moskitonetz abzeichnete, zu Boden. Diesmal traf ihn der Handkantenschlag am Kinn, doch es gelang ihm, seinen Widersacher zu überwältigen, ein Knie auf dem Fußboden, das andere auf seiner Brust. Gerade als er zum entscheidenden Schlag ausholen wollte, um den Kampf zu beenden, spürte er unter seinem Knie etwas seltsam Weiches. Plötzlich ging ihm ein Licht auf. Der so merkwürdig ruhig daliegende Körper unter der Bettdecke war gar kein menschlicher Körper, sondern nur ein Haufen Decken. Die Frau war aufgestanden, als sie ihn hatte hereinschleichen sehen. Aber warum hatte sie nicht geschrien? Warum hatte sie ihn angegriffen, obwohl ihr doch hätte klar sein müssen, dass er sie überwältigen würde? Er nahm sein Knie von ihrer Brust und legte eine Hand auf die weichen Hügel, um sich davon zu überzeugen, dass sie noch atmete. Er spürte, wie sich ihr Brustkorb hob und senkte, gleich darauf hörte er sie leise keuchen.

„Es ist alles in Ordnung", flüsterte er, doch plötzlich begann sie sich unter ihm zu winden, und eine Sekunde später schoss ihr Knie blitzschnell hoch und krachte so schmerzhaft in seine Magengrube, dass ihm für einen Moment die Luft wegblieb. Rote Spiralnebel tanzten vor seinen Augen, und seine Hand zuckte zu seinem Bauch, während er langsam zur Seite kippte.

Sie rappelte sich keuchend auf, und er erkannte undeutlich, wie sie nach einem dunklen, ausgebeulten Gegenstand griff und damit zur Verandatür hastete. Eine Sekunde später hatte die Dunkelheit sie geschluckt.

Der panische Schreck, der ihn durchfuhr, ließ ihn seinen Schmerz vergessen. Verdammt, sie versuchte auf eigene Faust zu entkommen. Sie war dabei, alles zu ruinieren! Hastig rappelte er sich auf und sprintete hinter ihr her.

2. KAPITEL

*J*ane versuchte mit den Augen die Dunkelheit zu durchdringen. Dort drüben musste sie hin. Jetzt floh sie weniger vor Turego als vor dem schwarzen Dämon, der versucht hatte, sie zu überwältigen. Sie rannte um ihr Leben. Seit Wochen hatte sie Pläne geschmiedet, wie sie Turego entkommen könnte, und nun war ihr Vorhaben auf eine ganz andere Art Wirklichkeit geworden, als sie erwartet hatte. Ihr Herz klopfte wie ein Presslufthammer, das Blut rauschte in ihren Ohren, und ihre Lungen schmerzten. Plötzlich fiel ihr auf, dass sie den Atem anhielt. Sie holte tief Luft und rannte weiter. In dem Moment, in dem sie ins schützende Buschwerk eintauchen wollte, stolperte sie über eine Wurzel und schlug lang hin. Nackte Panik ergriff von ihr Besitz. Oh, Gott, jetzt würde sie der Angreifer überwältigen. Das Blut gefror ihr vor Schreck in den Adern, doch noch bevor sie die Kraft fand, einen Schrei auszustoßen, fühlte sie eine Hand auf ihrem Rücken. Gleich darauf fiel sie in ein tiefes schwarzes Loch.

Als ihr Bewusstsein nach und nach zurückkehrte, war es ihr im ersten Moment unmöglich, sich zu orientieren. Was war mit ihr? Wo befand sie sich? Stand sie wirklich kopf, oder bildete sie sich das nur ein? Sie fühlte sich durchgeschüttelt, als säße sie auf dem Rücken eines Pferdes, und seltsame Laute drangen an ihr Ohr, Laute, die sie nicht einordnen konnte. Selbst wenn sie die Augen öffnete, sah sie nichts als rabenschwarze Finsternis. Es musste ein Alptraum sein, und zwar der schrecklichste Alptraum ihres Lebens. Sie versuchte, ihre Arme und Beine zu bewegen, um den Traum zu beenden, doch es wollte ihr nicht gelingen. Als sie ein paar Mal hilflos hin und herzappelte wie ein Fisch im Netz, versetzte ihr jemand einen harten Klaps auf den Po.

„Beruhigen Sie sich", drang eine schlechtgelaunte Stimme an ihr Ohr. Jane kannte die Stimme nicht, aber aus irgendeinem Grund gehorchte sie und hielt still.

Nach und nach gelang es ihr, die Dinge einzuordnen. Sie erkannte die Geräusche um sich herum wieder, und ihr wurde auch klar, dass sie nicht auf dem Rücken eines Pferdes saß, sondern über der Schulter eines Mannes lag, der sie durch den Dschungel schleppte. An Händen und Füßen war sie gefesselt, und in ihrem Mund steckte ein Knebel, sodass sie nur entweder summen oder grunzen konnte, wenn sie sich bemerkbar machen wollte. Da ihr nicht nach Summen zumute war, nutzte sie ihre eingeschränkte Stimmkraft zu einem hässlichen Grunzen, das ihre vornehme Mutter zum Erblassen gebracht hätte, um ihrer Meinung über den Mann, über dessen Schulter sie lag, Ausdruck zu verleihen. Wieder machte ihr Po Bekanntschaft mit der Handfläche des Mannes. „Seien Sie still", grollte die Stimme. „Sie klingen wie ein grunzendes Schwein am Trog."

Ein Amerikaner, dachte sie verblüfft. Er war Amerikaner. Bestimmt war er gekommen, um sie zu retten. Andererseits, wenn er die Absicht gehabt hätte, sie zu retten, wäre er dann wirklich so hart mit ihr umgesprungen, wie er es getan hatte? Wohl kaum. Als sie daran dachte, wie viele Gruppierungen hinter dem Mikrofilm her waren, überlief sie ein eisiger Schauer. Es hatte gar nichts zu sagen, dass er Amerikaner war, denn jedermann konnte sich schließlich einen Amerikaner für seine finsteren Zwecke anheuern.

Traue niemandem, nahm sie sich vor. Niemandem. Sie war in dieser Sache ganz auf sich allein gestellt.

Der Mann blieb stehen, ließ sie wie ein Paket von seiner Schulter rutschen und stellte sie auf den Boden. Jane zwinkerte, dann riss sie die Augen auf in der Anstrengung etwas zu sehen, doch es war so dunkel, dass sie nicht einmal die Hand vor Augen erkennen konnte. Wo war er? Was führte er im Schilde? Beabsichtigte er, sie mitten im Dschungel auszusetzen, damit die Jaguare sie zum Frühstück verspeisen konnten? Instinktiv nahm sie eine Bewegung wahr, konnte sie jedoch mit nichts in Zusammenhang bringen. Ein Wimmern stieg in ihrer Kehle auf, und sie versuchte sich zu bewegen, doch als sie ins Taumeln geriet, fiel ihr ein, dass sie ja an Händen und Füßen gefesselt war.

„Bleiben Sie stehen, verdammt noch mal!"

Also war er noch da. Und er konnte sie sehen. Wieso konnte er sie sehen, wenn sie ihn doch nicht sah? Egal, was er tat oder auch nicht tat, Jane war im Moment dankbar allein für seine Anwesenheit. Es gelang ihr nicht, ihre Panik vor der Dunkelheit zu überwinden, aber die bloße Tatsache, dass er bei ihr war, hielt sie zumindest in Grenzen. Sie gab ein leises Keuchen von sich, als er sie wieder hochhob, um sie sich erneut ohne das geringste Anzeichen von Anstrengung wie eine Gliederpuppe über die Schulter zu werfen.

Er bewegte sich mit traumwandlerisch anmutender Sicherheit durch die Finsternis. Ihr Kopf schlug rhythmisch gegen seinen Rücken. Vor und zurück. Vor und zurück. Als sie Übelkeit in sich aufsteigen fühlte, begann sie wie wild zu zappeln in dem verzweifelten Wunsch sich aufzurichten.

„Immer mit der Ruhe." Anscheinend war ihm nicht entgangen, wie sie sich fühlte, denn er blieb stehen und ließ sie sich langsam von der Schulter gleiten. Als sie schließlich auf ihren eigenen zwei Beinen stand, gelang es ihr nicht, ein Wimmern zu unterdrücken, weil ihr die Fesseln schmerzhaft in Arm- und Beingelenke schnitten. „Okay", sagte der Mann. „Ich nehme Ihnen die Fesseln ab. Aber wenn Sie Ärger machen, schnüre ich Sie zusammen wie einen gefüllten Weihnachtstruthahn und lasse Sie hier liegen, ist das klar?"

Sie nickte, wobei sie sich ein weiteres Mal fragte, wie er sie in der Dunkelheit sehen konnte. Denn offensichtlich konnte er das wirklich, weil er jetzt die Hand nach ihr ausstreckte und sie umdrehte, um ihr mit etwas, von dem sie vermutete, dass es ein Messer war, die Fesseln an den Handgelenken aufzuschneiden. Als er ihr anschließend die Arme zu massieren begann, schossen ihr vor Schmerz die Tränen in die Augen.

„Ihr Vater hat mich geschickt, um Sie hier rauszuholen", sagte der Mann, während er sie nun behutsam von dem Knebel befreite.

Ehe Jane den Versuch zu sprechen unternahm, bewegte sie erst einmal ihre schmerzenden Kiefer einige Male mühsam vor und zurück. „Mein Vater?", stieß sie schließlich heiser hervor.

„Ja. So, Pris, jetzt mache ich Ihnen die Fesseln an den Beinen auch noch ab, aber kommen Sie bitte nicht wieder auf die Idee, mir einen Fußtritt zu versetzen. Es würde Ihnen nicht gut bekommen." Obwohl sich seine Worte nur so dahingesagt anhörten, entging ihr doch nicht der drohende Unterton in seiner Stimme.

„Wenn Sie mich nicht betatscht hätten, hätte ich Ihnen auch keinen Fußtritt versetzen müssen."

„Ich habe Sie nicht betatscht, ich wollte nur sehen, ob Sie noch atmen."

„Davon haben Sie sich ziemlich gründlich überzeugt."

„Sie zu knebeln war eine verdammt gute Idee", gab er gelassen zurück, und Jane beschloss, zumindest fürs erste, besser den Mund zu halten. Sie konnte von ihm noch immer nicht mehr erkennen als einen vagen Umriss, aber seine Stimme klang entschlossen genug, um ihr zu verdeutlichen, dass er keine Hemmungen haben würde, sie erneut zu fesseln und zu knebeln, wenn er es für angebracht hielt.

Er schnitt nun auch ihre Fußfesseln auf und begann ziemlich unsanft ihre Fußgelenke zu massieren. Als er sie schließlich losließ, taumelte sie, und es dauerte einen Moment, ehe sich ihr Gleichgewichtssinn eingependelt hatte, da ihre Augen wegen der Dunkelheit nichts hatten, woran sie sich orientieren konnten.

„Wir haben es nicht mehr weit; bleiben Sie dicht hinter mir und verhalten Sie sich ruhig."

„Halt! Warten Sie!", flüsterte Jane verängstigt. „Wie kann ich Ihnen folgen, wenn ich Sie nicht sehe?"

Er nahm ihre Hand und legte sie an seine Taille. „Hier. Halten Sie sich an meinem Gürtel fest."

Sie tat, was er sagte, und krallte sich so fest in seinen Gürtel, dass er ein verärgertes Brummen von sich gab, doch sie dachte gar nicht daran, locker zu lassen. Nicht auszudenken, was ihr zustoßen könnte, wenn sie ihn hier mitten im stockfinsteren Dschungel verlieren würde.

Ihm mochte der Weg nicht weit erscheinen, Jane jedoch, die ständig über Wurzeln und Äste stolperte, kam er endlos vor. Endlich blieb er stehen. „Wir warten jetzt hier. Ein Stück weiter vorn ist eine Lichtung, aber wir gehen erst rüber, wenn ich den Helikopter höre."

„Den Helikopter?"

„Ja. Irgendwie müssen wir schließlich hier rauskommen."

„Und wann wird das sein?"

„Kurz nach Sonnenaufgang."

„Und wann ist das?"

„In einer halben Stunde."

Sich noch immer an seinen Gürtel klammernd, stand sie die nächste halbe Stunde hinter ihm und wartete darauf, dass die Sonne aufging. Die Minuten dehnten sich ins Endlose, doch so bekam sie Gelegenheit, sich zum ersten Mal darüber klar zu werden, dass sie Turego wirklich entkommen war. Sie war in Sicherheit und frei … nun, fast zumindest. Auf jeden Fall war sie Turegos Zugriff entronnen, und was diesen Mann hier vor ihr anbetraf, so wusste sie nicht recht, was sie von ihm halten sollte. Es konnte natürlich sein, dass ihr Vater ihn geschickt hatte, aber einen Beweis dafür gab es nicht. Alles, was sie hatte, war sein Wort, aber so naiv, sich auf das Wort eines Fremden zu verlassen, war sie nicht. Dazu war sie zu wachsam.

Da sie sich noch immer an seinem Gürtel festhielt, spürte sie, wie der Mann vor ihr begann, unruhig von einem Fuß auf den anderen zu treten. „Hören Sie, Honey, meinen Sie nicht, dass Sie meinen Gürtel jetzt langsam mal loslassen könnten?"

Jane spürte, wie sie errötete, und ließ hastig los. „Oh, entschuldigen Sie", flüsterte sie. „Ich war mir gar nicht bewusst, dass ich mich noch immer an Ihnen festhalte." Sie stand einen Moment wie erstarrt mit hängenden Armen da, dann fühlte sie Panik in sich aufsteigen. Sie konnte ihn in der Dunkelheit nicht sehen, sie hörte ihn nicht einmal atmen, und nun, da sie sich durch die Berührung nicht länger vergewissern konnte, dass er da war, war sie sich seiner Anwesenheit plötzlich nicht mehr sicher. Was war, wenn er sie allein gelassen hatte? Die Luft kam ihr auf einmal so stickig vor, dass sie Mühe hatte zu atmen. Sie war sich darüber im Klaren, dass ihre Reaktion irrational war, doch sie kam nicht dagegen an. Auch wenn sie die Quelle ihrer Angst kannte, half ihr das doch nicht, sie zu überwinden. Sie hatte Finsternis noch nie ertragen können, sie konnte im Dunkeln nicht einschlafen und betrat niemals ein Zimmer, ohne vorher das Licht einzuschalten, und wenn sie abends ausging und wusste, dass sie spät nach Hause kommen würde, ließ sie stets eine Lampe brennen. Und ausgerechnet sie, die immer ängstlich Vorsorge traf, sich niemals der Dunkelheit auszusetzen, stand nun hier inmitten einer so tiefschwarzen Finsternis, die es ihr nicht einmal erlaubte, die Hand vor Augen zu sehen, ganz so, als wäre sie blind.

Plötzlich spürte sie, wie ihre mühsam aufrecht erhaltene Selbstkontrolle zersplitterte, und sie streckte in panischer Angst die Hand nach dem Mann aus in dem Verlangen, sich an ihn zu klammern, um sich zu versichern, dass er noch da war. Ihre Finger tasteten Stoff, und im nächsten Moment hing sie von hinten an seinem Hals, schwer atmend in einer Mischung aus Angst und Erleichterung. Im selben Augenblick fühlte sie sich gepackt und durch die Luft gewirbelt, und gleich darauf fand sie sich auf dem Rücken liegend auf dem weichen Erdboden zwischen üppigen Farnen, die ihr übers Gesicht streichelten, wieder. Noch ehe sie eine Bewegung machen konnte, ja noch bevor sie überhaupt dazu kam, Atem zu holen, fühlte sie, wie ihr Kopf an den Haaren zurückgezerrt wurde, dann senkte sich ein Gewicht auf ihre Brust, das sie Sekundenbruchteile später als sein Knie erkannte. Sie hörte ihn über sich atmen, und seine Stimme war nicht viel mehr als ein leises Schnarren, als er jetzt sagte: „Fassen Sie mich nie – *nie* – wieder von hinten an."

Jane wand sich unter ihm und versuchte, sein Knie wegzuschieben. Einen Moment später nahm er es weg und stand auf. Selbst über seiner Schulter liegend hatte sie sich besser gefühlt als eben, wo sie sich in der Dunkelheit allein gelassen glaubte. Deshalb streckte sie jetzt erneut die Hand nach ihm aus und umklammerte seine Knie, was ihn automatisch dazu veranlasste, ihr auszuweichen, doch sie hielt ihn mit Bärenkräften, die ihr die Angst verliehen, fest. Er stieß einen

Fluch aus und versuchte sein Gleichgewicht zu halten, schaffte es jedoch nicht und stürzte einen Augenblick später zu Boden.

Er lag so still, dass Jane Angst bekam. Was war, wenn er sich verletzt hatte? Wenn er so unglücklich mit dem Kopf auf dem Boden aufgeschlagen war, dass er ohnmächtig geworden oder – nicht auszudenken – vielleicht sogar tot war? So etwas war bereits vorgekommen. Sie hatte von derart unglücklichen Stürzen schon oft in der Zeitung gelesen. Mit zitternden Händen betastete sie seine Arme und Schultern und flüsterte schließlich verängstigt: „Mister, ist mit Ihnen alles in Ordnung?" Ihre Hände waren jetzt in seinem Gesicht und an seinem Kopf, um sich durch behutsames Tasten davon zu überzeugen, dass er nirgendwo eine Beule oder womöglich sogar eine offene Wunde davongetragen hatte. An seinem Hinterkopf spürte sie ein Gummiband, und als sie dessen Verlauf nach vorn verfolgte, ertastete sie über seinen Augen etwas, das sie für eine Brille hielt. „Sind Sie verletzt?", wiederholte sie mit gepresster Stimme, nachdem er ihr noch immer nicht geantwortet hatte. Mittlerweile schlug ihr das Herz vor Angst bis zum Hals. „Verdammt noch mal, antworten Sie mir!"

„Lady", kam es jetzt wütend zurück, „Sie sind wirklich total übergeschnappt. Wenn ich Ihr Daddy wäre, würde ich Turego noch Geld dafür zahlen, damit er sie nur ja behält."

Er war ein Wildfremder für sie, deshalb berührte es sie seltsam, dass seine Worte ihr einen kleinen Stich versetzten. Sie saß einen Moment ganz still da, erschrocken darüber, dass ein Mann, den sie gar nicht kannte, imstande war, ihre Gefühle zu verletzen.

Da sie ganz nah bei ihm saß, spürte sie, wie er sich jetzt aufsetzte, und da sie keine Anstalten machte, auf seine Bemerkung einzugehen, seufzte er. „Warum zum Teufel sind Sie denn vorhin auf mich drauf gesprungen?", fragte er, mittlerweile etwas besänftigt.

„Weil ich Angst vor der Dunkelheit habe", sagte sie mit ruhiger Würde. „Ich hörte Sie nicht mehr atmen, und konnte nicht mal die Hand vor Augen sehen. Ich bin in Panik geraten. Es tut mir leid."

Er hüllte sich einen Augenblick lang in Schweigen, dann erwiderte er kurz angebunden: „In Ordnung." Damit sprang er auf, beugte sich zu ihr herab und zog sie an den Handgelenken hoch. Jane trat noch einen kleinen Schritt näher an ihn heran.

„Sie können nur deshalb etwas sehen, weil Sie diese Brille aufhaben, stimmt's?"

„Ja. Es ist eine Infrarotbrille."

Als plötzlich ein Affe über ihren Köpfen zu kreischen begann, zuckte Jane erschrocken zusammen. „Haben Sie noch eine dabei?", fragte sie.

Sie spürte, wie er zögerte, und einen Moment später legte er ihr den Arm um die Schultern. „Nein, nur die eine. Machen Sie sich keine Sorgen, Pris, ich werde Sie ab jetzt nicht mehr loslassen. Und in ein paar Minuten wird es sowieso hell."

„Es geht schon wieder", versicherte sie ihm, und das stimmte wirklich. Jetzt, wo sie spürte, dass er da war, und wusste, dass sie nicht allein war, hatte sich ihre Panik verflüchtigt. Jahrelang hatte sie versucht, gegen ihre Angst anzukämpfen, doch ohne Erfolg. Es hatte begonnen, als sie neun Jahre alt war, und mittlerweile hatte sie gelernt damit zu leben, doch heute, in dieser Ausnahmesituation, in der sie keinen der Tricks, mit denen sie sich sonst über Wasser hielt, anwenden konnte, hatte sie die Nerven verloren. Es würde nicht wieder vorkommen. Der Mann, dessen Namen sie nicht einmal wusste, hatte ihr versprochen, sie festzuhalten, bis es hell war. Und dann würde auch gleich der Helikopter kommen, der sie zurück in die sichere Heimat brachte.

Ein paar Minuten später hatte sie tatsächlich das Gefühl, etwas mehr sehen zu können. So tief im Regenwald, wie sie im Moment waren, ging die Sonne nicht strahlend auf, weil das dichte Blätterdach das Eindringen der Sonnenstrahlen verhinderte. Jane wusste, dass es im Dschungel selbst um die Mittagszeit, wenn die Sonne am höchsten stand, düster war, doch mittlerweile konnte sie zumindest die Umrisse der üppigen Vegetation, von der sie umgeben waren, erkennen. Sie starrte verblüfft ein riesiges Gewächs an, das ihr eine Kreuzung zu sein schien aus einem Farn und einem Baum. Es hatte einen dicken knorrigen Stamm, über dem sich in mehr als acht Fuß Höhe eine dichte Krone aus Farnblättern wölbte. So etwas hatte sie noch nie in ihrem Leben gesehen.

„Offensichtlich können Sie jetzt wieder sehen", murmelte der Mann neben ihr, der sie anscheinend beobachtet hatte, nahm den Arm von ihrer Schulter und setzte seine Brille ab, um sie anschließend sorgfältig in seinem Marschgepäck zu verstauen.

Jane starrte ihn mit unverhüllter Neugier an, wobei sie sich noch mehr Licht wünschte. Das wenige, was sie von ihm sah, reichte jedoch aus. Er sieht gefährlich aus, durchfuhr es sie, wobei ihr ein wohliger Schauer den Rücken hinabbrann. Sie konnte die Farbe seiner Augen nicht erkennen, doch das Glitzern, das in ihnen lag, entging ihr nicht. Sein Gesicht war braun gebrannt, was die Augen noch leuchtender erscheinen ließ. Das volle dunkelblonde Haar war entschieden zu lang, und um zu verhindern, dass es ihm in die Augen fiel, hatte er sich ein Stirnband umgebunden. Bekleidet war er mit einem schwarz getigerten olivgrünen Tarnanzug, dessen Hosenbeine er in seine kniehohen schwarzen Stiefel gesteckt hatte. Er bot das Bild eines Kriegers, das noch unterstrichen wurde von dem Buschmesser und der Pistole an seinem Gürtel sowie dem Gewehr, das er über der rechten Schulter trug. Ihr überraschter Blick wanderte hinauf zu seinem Gesicht, dessen stark ausgeprägte Züge keinerlei Gefühlsregung erkennen ließen, obwohl er sich ihrer ausführlichen Musterung zweifelsohne bewusst war.

„Sie sind ja bestens ausgerüstet", bemerkte sie.

„Mein Motto heißt: Allzeit bereit."

Nun, er sah wirklich so aus, als sei er für alle Eventualitäten gerüstet. Sie ließ ihren Blick erneut über ihn hinwegwandern, aufmerksamer diesmal; er war bestimmt weit über einsachtzig groß und sah aus wie ... wie ... sie kramte einen Augenblick nach einem passenden Vergleich und hatte ihn gleich darauf gefunden. Sie fand ihn zwar schief, aber treffend. Er sah aus wie eine gut geölte, hervorragend funktionierende Kampfmaschine, kein Gramm Fett, nur stahlharte Muskeln und straffe, glänzende Haut über den Knochen. Seine Schultern waren ungeheuer breit, weshalb es sie jetzt auch nicht länger verwunderte, dass er sie den ganzen Weg durch den Dschungel hatte tragen können, ohne auch nur den Hauch einer Anstrengung zu zeigen. Er hatte sie zweimal zu Boden geschickt, und der einzige Grund dafür, dass er sie nicht ernsthaft verletzt hatte, war wohl der, dass er seine Körperkraft wohldosiert einzusetzen wusste.

Einen Augenblick später entzog er sich abrupt ihrem Blick und hob den Kopf. Seine Augen verengten sich, während er lauschte. „Der Helikopter ist im Anflug. Lassen Sie uns gehen."

Jane lauschte ebenfalls, doch sie hörte nichts. „Sind Sie sicher?", fragte sie zweifelnd.

„Ich sagte, wir sollen gehen." Seine Stimme klang ungeduldig, er wandte sich zum Gehen. Jane brauchte ein paar Sekunden, ehe ihr klar wurde, dass er gleich hinter der üppigen Vegetation verschwunden sein würde, wenn sie sich nicht beeilte.

„He, warten Sie!", rief sie erschrocken aus und hielt ihn am Gürtel fest.

„Dann bewegen Sie sich endlich", befahl er mitleidlos. „Der Helikopter wird nicht ewig warten; Pablo pflegt es eilig zu haben."

„Wer ist Pablo?"

„Der Pilot."

Jetzt drang ein leises, fast unhörbares Brummen an ihr Ohr, und es dauerte noch immer einen Moment, ehe sie es mit dem Motor eines Hubschraubers in Verbindung bringen konnte. Wie war es ihm möglich gewesen, es schon so viel früher zu hören? Er schien extrem geschärfte Sinne zu haben.

Er bewegte sich geschmeidig und sicher. Da Jane sich auf den Weg konzentrierte, schenkte sie ihrer Umgebung keine Beachtung, sodass sie, als sie aufschaute, überrascht war, dass sie auf einer kleinen Anhöhe standen, von der aus sie auf eine Lichtung schauen konnten. Dort stand mit langsam kreisenden Propellern der Helikopter.

„Besser als ein Taxi", murmelte Jane erleichtert und ging schneller.

Seine Hand legte sich schwer auf ihre Schulter und riss sie zurück.

„Still!", befahl er, während er mit zusammengekniffenen Augen die Umgebung absuchte.

„Stimmt irgendwas nicht?"

„Halten Sie den Mund!"

Jane starrte ihn an, verärgert über seine unangemessene Grobheit, während seine Hand ihre Schulter noch immer so fest umklammerte, dass es fast schon an Schmerz grenzte. Der Griff erschien ihr wie eine Warnung, dass er sie, falls sie Anstalten machen sollte, die Sicherheit des Dschungels ohne seine ausdrückliche Genehmigung zu verlassen, entschlossen war, sie notfalls auch mit Gewalt zurückzuhalten.

Die Minuten zerrannen zäh. Der Pilot begann unruhig zu werden, er verrenkte sich fast den Hals in dem Versuch, mit Blicken das Dickicht des Dschungels zu durchdringen. Gleich darauf schaute er auf seine Armbanduhr, um anschließend seine Aufmerksamkeit wieder dem Regenwald zuzuwenden, wobei er von Sekunde zu Sekunde sichtlich nervöser wurde.

Jane fühlte die Spannung, die von dem Mann neben ihr ausging. Was stimmte nicht? Wonach hielt er Ausschau, worauf wartete er? Er stand bewegungslos da, wie ein Jaguar, der seine Beute nicht aus den Augen lässt.

„Verfluchter Mist", murmelte er plötzlich und zog sie wieder in den Dschungel zurück.

„Was ist denn?"

„Warten Sie hier und rühren Sie sich nicht von der Stelle." Er befahl ihr, sich hinter einen großen Baum zu ducken, und gleich darauf war er weg. Plötzlich war er mit dem Dschungel verschmolzen, so rasch und unmerklich, dass es ihr zuerst entgangen war. Sie fuhr herum, konnte jedoch nichts sehen, nicht einmal schwankende Blätter.

Sie ließ sich auf dem Boden nieder, schlang die Arme um ihre Knie und starrte gedankenverloren vor sich hin. Ein grünes Stöckchen mit Beinen schleppte eine große Spinne ab. Was war, wenn der Mann nicht mehr zurückkam? Warum hatte sie ihn nicht nach seinem Namen gefragt? Und wenn ihm nun etwas passierte? Würde sie je wieder aus diesem Dschungel herauskommen?

Warten Sie hier, hatte er gesagt. Wie lange? Bis zum Lunch? Bis Sonnenuntergang? Oder bis zu ihrem nächsten Geburtstag? Männer drückten sich immer so ungenau aus. Und dieser spezielle Mann hier schien, was Konversation anbelangte, sowieso nicht besonders begabt zu sein. Still, Mund halten, stehen bleiben, aufstehen waren offenbar die einzigen Highlights in seinem Repertoire.

Was für ein riesiger Baum, unter dem er sie da abgestellt hatte. Der Stamm lief in ein gewaltiges Wurzelwerk aus, das sich über den Boden breitete wie Arme.

Die Riemen ihres Rucksacks schnitten in ihre Schultern ein, deshalb nahm sie ihn ab und streckte sich. Dann zog sie sich den Rucksack heran und begann, nach ihrer Haarbürste zu kramen. Dass sie diesen Rucksack zufälligerweise in dem großen Schrank in ihrem Zimmer gefunden hatte, war ein großes Glück gewesen. Ansonsten hätte sie die Dinge, die sie sich im Lauf der Wochen für ihre Flucht vom Mund abgespart und heimlich gehamstert hatte, in eine Decke einwickeln müssen.

Als sie den Kopf hob, sah sie über sich in den Zweigen einen kleinen Affen schaukeln, der mit beleidigtem Gesicht auf sie herabschaute. Wahrscheinlich war er böse, dass sie in sein Territorium eingedrungen war. Sie winkte ihm freundlich zu.

Sich zu ihrem Weitblick gratulierend, steckte sie das Haar hoch und kramte eine schwarze Baseballkappe aus dem Rucksack, die sie sich nun aufsetzte. Sie zog den Schirm tief über die Augen herunter, gleich darauf schob sie ihn wieder zurück. Es gab keine Sonne hier drin. Wenn sie nach oben schaute, sah sie zwar helle leuchtende Pünktchen in dem dichten Blätterdach, doch unten am Boden herrschte nur ein diffuses, gefiltertes Licht.

Wie lange mochte sie nun schon hier sitzen? War er in Schwierigkeiten?

Weil ihre Beine einzuschlafen drohten, erhob sie sich und stampfte ein paar Mal auf dem Boden auf, um ihre Blutzirkulation anzuregen.

Die Warterei verunsicherte sie, und plötzlich hatte sie das Gefühl, dass gleich etwas passieren würde. Jane war ein sensibler Mensch, der die Atmosphäre um sich herum wie ein Barometer erspürte. Sie bückte sich nach ihrem Rucksack und hängte ihn sich um.

Als eine Maschinengewehrsalve die Stille zerriss, wirbelte sie herum. Das Herz klopfte ihr in der Kehle. Zu Tode erschrocken lauschte sie dem Stakkato der Schüsse. O Gott, auf wen mochte da geschossen worden sein? Etwa auf ihren Retter? Es wäre nicht auszudenken.

Plötzlich wurde ihr kalt, und als sie auf ihre Hände schaute, bemerkte sie, dass sie zitterten. Und nun? Sollte sie warten oder wegrennen? Aber wegrennen – wohin? Und was war, wenn er Hilfe brauchte? Rasch wurde ihr klar, dass sie ihm natürlich keine große Hilfe sein würde, da sie unbewaffnet war, und dennoch konnte sie ihn nicht einfach im Stich lassen. Er war zwar nicht unbedingt der liebenswürdigste Mann, den sie in ihrem Leben kennengelernt hatte, und im Grunde genommen traute sie ihm nicht einmal richtig über den Weg, aber immerhin war er im Moment der beste und einzige Freund, den sie hatte.

Obwohl ihr ihre Füße nicht recht gehorchen wollten und ihr Magen ihr vorkam, als sei er verknotet, verließ Jane den Schutz des Baumriesen und bahnte sich vorsichtig ihren Weg durch den Dschungel. Jetzt hörte sie nur noch sporadische Schüsse, die alle aus derselben Richtung kamen.

Plötzlich drangen weit entfernt Stimmen an ihr Ohr. Von Panik erfüllt, huschte sie hinter den nächsten Baum. Die raue Rinde bohrte sich in ihre Handflächen, als sie sich gegen den Stamm lehnte und vorsichtig dahinter hervorspähte.

Da legte sich eine harte Hand über ihren Mund. Ihr Schrei wurde in der Kehle erstickt. „Verdammt noch mal, ich habe gesagt, Sie sollen sich nicht von der Stelle rühren."

3. KAPITEL

*J*ane, die noch immer seine Hand über dem Mund hatte, starrte ihn mit aufgerissenen Augen an, und nach und nach verwandelte sich ihr Schreck in Erleichterung vermischt mit Ärger. Dieser Mann missfiel ihr. Er missfiel ihr ganz entschieden, und das würde sie ihm, sobald dieses Chaos hier vorbei war, auch sehr deutlich zu verstehen geben.

Schließlich nahm er seine Hand weg und drückte Jane wortlos an den Schultern nach unten, bis sie auf Ellbogen und Knien war. „Kriechen!", befahl er heiser flüsternd und deutete nach links.

Jane tat, was er sagte, und bemühte sich nach Kräften, das stachlige Unterholz zu ignorieren, und selbst als sie auf irgendetwas widerlich Glitschiges stieß, fühlte sie sich nicht sonderlich beunruhigt. Jetzt, wo er wieder da war, hatte sie das Gefühl, dass ihr nichts zustoßen konnte. Was er auch sonst für Fehler haben mochte, zumindest kannte er sich hier aus.

Er klebte ihr buchstäblich an den Fersen und scheuchte sie erbarmungslos vorwärts, wenn er der Meinung war, dass sie sich zu langsam bewegte. Als sie sich nach einiger Zeit an den Fußknöcheln gepackt und zurückgezerrt fühlte, verharrte sie und wandte den Kopf. Da sah sie in einiger Entfernung zu ihrer Rechten den Soldaten mit einem Maschinengewehr im Anschlag stehen. Er war, seinem Aussehen nach zu urteilen, lateinamerikanischer Abstammung, trug einen Tarnanzug und auf dem Kopf eine Baseballkappe. Offensichtlich versuchten sie, einen Bogen um ihn zu schlagen.

Einen Moment lang bewegten sie sich nicht. Dann spürte Jane, wie ihre Fußknöchel wieder freigegeben wurden, und die Hand, die an ihrer Hüfte lag, drängte sie erneut vorwärts. Schritt für Schritt ging es weiter.

Es dauerte nicht lange, dann lichtete sich der Regenwald, und das Sonnenlicht malte in einiger Entfernung helle Kringel auf den Boden. Er ergriff sie am Arm und zog sie hoch. „Rennen Sie, aber bewegen Sie sich so leise wie möglich", zischte er ihr ins Ohr und deutete nach vorn.

Na toll. Renn, aber renn leise. Sie schleuderte ihm einen bösen Blick zu, und dann rannte sie wie ein aufgescheuchtes Reh in die angegebene Richtung. Das, was sie an der ganzen Angelegenheit am meisten ärgerte, war, dass er nicht das geringste Geräusch verursachte, während ihre eigenen Füße sich in Schlagstöcke verwandelt zu haben

27

schienen. Ihr Körper begrüßte freudig erregt das bisschen Sonnenlicht, und sie fühlte, wie sie trotz der schlaflosen Nacht neue Energie durchströmte. Das Adrenalin schien ihr das Gewicht von den Schultern zu nehmen, und ihre Schritte wurden schneller und sicherer.

Nach einiger Zeit jedoch wurde der Busch wieder dichter, und sie mussten langsamer laufen. Nach fünfzehn Minuten veranlasste er sie zum Stehenbleiben, indem er ihr eine Hand auf die Schulter legte und sie hinter den dicken Stamm eines Dschungelriesen zog. „Ruhen Sie sich einen Moment aus", flüsterte er. „Die Schwüle wird Ihnen zusetzen, weil Sie nicht daran gewöhnt sind."

Bis zu diesem Moment war es Jane nicht aufgefallen, dass sie schweißüberströmt war, weil sie mehr damit beschäftigt gewesen war, ihre Haut zu retten, als sich über deren Feuchtigkeitszustand Gedanken zu machen. Erst jetzt bemerkte sie die unerträgliche Schwüle, die hier im Regenwald herrschte und die ihr das Atmen schwer machte. Sie wischte sich den Schweiß von der Stirn, der in den kleinen Kratzern, die sie sich zugezogen hatte, brannte.

Der Mann kramte eine Feldflasche aus seinem Marschgepäck. „Hier, nehmen Sie einen Schluck, Sie sehen aus, als könnten Sie ihn vertragen."

Die Vorstellung, wie sie wahrscheinlich aussah, entlockte ihr ein kleines Grinsen. Sie nahm die Feldflasche entgegen und nippte kurz, dann gab sie sie ihm wieder zurück. „Danke."

Er schaute sie verblüfft an. „Sie können ruhig mehr trinken."

„Danke. Mehr will ich nicht." Als sie ihn jetzt anschaute, stellte sie fest, dass seine Augen von einem eigenartigen Goldbraun waren, wie Bernstein. Sein Gesicht war ebenfalls schweißüberströmt, aber er rang nicht nach Atem. Wer und was auch immer er sein mochte, er machte seine Sache verdammt gut. „Verraten Sie mir Ihren Namen?", fragte sie ihn in der Hoffnung, dass ihn ein Name zumindest ein klein wenig greifbarer machen würde.

Er warf ihr einen argwöhnischen Blick zu, und sie spürte, dass es ihm nicht passte, etwas von sich preisgeben zu müssen. „Sullivan", gab er widerstrebend zurück.

„Ist das Ihr Vor- oder Ihr Nachname?"

„Mein Nachname."

„Und Ihr Vorname?"

„Grant."

Grant Sullivan. Der Name gefiel ihr. Er war nicht ausgefallen, nein, das bestimmt nicht. Nichts Modisches. Er klang hart und gefährlich, und das erregte sie sonderbarerweise irgendwie. Hart und gefährlich, aber nicht hinterhältig. Der Name sprach eine klare Sprache.

„Lassen Sie uns weitergehen", sagte er. „Wir müssen noch ein bisschen mehr Abstand zwischen die Hunde und die Füchse legen."

Gehorsam folgte Jane seiner Aufforderung, doch bereits nach wenigen Schritten musste sie feststellen, dass die Wirkung des Adrenalinschubs deutlich nachgelassen hatte. Sie fühlte sich plötzlich wie ausgelaugt. Deshalb stolperte sie, weil sich ihr Fuß in einer Liane verhakt hatte, aber Grant rettete sie geistesgegenwärtig vor dem Sturz. Sie dankte ihm mit einem kleinen Lächeln und versuchte, sich seinem Griff zu entziehen und weiterzugehen, doch er hielt sie fest. Er stand wie angewurzelt da und starrte mit unbewegtem Gesichtsausdruck auf einen Punkt über ihrer Schulter. Als sie den Kopf wandte, schaute sie in einen Gewehrlauf.

Sie fühlte, wie ihr der Schweiß zwischen den Schulterblättern hinabbrann. Einen schrecklichen Augenblick lang wartete sie auf den Schuss, doch der Moment ging vorbei, und sie war noch immer am Leben. Jetzt gelang es ihr, ihren Blick von dem Gewehrlauf zu lösen und ihn weiter nach oben wandern zu lassen. Sie starrte in das harte, dunkle Gesicht des Soldaten, der das Gewehr hielt und Sullivan mit zusammengekniffenen Augen fixierte. Jetzt sagte er etwas auf Spanisch, doch Jane war zu aufgeregt, um es zu verstehen.

Sullivan ließ Jane langsam und überlegt los und forderte sie, die Hände hebend, ruhig auf: „Gehen Sie einen Schritt zur Seite."

Der Soldat bellte ihm einen Befehl zu. Janes Augen weiteten sich vor Schreck. Sie war überzeugt davon, dass dieser Verrückte schießen würde, sobald sie auch nur mit der Wimper zuckte. Aber Sullivan hatte ihr befohlen zur Seite zu gehen, also ging sie zur Seite. Ihr Gesicht war so weiß, dass die kleinen Sommersprossen auf ihrer Nase hervortraten. Der Gewehrlauf zeigte jetzt auf sie, und der Soldat sagte wieder irgendetwas. Er ist nervös, erkannte Jane plötzlich. Seine Stimme klang angespannt, und seine Bewegungen waren fahrig. Großer Gott, wenn er nun aus Versehen an den Abzugshahn kam …! Einen Augenblick später schwenkte er die Waffe herum, sodass der Lauf wieder auf Sullivan zielte.

Sullivan führte etwas im Schilde. Jane spürte es deutlich. War er verrückt geworden? Der Soldat würde ihn beim geringsten Versuch der Gegenwehr kaltblütig erschießen. Sie starrte auf die Hand des Guerilleros, die das Gewehr hielt, und plötzlich fiel ihr etwas auf. Die Waffe stand nicht auf Automatik. Es dauerte noch einen Moment, bis ihr klar wurde, was das bedeutete, dann reagierte sie ohne nachzudenken. Ihr Körper, vom Ballett und unzähligen Selbstverteidigungskursen bestens durchtrainiert, neigte sich in einer fließenden Bewegung zur Seite, dann schoss ihr linkes Bein hoch und kickte den Gewehrlauf nach oben, sodass sich der Schuss, der jetzt losging, irgendwo, weit über ihnen in dem dichten Blätterdach des Regenwalds, verfing.

Eine zweite Gelegenheit bekam der Guerillero nicht, denn Grant war bereits bei ihm und entwand ihm mit der einen Hand das Gewehr, während er ihm mit der anderen einen Handkantenschlag ins Genick versetzte. Die Augen des Mannes wurden glasig, und einen Moment später sackte er lautlos zu Boden.

Grant schnappte sich Janes Arm. „Nichts wie weg hier! Schnell! Dieser Schuss ruft mit Sicherheit seine Gefährten auf den Plan."

Die Dringlichkeit in seinem Ton veranlasste sie zu umgehendem Handeln, obwohl sie sich fragte, ob sie überhaupt noch die nötige Kraft zum Wegrennen hätte. Ihre Beine waren schwer wie Blei, und ihre Stiefel schienen mehr als fünfzig Pfund zu wiegen, doch sie zwang sich, darüber hinwegzusehen; müde Muskeln hatten längst nichts so Unabänderliches an sich wie der Tod. Angetrieben von seiner Hand, die auf ihrem Rücken lag, stolperte sie über Wurzeln und Sträucher. Dornen zerkratzten ihre Haut, und ihre Lungen brannten, aber sie war so erschöpft, dass sie die Schmerzen nicht spürte.

Nachdem sie mit letzter Kraft eine Hügelkuppe erklommen hatte und den steilen, steinigen Abhang auf der anderen Seite hinunterschaute, fühlte sie sich plötzlich, als hätte ihr jemand den Boden unter den Füßen weggezogen. Ihr Kopf wurde leer, und sie schwankte. Grant streckte geistesgegenwärtig die Hand nach ihr aus in der Absicht sie aufzufangen, doch es war zu spät, sie stürzte bereits und zog ihn mit. Die Welt drehte sich vor ihren Augen, und als sie den Fluss, aus dem zerklüftete Felsen ragten, am Fuße des Abhangs sah, entrang sich ihrer Kehle ein heiserer Schrei. War es ihr Schicksal, an einem dieser Felsen zu zerschellen?

Grant, der instinktiv den Arm um sie gelegt hatte und dem die Gefahr nicht weniger deutlich vor Augen stand, versuchte fluchend den Fall abzubremsen, und gleich darauf rutschten Jane und er in halb sitzender Position abwärts. Grant grub seine Stiefelabsätze in das Erdreich, und ihr Sturz verlangsamte sich weiter, einen Augenblick später blieben sie sitzen. Einen Moment waren sie wie gelähmt.

„Pris?", fragte er dann heiser, legte ihr die Hand unters Kinn und sah sie an. „Sind Sie verletzt?"

„Nein, nein", versicherte sie ihm eilig, ihre Schmerzen ignorierend. Gebrochen war ihr rechter Arm bestimmt nicht, auch wenn er schrecklich wehtat; sie zuckte zusammen, als sie versuchte, ihn zu bewegen. Von ihrem Rucksack war ein Träger abgerissen, sodass er ihr jetzt einseitig über der rechten Schulter hing. Ihre Mütze war weg.

Er rückte das Gewehr an seiner Schulter gerade, und Jane fragte sich, wie er es angestellt hatte, es nicht zu verlieren. Ließ er nie etwas fallen oder verlor etwas, war er nie müde oder hungrig? Als sie daran dachte, dass sie bisher noch nicht einmal gesehen hatte, dass er aus seiner Feldflasche getrunken hatte, fiel ihr ihr Vergleich wieder ein. Natürlich, eine Kampfmaschine war weder hungrig noch durstig und ermüdete auch nicht.

„Meine Mütze ist weg", verkündete sie, während sie sich umdrehte und ihren Blick den steilen Abhang hinaufwandern ließ. Zwischen der Spitze und ihnen lagen mindestens dreißig Meter, und es grenzte an ein Wunder, dass sie den Felsen im Flussbett entgangen waren.

„Ich seh' sie." Er rappelte sich auf und kletterte behände wie eine Bergziege den Abhang ein Stück hinauf, um ihre Baseballkappe zu holen, die sich, wie Jane jetzt erst bemerkte, in den Zweigen eines Buschs verfangen hatte. Einen Moment später saß er wieder neben ihr und stülpte ihr die Mütze über den Kopf. „Meinen Sie, Sie schaffen's noch bis rüber auf die andere Seite?" Er deutete auf den Fluss. „Er ist nicht tief, wir können durchwaten."

Im Leben nicht, dachte sie. Ihr Körper weigerte sich, noch länger zu funktionieren. Sie schaute ihn an und hob das Kinn. „Selbstverständlich."

Er lächelte nicht, aber auf seinem Gesicht lag ein Ausdruck von Anerkennung.

„Wir müssen in Bewegung bleiben, sonst klappen wir zusammen", sagte er, nahm ihren Arm, zog sie hoch und drängte sie in Richtung Fluss. Sie kletterten die Böschung hinunter, und einen Moment später standen sie knietief im Wasser und wateten flussabwärts, während er bereits mit Blicken das gegenüberliegende Ufer nach einer zum Herausklettern geeigneten Stelle absuchte.

„Okay, lassen Sie uns dort raufgehen", sagte er schließlich und deutete nach vorn, doch so sehr sich Jane auch bemühte, sie konnte beim besten Willen keine Schneise entdecken, die ihnen ein Durchkommen ermöglichen würde.

„Also wirklich, ich weiß nicht …", erwiderte sie zweifelnd.

Er stieß einen Seufzer aus. „Hören Sie, Pris. Ich weiß ja, dass Sie müde sind, aber …"

Ob es die Übermüdung war oder die Anspannung, wusste sie nicht, auf jeden Fall rastete irgendetwas in Jane aus. Sie wirbelte herum und packte Grant vorn an seinem Hemd und schüttelte ihn. „Wenn Sie mich nur noch ein einziges Mal ‚Pris' nennen, mach ich Hackfleisch aus Ihnen, kapiert?" Ihre Augen schossen Blitze. Niemand, nicht ein einziger Mensch auf dieser Welt, hatte es jemals gewagt, sie Priscilla, Pris oder auch Cilla zu rufen, und dass er es tat, ging ihr schon von Anfang an auf die Nerven. Bisher hatte sie dazu geschwiegen, aber jetzt war sie müde und hungrig und verängstigt, und genug war genug!

Er reagierte so rasch, dass sie nicht einmal die Zeit hatte zu zwinkern. Seine Hand schoss vor und legte sich um ihre Faust, die noch immer sein Hemd umklammerte. „Sind Sie noch bei Trost? *Ich* habe Ihnen diesen Namen doch nicht gegeben. Wenn er Ihnen nicht passt, müssen Sie sich schon bei Ihren Eltern beschweren, bei mir sind Sie an der falschen Adresse. Aber bis dahin gehen Sie weiter, bitte!"

Und Jane schleppte sich weiter, obwohl sie überzeugt war, dass sie jeden Moment zusammenbrechen würde. Wie in Trance kletterte sie auf der anderen Flussseite ans Ufer, und jetzt, da sie das schier undurchdringliche Dickicht aus der Nähe sah, jagte es ihr einen unsäglichen Schrecken ein. Was konnte sich darin nicht alles verbergen! Angenommen, ein Jaguar hielt sich darin versteckt, würde sie ihn erst bemerken, wenn ihre Hand in seinem Maul steckte. Plötzlich erinnerte sie sich, dass Jaguare das Wasser liebten und sich die meiste Zeit in der Nähe eines Flusses oder eines Baches aufhielten, und sie schwor sich, sich an Grant Sullivan zu rächen für die Ängste, die sie seinetwegen ausstehen musste.

Nachdem sie schließlich unter unsäglichen Mühen die Böschung erklommen hatten, lichtete sich der Dschungel, und sie kamen besser voran. Jane hängte sich ihren Rucksack über die andere Schulter und zuckte zusammen, als sie versehentlich einen frischen Kratzer auf ihrem Arm streifte. „Wohin gehen wir eigentlich? Zum Helikopter?"

„Nein", erwiderte er kurz angebunden. „Der Helikopter wird beobachtet."

„Was waren das denn für Männer?"

Er zuckte die Schultern. „Keine Ahnung. Vielleicht Sandinisten. Wir sind hier nur einen Steinwurf weit von der nicaraguanischen Grenze entfernt. Dieser verdammte Pablo hat uns verkauft."

Jane machte sich nicht die Mühe nachzufragen, was das heißen sollte; sie war viel zu müde, als dass es sie besonders interessiert hätte. „Wenn wir nicht zu dem Helikopter gehen, wohin gehen wir dann?"

„Nach Süden."

Sie presste die Kiefer aufeinander. Diesem Mann eine brauchbare Information zu entlocken, war schwieriger als Zähneziehen. „Wohin nach Süden?"

„Nach Limon vielleicht. Im Moment gehen wir aber noch in Richtung Osten."

Jane kannte Costa Rica gut genug, um zu wissen, was im Osten lag, und dieser Gedanke behagte ihr gar nicht. Im Osten befand sich die Karibikküste, wo der Regenwald in ein trügerisches Sumpfgebiet überging. Wenn sie wirklich nur ein paar Kilometer von der nicaraguanischen Grenze entfernt waren, müssten es bis Limon, grob geschätzt, noch etwa hundert Meilen sein. Wie, um alles in der Welt, sollte sie in ihrem derzeitigen Zustand einen Fußmarsch von hundert Meilen hinter sich bringen? Und wie lange würden sie dafür benötigen? Vier oder fünf Tage? Und wie, bitte schön, sollte sie noch vier oder fünf weitere Tage mit Mr Sunshine durchstehen? Sie kannte ihn noch nicht einmal zwölf Stunden und taumelte schon jetzt am Abgrund des Todes entlang.

„Warum können wir nicht einfach geradewegs nach Süden gehen?"

Er deutete mit dem Kopf in die Richtung, aus der sie gekommen waren. „Weil *sie* dort sind. Es sind zwar nicht Turegos Leute, aber es steht zu befürchten, dass er dennoch erfahren wird, welche Richtung wir eingeschlagen haben. Wir müssen vorsichtig sein."

Das leuchtete ihr ein, auch wenn es ihr nicht gefiel. Sie war bisher niemals in der karibischen Küstenregion von Costa Rica gewesen, deshalb wusste sie nicht, was sie erwartete, aber giftige Schlangen, Alligatoren und Treibsand erschienen ihr immer noch besser als Turego. Und wegen der Sümpfe konnte sie sich Gedanken zu machen, wenn sie erst einmal dort waren. Mit diesem Vorsatz im Kopf wandte sie sich nun ihrem brennendsten Problem zu.

„Wann machen wir endlich Rast? Ich bin schon am Verhungern. Ganz zu schweigen davon, dass ich langsam wirklich dringend mal verschwinden müsste."

Um seine Mundwinkel zuckte es verräterisch. „Eine Pause können wir uns im Moment nicht leisten. Wenn Sie Hunger haben, müssen Sie schon im Laufen etwas essen. Und was Ihr zweites Problem anbelangt, gibt es dafür jede Menge geeigneter Bäume."

Nachdem sie einen Gewaltmarsch von mehreren Stunden hinter sich gelegt hatten, drohten Jane endgültig alle ihre Kräfte zu verlassen. Sie spürte ihre Beine nicht mehr, und der Schweiß rann ihr in Strömen über den ganzen Körper, ein Flüssigkeitsverlust, den auch der Inhalt von Grants Feldflasche nicht ausgleichen konnte.

Gerade als sie ihm sagen wollte, dass sie keinen einzigen Schritt mehr weitergehen konnte, blieb er stehen.

„Bleiben Sie hier, ich suche uns einen Unterschlupf. Es wird in Kürze anfangen zu regnen."

Jane zog sich ihre Mütze vom Kopf und wischte sich mit dem Unterarm den Schweiß von der Stirn. Woher wusste er, dass es demnächst anfangen würde zu regnen? Natürlich, im Regenwald regnete es fast jeden Tag, um das zu wissen, brauchte man kein Hellseher zu sein, aber sie hatte bis jetzt noch keinen Donner gehört.

Er kehrte nach kurzer Zeit zurück, nahm sie am Arm und führte sie zu einem Abhang, in dem sich eine kleine Höhle befand. Er schob sie hinein und begann dann in Windeseile mit großem Geschick, das Buschwerk über der Öffnung so zu arrangieren, dass es einen Moment später so gut wie regenundurchlässig war.

„Machen Sie es sich bequem", forderte er sie auf, während er sich neben ihr ausstreckte. Jetzt hörte sie in der Ferne ein leises Donnergrollen. Gleichviel, womit sich der Mann neben ihr auch seinen Lebensunterhalt verdienen mochte, auf jeden Fall kannte er sich im Dschungel aus, als wäre er hier geboren.

Grant zog jetzt seinen Rucksack zu sich heran. Anscheinend hatte er entschieden, die Wartezeit mit Essen zu überbrücken, denn nach einem Moment des Herumkramens förderte er zwei Büchsen zutage.

Jane beäugte sie misstrauisch. „Was ist denn das?"

„Essen."

„Was für Essen?"

Er zuckte die Schultern. „Keine Ahnung. Ich habe es mir noch nie näher angeschaut, und kann Ihnen nur den guten Rat geben, es genauso zu machen. Essen Sie es einfach."

Als er Anstalten machte, die Dose zu öffnen, legte sie ihm eine Hand auf den Arm. „Moment. Warum warten wir damit nicht, bis es unbedingt sein muss?"

„Es muss jetzt unbedingt sein", knurrte er ungehalten. „Wir *müssen* etwas essen."

„Ja, aber nicht unbedingt *das*."

Sein Gesicht nahm einen verzweifelten Ausdruck an. „Honey, entweder geben Sie sich mit dem hier zufrieden, und wenn nicht, kann ich Ihnen gern noch zwei weitere Büchsen gleichen Inhalts servieren."

„Wie ich sehe, mangelt es Ihnen an Gottvertrauen", gab sie zurück, während sie ihren Rucksack zu sich heranzog. Einen Moment später förderte sie ein kleines Paket, das in ein Geschirrtuch eingewickelt war, zutage. Triumphierend packte sie es aus und legte zwei zwar leicht zerdrückte, aber durchaus noch essbare Sandwiches auf das Geschirrtuch. Dann wandte sie sich erneut ihrem Rucksack zu und begann wieder darin herumzukramen. Errötend vor Freude und Stolz präsentierte sie Grant gleich darauf zwei Dosen Orangensaft. „Hier, nehmen Sie." Mit vergnügtem Gesicht reichte sie ihm eine Dose. „Ein Erdnussbutter-Marmeladensandwich und Orangensaft. Eine erstklassige Zusammenstellung: Proteine, Kohlehydrate und Vitamin C. Was wollen Sie mehr?"

Grant nahm ihr die Sachen ab und beäugte sie missmutig. Gleich darauf blinzelte er verblüfft, denn es geschah etwas für ihn völlig Überraschendes: Er lachte. Eigentlich war es gar kein richtiges Lachen, sondern eher ein rostiges Scheppern, aber es enthüllte seine gesunden weißen Zähne und ließ in seinen Augenwinkeln winzige Lachfältchen entstehen. Jane wurde es angesichts dieses Lachens ganz warm. Es war offensichtlich, dass er selten lachte; anscheinend hielt das Leben selten etwas für ihn zum Lachen bereit, und sie fühlte sich plötzlich glücklich, dass sie ihm einen Grund zum Lachen gegeben hatte, und traurig zugleich, dass er ansonsten so wenig zum Lachen hatte.

Während Grant auf seinem Sandwich herumkaute, spürte er, wie er sich zum ersten Mal seit dem Morgen entspannte.

Den letzten Bissen spülte er mit dem Rest seines Orangensaftes herunter, dann warf er Jane einen Blick zu, die sich gerade mit Hingabe die mit Marmelade beschmierten Finger ableckte. Anscheinend spürte sie, dass er sie anschaute, denn sie sah auf und schenkte ihm ein fröhliches Lächeln, bei dem ihre Grübchen zum Vorschein kamen, und wandte sich dann wieder ihren Fingern zu.

Ungehalten registrierte Grant, dass sein Körper begann sich vor Verlangen anzuspannen. Vor Verlangen nach ihr. Okay, sie hatte tatsächlich eine gehörige Portion Charme, das war eindeutig und nicht von der Hand zu weisen, und das überraschte ihn. Er hatte eine hilflose, verwöhnte, ständig herumnörgelnde junge Frau erwartet, doch sie hatte einen sprühenden Geist und viel Witz und dazu auch ausgesprochen gute Nerven. Auch angezogen war sie absolut vernünftig: Sie trug feste Stiefel und eine khakifarbene Hose sowie eine schwarze kurzärmlige Bluse. Und obwohl sie nicht unbedingt so aussah, als sei sie einem Modemagazin entsprungen, konnte er es nicht leugnen, dass es ein paar Momente gegeben hatte, als er hinter ihr hergegangen war, bei denen er sich von ihren runden festen Pobacken unter dem khakifarbenen Stoff abgelenkt gefühlt hatte.

Sie vereinigte eine Menge Widersprüche in sich. Obwohl zum Jet-Set gehörend, lebte sie doch so wild, dass ihr Vater sie Grants Wissen nach enterbt hatte, und außerdem war sie George Persalls Geliebte gewesen. Irgendwelche Anzeichen eines ausschweifenden Lebens konnte er allerdings in ihrem Gesicht nicht entdecken. Im Gegenteil, es war offen und unschuldig wie das eines jungen Mädchens, und die kindliche Freude am Leben leuchtete ihr aus den dunklen, leicht mandelförmig geschnittenen Augen. Ihr langes Haar war von einem so dunklen Braun, dass es fast schwarz wirkte, und fiel ihr in einer wirren Lockenpracht über die Schultern. Auf ihrer Nase tanzten ein paar Sommersprossen, und ihre Wangenknochen waren stark ausgeprägt. Man hätte glauben können, sie hätte einen winzigen Schuss indianisches Blut in sich. Ihr Mund war weich und voll, die Oberlippe etwas voller als die Unterlippe. Alles in allem war sie zwar keine klassische Schönheit, aber sie strahlte eine Frische und Lebendigkeit aus, neben der alle anderen Frauen, die er je kennengelernt hatte, verblassten.

Ganz sicher jedoch war er mit dem Knie einer ihm im Grunde genommen fremden Frau noch nie so intim gewesen wie im Moment mit ihrem.

Dieser Gedanke verärgerte ihn plötzlich. Konnte sie nicht ein bisschen aufpassen, dass sich ihre Knie nicht berührten? Woher nahm sie diese Unbefangenheit? Oder war es Berechnung?

Auf einmal war ihm die ganze Operation, auf die er sich eingelassen hatte, zuwider. Sicher, er hatte die Verantwortung übernommen, sie ihrem Vater wieder heil zurückzubringen. Das Unangenehme war nur, dass sich die Dinge nun nicht mehr ganz so einfach darstellten. In dem Moment, in dem er Pablo bei dem Helikopter gesehen hatte, war ihm klar gewesen, dass irgendetwas schief gelaufen war. Pablos Anspannung war an seiner Körperhaltung deutlich ablesbar gewesen. Hatte er gemeinsame Sache mit Turegos Leuten gemacht, oder hatte er ihn, Grant, warnen wollen? Er würde es wahrscheinlich nie erfahren.

Plötzlich erinnerte er sich daran, mit welcher Selbstverständlichkeit sie den Guerillero entwaffnet hatte. Die Tatsache, dass sie mit einer solchen Leichtigkeit agiert hatte, sagte ihm, dass sie gut durchtrainiert sein musste. Woher hatte ein verwöhntes Mädchen aus reichem Hause Kenntnisse in Selbstverteidigung? Ein weiteres Puzzleteil, das nicht passte. Er konnte ihr nicht trauen. Sie war nicht das, was sie zu sein schien, und das machte sie zu einer potenziellen Gefahr.

Er war ihr gegenüber wachsam, konnte jedoch seine Blicke nicht von ihr losreißen. Sie war so verdammt sexy, so üppig und exotisch wie eine Dschungelorchidee. Wie mochte es wohl sein, neben ihr zu liegen? Setzte sie die weichen Kurven ihres Körper ein, um einen Mann vergessen zu lassen, wer er war? Mit wie vielen Männern mochte sie wohl schon zusammengewesen sein? Hatte Turego ihretwegen womöglich auch den Kopf verloren? Hatte sie gar etwas mit ihm gehabt?

Nun, er würde sich auf jeden Fall nicht die Finger an ihr verbrennen. Warum sollte er auch? Das war sie nicht wert, auch wenn sie noch so schöne Augen hatte.

Sie gähnte und blinzelte ein paar Mal wie eine schläfrige Katze. „Ich glaube, ich werde versuchen, ein bisschen zu schlafen", kündigte sie an und streckte sich lang auf dem Boden aus, wobei sie ihren Arm als Kopfkissen benutzte. Sie schloss die Augen und gähnte erneut. Grant beobachtete sie mit zusammengekniffenen Augen. Ihre offensichtliche Anpassungsfähigkeit war ein weiteres Teil in dem Puzzle, das nicht zu passen schien. Eigentlich müsste sie jammern und stöhnen, wie unkomfortabel dieser erzwungene Ausflug sei, stattdessen rollte sie sich einfach wie ein Kätzchen auf dem Erdboden zusammen und machte ein Nickerchen. Okay, die Idee war nicht schlecht, ihm konnte ein bisschen Schlaf auch nichts schaden.

Grant schaute hinaus. Der Regen war in einen Wolkenbruch übergegangen, der auf das Blätterdach prasselte und den Boden des Dschungels wahrscheinlich bereits jetzt in einen reißenden Fluss verwandelt hatte.

Er streckte die Hand aus und berührte Jane an der Schulter, woraufhin sie sich aufrichtete und ihn mit schlafschweren Augen anschaute. „Rücken Sie ein bisschen, ich möchte mich auch hinlegen."

Sie machte ihm Platz, er schob die Rucksäcke beiseite und streckte sich neben ihr aus. Er lag auf dem Rücken, einen Arm unter dem Kopf, schloss die Augen und versuchte einzuschlafen. Jane drehte sich zu ihm um und warf ihm unter halb geschlossenen Augenlidern einen schläfrigen Blick zu. Sie sah sein scharf geschnittenes Profil mit der ganz leicht gebogenen Nase und registrierte die dünne Narbe an seiner linken Wange. Woher er sie wohl hatte? Wangen und Kinn waren von Bartstoppeln bedeckt, weil er sich einige Tage nicht rasiert hatte. Sein Bart war um einiges dunkler als sein Haar, ebenso wie seine Wimpern und seine Augenbrauen.

Der Regen hatte kühlere Luft mit sich gebracht, und Jane begann plötzlich zu frösteln. Instinktiv rutschte sie näher an Grant heran, dessen Körper noch immer eine Menge Hitze abstrahlte. Er war so warm, und sie fühlte sich so sicher ... so sicher hatte sie sich in ihrem Leben nur als kleines Mädchen gefühlt. Sie stieß einen wohligen Seufzer aus und entschlummerte.

Als das Trommeln des Regens nachließ, erwachte Grant. Es war, als würde man einen Lichtschalter anknipsen. Er war auf einen Schlag hellwach und wollte aufspringen, da bemerkte er, dass Jane halb auf ihm ruhte, ihr Kopf lag auf seinem Arm und eine Hand auf seiner Brust. Missmutig starrte er auf sie herab. Wie zum Teufel hatte sie es bewerkstelligt, sich ihm so weit zu nähern, ohne dass er aufgewacht war? Er hatte einen Schlaf wie eine Wildkatze, stets gefasst auf das kleinste Geräusch und die kleinste Bewegung – aber diese verdammte Frau hatte es doch tatsächlich geschafft, fast in ihn hineinzukriechen, ohne dass er es bemerkte. Sicher war sie enttäuscht, dachte er verärgert. Sein Ärger galt sowohl sich selbst als auch ihr, weil der Vorfall ihn mit der Nase darauf stieß, wie nachlässig er im vergangenen Jahr geworden war. Diese Nachlässigkeit konnte sie beide das Leben kosten.

Er lag bewegungslos da und war sich ihrer vollen Brüste, die sich in seine Seite drückten, nur allzu gut bewusst. Ihr Körper war weich und üppig, ihr rechtes Bein lag angewinkelt über seiner Hüfte. Alles, was er tun musste, war sich umzudrehen. Dann würde er sich zwischen ihren Schenkeln wiederfinden. O Gott! Die bloße Vorstellung trieb ihm den Schweiß auf die Stirn. Heiß würde sie sein, heiß und eng. Zähneknirschend registrierte er das Begehren, das nun mit Macht in seine Lenden schoss. Ja, er wollte sie. Er wollte sie nackt und sich unter ihm windend mit einer Leidenschaft, die sein Inneres nach außen stülpte.

Er musste sich bewegen, sofort, anderenfalls würde er Gefahr laufen, sie jetzt auf der Stelle, hier, auf diesem steinigen Boden, zu nehmen. Angewidert von sich selbst zog er den Arm unter seinem Kopf hervor, dann gab er ihr einen leichten Klaps auf die Schulter. „Wir müssen weiter", brummte er kurz angebunden.

*J*ane fuhr erschreckt aus dem Schlaf hoch und starrte ihn an. „Machen Sie das nie wieder!", fauchte sie fuchsteufelswütend.

„Was?", fragte er desinteressiert zurück und machte sich an seinem Rucksack zu schaffen.

„Mich schlagen. Ein einfaches ‚Aufwachen' genügt vollkommen."

Jetzt warf Grant ihr einen missbilligenden Blick zu. „Oh, ich bitte tausendmal um Verzeihung", gab er mit Hohn triefender Stimme zurück. „Lassen Sie mich noch mal von vorn anfangen. Also: Entschuldigen Sie bitte, Priscilla, aber die Ruhepause ist beendet, und wir müssen jetzt wirklich … he! Verdammt!" Er duckte sich gerade noch rechtzeitig, um ihrer Faust, die durch die Luft sauste, ausweichen zu können. Seine Hand schoss vor, und er fing ihr Handgelenk ein. „Was zum Teufel ist los mit Ihnen?" Sie hatte mit einer solchen Wucht ausgeholt, dass sie ihm mit Leichtigkeit das Nasenbein hätte brechen können.

„Ich habe Ihnen gesagt, dass Sie mich nicht so nennen sollen", wütete Jane und versuchte aufgebracht, sich aus seinem Griff herauszuwinden in der Absicht, erneut auszuholen.

Einen Moment lang rangen sie verbissen miteinander, dann gelang es Grant, sie zu Boden zu zwingen. Er nagelte sie mit den Handgelenken auf dem Boden fest und achtete diesmal tunlichst darauf, dass sie ihr Knie nicht zum Einsatz bringen konnte. Sie wand sich wie ein Aal unter ihm und versuchte mit aller Kraft ihn wegzustoßen, doch es gelang ihr nicht.

Er starrte wütend auf sie herunter und sagte: „Sie haben mir gesagt, dass ich Sie nicht Pris nennen soll."

„Nun, und jetzt sage ich Ihnen, dass ich auch nicht Priscilla genannt werden will", schäumte sie.

„Hören Sie, ich kann schließlich keine Gedanken lesen. Wie darf ich Sie also nennen?"

„Jane!", schrie sie ihn an. „Ich heiße Jane! Niemand hat mich *jemals* Priscilla genannt!"

„In Ordnung. Jetzt weiß ich Bescheid. Wenn Sie mich früher aufgeklärt hätten, wäre es zu diesem Missverständnis erst gar nicht gekommen. Aber hören Sie bitte auf, nach mir zu schlagen, ja? Ich könnte Ihnen sonst verdammt wehtun, und das wollen Sie doch nicht, oder? Also was ist, werden Sie sich anständig benehmen, wenn ich Sie jetzt loslasse?"

Jane fixierte ihn in stiller Wut, doch als das Gewicht seiner Knie auf ihren Armen unerträglich zu werden begann, sah sie sich veranlasst, klein beizugeben. „Meinetwegen", brummte sie verdrossen. Er stand auf und streckte ihr die Hand entgegen, um ihr ebenfalls aufzuhelfen; ein Umstand, der sie überraschte. Noch überraschender allerdings fand sie die Tatsache, dass sie die Hand, die er ihr darbot, auch tatsächlich annahm.

In seinen dunklen Augen tanzten plötzlich Fünkchen. „Jane, hm?", fragte er in vergnügtem Ton und schaute durch die Öffnung der Höhle, die er von dem Blätterschutz befreit hatte, hinaus in den Dschungel.

Sie warf ihm einen drohenden Blick zu. „Kommen Sie mir jetzt bloß nicht mit diesem ‚Ich-Tarzan-du-Jane-Blödsinn'", warnte sie ihn. „Damit haben sie mich in der Grundschule schon immer veräppelt." Sie machte eine kleine Pause, dann fuhr sie grollend fort: „Aber Jane ist immer noch besser als Priscilla."

Er gab ein Brummen von sich, das sie als Zustimmung deutete, und wandte sich dann wieder seinem Marschgepäck zu. Auch Jane begann, ihre Sachen zusammenzupacken. Er warf ihr einen Blick zu, sagte aber nichts. Besonders gesprächig scheint er ja nicht zu sein, dachte Jane. Und daran, dass sie sich näher kennenlernten, schien er auch nicht interessiert. Aber er riskierte schließlich sein Leben, nur um ihr zu helfen, und Rücksicht auf sie nahm er auch. Das war ihm hoch anzurechnen. In seinen Augen jedoch lag ein Ausdruck von Müdigkeit und Zynismus und Leere, der in Jane den Wunsch weckte, ihn in den Arm zu nehmen und zu beschützen. Als sie sich ihrer Gefühle bewusst wurde, schalt sie sich einen Dummkopf. Was für eine idiotische Vorstellung zu glauben, einen Mann beschützen zu müssen, der ganz offensichtlich sehr gut allein auf sich aufpassen konnte. Und dennoch, irgendetwas war da, dieses Misstrauen, das sich in seinen Augen spiegelte, kam ihr nur allzu bekannt vor, und plötzlich erinnerte sie sich wieder an die Zeit, als sie ein kleines Mädchen gewesen war und es nicht gewagt hatte, irgendjemandem zu vertrauen. Sie war schrecklich einsam gewesen damals, und sie wusste, was Einsamkeit war. Deshalb fühlte sie mit ihm. Weil sie die Einsamkeit in seinen Augen entdeckt hatte.

Nachdem sie zusammengeräumt hatten, schulterte er sein Marschgepäck und sah sie an. „Fertig?" Jane war gerade dabei, sich ihr Haar unter ihre Mütze zu stopfen, deshalb beugte er sich nach unten und griff nach ihrem Rucksack. Als er ihn hochhob, malte sich Überraschung auf seinem Gesicht. „Was zum Teufel haben Sie denn da alles drin?", brummte er verblüfft. „Der wiegt ja ein paar Pfund mehr als meiner."

„Alles, was ich brauche", gab Jane kurz angebunden zurück und nahm ihm den Rucksack aus der Hand, um ihn zu schultern.

„Zum Beispiel?"

„Alles eben", wiederholte sie stur. Plötzlich begann sie zu befürchten, dass er verlangen würde, sie solle ihren Rucksack auspacken, damit er die Dinge durchgehen und das aussortieren könnte, von dem er meinte, dass sie es nicht unbedingt brauchte. Deshalb presste sie jetzt die Kiefer hart aufeinander und starrte ihn trotzig an.

„Nehmen Sie den Rucksack ab", befahl er nach einem kurzen Schweigen und begann, sich sein Marschgepäck ebenfalls wieder abzuschnallen. „Wir tauschen. Ich trage Ihren und Sie meinen."

Sie hob das Kinn. „Ich kann meine Sachen selbst tragen."

„Hören Sie auf, mit dieser Herumstreiterei unsere kostbare Zeit zu verschwenden. Der Rucksack ist zu schwer für Sie. Sie werden dadurch zu schnell müde. Der Marsch durch den Dschungel ist ohnehin eine Ochsentour, auch ohne dass Sie sich so abschleppen. Geben Sie ihn mir, ich will nur rasch noch den Tragegurt annähen."

Sie sah ein, dass Widerspruch zwecklos war, deshalb schnallte sie sich den Rucksack jetzt widerstrebend wieder ab und reichte ihn ihm. Er hatte mittlerweile aus seinem Marschgepäck Nähzeug herausgeholt und begann nun, den abgerissenen Schulterriemen an ihrem Rucksack zu reparieren. Jane sah ihm ehrfürchtig zu. Das Einzige, was sie konnte, war einen Knopf anzunähen. „Lernt man bei der Army mittlerweile das Nähen?", fragte sie und trat einen Schritt näher an ihn heran, um ihn besser beobachten zu können.

Er warf ihr einen seiner abweisenden Blicke zu. „Ich bin nicht bei der Army."

„Vielleicht jetzt nicht mehr, aber Sie waren es, da möchte ich wetten."

„Das ist lange her."

„Und wo haben Sie dann nähen gelernt?"

„Einfach so nebenbei. Ist doch keine großartige Sache." Er biss den Faden ab, dann packte er Nadel und Garnrolle wieder weg und stand auf. „Also los, lassen Sie uns aufbrechen. Wir haben schon genug Zeit verschwendet."

Nachdem sie einige Stunden gewandert waren, gelangten sie wieder an einen Fluss, der nicht breiter war als der erste, aber tiefer. Das Wasser würde ihr an manchen Stellen wahrscheinlich bis zu den Hüften reichen. Sehnsüchtig auf das glitzernde Nass starrend, stolperte Jane über eine Wurzel und konnte sich gerade noch rechtzeitig abfangen, indem sie sich an einen Baum klammerte.

„Oh, igittigitt", stöhnte sie auf, als sie spürte, wie etwas Glitschiges unter ihrer Hand zerplatzte. Sie nahm die Hand von dem Baumstamm und sah, dass ihre Handfläche blutbeschmiert war.

Grant blieb stehen. „Was ist denn?"

„Ich hab irgendein Vieh zerquetscht." Jane versuchte, sich ihre Hand mit einem Blatt abzuwischen, aber das Blut ging nicht ganz ab. Angewidert starrte sie von ihrer Hand zu Grant. „Meinen Sie, ich kann mir meine Hand in dem Fluss abwaschen?"

Er schaute sich um, und seine bernsteinfarbenen Augen suchten rasch und sorgfältig die Umgebung diesseits und jenseits des Flusses ab. „Okay. Kommen Sie zu mir rüber."

„Ich kann hier runtergehen", gab sie zurück. Die Böschung war nicht besonders steil, und das Unterholz nicht dichter als anderswo. Sie bahnte sich vorsichtig ihren Weg über die Wurzeln eines Baumriesen mit ausladender Krone und lehnte sich für einen Moment gegen den Stamm, um sich den Schweiß von der Stirn zu wischen.

„Passen Sie auf!" Grants Stimme klang so scharf, dass Jane herumfuhr.

In diesem Moment stürzte etwas unglaublich Schweres wie ein Fallbeil auf ihre Schultern herab, etwas Langes, Glattes, Lebendiges, das ihr in Sekundenschnelle die Luft abdrückte. Sie stieß einen erstickten Schrei aus, und ihre Hand zuckte panisch zu ihrem Hals. „Grant!", kreischte sie in Todesangst. „Grant! Hilfe!"

Sie kam ins Taumeln, und ihre Hände krallten sich in dem verzweifelten Versuch, sich von dem Würgegriff zu befreien, in den Körper der Schlange, deren Muskeln sich anspannten. Gleich würde das Tier ihren Brustkorb zerquetschen. Janes Beine gaben unter dem Ansturm des ungeheuren Gewichts und vor Todesangst nach, und sie stürzte zu Boden. Wie durch einen dichten Nebelvorhang, der die Geräusche schluckte, hörte sie Grants Fluchen und ihre eigenen Schreie. Grüne Blätter, braune Baumstämme und knorriges Wurzelwerk, alles tanzte kaleidoskopartig vor ihren Augen, bis Grants Gesicht, seltsam verzerrt, über ihr auftauchte. Er schrie ihr etwas zu, aber sie konnte nicht verstehen, was er sagte; ihr ganzes Sinnen und Trachten war einzig darauf gerichtet, sich aus der tödlichen Umklammerung dieses Ungeheuers zu befreien. Indem sie sich über den Boden gewälzt hatte, war es ihr gelungen, einen Arm und eine Schulter freizubekommen, aber die Boa verstärkte jetzt ihren Würgegriff um Janes Brustkasten, der Kopf mit dem weit aufgerissenen Maul, aus dem die gespaltene Zunge blitzschnell hervorschoss und sich wieder zurückzog, war direkt vor ihrem Gesicht. Jane schrie und schrie und versuchte, den Kopf des Tieres mit ihrer freien Hand wegzuschieben, aber die Schlange drückte ihr die Luft ab, sodass ihre Schreie nicht mehr als ein raues Keuchen waren. Jetzt schoss eine große Hand vor und umklammerte den Kopf der Boa, und dann sah sie ein silbernes Aufblitzen.

Einen Augenblick später lockerte sich der Würgegriff etwas, fast so, als wende sich die Boa ihrem neuen Opfer zu in der Absicht, es in seine tödliche Umarmung mit einzubeziehen. Jetzt sah Jane erneut ein silbernes Aufblitzen, dann spritzte ihr irgendetwas ins Gesicht. Vage registrierte sie, dass es Grants Buschmesser gewesen sein musste, das sie gesehen hatte. Grant stieß einen hässlichen Fluch aus, während er mit der Schlange kämpfte, und Jane wälzte sich über den Boden in dem Versuch, sich selbst aus der Umklammerung der Boa zu befreien. „Verdammt noch mal, halten Sie still!", keuchte er. „Sonst verletze ich Sie noch."

Es war ihr jedoch unmöglich stillzuhalten; die Schlange zuckte noch immer über ihren Körper, und Jane war zu sehr in Panik, um zu registrieren, dass die Zuckungen des Tieres Todeszuckungen waren, und nicht einmal dann, als sie sah, dass Grant etwas beiseite warf und begann, die Boa von ihr abzuwickeln, war ihr klar, dass sie gerettet war. Erst als er sie ganz und gar von dem schauerlichen Ungeheuer befreit hatte, hörte sie auf, sich herumzuwälzen, blieb zu Tode erschöpft liegen und starrte schweigend mit kreidebleichem Gesicht zu ihm auf. Es war vorbei. Grant hatte die Schlange getötet.

„Es ist vorbei", sagte er heiser und fuhr mit den Händen über ihre Arme und ihren Oberkörper. „Wie fühlen Sie sich? Glauben Sie, Sie haben sich irgendetwas gebrochen?"

Jane brachte kein Wort heraus, ihre Kehle war wie zugeschnürt. Alles, was sie tun konnte, war einfach nur still dazuliegen und mit bebenden Lippen und noch immer weit aufgerissenen Augen zu ihm emporzustarren. Als sie schließlich doch sprach, war ihr anzumerken, dass es sie eine schier übermenschliche Kraft kostete, die Worte zu artikulieren.

„Mir ... geht ... es ... gut." Ihre Stimme bebte, aber indem sie die Worte aussprach, schaffte sie es, auch selbst daran zu glauben. Jetzt setzte sie sich langsam auf und strich sich das Haar aus dem Gesicht. „Ich fühle mich zwar ein bisschen schwach, aber es ist nichts Ern…"

Sie hielt abrupt inne und starrte entsetzt auf ihre blutige Hand. „Ich blute ja", sagte sie vollkommen verwirrt. Sie warf Grant einen verunsicherten Blick zu, als müsste sie sich ihre Entdeckung von ihm bestätigen lassen. „Ich bin ja überall voller Blut", stieß sie gleich darauf mit bebender Stimme hervor und streckte ihm voller Entsetzen ihre zitternde Hand entgegen. „Hier, Grant, sehen Sie, lauter Blut."

„Es ist nicht Ihr Blut, sondern das der Schlange", gab er zurück in der Absicht, sie zu beruhigen, allerdings bewirkte er damit das Gegenteil.

„Oh, mein Gott", schrie sie in heillosem Grauen, rappelte sich eilig auf und starrte, erneut von Panik ergriffen, an sich herunter. Ihre schwarze Bluse war durchtränkt von Blut, und auf ihrer Khakihose fanden sich ebenfalls große Blutflecken. Auch ihre Arme waren über und über blutverschmiert. Unsäglicher Ekel stieg in ihr auf, als sie sich daran erinnerte, wie ihr vorhin etwas ins Gesicht gespritzt war, begannen ihre Finger nun, ihr Gesicht abzutasten und fühlten die klebrige Nässe auf der Haut und in den Haaren.

Sie fing an, noch heftiger zu zittern, und gleich darauf strömten ihr die Tränen über die Wangen. „Ich muss es abwaschen", schluchzte sie vollkommen außer sich. „Ich muss es sofort abwaschen. Ich bin überall voller Blut, o Gott o Gott, lauter Blut, so viel Blut, und es ist nicht meines. Es ist überall … überall … sogar in meinen Haaren!" Damit drehte sie sich um und raste wie von Sinnen zum Fluss hinunter.

Grant fluchte und setzte ihr nach. In dem Moment, in dem sie ihren Fuß in das Wasser setzen wollte, hatte er sie erreicht und hielt sie fest, aber ihr unstillbarer Drang, sich sofort das Blut abzuwaschen, veranlasste sie, wie eine Wahnsinnige um sich zu schlagen. Sie verlor für einen Moment das Gleichgewicht, sodass sie anfing zu taumeln, und stürzte gleich darauf zu Boden. Bevor sie sich wieder aufrappeln konnte, war Grant fluchend über ihr und hielt sie fest.

„Jane, beruhigen Sie sich!", befahl er ihr in scharfem Ton. „Ich wasche Ihnen das Blut ab, aber Sie müssen stillhalten, damit ich Ihnen wenigstens die Stiefel ausziehen kann, okay?"

Er musste sie mit einer Hand ruhig stellen, während er ihr mit der anderen die Schuhe auszog, aber als er sich daranmachte, sich seiner eigenen Stiefel zu entledigen, begann sie wie eine Irre zu kreischen. Er betrachtete sie finster. Da hatte sie den ganzen Tag lang die Strapazen über sich ergehen lassen, ohne mit der Wimper zu zucken, und jetzt drehte sie durch. Das Blut an ihrer Kleidung war offensichtlich mehr, als sie ertragen konnte. Er riss sich eilig die Stiefel von den Füßen, dann wandte er sich ihr zu, machte ihr die Hose auf und zog sie ihr aus. Dann nahm er sie wie ein Kind auf den Arm und watete mit ihr durchs Wasser, ohne einen Gedanken darauf zu verschwenden, dass seine eigene Hose durchnässt wurde.

Als ihm das Wasser bis zum Knie reichte, ließ er sie runter, bückte sich und schöpfte mit den Händen Wasser, mit dem er sie bespritzte. Dann wusch er ihr sorgfältig die Blutflecken von Armen und Beinen. Die ganze Zeit über stand sie vollkommen bewegungslos, während ihr die Tränen in Strömen über die ebenfalls blutverschmierten Wangen rannen.

„Es ist alles in Ordnung, Honey", flüsterte er sanft und versuchte sie dann mit einschmeichelnder Stimme davon zu überzeugen, dass sie sich hinsetzen sollte, um sich das Blut aus dem Haar zu waschen, doch ohne Erfolg. Sie rührte sich nicht. Ganz offensichtlich stand sie noch immer unter Schock. Also schüttete er ihr Wasser über den Kopf, und die einzige Regung, die sie zeigte, war, dass sie sich das Nass aus den Augen blinzelte. Jetzt zog er ein Taschentuch aus seiner Gesäßtasche und wischte ihr vorsichtig das Gesicht ab. Langsam schien sie sich zu beruhigen, ihre Tränen waren versiegt.

„Sehen Sie, jetzt sind Sie wieder sauber", begann er, doch dann sah er mit Schrecken, dass blutrotes Wasser ihre Oberschenkel hinabrann. Ihre Bluse war so blutdurchtränkt, dass er sie ihr ausziehen musste, um sie sauber zu bekommen. Ohne zu zögern begann er die Knöpfe zu öffnen. „Wir müssen das ausziehen, damit wir es waschen können", sagte er wie zu einem Kind, wobei er darauf achtete, seine Stimme so ruhig wie möglich zu halten. Sie schaute nicht einmal auf seine Hände, die die Bluse aufknöpften und sie ihr dann über die Schulter schoben, um sie anschließend ans Ufer zu werfen. Jane heftete ihre Blicke auf sein Gesicht, als sei es ein Rettungsanker, der die Garantie dafür bot, nicht den Verstand zu verlieren.

Grant schaute zu ihr herunter, und sein Mund wurde trocken, als sein Blick auf ihre nackten Brüste fiel. Er hatte sich bereits vorzustellen versucht, wie sie wohl aussehen mochten, und nun wusste er es. Es war, als hätte ihm jemand einen Schlag in den Magen versetzt. Ihre Brüste waren rund und ein bisschen schwerer als erwartet, und die Knospen klein und braun und so verführerisch, dass er sich am liebsten heruntergebeugt und sie in den Mund genommen hätte, um von ihnen zu kosten. Jetzt war sie so gut wie nackt; alles, was sie noch auf dem Leib trug, war ein Slip, der durch die Nässe transparent geworden war. Als Grant das dunkle Dreieck sah, das sich zwischen ihren Schenkeln abzeichnete, erwachte das Feuer in seinen Lenden. Sie hatte einen atemberaubenden Körper, langbeinig, schmalhüftig und muskulös wie der einer Tänzerin. Ihre Schultern waren kräftig, die Arme schlank, die Brüste voll; er lechzte plötzlich danach, sie direkt hier zu nehmen, tief in sie einzudringen und sich mit ihr im Rhythmus der Liebe zu wiegen, bis er den Verstand verlor.

Nur mit Mühe riss er den Blick von ihr los und beugte sich nach unten, um das Taschentuch im Wasser auszuspülen. Doch das war ein schlimmer Fehler, weil jetzt sein Blick direkt auf das dunkle Dreieck zwischen ihren Schenkeln fiel, deshalb fuhr er schon einen Moment später wie von der Tarantel gestochen wieder hoch. Er musste sich zwingen, sich ihren Brüsten zuzuwenden, weil er die Tantalusqualen schon im Voraus erahnen konnte. Qualen, die sich auch prompt einstellten, als er ihr mit dem nassen Taschentuch sanft die zarte Haut abrieb.

„Jetzt sind Sie aber wirklich sauber", sagte er heiser und warf das Taschentuch ans Ufer, wo es neben ihrer Bluse liegen blieb.

„Danke", flüsterte sie, erneut mit Tränen in den Augen, und warf sich mit einem leisen Wimmern an seine Brust. Sie klammerte sich an ihn und barg den Kopf an seinem Hals. Jetzt fühlte sie sich sicher und geborgen, seine Gegenwart nahm ihr die Angst, und sie wünschte sich, für immer in seinen Armen verweilen zu können.

Seine Hände bewegten sich über ihren nackten Rücken und streichelten sanft ihre zarte Haut, wie um sich deren Struktur für alle Ewigkeit einzuprägen. Als Jane seinen männlichen Duft einatmete, fühlte sie sich plötzlich seltsam trunken, fast so, als würde sie schweben. Ihr Körper, an den starken Körper des fremden Mannes gepresst, wurde von eigenartigen, nie gekannten Empfindungen heimgesucht, während ihr das kühle Wasser um die Beine spülte und eine leichte Brise ihre nackte Haut umfächelte. Grants Hände hinterließen eine heiße Spur, als sie sich von ihren Schultern über ihren Rücken bewegten und wieder zurück. Dann streichelte eine Hand ihren Hals und legte sich um ihr Kinn.

Grant hob sich ihr Gesicht entgegen, beugte sich zu ihr herab und küsste sie. Seine Zunge schlüpfte zwischen ihre Zähne und suchte die ihre. Und Jane erwiderte seinen Kuss. Noch nie zuvor in ihrem Leben hatte sie einen Mann so leidenschaftlich geküsst wie ihn, und noch nie war sie von einem Mann so geküsst worden. Es hatte etwas höchst Beunruhigendes an sich. Alarmiert versuchte sie einen Moment später den Kuss zu beenden, doch Grant gab sie nicht frei, und Jane öffnete ihm erneut ihren Mund und vergaß sofort, warum sie sich gegen ihn gewehrt hatte. Seit ihrer Scheidung hatten sie eine Menge Männer geküsst, aber sie hatten sie alle kaltgelassen. Warum also machte sie dieser raue … Söldner, oder was auch immer er sein mochte, erschauern, wenn selbst die weltgewandtesten Männer nicht in der Lage waren, ihre Leidenschaften zu wecken? Sein Mund war warm und hart, seine Zunge kühn in ihrem Forschungsdrang, und sein Kuss rief ein unbekanntes Sehnen in ihr hervor.

Sie schlang ihm die Arme um den Nacken und drängte sich eng an ihn. Sie konnte ihm gar nicht nah genug sein, obwohl er sie fast erdrückte. Die Knöpfe seines Hemdes gruben sich in ihre Brüste, aber sie bemerkte den Schmerz nicht. Seine Küsse waren wild, hungrig und von einer Gier, die außer Kontrolle zu geraten drohte.

Kühn legte er jetzt eine Hand auf ihre Brust und begann, ihre Knospe zu streicheln, und Jane hätte fast laut aufgeschrien angesichts des heißen Verlangens, das über sie hinwegschwappte. So etwas hatte sie noch nie zuvor erlebt, und die Reaktion ihres Körpers überraschte sie. Vor langer Zeit schon hatte sie sich damit abgefunden, kein besonders sinnlicher Mensch zu sein, und damit war das Thema für sie erledigt. Sex war eine Sache gewesen, die sie niemals besonders interessiert hatte, doch die Gefühle, die Grant jetzt in ihr erweckte, brachten ihr Theoriegebäude zum Einsturz. In seinen Armen verwandelte sie sich in ein wildes Tier, das nur danach trachtete, seine Instinkte zu befriedigen.

Die Zeit verstrich, während sie eng umschlungen im Wasser standen und sich küssten. Jetzt glitten seine Hände abwärts zwischen ihre Schenkel und streichelten das geheimste Versteck ihres Begehrens. Die Kühnheit dieser Berührung riss sie aus ihrer Verzückung; augenblicklich versteifte sie sich und löste sich von ihm. Er gab einen tiefen, gutturalen Laut von sich, und für einen kurzen Moment befürchtete sie, ihn nicht von sich fernhalten zu können, doch dann stieß er sie mit einem Fluch von sich weg.

Jane taumelte leicht, und seine Hand schoss vor. Er bekam sie am Arm zu fassen und zog sie zu sich heran. „Verdammt noch mal, verschaffst du dir so deine Kicks?", fuhr er sie wütend an. „Macht es dir Spaß zu beobachten, wie du einen Mann um den Verstand bringen kannst?"

Sie hob das Kinn und schluckte. „Nein, ganz bestimmt nicht. Es tut mir leid. Ich hätte mich dir nicht an den Hals werfen dürfen …"

„Da hast du verdammt recht, das hättest du wirklich nicht tun müssen", unterbrach er sie wild. Und er sah auch aus wie ein Wilder, die Augen lodernd und schwarz vor Zorn, die Nasenflügel bebend und der Mund nur ein schmaler Strich. „Das nächste Mal solltest du dir besser vorher überlegen, worauf du hinausmöchtest, verstanden?"

Damit ließ er sie einfach stehen und watete ans Ufer. Jane, die sich plötzlich ihrer Nacktheit bewusst wurde, verschränkte die Arme über der Brust und starrte ihm schuldbewusst nach. Was für ein schreckliches Missverständnis! Sie hatte nicht mit ihm spielen wollen, aber sie war so von Panik erfüllt gewesen, und er wirkte so ruhig und stark, dass es ihr als die selbstverständlichste Sache der Welt erschienen war, sich an ihm festzuhalten. Diese leidenschaftlichen Küsse und Zärtlichkeiten hatten sie überrascht und aus dem Gleichgewicht gebracht, sie zitterte sogar jetzt noch. Aber natürlich wäre es ihr nie in den Sinn gekommen, mit einem Mann, den sie kaum kannte, intim zu werden, und erst recht nicht, wo sie nicht einmal wusste, ob sie das wenige, was sie von ihm kannte, überhaupt mochte.

Nachdem er das Ufer erreicht hatte, drehte er sich nach ihr um. „Kommst du jetzt oder kommst du nicht?" Seine Stimme klang jetzt plötzlich rau und unwirsch. Jane gab sich einen Ruck und watete dann, ihre Brüste noch immer mit den Armen bedeckend, ebenfalls langsam aus dem Wasser.

„Mach dir keine Mühe, ich hab sowieso schon gesehen, was es zu sehen gibt, und angefasst hab ich's auch", fuhr er sie in barschem Ton an. „Warum also so schamhaft?" Er deutete auf die Bluse auf dem Boden. „Du solltest wohl besser das restliche Blut rauswaschen, wo du doch so zart besaitet bist."

Jane warf einen Blick auf die blutdurchtränkte Bluse und erblasste leicht, aber sie hatte sich jetzt wieder unter Kontrolle. „Ja, das sollte ich wohl", erwiderte sie leise. „Holst du mir … holst du mir bitte meine Hose und meine Stiefel?"

Er schnaubte widerwillig, kletterte aber dann doch die Böschung hinauf und warf ihr die Sachen hinunter. Ihm den Rücken zuwendend, stieg Jane in ihre Hose und erschauerte, als sie die Blutflecken sah, aber zumindest war die Hose nicht so völlig durchweicht wie ihre Bluse. Ihr Slip war nass, doch dagegen ließ sich nichts tun, sie würde sich in Geduld üben müssen, bis er am Körper getrocknet war. Nachdem sie sich so weit angezogen hatte, ging sie barfuß ins Wasser zurück und begann, ihre Bluse auszuwaschen. Das Blut färbte das Wasser rot, und sie schrubbte sich fast die Finger wund, ehe sie mit dem Ergebnis ihrer Bemühungen zufrieden war. Dann wrang sie die Bluse aus und schüttelte sie anschließend aus. Als sie Anstalten machte, das Kleidungsstück überzuziehen, hörte sie Grants mürrische Stimme. „Hier", sagte er, und als sie sich umdrehte, sah sie, dass er ihr sein Hemd hinhielt. „Du kannst es haben, bis deine Bluse trocken ist."

Sie erwog einen Moment, sein Angebot zurückzuweisen, doch dann sagte sie sich, dass mit falschem Stolz nichts gewonnen war. Deshalb nahm sie das Hemd schweigend entgegen und schlüpfte hinein. Natürlich war es ihr viel zu groß, aber wenigstens war es trocken und nicht allzu schmutzig. Es roch nach Schweiß, vermischt mit dem Moschusduft, den seine Haut ausströmte, und sie empfand diesen Geruch als tröstlich. Als ihr Blick auf die rostroten Flecken fiel, erinnerte sie sich daran, dass er ihr das Leben gerettet hatte. Sie knotete die Enden über ihrem Bauch zusammen und ließ sich dann auf dem Boden nieder, um sich die Stiefel anzuziehen.

Als sie sich wieder nach ihm umdrehte, sah sie, dass er mit finsterem Gesicht direkt hinter ihr stand. Sie gingen gemeinsam zu der Stelle zurück, an der ihr Gepäck lag, wobei Jane sich bemühte, die geköpfte Boa zu übersehen. Nachdem sie ihre Rucksäcke geschultert hatten, sagte er: „Wir gehen nicht mehr weit, lauf einfach hinter mir her, aber fass um Gottes willen nichts an und bleib genau in meiner Spur. Die nächste Boa gedenke ich nämlich nicht daran zu hindern, dich zum Abendessen zu verschlingen, also fordere dein Unglück nicht heraus."

*S*ie schlugen um den Fluss einen Bogen von fünfundvierzig Grad, und es dauerte nicht lange, bis Grant sich nach Jane umschaute. „Hier rasten wir."

Jane blieb neben ihm stehen und fühlte sich schrecklich nutzlos, während sie zusah, wie er aus seinem Marschgepäck ein zusammengerolltes Päckchen zutage förderte, das sich unter seinen geschickten Händen in Kürze in ein kleines Zelt verwandelte. Nachdem es stand, begann er es mit Laubwerk zu tarnen, sodass man es zum Schluss kaum noch sehen konnte. Während der ganzen Zeit gönnte er ihr kaum einen Blick.

„Wir können es nicht riskieren, Feuer zu machen, also schlage ich vor, dass wir jetzt etwas essen und uns anschließend gleich schlafen legen. Es wird uns nichts schaden, der Tag war schließlich anstrengend genug. Ich bin hundemüde."

Jane ging es nicht anders, aber sie fürchtete sich vor der kommenden Nacht. Das Licht ließ bereits sichtlich nach, und sie wusste, dass es in Kürze stockfinster sein würde. Als sie sich die undurchdringliche Schwärze der Nacht ins Gedächtnis zurückrief, rieselte ihr ein eiskalter Schauer den Rücken hinab. Nun, das war nicht zu ändern, ihr würde nichts anderes übrig bleiben, als sich irgendwie damit abzufinden.

Sie kramte in ihrem Rucksack und brachte gleich darauf zwei weitere Dosen Orangensaft zum Vorschein, von denen sie Grant eine zuwarf; er fing sie geschickt auf und starrte mit wachsender Verärgerung auf ihren Rucksack. „Wie viele von den Dingern hast du eigentlich noch in deinem Reisesupermarkt?", erkundigte er sich sarkastisch.

„Das sind die letzten. Ab jetzt müssen wir Wasser trinken. Willst du einen Knusperriegel?" Sie reichte ihn ihm, fest entschlossen, seine Verärgerung zu ignorieren. Sie war müde, alle Knochen taten ihr weh, und sie sah einer langen, stockfinsteren Nacht entgegen. All dies ließ ihr seinen Ärger sehr unwichtig erscheinen. Er würde darüber hinwegkommen.

Nachdem sie ihren Schokoriegel aufgegessen hatte, war sie noch immer hungrig, deshalb begann sie erneut in ihrem Rucksack nach etwas Essbarem zu kramen. „Willst du ein Stück Käse und ein paar Kräcker?"

Als sie fragend zu ihm aufschaute, begegnete sie seinem ungläubigen Blick. Auf sein Nicken hin teilte sie den Käse und die Kräcker

zwischen ihnen auf und reichte ihm seinen Anteil. Er nahm ihn kopfschüttelnd entgegen und vertilgte ihn anschließend schweigend.

Jane sparte sich einen Schluck von ihrem Orangensaft auf, und
nach Beendigung ihrer Mahlzeit kramte sie aus ihrem Rucksack ein
kleines Fläschchen heraus. Sie schraubte es auf, schüttete sich eine
Pille auf die Hand, warf Grant einen raschen Blick zu und fügte dann
der ersten Pille eine zweite hinzu. „Hier", sagte sie und hielt ihm die
Hand hin.

Er warf einen Blick darauf, machte jedoch keinerlei Anstalten, sich
zu bedienen. „Was zum Teufel ist das?"

„Hefepillen."

„Warum sollte ich eine Hefepille einnehmen?"

„Damit dich die Moskitos nicht zerstechen."

„Das werden sie schon nicht."

„Natürlich werden sie es. Schau mich an. Ich habe keinen einzigen
Insektenstich, und das kommt nur davon, weil ich Hefepillen schlu-
cke. Also los, mach schon, nimm dir eine."

Widerstrebend nahm er eine der Pillen und sah Jane mit gepeinig-
tem Gesichtsausdruck zu, wie sie die ihre mit einem Teil des Oran-
gensafts, den sie sich aufgehoben hatte, hinunterspülte. Dann reichte
sie ihm die Dose, und er zerquetschte einen obszönen Fluch zwischen den Zähnen, ehe er sich schließlich dazu aufraffte, die Pille zu
schlucken.

„Okay, Zeit zum Schlafengehen", sagte er dann, erhob sich und
machte eine Kopfbewegung zu einem großen Baum hin. „Dort drüben ist unser Badezimmer, falls du die Absicht haben solltest es aufzusuchen, bevor wir uns zur Ruhe begeben."

Jane verschwand hinter dem Baum. Dieser Grant! Er war grob,
er war rüde, er war sogar manchmal ein bisschen grausam – aber er
hatte ihr das Leben gerettet. Sie wusste gar nicht, was sie eigentlich
von ihm erwartete, sie wusste nur, dass er völlig unberechenbar war.
Im einen Moment erschien er ihr wie ein ungehobelter Klotz, nur um
sie im nächsten mit irgendeiner Freundlichkeit zu entwaffnen, auf die
sie nicht gefasst war. Und wenn die Dinge allzu glatt zwischen ihnen
liefen, konnte sie sich schon im Voraus darauf gefasst machen, dass er
wieder einen Streit vom Zaun brechen würde.

Er wartete vor dem Zelt auf sie. „Kriech rein. Ich hab die Decke
schon hingelegt."

Sie kniete sich nieder und kroch durch die Öffnung in das kleine
Zelt. Er hatte eine Decke über den Boden gebreitet, die die gesamte

innere Fläche bedeckte. Nachdem sie sich hingesetzt hatte, schob er die Rucksäcke hinein. „Stell sie irgendwo in die Ecke", wies er sie an. „Ich werfe nur noch einen schnellen Blick in die Runde."

Sie schob das Gepäck in die entlegenste Ecke, legte sich dann auf den Rücken und starrte angespannt die dünnen Zeltwände an. Es war jetzt fast dunkel, und das Licht schimmerte nur noch schwach durch den transparenten Stoff. Draußen war es noch nicht ganz so dunkel, doch das Laub, mit dem Grant das Zelt getarnt hatte, hielt die letzte Helligkeit ab. Es dauerte nicht lange, dann teilte sich der Eingang, und Grant kroch, den Reißverschluss hinter sich zuziehend, ins Zelt.

„Zieh deine Stiefel aus und wirf sie zu den Sachen in die Ecke."

Sie tat, was er sagte, und legte sich anschließend wieder hin. Mit vor Anspannung weit aufgerissenen Augen lauschte sie seinem Gähnen und seinen Bemühungen, es sich bequem zu machen. Einen Moment später wurde ihr die Stille ebenso unerträglich wie die Dunkelheit. „Ein praktisches Zelt hast du da", sagte sie, einfach um etwas zu sagen. „Woraus ist es?"

„Aus Nylon", gab er zurück und gähnte erneut. „Es ist fast unzerstörbar."

„Wie viel wiegt es?"

„Drei Pfund und achthundert Gramm."

„Ist es wasserdicht?"

„Ja."

„Und auch insektendicht?"

„Ja, auch das", brummte er.

„Glaubst du, ein Jaguar könnte ..."

„Hör zu, es ist jaguar- und schlangendicht, zudem feuerfest, und verschimmeln kann es auch nicht. Ich gebe dir die Garantie darauf, dass dir darin nichts passieren kann, es sei denn, eine Horde Elefanten trampelt darüber hinweg, aber bisher habe ich noch nicht gehört, dass es in Costa Rica Elefanten gibt. Gibt es nicht irgendeinen anderen Quatsch, über den du dir Sorgen machen kannst?", explodierte er. „Und wenn nicht, dann sei jetzt still und schlaf endlich."

Jane lag angespannt da und erwiderte nichts. Sie ballte ihre Hände zu Fäusten in der Hoffnung, so ihre Nervosität besser unter Kontrolle zu bringen, und lauschte nach draußen. Affen kreischten und schnatterten, Insekten zirpten und Laubwerk raschelte. Trotz ihrer Erschöpfung war sie überzeugt davon, dass sie nicht würde einschlafen können, zumindest nicht vor Sonnenaufgang, und dann würde dieser Satan neben ihr schon wieder putzmunter sein und darauf bestehen, dass sie ihren Gewaltmarsch fortsetzten.

Er lag vollkommen still neben ihr, sie hörte ihn nicht einmal atmen. Die alte Furcht stieg wieder in ihr auf und machte ihr das eigene Atmen schwer. Sie fühlte sich plötzlich vollkommen allein, und das war etwas, was sie einfach nicht ertragen konnte.

„Woher kommst du eigentlich?"

Er seufzte schwer. „Aus Georgia."

Das erklärte seinen schleppenden Akzent. Sie versuchte den Kloß, der ihr im Hals saß, hinunterzuschlucken. Solange sie ihn dazu bewegen konnte, mit ihr zu reden, fühlte sie sich wenigstens nicht so allein. Sie würde zumindest wissen, dass er da war.

„Aus welchem Teil Georgias?"

„Aus dem Süden. Schon mal was von Okefenokee gehört?"

„Ja, es liegt in einem Sumpfgebiet."

„Dort bin ich aufgewachsen. Meine Familie hat dort eine Farm." Er hatte eine ganz normale Kindheit gehabt bis auf die Tatsache, dass man als Sumpfbewohner gezwungen war, Fertigkeiten zu erlernen, von denen die meisten anderen Menschen noch nicht einmal wussten, dass sie existierten. Möglicherweise hatte das sein ganzes späteres Leben beeinflusst und ihn zu dem Menschen gemacht, der er heute war. Aber er wollte nicht weiter darüber nachdenken, und einen Grund, darüber zu reden, gab es schon gar nicht.

„Warst du ein Einzelkind?"

„Was soll denn diese Fragerei", schnappte er. „Ist das ein Verhör?"

„Es interessiert mich nur, das ist alles."

Er horchte, plötzlich wachsam geworden, auf. In ihrer Stimme lang ein Unterton, den er nicht einordnen konnte. Es war dunkel, und er konnte ihr Gesicht nicht sehen; er musste sich voll und ganz auf sein Gehör verlassen.

„Ich habe noch eine Schwester", gab er schließlich widerstrebend zurück.

„Ich wette, sie ist jünger als du. Du bist so aufbrausend, sicher hast du sie immer rumkommandiert."

Er überhörte den Seitenhieb und erwiderte lediglich: „Sie ist vier Jahre jünger."

„Ich bin ein Einzelkind", sagte sie.

„Ist mir bekannt."

Sie suchte verzweifelt nach weiterem Gesprächsstoff, doch die Angst vor der Dunkelheit bewirkte eine seltsame Leere in ihrem Kopf.

Sie wollte die Hand nach ihm ausstrecken, doch dann erinnerte sie sich daran, dass er sie gewarnt hatte, ihm Angebote zu unterbreiten, die sie nicht einzuhalten gedachte. Zähne knirschend zog sie die Hand wieder zurück, was ihr jedoch so schwer fiel, dass ihr die Tränen in die Augen stiegen. Sie blinzelte sie weg. „Grant", brachte sie schließlich mit bebender Stimme heraus.

„Was ist?", brummte er.

„Ich will nicht, dass du glaubst, ich würde mich dir wieder an den Hals werfen, weil ich das wirklich nicht beabsichtige, aber ... aber würde es dir sehr viel ausmachen ... meine Hand zu halten?", flüsterte sie. „Es tut mir leid, doch ich habe so schreckliche Angst vor der Dunkelheit, dass ich gleich durchdrehe."

Er hüllte sich einen Moment lang in Schweigen, dann hörte sie, wie er sich zu ihr herumrollte. „Du hast wirklich Angst vor der Dunkelheit?"

Jane versuchte zu lachen, aber es hörte sich eher an wie ein Schluchzen. „Angst ist stark untertrieben. Ich kann in der Dunkelheit nicht einschlafen, ich bekomme entsetzliche Panik."

„Wenn du so Angst hast vor der Dunkelheit, wie kommt es dann, dass du dich entschlossen hast, vor Turego zu fliehen?"

Vor ihrem geistigen Auge tauchte ein dunkles, gut geschnittenes, aber sehr grausames Gesicht auf. „Weil mir die Alternative, im Dschungel zu sterben, immer noch besser erschien, als bei Turego zu bleiben", erwiderte sie leise.

Grant gab ein Schnauben von sich. Ob Turego sich ihr sexuell genähert oder es zumindest versucht hatte? „Hattest du Sex mit ihm?"

Die freimütige Frage ließ sie erschauern. „Nein. Bisher habe ich es geschafft, ihn mir vom Leibe zu halten, aber mir war klar, dass das nicht mehr lange zu bewerkstelligen sein würde. Meine Schonzeit war abgelaufen, deshalb musste ich unbedingt weg."

Er schnaubte wieder, womit er wohl ausdrücken wollte, dass er das Gespräch als beendet betrachtete. Jane biss die Zähne zusammen, weil sie plötzlich anfingen zu klappern. Obwohl es heiß war und stickig in dem Zelt, rannen ihr Kälteschauer den Rücken hinunter. Warum sagte er nicht etwas, einfach nur irgendetwas, das sie zumindest wissen ließe, dass er da war?

„Wie geht's Dad?"

„Warum?"

„Ach, einfach nur so." Wich er absichtlich aus? Warum wollte er nicht über ihren Vater sprechen? Womöglich war es gar nicht ihr Vater gewesen, der ihn angeheuert hatte? Was war, wenn er nur, ebenso wie die anderen, hinter dem Mikrofilm her war?

Nachdem er sich einige Zeit in Schweigen gehüllt hatte, sagte er: „Er war ganz krank vor Sorge um dich. Überrascht?"

„Nein, natürlich nicht", gab sie verblüfft zurück. „Im Gegenteil, es würde mich überraschen, wenn es nicht so wäre."

„Es überrascht dich nicht, dass er ein kleines Vermögen ausgibt, um dich aus Turegos Händen zu befreien, wo ihr doch nicht das beste Verhältnis habt?"

Wovon redete er eigentlich? „Was soll das heißen? Mein Vater und ich verstehen uns bestens, und das war noch niemals anders."

Sie konnte ihn nicht sehen und hörte ihn auch nicht, aber plötzlich spürte sie, dass sich etwas verändert hatte, so, als ob sich die Atmosphäre plötzlich mit Elektrizität aufgeladen hätte. Ihre feinen Nackenhärchen stellten sich auf. Die Gefahr ging eindeutig von ihm aus.

Ohne zu wissen, warum, zog sie sich so weit wie möglich von ihm zurück, aber es gab kein Entrinnen. Er rollte sich lautlos über sie, schnappte sich ihre Handgelenke und nagelte sie mit seinen Händen über ihrem Kopf am Boden fest. „In Ordnung, Jane oder Priscilla oder wie immer du heißen magst, dann lass uns reden. Aber jetzt werde ich dir ein paar Fragen stellen. Du tust allerdings gut daran, mir auch wirklich ehrlich zu antworten, sonst handelst du dir Ärger ein, ist das klar, Honey? Also, wer bist du?"

Hatte er jetzt den Verstand verloren? Jane versuchte, sich aus seiner Umklammerung zu befreien, doch sie merkte rasch, dass sie nicht die geringste Chance gegen ihn hatte. Er lag mit seinem ganzen Gewicht schwer auf ihr und kontrollierte jede ihrer Bewegungen. „W… Was?", stammelte sie entgeistert. „Du tust mir weh, Grant."

„Antworte mir, verdammt noch mal. Wer bist du?"

„Jane Greer!" Verzweifelt versuchte sie, ein Quäntchen Humor in ihre Stimme zu legen, doch ohne großen Erfolg.

„Ich mag es nicht, wenn man mich anlügt, Herzchen." Sein samtiger Ton jagte ihr eine Gänsehaut über den Rücken.

„Ich lüge nicht!", protestierte sie verzweifelt. „Mein Name ist Priscilla Jane Hamilton Greer."

„Wenn das so wäre, wüsstest du, dass dich James Hamilton bereits vor Jahren enterbt hat. Also was ist, kommst du wirklich so gut mit ihm klar, wie du behauptest?"

„Aber ja!" Wieder versuchte sie, sich gegen ihn zur Wehr zu setzen, was allerdings lediglich dazu führte, dass er sich noch ein bisschen schwerer auf sie legte und ihr dadurch die Luft zum Atmen nahm.

„Er hat mich enterbt, um mich zu schützen."

Eine lange Zeit war es mucksmäuschenstill, und sie hörte nur das Rauschen ihres eigenen Blutes in ihren Ohren, während sie auf seine Reaktion wartete. Das Schweigen zerrte an ihren Nerven. Warum sagte er nichts? Sein warmer Atem streichelte ihren Hals, was ihr sagte, wie nah er ihr war, aber sie konnte ihn dennoch in der Finsternis nicht sehen. „Ein guter Witz, wirklich", gab er schließlich zurück, und der eisige Sarkasmus, der in seiner Stimme lag, ließ sie zusammenzucken. „Zu schade nur, dass ich ihn dir nicht abkaufe. Nächster Versuch."

„Ich sage die Wahrheit! Er hat mich enterbt, damit ich für Kidnapper weniger interessant bin. Damit jeder denken sollte, er wäre sowieso nicht bereit, für mich Lösegeld zu zahlen. Es war meine Idee, verdammt noch mal!"

„Ganz bestimmt." Seine Stimme triefte vor Hohn. „Also los, ein kleines bisschen mehr musst du dich schon anstrengen."

Jane schloss die Augen und kramte verzweifelt in ihrem Kopf nach einem Beweis für ihre Identität, doch ihr fiel nichts ein. Sie hatte nicht einmal einen Pass, weil ihr den Turego abgenommen hatte. Das Einzige, was ihr jetzt noch blieb, war, ihrerseits zum Angriff überzugehen. „Ach ja, muss ich das? Dann sag mir doch mal, was eigentlich mit dir ist? Wer bist du? Woher weiß ich eigentlich, dass Dad dich wirklich angeheuert hat? Und wenn er es getan hat, warum weißt du dann nicht, dass mich niemals irgendjemand Priscilla nennt? Du hast deine Hausaufgaben nicht gemacht."

„Nur für den Fall, dass du es noch nicht gemerkt haben solltest, Herzchen: Im Moment bin ich derjenige, der die Fragen stellt, verstanden?"

„Ich habe dir deine Fragen beantwortet, aber du hast mir nicht geglaubt", schnappte sie. „Entschuldige, dass ich meine American Express Card nicht bei mir habe, um mich auszuweisen. Um Himmels willen, sehe ich vielleicht aus wie eine Terroristin? Durchsuch mich doch, dann kannst du vielleicht besser schlafen heute Nacht. Wer weiß, womöglich habe ich mir ja eine Bazooka ums Bein geschnallt!" Ihre Stimme drohte vor Wut und Empörung fast umzukippen.

„Nein, du bist unbewaffnet. Ich habe dich bereits ausgezogen, erinnerst du dich?" Trotz der Dunkelheit errötete Jane bei diesem Gedanken, und ihr stockte der Atem, als sie sich seine Küsse und Zärtlichkeiten wieder ins Gedächtnis zurückrief. Er bewegte sich langsam auf ihr, und sein Atem verfing sich in ihrem Haar, als er sich tiefer zu ihr herunterbeugte. „Aber ich enttäusche eine Lady nur höchst ungern. Wenn du also unbedingt durchsucht werden willst, werde ich dir den Gefallen tun. Ich selbst allerdings wäre niemals auf so etwas gekommen.“

Rasend vor Zorn unternahm Jane einen erneuten Anlauf, sich aus seinem Griff zu befreien, musste jedoch gleich darauf frustriert wieder zurückstecken. Plötzlich kam ihr eine neue Idee. „Warst du in Dads Haus, als er dich angeheuert hat?“

Er lag vollkommen still da, aber sie spürte sein wachsendes Interesse. „Ja.“

„Warst du im Arbeitszimmer?“

„Ja.“

„Dann hast du ja sicher das Porträt über dem Kamin gesehen. Du bist doch darauf trainiert, genau zu beobachten, stimmt’s? Das Bild zeigt meine Großmutter. Sag mir doch mal, was für eine Farbe ihr Kleid hatte.“ In ihrer Stimme lag Herausforderung.

„Schwarz“, erwiderte er gedehnt. „Das Kleid war schwarz, und die Rose war blutrot.“

Schweigen senkte sich auf sie herab; einen Augenblick später ließ er ihre Handgelenke los und rollte sich zur Hälfte von ihr herunter. „Also gut“, brummte er schließlich, „ich will dir deine Zweifel nicht krumm nehmen …“

„Oh – vielen Dank!“ Beleidigt rieb sie sich ihre Handgelenke, bemühte sich jedoch trotz ihrer übergroßen Erleichterung, ihren Ärger wach zu halten. Anscheinend hatte ihr Vater ihn tatsächlich angeheuert, denn woher sonst würde er wohl das Porträt kennen? Wie ungehobelt er auch immer sein mochte, im Moment war sie froh, ihn an seiner Seite zu haben.

„Jetzt hör schon auf, mir dauernd zu danken“, gab er erschöpft zurück. „Sei einfach nur still und schlaf, okay?“

Schlafen! Wenn das nur so einfach wäre! Natürlich wusste sie, dass sie nicht allein war, aber ihr Unterbewusstsein sperrte sich gegen diese Erkenntnis. Sie musste ihn entweder sehen oder hören oder ihn zumindest berühren. Ihn zu sehen kam nicht infrage, sie bezweifelte, dass er es zulassen würde, die ganze Nacht eine Taschenlampe brennen zu lassen, vorausgesetzt natürlich, er hatte überhaupt eine. Genauso wenig würde er sich damit einverstanden erklären, sich noch weiter mit ihr zu unterhalten. Vielleicht aber konnte sie wenigstens ganz unauffällig ein bisschen Körperkontakt mit ihm suchen. Vorsichtig tastete sie nach seiner Hand – und fand umgehend ihr Handgelenk erneut von seinem eisernen Griff umschlossen.

„Huch!", schrie sie auf, und er gab sie frei.

„Was ist denn nun schon wieder?" Sein Ton ließ erkennen, dass seine Geduldsgrenze erreicht war.

„Ich wollte dich nur ein bisschen spüren", gestand Jane, mittlerweile zu müde, um sich den Kopf darüber zu zerbrechen, was er wohl über sie denken mochte. „Nur damit ich weiß, dass ich nicht allein bin."

„Wenn es denn unbedingt sein muss. Hauptsache, ich kann jetzt endlich schlafen. Ich bin nämlich wirklich hundemüde." Er nahm ihre Hand. „Ist es so besser? Glaubst du, du kannst so schlafen?"

„Ja", flüsterte sie erleichtert. „Danke."

Sie lag ganz still da und fühlte sich unaussprechlich getröstet von der Berührung dieser starken Hand.

Gleich darauf schloss sie die Augen und begann nach und nach, sich zu entspannen. Die Schrecken der Nacht waren gebannt. Endlich.

Als die ersten Strahlen des Tageslichts durch die Zeltwände schimmerten, berührte Grant Jane, die wieder halb auf ihm lag, sodass er es nicht wagte, sich zu rühren, behutsam an der Schulter. „Jane, wach auf."

Sie murmelte irgendetwas Unverständliches vor sich hin und schmiegte sich an seinen Nacken. Grant rutschte ein kleines Stück von ihr ab. „Bleib hier, geh nicht weg!", bat sie drängend, dann wurde sie vom Klang ihrer eigenen Stimme wach. Sie öffnete die Augen und blinzelte ihn verschlafen an. „Oh. Ist es schon Morgen?"

„Ja. Glaubst du, du könntest mich jetzt vielleicht loslassen?"

Verwirrt starrte sie ihn an, und es dauerte einen Moment, ehe ihr zu Bewusstsein kam, dass sie die Arme eng um ihn geschlungen hatte. Peinlich berührt, zog sie sich augenblicklich von ihm zurück, und obwohl im Zelt ein schummriges Zwielicht herrschte, sah er die feine Röte, die ihr in die Wangen kroch. „Entschuldige bitte", sagte sie hastig.

Jetzt war er frei, das Zelt zu verlassen, doch seltsamerweise hatte er es plötzlich gar nicht mehr so eilig. Sein linker Arm lag noch immer unter ihrem Kopf und diente ihr so als Kissen. Der Drang, sie zu berühren, zwang seine Hand unter ihr Hemd, das in Wirklichkeit ihm gehörte, zu schlüpfen und sich auf ihren flachen Bauch zu legen. Wie herrlich weich ihre Haut war.

Jane spürte, wie sich ihr Atem beschleunigte und ihr Herz rascher zu klopfen begann. „Grant?", tastete sie sich zögernd vor. Seine Hand lag reglos auf ihrem Bauch, aber sie fühlte ein Ziehen in den Brüsten und wie ihre Knospen vor Erwartung hart wurden. Ihr Begehren erwachte. Es war dasselbe unverstellte Begehren, das sie gestern, als sie fast nackt in seinen Armen lag, verspürt hatte. Es machte ihr Angst, ebenso wie der Mann, der es in ihr zu erwecken verstand, ihr aus irgendeinem unerfindlichen Grund Angst einflößte.

„Du brauchst keine Angst zu haben", sagte er, als hätte er ihre Gedanken erraten. „Ich bin kein Vergewaltiger."

„Ich weiß." Ein Killer vielleicht, aber kein Vergewaltiger. „Ich vertraue dir", flüsterte sie und legte ihre Hand an seine mit Bartstoppeln bedeckte Wange.

Er lachte ein kleines, zynisches Lachen. „Vertrau mir nur nicht zu sehr, Honey. Ich bin nämlich ziemlich scharf auf dich, und ich bin mir gar nicht sicher, ob durch die Tatsache, dich beim Aufwachen in meinen Armen zu spüren, meine guten Vorsätze nicht verpufft sind."

Damit wandte er den Kopf und presste schnell einen kurzen atemlosen Kuss auf die Handfläche, die eben noch seine Wange gestreichelt hatte.

„Also los, lass uns aufbrechen. Jetzt, wo es draußen hell ist, komme ich mir vor wie eine brütende Ente in diesem Zelt."

Er hievte sich in eine sitzende Position hoch und angelte sich seine Stiefel. Jane hatte mehr Mühe sich aufzusetzen, ihr ganzer Körper protestierte. Gähnend schüttelte sie sich ihr zerzaustes Haar aus dem Gesicht und schlüpfte in ihre Schuhe.

Als sie fertig war, hatte Grant das Zelt bereits verlassen, und sie kroch hinter ihm her. Als sie schließlich auf ihren Füßen stand, reckte und streckte sie sich ausgiebig und berührte ein paar Mal mit den Händen ihre Fußspitzen. Währenddessen hatte sich Grant bereits darangemacht, das Zelt abzubauen. In Windeseile war er fertig.

„Hast du noch irgendwelche Köstlichkeiten in deinem Rucksack?", erkundigte er sich. „Wenn nicht, müssen wir uns mit der Marschverpflegung begnügen."

„Mit diesem widerlichen Zeug, das du dabei hast?"

„Ganz recht."

„Mal sehen, was noch da ist. Orangensaft gibt's keinen mehr, soviel steht fest …" Sie schnürte ihren Rucksack auf und spähte hinein, dann begann sie, darin herumzukramen. „Ah! Hier sind noch zwei Knabberriegel. Hast du etwas dagegen, wenn ich den Kokosriegel esse? Auf Rosinen bin ich nämlich nicht so besonders scharf."

„Tu dir keinen Zwang an", stimmte er großzügig zu. „Es sind schließlich immer noch deine."

Sie warf ihm einen irritierten Blick zu. „Es sind *unsere*. Warte … hier ist eine Dose …" Sie kramte eine Büchse aus dem Rucksack und studierte das Etikett. Einen Moment später grinste sie triumphierend. „Räucherlachs! Na, was sagst du jetzt? Und ein paar Cracker haben wir auch noch. Bitte nehmen Sie Platz, Sir, das Frühstück ist angerichtet."

Er folgte ihrer Aufforderung, dann zog er sein Buschmesser aus dem Gürtel und streckte die Hand nach der Lachsdose aus. Jane fiel ihm in den Arm und versteckte die Dose hinter ihrem Rücken. „Moment, Sir, Sie befinden sich in einem erstklassigen Restaurant, hier macht man die Dosen nicht mit dem Messer auf."

„So? Wie denn dann? Etwa mit den Zähnen?"

Sie hob das Kinn und begann erneut in ihrem Rucksack zu kramen. Schließlich förderte sie einen Büchsenöffner zutage, den sie ihm reichte. „Wenn ich flüchte, dann tue ich es mit Stil."

Er machte sich daran, die Dose zu öffnen. „Wie man sieht. Wie bist du bloß an all dieses Zeug rangekommen? Ich glaube kaum, dass du den ganzen Kram auf Turegos Befehl hin gesammelt hast."

Ihr dunkles, heiseres Lachen hielt ihn für einen Moment von seinem Tun ab und veranlasste ihn, den Kopf zu heben und sie anzuschauen.

Ihre Augen blitzten schelmisch. „Ich habe mich mit dem Koch gut gestellt, und nach einiger Zeit hat er mir jeden Wunsch von den Augen abgelesen."

„Und dabei fiel zum Beispiel das hier ab?"

Stolz beäugte sie die Dose. „Zum Beispiel. Ist doch nicht übel, oder?"

Er erwiderte nichts, aber um seine Mundwinkel zuckte es verräterisch. Anschließend verspeisten sie in kameradschaftlichem Schweigen mit Genuss den Lachs und die Kräcker und spülten das Ganze mit dem Wasser aus Grants Feldflasche hinunter.

Nach dem Essen bürstete Jane sich ihre schwarze zerzauste Mähne und reinigte sich anschließend mit einem angefeuchteten Tuch Gesicht und Hände. „Willst du auch eins?", fragte sie und hielt Grant eins der Erfrischungstücher hin.

Er hatte sie die ganze Zeit über mit einem Ausdruck erstaunter Belustigung beobachtet und streckte jetzt die Hand aus, um das kleine

Päckchen entgegenzunehmen. Nachdem er es mit den Zähnen aufgerissen hatte, rieb er sich das Gesicht ab und fühlte sich wenig später angenehm erfrischt.

Als ein bekanntes Geräusch an seine Ohren drang, drehte er sich nach Jane um. Auf dem Boden neben ihr lag eine Tube Zahnpasta, während sie dabei war, sich intensiv die Zähne zu bürsten. Jetzt spuckte sie die Zahnpasta aus, dann griff sie nach einer kleinen Flasche und nahm einen Schluck, spülte ihren Mund aus. Als Grants Blick erneut auf die Flasche fiel, wollte er seinen Augen kaum trauen. Er setzte sich wieder hin und begann schallend zu lachen. Es war nicht zu fassen! Da spülte sich diese Frau doch tatsächlich mitten im Dschungel den Mund mit Mineralwasser von Perrier aus.

*J*ane war einen winzigen Moment lang verärgert, dass er sich über sie lustig machte, doch dann freute sie sich plötzlich, ihn lachen zu hören, hockte sich auf ihre Fersen und lachte mit. Wenn er lachte, sah er richtig jung aus und fast schön, weil die dunklen Schatten, die sonst stets in seinen Augen lauerten, verschwunden waren. Plötzlich wurde ihr ganz warm ums Herz, und sie verspürte den Wunsch, ihn in den Arm zu nehmen, um so die schwarzen Schatten für immer zu bannen. Als ihr ihre Gedanken bewusst wurden, schüttelte sie über sich selbst den Kopf. Was für eine absurde Vorstellung. Wenn irgendjemand allein auf sich aufpassen konnte, so war es Grant Sullivan.

In dem Versuch, ihre Gefühle zu verbergen, packte sie rasch ihre Sachen zusammen, dann sah sie ihn fragend an. „Möchtest du vielleicht ein bisschen Zahnpasta?"

Er lachte noch immer. „Danke, Honey, mir reicht mein Zahnsalz, und anschließend spüle ich mir den Mund mit dem Wasser aus der Feldflasche aus. Großer Gott! Perrier!"

Gegen Mittag machten sie Rast, um zu essen, und diesmal blieb ihnen nichts anderes übrig, als auf Grants Marschverpflegung zurückzugreifen. Nach einem kurzen Blick auf den Inhalt der Dose beschloss Jane, ab sofort keinen Gedanken mehr daran zu verschwenden, was sie da aß, sondern sich auf Kauen und Schlucken zu beschränken. Und so grässlich, wie sie es sich vorgestellt hatte, schmeckte es gar nicht, es war einfach nur entsetzlich fad. Sie tranken zu ihrem Essen jeder eine Flasche Perrier, und nach der Mahlzeit bestand Jane darauf, dass sie eine weitere Hefepille schluckten. Als Donnergrollen den täglichen Wolkenbruch ankündigte, bestand Grant darauf, umgehend unter einem ausladenden Felsvorsprung Schutz zu suchen.

Jetzt öffnete der Himmel seine Schleusen und ließ eine wahre Sintflut herabregnen. Jane und Grant hockten in ihrem Unterschlupf am Boden und sahen dem Naturschauspiel eine Weile zu, dann streckte Grant seine langen Beine aus und lehnte sich, auf die Ellbogen aufgestützt, zurück. „Was soll das eigentlich heißen, du hättest dich zu deinem Schutz von deinem Vater enterben lassen?"

Jane verfolgte mit Blicken den Weg einer kleinen braunen Spinne, die über den Boden huschte. „Ganz einfach. Da ich keine Lust mehr hatte, mit dieser Rund-um-die-Uhr-Bewachung zu leben, hielt ich es für das Gegebene, potenziellen Kidnappern den Anreiz zu nehmen."

„Hinter jedem Baum einen Kidnapper zu sehen, erscheint mir doch reichlich paranoid, meinst du nicht auch?"

„Ja", erwiderte sie ruhig, noch immer die Spinne beobachtend. Das kleine Tier verschwand schließlich in einer Felsspalte, und Jane seufzte leise. „*Er* ist ein bisschen paranoid, weil er Angst hat, dass ich beim nächsten Mal vielleicht nicht mehr so glimpflich davonkomme."

Grant horchte auf. „Beim nächsten Mal? Bist du denn schon mal entführt worden?"

Sie nickte. „Ja, als ich neun war."

Da sie keine Anstalten machte weiterzureden, vermutete er, dass sie das Thema nicht vertiefen wollte. Aber es interessierte ihn. Aus irgendeinem unerfindlichem Grund wollte er wissen, was in ihrem Kopf vorging, und jetzt, wo er so nah dran war, etwas Entscheidendes zu erfahren, war er nicht gewillt aufzugeben.

„Was ist damals passiert?", erkundigte er sich so beiläufig wie möglich.

„Eines Tages haben mich nach der Schule zwei Männer entführt und in einem verlassenen Haus tagelang in einem dunklen Schrank gefangen gehalten. Sie ließen mich erst frei, nachdem Dad das Lösegeld bezahlt hatte."

Das erklärte ihre panische Angst vor der Dunkelheit.

„Haben Sie dich auch vergewaltigt?" Jetzt bemühte sich Grant nicht mehr, seine Betroffenheit zu verbergen.

„Nein, das nicht. Sie haben mich einfach nur in diesen Schrank gesperrt. Es war so entsetzlich dunkel."

„Erzähl mir noch mehr davon", bat er.

Sie zuckte die Schultern. „Viel mehr gibt es dazu nicht zu sagen."

„Hat dein Vater das Lösegeld gleich bezahlt?"

„Ja. Aber Dad schaltete die Polizei ein, und es war ein Glück, dass er es tat. Ich hörte nämlich, wie sich die beiden Männer darüber unterhielten, wie sie meine Leiche am besten beseitigen könnten, weil ich sie gesehen hatte und identifizieren konnte." Sie senkte den Kopf und starrte konzentriert auf den Erdboden, als ob das, was sie ihm erzählen wollte, dort geschrieben stünde. „Glücklicherweise fand die Polizei schnell heraus, wo man mich gefangen hielt, und postierte Scharfschützen um das Haus. So nahm schließlich für mich doch noch alles ein gutes Ende."

Jane zuckte die Schultern, dann holte sie tief Luft. „Die beiden Männer wurden bei der Schießerei getötet. Sie versuchten, mit mir zusammen aus dem Haus zu entkommen, und dann … dann war plötzlich alles voller … voller Blut. Einer der Polizisten hatte den Mann, der mich als Schutzschild vor sich hielt, in den Kopf geschossen … sein Blut spritzte über mich … mein Gesicht … mein Haar …" Jane schluckte schwer.

Für einen Moment sah Grant, wie sich die grauenhafte Panik, die sie damals empfunden hatte, auf ihrem Gesicht widerspiegelte. Und ihm fiel die Boa ein, der er den Kopf abgeschlagen hatte, und Janes Reaktion auf das viele Blut. Er sah, wie sie gegen ihre Angst ankämpfte und sich bemühte, die Schatten zurückzudrängen.

Einen Augenblick später hatte sie sich wieder in der Gewalt und bewerkstelligte sogar ein kleines Lächeln. „Okay, jetzt bist du dran. Erzähl mir etwas von dir."

Früher wäre er angesichts dieser Frage nicht zurückgeschreckt. Sein Leben war sein Leben, und er akzeptierte es, mit all den brutalen Erinnerungen, die dazugehörten. Sie waren ein Teil von ihm, waren ihm in Fleisch und Blut übergegangen, gehörten zu ihm wie die Farbe seiner Augen oder die Gestalt seines Körpers. Aber wenn er in Janes unschuldiges Gesicht schaute, wusste er, dass er ihr nicht einmal in Ansätzen von dem Leben erzählen konnte, das er geführt hatte. Janes Augen waren so rein und klar wie ein Bergbach und wussten nichts von der Schlechtigkeit der Welt. Das, was sie durchgemacht hatte, schien ihr inneres Wesen nicht berührt zu haben, bis auf die Tatsache, dass sie – wahrscheinlich durch die Schrecken, die ihr widerfahren waren – zu einem der mutigsten Menschen geworden war, die er kannte.

„Ich habe nichts zu erzählen", gab er mild zurück.

„Doch, das hast du. Ganz bestimmt." Sie drehte sich zu ihm um und schaute ihn an. Wenn dieser Mann nichts zu erzählen hatte, würde sie ihre Stiefel fressen. Wie zur Bestätigung ließ sie ihren Blick über ihr Schuhwerk wandern, das im Moment grün und schlammverschmiert war. Igittigitt. Nicht einmal ein Ziegenbock würde sich herablassen, daran herumzuknabbern. Gleich darauf richtete sie ihre Aufmerksamkeit wieder auf Grant. Sein Gesicht war hart, und einige Narben zeugten von einem gefährlichen Leben. Seine Haut war bronzefarben, und die hellen wachsamen bernsteinfarbenen Augen erinnerten an die eines Adlers oder eines Löwen.

„Bist du ein Agent?", forschte sie neugierig. Die Idee, er könnte ein Söldner sein, hatte sie mittlerweile verworfen.

Er verzog den Mund. „Nein."

„Okay, dann lass es mich andersrum versuchen. *Warst* du ein Agent?"

„Was denn für ein Agent?"

„Hör auf, mir auszuweichen. Du weißt genau, was ich meine. Ich rede von diesen Männern in Trenchcoats, die vierzig Pässe mit sich rumschleppen, um sich, je nach Gelegenheit, mit diesem oder jenem auszuweisen."

„Nein. Deine Phantasie treibt wilde Blüten. Ich sehe nicht durchschnittlich genug aus, um ein guter Undercover-Agent zu sein."

Ganz unrecht hatte er nicht. Er würde sich ausnehmen wie ein Krieger beim Kaffeekränzchen. Plötzlich wusste sie es. „Bist du eine … Waffe?" Sie hatte einmal gehört, dass Männer, die im Auftrag des Geheimdienstes in Krisengebieten operierten, so genannt wurden.

Er hüllte sich so lange Zeit in Schweigen, dass sie schon glaubte, er werde überhaupt nicht mehr antworten. Er schien in Gedanken ganz weit weg. Doch dann erwiderte er: „So etwas Ähnliches. Aber ich arbeite nicht mehr. Ich habe mich pensionieren lassen."

Sie beobachtete ihn nachdenklich. Sein verschlossener Gesichtsausdruck schmerzte sie. Seine Feinde hatten ihn ins Visier genommen, auf ihn geschossen und ihn observiert, um ihn zu zerstören, doch er hatte sich als unzerstörbar erwiesen. Dann hatte er irgendwann seinen tödlichen Beruf an den Nagel gehängt und war davongegangen, um sich zur Ruhe zu setzen.

Sie streckte die Hand aus und legte sie auf seine. Ihre Finger waren so zart und feingliedrig, dass er sie mit Leichtigkeit hätte zerquetschen können. Ein tiefer Atemzug ließ Grants Brustkorb anschwellen. Plötzlich hatte er Lust, mit ihr zu schlafen, direkt hier, auf dem verschlammten Erdboden. Er stellte sich vor, wie er ihr die Kleider vom Leib riss, sie auf den Boden warf und ganz tief in sie eindrang. Doch er wusste, dass sein Verlangen nicht auf die Schnelle zu befriedigen war. Dazu brauchte es mehr. Und für mehr war keine Zeit. Er spürte vage, dass sie es sich nicht leisten konnten, noch länger hier zu verweilen.

Aber es war nur eine Frage der Zeit, und sie wusste es ebenso wie er. Er zog seine Hand unter ihrer hervor und fuhr leicht mit der Daumenspitze über ihre Unterlippe. „Bald", sagte er mit vor Begehren rauer Stimme, „bald werden wir uns lieben. Bevor ich dich zu deinem Daddy zurückbringe, werde ich dich nehmen, und wenn mir dann so zumute ist wie jetzt, könnte ich mir vorstellen, dass es sehr, sehr viel Zeit in Anspruch nehmen wird."

Jane war regungslos wie ein im Lichtkegel eines Autoscheinwerfers erstarrtes Reh, unfähig zu irgendeiner Art von Protest, weil der raue Klang seiner Stimme die Erinnerungen an den Vortag, als er sie in seinen Armen gehalten und mit seinen Zärtlichkeiten ihr Verlangen wachgerufen hatte, weckte. Das Begehren stieg erneut mit aller Macht in ihr auf, und sie erkannte, dass sie sich zum ersten Mal in ihrem Leben nach einen Mann verzehrte. Und daran war er schuld. Gestern hatte er sie mit seinen Berührungen fast um den Verstand gebracht, und heute tat er es mit Worten. Dadurch, dass er offen zugab, was er wollte, setzte er ihre Phantasie in Gang, die nun Bilder in ihrem Kopf erzeugte, die ihr die Schamesröte in die Wangen trieb.

Mittlerweile hatte es aufgehört zu regnen, deshalb griff er nach seinem Marschgepäck und schulterte sein Gewehr. Jane folgte ihm ohne ein Wort nach draußen, wo es schon wieder fast so heiß und stickig war wie vor dem Wolkenbruch. Vom Erdboden stiegen wabernde Nebel auf, die sie einhüllten wie in ein feuchtes Tuch.

Für den Rest des Nachmittags hüllte sie sich in Schweigen und hing ihren Gedanken nach. Als sie an einen kleinen Fluss kamen, blieb Grant stehen und schaute sie an. „Hast du Lust auf ein Bad? Besonders tief ist das Wasser zwar nicht, aber zum Abkühlen reicht es."

Ihr Gesicht hellte sich auf, und zum ersten Mal an diesem Nachmittag spielte ein Lächeln um ihre Mundwinkel. Es bedurfte keiner Worte, um ihn wissen zu lassen, was sie von einem Bad hielt. Er kramte ein kleines Stück Seife aus seinem Rucksack und hielt es ihr hin. „Ich passe unterdessen auf, und wenn du fertig bist, machen wir es umgekehrt."

Das Wasser war herrlich kühl, obwohl es ihr kaum bis ans Knie reichte. Sie ließ sich nackt auf einem kleinen Felsen nieder und schöpfte Wasser mit den Händen, das sie sich über den Kopf schüttete, bis ihr Haar triefend nass war und sich die von Schweiß verklebten Strähnen unter ihren Fingern wieder seidig anfühlten, dann griff sie nach der Seife und seifte sich gründlich ein. Nachdem sie den Schaum abgespült hatte, fühlte sie sich wie neugeboren. Das Baden in dem klaren Wasser hatte einen besonderen Reiz, der wohl auch daher rührte, dass sie nackt war. Sie wusste, dass Grant ihr von irgendwoher zuschaute, auch wenn sie ihn nicht sehen konnte. Als sie daran dachte, spürte sie, wie sich ihre Knospen verhärteten.

Wie es wohl wäre, wenn er jetzt zu ihr herunterkäme und sie mit Wasser bespritzte? Und wenn er anschließend am Ufer die Decke ausbreiten und sie darauf legen würde? Bei diesem Gedanken schloss sie erschauernd die Augen und stellte sich vor, wie sich sein harter

Körper gegen den ihren presste, während er in sie eindrang. Es war schon so viele Jahre her, und Chris hatte es nicht verstanden, die Leidenschaft, die in ihr schlummerte, zu wecken. Bei Grant allerdings erkannte sie sich selbst nicht mehr wieder.

Das Herz klopfte ihr vor Erregung bis zum Hals, als sie nun aufstand und erneut Wasser schöpfte, um sich abzuspülen. Dann wrang sie ihr langes Haar aus und watete ans Ufer zurück. Zitternd, jedoch nicht vor Kälte, stieg sie in ihren frischen Slip und anschließend in die blutbefleckte Hose. Nachdem sie in ihre Bluse geschlüpft war, rief sie: „Ich bin fertig", und angelte sich ihre Stiefel.

Er trat geräuschlos neben sie. „Geh genau an die Stelle, an der ich auch war", forderte er sie auf und drückte ihr das Gewehr in die Hand. „Weißt du, wie man damit umgeht?"

Die Waffe war schwer, aber Jane hielt sie so geschickt in den Händen, dass Grant den Eindruck bekam, dass sie im Notfall durchaus damit zurechtkommen würde. „Ja, ich kann ganz gut schießen." Sie grinste leicht. „Auf Zielscheiben aus Pappe und auf Tontauben zumindest."

„Das genügt." Er begann ungeniert sein Hemd aufzuknöpfen, und es gelang ihr nicht, ihre Blicke von seinen Händen loszureißen. Jetzt hielt er inne und sah sie an. „Willst du hier unten stehen bleiben?"

Sie wurde rot. „Nein. Entschuldige." Hastig wandte sie sich um und kletterte die Böschung hinauf, dann setzte sie sich genau an die Stelle, an der er auch gesessen hatte. Von hier aus konnte sie bequem beide Ufer übersehen, ohne selbst gesehen zu werden. Instinktiv schien er sich den am besten getarnten Platz ausgesucht zu haben. Er mochte zwar im Ruhestand sein, aus dem Training war er ganz offensichtlich nicht.

Ein kurzes bronzefarbenes Aufblitzen, das sie nur aus dem Augenwinkel heraus wahrnahm, sagte ihr, dass er Anstalten machte, in den Fluss hineinzuwaten. Sie wandte den Kopf ab, doch allein das Wissen, dass er so nackt war wie sie eben, verursachte ihr Herzklopfen. Sie schluckte, dann befeuchtete sie sich die Lippen und zwang sich, ihre Aufmerksamkeit auf den Regenwald zu richten, aber der Drang, ihn zu beobachten, hielt an.

Sie hörte Wasser plätschern und malte sich aus, wie er im Fluss stand – ein Wilder, der im Dschungel zu Hause war.

Sie schloss die Augen, doch das Bild wollte nicht weichen. Langsam und unfähig sich zu beherrschen, öffnete sie sie wieder und warf einen verstohlenen Blick in seine Richtung. Sie sah ihn nur einen ganz kurzen Moment, und das war bei weitem nicht genug. Plötzlich verzehrte sie sich danach, ihn anzuschauen, den Anblick seines herrlichen, starken Körpers ganz und gar in sich aufzunehmen und jeden Millimeter genau zu erkunden, und dies nicht nur mit den Augen, sondern auch mit den Händen, mit den Lippen ... Sie erstarrte bei diesem Gedanken, doch sie wandte sich nicht ab, sondern schaute noch genauer hin. Er war schön, so schön, dass ihr der Atem stockte. Seine Schönheit war keine Schönheit im üblichen Sinne, es war die unzivilisierte, erschreckende, Furcht einflößende Schönheit eines Raubtieres, das nur nach seinen Instinkten lebt. Er war am ganzen Körper braun gebrannt und wandte ihr nicht, wie sie es getan hatte, den Rücken zu, sondern präsentierte sich ihr unerschrocken vorn. Er nahm ein Bad; und sie konnte ihm dabei zuschauen oder auch nicht, ganz wie es ihr beliebte, ihn beeinträchtigte es nicht in seinem Tun.

Seine Haut glänzte vor Nässe, und die Wassertropfen in seinem dunklen Brusthaar glitzerten wie Diamanten. Während er sich auf dem Felsen sitzend einseifte, konnte sie das Spiel seiner Muskeln beobachten; seine Beine waren lang, sehnig und kräftig, und von seinem flachen Bauch verlief eine schmale schwarze Linie abwärts, um sich schließlich in dem dunklen Dreieck, von dem sie nur den obersten Rand erkennen konnte, zu verlieren.

Nachdem er sich die Seife abgespült hatte, erhob er sich zu seiner vollen Größe und schaute zu ihr hinauf. Jane schaffte es nicht mehr, sich rechtzeitig zurückzuziehen, es war zu spät, so zu tun, als widmete sie ihrer Umgebung mehr Aufmerksamkeit als ihm. Deshalb blieb ihr nichts anderes übrig, als seinem Blick standzuhalten. Er stand vollkommen reglos da und beobachtete sie, sich unverhüllt und ganz ohne Scham ihren Blicken darbietend, ebenso aufmerksam wie sie ihn. Das Wissen, dass sie ihn anschaute, schien ihn zu erregen, denn nun erwachte seine Männlichkeit und wuchs zu imponierender Größe.

„Jane", rief er ihr mit ganz leiser Stimme zu, aber sie hörte ihn dennoch. Sie war sich jeder seiner Regungen so überdeutlich bewusst, dass es fast schmerzte. Selbst wenn er nur geflüstert hätte, hätte sie ihn gehört. „Willst du nicht runterkommen?"

Ja. Oh, Gott, sie wollte es mehr als sonst irgendetwas auf der Welt. Doch die Angst vor ihren eigenen Gefühlen hielt sie zurück. Es gab da offensichtlich einen Teil in ihr, der sich ihrer Kontrolle entzog, und das war etwas, das ihr Unbehagen einflößte.

„Ich kann nicht", gab sie ebenso leise zurück. „Noch nicht."

„Dann dreh dich um, Honey, solange du es noch kannst."

Sie erschauerte, fast unfähig, die erforderliche Bewegung durchzuführen, doch schließlich gehorchten ihr ihre Muskeln doch, und sie wandte sich ab. Sie hörte, wie er aus dem Wasser watete, und in weniger als zwei Minuten war er geräuschlos hinter sie getreten und nahm ihr das Gewehr aus den Händen. Er war bereits angezogen und abmarschbereit und erwähnte – typisch für ihn – das eben Vorgefallene mit keinem Wort. „Wir sollten versuchen, so schnell wie möglich einen geeigneten Schlafplatz zu finden. Es wird bald dunkel werden."

7. KAPITEL

Als Grant am nächsten Morgen erwachte, lag Jane wieder halb auf ihm, doch diesmal wunderte er sich nicht. Er hatte geschlafen wie ein Stein und fühlte sich frisch und ausgeruht. Während er seine Hand gedankenverloren über ihren Rücken gleiten ließ, begannen ihre Augenlider zu flattern. Sie murmelte etwas vor sich hin und schmiegte sich noch enger an ihn, einen Moment später öffnete sie schlaftrunken die Augen. Sie blinzelte ein paar Mal, und dann lächelte sie ihn an.

„Guten Morgen", sagte sie gähnend. Sie streckte sich und erstarrte gleich darauf mitten in der Bewegung. „Oh, mein Gott, ich liege ja auf dir."

„Wieder", bestätigte er trocken.

„Wieder?"

„Vergangene Nacht hast du auch schon auf mir gelegen. Offensichtlich scheinst du das Gefühl zu haben, dass du mich niederhalten musst, während wir schlafen."

Sie rollte sich von ihm herunter, setzte sich auf und strich ihre zerknitterte Bluse glatt. Verlegenheit färbte ihre Wangen rot. „Entschuldige bitte, ich bin mir natürlich im Klaren darüber, dass das nicht sehr bequem gewesen sein kann für dich."

„Du musst dich nicht entschuldigen. Ich hab's genossen", gab er gedehnt zurück. „Aber wenn du wirklich der Meinung bist, Wiedergutmachung leisten zu müssen, können wir's ja heute Abend mal mit einer anderen Stellung versuchen."

Ihr stockte der Atem. Ihre Augen schimmerten samtweich in dem Halbdunkel, als sie ihn jetzt ansah. Ja. Alles in ihr schrie förmlich danach. Sie wollte ihm gehören; sie wollte jeden Millimeter seines Körpers erkunden und wünschte sich dasselbe von ihm. Das alles hätte sie ihm gern gesagt, doch ihr fehlten die Worte. Über ihr Gesicht huschte ein Lächeln, dann streckte sie die Hand nach ihren Stiefeln aus und schlüpfte hinein. Nachdem sie nichts sagte, ließ er das Thema fallen, zog sich ebenfalls die Schuhe an und kroch nach draußen.

„Für eine Mahlzeit reicht es noch", sagte er, nachdem sie ihr Frühstück beendet hatte. „Dann muss ich auf die Jagd gehen."

Diese Vorstellung behagte ihr gar nicht. Wenn er auf die Jagd ging, bedeutete das, dass er sie über eine längere Zeit hinweg allein lassen würde. „Ich hätte nichts gegen eine vegetarische Diät einzuwenden", gab sie hoffnungsvoll zurück.

„Mag sein, dass uns gar nichts anderes übrig bleibt. Wir kommen langsam aus den Bergen raus, und wenn mich nicht alles täuscht, kann es nicht mehr lange dauern, bis wir den äußersten Rand des Regenwaldes erreicht haben. Möglicherweise stoßen wir bereits in Kürze auf die ersten Anzeichen von Zivilisation. Aber ich schlage vor, dass wir um alle Menschen einen Bogen machen, bis ich mir sicher bin, dass uns keine Gefahr droht, einverstanden?"

Sie nickte zustimmend.

Wie er vorausgesagt hatte, hörte der Dschungel am späten Vormittag abrupt auf. Sie standen hoch oben auf einem Felsen und schauten auf das von Straßen durchzogene Tal, das sich unter ihnen erstreckte, und an dessen südlichstem Ende, romantisch eingebettet zwischen zwei Hügeln, eine kleine Ortschaft lag. Jane blinzelte in das helle Sonnenlicht. Sie hatte plötzlich das Gefühl, von einem Jahrhundert ins nächste gesprungen zu sein. Das Tal sah fruchtbar aus und erinnerte sie daran, dass Costa Rica trotz großer Dschungelgebiete das höchstentwickelte Land in Mittelamerika war.

„Oh", rief sie aus, „wäre es nicht herrlich, heute Nacht in einem richtigen Bett zu schlafen?"

Er brummte irgendetwas vor sich hin, während er mit zusammengekniffenen Augen das Tal nach Anzeichen ungewöhnlicher Aktivitäten absuchte. Jane stand neben ihm und wartete auf seine Entscheidung.

Plötzlich packte er sie abrupt am Arm, zerrte sie ins schützende Dickicht zurück und drückte sie gerade in dem Moment, in dem über ihren Köpfen das Röhren eines Helikopters ertönte, zu Boden. Der Hubschrauber flog sehr niedrig, und Jane erhaschte lediglich einen kurzen Blick auf ihn, ehe er hinter den Bäumen verschwand. Es war ein in Tarnfarben gespritzter Kampfhubschrauber gewesen.

„Konntest du erkennen, was das für eine Maschine war?", fragte sie erschrocken, wobei sie ihre Nägel in das feste Fleisch seines Unterarms grub.

„Nein." Er rieb sich sein Stoppelkinn. „Nein, aber wir dürfen kein Risiko eingehen. Auf jeden Fall wissen wir jetzt, dass wir nicht einfach seelenruhig durch das Tal marschieren können. Wir müssen unter allen Umständen in Deckung bleiben."

Ihr Weg wurde jetzt, soweit überhaupt möglich, noch beschwerlicher. Sie befanden sich am Rand einer zerklüfteten Vulkangebirgskette, und es ging entweder steil bergauf oder steil bergab, sodass sie sich nur im Schneckentempo vorwärtsbewegen konnten. Als sie schließlich Rast machten, hatten sie erst etwa ein Fünftel des Weges zurückgelegt, und Janes Beine schmerzten wie noch nie.

Gerade als sie ihre Mahlzeit beendet hatten, hörten sie das erste Donnergrollen. Grant sah sich nach einem Unterschlupf um, wobei er jeden Felsvorsprung in Betracht zog. „Da oben ist eine Höhle, wenn mich nicht alles täuscht. Sieht so aus, als hätten wir es dort so bequem wie noch nie. Eine luxuriöse Unterkunft sozusagen im Vergleich zu allem, was wir bisher gewohnt sind."

„Es sei denn, ein anderer vor uns war schneller."

„Genau aus diesem Grund wirst du jetzt hier unten warten, bis ich es ausgekundschaftet habe." Damit kletterte er, behände wie eine Gämse, den mit Farnen bedeckten Abhang hinauf, und es dauerte nicht lange, bis er ihr winkte. „Alles klar! Komm rauf! Meinst du, du schaffst es allein?"

„Habe ich bisher schon mal irgendetwas nicht geschafft?" Sie versuchte einen scherzhaften Ton anzuschlagen, aber es wollte ihr nicht recht gelingen. Seit sie einen Blick auf das Tal geworfen hatte, wuchs ihre Verzweiflung, denn die Tatsache, dass die Zivilisation so nah war, hatte sie daran erinnert, dass ihre Zeit mit Grant begrenzt war. Solange sie im Regenwald waren, hatte sie das Gefühl gehabt, sie wären die einzigen Menschen auf der ganzen Welt, und ihr Zeitsinn war ihr vollkommen abhanden gekommen. Jetzt aber konnte sie die Tatsache, dass ihr nur noch ein oder zwei Tage mit Grant blieben, nicht länger verdrängen. Sie fühlte sich so, als hätte sie wertvolle Zeit vertan, als würde ihr Goldstaub durch die Finger rinnen, ohne dass sie imstande war, etwas dagegen zu unternehmen. Der Gedanke, eine einmal gefundene Liebe zu verlieren, nur weil es nicht genug Zeit gab, um sie wachsen zu lassen, versetzte sie in Panik.

Er streckte eine Hand aus und zog sie die letzten paar Meter hoch. „Mach's dir bequem, wahrscheinlich müssen wir eine Weile hier bleiben. Es sieht nämlich so aus, als käme ein böses Unwetter auf uns zu."

Jane schaute sich in dem Unterschlupf um, der gar keine richtige Höhle war, sondern eigentlich nur eine etwa acht Fuß tiefe Einbuchtung im Felsen mit nach hinten steil abfallender Decke und steinigem Untergrund. Direkt vor dem Eingang lag ein Felsbrocken, der so groß war wie ein Zweiersofa und die Form einer Erdnuss hatte. Den Unterschlupf als komfortabel zu bezeichnen, wäre eine Übertreibung gewesen, zumindest aber saßen sie hier geschützt und im Trockenen.

Da sie mittlerweile Grants ausgeprägten Sinn für Timing kannte, war sie nicht überrascht, als sie die ersten dicken Regentropfen draußen auf dem Boden aufklatschen hörte. Grant hatte eben hinter dem großen Stein die Zeltplane auf dem Boden ausgebreitet und forderte Jane jetzt auf, sich hinzusetzen.

Es dauerte nicht lange, bis ein dichter Regenvorhang den Blick nach draußen verstellte und Jane, die mit angewinkelten Beinen, das Kinn auf die Knie gestützt, auf der Zeltplane hockte, den Eindruck vermittelte, als stünde sie unter einem Wasserfall. Es war dunkel geworden, weil die schwarzen Regenwolken das wenige Licht, das sich normalerweise durch das dichte Blätterdach stahl, auch noch vertrieben hatten. Jane konnte Grant, der mit einer Schulter gegen die Wand gelehnt dastand und an einer Zigarette zog, kaum erkennen.

Der Wolkenbruch hatte die Luft abgekühlt. Jane erschauerte und zog ihre Beine enger an ihren Körper heran, während sie auf Grants breiten Rücken starrte. Er hatte kaum ein Wort gesprochen, seit sie hier waren, und sie dachte ein weiteres Mal, dass es gewiss nicht einfach war, ihn zu durchschauen. Seine Persönlichkeit war so verschlungen wie die Pfade im Dschungel, und dennoch flößte ihr allein der Anblick seines breiten Rückens Vertrauen und das Gefühl von Sicherheit ein.

Er zog ein letztes Mal an seiner Zigarette und trat sie dann sorgfältig aus. Obwohl es höchst unwahrscheinlich war, dass irgendjemand hier ihre Spuren entdecken würde, beseitigte er den Stummel mit Bedacht, wahrscheinlich weil es ihm zur zweiten Natur geworden war. Dann wandte er sich wieder um und schaute in den Regen hinaus.

Während sie ihn beobachtete, spürte sie, wie sich ihr Herz schmerzhaft zusammenzog. Er war so allein. Er war ein harter, einsamer Mann, aber irgendetwas an ihm zog sie an wie ein Magnet.

Ihre Augen verschleierten sich. Wenn erst alles zu Ende war, würde er sich für immer aus ihrem Leben verabschieden, als hätte es diese Tage im Dschungel nie gegeben. Für ihn war es nicht mehr als eine reine Routineangelegenheit. Was sie von ihm haben konnte, alles, was sie jemals von ihm bekommen würde, war das Hier und Jetzt und maximal zwei weitere Tage, dann war es vorbei. Und das war nicht genug.

Ihr war jetzt eiskalt, sie war durchgefroren bis ins Mark. Der undurchdringliche Regenvorhang brachte eine feuchte Kälte mit sich, und ihre düsteren Gedanken trugen auch nicht zu einer Besserung ihres Befindens bei. Instinktiv wie eine Katze, die Wärme sucht, erhob sie sich von der Zeltplane und trat auf ihn zu, in der Sicherheit, bei ihm zu finden, wonach es sie verlangte. Schweigend schlang sie die Arme um seine Taille und presste ihr Gesicht an seine Brust. Er schaute auf sie herunter und hob fragend die Augenbrauen. „Mir ist kalt", murmelte sie, lehnte sich an seine Schulter und starrte schwermütig in den Regen hinaus.

Er legte den Arm um sie und zog sie ganz nah an sich, um seine Wärme mit ihr zu teilen. Ein Schauer überlief sie, und als er es bemerkte, rubbelte er mit seiner freien Hand ihren Arm, wobei er spürte, wie kalt ihre Haut war. Einen Moment später wanderte seine Hand aufwärts, streichelte ihre samtige Wange und schob ihr das zerzauste Haar aus der Stirn. Ihm entging nicht, dass sie in melancholischer Stimmung war; ihr sonst so klarer Blick war umwölkt, und um ihren vollen, leidenschaftlichen, stets zum Lachen bereiten Mund lag ein trauriger Zug.

Er legte ihr eine Hand unters Kinn und hob ihren Kopf, sodass er ihr ins Gesicht sehen konnte. Seine Mundwinkel bogen sich leicht nach oben zu einem winzigen Lächeln. „Was ist los, Honey? Macht dich der Regen schwermütig?" Noch bevor sie antworten konnte, beugte er sich zu ihr herab und küsste sie.

Janes Hände wanderten auf seine Schultern, wo sie sich Halt suchend festklammerten. Sein Mund war hart und verlangend und süß, oh, so süß. Ihn zu schmecken, ihn zu spüren, war alles, wonach sie sich sehnte. Sie erwiderte seinen Kuss und hieß seine Zunge willkommen, und gleich darauf begann tief in ihr ein Feuer zu lodern, sodass sie glaubte, sie stünde in Flammen.

Er beendete den Kuss und flüsterte ganz nah an ihren Lippen: „Honey, das kommt mir ja fast wie ein Angebot vor."

In ihren dunklen Augen lag ein leicht verwirrter Ausdruck, als sie jetzt zu ihm aufschaute. „Ich glaube, das ist es auch."

Er schlang die Arme um ihre Taille und hob sie hoch. Sie umarmte ihn leidenschaftlich und küsste ihn wild, ganz hingegeben an den köstlichen Geschmack seines Mundes, wobei ihr völlig entging, dass er sie zu der Zeltplane trug. Erst als er sie auf dem Boden absetzte, kam sie wieder zur Besinnung. Da es im hinteren Teil der Höhle fast dunkel war, konnte sie seine Augen zwar nicht sehen, sie spürte jedoch seinen intensiven Blick, als er begann, ihre Bluse aufzuknöpfen. Janes Mund wurde trocken, dann fing sie an, sich im Gegenzug dazu an seinem Hemd zu schaffen zu machen.

Nachdem beide Kleidungsstücke offen waren, schlüpfte er aus seinem Hemd und warf es auf die Zeltplane, ohne den Blick von ihr zu nehmen. Dann zerrte er sein Unterhemd aus der Hose und zog es sich über den Kopf. Jetzt war sein Oberkörper nackt. Wie am Tag zuvor erregte Jane dieser Anblick, und sie hatte Mühe zu atmen. Ein Zustand, der sich noch verschlimmerte, als seine Hände unter ihre Bluse schlüpften und begannen, ihre Brüste zu streicheln. Seine heißen Finger auf ihrer kalten Haut ließen sie nach Luft schnappen. Sie schloss die Augen und gab sich seinen Zärtlichkeiten hin. Als er ihre Knospen zu liebkosen begann, entrang sich seiner Brust ein schwerer Seufzer.

Sie spürte die sexuelle Spannung, die zwischen ihnen herrschte. Er machte ihr ihren Körper und ihre Lust bewusst wie kein anderer Mann zuvor in ihrem Leben. Als es zwischen ihren Schenkeln zu pochen begann, presste sie sie instinktiv zusammen in dem Versuch, das Sehnen zu lindern.

So unmerklich ihre Bewegung auch war, sie entging ihm nicht. Seine Hand gab ihre Brust frei und wanderte tiefer, über ihren Bauch und die Hüften hinunter zwischen ihre zusammengepressten Schenkel. „Das wird helfen", murmelte er. „Du musst deine Beine spreizen, nicht schließen." Jetzt begann er sie an ihrer intimsten Stelle zu streicheln, ein Streicheln, das ihre Nervenenden zum Vibrieren brachte. Sie keuchte, dann entrang sich ihrer Brust ein tiefes Stöhnen, sie spreizte die Beine und wölbte sich seiner Hand entgegen. Obwohl sie noch ihre Hose anhatte, spürte sie seine Zärtlichkeiten so stark, dass ihr die Knie weich wurden und sie gegen ihn sank, wobei sich ihre nackten Brüste an seinen muskulösen Brustkorb drückten.

Er fing sie auf, ließ sie auf die Zeltplane gleiten und kniete sich über sie, um ihr die Hose auszuziehen. Er musste eine Pause einlegen, um sie zuvor von ihren Stiefeln zu befreien, doch im nächsten Moment war sie nackt bis auf die Bluse, die ihr noch offen um die Schultern hing. Die kühlfeuchte Luft ließ sie erschauern, und sie streckte die Arme nach ihm aus. „Mir ist kalt", beklagte sie sich weich. „Mach mich warm."

Sie bot sich ihm so offen an, dass er versucht war, umgehend in sie einzudringen, aber er wollte mehr. Fast nackt hatte er sie schon zuvor in seinen Armen gehabt, allerdings ohne die Gelegenheit, ihren Körper so zu erforschen, wie er es sich ersehnte. Ihr Körper war ein Geheimnis für ihn, er wollte jeden Millimeter davon berühren und auskosten und sich an der samtigen Oberfläche erfreuen.

Jane sah ihn mit verschleierten großen Augen an, als er sich vor sie hinkniete. Verlangend streckte sie die Arme nach ihm aus, aber er wehrte sie ab. „Noch nicht, Honey", sagte er mit tiefer Stimme.

„Lass mich dich zuerst anschauen." Er fing ihre Handgelenke ein und drückte sie über ihrem Kopf sanft auf die Zeltplane, was dazu führte, dass sie ihm ihre vollen Brüste um Zärtlichkeiten bettelnd entgegenwölbte. Er umklammerte ihre Handgelenke jetzt nur noch mit einer Hand und ließ die andere abwärts über diese verführerischen, sanft erschauernden Hügel wandern.

Jane keuchte erstickt. Warum nur hielt er ihre Hände auf diese Weise fest? Sie kam sich hilflos und zur Schau gestellt vor. Und doch fühlte sie sich gleichzeitig sehr sicher und beschützt. Sie spürte, wie er sie mit Blicken in sich aufnahm, aufmerksam beobachtend, wie sich ihre Knospen unter seinen Fingerspitzen verhärteten. Er war ihr so nah, dass sie die Hitze, die sein Körper abstrahlte, spüren und den Moschusduft seiner Haut riechen konnte.

Dann war sein Mund auf ihr und wanderte über ihre Brust zu der Knospe, die er mit seinen heißen Lippen eng umschloss. Als er daran zu saugen begann, schwappten schier unerträgliche Wellen des Verlangens über sie hinweg. Niemals, niemals in ihrem ganzen Leben hätte sie sich träumen lassen, dass der Mund eines Mannes so einzigartige Gefühle auslösen könnte. Sie stand in Flammen, ihre Haut brannte, und es war beides zugleich: ekstatisch und unerträglich. Sie wand sich unter ihm und presste die Beine zusammen in dem Versuch, ihr Begehren, das sie zu überwältigen drohte, in den Griff zu bekommen.

Jetzt wandte sich Grant ihrer anderen Brust zu, was die Sache jedoch nicht besser machte. Seine Hand wanderte nach unten zwischen ihre Beine, und sie öffnete sich ihm bereitwillig. Als er spürte, wie sich ihre Muskeln entspannten, spreizte er behutsam ihre Schenkel und ließ seine Finger sanft durch die schwarzen Löckchen gleiten, die ihn schon vorher so erregt hatten. Dann begann er, die zarte samtige Haut so geschickt zu erkunden, dass Jane sofort heftig zu beben begann. „Grant", wimmerte sie. „Oh, Grant."

„Ganz ruhig", tröstete er sie und blies seinen warmen Atem über sie. Er begehrte sie so sehr, dass er glaubte, jeden Moment bersten zu müssen, gleichzeitig jedoch konnte er nicht genug davon bekommen, sie zu berühren. Ihr Körper machte ihn trunken, und er musste sich erst an ihm sättigen, ehe er zu einer anderen Form der Befriedigung seiner Lust überging. Er nahm wieder ihre Knospe in den Mund, saugte daran und entlockte ihr einen neuerlichen Lustschrei.

Dann drang plötzlich ein Finger in das geheimste Versteck ihres Begehrens ein und jagte ihr einen Lustschauer nach dem anderen über den Körper. Jetzt konnte sie nicht mehr still liegen. Keuchend wand sie sich unter ihm, während sein Mund ihre Brüste in Flammen setzte. Als er mit dem Daumen ihre empfindlichste Stelle zu streicheln begann, dauerte es nicht mehr lange, bis ein gleißendes Feuerwerk vor ihren Augen explodierte. Nichts und niemand hatte sie auf dieses atemberaubend herrliche Gefühl vorbereitet.

Nachdem es vorbei war, lag sie ermattet mit weit gespreizten Beinen da. Grant riss sich seine Hose vom Leib. Seine Augen glitzerten begehrlich in der Dunkelheit. Jane, noch immer nicht ganz in die Realität zurückgekehrt, schaute verwirrt zu ihm auf. Er kniete sich vor sie und winkelte ihre Beine an, gleich darauf warf er sich über sie und drang in sie ein.

Janes Hände krallten sich in die Zeltplane, und sie unterdrückte nur mit Mühe einen Schrei. Grant hielt einen Moment bebend inne, um ihr Zeit zu geben, sich an ihn zu gewöhnen. Dann aber war plötzlich sie es, die die winzige Distanz, die es noch gab zwischen ihnen, überbrückte und sich ihm mit ausgestreckten Armen entgegenhob, um ihn ganz in sich aufzunehmen.

Danach lagen sie vollkommen erschöpft da und schwiegen. Fast schien es so, als hätten sie Angst, die friedvolle Stille mit Worten zu zerstören. Er lag schwer auf ihr, wodurch sie kaum Luft bekam, und dennoch hätte sie liebend gern den Rest ihres Lebens so zugebracht. Sie fuhr ihm mit den Fingern durch sein schweißnasses blondes Haar, während ihre Körper sich noch immer weigerten, einander freizugeben.

Es war gut möglich, dass sich die Dinge zwischen ihnen zu schnell entwickelt hatten, aber Jane bereute es nicht. Im Gegenteil, sie war überglücklich, dass sie sich ihm hingegeben hatte. Bisher war sie immer davon ausgegangen, dass es ihr an Sinnlichkeit mangelte, doch die vergangenen Tage hatten diese Vorstellung ins Wanken gebracht, und das, was sie eben mit Grant erlebt hatte, hatte sie restlos vom Gegenteil überzeugt. Jetzt war ihr, als hätte sie einen ungeheuren Schatz in sich entdeckt, und das versetzte sie in Hochstimmung. Nach der Entführung hatte sie sich sehr stark in sich selbst zurückgezogen, und das wurde auch mit den Jahren nicht besser. Der Schock hatte sie misstrauisch gemacht, und es gab nichts, was ihr geholfen hätte, dieses Misstrauen zu überwinden. Außer ihren Eltern und einer Handvoll enger Freunde ließ sie niemanden an sich heran. Das war wahrscheinlich auch der Grund dafür, dass ihre Ehe gescheitert war. Chris war ihr stets ein guter Mann gewesen, aber sie konnte ihn nicht glücklich machen.

Da sie sich selbst gegenüber meistens ehrlich war, vermochte sie es nicht, Chris die Schuld für das Scheitern ihrer Ehe in die Schuhe zu schieben. Es war ganz allein ihr Versagen, davon war sie überzeugt. Deshalb hatte sie irgendwann beschlossen, sich von ihrem Mann zu trennen. Chris hatte Besseres verdient. Nun aber sah sie, dass sie durchaus in der Lage war, einem Mann Leidenschaft entgegenzubringen – wenn sie ihn liebte. Sie hatte auf Chris' sexuelles Verlangen nur deshalb so unzureichend eingehen können, weil sie ihn nicht so geliebt hatte, wie eine Frau ihren Mann lieben sollte. Und das war weder seine noch ihre Schuld. Inzwischen wusste sie, dass man Gefühle nicht steuern konnte.

Doch mittlerweile war sie neunundzwanzig und nicht bereit, sich eine Zurückhaltung aufzuerlegen, die sie nicht empfand, nur weil es sich so gehörte. Sie liebte den Mann, in dessen Armen sie lag, und sie war wild entschlossen, diese Liebe bis zur Neige auszukosten, auch wenn ihr dafür nur noch ein paar Tage blieben.

Vielleicht bedeutete Grant das, was sich zwischen ihnen ereignet hatte, nicht so viel wie ihr. Sie spürte, dass sein Leben viel härter gewesen war als das ihre, dass er Dinge gesehen hatte, die ihn verändert und das Lachen aus seinen Augen vertrieben hatten. Er war durch Erfahrung hart geworden – hart und übervorsichtig. Aber er hatte ihr Leben zurückgeben, durch ihn hatte sie nach zwanzig Jahren zum ersten Mal wieder gespürt, was es hieß, am Leben zu sein. Und dafür liebte sie ihn so sehr, dass sie bereit war, ihm alles zu geben, wonach es ihn verlangte.

Er bewegte sich auf ihr und hob den Kopf, um sie anzuschauen. Seine goldenen Augen waren verschleiert, aber es lag etwas in seinem Blick, das ihr Herzklopfen verursachte. „Ich glaube, ich bin zu schwer für dich."

„Ja, aber es macht mir nichts aus." Jane legte ihre Arme fester um seinen Hals und versuchte, seinen Kopf wieder auf ihre Brust herabzuziehen, doch es gelang ihr nicht.

Er gab ihr einen schnellen, harten Kuss. „Es hat aufgehört zu regnen. Wir müssen weiter."

„Warum können wir nicht die Nacht über hier bleiben? Sind wir hier nicht sicher genug?"

Ohne zu antworten löste er sich sanft aus ihren Armen und erhob sich. Sein Griff nach seinen Kleidern war Antwort genug. Sie seufzte, setzte sich auf und streckte ebenfalls die Hand nach ihren Sachen aus. Ihr Seufzer verwandelte sich in ein Stöhnen, als sie spürte, dass ihr vom Liebesspiel auf dem steinigen Boden alles wehtat.

Er fuhr herum. „Habe ich dir wehgetan?"

„Nein. Mit mir ist alles in Ordnung." Er schien nicht recht überzeugt, sagte jedoch nichts.

Beim Abstieg hielt er sich ganz nah vor ihr, um sie auffangen zu können, falls sie ins Rutschen käme. Die letzten paar Meter, die besonders unwegsam waren, bestand er darauf, sie zu tragen, obwohl sie heftig protestierte.

Der Nachmittag verlief schweigend. Zweimal hörten sie einen Helikopter über den Bäumen kreisen, und beide Male zog Grant Jane ins dichte Unterholz, wo sie warteten, bis das Motorengeräusch verklungen war. Zweifellos wurden sie verfolgt.

Grant sprang über einen umgestürzten Baumstamm, drehte sich dann nach Jane um, umfasste sie an der Taille und hob sie mühelos über das Hindernis. Dann strich er ihr in einer überraschend zärtlichen Geste das Haar aus der Stirn. „Was ist los mit dir?", brummte er. „Du bist so still."

„Ich denke nur nach", gab sie zurück.

„Das habe ich befürchtet."

„Wenn Turego uns zu fassen bekommt …"

„Das wird er nicht", erwiderte Grant kategorisch. Oh, nein, dafür würde er schon sorgen. Jetzt mehr denn je. Er war bereit, sein Leben aufs Spiel zu setzen, um zu verhindern, dass dieser wunderbaren Frau, die es geschafft hatte, nie gekannte Gefühle in ihm zu erwecken, etwas passierte.

Wären die Dinge nach Plan gelaufen, wäre sie jetzt schon lange wieder sicher zu Hause. Aber dann hätte er sie niemals richtig kennengelernt; er hätte sie bei ihrem Vater abgeliefert und wäre seiner Wege gegangen. Stattdessen waren sie jedoch gezwungen gewesen, Tage im Urwald zu verbringen, wo sie aufeinander angewiesen waren. Sie hatten Seite an Seite geschlafen, zusammen gegessen, gefährliche und heitere Momente miteinander geteilt. Sie hatte ihn zum Lachen gebracht und damit sein Herz gewonnen. Zumindest einen Teil davon.

Plötzlich begann er sie zu verfluchen dafür, dass sie so war, wie sie war – lebendig und zuversichtlich und mutig, wo er doch eine verwöhnte, ständig jammernde junge Frau erwartet hatte. Und er verfluchte sie auch dafür, dass sie imstande war, Begehren zu wecken, *sein* Begehren zu wecken. Zum ersten Mal in seinem Leben verspürte er eine rasende Eifersucht. Er wusste, dass er sie wieder hergeben musste, doch bis dahin wollte er es auskosten, dass sie nur ihm ganz allein gehörte.

Als er sich wieder ins Gedächtnis rief, was es für ein Gefühl gewesen war, ihren schlanken, biegsamen Körper unter sich zu spüren, erwachte erneut heftiges Verlangen in ihm. Seine goldenen Augen verengten sich bei der Erinnerung an die Wonnen, die sie ihm beschert hatte, und plötzlich wollte er nur noch das eine. Er musste sie um jeden Preis ein weiteres Mal besitzen, und wenn es das letzte Mal war.

Er hatte schon zu viel verloren; seine Jugend, sein Lachen, sein Vertrauen in andere Menschen, sogar einen Teil seiner Menschlichkeit. Er konnte es sich nicht leisten, noch mehr zu verlieren. Er war ein verzweifelter Mann, der versuchte, seine Seele zu retten. Er sehnte sich danach, wenigstens einen Teil des kleinen Jungen aus Georgia wiederzufinden, der barfuß über die warme Erde frisch gepflügter Felder getrottet war und der es gelernt hatte, in den unergründlichen Tiefen der Sümpfe zu überleben.

Jane mit ihrem Humor und ihrer beherzten Tapferkeit war es als erster und einziger Frau gelungen, ein bisschen Wärme in ihm zu erzeugen.

Ohne zu wissen, was er tat, streckte er die Hand aus und packte sie von hinten am Kragen. Überrascht wandte sie den Kopf und sah ihn fragend an. Das kleine Lächeln, das auf ihrem Gesicht lag, erstarb, als sie seine Augen sah.

„Grant? Ist irgendwas?"

Halb besinnungslos vor Verlangen riss er sie an sich und presste seinen Mund auf ihre vollen, vom Liebesspiel noch immer verschwollenen Lippen. Er nahm sich Zeit für den Kuss und drang mit seiner Zunge tief in ihre warme Mundhöhle ein. Jane gab ein leises Stöhnen von sich, schlang die Arme um seinen Hals, drängte sich eng an ihn und rieb ihren Schoß begehrlich an ihm.

Sie war die Seine, sie würde niemals einem anderen Mann gehören. Grant beendete den Kuss und flüsterte ihr mit rauer Stimme ins Ohr: „Du gehörst jetzt mir. Ich werde auf dich aufpassen."

Jane lehnte ihren Kopf an seine Brust. „Ich weiß", flüsterte sie.

8. KAPITEL

*D*ie folgende Nacht veränderte Janes Einstellung zur Dunkelheit grundlegend und für immer. Die Angst vor der Finsternis würde vielleicht niemals vorübergehen, doch sobald Grant seine Hand nach ihr ausstreckte, war sie vergessen. Ihr war, als breitete er eine dunkle, warme Decke über sie, unter der sie sich sicher und geschützt fühlte.

Er küsste sie, bis ihr die Sinne zu schwinden drohten und sie ihn anflehte, das Verlangen, das er in ihr geweckt hatte, zu stillen. Nachdem er sie und sich selbst ausgezogen hatte, legte er sich auf den Rücken und forderte sie auf, sich mit gespreizten Beinen auf ihn zu setzen. „Ich habe dir heute Morgen wehgetan", sagte er mit tiefer, rauer Stimme. „Diesmal darfst du bestimmen; mach alles so, wie es dir am liebsten ist."

Das Liebesspiel mit ihm war wirklich einmalig und unvergesslich, und sie erlegte sich keinerlei Beschränkungen auf. Sie tat genau das, wonach ihr der Sinn stand, und als sie lange Zeit später vollkommen ermattet und wunderbar beseligt über ihm zusammensank, konnte sie es noch immer nicht fassen, dass wirklich sie es gewesen war, die all diese herrlichen, aber unaussprechlichen Dinge getan hatte.

Am nächsten Morgen setzten sie bei Morgengrauen ihr Liebesspiel gleich nach dem Aufwachen fort, als hätte es die Stunden dazwischen gar nicht gegeben.

Erst lange Zeit später konnten sie sich dazu aufraffen, ihre Zelte abzubrechen und sich wieder auf den Weg zu machen.

Gegen Mittag, als die Schwüle fast unerträglich geworden war, blieb Grant stehen und wischte sich mit dem Ärmel den Schweiß von der Stirn. „Wir sind jetzt fast auf gleicher Höhe mit dem Dorf. Warte hier, ich bin in einer Stunde oder so zurück."

„Wie lang ist ‚oder so'?", erkundigte sie sich höflich, aber ihr nicht zu überhörendes Zähneknirschen veranlasste ihn zu einem Grinsen.

„Bis ich wieder da bin." Er zog die Pistole aus dem Holster und reichte sie ihr. „Ich nehme an, du weißt, wie man damit umgeht?"

Jane nahm die Waffe mit finsterem Gesicht entgegen. „Ja. Nach der Entführung bestand Dad darauf, dass ich lernte, mich selbst zu verteidigen." Sie bedachte die Waffe mit einem respektvollen Blick. „Ich habe noch nie so eine Pistole gesehen. Was ist das denn für eine?"

„Eine Bren 10 Millimeter", brummte er.

Sie hob erstaunt eine Augenbraue. „Befindet die sich nicht noch im Versuchsstadium?"

Er zuckte die Achseln. „Ja. Aber ich trage sie schon eine ganze Weile, und sie macht genau das, was ich will." Er schaute Jane einen Moment forschend an, dann runzelte er nachdenklich die Stirn. „Glaubst du, du kommst damit zurecht, wenn es sein muss?"

„Ich hoffe es." Ein leicht unsicheres Lächeln zuckte um ihre Mundwinkel. „Vertrauen wir darauf, dass ich sie nicht brauche."

Er berührte zart ihr Haar, dann beugte er sich zu ihr herab und küsste sie zum Abschied. Gleich darauf war er im Unterholz verschwunden. Jane starrte lange auf die Pistole in ihrer Hand, dann spazierte sie zu einem umgestürzten Baumstamm hinüber und ließ sich darauf nieder.

Es gelang ihr nicht, sich zu entspannen. Ihre Nerven lagen bloß, und jedes Vogelzwitschern oder Affengeschnatter ließ sie zusammenfahren. Sie hatte sich daran gewöhnt, Grant ganz in ihrer Nähe zu wissen, und jetzt brachte ihr seine Abwesenheit ihre Verletzlichkeit schmerzlich zu Bewusstsein.

Die Angst fraß an ihr, aber sie machte sich weniger Sorgen um sich selbst als vielmehr um Grant. Wenn ihm nun etwas zustieß? Sie war sich nicht sicher, ob sie das ertragen würde. Wie konnte er davon ausgehen, dass er durch ein kleines Dorf spazierte, ohne dass man auf ihn aufmerksam wurde? Alles an ihm war auffällig, angefangen von seiner hochgewachsenen, durchtrainierten Figur über sein blondes, langes Haar bis hin zu seinen goldenen Augen. Sie war sich im Klaren darüber, dass Turego zielstrebig nach ihr suchen würde, und da er bestimmt inzwischen wusste, dass sie mit Grant unterwegs war, war sein Leben nicht weniger gefährdet als ihres.

Mittlerweile musste Turego wissen, dass sie im Besitz des Mikrofilms war. Gedankenverloren verflocht Jane ihre Finger ineinander. Sie hatte schon daran gedacht, den Film zu vernichten, um sicherzustellen, dass er niemals in unbefugte Hände fallen konnte, aber da sie nicht wusste, was sich darauf befand, hatte sie sich bisher noch nicht dazu entschließen können. Sie wollte keine Informationen zerstören, die wichtig waren für ihr Land.

Es war so schwül, dass ihr das Haar feucht an den Schläfen klebte und kleine Schweißperlen zwischen ihren Brüsten hinabrannen. Seufzend fragte sie sich, wie lange sie wohl schon warten mochte. Dann kramte sie eine Haarspange aus ihrem Rucksack und steckte sich das Haar hoch, um sich so wenigstens eine kleine Erleichterung zu verschaffen. Was für eine Affenhitze! Die Luft war stickig wie in einem Treibhaus und lag wie ein warmes feuchtes Tuch auf ihrer Haut.

Nach mehr als einer Stunde begann in der Ferne der Donner zu rollen. Bald würde es anfangen zu regnen wie jeden Tag um diese Zeit.

Von einem leisen Knacken im Busch hinter ihr aufgeschreckt, wirbelte sie herum, aber zu spät. Noch bevor sie die Pistole in Anschlag bringen konnte, war der Mann auch schon bei ihr und schlug ihr die Waffe aus der Hand, dann drehte er ihr die Arme auf den Rücken und zwang sie, sich mit dem Gesicht auf den Boden zu legen. Sie keuchte, das Knie in ihrem Rücken nahm ihr die Luft zum Atmen, und sie spürte den feuchten, halb verwesten Bewuchs, der den Boden bedeckte, in ihrem Mund. Sie schaffte es mühsam, den Kopf zur Seite zu drehen, und versuchte ihren Arm, den der Angreifer noch immer festhielt, freizubekommen, doch ihre Anstrengungen waren vergeblich. Je mehr sie sich wehrte, desto eiserner wurde der Griff.

In einiger Entfernung rief irgendjemand etwas, und der Mann antwortete, doch Jane hörte nur das Blut in ihren Ohren rauschen. Einen Moment später fühlte sie sich grob abgetastet. Nachdem sich der Mann davon überzeugt hatte, dass sie keine weitere Waffe bei sich trug, ließ er ihren Arm los und drehte sie auf den Rücken.

Sie wollte aufspringen, doch er richtete sein Gewehr so nah auf sie, dass die Laufmündung fast ihr Gesicht berührte. Jane warf einen Blick darauf, dann taxierte sie den Angreifer forschend. Vielleicht gelang es ihr ja, den Mann aus der Ruhe zu bringen. „Wer sind Sie?", verlangte sie in wütend-beleidigtem Tonfall Auskunft, wobei sie den Gewehrlauf wie ein lästiges Insekt beiseiteschob. In den dunklen Augen des Mannes leuchtete für einen Moment Überraschung auf, dann kehrte die alte Wachsamkeit zurück, doch Jane hatte die Gelegenheit bereits genutzt und war aufgesprungen. Jetzt brachte sie ihr Gesicht unerschrocken ganz nah vor das des Mannes, während sie ihre Spanischkenntnisse aus der hintersten Gedächtnisschublade hervorkramte und dem Mann aufgebracht das, was sie von ihm hielt, ins Gesicht schleuderte. Dabei stieß sie ihm wiederholt wütend den Zeigefinger in die Brust.

Der Mann war vollkommen perplex und wich langsam zurück. Erst als der andere Soldat, dessen Stimme sie bisher nur aus der Ferne gehört hatte, neben ihn trat, gelang es ihm, seine Fassung wiederzufinden.

„Halten Sie den Mund!", brüllte er.

„Ich denke überhaupt nicht daran!", schrie Jane zurück, dann fühlte sie sich von dem anderen Mann am Arm gepackt. Instinktiv streckte sie ihr Bein aus und versetzte ihm einen Fußtritt, der ihn am Schienbein traf. Er brüllte laut auf vor Schmerz, dann wirbelte er herum und hob die Faust. Gleich darauf jedoch ließ er sie wieder sinken.

Jane schüttelte sich das zerzauste Haar aus den Augen und starrte die beiden Guerilleros wütend an. „Wer sind Sie? Und was wollen Sie von mir?"

Ohne ihre Frage zu beachten, packte sie der eine Guerillero erneut am Arm und stieß sie grob vor sich her. Als sie über eine Wurzel stolperte, konnte sie sich nicht mehr rechtzeitig abfangen und stürzte mit einem kleinen Schrei nach vorn. Instinktiv griff der eine Soldat nach ihr, da stellte sie ihm geistesgegenwärtig im Fall ein Bein, sodass er in einen Busch taumelte, während sie mit dem Kopf auf der knorrigen Wurzel aufschlug.

Er kam aus dem Nichts. Plötzlich war er da und streckte den zweiten Soldaten mit einem Handkantenschlag zu Boden. Der Guerillero, dem Jane ein Bein gestellt hatte, versuchte sich aufzurappeln und sein Gewehr in Anschlag zu bringen, doch Grant donnerte ihm seine Stiefelspitze ans Kinn, sodass sein Kopf zurückgeschleudert wurde. Der Mann sackte in sich zusammen und lag still.

Grants Atem ging kaum schneller als gewöhnlich, aber sein Gesicht war hart und verschlossen, als er Jane jetzt am Arm packte und sie hochzog. „Warum bist du nicht dort geblieben, wo ich dich zurückgelassen habe?", fuhr er sie wütend an. „Wenn ich dich nicht schreien gehört hätte ..."

Sie wollte lieber nicht daran denken, was dann geschehen wäre. „Weil ich mich hinsetzen wollte", gab sie kleinlaut zurück. „Und dann waren plötzlich diese beiden hinter mir ..." Sie brach ab.

Ohne etwas zu erwidern, packte Grant Jane am Handgelenk und zerrte sie hinter sich her. „Los, beeil dich, wir müssen hier weg."

„Wohin gehen wir denn?"

„Sei still!"

Als jetzt ein lautes Krachen ertönte, drückte Grant Jane blitzschnell zu Boden und warf sich über sie. Ihr erster Gedanke war, dass er sich von einem Donnerschlag des herannahenden Gewitters hatte irremachen lassen, doch als ihr gleich darauf dämmerte, dass es sich bei dem Krachen um einen Schuss gehandelt hatte, wurde ihr die Brust eng vor Angst. Panik stieg in ihr auf, und sie klammerte sich an Grant.

„Grant! Ist mit dir alles in Ordnung?"

„Ja", brummte er, schlang seinen rechten Arm um sie und veranlasste sie, mit ihm zu einem riesigen Mahagonibaum zu kriechen. „Was ist denn mit der Bren passiert?", erkundigte er sich, nachdem sie dort angelangt waren.

„Er hat sie mir aus der Hand geschlagen … dort drüben." Sie zeigte zu der Stelle, an der ihr die Pistole abhanden gekommen war. Grant schaute sich um und versuchte das Risiko einzuschätzen, das der Versuch, die Waffe wieder an sich zu bringen, mit sich bringen würde. Einen Augenblick später stieß er einen Fluch aus; es war zu hoch.

„Es tut mir leid", sagte Jane bedrückt.

„Vergiss es." Er nahm das Gewehr von seiner Schulter und legte es an. Seine Bewegungen waren weich und geschmeidig, und Jane, die sich noch immer auf dem Boden duckte, beobachtete ihn fast ehrfürchtig. In diesem Augenblick sah er wieder aus wie ein wilder Krieger.

Die nächste Kugel schlug knapp vor Grants Gesicht in den Baumstamm ein. Rinde spritzte auf, und als Jane zu Tode erschrocken den Kopf hob, sah sie, dass Grant, der blitzschnell zurückgesprungen war, an der Wange blutete. Wahrscheinlich hatte ihn ein Holzsplitter erwischt.

„Bleib so dicht wie möglich am Boden und kriech in Richtung Gebüsch", befahl er knapp. „Wir müssen sofort hier weg."

Sie war blass geworden angesichts des Blutes auf seiner Wange, sagte jedoch nichts, sondern nickte nur und begann, dicht gefolgt von ihm, auf dem Bauch durchs Unterholz zu robben.

Das Gewitter war mittlerweile so nah, dass die Erde bei jedem Donnerschlag bebte. Grant schaute zum Himmel auf. „Komm, Regen", brummte er. „Komm schon endlich."

Ein paar Minuten später begann es wie aus Kübeln zu schütten, und Donnerschläge krachten. Innerhalb von Sekunden waren sie bis auf die Haut durchnässt. Grant gab ihr das Zeichen zum Halten, indem er seine Hand auf ihren Oberschenkel legte. Sie hatten mittlerweile ungefähr hundert Meter kriechend zurückgelegt. „Wir rennen jetzt!", schrie Grant ihr ins Ohr, wobei er Mühe hatte, das laute Prasseln des Regens und das Donnern zu übertönen.

Jane fragte sich, wie sie unter diesen Umständen rennen sollte, aber sie unternahm zumindest den Versuch. Obwohl ihre Knie noch immer weich waren vor Angst und sie sich vollkommen desorientiert fühlte, weil sie durch den dichten Regenvorhang kaum etwas sehen konnte, schaffte sie es doch, die Beine zu heben und in die Richtung zu stolpern, in die Grant sie zerrte.

Und dann standen sie plötzlich am Rande des Urwalds, wo menschliche Hände das Dickicht zurückgeschnitten hatten in dem Versuch, die Ausläufer des tropischen Regenwalds zu kultivieren. Jane konnte sich kaum noch aufrecht halten, als sie über die Felder, die der Wolkenbruch in Morast verwandelt hatte, taumelte. Allein Grants fester Griff hielt sie aufrecht. Jedes Mal, wenn sie zusammenzusacken drohte, zerrte er sie wieder hoch und schleppte sie weiter vorwärts. Doch als er bemerkte, dass sie am Ende ihrer Kräfte angelangt war, hob er sie ohne ein Wort hoch, warf sie sich wie eine Gliederpuppe über die Schulter und trug sie ohne sichtliche Anstrengung weiter.

Sie schloss die Augen und klammerte sich an ihn, wobei sie spürte, wie sich zu ihrem Schwindel jetzt auch noch Übelkeit hinzugesellte, weil sich seine Schulter schmerzhaft in ihren Magen bohrte. Sie fühlte sich wie in einem Alptraum, aus dem sie nicht aufwachen konnte, während endlose graue Wassermassen auf sie niederfielen und sie zu ersticken drohten.

Nach einer Zeit, die ihr wie eine Ewigkeit erschien, blieb er endlich stehen, ließ sie von seiner Schulter gleiten und lehnte sie gegen etwas Hartes, Kaltes. Als Jane die Hand ausstreckte, um sich festzuhalten, erkannte sie verschwommen, dass es sich um Metall handelte. Dann öffnete er die Tür des heruntergekommenen Pick-ups, hob sie hoch und setzte sie auf den Beifahrersitz. Anschließend ging er um den Wagen herum, klemmte sich hinters Steuer und knallte die Tür zu.

„Jane", stieß er hervor und rüttelte sie leicht an der Schulter. „Bist du okay?"

Sie schluchzte, aber ihre Augen waren trocken. Jetzt streckte sie eine zitternde Hand nach ihm aus und berührte die Blutspur, die an seinem regennassen Gesicht hinabbrannte. „Du bist verletzt", flüsterte sie, ohne dass er sie verstehen konnte, weil der Regen so laut auf das Dach des alten Pick-ups prasselte. Doch er las ihr die Worte von den Lippen ab und nahm sie ganz fest in die Arme.

„Ist nur ein Kratzer, Honey", versicherte er ihr. „Was ist mit dir? Alles in Ordnung?"

Mühsam bewerkstelligte sie ein Nicken, während sie sich an ihn klammerte und die Wärme genoss, die sein Körper trotz der vollkommen durchweichten Kleidung ausströmte. Grant hielt sie noch einen Moment lang fest, dann befreite er sich behutsam aus ihrer Umklammerung und schob sie ein Stück von sich weg. „Halt dich gut fest während der Fahrt, denn dass diese alte Karre eine Federung hat, ist höchst unwahrscheinlich. Wir müssen weg hier, bevor der Regen aufhört."

Er steckte den Kopf unters Armaturenbrett und zog ein paar Drähte heraus.

„Was machst du denn?", fragte sie benommen.

„Die Zündung kurzschließen", erwiderte er und bedachte sie mit einem kleinen Grinsen. „Pass gut auf, wie man es macht, damit du es weißt, falls du es mal brauchen solltest."

„Du kannst doch bei dem Regen überhaupt nichts sehen", wandte sie in demselben hilflosen, halb betäubten Tonfall, der ganz untypisch für sie war, ein.

„Es reicht, um uns hier rauszubringen, Honey."

„Wohin fahren wir?"

„Nach Süden. Nach Limon oder zumindest so weit, wie wir mit dieser Karre hier kommen."

*W*ie befürchtet, hielt der alte Pick-up natürlich nicht bis Limon durch, sondern machte unterwegs auf einer Anhöhe schlapp und war durch nichts zu bewegen, es noch einmal zu versuchen. Deshalb blieb Grant und Jane nichts anderes übrig, als die restliche Wegstrecke zu der Ortschaft unten im Tal zu Fuß zurückzulegen. Als sie sie fast erreicht hatten, blieb Grant stehen, setzte seinen Rucksack ab und ließ sich wortlos daneben auf dem Boden nieder, was Jane dazu veranlasste, ihm einen erstaunten Blick zuzuwerfen.

„Wir warten hier, bis es richtig dunkel ist", erklärte er und streckte sich der Länge nach auf dem Boden aus. Jane starrte erst auf die blinkenden Lichter des Ortes und dann auf Grant, hin- und hergerissen zwischen einer vagen Unsicherheit und der Sehnsucht nach dem Komfort, den eine Ortschaft, wie klein sie auch immer sein mochte, zu bieten hatte. Sie sehnte sich nach einem Bad und einem Bett, doch würde man ihnen freundlich begegnen? Da sie wusste, dass es ihr nicht gelingen würde, sich so zu entspannen wie Grant, blieb sie auf den Beinen.

„Du solltest dich auch ein bisschen ausruhen, statt wie eine nervöse Katze herumzustreichen."

„Ich bin eben nervös. Meinst du, wir finden eine Übernachtungsmöglichkeit?"

„Wer weiß?"

Sie schaute auf ihn hinunter. Er hatte eine wahre Meisterschaft darin entwickelt, ausweichende Antworten zu geben. Es war bereits so dunkel, dass sie sein Gesicht nicht erkennen konnte, aber sie war sich sicher, dass sich seine Mundwinkel in diesem für ihn typischen Fast-Lächeln leicht nach oben bogen. Sie war im Moment allerdings zu erschöpft, um sich darüber zu amüsieren, deshalb ging sie wortlos ein paar Schritte von ihm weg und setzte sich dann ebenfalls auf den Boden, legte den Kopf auf die angewinkelten Knie und schloss die Augen.

Es gab nicht das geringste Geräusch, das sie hätte warnen können, doch plötzlich war er hinter ihr und begann mit seinen kräftigen Händen ihren Nacken zu massieren. „Würdest du denn heute Nacht gern in einem richtigen Bett schlafen?", flüsterte er ihr ins Ohr.

„Ich wüsste nicht, was ich lieber täte. Und ein richtiges Bad nehmen. Und etwas Richtiges essen", gab sie zurück, ohne sich ihres schwermütigen Tonfalls bewusst zu sein.

„Bestimmt gibt es in diesem Ort auch so was wie ein Hotel, aber ich fürchte, wir können dieses Risiko nicht auf uns nehmen. Wir müssen versuchen, jemanden zu finden, der uns ein Zimmer vermietet, ohne allzu viele Fragen zu stellen."

Er griff nach ihrer Hand und zog sie hoch. „Komm. Wir gehen. Ein Bett klingt gut."

Während sie über ein Feld auf das Städtchen zutrotteten, fragte sich Jane, wie sie wohl aussehen mochte, und fuhr sich mit den Fingern durch das nasse, zerzauste Haar. Ihre Kleider waren in einem verheerenden Zustand, und ihr Gesicht war bestimmt schmutzig. „Wahrscheinlich ist niemand bereit, uns ein Zimmer zu vermieten, so wie wir aussehen", prophezeite sie.

Seine Antwort wurde vom Geräusch eines Zuges geschluckt, das sie ein weiteres Mal daran erinnerte, dass sie die Isolation des Regenwaldes hinter sich gelassen hatten. Seltsamerweise fühlte sich Jane plötzlich fast nackt, was sie nach Grants Hand tasten ließ und sie veranlasste, sich für einen Augenblick ganz eng an ihn zu pressen. „Ich weiß, dass es dumm ist, aber ich habe Angst", flüsterte sie.

„Das ist nur ein leichter Kulturschock. Wenn du erst in einer Wanne mit heißem Wasser liegst, wirst du dich gleich besser fühlen."

Wenig später hatten sie den Ortseingang erreicht, und kurz darauf trotteten sie erschöpft die mit Geschäften gesäumte Hauptstraße entlang, auf der trotz der späten Stunde noch immer Hochbetrieb herrschte. Irgendwo jaulte unverkennbar eine Musikbox – eine weitere Komponente der Zivilisation, die an Janes Nerven zerrte. Das allgemein bekannte rotweiße Logo eines alkoholfreien Getränks, das an einer Hauswand prangte, vermittelte ihr den Eindruck, wie Strandgut von einer Welle an ein ihr unbekanntes Ufer angespült worden zu sein. Zweifellos hatte sie einen Kulturschock.

Jetzt blieb Grant stehen und begann mit einem alten Mann, der keinen Anstoß zu nehmen schien an ihrem Aufzug, ein Gespräch, in dessen Verlauf er sich nach einer Übernachtungsmöglichkeit erkundigte.

„Die Tochter der ältesten Cousine meiner Schwägerin vermietet Zimmer", gab der Alte zurück, und Jane verschluckte sich fast an ihrem Lachen.

„Und können Sie mir auch sagen, wo die Tochter der ältesten Cousine Ihrer Schwägerin wohnt?"

„Sicher." Es folgte eine Wegbeschreibung, die so umständlich war, dass Jane ihr nicht zu folgen vermochte, doch Grants Vorstellungskraft und Merkfähigkeit schien trotz seiner Erschöpfung noch ungebrochen, denn er nickte.

Ganz wie zu erwarten, hatte er dann auch keine Schwierigkeiten, die Pension zu finden. Jane lehnte sich gegen die weiße Adobemauer, die den Garten umgab, während er läutete und anschließend mit der kleinen molligen Frau, die an die Tür kam, über ein Zimmer verhandelte. Sie schien nicht sonderlich angetan von der Vorstellung, derart verwahrloste Gäste bei sich aufzunehmen. Erst nachdem Grant ihr ein Bündel Geldscheine in die Hand gedrückt und ihr erklärt hatte, dass er und seine Frau für einen amerikanischen Pharmakonzern Feldstudien im Regenwald betrieben hätten und dass ihr Auto unterwegs den Geist aufgegeben hätte, sodass sie gezwungen gewesen wären, den Rest des Weges zu Fuß zurückzulegen, taute *señora* Trejos auf und bat sie herein. Und als sie die Erschöpfung auf Janes Gesicht sah, gewann ihre Warmherzigkeit schließlich die Oberhand. „Armes Lämmchen", sagte sie und legte Jane ungeachtet ihrer verschmutzten Kleidung einen molligen Arm um die Schultern. „Sie sind ja vollkommen am Ende, nicht wahr? Ich habe ein schönes kühles Schlafzimmer mit einem weichen Bett für Sie und den *señor*, und dann mache ich Ihnen etwas Schönes zu essen. Hinterher werden Sie sich gleich besser fühlen."

Wider Willen musste Jane lächeln. „Das klingt wundervoll", gab sie in ihrem nicht besonders flüssigen Spanisch zurück. „Aber vor allem brauche ich ein Bad. Meinen Sie, dass das möglich ist?"

„Aber natürlich!" *Señora* Trejos strahlte vor Stolz. „Wir haben hier sogar warmes Wasser."

Die Frau führte sie in das komfortable Haus mit dem angenehm kühlen Kachelboden. „Die oberen Räume sind leider belegt", sagte sie entschuldigend. „Ich habe nur noch ein Zimmer im Erdgeschoss, aber es ist bequem eingerichtet und vor allem schön kühl. Und es liegt ganz in der Nähe des Badezimmers."

„Vielen Dank, *señora*", sagte Grant. „Ich denke, wir werden sehr zufrieden sein."

Und das waren sie tatsächlich. Das Zimmer war klein mit schmucklosen weißen Wänden und einem gekachelten Fußboden. In der Mitte stand ein breites Doppelbett, und am Fenster ein Schaukelstuhl, in einer Ecke hatte ein kleiner Waschtisch mit einer Wasserkanne und einer Waschschüssel seinen Platz. Jane warf mit unverhülltem Verlangen einen Blick auf das schneeweiß bezogene Bett mit den weichen Kissen, das kühl und einladend aussah.

Grant dankte *señora* Trejos noch einmal, die gleich darauf das Zimmer verließ. Dann waren sie allein. Als Jane Grant anschaute, fand sie seinen Blick auf sich gerichtet.

„Nimm doch als erstes ein Bad", schlug er schließlich vor. „Aber schlaf nicht ein in der Wanne."

Das ließ Jane sich nicht zweimal sagen und machte sich auf den Weg ins Bad, wobei sie den Umweg über die Küche einschlug, um *señora* Trejos um ein Nachthemd zu bitten.

Als sie ins Zimmer zurückkehrte, fand sie Grant neben dem Fenster an die Wand gelehnt vor. Er hatte die Fensterläden zugezogen, sodass es in dem Raum fast dunkel war. Jane warf ihr Waschzeug aufs Bett. Plötzlich fühlte sie sich befangen und wusste nicht, warum. Schließlich hatte es zwischen Grant und ihr schon wesentlich intimere Momente gegeben als diesen. Aber es war offensichtlich ein Unterschied, mit ihm allein im Dschungel zu sein oder in einem Hotelzimmer. Als er sie jetzt musterte, verschränkte sie unbewusst die Arme vor der Brust, um sich vor seinen Blicken, die das dünne Nachthemd zu durchdringen schienen, zu schützen. Sie räusperte sich. „Das Bad ist jetzt frei."

Er straffte langsam die Schultern, ohne den Blick von ihr zu nehmen. „Warum gehst du nicht schon mal ins Bett unterdessen?"

„Ich würde lieber auf dich warten", flüsterte sie.

„Ich weck dich, wenn ich zurückkomme." Der Ausdruck, der in seinen Augen lag, enthielt ein Versprechen.

„Mein Haar … ich muss erst noch mein Haar trocknen."

Er nickte und verließ dann das Zimmer. Jane, der plötzlich die Knie weich geworden waren, ließ sich auf den Rohrstuhl sinken. Sie beugte sich vor und rubbelte sich mit dem Handtuch das Haar ab, um es anschließend trockenzubürsten. Es war jedoch so lang und dick, dass es noch immer feucht war, als Grant aus dem Bad kam. Er sah sie vorgebeugt auf dem Stuhl sitzen, die feuchte schwarze Mähne, durch die sie mit gleichmäßigen Strichen die Bürste zog, vor dem Gesicht. Als sie hörte, dass die Tür ging, setzte sie sich aufrecht hin und warf das Haar zurück. Dann starrten sie sich lange Zeit schweigend an.

Sie hatten sich schon vorher geliebt, doch nun sprang der Funke des Begehrens zwischen ihnen über, ohne dass dafür die geringste Berührung erforderlich gewesen wäre. Allein ihre Blicke erzeugten ihre Lust, beschleunigten ihren Herzschlag und erhitzten ihre Haut.

Er hatte sich rasiert, vielleicht mit dem Rasierapparat, den sie im Bad liegengelassen hatte. Jetzt sah sie ihn das erste Mal ohne Dreitagebart, und plötzlich stockte ihr beim Anblick seines harten, kantigen Gesichts fast der Atem. Er war nackt bis auf ein Handtuch, das er sich um die Hüften geschlungen hatte. Während sie ihn anschaute, tastete er, ohne den Blick von ihr zu nehmen, nach den beiden Enden und zog sie auseinander. Einen Augenblick später fiel das Handtuch lautlos auf den Fußboden. Er drehte sich um und verriegelte die Tür. „Bist du bettfertig?"

„Mein Haar … es ist noch nicht ganz trocken."

„Lass es sein, es trocknet von selbst." Er kam auf sie zu.

Die Bürste fiel klappernd zu Boden, als er ihre Hand nahm und sie hochzog. Gleich darauf lag Jane in seinen Armen, und ihre und Grants Lippen begegneten sich zu einem hungrigen Kuss. Jane wühlte in seinem nassem Haar und klammerte sich an ihn, als wollte sie ihn nie wieder loslassen. Sein Atem schmeckte frisch und heiß, und als seine Zunge tief in ihren Mund eindrang, erschauerte sie bis ins Mark.

Sie spürte seine harte Männlichkeit an ihrem weichen Schoß und drängte sich noch enger an ihn. Seine Hände kneteten ihre Pobacken und streichelten ihren Rücken. Jane beendete den Kuss, holte keuchend Luft und ließ ihren Kopf an seine Schulter sinken. Sie glaubte, das wilde Verlangen, das er in ihr erzeugte, keinen Moment länger ertragen zu können, sie hatte jegliche Kontrolle über ihren Körper verloren, der sich nur noch danach verzehrte, mit ihm gemeinsam den Gipfel der Lust zu erstürmen. Er war so wild, so atemberaubend schön und frei wie die Jaguare, die majestätisch das Dickicht des Dschungels durchstreiften, seine Wildheit suchte nach Entsprechung, und das war eine Versuchung, der sie nicht widerstehen konnte. Es kostete ihn keinerlei Anstrengung, die ihr innewohnende Leidenschaft aus ihr herauszulocken; ein Kuss genügte, und sie war ihm mit Haut und Haar verfallen.

„Dieses Ding stört", flüsterte er und zerrte an ihrem Nachthemd. Nur widerstrebend löste sie sich von ihm, er zog ihr das Kleidungsstück über den Kopf und ließ es auf den Stuhl fallen. Einen Moment später lag sie wieder in seinen Armen, und er trug sie zum Bett.

Grant und Jane wurden erst von den hellen Strahlen der Morgensonne, die durch die Ritzen der Fensterläden Einlass begehrten, geweckt. Grant stand auf und ließ die Sonne ins Zimmer. Als er sich wieder umdrehte, fiel sein Blick auf Jane, die sich, vom goldenen Licht übergossen verschlafen blinzelnd, reckte und streckte. Ihre

Wangen waren gerötet, ihre Lider noch schwer vom Schlaf.

Schlagartig erwachte sein Begehren, und er konnte es keinen Augenblick länger ertragen, von ihr getrennt zu sein. Deshalb stieg er umgehend wieder ins Bett und legte sich auf sie. Während er langsam in sie eindrang, ließ er sie keinen Moment aus den Augen. Als sie einen leisen, wohligen Seufzer ausstieß und ein freudiges Strahlen über ihr Gesicht huschte, wurde ihm die Brust aus irgendeinem unerfindlichen Grund so eng, dass er Mühe hatte zu atmen. Einen Augenblick später verlor er sich in den weichen Tiefen ihres Schoßes.

Als sie beim Anziehen waren, klopfte es, und herein kam eine von *señora* Trejos Töchtern und brachte ihnen das reichhaltige Frühstück, das aus duftendem Kaffee, frischem Brot, Käse und Früchten bestand.

Jane errötete, als ihr bewusst wurde, dass *señora* Trejos am Abend vorher auch schon mit einem beladenen Tablett vor ihrer Tür gestanden haben musste, sich vermutlich jedoch angesichts der aus dem Zimmer dringenden Geräusche diskret wieder zurückgezogen hatte. Ein rascher Blick auf Grant, der Mühe hatte, sich ein Grinsen zu verbeißen, sagte ihr, dass er denselben Gedanken hatte wie sie.

Sie nahm sich ein Stück Orange von dem Teller und sah Grant zu, wie er sich sein dunkelgrünes Unterhemd über den Kopf zog.

„Du wirst auffallen in diesen Tarnklamotten", sagte sie nachdenklich und schob sich das Orangenstück in den Mund.

„Ich weiß." Er küsste sie auf den Mund, der nach Orangensaft schmeckte. „Pack alles zusammen und warte, bis ich zurück bin."

„Zurück? Wo gehst du denn hin?"

„Ich will versuchen, irgendwo ein Auto aufzutreiben. Das wird nicht ganz einfach sein um diese Tageszeit."

„Wir könnten den Zug nehmen."

„Mein Gewehr würde sich bei einer Bahnfahrt aber nicht besonders gut machen, Honey."

„Und warum kann ich nicht mitkommen?"

„Weil du hier sicherer bist."

„Als du mich das letzte Mal allein gelassen hast, bin ich aber in böse Schwierigkeiten geraten", wandte sie ein.

Dieser Erinnerung hätte es jedoch nicht bedurft. Er bedachte sie mit einem finsteren Blick, während er die Hand nach einem Stück Melone ausstreckte. „Solange du auf deinem kleinen Hintern da sitzen bleibst, wo ich es dir sage, wird dir nichts zustoßen."

„Ich will aber mit dir mitgehen", beharrte sie trotzig.

„Hör jetzt sofort auf, dich mit mir herumzustreiten, verdammt noch mal!"

„Ich streite nicht mit dir herum. Was ich sage, ist Fakt. *Du* bist's, der sich herumstreitet."

In seinen Augen loderten plötzlich gelbe Flammen. Er beugte sich zu ihr herab und brachte sein Gesicht so nah vor ihres, dass sich ihre Nasen fast berührten. Man sah ihm an, dass er Mühe hatte, sich zu bezähmen. „Wie du es zu Hause geschafft hast, nicht jeden Tag eine gehörige Tracht Prügel zu beziehen, ist mir ein Rätsel", stieß er zwischen zusammengebissenen Zähnen hervor.

„Ich habe überhaupt nie Prügel bezogen", protestierte sie.

„Das merkt man."

Sie ließ sich in den Rohrstuhl fallen und machte einen Schmollmund. Grant ballte unbewusst die Hände zu Fäusten; dann öffnete er sie wieder und streckte sie nach Jane aus, um sie an sich heranzuziehen und ihr einen harten Kuss auf den Mund zu geben. „Sei doch einfach zur Abwechslung mal ein braves Mädchen, was meinst du?" Verwundert hörte er, dass seine Stimme fast flehend klang. „Ich bin in einer Stunde …"

„… oder so zurück", beendete sie unisono mit ihm den Satz. „Also gut, wenn es denn unbedingt sein muss, warte ich hier auf dich. Aber gern tue ich es nicht!"

Er verließ sie, ehe er endgültig die Geduld verlor, und Jane machte sich heißhungrig über das Frühstück her, wobei sie entschied, nach dem Zusammenpacken die *señora* zu einem Schwätzchen aufzusuchen. Grant hatte ja sicher nicht gemeint, dass sie die ganze Zeit über in ihrem Zimmer bleiben sollte. So wie sie ihn verstanden hatte, hatte er ihr nur untersagt, das Haus zu verlassen.

Als Grant zurückkehrte, fand er Jane in der Küche. Bei ihrem Anblick huschte ein erleichterter Ausdruck über sein Gesicht, weil er erst in ihrem Zimmer gewesen war und sie dort nicht angetroffen hatte. Jane, die mit dem Rücken zu ihm saß, spürte seine Gegenwart und drehte sich nach ihm um. „Hast du erreicht, was du erreichen wolltest?"

„Ich denke schon. Bist du soweit?"

„Ja. Ich muss mir nur noch die Hände waschen."

Sie verabschiedete sich herzlich von der *señora* und dankte ihr für alles, während Grant im Türrahmen stand und Jane beobachtete. Offensichtlich verstand sie es, das Herz eines jeden Menschen im Sturm zu erobern. Auf die *señora* jedenfalls schien sie großen Eindruck gemacht zu haben, denn die Frau strahlte übers ganze Gesicht, wünschte ihr eine gute Reise und äußerte die Hoffnung auf ein Wiedersehen mit der Versicherung, dass für die reizende *señora* und ihren Ehemann in ihrem Haus immer ein Zimmer frei sein werde.

Sie holten ihr Gepäck, und Grant schulterte sein Gewehr. Damit riskierte er es zwar, die Aufmerksamkeit der Leute auf sich zu ziehen, aber er sah keine andere Möglichkeit. Mit einem bisschen Glück würden sie bereits heute Abend im Flugzeug sitzen, doch bis es soweit war, durfte er kein Risiko eingehen. Der Vorfall gestern hatte bewiesen, dass Turego nicht bereit war aufzugeben.

Draußen auf der Straße sah Jane ihn an. „Und nun?"

„Ich habe uns bei einem Farmer eine Mitfahrgelegenheit organisiert."

Gemessen an den Abenteuern der vergangenen Tage erschien diese Aussicht fast langweilig, was Jane jedoch durchaus nicht ungelegen kam. An Aufregung hatte es ihr in letzter Zeit nicht gemangelt, und eine ruhige, gemütliche Autofahrt war genau das, wonach sie sich jetzt sehnte. Was für ein gutes Gefühl musste es sein, einmal nicht gejagt zu werden.

Als sie das Ende der Straße fast erreicht hatten, sprang plötzlich ein Mann hinter einem Baum hervor und verstellte ihnen den Weg. Grant reagierte blitzschnell und schob Jane beiseite, doch noch bevor er dazu kam, sich das Gewehr von der Schulter zu reißen, schaute er in den Lauf einer Pistole, und einen Augenblick später schon sah er sich von einem halben Dutzend Männern umzingelt, die alle ihre Waffen auf ihn richteten. Jane stockte der Atem, ihre Augen weiteten sich in Panik. Als sie den Mann in der Mitte erkannte, blieb ihr fast das Herz stehen. Musste Grant jetzt womöglich ihretwegen sterben?

Dieser Gedanke war ihr unerträglich. Sie musste etwas unternehmen, und zwar sofort. Irgendetwas.

„Manuel!", schrie sie, freudige Erregung vorschützend. Sie rannte auf Turego zu und warf sich in seine Arme. „Ich bin ja so froh, dass du mich gefunden hast."

*E*s war ein Alptraum. Grant hörte nicht auf, sie mit zusammengekniffenen Augen anzustarren, und der Hass in seinem Blick bewirkte, dass sich ihr der Magen zusammenkrampfte, doch sie sah keinen Weg, ihn wissen zu lassen, dass sie nur ein verzweifeltes Theater aufführte. Sie klammerte sich an Turego und schilderte ihm in den blühendsten Farben, was sie angeblich für Angst während der vergangenen Tage ausgestanden hätte, nachdem dieser Verrückte sie mit Waffengewalt zum Verlassen der Plantage gezwungen hatte. Jane wusste, dass sie und Grant nur dann eine Chance zum Entkommen haben würden, wenn es ihr gelang, sich Turegos Vertrauen zu erwerben.

Die ganze Situation balancierte auf Messers Schneide; die Dinge konnten sich sowohl in diese als auch in jene Richtung entwickeln. Jane sah die Wachsamkeit in Turegos dunklen Augen, die einherging mit tiefer Befriedigung, dass es ihm gelungen war, seine Beute aufzuspüren. Er wollte sie leiden lassen für die Schmach, die sie ihm angetan hatte, das spürte sie genau, aber noch mehr interessiert war er an dem Mikrofilm, ein Umstand, der ein taktisches Vorgehen erforderte. Jane war sich ziemlich sicher, dass ihr Leben nicht bedroht war, umso mehr jedoch Grants. Deshalb musste sie ihn beschützen, komme, was da wolle.

Jetzt legte Turego einen Arm um ihre Taille und zog sie an sich. Dann beugte er sich zu ihr herab und küsste sie. Es war ein langer, intimer Kuss, bei dem Jane sich verzweifelt sagte, dass sie ihn um Grants willen über sich ergehen lassen musste, auch wenn er sie noch so schaudern machte. Sie wusste genau, was Turego bezweckte; er wollte seine Macht demonstrieren, um sie als Waffe gegen Grant einzusetzen. Als er schließlich den Kuss beendete und den Kopf hob, verzerrte ein grausames Lächeln seinen schön geschwungenen Mund.

„Jetzt habe ich dich ja gefunden, *chiquita*", versicherte er ihr aalglatt. „Jetzt bist du in Sicherheit. Dieser … Verrückte, wie du ihn genannt hast, wird dich nicht wieder belästigen, das verspreche ich dir. Aber ich bin wirklich beeindruckt, *señor*", fuhr er dann an Grant gerichtet fort. „Ich habe schon von Ihnen gehört. Der Mann mit den gelben Augen, der wie ein Jaguar durch den Dschungel schleicht." Turego lachte böse auf. „Sie sind eine Legende, aber bisher dachte ich eigentlich, Sie seien tot. Zumindest war das das letzte, was ich von Ihnen gehört habe, doch nun muss ich feststellen, dass ich einer Fehlinformation aufgesessen bin."

Grant hüllte sich in Schweigen, seine ganze Aufmerksamkeit galt jetzt Turego, und Jane behandelte er wie Luft. Er zuckte mit keiner Wimper, sein Gesicht wirkte wie aus Granit gehauen. Er schien nicht einmal zu atmen. Seine vollkommene Bewegungslosigkeit hatte etwas Beunruhigendes an sich. Er nahm sich aus wie ein mächtiger Tiger, umringt von Schakalen, und man konnte seinen Widersachern ihre Nervosität deutlich ansehen.

„Wäre ziemlich interessant zu wissen, von wem Sie bezahlt werden." Turegos Stimme klang wie das sanfte Schnurren eines Katers. Als er sich an seine Leute wandte, wurde sie jedoch um einen Ton schärfer. „Fesselt ihn und schafft ihn ins Auto", befahl er, den Arm noch immer um Jane gelegt. Sie zwang sich, nicht hinzusehen, als die Männer Grant fesselten und ihn dann zu einem Militärjeep schleppten. Stattdessen warf sie Turego ihr verführerischstes Lächeln zu und lehnte den Kopf an seine Schulter.

„Ich hatte ja so furchtbare Angst", flüsterte sie.

„Das glaube ich dir aufs Wort, *chiquita*", gab er gefährlich sanft zurück. „Hast du dich deshalb so gegen meine Männer gewehrt, als sie dich gestern im Dschungel aufgestöbert haben?"

Sie hätte es wissen müssen, dass er zu gewieft war, um ihr zu glauben. Jetzt waren ihre schauspielerischen Fähigkeiten einmal mehr gefragt. Scheinbar überrascht riss sie die Augen auf. „Waren das *deine* Männer? Warum haben sie das denn nicht gesagt? Sie haben mich herumgeschubst, und ich hatte Angst, sie würden mich … sie würden mir etwas tun. Da hatte ich es endlich geschafft, diesem Verrückten zu entkommen, und dann hat mich der Lärm, den sie veranstaltet haben, ihm direkt wieder in seine Arme getrieben." Ihre Stimme bebte vor Empörung.

„Es ist vorbei; und ich verspreche dir, dass ich ab jetzt besser auf dich aufpassen werde, *chiquita*." Damit führte er sie ebenfalls zu dem Jeep und half ihr beim Einsteigen. Anschließend gab er dem Fahrer ein paar knappe Instruktionen.

„Wohin fahren wir?", fragte sie mit unschuldigem Augenaufschlag. „Zurück zur Plantage? Hast du mir nicht ein paar frische Sachen zum Anziehen mitgebracht? Ich laufe schon seit Tagen in denselben Kleidern herum." Sie zog einen Schmollmund.

„Ich muss gestehen, dass ich daran wirklich nicht gedacht habe, *chiquita*. Dazu habe ich mir viel zu viele Sorgen um dich gemacht." Sein Arm lag immer noch um ihre Schulter, und Jane blickte zu ihm auf.

Er sah außergewöhnlich gut aus, seine makellosen Gesichtszüge erinnerten eher an die einer Statue, als an die eines Menschen. Aber vielleicht war er ja gar kein richtiger Mensch. Man konnte nicht einmal sein Alter schätzen. Er sah aus wie Ende Zwanzig, aber Jane wusste, dass er die Vierzig bereits überschritten hatte.

„Wer ist er eigentlich? Es hat sich so angehört, als würdest du ihn kennen."

„Hat er sich dir denn nicht vorgestellt? Du hast doch immerhin einige Tage mit ihm verbracht, mein Herz, sicher wirst du doch wenigstens seinen Namen kennen."

Wieder war sie gezwungen, innerhalb eines Sekundenbruchteils eine Entscheidung zu fällen. War Grants Name allgemein bekannt? Und war es überhaupt sein richtiger Name? „Er hat mir erzählt, dass er Joe Tyson heißt. Stimmt das?"

Turego zögerte einen Moment, seltsamerweise. „Vielleicht nennt er sich ja derzeit so. Aber wenn er der ist, für den ich ihn halte, wird er der Tiger genannt."

Der Tiger! Jane konnte sich gut vorstellen, wie er zu diesem Namen gelangt war. Angesichts seiner bernsteinfarbenen Augen und seines geschmeidigen, lautlosen Ganges drängte sich dieser Vergleich geradezu auf.

Jane lachte ein perlendes Lachen. „Das klingt ja äußerst geheimnisvoll. Glaubst du, er ist ein Spion?"

„Nein, natürlich nicht. Ganz so romantisch ist es auch wieder nicht. Er ist nur ein mieser Söldner, der sich für irgendwelche dreckigen Jobs anheuern lässt, weiter nichts."

„Dreckige Jobs? Wie zum Beispiel mich zu entführen? Warum sollte er das tun? Ich meine, für mich bezahlt doch niemand Lösegeld. Mein Vater spricht nicht einmal mehr mit mir, und ich selbst besitze keinen Cent."

„Vielleicht will man ja etwas anderes von dir", vermutete er.

„Aber ich habe doch nichts." Sie riss in gespielter Naivität die Augen auf. Turego lächelte dünn.

„Vielleicht hast du ja doch etwas und weißt es nur nicht."

„Was denn? Was soll ich denn haben?"

„Das werden wir in Kürze herausfinden, Darling. Wart es nur ab."

„Mir sagt nie jemand was." Sie verzog schmollend den Mund und verharrte einen Augenblick so, dann fuhr sie wie ein beleidigtes Kind auf: „Wohin fahren wir eigentlich?"

„Nur ein Stück die Straße runter, Baby."

Sie hatten jetzt den Stadtrand erreicht und hielten vor einer verfallenen Lagerhalle, deren zerkratzte blaue Stahltür schief in den Angeln hing. Offensichtlich waren sie an ihrem Bestimmungsort angelangt, denn Turego wies seine Männer an, Grant in die Halle zu bringen. Jane sah zu, wie man ihn mit roher Gewalt aus dem Jeep zerrte. In seinem Mundwinkel klebte getrocknetes Blut, und seine Lippen waren geschwollen und aufgesprungen. Oh, Gott, sie hatten ihn geschlagen, ohne dass er auch nur die geringste Chance gehabt hätte, sich zur Wehr zu setzen, weil man ihm die Hände auf den Rücken gefesselt hatte. Jane war außer sich. Es dauerte jedoch nicht lange, dann verwandelte sich ihr Mitgefühl in rasenden Zorn. Diese Verbrecherbande! Das sollten sie ihr büßen. Bevor sie sich wieder zu Turego umwandte, riss sie sich zusammen, weil er unter keinen Umständen merken durfte, wie sie zu Grant stand.

„Was tun wir denn hier?"

„Nichts Besonderes. Ich will unserem Freund nur ein paar Fragen stellen."

Man eskortierte sie in die Halle. Die Hitze, die ihr beim Übertreten der Schwelle entgegenschlug, war fast unerträglich. Die Lagerhalle war der reinste Brutofen, die Luft war so heiß wie in einer Sauna. Jane brach augenblicklich der Schweiß aus allen Poren.

Allem Anschein nach schien Turego die Halle als irgendeine Art Stützpunkt zu nutzen. Nachdem er dafür gesorgt hatte, dass Grant weiterhin unter ausreichender Bewachung stand, führte er Jane in den hinteren Teil des Gebäudes, wo sich verschiedene ineinander übergehende Räume, wahrscheinlich ehemalige Büros, befanden. Hier war es zumindest etwas kühler, weil ein kleines Fenster wenigstens für ein Minimum an frischer Luftzufuhr sorgte. Der Raum, in den Turego Jane führte, war mit Riesenstapeln alter Zeitungen vollgestopft, auf denen der Staub zentimeterdick lag, und in einer Ecke stand ein ramponierter Schreibtisch, der sich schräg zur Seite neigte, weil ihm ein Bein fehlte. Jane zog angewidert die Nase kraus. „Igittigitt!" Das war die erste ehrliche Meinungsäußerung, die sie gegenüber Turego kundtat.

„Ich bitte vielmals um Entschuldigung, mein Herz." Turego präsentierte ihr sein schönstes Zahnpasta-Reklame-Lächeln. „Glücklicherweise beabsichtigen wir nicht, uns sehr lange hier aufzuhalten. Alfonso wird dir Gesellschaft leisten, während ich mich mit deinem Freund unterhalte."

Was er damit sagen wollte, war, dass sie ebenfalls unter Bewachung stand. Jane protestierte nicht, weil sie seinen Verdacht nicht noch mehr erregen wollte, aber sie war alarmiert. Was für eine Art von „Unterhaltung" mochte er wohl im Schilde führen? Sie musste sich etwas einfallen lassen, und zwar schnell. Doch ihr Kopf war leer vor Angst. Angst, die überhand zu nehmen drohte, als Turego sich nun zu ihr beugte und sie erneut küsste. „Ich bleibe nicht lange weg", flüsterte er. „Alfonso, pass gut auf sie auf. Ich möchte es nicht erleben, dass sie mir ein zweites Mal abhandenkommt."

Jane glaubte, in Alfonso einen der Wachmänner von der Plantage wiederzuerkennen. Nachdem Turego die Tür hinter sich zugemacht hatte, schenkte sie ihm einen verführerischen Blick. Er war noch sehr jung und sah bemerkenswert gut aus. Eigentlich hätte er gewarnt sein müssen, doch er schaffte es nicht, ihr Lächeln unerwidert zu lassen.

„Haben Sie mich nicht auch schon auf der Plantage bewacht?", fragte sie auf Spanisch.

Er nickte widerstrebend.

„Dacht ich mir's doch, dass ich Sie schon gesehen habe. Einen gut aussehenden Mann vergesse ich nämlich nicht so leicht." Sie hatte versucht, einen enthusiastischen Tonfall in ihre Stimme zu legen. Ihre Aussprache war so mangelhaft, dass Alfonso sich ein belustigtes Lächeln nicht verkneifen konnte. Sie fragte sich, ob er in Turegos Pläne eingeweiht oder ob er einfach nur ein niederer Befehlsempfänger war.

Wie auch immer es sich verhalten mochte, auf jeden Fall schien er nicht geneigt, sich auf eine Unterhaltung einzulassen. Jane schaute sich unauffällig in dem Raum um auf der Suche nach etwas, das sie als Waffe benutzen konnte. Dabei lauschte sie angestrengt nach draußen, doch sie konnte nichts hören. Was trieb Turego? Wenn er Grant etwas antat … Ihre Nerven waren gespannt.

Wie viel Zeit mittlerweile wohl vergangen war? Fünf Minuten? Zehn? Sie wusste es nicht. Und noch weniger wusste sie, was sie hätte unternehmen können. Plötzlich jedoch konnte sie es nicht mehr länger aushalten und machte Anstalten, zur Tür zu gehen. Alfonso streckte den Arm aus und schnitt ihr den Weg ab.

„Ich will zu Turego", sagte sie ungeduldig. „Hier drin ist es mir zu heiß. Ich bin kurz vorm Ersticken."

„Sie müssen hier bleiben."

„Ich will aber nicht! Seien Sie doch nicht so stur, Alfonso, er hat bestimmt nichts dagegen. Sie können mich ja begleiten, damit Sie sichergehen, dass ich nicht abhaue."

Sie duckte sich unter seinem Arm hindurch und hatte die Tür aufgerissen, ehe er sie daran hindern konnte. Einen gedämpften Fluch ausstoßend, setzte er ihr hinterher, doch Jane war schon zur Tür hinaus und rannte durch die angrenzenden Büros. In dem Moment, in dem sie die Haupthalle erreichte, hörte sie, wie eine Faust gegen Knochen krachte.

Dann fiel ihr Blick auf Grant. Zwei Männer hielten ihn fest, während ein dritter mit erhobener Faust vor ihm stand. Turego hielt sich ein wenig abseits; um seine Lippen spielte ein kleines, grausames Lächeln. Jetzt sackte Grants Kopf nach vorn auf seine Brust, und Jane sah, wie Blut neben seinen Füßen auf den Boden tropfte.

„Durch dein Schweigen machst du alles nur noch schlimmer, mein Freund", sagte Turego sanft. „Sag mir, wer dich bezahlt. Mehr will ich im Moment gar nicht von dir wissen."

Als Grant weiterhin verbissen schwieg, packte ihn einer der Männer, die ihn festhielten, an den Haaren und riss seinen Kopf hoch. In dem Moment, in dem Alfonso ihren Arm ergriff, sah Jane Grants Gesicht und begann, wild um sich zu schlagen.

„Turego!", kreischte sie und zog damit die Aufmerksamkeit aller auf sich. Turego hob die Augenbrauen.

„Was tust du hier? Alfonso, bring sie sofort zurück."

„Nein!", schrie sie und versetzte Alfonso einen Rippenstoß. „Es ist zu heiß da hinten, ich kann es keine Sekunde länger aushalten! Wirklich, es ist einfach zu viel. Du musst das verstehen. Ich habe eine schreckliche Zeit im Dschungel hinter mir und bin vollkommen am Ende. Ich bestehe darauf, dass du mich in ein Hotel bringst."

„Halt den Mund, Jane. Du verstehst nicht, was hier vorgeht." Turego trat an sie heran und nahm ihren Arm. „Noch ein paar Minuten, und er wird mir erzählen, was ich wissen will. Interessiert es dich denn nicht, wer ihn angeheuert hat?" Er zog sie weg, um sie wieder nach hinten zu führen. „Bitte hab noch ein wenig Geduld, mein Herz."

Jane beschloss fürs erste, sich nicht länger gegen Turego zu wehren, der sie in Richtung Büro zog. Als sie einen letzten Blick auf Grant und seine Peiniger warf, sah sie, dass die Männer offensichtlich auf Turegos Rückkehr warteten. Grant hing mit eingeknickten Knien zwischen ihnen wie ein nasser Sack, unfähig, sich allein aufrecht zu halten.

„Du rührst dich nicht von der Stelle, verstanden?", befahl Turego ihr streng, nachdem sie das Büro erreicht hatten. „Versprichst du mir das?"

„Ich verspreche es", sagte Jane und wandte ihm lächelnd das Gesicht zu. Er sah den Schlag nicht kommen, der seinen Kopf nach hinten schleuderte und ihn Blut spucken ließ. Bevor er nach Hilfe schreien konnte, rammte sie ihm ihren Ellbogen in den Solarplexus, und er fiel mit einem Grunzen langsam vornüber. Wie in einem gut einstudierten Ballett schoss jetzt ihr Knie hoch und traf sein ungeschütztes Kinn. Das gab ihm den Rest. Turego klappte wie eine Stoffpuppe zusammen und stürzte zu Boden. Jane dankte im Stillen ihrem Vater dafür, dass er darauf bestanden hatte, sie in all diese Selbstverteidigungskurse zu schicken, dann bückte sie sich und riss die Pistole auf Turegos Holster.

Gerade als sie wieder nach vorn gehen wollte, peitschte ein Schuss auf, und sie blieb vor Schreck erstarrt stehen. „Oh, nein", stöhnte sie entsetzt und raste dann, wie von Furien gehetzt, in Richtung Halle zurück.

Noch nie im Leben hatte sie eine so grauenhafte und alles verschlingende Angst verspürt wie in diesem Moment. Sie fühlte sich wie in einem Alptraum und hatte das Gefühl, nicht vom Fleck zu kommen, es war, als ob sie durch knöcheltiefen Sirup waten würde. Oh, Gott, was war, wenn sie ihn getötet hatten? Dieser Gedanke war so entsetzlich, dass sie ihn nicht ertragen konnte, aber er ließ sie nicht los und jagte ihr eine solche Panik ein, dass sie kaum mehr Luft bekam. Nein, dachte sie. Nein, nein, nein.

Sie stürzte in die Halle, die Pistole im Anschlag, halb verrückt vor Angst und bereit, für den Mann ihres Herzens zu kämpfen bis zum letzten Atemzug. Bei ihrem Eintritt bot sich ihr ein erschreckendes Bild. Auf dem Fußboden lagen mindestens fünf Männer und rührten sich nicht. Wie war das möglich? Sie hatte doch nur einen Schuss gehört.

Dann spürte sie, wie sich von hinten ein Arm um ihren Hals legte und ihr Kopf zurückgezerrt wurde. Eine Hand griff nach ihrer Pistole und nahm sie ihr weg.

„Es ist zwar zum Lachen, aber ich fühle mich sicherer, wenn du unbewaffnet bist, Sweetheart", zischte ihr jemand ins Ohr.

Sie erkannte die Stimme bei der ersten Silbe und schloss die Augen. Die Tränen schossen ihr in die Augen. „Grant", flüsterte sie.

„Sei still. Du kannst mir später sagen, wie glücklich du bist, jetzt müssen wir von hier verschwinden."

Er ließ sie los, doch als sie versuchte sich umzudrehen, um ihn anzusehen, packte er sie am Arm und drehte ihn ihr auf den Rücken, zwar nicht so hoch, dass es schmerzte, aber hoch genug, dass es dahin kommen könnte. „Beweg dich!", bellte er sie an und stieß sie vorwärts. Jane geriet ins Taumeln und stieß einen unwillkürlichen Schrei aus.

„Du tust mir weh", wimmerte sie, noch immer zu benommen, um zu begreifen, was vor sich ging. „Grant, warte!"

„Halt den Mund!", fuhr er sie an und schubste sie, nachdem er die Tür aufgestoßen hatte, nach draußen in das grelle Sonnenlicht. Der Jeep stand noch da, und Grant zögerte keine Sekunde. „Steig ein. Wir machen eine kleine Spazierfahrt."

Er riss die Tür auf und beförderte Jane unsanft auf den Beifahrersitz. Der leise Schrei, der sich ihr dabei entrang, schnitt ihm für den Bruchteil einer Sekunde ins Herz, doch dann rief er sich zur Ordnung. Sie brauchte keine Rücksichtnahme, wie eine Katze landete sie immer wieder auf den Füßen.

Jane, die auf dem Sitz halb umgekippt war, rappelte sich hoch; in ihren dunklen Augen standen Tränen, als sie in sein zusammengeschlagenes und blutiges Gesicht schaute. Sie wollte ihm sagen, dass alles nur Show gewesen sei, ein verzweifeltes Spiel, um ihrer beider Leben zu retten, aber er schien nicht geneigt, ihr zuzuhören. Als sie sich anschickte, die Hand nach ihm auszustrecken, erhaschte sie aus dem Augenwinkel heraus eine Bewegung in der Tür und stieß einen Schrei aus, um ihn zu warnen.

„Grant!"

In demselben Moment, in dem er herumwirbelte, hob Turego sein Gewehr und feuerte. Der ohrenbetäubende Krach des Schusses zerriss die Stille, doch alles, was Jane hörte, war Grants unterdrückter Schmerzensschrei, während er auf die Knie sackte und seine Pistole hob. Turego wich blitzschnell Deckung suchend zur Seite, aber es war zu spät, Grants Pistole spuckte Feuer, und an Turegos rechter Schulter malte sich ein Blutfleck ab. Rückwärts taumelte er durch die geöffnete Tür ins Innere der Halle.

Jane hörte weit entfernt einen Schrei, dem sie jedoch keine Beachtung schenkte. Ihr einziger Gedanke galt Grant. Sie sprang aus dem Jeep und kam neben ihm auf. Er kniete auf dem heißen, steinigen Boden, den Kopf gegen das Trittbrett gelehnt und die rechte Hand, zwischen deren Fingern Blut hindurchsickerte, um den linken Unterarm geklammert. Er schaute zu ihr auf, und seine gelben Augen loderten noch immer kampfesbereit.

Das machte sie halb verrückt. Sie packte ihn ohne zu zögern an seinem Unterhemd und zog ihn mit aller Kraft, die ihr zur Verfügung stand, auf die Füße. „Steig ein!", schrie sie ihn an und schob ihn zur Tür. „Verdammt noch mal, steig ein! Willst du dich umbringen?"

Er zuckte zusammen, als die Kante des Sitzes seine geprellten Rippen streifte; Jane schob ihn von hinten und schrie auf ihn ein wie auf einen lahmen Gaul. „Halt endlich den Mund!", brüllte er, während er sich unter Schmerzen auf den Sitz hochzog.

„Ich kann reden, wann ich will!", schrie sie zurück, während sie mit aller Kraft schob, bis er schließlich auf dem Sitz saß. Dann wischte sie sich die Tränen aus dem Gesicht und kletterte selbst in den Jeep. „Rutsch rüber, damit ich ans Steuer kann. Gibt es hier irgendwo Schlüssel? Wo zum Teufel sind die Schlüssel? Oh, verdammt." Ihr Kopf verschwand unter dem Steuerrad, sie tastete unter dem Armaturenbrett herum, bis sie schließlich die entsprechenden Drähte gefunden hatte und sie herausriss.

„Was machst du denn da?", brachte Grant, dem ganz schwummerig war vor Schmerz, mühsam heraus.

„Ich schließe die Zündung kurz", schluchzte sie.

„Einen Teufel tust du. Du reißt lediglich die verdammten Drähte heraus." Falls sie die Absicht haben sollte, das einzige ihnen zur Verfügung stehende Transportmittel außer Gefecht zu setzen, machte sie ihren Job gut. Gerade als er sich anschickte, sie beiseite zu stoßen, um die Sache selbst in die Hand zu nehmen, kam sie mit ihrem Kopf hoch, trat auf die Kupplung und führte dann zwei Drähte zusammen. Der Motor begann zu röhren, und Jane schlug krachend die Tür zu. Dann legte sie einen Gang ein und ließ die Kupplung kommen. Der Wagen machte einen so gewaltigen Satz nach vorn, dass Grant gegen die Tür geschleudert wurde, und blieb dann wieder stehen.

„Geh in den ersten Gang!", schrie Grant, während er sich wieder in eine sitzende Position hochrappelte.

„Ich weiß nicht, wo der erste Gang ist! Ich muss nehmen, was kommt."

Fluchend legte er die Hand auf die Gangschaltung, und der Schmerz in seinem Arm brachte ihn fast um, als er den Schaltknüppel umklammerte. „Kupplung", brüllte er sie an. „Ich lege jetzt den Gang ein. Los, Jane, tritt endlich diese verdammte Kupplung!"

„Hör auf mich anzuschreien!", kreischte sie wütend, tat jedoch, was er ihr sagte. Grant legte den passenden Gang ein, und sie ließ die Kupplung kommen; diesmal fuhr der Wagen langsam an. Sie gab Gas und manövrierte den schweren Jeep mit quietschenden Reifen um eine Kurve.

„Dort vorne rechts", dirigierte Grant sie, und sie bog an der nächsten Kreuzung rechts ab.

Als sie das Gaspedal noch weiter durchtrat, begann der Motor furchterregend zu röhren.

„Du musst schalten!"

„Ich kann nicht, mach du's!"

„Kupplung!"

Gehorsam befolgte sie seine Anweisung, und er schaltete in den nächst höheren Gang. „Ich sage dir, wenn du kuppeln sollst, und dann schalte ich, okay?"

Sie nickte schweigend. Noch immer liefen ihr die Tränen übers Gesicht, die sie in unregelmäßigen Abständen abwischte. „Bieg links ab", befahl Grant jetzt schroff, und sie lenkte den Jeep so schwungvoll um die Kurve, dass der Fahrer des Pick-up vor ihnen vor Schreck ganz dicht an den Straßenrand floh.

Die Straße führte stadtauswärts, aber sie hatten erst ein paar Meilen zurückgelegt, als Grant barsch sagte: „Halt an." Ohne zu fragen warum, fuhr sie an den Straßenrand und brachte den Wagen zum Stehen.

„Okay. Aussteigen." Wieder gehorchte sie ihm ohne Widerrede, kletterte aus dem Jeep und sah zu, wie Grant sich vorsichtig aus der Fahrerkabine gleiten ließ. Sein linker Arm war blutverschmiert, doch Jane entnahm seinem Gesichtsausdruck, dass er diesem Umstand so wenig Beachtung wie möglich zu schenken gedachte. Er schob die Pistole in seinen Hosenbund und schulterte sein Gewehr. „Los, komm."

„Wohin gehen wir denn?"

„Zurück in die Stadt. Dein Liebhaber wird nicht mit unserer Rückkehr rechnen, aber du kannst deswegen trotzdem ruhig aufhören zu heulen", fügte er grausam hinzu, „ich habe nicht die Absicht, ihn umzubringen."

Jane wirbelte herum. „Er ist nicht mein Liebhaber."

„Kam mir aber ganz so vor."

„Ich habe nur versucht, ihn abzulenken. Einer von uns beiden musste sich schließlich seine Bewegungsfreiheit erhalten."

„Spar dir deine Lügen." Sein Ton klang gelangweilt. „Ich hab' dir die Show einmal abgekauft, ein zweites Mal tue ich es gewiss nicht. Also was ist jetzt, gehen wir?"

Sie entschied, dass es im Moment keinen Sinn machte, mit ihm zu streiten. Wenn sie dies alles erst einmal hinter sich gebracht hätten, war noch immer Zeit, ihm alles zu erklären. Als sie sich von ihm abwandte, fiel ihr Blick auf einen Gegenstand unter der hinteren Sitzbank. Ihr Rucksack! Sie kletterte noch einmal in das Fahrzeug zurück und zerrte das Gepäckstück unter dem Sitz hervor; in der Aufregung hatte sie den Rucksack völlig vergessen.

„Lass das verdammte Ding da!", herrschte Grant sie an, als sie neben ihm auf den Boden sprang.

„Ich brauche ihn aber", schnappte sie, während sie mit wild entschlossenem Gesicht den Rucksack schulterte.

Er zog die Pistole aus dem Gürtel, und Jane schluckte, die Augen weit aufgerissen. Mit ruhiger Hand gab er einen Schuss auf einen der Vorderreifen des Jeeps ab, dann steckte er die Pistole wieder in den Gürtel zurück.

„Was soll das?", flüsterte sie und schluckte erneut.

„Ich will, dass es so aussieht, als wären wir gezwungen gewesen, den Jeep stehen zu lassen."

Er packte sie hart am Unterarm und zerrte sie feldeinwärts.

„Wann wird Turego wieder hinter uns hersein, was meinst du?" Ihr Atem ging keuchend vom schnellen Laufen.

„Schon bald. Du scheinst es ja gar nicht mehr erwarten zu können."

Zähne knirschend überhörte sie seinen bissigen Kommentar. Nach etwa zwanzig Minuten waren sie am Stadtrand angelangt, doch Grant schlug nicht den Weg in die Stadt ein, sondern machte einen großen Bogen um sie. Jane wollte ihn fragen, was er vorhatte, aber da sie davon ausging, dass seine Antwort ohnehin nicht befriedigend ausfallen würde, zog sie es vor zu schweigen. Noch lieber allerdings hätte sie die Arme um ihn gelegt, doch dieser Versuch würde sich erst recht als Fehlschlag erweisen, deshalb unterließ sie es.

Lange Zeit danach machte er vor einer verfallenen Scheune, die hinter einem nicht weniger verfallenen Haus stand, halt und befahl ihr hineinzugehen. Nachdem sie sich erschöpft auf den mit Heu bedeckten Boden hatte fallen lassen, fragte sie: „Und nun?"

„Wir müssen das Land verlassen, und zwar so schnell wie möglich", gab er zurück. „Dein Daddy hat mich angeheuert, um dich nach Hause zurückzubringen, und genau das werde ich tun. Je früher die Übergabe stattfindet, umso besser."

*B*leiben wir den ganzen Tag über hier?", erkundigte sich Jane nach einer ihr endlos erscheinenden Zeit des Schweigens, in der sie ebenso wie Grant ihren Gedanken nachgehangen hatte. Ihr war schleierhaft, was er mit dem Aufenthalt in der Scheune bezweckte. Vor kurzem hatte es angefangen zu regnen, und sie war aufgrund der nervenzermürbenden Warterei schon so verzweifelt gewesen, dass sie begonnen hatte, die Regentropfen, die auf das Dach platschten, zu zählen.

„Warum nicht? Ich habe nichts Besseres zu tun. Du etwa?"

Sie verweigerte die Antwort und stellte auch keine weiteren Fragen, da sie erkannte, dass es zwecklos war. Sie war so hungrig, dass ihr schon ganz schlecht war, aber in ihrem Rucksack befand sich nichts mehr zu essen, und sie hatte auch keine Lust, sich zu beklagen. Deshalb ließ sie ihren Kopf auf die angezogenen Knie sinken und versuchte zu schlafen; so würde sie wenigstens vergessen können, wie traurig sie war.

Anscheinend war es ihr tatsächlich gelungen einzuschlafen, denn er rüttelte sie wach. „Wir müssen weiter", sagte er und zog sie hoch. Janes Herz machte einen kleinen Satz, weil angesichts seiner Berührung, die kräftig zupackend und sanft zugleich war, die verrückte Hoffnung in ihr aufkeimte, dass er sich während ihres Nickerchens vielleicht wieder beruhigt haben könnte. Doch dem war nicht so. Gleich darauf ließ er mit verschlossenem Gesicht ihren Arm fallen, und ihre Hoffnung zerstob.

Sie trottete in einiger Entfernung wie ein Hündchen hinter ihm her, blieb stehen, wenn er stehen blieb, und ging weiter, wenn er weiterging. Als ihr dämmerte, dass er ungerührt die Stadtmitte ansteuerte, bekam sie einen Schreck. Was hatte er vor? Sicher würden sie auffallen, und das war etwas, das sie ganz und gar nicht gebrauchen konnten. Jane war überzeugt davon, dass sie ein höchst seltsames Bild boten: Ein großer blonder Mann mit einem zerschlagenen und geschwollenen Gesicht, dem ein Gewehr über der Schulter hing, als sei es die selbstverständlichste Sache von der Welt, gefolgt von einer Frau mit einer wilden schwarzen Mähne, verdreckter Kleidung und einem Rucksack auf dem Rücken. Nun, im Moment erschien ihr alles seltsam. Als plötzlich grelle Neonblitze über sie hinwegzuckten, fühlte sie sich, als wären sie Figuren, die einem Videospiel entsprungen waren. Gleich darauf erkannte sie, dass es sich bei den Blitzen um den Namen einer Bar handelte, der abwechselnd in Neonpink und Neonblau aufleuchtete.

Was führte er im Schilde? Sie zogen so viel Aufmerksamkeit auf sich, dass es Turego nicht verborgen bleiben konnte, dass sie wieder in der Stadt waren. Fast erschien es Jane so, als würde Grant es sich wünschen, dass Turego sie aufstöberte.

Er bog in eine Seitenstraße ein und blieb vor einer kleinen Bar stehen. „Bleib dicht an meiner Seite und halt deinen Mund", befahl er ihr kurz angebunden, während er sie ins Innere zog.

Hier war es verräuchert und stickig, die Luft war mit Alkoholdunst und mit dem Geruch von Achselschweiß geschwängert. Bis auf die Kellnerin, ein leicht verwahrlost aussehendes Mädchen, und zwei Prostituierte waren keine Frauen in dem Lokal. Jane wurde von verschiedenen Männern abschätzend taxiert, doch als sie auf Grant aufmerksam wurden, wandten sie sich, offensichtlich zu dem Ergebnis gelangt, dass sie den Aufwand nicht lohne, wieder ihren Drinks zu.

Grant schlenderte zu einem Tisch im hinteren Teil des Raumes und setzte sich. Als die Kellnerin kam, um die Bestellung aufzunehmen, orderte er, ohne Jane nach ihren Wünschen zu fragen, zwei Tequilas.

Jane hielt die Kellnerin auf. „Warten Sie – haben Sie Limonensaft?" Als die junge Frau nickte, seufzte sie erleichtert auf. „Dann bringen Sie mir statt des Tequila ein Glas Limonensaft, bitte."

Grant zündete sich eine Zigarette an. „Bist du Abstinenzlerin oder was?"

„Ich trinke nicht auf leeren Magen."

„Wir essen später etwas. Hier gibt's nichts."

Nachdem die Bedienung die Getränke gebracht hatte, schaute Jane ihn an und fragte: „Ist es hier nicht zu gefährlich für uns? Irgendjemand von Turegos Leuten könnte uns sehen, meinst du nicht auch?"

Er starrte sie mit verengten Augen durch den blauen Rauch seiner Zigarette hindurch an. „Warum sollte dir das etwas ausmachen? Hast du Angst, dass er dich nicht wieder mit offenen Armen empfangen könnte?"

Jane beugte sich vor, die Augen ebenfalls zusammengekniffen. „Jetzt hör mir mal gut zu. Ich musste unbedingt Zeit gewinnen vorhin und habe deshalb das Erstbeste getan, was mir in den Sinn kam. Es tut mir wirklich leid, dass ich keine Gelegenheit hatte, dich vorher von meinen Plänen in Kenntnis zu setzen, aber ich glaube kaum, dass mir Turego eine ‚Auszeit' gegeben hätte, um erst noch ein bisschen mit dir zu kuscheln! Und wenn er mich ebenfalls gefesselt hätte, wären wir verloren gewesen."

„Danke, Honey, aber ich komme recht gut ohne diese Art von Hilfe zurecht", gab er gedehnt zurück und betastete sein rechtes Auge, das blutunterlaufen und geschwollen war.

Zorn flackerte in ihr auf; sie hatte nichts Unrechtes getan, und sie war es leid, wie eine Sünderin behandelt zu werden. Einen kurzen Augenblick erwog sie, ihm ihren Limonensaft ins Gesicht zu schütten, aber ihr Magen knurrte so lautstark, dass ihr Rachebedürfnis zurückstehen musste. Sie musste unbedingt etwas zu sich nehmen, selbst wenn es nur Saft war.

Die Minuten tröpfelten zäh wie dickflüssiger Sirup dahin, und Jane spürte, wie sich ihr Nacken versteifte. Ihr Ärger wuchs von Sekunde zu Sekunde, weil sie überzeugt war davon, dass jeder Augenblick, den sie hier vertrödelten, für Turego die Chance, ihrer habhaft zu werden, erhöhte. Er würde sich von dem stehen gelassenen Jeep nicht lange in die Irre führen lassen.

Als sich ein Mann auf dem freien Stuhl neben ihr niederließ, sprang Jane auf, das Herz klopfte ihr plötzlich in der Kehle. Er gönnte ihr kaum einen Blick, sondern wandte seine Aufmerksamkeit sofort Grant zu. Er hatte ein Dutzendgesicht, seine Kleidung war abgetragen, und in seinem Gesicht spross ein Dreitagebart. Der Alkoholdunst, den er ausströmte, veranlasste Jane zu einem Naserümpfen. Als er jedoch ein paar Worte zu Grant sagte, die so leise waren, dass sie sie nicht verstehen konnte, fiel bei ihr der Groschen.

Grant hatte ihre Ankunft nicht deshalb, weil Turego sie finden sollte, quasi öffentlich bekannt gegeben, sondern weil er wollte, dass jemand anders ihn aufstöberte. Er hatte ein gewagtes Spiel gespielt, aber es hatte sich ausgezahlt. Grant war zwar nicht mehr im Geschäft, doch er war in bestimmten Kreisen noch immer bekannt genug, um darauf bauen zu können, dass irgendjemand sich bemüßigt fühlte, mit ihm in Kontakt zu treten.

„Ich brauche ein Auto", sagte Grant jetzt. „In einer Stunde. Können Sie das bewerkstelligen?"

„*Sì*", gab der Mann zurück und nickte langsam zum Zeichen seiner Bereitschaft.

„Gut. Stellen Sie es hinter dem Blue Pelican ab, und legen Sie die Schlüssel unter den rechten Sitz."

Der Mann nickte erneut. „Viel Glück, *amigo*."

Ein hartes, leicht schiefes Lächeln spielte um Grants Mundwinkel.

„Danke. Ich kann es brauchen."

Der Mann stand auf, schob seinen Stuhl zurück und war einen Augenblick später in der Menge untergetaucht. Jane drehte ihr Glas langsam in den Händen, die Blicke auf die Tischplatte geheftet. „Können wir jetzt endlich gehen?"

Grant hob das Tequilaglas an die Lippen, und sein Adamsapfel hüpfte, als er die scharf schmeckende Flüssigkeit schluckte. „Wir müssen noch einen Augenblick warten."

Er hatte recht. Es wäre unklug, dem anderen Mann allzu rasch zu folgen. George hatte ihr wieder und wieder eingeschärft, wie wichtig es war, von der Kontaktperson so weit wie möglich Abstand zu halten. Grant hatte vorhin keine andere Möglichkeit gehabt, als ziemlich offen zu agieren, weil sie sich in einer verzweifelten Situation befunden hatten, doch jetzt war wieder Vorsicht am Platz.

„Glaubst du, dass wir irgendwo einen Waschraum finden?", erkundigte sie sich in so leichtem Ton wie möglich.

„Hier drin? Das bezweifle ich."

„Irgendwo."

„Wir können's ja versuchen. Hast du ausgetrunken?" Er schüttete den Rest seines Tequila hinunter, und Jane tat dasselbe mit ihrem Saft. Ihre Haut begann wieder zu kribbeln, sie spürte es vorwiegend an ihrem Nacken, und als sie aufstand, verstärkte sich dieses unangenehme Gefühl.

Sie bahnten sich ihren Weg durch das Gewirr von Füßen, Tischen und Stühlen und gingen zur Tür. Sobald sie draußen waren, sagte Jane: „Ich glaube, wir werden beobachtet."

„Ich weiß. Deshalb gehen wir jetzt in die entgegengesetzte Richtung des Blue Pelican."

„Was um Himmels willen ist denn der Blue Pelican?" Sie sah Grant an. „Warum kennst du dich hier so gut aus? Warst du schon mal hier?"

„Nein, aber ich bin es gewöhnt, meine Augen offen zu halten. Der Blue Pelican war die erste Bar, an der wir vorbeigekommen sind."

Jetzt erinnerte sie sich. Es war das Lokal mit dem Neonschild, das ihr dieses seltsame Gefühl von Unwirklichkeit vermittelt hatte.

Sie gingen eine schmale Seitenstraße hinunter in ein gähnendes schwarzes Loch. Die Straße war nicht asphaltiert, und Bürgersteige gab es ebenso wenig wie Laternen, nicht einmal ein fehl am Platz wirkendes Neonschild spendete sein schreiend buntes Licht. Der Boden war uneben unter Janes Füßen, und fauliger Abfallgestank stieg ihr in die Nase. Ohne zu wissen, was sie tat, suchte sie an Grants Gürtel Halt.

Sie spürte sein Zaudern, dann entschloss er sich jedoch, ohne ein Wort weiterzugehen. Jane schluckte, weil ihr plötzlich bewusst wurde, dass sie sich ohne Weiteres auf seiner Schulter hätte wiederfinden können, so wie es ihr beim ersten Mal passiert war, als sie sich von hinten an seinem Gürtel festgehalten hatte. Was würde sie tun, wenn sie sich in der Dunkelheit nicht länger an ihm festhalten konnte? Dastehen und die Hände ringen? Sie war einen langen Weg gegangen von dem Kind, das wie erstarrt vor Angst in der Dunkelheit hockte, hin zu der Frau, die sie heute war. Vielleicht war es jetzt langsam an der Zeit, einen weiteren Schritt zu wagen. Langsam und bedächtig ließ sie Grants Gürtel los. Ihr Arm fiel herab.

Er blieb stehen und drehte sich nach ihr um. „Ich habe nichts dagegen, wenn du dich an meinem Gürtel festhältst."

Sie schwieg. Sie spürte seine widerwillige Neugier, fühlte sich jedoch unfähig, eine Erklärung abzugeben. Sie war es gewohnt, die Dinge, die sie und ihre innere Entwicklung betrafen, mit sich allein abzumachen. Nicht einmal mit der Kinderpsychologin, zu der sie ihre Eltern nach der Entführung gebracht hatten, hatte sie uneingeschränkt über ihre Gefühle sprechen können. Alle wussten von ihrer Angst vor der Dunkelheit und von den Alpträumen, die sie quälten, aber Details waren ihr niemals zu entlocken gewesen.

Mit Grant jedoch verhielt es sich anders. Plötzlich spürte sie, dass es wahrscheinlich nichts gab auf der Welt, das sie ihm nicht anvertrauen würde, und dass ihre Angst vor der Dunkelheit gering war im Vergleich zu der Angst, ihn womöglich zu verlieren.

Nachdem sie an einer öffentlichen Toilette halt gemacht hatten, erreichten sie den Blue Pelican, auf dessen hinterem Parkplatz ein alter Ford Kombi geparkt war. Grant öffnete die Kühlerhaube und leuchtete mit seinem Feuerzeug in den Motorraum. Jane fragte nicht, wonach er Ausschau hielt, weil sie es zu wissen glaubte. Einen Moment später schloss er die Haube wieder so geräuschlos wie möglich. Er schien beruhigt.

„Steig ein und hol die Schlüssel unter dem Sitz hervor."

Sie öffnete die Beifahrertür. Das Deckenlicht ging nicht an, aber das war nicht anders zu erwarten. Sie tastete unter dem Sitz nach dem Schlüssel. Jetzt ging die Fahrertür auf, und einen Augenblick später ächzte der Wagen unter Grants Gewicht. „Mach schon", fuhr er sie an.

„Hier ist kein Schlüssel." Ihre tastenden Finger stießen auf Sand, ein paar Schrauben, eine leere Papiertüte, doch auf keinen Schlüssel. „Vielleicht sind wir im falschen Auto."

„Unmöglich. Schau noch mal genau nach."

Sie ging in die Hocke und tastete weiter nach hinten. „Da ist nichts. Schau unter deinem Sitz nach."

Er beugte sich vor und suchte unter seinem Sitz. Einen Augenblick später fischte er einen Schlüssel, der mit einem Stück Draht an einem Holzstöckchen befestigt war, hervor. Über die Idioten fluchend, die nicht in der Lage waren, sich an eine simple Anweisung zu halten, schob er den Schlüssel in die Zündung und startete.

Obwohl der Ford rein äußerlich in einem beklagenswerten Zustand war, schnurrte der Motor ruhig und gleichmäßig vor sich hin. Jane lehnte sich aufatmend in ihren Sitz zurück und versuchte sich klarzumachen, dass sie es tatsächlich geschafft zu haben schienen, Turego zu entkommen. Seit dem Morgen war so viel passiert, dass ihr der Zeitsinn abhandengekommen war. Aber später als zehn Uhr abends konnte es kaum sein. „Willst du noch immer nach Limon?"

„Warum fragst du? Hast du das deinem Liebhaber erzählt?"

Jane knirschte wütend mit den Zähnen und versuchte ruhig zu bleiben. Okay, zweiter Versuch. „Er ist nicht mein Liebhaber, und ich habe ihm nichts erzählt. Ich wollte ihn lediglich ablenken, das habe ich dir vorhin schon gesagt. Was glaubst du wohl, wie ich an die Pistole gekommen bin, die du mir abgenommen hast?"

Sie spürte, dass das ein Punkt war, den er nicht einfach ignorieren konnte, aber er tat ihn mit einem Schulterzucken ab. „Hör zu, du bist mir keinerlei Erklärung schuldig", gab er in gelangweiltem Ton zurück. „Ich bin nicht daran interessiert …"

„Halt an!", schrie sie außer sich.

„Werd jetzt bloß nicht hysterisch", warnte er sie, ihr einen bösen Blick zuwerfend.

Jane machte Anstalten, nach dem Steuer zu greifen, doch er fiel ihr in den Arm. Sie duckte sich blitzschnell unter ihm weg, bekam das Lenkrad zu fassen und riss es herum. Grant trat in die Bremsen, der Wagen geriet leicht ins Schlingern, und Grant, mit der einen Hand Jane abwehrend und mit der anderen lenkend, hatte große Mühe, ihn in der Spur zu halten. Schließlich brachte er ihn zum Stehen. Noch im Ausrollen riss Jane die Tür auf und sprang heraus. „Ich finde meinen Weg nach Hause auch allein!", schleuderte sie ihm fuchsteufelswütend entgegen und knallte die Tür zu.

Grant stieg ebenfalls aus. „Jane, komm sofort zurück", brüllte er ihr hinterher.

„Ich fahre keine einzige Meile mehr mit dir!" Sie rannte weiter.

Er setzte ihr nach. „Das wirst du aber müssen, ansonsten muss ich dich leider fesseln."

Sie blieb nicht stehen. „Das ist deine Rache, stimmt's?"

Jetzt legte er ohne Vorwarnung einen Zahn zu. Er sprintete so schnell, dass Jane keine Chance gegen ihn hatte. Als er einen Moment später auf gleicher Höhe mit ihr war und ihr eine Hand schwer auf die Schulter legte, stieß sie einen überraschten Schrei aus und versuchte erbost, sich aus seinem Griff herauszuwinden, doch umsonst.

Er fing ihre Handgelenke ein und drehte ihr die Arme auf den Rücken. „Verdammt noch mal, warum versuchst du es eigentlich immer auf die harte Tour?", knurrte er.

„Lass mich … los!", schrie sie, woraufhin er zwar ihre Handgelenke freigab, dafür jedoch seine Arme wie eine Krake um ihren Oberkörper schlang. Sie versetzte ihm einen Fußtritt und schrie wie am Spieß, aber er war ihr kräftemäßig überlegen, deshalb konnte sie es nicht verhindern, dass er sie jetzt hochhob und zum Wagen zurückschleppte.

Dort angelangt, musste er sie mit einer Hand loslassen, um die Tür zu öffnen. Wieder begann sie zu zappeln und wild um sich zu treten, und diesmal hatte sie Glück. Es gelang ihr unter Aufwendung all ihrer Kräfte, sich aus seinem Griff zu befreien und unter seinem Arm hindurchzuschlüpfen. Blitzschnell streckte er die Hand aus und bekam sie am Ausschnitt ihrer Bluse zu fassen. Der Stoff spannte sich unter der Belastung an, dann riss er entzwei.

Jane schossen vor Wut die Tränen in die Augen, und sie versuchte, so rasch wie möglich ihre Blöße zu bedecken. „Da siehst du, was du gemacht hast!" Schluchzend wandte sie sich von ihm ab, ihre Schultern bebten.

Die rauen Schluchzer schnitten Grant so ins Herz, dass er die Arme fallen ließ. Müde rieb er sich übers Gesicht. Warum zum Teufel konnte sie nicht einfach still in sich hineinweinen? Musste sie unbedingt so herzzerreißend schluchzen, dass man hätte meinen können, er hätte sie geschlagen? Trotz allem, was geschehen war, verspürte er plötzlich den unwiderstehlichen Drang, sie in die Arme zu nehmen und zu trösten. Er sehnte sich danach, ihr beruhigend übers Haar zu streichen und ihr ins Ohr zu flüstern, dass alles gut werden würde.

Plötzlich wirbelte sie wieder herum und wischte sich mit einer

Hand die Tränen ab, während sie mit der anderen die ruinierte Bluse über der Brust zusammenhielt. „Denk mal über ein paar Dinge nach!", fuhr sie ihn heiser an. „Überleg dir, wie ich an die Pistole gekommen sein könnte. Und denk über Turego nach. Erinnerst du dich, dass ich dich gewarnt habe, als er sich dir mit dem Gewehr von hinten genähert hat? Ist dir gar nicht aufgefallen, dass seine Nase geblutet hat? Weißt du, was du bist? Ein sturer, blinder und tauber Dickschädel, nichts weiter! Ein kompletter Idiot." Wutentbrannt schüttelte sie ihre Faust vor seinem Gesicht. „Verdammt noch mal, zeigt dir das alles denn nicht, dass ich dich liebe?"

Grant stand wie erstarrt, und kein Muskel zuckte in seinem Gesicht, weil ihm für einen Moment die Luft weggeblieben war. Es kam ihm so vor, als hätte ihm jemand einen Schlag in den Magen versetzt. Sie hatte recht. Turegos Gesicht war tatsächlich blutig gewesen, aber er hatte es in diesem Moment nicht registriert. Er war so verdammt wütend und eifersüchtig gewesen, dass es ihm unmöglich war, auch nur einen einzigen klaren Gedanken zu fassen. Alles, was er in diesem Augenblick hatte tun können, war, auf ihren vermeintlichen Verrat zu reagieren. Sie liebte ihn. Verdammt noch mal, *sie liebte ihn*! Er starrte wie betäubt auf sie herunter, sah die kleine Faust, mit der sie bedrohlich nahe unter seiner Nase hin und her fuchtelte. Sie wirkte sehr beeindruckend, wie sie da, wild ihre schwarze Mähne schüttelnd, mit zornsprühenden Augen vor ihm stand und ihn anschrie, mit einer Hand diesen lächerlichen Fetzen Stoff zusammenhaltend und ihn mit der anderen bedrohend. Unbezwingbar. Mutig. Und verdammt begehrenswert. So begehrenswert, dass er plötzlich von einem heftigen Verlangen geschüttelt wurde.

Er fing ihre Faust ein, zog Jane so eng an sich, dass ihr für einen Moment die Luft wegblieb, und vergrub das Gesicht in ihrem Haar.

Sie wehrte sich wie eine Wildkatze und trommelte, jetzt wieder in Tränen aufgelöst, mit den Fäusten auf seinem Rücken herum. „Lass mich los, verdammt noch mal", schluchzte sie. „Lass mich sofort los!"

„Ich kann nicht", flüsterte er, legte ihr die Hand unters Kinn und hob ihr Gesicht zu sich empor. Als er ihr einen harten Kuss auf den Mund drückte, versuchte sie, ihn in die Lippen zu beißen. Er beendete den Kuss, warf den Kopf in den Nacken und lachte. Er lachte und lachte und konnte gar nicht mehr aufhören, und dabei wurde er plötzlich von einer Woge unbändiger Freude überspült. Die zerrissene Bluse war Jane von den Schultern gerutscht, und als er sich ihrer nackten Brüste, die sich gegen seinen Oberkörper drückten, bewusst wurde, erinnerte er sich daran, wie herrlich es mit ihr war, wenn sie keinen Anlass hatte, gegen ihn anzukämpfen. Er küsste sie noch einmal, und wieder war es ein harter Kuss, dann umschloss er ihre Brüste mit den Händen und rieb mit seinen Daumen rau über ihre samtigen Knospen, die umgehend auf die Berührung reagierten und sich versteiften.

Jane lag wimmernd in seinen Armen und erwiderte leidenschaftlich seinen Kuss. Ihr Zorn war verraucht, und sie drängte sich, überglücklich über den Umstand, dass sie mit ihren Argumenten zu ihm durchgedrungen war, an ihn. Seine Berührungen entfachten in ihrem Schoß ein Feuer, das sie zu versengen drohte.

Schließlich beendete er den Kuss und presste seine Lippen auf ihre Stirn. „Dein Wutanfall war berechtigt", flüsterte er. „Bist du bereit, mir noch einmal zu vergeben?"

Das war eine idiotische Frage, denn was sollte sie eingedenk der Tatsache, dass sie wie eine Weihnachtsgirlande an seinem Hals hing, schon anderes sagen als ja? „Nein", erwiderte sie und rieb ihre Wange an seinem Hals, wobei sie seinen herben männlichen Duft tief einatmete. „Ich hebe es mir auf für den nächsten Kampf, den wir miteinander ausfechten." Gern hätte sie gesagt, für alle kommenden Kämpfe im Lauf unseres Lebens, aber sie wagte es nicht. Obwohl seine Arme sie fest umschlossen, hatte er ihr bisher noch nicht gesagt, dass er sie liebte. Und sie wollte ihn nicht drängen.

„Das ist typisch für dich", erwiderte er lachend. Nur widerwillig ließ er sie los und löste ihre Arme von seinem Nacken. „Ich würde nichts lieber tun, als noch ein Weilchen so stehen bleiben, aber ich fürchte, wir müssen los."

In den frühen Morgenstunden erreichten sie Limon. Jane warf einen Blick aus dem Seitenfenster auf die dunkel und verlassen daliegenden Straßen und umklammerte ihren Sitz. Waren sie jetzt in Sicherheit? Hatte sich Turego von dem verlassenen Jeep in die Irre führen lassen, oder war er ihnen doch heimlich gefolgt?

„Was machen wir jetzt?"

„Ich werde versuchen, mit jemandem Kontakt aufzunehmen, der uns jetzt gleich außer Landes bringen kann. Ich will nicht das Risiko eingehen, bis zum Morgen zu warten."

Also schien er davon auszugehen, dass Turego nicht lockerlassen würde. Hatte dies alles denn niemals ein Ende?

Offensichtlich war Grant bereits früher in Limon gewesen, denn er kannte sich aus. Als er vor dem Bahnhof anhielt, warf Jane ihm einen verwirrten Blick zu. „Fahren wir mit dem Zug?"

„Nein. Aber hier im Bahnhof gibt es ein Telefon. Komm mit."

Limon war kein abgelegenes Dschungeldorf in der Wildnis und auch keine kleine Ortschaft am Rande des Regenwalds, sondern eine richtige Stadt mit Regeln, an die man sich tunlichst zu halten hatte. Deshalb war Grant gezwungen, sein Gewehr in dem Ford Kombi zurückzulassen; und seine Pistole versenkte er in seinem Stiefelschaft, um sie den Blicken zu entziehen. Doch selbst unbewaffnet waren sie ein auffälliges Paar; sie erweckten den Eindruck, als wären sie geradewegs einer Schlacht entronnen, was ja auch tatsächlich der Fall war. Der Mann am Schalter beäugte sie mit unverhohlener Neugier, aber Grant ignorierte seine Blicke und ging schnurstracks auf die Telefonzelle zu. Er rief jemanden namens Angel an, und seine Stimme klang scharf, als er um eine Nummer bat. Nachdem er eingehängt hatte, fütterte er den Apparat mit weiteren Münzen und wählte erneut.

„Wen rufst du denn jetzt an?", flüsterte Jane.

„Einen alten Freund."

Der alte Freund hieß Vincente, und als Grant diesmal auflegte, lag auf seinem Gesicht ein hochzufriedener Ausdruck. „Sie holen uns hier raus. Noch eine Stunde, dann sind wir in Sicherheit."

„Und wer sind ‚sie'?", erkundigte sich Jane.

„Du stellst zu viele Fragen."

Sie warf ihm einen finsteren Blick zu, doch dann wandte sie sich anderen Dingen zu. „Ehe wir jetzt hier eine Stunde nutzlos rumhängen, könnten wir uns ja ein bisschen frisch machen, was meinst du? Du hast es bitter nötig."

Es gab einen öffentlichen Waschraum, der glücklicherweise leer war, wie Jane erleichtert feststellte. Während Grant sich das Gesicht abwusch, bürstete sie sich das Haar und flocht es dann zu einem losen Zopf zusammen. Anschließend befeuchtete sie ein Papierhandtuch und machte sich behutsam daran, Grants Wunde am Arm zu reinigen. Die Kugel war zwar nicht ins Fleisch eingedrungen, aber die Verletzung war dennoch tief und sah gar nicht gut aus.

Nachdem Jane die Wunde mit der streng riechenden Seife ausgewaschen hatte, kramte sie aus ihrem Rucksack eine kleine Erste-Hilfe-Schachtel heraus.

„Eines nicht mehr allzu fernen Tages werde ich nachschauen, was du da in dem Ding alles mit dir rumschleppst, das schwöre ich dir", brummte Grant.

Jane entnahm der Blechschachtel ein Fläschchen mit Alkohol. Als sie etwas von der Flüssigkeit in die Wunde schüttete, zog Grant scharf die Luft ein und stieß einen ungehörigen Fluch aus. „Stell dich nicht so an", rügte Jane. „Sei lieber froh, dass Turego so schlecht gezielt hat."

Nachdem sie die Wunde desinfiziert hatte, schmierte sie eine antibiotische Salbe darauf und wickelte anschließend eine Mullbinde um Grants Arm, deren Enden sie sorgsam verknotete.

Als sie alles wieder in ihrem Rucksack verstaut hatte, öffnete Grant die Tür, warf sie jedoch sogleich wieder zu. Jane, die dicht hinter ihm gestanden hatte, geriet ins Taumeln, als er gegen sie prallte, und er bekam gerade noch rechtzeitig ihren Arm zu fassen, um sie am Sturz zu hindern. „Turego und ein paar seiner Leute sind eben in den Bahnhof reingekommen." Er sah sich um. „Da bleibt uns nur noch das Fenster."

Ihr Herz begann zu rasen, während sie bestürzt auf die kleinen Fenster starrte, die so hoch lagen, dass es ihr unmöglich erschien, sie zu erreichen. „Ausgeschlossen, da komme ich nie im Leben rauf."

„Aber sicher kommst du da rauf." Grant beugte sich zu ihr hinunter und legte ihr die Arme um die Knie. Dann hob er sie so weit hoch, bis sie ans Fenster hinaufreichte. „Mach es auf und klettere durch. Beeil dich! Wir haben nur noch eine Minute."

„Aber wie kommst du …"

„Ich schaff das schon. Los, Jane, tu jetzt endlich, was ich dir sage."

Sie öffnete wie befohlen das Fenster und zog sich dann am Fensterbrett hoch. Ohne einen Gedanken daran zu verschwenden, wie tief wohl der Boden auf der anderen Seite liegen mochte, zwängte sie sich durch die kleine Öffnung und sprang ins Ungewisse. Sie landete auf Händen und Knien auf einem mit Schotter belegten Weg, und es gelang ihr nur mit Mühe, einen Schmerzensschrei zu unterdrücken, weil ihr die scharfen Steinchen in die Handflächen schnitten.

Schnell rappelte sie sich auf und trat einen Schritt zurück, und einen Moment später landete Grant neben ihr.

„Alles okay?", fragte er.

„Ich denke schon. Auf jeden Fall habe ich mir nichts gebrochen", gab sie ein wenig atemlos zurück.

Er nahm sie bei der Hand und zerrte sie um die Hausecke. Dann begann er zu rennen. Einen Moment später hörten sie einen Schuss, aber sie blieben nicht stehen und schauten auch nicht zurück.

Jane stolperte und wäre fast gestürzt, wenn sein starker Arm sie nicht davor bewahrt und sie festgehalten hätte. „Können wir zum Ford zurück?", keuchte sie.

„Nein. Wir müssen zu Fuß weiter."

„Wohin denn?"

„Zu dem Treffpunkt."

„Wie weit ist das denn?"

„Nicht besonders weit."

„Geht's vielleicht ein bisschen genauer?"

Er bog jetzt um eine Ecke und zog sie in einen Hauseingang. Er lachte. „Vielleicht eine Meile", sagte er und küsste sie hart und hungrig.

„Was du auch immer mit Turego angestellt haben magst, Honey, auf jeden Fall sieht er bös mitgenommen aus, wie ich eben festgestellt habe.

„Ich habe ihm das Nasenbein gebrochen." In ihrer Stimme schwang ein bisschen Stolz mit.

Er lachte wieder. „Davon bin ich fest überzeugt. Sie ist so geschwollen, dass man von seinem Gesicht fast nichts mehr erkennt. Das wird ihm noch lange Zeit in Erinnerung bleiben."

12. KAPITEL

*E*s war ein kurzer Flug. Als sie aus dem Helikopter ausgestiegen waren und über das Rollfeld rannten, erkannte Jane den Flughafen wieder und blieb wie angewurzelt stehen. Aufgeregt rüttelte sie Grant an der Schulter. „Wir sind ja in San Jose!", entfuhr es ihr entsetzt. In San Jose hatte alles angefangen. Hier hatte Turego eine Menge Verbündete sitzen.

„Wir fliegen gleich weiter", beruhigte Grant sie. „Komm, wir müssen uns beeilen. Die Maschine nach Mexico City startet in fünf Minuten."

Mexico City! Das hörte sich schon wesentlich besser an. Der Gedanke gab ihr Kraft.

Der Terminal lag um diese Zeit verlassen da, vor allem deshalb, weil der Flug nach Mexico City bereits aufgerufen worden war. Der Mann am Ticketschalter schaute ihnen erstaunt entgegen, was Jane ein weiteres Mal an ihr abenteuerliches Aussehen erinnerte. „Grant Sullivan und Jane Greer", sagte Grant knapp. „Für uns sind zwei Tickets hinterlegt."

Der Bedienstete erlangte seine Fassung wieder. „Ja, Sir. Die Fluggäste sind bereits an Bord. Die Maschine wartet auf Sie. Ernesto wird Sie zum Flugzeug begleiten", gab er in korrektem Englisch zurück.

Ernesto stellte sich als ein Mann vom Bodenpersonal heraus, der sie zu dem Flieger brachte. Die lächelnde Stewardess begrüßte sie an Bord, als wäre an ihnen nichts Ungewöhnliches. Jane musste ein Kichern unterdrücken, vielleicht sahen sie ja gar nicht so abenteuerlich aus, wie sie es sich einbildete. Möglicherweise hielt man sie für Journalisten, die eine harte Recherchereise hinter sich hatten.

Sobald sie ihre Plätze eingenommen hatten, rollte das Flugzeug zur Startbahn. Nachdem sie es sich in ihren Sitzen bequem gemacht hatten, kreuzten sich ihre Blicke. Jetzt hatten sie es wirklich und wahrhaftig hinter sich gebracht, aber ihnen blieb noch ein bisschen gemeinsame Zeit. Der nächste Stopp war Mexico City, eine pulsierende Großstadt mit Geschäften, Restaurants und … Hotels. Janes Körper sehnte sich nach einem Bett, aber das Kribbeln, das der Gedanke, dass sie dieses Bett mit Grant teilen würde, auslöste, verscheuchte ihre Müdigkeit. Er schob die Armlehne zwischen ihren Sitzen hoch, legte ihr den Arm um die Schultern und zog sie ganz eng an sich. „Bald", murmelte er gegen ihre Schläfe. „Bald sind wir in Mexico City."

Als sie in Mexico City landeten, herrschte auf dem Flughafen rege Betriebsamkeit. Grant winkte ein Taxi herbei, das sie in einer halsbrecherischen Fahrt zu ihrem Hotel brachte.

Die Stadt mit ihren breiten Straßen, die gesäumt waren von duftenden Bäumen und weißen Gebäuden, bot einen atemberaubenden Anblick. Als sie nach geraumer Zeit ihren Bestimmungsort erreichten, wölbte sich der Himmel wie eine umgestürzte blaue Schale über ihnen, und die Luft war weich wie Samt. Sogar durch den Gestank der Abgase hindurch konnte Jane den süßen Duft der Orangenblüten riechen, und Grant neben ihr strahlte, einen starken Arm beschützend um ihre Schultern gelegt, eine verlässliche Wärme aus.

Sie hatten ein schönes großes Zimmer mit Balkon und einem erstaunlich modernen Bad. Jane steckte den Kopf durch die Tür und zog ihn gleich darauf mit einem glückseligen Lächeln wieder zurück. „Das Bad hat alles, was das Herz begehrt", verkündete sie strahlend.

Grant war eben dabei, die Speisekarte zu studieren. Einen Moment später griff er zum Telefon und bestellte ein Riesenfrühstück. Jane lief das Wasser im Mund zusammen. Immerhin waren fast vierundzwanzig Stunden vergangen, seit sie zum letzten Mal etwas gegessen hatten.

Während sie auf das Essen warteten, ließ Jane sich von der Vermittlung mit ihren Eltern in Connecticut verbinden, um ihnen mitzuteilen, dass sie in Sicherheit war. Nachdem auch Grant mit ihrem überglücklichen Vater gesprochen hatte, klopfte es, und der Zimmerkellner brachte das Frühstück.

„Oh, schau doch bloß", rief sie freudig erregt aus und beugte sich über das Tablett, das der junge Mann auf dem Tisch abgestellt hatte. „Orangen und Melone. Eier, Butter, Weißbrot, Aprikosenmarmelade und Kaffee. Richtiger Kaffee!" Den Kaffeeduft, der die Luft erfüllte, tief einatmend, drehte sie sich vor Freude mit ausgebreiteten Armen einmal im Kreis und schaute Grant, der bereits dabei war, die Sachen auf den Tisch zu stellen, strahlend an.

„Jetzt fühle ich mich fast wieder wie ein richtiger Mensch", seufzte Jane beseligt, nachdem kein Krümel von dem Frühstück mehr übrig und die Kaffeekanne bis auf den letzten Tropfen geleert war. „Und nun eine heiße Dusche."

Sie zog ihre Stiefel aus und krümmte, einen wohligen, tiefen Seufzer ausstoßend, ihre Zehen. Als sie Grant einen Blick zuwarf, bemerkte sie, dass er sie mit diesem schiefen Grinsen, das sie so sehr an ihm liebte, beobachtete. Ihr Herzschlag beschleunigte sich sofort. „Hast du nicht Lust, mit mir zu duschen?", fragte sie mit unschuldigem Augenaufschlag, während sie ins Bad schlenderte.

Sie ließ sich bereits den köstlich warmen Strahl ins Gesicht regnen, als die Tür der Duschkabine aufgeschoben wurde und Grant sich zu ihr gesellte. Sie drehte sich lächelnd zu ihm um und wischte sich die Wassertropfen aus den Augen, doch als ihr Blick auf die blauen Flecken auf seinen Rippen und seiner Bauchdecke fiel, erstarb ihr Lächeln. „Oh, Grant", flüsterte sie und fuhr mit den Fingerspitzen leicht darüber. „Es tut mir so leid."

Er schaute sie fragend an. Gewiss, er fühlte sich nicht gerade in Höchstform, und die blauen Flecken schmerzten, aber er hatte schon weitaus Schlimmeres in seinem Leben durchgemacht. „Wir haben beide Schrammen davongetragen, Honey, nur für den Fall, dass es dir bisher noch nicht aufgefallen ist. Ich bin okay." Und dann küsste er sie.

Ihre nassen nackten Körper heizten sich auf in gegenseitigem Verlangen. Der normalerweise nicht sonderlich erregende Vorgang des Einseifens wurde zu einem sinnlichen Abenteuer. Janes Hände glitten über Grants muskulösen Körper, und seine Hände fanden die weichen Kurven des ihren und erforschten seine verlockenden Tiefen. Er hob sie hoch und küsste ihre Brüste, saugte an ihren Knospen, bis sie hart waren und gerötet, und kostete von der Süße ihres Fleisches, die kein Seifenduft jemals überdecken konnte. Jane wand sich vor Lust in seinen Armen, und als sie schließlich, kopflos vor Verlangen und vollkommen benebelt von dem Wasserdampf, den der heiße Wasserstrahl erzeugte, die Beine um seine Hüften schlang, erschien ihm das Bett plötzlich viel zu weit weg, und er drang mit einem heiseren Aufstöhnen in sie ein.

Sich nach ihm verzehrend wölbte sie sich ihm entgegen, er nagelte sie gegen die Wand, und sie versuchte ihre Beine noch mehr zu spreizen, damit sie ihn ganz und gar in sich aufnehmen konnte. Er vergrub seine Finger in ihrem Haar und küsste sie in wilder Leidenschaft, seine Zunge verband sich mit ihrer ebenso wie der Beweis seines Begehrens mit ihrem hungrigen Schoß. Seine Stöße waren so kraftvoll, dass es ihr fast die Sinne raubte, aber sie klammerte sich an ihn und bettelte flüsternd weiterzumachen. Selbst wenn sie ihn angefleht hätte aufzuhören, wäre er nicht in der Lage gewesen dazu, nicht einmal an ein Langsamerwerden war zu denken, sein Begehren peitschte ihn, auf Erlösung drängend, gnadenlos vorwärts, dem Höhepunkt entgegen. Die roten Nebel in seinem Kopf blendeten bis auf die heißen Wellen der Ekstase, die über ihn hinwegschwappten, alles aus.

Jane schrie ein ums andere Mal auf, als eine fast unerträgliche Welle der Lust über ihr zusammenschlug und sie unter sich begrub. Sie hing an seinem Hals, total erschöpft, keuchend und zitternd wie Espenlaub, und als Grant spürte, wie sich ihr Schoß unter den Nachbeben der Lust zusammenzog, ließ auch er sich fallen und verströmte sich in ihr, wobei er das Gefühl hatte, einen kleinen Tod zu sterben, doch zugleich fühlte er sich so lebendig, dass er am liebsten laut aufgeschrien hätte vor Glück.

Wie sie anschließend ins Bett gekommen waren, wussten sie später nicht mehr. Erst als die kühlen Laken ihre Körper streiften, nahm die Welt vor ihren Augen wieder Gestalt an. „Komm unter die Decke", flüsterte er und zog sie eng an sich. Beseligt schmiegte sie sich an ihn und schloss die Augen. Sie war so müde … „Jetzt können wir schlafen", sagte er weich und vergrub seine Lippen in ihrem Haar.

Es war unerträglich heiß, als sie erwachten. Die unbarmherzige mexikanische Sonne drang durch die zugezogenen Vorhänge und verwandelte das Zimmer in einen Brutofen. Ihre Haut war mit einem Schweißfilm bedeckt, und ihre Körper klebten aneinander. Grant kletterte aus dem Bett und schaltete die Klimaanlage auf Hochtouren, dann stand er einen Augenblick vor dem Luftschacht und genoss die angenehme Kühle, die seinen nackten Körper umfächelte. Wenig später war er wieder bei Jane und drehte sie auf den Rücken.

An diesem Tag verließen sie das Bett so gut wie gar nicht. Sie liebten sich, um anschließend wieder einzuschlafen und sich nach dem Aufwachen erneut zu lieben. Sie konnte ebenso wenig genug von ihm bekommen wie er von ihr. In ihrem Liebesspiel lag jetzt keinerlei Dringlichkeit mehr, sondern nur noch ein tief sitzender Widerwille, voneinander getrennt zu sein. Durch Grant lernte Jane ihren Körper zum ersten Mal im Leben richtig kennen. Er lehrte sie, dass Sinnlichkeit Grenzüberschreitung war, und wenn seine Lippen und seine Zunge sie an den intimsten Stellen liebkosten, erlebte sie das Wunder der körperlichen Liebe stets aufs Neue.

Erst als der Abend nahte, beschlossen sie, ihr Zimmer zu verlassen. Sie spazierten Händchen haltend durch die mexikanische Nacht und tätigten in Geschäften, die lange geöffnet hatten, einige Einkäufe. Jane kaufte sich ein pinkfarbenes Sonnentop, das ihre gebräunte Haut wie Honig leuchten ließ, ein Paar Sandaletten und Unterwäsche. Grants Leidenschaft fürs Shopping hielt sich ausgesprochen in Grenzen, aber immerhin konnte sie ihn dazu bewegen, sich eine Jeans,

Laufschuhe und ein Polohemd zuzulegen. „Du brauchst unbedingt ein paar andere Klamotten", drängte sie und schob ihn erbarmungslos in die Umkleidekabine. „Ich möchte nämlich nachher mit dir essen gehen."

Als er ihr schließlich vor einer Flasche Wein in einem kleinen Restaurant gegenübersaß, wurde ihm bewusst, dass er zum ersten Mal seit Jahren mit einer Frau ganz privat beisammensaß. Sie hatten nichts anderes zu tun, als zu essen, zu plaudern, ab und zu einen Schluck Wein zu trinken und sich zu überlegen, was sie nach dem Essen anstellen könnten. Nachdem er in den Ruhestand gegangen war, hatte er sich auf seine Farm zurückgezogen, oft ohne wochenlang einen Menschen zu Gesicht zu bekommen. Nur wenn ihm die Vorräte auszugehen drohten, sah er sich veranlasst, in die Stadt zu fahren, der er dann jedoch jedes Mal so schnell wie möglich wieder den Rücken kehrte, und das oftmals, ohne auch nur ein einziges Wort mit irgendjemandem gewechselt zu haben. Er konnte es nicht ertragen, wenn er sich von Menschen umzingelt fühlte. Doch jetzt war er entspannt und schenkte den Fremden um sich herum keinerlei Aufmerksamkeit. Er wusste zwar, dass sie da waren, aber es interessierte ihn nicht. Das Einzige, was ihn interessierte, war Jane.

Auf ihrem Gesicht lag ein Strahlen, und sie barst schier vor Energie. Ihr dunkles Haar glänzte, und ihre gebräunte Haut glühte, ihr Lachen perlte. Ihre prallen Brüste drohten das Sonnentop fast zu sprengen, und als sein Blick auf ihre Knospen fiel, die sich unter dem dünnen Stoff abzeichneten, erwachte sein Begehren erneut. Sie hatten nicht mehr viel Zeit, und wenn sie erst wieder in den Staaten waren, war sein Auftrag beendet. Es würde bald sein, viel zu bald, und er hatte noch längst nicht genug von ihr.

Kaum waren sie in ihrem Hotelzimmer angelangt, fielen sie erneut mit einer wilden Leidenschaft, der fast etwas Verzweifeltes anhaftete, übereinander her. Diese starke Verzweiflung rührte daher, dass sie beide wussten, dass ihre gemeinsame Zeit ihrem Ende entgegenging.

Als sie schließlich eng aneinandergeschmiegt erschöpft in den Kissen lagen, begann Jane von sich zu erzählen. Geschichten aus ihrer Kindheit, wo sie zur Schule gegangen war, was sie gern aß und welche Schriftsteller sie mochte.

Nachdem sie am Ende angelangt war, sah Grant sich genötigt, im Gegenzug dazu nun auch etwas von sich zu preiszugeben, und er begann mit leicht heiserer Stimme ein Bild von dem kleinen Jungen mit der sonnenverbrannten Haut zu zeichnen, der in den Sümpfen Georgias zu Hause gewesen war.

„Und dann?", fragte Jane sanft, als er nicht weiter sprach.

„Dann kam Vietnam. Ich war noch keine achtzehn, als ich mich freiwillig meldete. Ich verstand es verdammt gut, mich im Dschungel zu bewegen, deshalb waren sie interessiert an mir. Zum Glück dauerte der Krieg nicht mehr lange."

„Und wie bist du zum Geheimdienst gekommen oder wie man das nennt, wo du gearbeitet hast?"

„Der Krieg war beendet, und als ich nach Hause kam, gab es keine geeignete Arbeit für mich. Vielleicht hätte ich mich ja nach einiger Zeit im normalen Leben wieder zurechtgefunden, aber ich hatte keine Lust herumzuhängen und darauf zu warten. Außerdem merkte ich, dass ich meine Kumpel, die nicht in Vietnam gewesen waren, beschämte und ein Fremder für sie war. Als mich irgendwann ein ehemaliger Vorgesetzter kontaktierte, nahm ich sein Angebot an."

„Aber jetzt bist du im Ruhestand. Bist du wieder nach Georgia zurückgegangen?"

„Nur für ein paar Tage, um meine Familie wissen zu lassen, wo sie mich finden konnten. Ich wollte mich nicht in Georgia niederlassen, dort kannten mich zu viele Leute, und ich sehnte mich nach Ruhe. Deshalb habe ich mir diese Farm in Tennessee gekauft, auf der ich seitdem Winterschlaf halte. Bis dein Dad mich angeheuert hat, um dich wieder nach Hause zurückzubringen."

„Warst du jemals verheiratet? Oder verlobt?"

„Nein", sagte er und küsste sie. „Jetzt ist es aber genug mit der Fragerei. Schlaf jetzt."

„Grant?"

„Hmmm?"

„Glaubst du, er hat wirklich aufgegeben?"

„Wer?"

„Turego."

Seine Stimme klang belustigt. „Honey, ich kann dir zuverlässig versichern, dass man ihn gut unter Kontrolle hat. Du brauchst dir keine Gedanken zu machen. Jetzt, wo du in Sicherheit bist, kann man die notwendigen Schritte ergreifen, um ihn unschädlich zu machen."

„Du sprichst in Rätseln. Was heißt ‚gut unter Kontrolle haben' und ‚unschädlich machen' in diesem Zusammenhang?"

„Das heißt, dass er einige Zeit in einem dieser ungemein komfortablen Knäste in Mittelamerika, von denen wohl schon jeder mal gehört hat, verbringen wird. Und jetzt schlaf endlich."

Sie gehorchte, schloss mit einem zufriedenen Lächeln die Augen und kuschelte sich in seine Arme.

Sie verbrachten noch einen weiteren traumhaft schönen Tag in Mexico City, doch dann war Jane klar, dass ihre Zeit abgelaufen war. Sie musste wieder nach Hause zurück, und auf Grant wartete in Tennessee das Leben, das er geführt hatte, bevor sich ihre Wege kreuzten. Sie konnten nicht länger in Mexico City bleiben.

Als sie an Bord der Maschine nach Dallas gingen, brannten Janes Augen vor ungeweinten Tränen. Sie wusste, dass Grant von Dallas aus getrennte Flüge für sie gebucht hatte, sie würde den Flieger nach New York nehmen, während er nach Knoxville weiterflog. Was bedeutete, dass sie sich auf dem Flughafen in Dallas Lebewohl sagen mussten. Dieser Gedanke war Jane unerträglich, und sie musste sich alle Mühe geben, Haltung zu bewahren und nicht loszuheulen wie ein Baby, weil sie sich sicher war, dass es ihm nicht gefallen würde. Hätte er ein weitergehendes Interesse an ihr, hätte er es nur zu sagen brauchen. Doch da er es sorgsam vermieden hatte, die Sprache auf eine eventuelle gemeinsame Zukunft zu bringen, nahm sie an, dass er, aus welchen Gründen auch immer, nicht an einer Weiterführung ihrer Romanze interessiert war. Sie hatte gewusst, dass der Zeitpunkt der Trennung irgendwann kommen würde, und jetzt war er da. Nun wurde ihr die Rechnung präsentiert, und ihr blieb nichts anderes übrig, als die Zähne zusammenzubeißen und zu bezahlen.

Es gelang ihr, ihre Tränen unter Kontrolle zu bringen. Sie blätterte in dem Magazin der Fluglinie herum, auch wenn sie kaum wusste, was sie da eigentlich las. Dann hielt sie eine ganze Weile Grants Hand, doch als die Stewardess das Essen brachte, ließ sie sie los. Sie bestellte sich einen Gin Tonic und stürzte ihn herunter, dann bestellte sie sich noch einen zweiten.

Grant musterte sie eingehend, was sie Zuflucht zu einem strahlenden Lächeln nehmen ließ, denn sie war fest entschlossen, ihn nicht merken zu lassen, dass sie innerlich zerbrach.

Bald, viel zu bald, landeten sie in Dallas. In der Halle angekommen, umklammerte Jane ihren verdreckten, arg mitgenommen aussehenden Rucksack, sich zum ersten Mal wieder daran erinnernd, dass sich darin neben ihren Sachen auch Grants Stiefel und seine Tarnkleidung befanden, weil er seinen eigenen Rucksack bei dem Sprung aus dem Waschraumfenster hatte zurücklassen müssen. „Du musst mir noch deine Adresse geben", sagte sie mit gespielter Munterkeit. „Damit ich dir deine Sachen nachschicken kann." Nach einer kurzen Pause fügte sie hinzu: „Es sei denn, du kaufst dir jetzt hier auf dem Flughafen eine Tasche. Zeit genug haben wir noch."

Er warf einen Blick auf seine Armbanduhr. „Deine Maschine startet in achtundzwanzig Minuten. Du gehst jetzt wohl besser zu deinem Gate. Hast du dein Ticket?"

„Ja. Und was ist mit deinen Kleidern?"

„Mach dir darüber keine Gedanken. Ich bleibe mit deinem Vater in Kontakt."

Ja, natürlich. Die Rechnung dafür, dass er sie aus Costa Rica herausgeholt hatte, stand ja noch offen. Sein Gesicht war hart und ausdruckslos, seine bernsteinfarbenen Augen blickten sie kühl an. Sie steckte die Hand aus, ohne zu merken, wie sehr sie zitterte. „Nun … tschüs dann. Es …" Sie brach ab. Was konnte sie sagen? *Es war nett, dich kennengelernt zu haben?* Sie schluckte krampfhaft. „Es hat mir Spaß gemacht."

Er schaute auf ihre ausgestreckte Hand, dann wanderte sein Blick langsam zu ihrem Gesicht empor. In seinen Augen lag plötzlich ein ungläubiges Staunen. „Was du nicht sagst", gab er langsam zurück, schnappte sich ihre Hand und zog Jane ganz eng an sich. Und dann lag sein Mund auf ihrem, und seine Zunge schlüpfte zwischen ihre Zähne, gerade so, als wären sie nicht von vielen neugierigen Leuten umgeben. Sie klammerte sich zitternd an ihn.

Einen Augenblick später beendete er den Kuss und gab sie frei. Seine Kiefer waren fest aufeinandergepresst. „Geh jetzt, sonst versäumst du noch deinen Flug. Ich melde mich in ein paar Tagen." Der letzte Satz war ihm gegen seinen Willen herausgerutscht; eigentlich war er entschlossen gewesen, die Sache hier und jetzt zu beenden, aber in ihren Augen sah er so viel Verlorenheit und Schmerz, und sie hatte seinen Kuss so hungrig erwidert, dass er es nicht geschafft hatte, die Worte zurückzuhalten. Eine kleine Verschnaufpause, ja, er hatte sowohl ihr als auch sich selbst noch eine kleine Verschnaufpause verschafft.

Sie nickte, und er sah ihr an, wie sehr sie sich zusammenriss. Er wusste, dass sie nicht weinend vor ihm zusammenbrechen würde, obgleich er es sich wünschte, denn das würde ihm die Gelegenheit geben, sie noch einmal in den Arm zu nehmen. Aber sie war zu stark, um sich so gehen zu lassen. „Auf Wiedersehen", brachte sie mühsam heraus, dann drehte sie sich um und ging davon.

Sie sah kaum, wohin sie ging, und die Leute um sie herum wirkten verschwommen. Erst als sie ein paar Mal blinzelte, war ihre Sicht wieder klar. Nun, jetzt war sie wieder allein. Er hatte zwar gesagt, dass er sich melden würde, aber sie wusste, dass er ihr damit nur den Abschied hatte erleichtern wollen. Es war vorbei. Das musste sie akzeptieren, und sie sollte dankbar sein für die schöne Zeit, die sie mit ihm zusammen verbracht hatte. Schließlich war es vom ersten Moment an klar gewesen, dass Grant Sullivan kein Mann war, dem man Fesseln anlegen konnte.

Irgendjemand berührte sie von hinten am Arm, es war eine warme, starke Berührung, die Berührung eines Mannes. Sie blieb stehen, wilde Hoffnung keimte in ihr auf. Doch als sie sich umdrehte, sah sie, dass es nicht Grant war, der sie aufgehalten hatte. Der Mann hatte schwarzes Haar und schwarze Augen, seine Haut war dunkel. Ein Mann lateinamerikanischer Abstammung offensichtlich. „Sind Sie Jane Greer?", erkundigte er sich höflich.

Sie nickte und wunderte sich, woher der Mann ihren Namen wusste. Seine Hand lag noch immer auf ihrem Arm. Jetzt verstärkte sich sein Griff. „Würden Sie bitte mitkommen?" Obwohl seine Stimme noch immer genauso höflich klang, war Jane klar, dass seine Frage keine Frage war, sondern ein Befehl.

Plötzlich schrillten bei ihr alle Alarmglocken. Mit einem Lächeln auf den Lippen riss sie sich blitzschnell den Rucksack von der Schulter und haute ihn dem Mann über den Kopf. Sie traf ihn an der Schläfe, sodass er ins Taumeln geriet. Aus dem harten „Klack" schloss sie, dass sein Schädel mit Grants Stiefeln Bekanntschaft gemacht hatte.

„Grant!", schrie sie mit gellender Stimme. „*Grant!*"

Der Mann rettete sich in letzter Sekunde vor dem Fall und machte einen Satz auf sie zu. Jane begann wie von wilden Hunden gehetzt und Leute beiseite stoßend in die Richtung zu rennen, aus der sie gekommen war, doch sie war nicht schnell genug – der Mann holte sie ein. In dem Moment, in dem er sie am Arm packte, war Grant bei ihr. Frauen kreischten und Männer brüllten, und zwei Flughafenpolizisten kamen auf sie zugesprintet. Grant schickte den Mann mit einem donnernden Kinnhaken zu Boden, dann ergriff er Janes Arm und rannte mit ihr, die Aufforderung der Polizisten stehen zu bleiben ignorierend, auf den nächsten Ausgang zu.

„Was zum Teufel hatte das zu bedeuten?", fuhr er Jane an, als sie sich schließlich draußen in der gleißenden texanischen Sonne, keuchend vom schnellen Laufen, wiederfanden.

„Ich weiß es nicht. Dieser Mann hielt mich auf und fragte, ob ich

Jane Greer sei; dann packte er mich am Arm und forderte mich auf mitzukommen, deshalb haute ich ihm meinen Rucksack auf den Kopf und begann wie am Spieß zu schreien."

„Kann ich gut verstehen", brummte Grant und winkte ein Taxi herbei.

„Wohin, Leute?", fragte der Taxifahrer.

„In die Innenstadt."

„Und wohin da?"

„Ich sag' Ihnen, wenn Sie halten sollen."

„Soll mir recht sein."

Während sie um die Ecke bogen, kamen einige Leute aus dem Terminal herausgerannt, aber Jane schaute nicht zurück. Sie zitterte noch immer. „Glaubst du, dass es jemand von Turegos Leuten war?"

Grant zuckte die Schultern. „Keine Ahnung. Ich muss telefonieren, vielleicht wissen wir dann mehr."

Da hatte sie gedacht, sie wäre in Sicherheit, sie wären beide in Sicherheit, und dann das. Sie konnte nicht aufhören zu zittern.

Noch bevor sie die Innenstadt von Dallas erreicht hatten, befahl Grant dem Taxifahrer, vor einem Einkaufszentrum zu halten. „Was willst du denn in dem Einkaufszentrum?", fragte Jane.

„Hier gibt es sicher ein Telefon. Komm."

Er entlohnte den Taxifahrer und hastete dann gemeinsam mit Jane ins Einkaufszentrum zu einem Telefon. Nachdem er mit jemandem ein paar Sätze gesprochen hatte, denen Jane nichts entnehmen konnte, hängte er, in den Mundwinkeln sein schiefes Grinsen, wieder ein.

„Und?", fragte Jane.

„Nun, jetzt ist die Sache klar. Es war nur ein Agent, dem du deinen Rucksack auf den Kopf gehauen hast."

„Was?" Jane riss überrascht die Augen auf. „Ein Agent?"

„Ganz recht, ein Agent. Wir müssen leider einen kleinen Umweg machen. Sie wollen dich verhören. Man hatte entschieden, dich abzufangen, nachdem wir uns auf dem Flughafen getrennt hatten, aber leider ging die Sache in die Hose. Sabin wird dem Mann die Ohren langziehen."

„Sabin? Ist er dein Freund?"

Er lächelte auf sie herunter. „So ist es. Mein einziger." Er streichelte ihr mit dem Handrücken sehr sanft über die Wange. „Und das ist ein Name, den du ganz schnell wieder vergessen solltest, Honey. Am besten rufst du jetzt deine Eltern an und gibst ihnen Bescheid, dass du erst morgen kommst."

„Wohin fahren wir denn?"

„Nach Virginia, aber erzähl das deinen Eltern nicht, sondern sag einfach, du hättest die Anschlussmaschine verpasst."

Also wusste man von dem Mikrofilm. Jane gab ihre Kreditkartennummer ein. Sie würde aufatmen, wenn das alles erst einmal hinter ihr lag. Doch auf diese Weise hatte sie zumindest noch einen weiteren Tag mit Grant. Noch einen ganzen Tag! Ihr Herz jubilierte. Es war ein Aufschub; ob sie allerdings die Kraft für einem zweiten Abschied haben würde, wusste sie nicht.

13. KAPITEL

*K*ell Sabins Büro befand sich da, wo es immer gewesen war, und auch ansonsten war alles noch genauso, wie Grant es erinnerte. Der Agent, der sie hergebracht hatte, klopfte verhalten an die Tür. „Sullivan ist da, Sir."

„Schicken Sie ihn rein."

Das Erste, was Jane auffiel, war der altmodische Charme des Raumes. Die Decke war hoch, und der Glühstrumpf war bestimmt noch derselbe wie vor hundert Jahren, als das Haus erbaut worden war. Bis zum Boden reichende Fenster, vor denen ein ausladender Schreibtisch stand, ließen die späte Nachmittagssonne ins Zimmer.

Der Mann am Schreibtisch stand auf und trat auf sie zu. „Na, du siehst ja ziemlich wild aus, Sullivan", sagte er und schüttelte Grant die Hand, dann wanderte sein Blick zu Jane weiter. Seine tiefschwarzen Augen schienen alles Licht zu absorbieren. Sein Haar war voll und ebenfalls tiefschwarz, sein Gesichtsausdruck ernst. Er strahlte eine Energie aus, die Jane augenblicklich in ihren Bann zog.

„Tag, Ms Greer", sagte er und hielt ihr die Hand hin.

„Guten Tag, Mr Sabin", gab sie zurück und schüttelte seine Hand.

„Mein Agent in Dallas ist tief beschämt."

„Dafür besteht kein Anlass", mischte sich Grant ein. „Sie hatte Glück."

„Grants Stiefel waren in dem Rucksack", erklärte Jane. „Damit habe ich ihn etwas unglücklich am Kopf getroffen."

Sabin nahm Jane jetzt genauer unter die Lupe, sein Blick wanderte nachdenklich über ihr offenes Gesicht mit den frechen Sommersprossen. Dann schaute er Grant an, der sich wie der Fels von Gibraltar hinter ihr aufgebaut hatte. Sicher, er konnte Jane Greer befragen, aber so, wie er die Sache einschätzte, würde Sullivan es nicht zulassen, dass er sie in die Enge trieb.

„Ms Greer", tastete er sich behutsam vor, „wussten Sie, dass George Persall einer unserer …"

„Ja, das wusste ich", unterbrach sie ihn lebhaft. „Ich habe ihm manchmal geholfen, aber nicht oft." Sie machte eine kleine Pause und lächelte ihn an. „Ich glaube, ich habe etwas für Sie", fuhr sie dann fort, schnürte ihren Rucksack auf und begann darin herumzukramen. „Ich weiß doch genau, dass er da ist. Ah … hier!" Sie förderte eine kleine Filmdose zutage und legte sie auf den Schreibtisch.

Beide Männer starrten wie vom Donner gerührt darauf. „Die haben Sie die ganze Zeit mit sich rumgeschleppt?", fragte Sabin nach einiger Zeit fassungslos.

„Nun, es blieb mir ja nichts anderes übrig. Auf Turegos Plantage habe ich sie immer am Körper getragen für den Fall, dass er mein Zimmer durchsucht. George hat mir beigebracht, dass das Naheliegendste oft das Sicherste ist."

Grant konnte jetzt nicht mehr an sich halten und begann leise zu lachen. Diese Frau! Es war wirklich nicht zu fassen. „Aber warum zum Teufel hast du mir denn nichts von dem Mikrofilm erzählt, Jane?"

„Weil ich dachte, dass es sicherer für dich ist, wenn du nichts davon weißt."

Wieder schaute Sabin wie vom Donner gerührt drein, so als hielte er es für völlig unmöglich, dass irgendjemand den Drang verspüren könnte, Grant Sullivan zu beschützen. Grant sah, dass Jane Kell Sabin aus dem Gleichgewicht gebracht hatte, und verkniff sich ein Grinsen, wohingegen Sabin ein leises Hüsteln von sich gab, um seine Reaktion zu kaschieren.

„Sagen Sie, Ms Greer", fragte er vorsichtig, „wissen Sie, was auf dem Film drauf ist?"

„Nein. Ebenso wenig wie George es gewusst hat."

Jetzt lachte Grant laut heraus. „Na, mach schon, Kell. Erzähl's ihr. Oder besser noch, zeig's ihr. Sie wird ihre helle Freude daran haben."

Noch immer kopfschüttelnd griff Sabin nach der Filmrolle und zog den Film heraus. Grant kramte sein Feuerzeug aus der Hosentasche, beugte sich vor und hielt die Flamme an den Film. Dann beobachteten die drei, wie sie sich durch das Zelluloid fraß, bis sie fast oben bei Sabins Fingern angelangt war und er den verkohlten Filmstreifen in den Aschenbecher fallen ließ. „Der Film war eine Kopie eines Films, der keinesfalls in unbefugte Hände fallen durfte. Alles, was wir wollten, war, ihn in unseren Besitz zu bringen, um ihn zu vernichten, bevor ihn sich jemand ansehen konnte, für dessen Augen er nicht bestimmt war."

Jane, den Gestank verbrannten Zelluloids in der Nase, starrte fassungslos auf die verkohlten Überreste des Films. Alles, was sie gewollt hatten, war, den Film zu zerstören, und sie hatte ihn durch den Dschungel und über den halben Kontinent geschleppt nur um zuzusehen, wie er am Ende verbrannte. Ihre Mundwinkel hoben sich, und sie gab sich alle Mühe, sich ein Lachen zu verbeißen, doch umsonst. Es stieg unaufhaltsam in ihr auf und brach sich schließlich

Bahn. Lauthals lachend drehte sie sich nach Grant um, und als sie seinen Blick auffing, rollte der ganze Film der vergangenen Tage vor ihrem geistigen Auge ab, und sie erinnerte sich der Abenteuer, die sie gemeinsam bestanden hatten. Sie machte einen Schritt auf Grant zu und klammerte sich an ihn, weil sie so unbändig lachte, dass sie sich kaum mehr auf den Beinen halten konnte.

Grant stimmte in ihr Gelächter ein und hielt sie fest. „Ich habe mir um ein Haar das Genick gebrochen, weil ich einen Abhang hinuntergestürzt bin", keuchte sie. „Wir haben einen Pick-up gestohlen … einem Jeep die Reifen zerschossen … und Turegos Nasenbein musste dran glauben, und das alles nur, um den Film schließlich *verbrennen* zu sehen!"

Ein paar Stunden später lagen sie, wohlig erschöpft vom Liebesspiel, in einem Hotelbett in Washington D. C. Sie hatten es gerade noch geschafft, die Tür hinter sich abzuschließen, dann waren sie sich auch schon in die Arme gefallen, wobei sie sich nur der notwendigsten Kleidungsstücke entledigten.

Doch das war bereits vor Stunden gewesen, mittlerweile waren sie splitternackt und kurz vorm Einschlafen.

Grant streichelte träge ihren Rücken. „Wie weit warst du denn in Persalls Aktivitäten involviert?"

„Nicht weit", murmelte sie. „Sicher, ein bisschen was wusste ich schon, weil er mich manchmal als Kurier eingesetzt hat, aber das kam nicht so besonders oft vor. Ab und zu hat er mir etwas erzählt. Er war ein seltsamer, sehr einsamer Mann."

„War er dein Liebhaber?"

Sie hob überrascht den Kopf.

„George? Natürlich nicht."

„Warum ‚natürlich nicht'? Schließlich war er ein Mann, oder etwa nicht? Und immerhin ist er in deinem Schlafzimmer gestorben."

Sie zögerte einen Moment. „George hatte ein Problem. Er … er konnte niemandes Liebhaber sein."

„Dann war dieser Teil des Berichts auch falsch."

„Das war Absicht. George hat mich als eine Art Tarnung benutzt."

Er fuhr ihr mit der Hand durchs Haar. „Das erleichtert mich. Er war zu alt für dich."

Jane schaute ihm tief in die Augen. „Und selbst wenn er es nicht gewesen wäre, ich war nicht interessiert. Auch wenn du es nicht glauben willst, aber du bist wirklich der erste und einzige Liebhaber, den ich jemals hatte. Außer meinem Mann natürlich, doch das war etwas anderes. Ich wollte nie einen Liebhaber."

„Und als du mich dann getroffen hast …?", murmelte er schläfrig.

„Dich wollte ich." Sie beugte sich zu ihm hinunter und küsste ihn, dann schlang sie die Arme um seinen Hals und schmiegte sich an ihn.

„Ich wollte dich auch", sagte er so leise, dass es nicht viel mehr war als ein Hauch, der über ihre Haut hinwegging.

„Ich liebe dich." Es gelang ihr nicht, die Verzweiflung aus ihrer Stimme herauszuhalten. Das Schicksal hatte ihr eine letzte Chance gegeben, sie musste einfach versuchen sie zu nutzen, komme, was da wolle. „Willst du mich heiraten?"

„Jane, mach das nicht, ich bitte dich."

„Was soll ich nicht machen? Dir sagen, dass ich dich liebe? Oder dich fragen, ob du mich heiraten willst?" Sie schob ihr rechtes Bein über seinen Bauch, drehte sich dann halb herum und setzte sich, ihre schwarze Mähne in den Nacken schüttelnd, auf ihn und starrte ihm herausfordernd in seine goldenen Augen.

„Wir passen einfach nicht zusammen", erklärte er. „Ich kann dir nicht geben, was du brauchst, ich würde dich nur unglücklich machen."

„Ich werde eh unglücklich sein", erwiderte sie sachlich und zwang sich zu einem leichten Ton. „Und deshalb würde ich lieber mit dir unglücklich sein als ohne dich."

„Ich bin ein Einzelgänger, Jane, ein einsamer Wolf. Die Ehe ist eine Partnerschaft, so etwas liegt mir nicht. Ich mache meinen Kram lieber allein. Sieh den Tatsachen ins Auge, Honey. Wir haben im Bett viel Spaß miteinander gehabt, aber das ist auch alles."

„Vielleicht für dich. Für mich nicht. Ich liebe dich." Der Schmerz in ihrem Tonfall war unüberhörbar.

„Tust du das wirklich? Wir hatten eine Menge Stress in den vergangenen Tagen. Da ist es eine vollkommen natürliche Reaktion, dass man sich einander zuwendet. Es hätte mich sehr verwundert, wenn wir nicht im Bett gelandet wären."

„Bitte, erspar mir deine Westentaschenpsychologie. Ich bin kein Kind mehr, und ich bin auch nicht blöd. Ich weiß sehr gut, ob ich jemanden liebe oder nicht. Und ich liebe dich eben – verdammt noch mal! Es muss dir ja nicht gefallen, aber versuch bitte nicht, es mir auszureden." Ihre Augen sprühten Funken.

„Ich hab's ja kapiert." Er hielt ihrem zornigen Blick stand. „Soll ich mir ein anderes Zimmer nehmen?"

„Nein. Dies ist unsere letzte Nacht, und ich will, dass wir sie *zusammen* verbringen."

„Auch wenn wir uns streiten?"

„Warum nicht?"

„Ich habe aber keine Lust, mich zu streiten", gab er zurück und setzte sich so blitzartig auf, dass Jane keine Zeit mehr hatte zu reagieren. Einen Moment später fand sie sich auf dem Rücken liegend wieder und blinzelte überrascht zu ihm auf. Er schob ihre Beine auseinander und drang dann langsam in sie ein. Sie schloss die Augen und genoss die Wellen lustvoller Erregung. Er hatte recht; sich zu lieben war eine weitaus bessere Alternative als zu streiten.

Ein zweites Mal schnitt sie das Thema einer gemeinsamen Zukunft jedoch nicht an, weil sie aus Erfahrung wusste, wie stur er sein konnte; falls er wider Erwarten doch interessiert sein sollte, würde er schon selbst die Initiative ergreifen müssen.

Deshalb konzentrierte sie sich jetzt nur noch darauf, ihm so viel Lust wie möglich zu verschaffen. Das sollte ihr Abschiedsgeschenk an ihn sein in der Hoffnung, dass er sie nicht vergaß.

Am nächsten Morgen kroch Jane frühzeitig aus den Federn, ohne ihn zu wecken. Sie wusste, dass er einen zu leichten Schlaf hatte, um nicht aufzuwachen, während sie duschte und sich anzog. Doch da er durch nichts zu erkennen gab, dass er wach war, blieb ihr nichts anderes, als die Distanz, die er jetzt anscheinend dringend benötigte, zu akzeptieren, und sie schlüpfte, ohne ihn zum Abschied noch einmal zu küssen, leise aus dem Zimmer. Sie hatten sich schließlich in der vergangenen Nacht lange genug verabschiedet.

Als das Klicken des Türschlosses ertönte, wälzte sich Grant herum und starrte blicklos an die Decke.

Es war seltsam, wie sehr Grant Jane vermisste. Obwohl sie niemals auf seiner Farm gewesen war, sah er sie an allen Ecken und Enden. Ständig bildete er sich ein, sie etwas sagen zu hören, doch wenn sich umdrehte, war da natürlich niemand. Und nachts … Oh, Gott, die Nächte waren ein einziger Alptraum. Er tat kaum ein Auge zu und vermisste ihren weichen Körper so sehr, dass es schmerzte.

Er versuchte sich mit körperlicher Arbeit abzulenken, doch der Erfolg war keineswegs durchschlagend. So hart er auch arbeitete, das gewünschte Ergebnis blieb aus. Weder verschwand Jane aus seinen Gedanken, noch fiel er abends todmüde ins Bett, so wie er es sich ersehnte. Er schuftete wie ein Wilder in der größten Mittagshitze, zäunte sein Grundstück neu ein, deckte das Dach und reparierte den alten Traktor, doch alles war vergebens. Obwohl er sich noch nie in seinem Leben einsam gefühlt hatte, begann nun die Einsamkeit an ihm zu fressen wie eine tödliche Krankheit.

Er hatte Jane gesagt, dass sie ihren Versuch, ihn von einer gemeinsamen Zukunft zu überzeugen, aufgeben sollte, und sie hatte ihn aufgegeben. Sie war gegangen, weil er ihr gesagt hatte, dass sie gehen sollte. Sie liebte ihn, dessen war er sich sicher. Am Anfang hatte er sich vorzumachen versucht, dass ihre Gefühle für ihn anderen Ursprungs seien, dass der Stress sie zusammengebracht hätte, doch natürlich wusste er es besser. Und sie wusste es nicht weniger.

Nun, zum Teufel! Er vermisste sie so entsetzlich, dass es schmerzte, und wenn das keine Liebe war, dann konnte er nur hoffen, die richtige Liebe niemals kennenzulernen, denn das würde er nicht aushalten. Es gelang ihm nicht, Jane aus seinem Kopf zu vertreiben, und ihre Abwesenheit erzeugte einen dumpfen Schmerz in ihm, gegen den es kein Heilmittel gab.

Grant hätte niemals geglaubt, dass es so schwierig sein würde, Jane zu finden. Irgendwie hatte er sich eingebildet, es wäre ein Leichtes, über ihren Vater ihre Adresse in Erfahrung zu bringen, doch dem war nicht so. Er hätte es wissen müssen. Mit Jane war nichts so, wie es sein sollte.

Allein drei Tage musste er sich gedulden, ehe es ihm endlich gelang, mit ihrem Vater Kontakt aufzunehmen. Janes Eltern waren verreist gewesen, und die Haushälterin wusste nicht, wo sich Jane aufhielt, oder sie hatte Anweisung, ihren Aufenthaltsort nicht preiszugeben.

Nach drei langen Tagen des Wartens endlich erfuhr Grant von James Hamilton, dass seine Tochter sich, nachdem sie sich eine Woche lang zu Hause von den Strapazen erholt hatte, zu einer Reise nach Europa aufgemacht hatte und sich derzeit in Monte Carlo amüsierte.

Europa! Sie machte es ihm wirklich nicht leicht.

Jane lächelte Felix über den Spieltisch hinweg an, er war wirklich ein netter Junge und half ihr auf eine angenehme Weise, sich die Zeit zu vertreiben, die ihr ungeachtet dessen dennoch mittlerweile zu lang wurde.

Als sie sich auf die Reise gemacht hatte, war sie aus irgendeinem unerfindlichen Grund felsenfest davon überzeugt gewesen, dass in der Beziehung zu Grant das letzte Wort noch nicht gesprochen war.

Sie glaubte fest daran, dass er irgendwann versuchen würde, Kontakt mit ihr aufzunehmen, und das selbst in Monte Carlo, wenn es sein musste.

Doch er ließ sich Zeit. Und wenn er nun doch nie wieder von sich hören ließ? Dann blieb ihr nichts anderes, als seine Entscheidung zu akzeptieren. Ja, sie würde sie ebenso akzeptieren, wie sie die tränennassen Wangen akzeptierte, mit denen sie fast jede Nacht aufwachte. Sie vermisste ihn. Sie vermisste ihn schrecklich. Es war, als ob mit ihm ein Teil ihrer selbst dahingegangen wäre. Jetzt hatte sie außer ihren Eltern wieder niemandem mehr, dem sie uneingeschränkt vertrauen konnte, niemanden, in dessen Armen sie Ruhe fand.

Felix gewann schon wieder, so wie er jede Nacht gewonnen hatte, seit er und Jane sich kennengelernt hatten. Er behauptete, sie wäre sein Talisman. Das elegante Kasino summte vor Betriebsamkeit, und die Kronleuchter funkelten mit den Diamanten an den Dekolletés und den gepflegten Händen der elegant gekleideten Frauen um die Wette. Jane passte mit ihrem engen schwarzen, schulterfreien Abendkleid, den langen Ohrgehängen und dem hochgesteckten Haar bestens in den vornehmen Rahmen. Sie trug weder Halsschmuck noch ein Armband, nur diese Ohrringe, die ihre Haut schimmern ließen wie flüssiges Gold.

Weil es bereits spät war und sich zudem der leichte Kopfschmerz, der sie seit Tagen plagte, wieder bemerkbar machte, erhob sie sich jetzt, ging um den Spieltisch herum und legte Felix leicht die Hand auf den Arm. „Ich glaube, mir reicht es für heute", sagte sie lächelnd. „Ich habe ein bisschen Kopfschmerzen, sodass es wohl besser sein wird, wenn ich mich zurückziehe."

Er schaute sie bestürzt an. „Hoffentlich werden Sie nicht krank."

„Nein nein, bestimmt nicht. Ich glaube, ich war heute nur ein bisschen zu lange in der Sonne. Sie müssen mich nicht begleiten, es sind ja nur ein paar Schritte bis zum Hotel. Viel Glück noch. Vielleicht gewinnen Sie ja ohne mich doppelt so viel, wer weiß?"

Felix schaute leicht zweifelnd drein, doch dann zwang er sich zu einem charmanten Lächeln und wünschte ihr eine gute Nacht.

Jane verließ eilig das Kasino und ging hinüber zu ihrem Hotel. In dem Moment, in dem sie sich anschickte, ihre Zimmertür zu öffnen, legten sich von hinten zwei starke Arme um ihren Hals. „Ssch", flüsterte ihr eine raue Stimme ins Ohr. „Ganz leise."

Sie fühlte sich in das dunkle Zimmer gezerrt, einen Augenblick später fiel die Tür hinter ihr ins Schloss. Alles ging so schnell, dass sie gar nicht dazu kam, einen klaren Gedanken zu fassen. Dann ging das Licht an, und der Mann ließ sie los. Im nächsten Moment lag sie in seinen Armen.

„Grant", schluchzte sie. „Grant. Was tust du denn hier?"

„Ich hatte Sehnsucht nach dir", erwiderte er schlicht.

EPILOG

*G*rant lag auf dem Rücken, die Arme um Jane gelegt. Ihr Haar ergoss sich wie eine schwarze Flut über seine Schulter und seine Brust, und er streichelte ihren Kopf, ihren Rücken, ihre sanft gerundeten Pobacken. „Ich konnte ohne dich einfach nicht schlafen", murmelte er. „Ich habe mich daran gewöhnt, dass du mich als Kopfkissen benutzt."

Sie sagte nichts, aber er wusste, dass sie nicht schlief. Sie waren müde, aber zu aufgedreht, um zu schlafen. Nachdem sie in Paris gelandet waren, erschien es ihnen plötzlich gar nicht mehr so wichtig, die Anschlussmaschine, die sie über London nach New York bringen sollte, zu erreichen. Stattdessen hatten sie sich ein Hotelzimmer genommen, und ihr Liebesspiel war schöner gewesen denn je.

„Was hätte ich wohl getan, wenn du nicht hinter mir hergekommen wärst?", flüsterte sie, wobei sich die Verzweiflung der einsamen Tage ohne ihn wieder in ihren Augen spiegelte.

„Du wusstest, dass ich kommen würde."

„Ich habe es gehofft. Aber ganz sicher war ich mir nicht."

„Von jetzt an kannst du dir meiner stets ganz sicher sein", flüsterte er, während er sich über sie rollte. „Ich liebe dich nämlich. Ich hoffe nur, dass du in Tennessee glücklich werden kannst, weil ich nicht glaube, dass ich in einer Stadt leben kann. Zumindest im Moment noch nicht. Das ist das Einzige, was mir ein bisschen Sorgen macht."

Um ihre Lippen spielte ein leises Lächeln. „Weißt du noch immer nicht, dass ich nicht unbedingt an Städten hänge? Ich kann überall glücklich sein, Hauptsache, du bist bei mir. Und ganz nebenbei denke ich, dass es für Kinder schöner ist, auf dem Land aufzuwachsen."

„Darüber haben wir noch gar nicht gesprochen, nicht wahr? Ich wünsche mir nämlich so bald wie möglich Kinder, aber wenn du damit noch warten möchtest, ist es mir auch recht."

Sie zeichnete seine Oberlippe mit ihrer Fingerspitze nach. „Jetzt ist es zu spät, um darüber nachzudenken, ob man besser noch warten sollte oder nicht. Wenn es dir lieber gewesen wäre zu warten, hättest du schon im Dschungel die Finger von mir lassen müssen. Und in Mexico City. Und in Washington."

Er schluckte und starrte sie an. „Willst du damit andeuten, dass …?"

„Ich denke schon. Ganz sicher bin ich mir zwar noch nicht, aber alle Anzeichen sprechen dafür. Macht es dir etwas aus?"

„Ob es mir etwas ausmacht? Oh, Gott, nein!"

In seiner Stimme lag so viel Gefühl, dass es ihr ganz warm ums Herz wurde. Beseligt legte sie die Arme um ihn, schmiegte sich ganz eng an ihn und schloss die Augen. Jetzt brauchte sie nie mehr Angst vor der Dunkelheit zu haben, denn Grant war für immer bei ihr.

– ENDE –

Linda Howard

Das einsame Strandhaus

Roman

Aus dem Amerikanischen von
Roy Gottwald

1. KAPITEL

*D*ie strahlende, goldene Sonne brannte ihm immer noch heiß auf der Haut, auf seiner nackten Brust und den langen Beinen, obwohl es schon auf den Abend zuging. Er starrte gebannt auf die in den länger werdenden Strahlen aufblitzenden Wellenkronen. Es war weniger das schimmernde Wasser, das ihn so faszinierte, als vielmehr die Tatsache, nichts Wichtigeres zu tun zu haben, als bloß daraufzuschauen.

Einen wundervollen, ganzen Monat konnte er sich in der Einsamkeit entspannen und er selbst sein. Konnte fischen, wenn ihm der Sinn danach stand, oder in den warmen, faszinierenden Gewässern des Golfs herumfahren, falls die Ruhelosigkeit ihn überkam. Wasser übte eine ungeahnte Anziehungskraft auf ihn aus. Das Gewässer hier war mitternachtsblau, dort leuchtend türkis, weiter hinten schimmerte es in blassen, hellgrünen Tönen.

Er hatte genügend Geld für Benzin und Proviant, und nur zwei Menschen auf der Welt wussten, wo er sich befand und wie man ihn erreichen konnte. Am Ende dieses Ferienmonats würde er in die von ihm gewählte, graue Welt zurückkehren und wieder Teil ihrer Schatten werden. Jetzt jedoch konnte er in der Sonne liegen, und mehr wollte er nicht.

Kell Sabin war müde. Er hatte den endlosen Kampf, die Geheimnistuerei und die Machenschaften, die Gefahren und Täuschungen seiner Arbeit satt. Sein Job war von lebenswichtiger Bedeutung, doch in diesem Monat konnte ein anderer ihn ausführen. Dieser Monat gehörte ihm. Jetzt konnte er verstehen, was seinen alten Freund Grant Sullivan, den besten Agenten, den er je hatte, in die geheimnisvolle Stille von Tennessees Bergwelt gezogen hatte.

Kell selbst war ein Topagent gewesen, ein legendärer Name, zuerst im Goldenen Dreieck, später dann im Mittleren Osten und in Südamerika, an allen Krisenorten der Welt.

Jetzt war er als Abteilungsleiter tätig, die graue Eminenz hinter einer Gruppe von erstklassigen Agenten, die seinen Anweisungen und Befehlen gehorchten. Man wusste wenig über ihn. Die ihn umgebenen Sicherheitsmaßnahmen waren so gut wie undurchlässig. Kell hatte es lieber so. Er war ein Einzelgänger, ein verschlossener Mensch, der den Realitäten des Lebens mit Zynismus und Sachlichkeit gegenüberstand. Er kannte die Gefahren und Rückschläge, die seine von ihm eingeschlagene Laufbahn mit sich brachte. Er wusste, wie schmutzig und niederträchtig dies Geschäft sein konnte, aber er war Realist und hatte sich, als er sich für diese Arbeit entschied, damit abgefunden.

Und dennoch ging es ihm manchmal auf die Nerven, und er ergriff die Flucht, um eine Zeit lang wie ein normaler Sterblicher zu leben. Dann zog er sich auf seinen speziell für ihn gebauten Kabinenkreuzer zurück. Wie alles, was ihn betraf, standen auch seine Ferien unter höchster Geheimhaltungsstufe, doch die Tage und Nächte auf See gaben ihm wieder das Gefühl, ein Mensch zu sein, und waren die Momente, in denen er sich entspannen und nachdenken konnte, in denen er nackt in der Sonne lag und sich wieder auf sich selbst besann, in der Nacht zu den Sternen hochschaute und mit sich ins Reine kam.

Mit einem klagenden Schrei segelte eine Möwe über ihm dahin. Kell sah ihr nach, wie sie schrie und ungebunden im wolkenlosen Blau des Himmels davonflog. Der leichte, vom Meer kommende Wind strich sacht über seine nackte Haut, und vor Wohlbehagen trat ein seltener, lächelnder Ausdruck in seine Augen. Er hatte etwas Ungezähmtes und Wildes an sich, das er normalerweise sehr beherrscht zurückhielt, doch hier draußen, wo es nur die Sonne, den Wind und das Wasser gab, musste er diesen Teil seines Wesens nicht länger unterdrücken. Sich in dieser Umgebung etwas anzuziehen, war fast wie ein Sakrileg, und Kell widerstrebte es immer, in irgendwelche Kleidung schlüpfen zu müssen, sobald er einen Hafen für neues Benzin aufzusuchen hatte oder wenn ein anderes Boot längsseits kam, dessen Besatzung, wie es hier häufig der Fall war, gern ein Schwätzchen halten wollte.

Die Sonne stand jetzt noch tiefer und tauchte ihren goldenen Rand in das Wasser, als er plötzlich das Geräusch eines anderen Motors vernahm. Er drehte den Kopf und sah einen Kabinenkreuzer, der etwas größer als sein eigener war, gemächlich durch die Wellen auf sich zukommen.

Kell hielt den Blick auf das Boot gerichtet und bewunderte dessen schnittige Linie und das gleichmäßige, kraftvolle Geräusch des Motors. Er liebte Boote, und er liebte die See.

Sein eigenes Schiff war ein wohlbehüteter Schatz, und obendrein ein gut bewahrtes Geheimnis. Niemand wusste, dass es ihm gehörte. Es war auf den Namen eines Versicherungsvertreters aus New Orleans zugelassen, der von Kell Sabins Existenz nicht die geringste Ahnung hatte. Selbst der Name des Schiffes, Wanda, besaß keine Bedeutung. Kell kannte niemanden mit diesem Namen, er hatte ihn sich einfach so ausgedacht. Doch die ‚Wanda' war ganz sein Eigentum, mit ihren Geheimnissen und Überraschungen. Jeder, der ihn wirklich kannte, hätte auch nichts anderes von ihm erwartet, doch nur ein einziger Mensch auf der Welt hatte je den Mann hinter der Maske kennengelernt, und Grant Sullivan verriet kein Geheimnis.

Das Geräusch des anderen Schiffsmotors veränderte sich, als das Boot die Fahrt verlangsamte und die Richtung auf Kell einschlug. Verärgert schimpfte er los und sah sich nach den ausgeblichenen, abgeschnittenen Jeansshorts um, die er für solche Gelegenheiten gewöhnlich an Deck hatte.

Der Klang einer Stimme drang über das Wasser zu ihm, und wieder sah er zu dem anderen Boot hinüber. An der vorderen Reeling stand eine Frau, die mit erhobenem Arm gemächlich zu ihm herüberwinkte. Es wirkte nicht dringlich, wahrscheinlich hatte man dort kein Problem und war nur auf einen kleinen Schwatz aus. Die untergehende Sonne spiegelte sich auf dem roten Haar der Frau wider und ließ es wie eine flammende Lohe wirken. Dieser ungewöhnlich glühende, rote Ton erregte Kells Aufmerksamkeit, und er starrte ihn einen Moment lang gebannt an.

Während er schnell in seine Shorts schlüpfte und den Reißverschluss zuzog, runzelte er die Stirn. Das Boot war noch zu weit von ihm entfernt, um das Gesicht der Frau erkennen zu können, doch das rote Haar hatte eine verborgene Erinnerung ausgelöst, die erst noch deutlichere Formen annehmen musste. In seine schwarzbraunen Augen trat ein Ausdruck gespanntester Aufmerksamkeit, als er ihr und dem sich langsam nähernden Boot entgegenblickte. Irgendetwas war doch mit diesem Haar gewesen …

Plötzlich waren Kells sämtliche Sinne hellwach, und er warf sich flach auf das Deck, ohne lange über das eigenartige Gefühl nachzudenken, das ihn befallen hatte. Seine schnelle Reaktionsfähigkeit hatte ihm schon oft genug das Leben gerettet. Er presste sich eng an die von der Sonne erwärmten Planken. Vielleicht machte er jetzt einen Narren aus sich, aber er war lieber ein lebender Narr als ein toter weiser Mann. Das Geräusch des anderen Motors erstarb, so, als hätte das Schiff seine Fahrt noch mehr verlangsamt, und Kell fasste rasch einen anderen Entschluss. Immer noch auf dem Bauch liegend, kroch er, während ihm der Geruch des Firnis in die Nase stieg und das Holz ihm über die nackte Haut schrammte, zu seinem Lagerraum hinüber. Er fuhr nie irgendwohin, ohne ein Mittel zu seiner Verteidigung bei sich zu haben. Jetzt zog er ein leistungsstarkes und zielgenaues Gewehr aus dem Lagerraum hervor, obwohl er wusste, es würde ihm nur kurzfristig als Abschreckungsmittel dienen können. Falls seine Instinkte ihn getäuscht haben sollten, dann hätte er gar keine Verwendung dafür. Falls er aber recht behielt, dann verfügten die Leute auf dem anderen Boot über ganz andere Schussmittel als nur ein Gewehr dieser Art, denn dann hätten sie sich auf diesen Zwischenfall vorbereitet.

Leise vor sich hinfluchend, kontrollierte Kell, ob das Gewehr automatisch schussbereit war, und kroch wieder zur Reeling zurück. Ruhig ging er in Deckung, brachte den Gewehrlauf in Sichtweite und hob gerade so weit den Kopf, um das andere Schiff sehen zu können. Es näherte sich ihm noch immer und war nur noch weniger als hundert Meter entfernt.

„Das ist nahe genug!", schrie er, obwohl er nicht wusste, ob seine Stimme laut genug über den Motorenlärm dringen würde. Doch das war eigentlich auch unwichtig, solange man da drüben mitbekam, dass er etwas gerufen hatte.

Das Boot wurde noch langsamer und trieb jetzt nur etwa fünfundsiebzig Meter von ihm entfernt im Wasser. Plötzlich schienen aus allen Ecken Leute aufzutauchen, und keiner von ihnen machte den üblichen Eindruck eines Fischers aus dem Golf oder eines Vergnügungsfahrers, da jeder bewaffnet war, selbst die rothaarige Frau. Kell musterte sie schnell, und sein gutgeschulter Blick nahm alle Einzelheiten an Größen und Formen auf. Es war ihm möglich, die Waffentypen ohne großes Nachdenken zu identifizieren, weil er mit allen so lange vertraut war. So achtete er mehr auf die Menschen, und sein Blick glitt immer wieder zu einem Mann zurück. Selbst auf diese Entfernung und trotz des Umstandes, dass er hinter den anderen stand, kam Kell etwas an dieser Gestalt vertraut vor, ähnlich, wie es ihm bei der Frau gegangen war.

Es bestand kein Zweifel mehr. Wie immer in kritischen Situationen, überkam ihn eine eisige, tödliche Ruhe. Er verschwendete keine Zeit damit, darüber nachzudenken, wie groß die Übermacht war, sondern überlegte in Sekundenschnelle, welche Möglichkeiten ihm blieben.

Ein flacher Knall zerriss die Dämmerung – das Geräusch eines über das Wasser abgefeuerten Gewehrschusses. Kell nahm den schwachen, warmen Druck der über seinen Kopf durch die Luft fliegenden Kugel wahr, die gleich darauf hinter ihm in das Holz der Kabine einschlug.

146

Mit kühler Routine zielte er und feuerte los, und zog im selben Augenblick rasch den Kopf ein. Es hätte des unwillkürlich scharfen Aufschreis, der zu ihm herüberdrang, nicht bedurft, um ihm zu sagen, dass er sein Ziel nicht verfehlt hatte. Im Gegenteil, er wäre überrascht und wütend auf sich gewesen, falls er danebengeschossen hätte.

„Sabin!" Der Ruf einer durch einen Verstärker klingenden Stimme tönte blechern über die Meeresoberfläche. „Sie wissen. Sie haben keine Chance! Ergeben Sie sich!"

Mit diesem Angebot hatte Kell gerechnet. Seine größte Chance bestand darin, sich mit dem Boot auf und davon zu machen, denn die Geschwindigkeit der ‚Wanda' war eines ihrer herausstechendsten Merkmale. Aber um das tun zu können, hätte er an das Schaltbrett in der Führerkabine kommen müssen. Das hätte bedeutet, sich beim Hinaufsteigen über die Leiter dem gegnerischen Feuer auszusetzen.

Kell wog die Lage ab und fand, er habe eine Fünfzig-zu-fünfzig-Chance, den Führerstand zu erreichen, vielleicht sogar etwas weniger, je nachdem, wie überrascht die andere Seite auf seinen Schachzug reagieren würde. Andererseits hatte er überhaupt keine Chance, wenn er nur einfach da sitzen blieb und versuchte, die Meute mit einem einzigen Gewehr abzuhalten. Zwar verfügte er über genügend Munition, aber die anderen würden mehr davon haben.

Sich zu bewegen, war ein Risiko, das er eingehen musste. Also verschwendete er keinen weiteren Gedanken mehr an seine sich verschlechternden Chancen. Er holte tief Luft, hielt den Atem an, atmete sehr langsam aus und spannte jeden Muskel zum Sprung an. Mit dem ersten Satz musste er so weit wie möglich die Leiter hinaufkommen. Er schloss seine Finger fest um das Gewehr, holte noch einmal tief Luft und sprang ab.

Noch in der Bewegung zog er den Abzug. Das Automatikfeuer brachte die Waffe in seiner Hand zum Schwanken und zwang jeden auf dem anderen Boot, sofort in Deckung zu gehen. Mit der ausgestreckten rechten Hand griff er nach der obersten Leitersprosse, und seine nackten Füße berührten kaum die Stufen, als er sich hochschwang. Aus dem Augenwinkel nahm er im Moment, wo er sich auf das Oberdeck schwang, das Mündungsfeuer von Schüssen wahr, und zwei brennend heiße Einschläge trafen seinen Körper mit aller Wucht. Nur durch seinen Schwung und seine Willenskraft schaffte er es, auf dem Deck anzukommen und nicht wieder auf das Unterdeck herabzustürzen. Ihm wurde schwarz vor Augen, und er verlor fast die Sicht. Das Geräusch seines eigenen Atems dröhnte ihm in den Ohren.

Kell ließ das Gewehr fallen. „Verdammt!", stieß er wütend aus. Er holte tief Atem, zwang sich, einen klaren Blick zu bekommen, und riss alle Kraft zusammen, um den Kopf zu wenden. Er hielt das Gewehr noch immer fest mit der linken Hand umklammert, konnte es aber nicht mehr fühlen. Über seine linke Körperhälfte strömte das Blut, das im schwindenden Tageslicht fast schwarz wirkte. Schwer atmend griff er mit der rechten Hand zur Seite und nahm das Gewehr auf. Es wieder in der Hand zu halten, machte die Sache etwas besser für ihn, aber auch nicht allzu viel. Der Schweiß brach ihm aus, rann ihm in kleinen Bächen über den Körper und mischte sich mit seinem Blut. Er musste sofort etwas unternehmen, oder man würde ihn überwältigen.

Sein linker Arm und sein linkes Bein gehorchten seinem Willen nicht mehr. Er achtete nicht weiter darauf, sondern kroch nur mithilfe seines rechten Armes und Beines zur Seite. Dann stemmte er das Gewehr gegen seine rechte Schulter und feuerte wieder auf das andere Boot, damit man dort wusste, dass er noch am Leben und mit ihm zu rechnen sei und sich nicht einfallen ließ, ihn einfach zu überrumpeln.

Mit einem Blick erfasste er seine Verletzung. Eine Kugel hatte den äußeren Muskel seines linken Oberschenkels durchschlagen, und eine zweite war in seine linke Schulter gedrungen. Jede für sich war schon gefährlich genug. Nach dem ersten stechenden Schmerz hatte er im Arm und in der Schulter jedes Gefühl verloren, und seine Beine schienen sein Gewicht nicht mehr tragen zu können. Aus Erfahrung wusste Kell jedoch, dass die Betäubung bald aufhören und der erneut einsetzende Schmerz ihm bald wieder Gewalt über seine verletzten Muskeln geben würde, falls ihm so viel Zeit bliebe, darauf warten zu können.

Er riskierte einen weiteren Blick und bemerkte, dass das andere Boot hinter ihm kreiste. Das Oberdeck war nach hinten hin offen und brachte ihn so gut in ihr Schussfeld.

„Sabin! Wir wissen. Sie sind verletzt! Bringen Sie uns nicht dazu, Sie zu erschießen!"

Nein, am liebsten hätten sie ihn lebend gehabt, um ihn zu „befragen", aber Kell wusste, man würde dort drüben kein Risiko eingehen.

Sie würden ihn eher erschießen, als ihn fliehen zu lassen.

Er biss die Zähne zusammen, schleppte sich zum Armaturenbrett hin und drehte den Zündschlüssel um, und der kraftvolle Motor sprang stotternd an. Kell konnte nicht sehen, wohin das Boot fahren würde, aber das spielte auch keine Rolle, selbst wenn er den anderen Kreuzer rammte.

Keuchend ließ er sich wieder auf die Planken fallen und versuchte, seine Kräfte zu sammeln. Er musste unbedingt an den Steuerknüppel heran, und dazu blieb ihm nur wenig Zeit. Ein wühlender Schmerz breitete sich über seine ganze linke Körperhälfte aus, aber sein Arm und sein Bein fingen an, ihm wieder zu gehorchen. Er hoffte, es würde gut gehen.

Kell ignorierte den wachsenden Schmerz, stützte sich auf seinem rechten Arm hoch und zwang sich, den linken Arm so lange hochzuheben und zu suchen, bis seine blutigen Finger den Steuerknüppel gefunden und ihn in den ersten Gang gelegt hatten. Langsam begann der Kreuzer, im Wasser an Fahrt zu gewinnen, und gleichzeitig hörte Kell die Schreie vom anderen Boot herüberdringen.

„So ist es gut, Mädchen", keuchte er und streichelte die Planken. „Mach schnell, beeile dich." Er streckte sich wieder aus. Die Anstrengung ließ jeden Muskel in seinem Körper aufschreien. Aber es gelang ihm, nah genug nach vorn zu kommen, um den Steuerknüppel noch weiter herumzulegen. Das Boot unter ihm machte einen Satz, und sein Motor heulte unter dem plötzlichen Kraftansturm dunkel dröhnend auf.

Bei voller Geschwindigkeit musste Kell sehen, wohin das Schiff fuhr. Er musste ein neues Risiko eingehen, aber mit jedem Meter Entfernung, die er zwischen sich und das andere Boot brachte, wurden seine Chancen größer. Mit einem Schmerzensschrei quälte er sich auf die Beine. Salziger Schweiß stach ihm in die Augen. Kell musste das größte Gewicht auf sein rechtes Bein verlagern, aber wenigstens brach ihm das linke nicht weg, und mehr verlangte er gar nicht.

Er warf einen Blick über die Schulter auf den anderen Kreuzer zurück. Er blieb mehr und mehr hinter ihm, obgleich man dort die Jagd nach ihm aufgenommen hatte.

Auf dem Oberdeck des anderen Bootes konnte Kell eine Gestalt ausmachen, die eine unförmige Röhre gegen ihre Schulter stemmte.

Kell musste nicht erst lange darüber nachdenken, was das war. Er hatte zu oft transportable Raketen gesehen, um sie nicht mit einem Blick zu erkennen. Knapp eine Sekunde vor dem Aufblitzen des Anschussfeuers und kaum zwei Sekunden, ehe die Rakete in seinem Boot explodierte, ließ sich Kell rechts über die Seite seines Schiffes in das türkisfarbene Wasser des Golfes fallen.

Er tauchte, so tief er nur konnte. Aber er hatte nicht viel Zeit, und der Raketenaufschlag warf ihn wie ein Spielzeug durch die Wellen. Ein jagender Schmerz durchfuhr ihn, und alles um ihn wurde wieder schwarz. Es dauerte zwar nur eine oder zwei Sekunden, aber das genügte, um ihn vollkommen orientierungslos zu machen. Er würgte und wusste nicht mehr, wo die Wasseroberfläche war. Jetzt war das Meer nicht länger türkisgrün, und es drückte ihn nach unten.

Nur sein jahrelanges Training rettete ihn. Kell war nie in Panik ausgebrochen, und jetzt würde er es ganz sicher nicht tun. Er hörte auf, im Wasser um sich zu schlagen und zwang sich, die Nerven zu bewahren. Sein ungebrochener Lebenswille trug ihn an die Oberfläche zurück. Sobald er wusste, wohin er sich zu bewegen hatte, begann er, so gut es ging, darauf zuzuschwimmen, obgleich er kaum seinen linken Arm und das Bein benutzen konnte. Seine Lungen brannten, als er endlich an die Oberfläche stieß und die warme, salzhaltige Luft einatmete.

Die „Wanda" brannte. Schwarze Rauchwolken quollen aus dem Rumpf in den perlmuttfarbenen Himmel, der von den allerletzten Lichtstrahlen erhellt wurde. Die Dunkelheit hatte sich bereits über Land und Wasser gesenkt, und Kell war dankbar dafür, weil darin sein einziger Schutz bestand. Das andere Boot umrundete die ‚Wanda' und suchte mit seinen Scheinwerfern das brennende Wrack und das Meer in seiner Nähe ab.

Kell spürte die Vibration der Motoren im Wasser. Falls man nicht auf seinen Körper – oder auf das, was davon übrig geblieben sein mochte – stieß, würde man die Suche nach ihm fortsetzen. Sie konnten gar nicht anders. Man konnte es sich nicht leisten, einfach beizudrehen.

Schwerfällig drehte er sich auf den Rücken und begann, mit einem Arm rückwärts zu schwimmen. Erst als er eine genügende Strecke außerhalb der Reichweite der Bootsscheinwerfer war, hielt er inne. Seine Chancen standen nicht sehr gut, denn er war mindestens zwei, wenn nicht drei Meilen von der Küste entfernt. Der Blutverlust hatte ihn geschwächt, und er war kaum fähig, seine linke Körperhälfte zu gebrauchen. Obendrein bestand die Möglichkeit, dass er durch seine Wunden Raubfische anlockte, ehe er überhaupt den ersten Streifen Land erblickte.

Er lachte leise und zynisch auf, spuckte umgehend Wasser, als eine Welle ihn im Gesicht traf. Jetzt saß er zwischen den Raubfischen im Wasser und den menschlichen Haien an Bord des Schiffes in der Falle.

Doch um ihn zu fassen, würden sie sich verdammt anstrengen müssen, wo immer es auch sein mochte. Kell hatte nicht vor, es ihnen leichtzumachen.

Er atmete tief durch, ließ sich auf dem Wasser treiben und versuchte krampfhaft, die Shorts auszuziehen. Doch sein Gestrampel trieb ihn wieder unter Wasser, und er musste sich zurück an die Oberfläche kämpfen. Er hielt das Kleidungsstück zwischen den Zähnen fest und überlegte, wie er am besten vorgehen sollte. Der Stoff war alt, abgetragen und fast fadenscheinig. Es müsste ihm möglich sein, ihn zu zerreißen. Das Problem war nur, dabei an der Wasseroberfläche zu bleiben. Er würde seinen linken Arm und sein linkes Bein einsetzen müssen, oder es würde ihm nie gelingen.

Kell blieb keine andere Wahl: Trotz der Schmerzen musste er sich damit abquälen.

In dem Augenblick, als er anfing, im Wasser auf der Stelle zu treten, kam es ihm vor, als würde er gleich wieder ohnmächtig werden. Doch der Moment ging vorbei, aber der Schmerz blieb. Verbissen zerrte er mit den Zähnen an dem Stoff, um einen kleinen Riss in das Material zu bekommen. Er verdrängte seine stechenden Schmerzen, als das Gewebe unter seinen Zähnen nachgab. Hastig riss er das Material bis zum Gürtelband auf. Durch die doppelte Stofflage und den Zweifachstich kam er nicht weiter. Wieder biss er in den Jeansstoff, bis er vier lose Streifen hatte, die nur noch vom Bündchen zusammengehalten wurden. Dann fing er an, am Gürtelsaum entlangzukauen. Der erste Stoffstreifen ging ab, und er hielt ihn in der Faust fest, bis er auch den zweiten losgerissen hatte.

Wieder legte er sich auf den Rücken und ließ sich treiben. Die Erleichterung, die er seinem Bein verschaffte, ließ ihn aufstöhnen. Schnell verknotete er die beiden Streifen, um eine genügend lange Binde für sein Bein zu bekommen. Dann legte er sich den selbst gefertigten Verband um den Oberschenkel und achtete darauf, dass die Ein- und Ausschussstellen damit bedeckt waren. Er zog ihn so fest wie möglich zusammen, ohne die Blutzufuhr zu unterbrechen, aber es war unbedingt erforderlich, die akuten Blutungen durch Druck zu verhindern.

Mit seiner Schulter würde es schwieriger werden. Kell zerrte und riss, bis er zwei weitere Stoffstreifen vom Bündchen gelöst hatte, und verknotete auch sie. Ihm war nicht ganz klar, wie er sich diese Bandage anlegen konnte. Er wusste nicht einmal, ob er im Rücken eine Ausschusswunde hatte, oder ob die Kugel noch in seiner Schulter steckte. Langsam, linkisch fuhr er mit der Rechten nach hinten, aber seine aufgeweichten Finger spürten nur die glatte Haut. Das bedeutete, die Kugel saß noch im Fleisch. Die Wunde lag hoch auf der Schulter, und es schien fast unmöglich, sie mit dem vorhandenen Material zu verbinden.

Selbst zusammengeknotet würden die beiden Stoffstreifen nicht ausreichen. Erneut fing er an, an dem Gewebe herumzukauen, und riss zwei weitere Fetzen ab, die er mit den ersten beiden verknotete. Es glückte ihm, den Streifen über den Rücken zu legen, ihn unter der Achsel durchzuziehen und ihn fest auf der Schulter zu verknoten. Dann ballte er die Reste seiner Shorts zusammen und schob sie unter der Schlinge über seine Wunde.

Nachdem Kell sich diese unbeholfene Bandage angelegt hatte, war ihm schwindlig, und er fühlte sich grenzenlos ermattet. Doch er ließ sich nicht unterkriegen und zwang sich, gen Himmel auf die Sterne zu starren, um sich etwas zu orientieren. Er würde nicht aufgeben. Er konnte sich treiben lassen und kurze Zeit hindurch auch etwas schwimmen. Er würde lange brauchen, und falls ihn in der Zwischenzeit kein Hai anfallen sollte, dann würde er auch die Küste erreichen. Er legte sich auf den Rücken und ruhte sich einige Minuten lang aus, ehe er die langsame, qualvolle Strecke gen Land zurückzulegen begann.

Selbst für Mitte Juli war es eine heiße Nacht in Florida. Rachel Jones hatte ihre Gewohnheiten ganz dem Klima angepasst. Sie erledigte ihre Aufgaben ohne Hast entweder früh am Morgen oder verschob sie auf den Spätnachmittag. Sie war bei Sonnenaufgang aufgestanden, hatte in ihrem kleinen Gemüsegarten Unkraut gejätet, die Gänse gefüttert und ihr Auto gewaschen. Als die Temperatur über dreißig Grad stieg, war sie ins Haus gegangen und hatte einen Arm voll getragener Sachen in die Waschmaschine gesteckt. Anschließend hatte sie einige Stunden darauf verwendet, sich auf den Journalistikkurs vorzubereiten, den sie zugestimmt hatte, abends mit Beginn des Herbstsemesters in Gainesville zu halten.

Trotz der Hitze fühlte Rachel sich hier drinnen wohl. Der Ventilator summte beruhigend über ihrem Kopf, sie hatte sich das Haar hochgesteckt und trug nur eine weite, weiße Bluse und ein paar alte Shorts. Neben ihrem Arm stand stets griffbereit ein Glas Eistee, aus dem sie während ihrer Lektüre immer wieder einen Schluck trank.

Die Gänse schnatterten friedlich, während sie von einer Grasfläche zur nächsten watschelten, allen voran Ebenezer Duck, ihr streitsüchtiger alter Anführer. Einmal gab es kurz einen Aufstand, als Ebenezer und Rex, der Hund, darüber in Streit gerieten, wer ein Anrecht auf den Flecken kühlen Grases unter dem Oleandergebüsch besaß. Rachel ging zur Fliegentür und rief ihre wild lärmenden Haustiere zur Ordnung. Das war auch das aufregendste Ereignis des ganzen Tages. Im Sommer verlebte sie die meisten ihrer Tage auf diese Weise. Im Herbst, wenn die Touristensaison begann und Rachels zwei Andenkenläden auf Treasure Island und in Tarpon Springs viel zu tun hatten, wurde alles lebhafter.

Der Journalistikkurs würde ihre Zeit noch mehr als üblich ausfüllen, und deshalb entspannte sie sich jetzt während der Sommermonate. Sie arbeitete mit Unterbrechungen an ihrem dritten Buch und hatte keine große Eile, es zu beenden, da ihr Abgabetermin erst zu Weihnachten und sie ihrem Zeitplan schon um etliches voraus war. Man konnte sich leicht in Rachels Energie täuschen. Sie erreichte sehr viel, ohne dabei gehetzt zu wirken.

Hier war sie daheim, tief mit der sandigen Erde verwurzelt. Das Haus, in dem sie lebte, hatte einst ihrem Großvater gehört, und das Land war seit hundertundfünfzig Jahren im Besitz der Familie.

Bei ihrem Einzug hatte Rachel das Innere neu gestalten lassen, und dennoch vermittelte ihr dieser Ort noch immer das Gefühl des Dauerhaften. Sie kannte das Haus und die umliegende Gegend so gut wie ihr eigenes Gesicht. Vielleicht sogar noch besser, denn Rachel gehörte nicht zu den Menschen, die sich dauernd im Spiegel bewunderten. Das hohe Kieferndickicht vor dem Haus war ihr ebenso vertraut wie die gewellten Wiesen dahinter. Durch die Kiefern schlängelte sich ein Pfad hinunter zum Strand, über den die Wellen des Golfes ausrollten.

Der Strand war nicht für den Tourismus erschlossen, zum Teil der ungewöhnlichen rauen Küste wegen und teilweise deshalb, weil er seit Generationen im Besitz von Leuten war, die es ablehnten, vor ihrer Nase Apartmenthäuser und Motels aus dem Boden schießen zu sehen. In dieser Gegend widmete man sich vor allem der Viehzucht. Rachels Besitz wurde fast ganz von einer riesigen Ranch umschlossen, die John Rafferty gehörte, und auch Rafferty widerstrebte es, ebenso wie ihr selbst, das kleinste Stückchen Land als Baugrundstück zu verkaufen.

Der Strand war Rachels Lieblingsort. Dort konnte sie spazierengehen, nachdenken und sich bei der unaufhörlich und endlos hereindonnernden Brandung entspannen. Man nannte diesen Ort die

„Diamantenbucht", weil das Licht sich auf eine besondere Art in den über die unter Wasser liegenden Felsen hinwegtosenden Wellen brach, die sich vor dem Eingang der kleinen Bucht befanden. Das Wasser sprühte und glitzerte wie Tausende von Diamanten, bis es über den Sand ausrollte. Ihr Großvater hatte ihr in der Diamantenbucht das Schwimmen beigebracht. Manchmal kam es Rachel vor, als hätte ihr Leben in diesen türkisfarbenen Fluten begonnen.

Mit Sicherheit war die Bucht Mittelpunkt ihrer goldenen Kinderzeit gewesen, als ein Besuch bei ihrem Großvater das Schönste war, was Rachel sich vorstellen konnte. Als sie zwölf Jahre alt war, starb ihre Mutter, und die Bucht wurde zu ihrem ständigen Zuhause. Der Ozean hatte etwas an sich, das ihren Schmerz linderte und ihn für sie leichter zu ertragen machte. Außerdem war ihr Großvater bei ihr, und selbst jetzt brachte der Gedanke an ihn Rachel zum Lächeln. Welch wunderbarer alter Mann er doch gewesen war! Nie war er zu beschäftigt oder zu verlegen, um die gelegentlich unmöglichen Fragen eines heranwachsenden Mädchens zu beantworten. Er hatte ihr alle Freiheit gelassen, sich selbstständig zu entfalten, ohne dass sie dabei den gesunden Menschenverstand verlor.

Er starb in ihrem letzten Collegejahr, doch auch noch im Sterben bewahrte er die ihm eigene Haltung. Er war müde, krank und akzeptierte seinen Tod mit solcher Gelassenheit und Geduld, dass Rachel bei seinem Hinscheiden selbst noch Frieden empfand. Sicher, sie hatte getrauert, aber ihr Schmerz war durch das Wissen erleichtert worden, ihr Großvater habe seinen Tod herbeigesehnt.

Dann hatte das alte Haus leergestanden, solange Rachel ihre Karriere als Kriminalreporterin in Miami verfolgte. Sie hatte Bobby Bill Jones kennengelernt und ihn geheiratet, und ihr Leben war schön gewesen. Bobby Bill war mehr als nur ihr Ehemann, er war ein guter Freund gewesen, und sie hatten geglaubt, die ganze Welt läge ihnen zu Füßen. Dann hatte Bobbys grausamer Tod diesem Traum ein abruptes Ende bereitet und Rachel im Alter von fünfundzwanzig Jahren zur Witwe gemacht. Sie gab ihre Stellung auf und kehrte hierher in die Bucht zurück.

Erneut fand sie ihren Trost in der Gegenwart des endlosen Meeres. Ihr Gefühlsleben hatte einen großen Einbruch erlitten, aber die Zeit und das friedvolle Leben heilten ihre Wunden. Trotzdem verspürte sie nicht mehr den Drang, wieder in ihr altes, hektisches Leben zurückzukehren. Hier war ihr Heim, und sie war glücklich bei dem, was sie jetzt machte. Die beiden Souveniergeschäfte ermöglichten ihr ein angenehmes Leben, und sie verbesserte ihr Einkommen durch gelegentliche, von ihr verfasste Artikel und ihre Abenteuerromane, die so überraschend erfolgreich geworden waren.

Dieser Sommer war fast wie all die anderen Sommer, die sie je in der Diamantenbucht verlebt hatte, nur war er viel heißer. Die Hitze und die Feuchtigkeit erstickten einen fast, und an manchen Tagen stand ihr nach nichts Anstrengenderem der Sinn, als sich in die Hängematte zu legen und Kühlung zuzufächeln. Sobald die Sonne untergegangen war, wurde es etwas erträglicher, doch auch das war eine relative Angelegenheit. Nachts wehte eine leichte Brise vom Golf her, die ihr die erhitzte Haut kühlte, aber es war doch viel zu heiß zum Schlafen.

Rachel hatte bereits kalt geduscht und sich jetzt in die Hollywood-Schaukel auf der vorderen Veranda gesetzt. Ab und zu gab sie ihr mit einem trägen Schubs wieder neuen Schwung. Das Quietschen der Ketten mischte sich in das Zirpen der Grillen und das Gequake der Frösche. Rex lag dösend und gefangen in seinen Hundeträumen vor der Fliegentür auf der Veranda.

Rachel schloss die Augen. Sie genoss die frische Brise auf ihrem Gesicht und überlegte, was sie am nächsten Tag tun sollte. Es würde mehr oder weniger dasselbe wie heute oder wie gestern sein, doch sie hatte nichts gegen die Wiederholung einzuwenden. Die Aufregungen der früheren Zeiten hatten ihr gefallen, aber jetzt behagte ihr der Frieden ihres gegenwärtigen Lebens ebenso.

Obwohl sie nur Shorts und eine weite Bluse trug, deren lange Ärmel sie hochgerollt und von der sie die drei obersten Knöpfe des Ausschnitts geöffnet hatte, fühlte sie doch, wie sich kleine Schweißperlen zwischen ihren Brüsten bildeten. Die Hitze machte sie ruhelos, und schließlich sprang sie auf. „Ich gehe spazieren", erklärte sie ihrem Hund. Er zuckte zwar mit einem Ohr, aber seine Augen blieben geschlossen.

Eigentlich hatte Rachel nicht damit gerechnet, dass er mit ihr kommen würde. Rex war kein sehr anhängliches Tier, nicht einmal bei ihr. Er war unabhängig und ungesellig und wich zähnefletschend und mit aufgestellten Haaren vor einer ausgestreckten Hand zurück. Rachel war überzeugt, dass er, bevor er vor einigen Jahren auf ihrem Hof aufgetaucht war, misshandelt wurde.

Mittlerweile hatten sie eine Art Waffenstillstand geschlossen. Sie fütterte Rex, und er nahm seine Pflichten als Wachhund wahr. Noch immer ließ er sich nicht von ihr streicheln, doch kaum näherte sich ein Fremder, war er sofort an ihrer Seite und starrte den Eindringling finster an, bis er selbst fand, es bestehe keine Gefahr, oder der Fremdling es vorgezogen hatte zu verschwinden. Arbeitete Rachel in ihrem Garten, war Rex für gewöhnlich dicht in ihrer Nähe. Ihre Partnerschaft fußte auf gegenseitigem Respekt, und beide waren zufrieden.

Rex hat wirklich ein leichtes Leben, dachte Rachel, während sie den Hof überquerte und den Pfad einschlug, der sich durch die hohen Kiefern zum Strand hinunterwand. Er musste nicht oft auf sie aufpassen, da nur wenige Besucher zu ihr kamen, den Briefträger ausgenommen. Ihr Haus lag am toten Ende einer nicht asphaltierten Straße, die durch den Raffertyschen Besitz schnitt, und andere Häuser gab es nicht. John Rafferty war ihr einziger Nachbar, aber es lag ihm nicht, andauernd auf ein Schwätzchen zu ihr zu kommen.

Manchmal kam Honey Mayfield, die ortsansässige Tierärztin, nach einem Besuch auf der Rafferty-Ranch bei ihr vorbei. Sie hatten sich beide recht gut angefreundet. Von ihr abgesehen war Rachel so gut wie für sich allein und fühlte sich deshalb ganz wohl, nachts nur so leicht bekleidet in der Gegend herumzustrolchen.

Der Weg wand sich leicht abschüssig durch das Kieferndickicht. Die Sterne standen klar und deutlich am Himmel. Da Rachel diesen Pfad schon seit ihrer Kindheit kannte, verzichtete sie auf eine Taschenlampe. Selbst unter den Bäumen konnte sie noch so gut sehen, um voranzukommen. Der Strand lag eine Viertelmeile von ihrem Haus entfernt, nicht weiter als einen bequemen Spaziergang. Sie schlenderte gern nachts am Strand entlang. Sie bevorzugte diese Stunde, um der Gewalt des Meeres zu lauschen und den bis auf ihre matten Schaumkronen schwarzen Wellen zuzusehen.

Außerdem war es gerade Ebbe, und Rachel hatte es lieber so. Denn bei Ebbe enthüllte das zurückflutende Wasser die Schätze, die es wie Liebesgaben an den Strand schwemmte. So hatte Rachel schon viele Fundstücke geborgen und hörte nie auf, sich an den Kostbarkeiten zu erfreuen, die die türkisfarbenen Wogen des Golfes ihr zu Füßen spülten.

Es war eine wunderschöne, mondlose Nacht ohne Wolken. Die Sterne funkelten noch strahlender, als Rachel sie seit Jahren gesehen hatte, und ihr Licht brach sich auf den Wellen und funkelte wie zahllose Diamanten.

Diamantenbucht … Der Name traf wirklich zu. Der Strand war schmal und uneben, an seinen Rändern wuchs Seegras, und die Mündung der Bucht war von zerklüfteten Felsen umgeben, die besonders bei Ebbe sehr gefährlich waren. Doch trotz aller Unzulänglichkeiten vermittelte die Bucht mit ihrer Mischung aus Licht und Wasser einen ganz eigenen Reiz. Rachel konnte stundenlang dastehen, gebannt von der Macht und Herrlichkeit des Meeres, und dem glitzernden Nass zuschauen.

Der grobe Sand kühlte ihr die nackten Füße, und sie wühlte ihre Zehen tiefer hinein. Der Wind frischte plötzlich etwas auf und blies ihr das Haar aus dem Gesicht. Rachel atmete die klare Salzluft tief ein. Sie war mit dem Meer allein.

Der Wind drehte sich, umspielte sie und blies ihr die Haare in das Gesicht. Rachel hob die Hand, um sich eine Strähne aus den Augen zu wischen, und hielt mit leicht gerunzelten Brauen mitten in der Bewegung inne, während sie auf das Wasser starrte.

Sie hätte schwören können, dort etwas gesehen zu haben. Einen Moment lang war eine Bewegung zu erkennen gewesen, doch jetzt nahm ihr angestrengter Blick nichts anderes als das rhythmische Auf und Ab der Wellen wahr. Vielleicht hatte es sich nur um einen Fisch oder ein großes Stück Treibholz gehandelt. Da sie ein wirklich gutes Stück für ein Blumengesteck zu finden hoffte, ging sie bis zum Rand des Wassers vor und hielt sich die Haare zurück, damit sie besser sehen konnte.

Da war es wieder! Etwas hüpfte auf der Wasseroberfläche! Sie machte einen eifrigen Schritt nach vorn und bekam in der schaumigen Brandung nasse Füße. Dann bewegte sich das dunkle Objekt wieder und nahm eine eigenartige Form an. Im Schein des silbrigen Sternenhimmels sah es fast wie ein Arm aus, der matt nach vorn ausgriff, wie bei einem erschöpften Schwimmer, der das Letzte aus sich herausholte. Es war ein kräftiger Arm, und die dunkle Masse daneben konnte gut ein Kopf sein.

In plötzlicher Erkenntnis fuhr Rachel wie elektrisiert zusammen. Ehe sie es recht begriff, war sie auch schon im Wasser und kämpfte sich gegen die Wellen auf den um sich schlagenden Mann zu. Das Wasser hinderte sie voranzukommen. Immer wieder rissen die Wellen sie mit unglaublicher Kraft um, da die Flut gerade einzusetzen begann.

Rachel verlor den Mann aus den Augen. Sie gab einen erstickten Schrei von sich. Entschlossen bahnte sie sich ihren Weg nach vorn. Mittlerweile stand ihr das Wasser bis zur Brust und die Wogen schlugen ihr ins Gesicht. Wo war der Mann? In der schwarzen Nässe war kein Anzeichen von ihm zu entdecken. Sie kam an der Stelle an, wo sie ihn zuletzt gesehen hatte, aber ihre wild suchenden Hände fanden nichts.

Die Brandung würde ihn an den Strand spülen. Rachel drehte sich um und stolperte ans Ufer zurück. Wieder sah sie den Körper eine Sekunde lang, ehe sein Kopf erneut unter Wasser verschwand. Mit kräftigen Stößen schwamm sie auf ihn zu, und zwei Sekunden später ergriff ihre Hand dichtes Haar. Mit aller Kraft riss sie den Kopf über Wasser, aber der Mann war schlapp und hatte die Augen geschlossen.

„Stirb mir ja nicht unter den Händen weg!", stieß Rachel hervor, fasste ihn unter den Schultern und zog ihn auf das Land zu. Zweimal riss die hereinkommende Flut die Beine unter ihr weg, und jedes Mal befürchtete sie, ertrinken zu müssen, bis sie sich von dem erdrückenden Gewicht des Mannes befreit hatte.

Dann war sie in knietiefem Wasser, und der Körper des Fremden sackte leblos weg. Sie zerrte so lange, bis sie ihn so gut wie ganz aus dem Wasser hatte und fiel dann keuchend und nach Luft ringend auf Händen und Knien auf den Sand. Mit vor Anstrengung schmerzenden Muskeln kroch sie auf den Unbekannten zu.

2. KAPITEL

*E*r war nackt. Rachels Verstand nahm diesen Umstand kaum wahr, ehe sie ihn wieder wegen wichtigerer Dinge verdrängt hatte. Obwohl sie selbst noch um Atem rang, zwang sie sich dazu, die Luft anzuhalten, während sie dem Mann die Hand auf die Brust legte, um den Herzschlag oder das Auf und Ab des Atems festzustellen. Er lag still da, viel zu still. Sie konnte kein Lebenszeichen an ihm entdecken, und seine Haut war so kalt …

Natürlich musste sie sich kalt anfühlen. Hastig richtete sie sich auf und schüttelte den Kopf, um ihre erschöpften Sinne wieder klarzubekommen. Der Himmel mochte wissen, wie lange er im Wasser gewesen war. Aber als sie ihn zum ersten Mal erblickt hatte, war er geschwommen, wenn auch sehr schwach, und nun vergeudete sie kostbare Zeit, wo es zu handeln galt.

Sie brauchte die letzte ihrer Kraftreserven, um den Körper auf den Bauch zu drehen. Der Mann war nicht gerade klein, und im klaren Sternenschein sah man, dass er kräftig gebaut war. Keuchend spreizte sie seine Arme und begann mit dem rhythmischen Auf und Ab, das seine Lungen wieder aktivieren sollte. Das war auch etwas, das ihr Großvater ihr beigebracht hatte, und zwar sehr genau. Sie hatte von der Gartenarbeit und dem Schwimmen selbst kräftige Arme und Hände, und sie bearbeitete den Leblosen so lange, bis sie durch ein würgendes Keuchen und einen Schwall Wasser, der ihm aus dem Mund schoss, belohnt wurde.

„Na endlich", sagte sie matt, ohne mit ihren Bemühungen aufzuhören. Der Mann bekam einen Hustenanfall. Sein ganzer Körper erbebte unter Rachels Händen. Dann stöhnte er erstickt auf, ein Zittern durchrann ihn, und er sank wieder in sich zusammen.

Schnell drehte Rachel ihn auf den Rücken und beugte sich ängstlich über ihn. Sein Atem war jetzt hörbar, wenngleich viel zu hastig und rasselnd, aber wenigstens atmete der Mann. Seine Augen waren geschlossen, und als Rachel ihn schüttelte, sank sein Kopf zur Seite. Er war bewusstlos.

Sie ging in Hockstellung, fröstelte, als der Wind vom Meer ihr durch die nasse Bluse fuhr, und starrte auf die leblose Gestalt vor ihr. Erst da fiel ihr die unbeholfene Schlinge um die Schulter des Mannes auf. Sie wollte sie entfernen, da sie annahm, es handele sich um die Reste eines Hemdes, das er bei dem wie immer gearteten Unfall getragen hatte. Aber das nasse Gewebe, das ihre Finger berührten, war

Jeansstoff, viel zu schwer für ein Hemd zu dieser Jahreszeit, und außerdem war es verknotet worden. Sie zog noch einmal daran, und ein Teil des Stoffes löste sich ab. Er war zusammengefaltet und unter den Knoten oben an der Schulter geschoben worden, dort wo Rachel ein tiefes, rundes, grässliches Loch entdeckte, das in dem fahlen Licht schwarz wirkte.

Rachel starrte die Wunde an. Die Erkenntnis traf sie wie ein Schlag. Der Mann war angeschossen worden! Sie hatte zu viele Schussverletzungen gesehen, um das nicht zu erkennen, selbst im bleichen Licht der Sterne, in dem alles wie ein silberner Schimmer oder tiefschwarzer Schatten wirkte.

Sie starrte angestrengt auf die See hinaus, um das verräterische Lichtpünktchen zu entdecken, das die Anwesenheit eines Schiffes erkennen ließ. Aber es war nichts zu sehen. All ihre Sinne waren hellwach, ihre Nerven zum Zerreißen gespannt, und sie wurde augenblicklich argwöhnisch. Menschen wurden nicht grundlos angeschossen, und es war nur logisch anzunehmen, dass wer immer auf diesen Mann geschossen hatte, es auch wieder tun würde.

Er benötigte dringend Hilfe. Doch Rachel konnte ihn sich nicht einfach über die Schulter werfen und ihn zu ihrem Haus hinauftragen. Wachsam suchte sie noch einmal die dunkle Meeresfläche mit den Augen ab. Aber die See erstreckte sich weit und glatt bis zum Horizont. Rachel würde den Mann zurücklassen müssen, wenigstens so lange, wie sie brauchte, um zum Haus hinauf und wieder zurück zu rennen.

Kaum hatte sie ihren Entschluss gefasst, fasste Rachel den Mann unter den Armen und stemmte ihre Füße tief in den Sand. Vor Anstrengung keuchend zerrte sie ihn weit genug aus dem Wasser, dass die Flut ihn nicht mehr überspülen würde.

Der Mann musste sogar tief im Unterbewusstsein den Schmerz verspürt haben, den Rachel ihm durch das Zerren an seiner verwundeten Schulter zufügte. Er stöhnte heiser auf. Als sie glaubte, ihn weit genug auf den Strand hinaufgeschleppt zu haben, ließ sie seine Schulter so sacht wie möglich auf den Sand sinken und murmelte eine atemlose Entschuldigung vor sich hin, obwohl sie wusste, dass er sie nicht hören konnte. „Ich bin gleich wieder zurück", beruhigte sie ihn und berührte sein nasses Gesicht. Dann rannte sie los.

Normalerweise war der Pfad über den Strand und durch das Kiefernwäldchen eigentlich recht kurz, heute Abend aber schien er sich endlos dahinzuziehen. Rachel kümmerte sich nicht darum, dass sie sich die nackten Zehen an herausragenden Wurzeln stieß, und achtete nicht auf die kleinen Zweige, die gegen ihr Gesicht schlugen.

Das aus den Fenstern ihres Hauses dringende Licht war wie ein Willkommensgruß in der Nacht, das Haus selbst eine Oase der Sicherheit und Vertrautheit. Aber da draußen war etwas Furchtbares passiert, und Rachel konnte nicht einfach in ihre eigenen vier Wände flüchten und so tun, als ob nichts geschehen wäre. Von ihr hing das Leben des Mannes am Strand ab.

Rex hatte sie kommen gehört. Er stand am Rande der Veranda, hatte die Nackenhaare aufgestellt und gab ein leises, warnendes Knurren von sich. Während Rachel über den Hof hetzte, sah sie die Silhouette des Hundes sich gegen das Verandalicht abzeichnen, aber ihr blieb nicht die Zeit, ihn zu beruhigen. Doch die Aufmerksamkeit des Hundes war nicht mehr auf sie gerichtet, als sie die Stufen hinaufstürmte und die Fliegentür so hart hinter sich zuwarf, dass sie in ihren Angeln erzitterte. Der Hund blieb auf seinem Wachposten und behielt die Bäume und den Strand im Auge. Mit zitternden Flanken stellte er sich schützend zwischen Rachel und das, was ihre Flucht durch die Nacht verursacht hatte.

Rachel griff zum Telefon und bemühte sich, wieder zu Atem zu kommen, damit sie zusammenhängend sprechen konnte. Mit bebenden Händen blätterte sie im Telefonbuch herum und suchte nach der Nummer einer Ambulanz oder eines Rettungswagen – selbst der des Sheriffbüros. Jeder war ihr recht. Das Buch entglitt ihr, und mit einem wilden Fluch bückte sie sich, um es wieder aufzuheben. In einem Rettungswagen waren Sanitäter, und der Mann benötigte eher medizinische Versorgung als einen über ihn verfassten Polizeibericht.

Sie fand schließlich die Nummer und begann, sie ins Telefon zu geben, als sie mitten in der Bewegung innehielt und den Apparat anstarrte. Einen Polizeibericht! Sie wusste nicht, warum sie es tat, und konnte sich auch selbst keine logische Erklärung dafür geben, aber unvermittelt wusste sie, dass sie – wenigstens für den Augenblick – die Sache für sich behalten musste. Ihre in den Jahren als Polizeireporterin entwickelten Instinkte warnten sie ... und sie gehorchte ihnen, so wie sie ihnen früher nachgegeben hatte. Rachel knallte den Hörer auf die Gabel zurück, blieb eine Sekunde vor dem Telefon stehen, um ihre Gedanken zu ordnen.

Keine Polizei. Nicht zum jetzigen Zeitpunkt. Der Mann am Strand war hilflos und keine Bedrohung für sie oder irgendeinen anderen.

161

Er hätte nicht die geringste Chance, falls es sich hier um mehr als nur eine einfache Schießerei handelte, einen außer Kontrolle geratenen Streit. Er konnte ein Drogenhändler sein – oder ein Terrorist. Alles war denkbar. Andererseits war er vielleicht auch nichts dergleichen, und sie war seine einzige, ihm verbliebene Chance.

Selbst als sie eine gesteppte Decke aus dem obersten Fach ihres Schlafzimmerschrankes riss und wieder, mit Rex direkt auf ihren Fersen, aus dem Haus stürzte, schossen ihr verworrene Bilder aus ihrer Vergangenheit durch den Kopf. Erinnerungen an Dinge, die nicht rechtens waren, bei denen man die glatte Oberfläche akzeptierte und sie ordentlich ablegte, deren wirkliche Geschichte damit aber für immer verbarg. Außer dem normalen Alltagsleben der meisten Leute gab es ganz andere Welten, reich an Gefahren, Betrug und Verrat, die man sich nicht einmal vorstellen konnte. Rachel kannte auch diese Schattenseiten. Sie hatten Bobby das Leben gekostet …

Ihre Arbeit als Kriminalreporterin hatte dazu geführt, dass Rachel den Leuten auf die Zehen trat, und alles, was sie anfasste, machte sie gut. Bobbys Posten beim Rauschgiftdezernat war der Sache nach sehr gefährlich.

Vielleicht hatte Bobby eine Vorahnung gehabt. Einmal sagte er zu ihr: „Liebling, falls mir je etwas zustoßen sollte, denke daran, dass ich die Gefahren meiner Arbeit kenne und willens bin, die Risiken einzugehen. Ich halte meine Tätigkeit für wichtig und werde mein Bestes dabei geben. Genauso wie du nicht vor einer unbequemen Geschichte zurückschrickst. Auch Menschen, die nie ein Risiko eingehen, widerfahren Unfälle. Auf Nummer Sicher zu gehen, ist keine Garantie. Wer weiß, bei dem Dreck, den du aufrührst, kann deine Arbeit noch gefährlicher sein als meine."

Das waren prophetische Worte. Innerhalb des Jahres war Bobby Bill tot. Nachforschungen, die Rachel über den Hintergrund eines Politikers anstellte, hatten eine Verbindung zu illegalen Drogengeschäften an den Tag gebracht. Sie verfügte zwar nicht über Beweise, aber ihre Fragen hatten den Politiker offensichtlich nervös gemacht.

Eines Morgens verspätete sie sich für einen Flug nach Jacksonville. Und da in ihrem Wagen nicht genügend Benzin war, hatte Bobby die Schlüssel für sein Auto zugeworfen. „Nimm meinen", sagte er. „Ich habe genügend Zeit, um auf dem Weg ins Büro zu tanken. Bis heute Abend, Liebling."

Aber er hatte keine Zeit mehr dazu gefunden. Zehn Minuten, nachdem ihre Maschine vom Boden abgehoben hatte, startete Bobby Bill ihren Wagen, und eine mit der Zündung verbundene Bombe tötete ihn auf der Stelle.

Von Kummer gequält war sie ihren Ermittlungen weiter nachgegangen. Dieser Politiker verbüßte nun eine lebenslange Freiheitsstrafe ohne Begnadigungsmöglichkeit wegen seiner Rauschgiftgeschäfte und der Beteiligung an Bobbys Tod.

Der Mann am Strand mochte auch ein Schurke oder ein Opfer sein, doch sollte es sich bei ihm um einen Kriminellen handeln, dann bliebe Rachel genügend Zeit, ihn den Behörden zu überantworten, noch ehe er sich von seiner Verwundung erholt hatte. War er aber ein Opfer, dann könnte sie sein letzter Rettungsanker sein.

Er lag noch so da, wie sie ihn verlassen hatte. Die Flut lappte nur bis auf wenige Zentimeter zu seinen Füßen herauf. Nach Luft ringend, sank Rachel neben ihm im Sand auf die Knie und legte dem Mann die Hand auf die Brust. Sie seufzte vor Erleichterung, als sie das stetige Auf und Ab spürte, durch das sie feststellen konnte, dass er noch am Leben war. Rex stand mit gesenktem Haupt und zurückgelegten Ohren neben ihr und grollte drohend, ohne den Blick von der liegenden Gestalt zu lassen.

„Alles in Ordnung, Rex", sagte Rachel und klopfte dem Hund ganz automatisch beruhigend auf den Rücken, und zum ersten Mal wich er nicht vor ihrer Berührung zurück. Sie breitete die Decke auf dem Sand aus, kniete sich hin, schob die Hände unter den schlaffen Körper und rollte ihn auf die Unterlage. Diesmal gab der Mann keinen Laut von sich, und sie war dankbar, dass er den Schmerz nicht spürte, den sie ihm zufügen musste.

Sie brauchte etliche Minuten, bis sie ihn in die richtige Lage gebracht hatte. Danach musste sie sich ausruhen. Wieder starrte sie unsicher auf das Meer hinaus, doch noch immer war nichts zu sehen. Dort draußen befand sich niemand, obwohl es nicht ungewöhnlich war, die nächtlichen Positionslichter vorüberziehender Schiffe zu sehen. Rex strich ihr wieder grollend um die Beine, und sie sammelte ihre ganze Kraft.

Dann bückte sie sich, nahm die beiden Enden der Decke am Kopf des Mannes hoch und stemmte sich mit den Fersen in den Sand. Vor Anstrengung stöhnte sie auf. Selbst wenn sie ihr ganzes Gewicht in den Ruck legte, brachte sie den Mann nur wenige Schritte voran. Er war mit seinen etwa achtzig Kilo einfach zu schwer für sie.

Vielleicht würde es leichter werden, sobald sie den Strand hinter sich hatte. Auf den schlüpfrigen Tannennadeln müsste es leichter gehen. Wenn es noch schwieriger wurde, würde sie nicht einmal in der Lage sein, ihn zu bewegen. Rachel war sich im Klaren gewesen, dass ihr Vorhaben beschwerlich sein würde, aber sie hatte nicht damit gerechnet, dass es ihre körperlichen Fähigkeiten zu übersteigen drohte. Sie war stark und gesund, und das Leben des Mannes hing von ihr ab. Bestimmt konnte sie ihn die Steigung hinauf zum Haus zerren, selbst wenn es nur Schritt für Schritt gehen sollte.

Die Steigung war nicht steil, und normalerweise nahm Rachel sie ohne Schwierigkeiten, aber jetzt hätte die Erhöhung ebenso gut vertikal sein können, bei der Anstrengung, die sie aufbringen musste, um diesen muskulösen Mann hinaufzubefördern. Sie ruckte und zerrte und fiel einige Male auf die Knie. Ihre Lungen schienen manchmal dem Platzen nahe, und bis sie ihn halb den Hügel hochgeschleppt hatte, spürte sie schmerzhaft jeden Muskel.

Rachel legte eine Atempause ein, lehnte sich an eine Kiefer und kämpfte gegen die durch die Überanstrengung unvermeidliche Übelkeit an. Wäre nicht der stützende Baumstamm gewesen, so hätte sie sich vielleicht nicht einmal mehr halten können, weil ihre Beine und Arme so heftig zitterten.

Aus der Nähe erklang der Schrei einer Eule und das unaufhörliche Zirpen der Grillen, die sich von den Ereignissen dieser Nacht nicht berühren ließen. Nur Rex zeigte so etwas wie Mitgefühl. Er wich nicht von der Seite, und jedes Mal, wenn sie eine Rast einlegte, drückte er sich gegen ihre Beine. Das war bei ihm ganz ungewöhnlich.

Rachel holte tief Luft, bereitete sich auf eine neue Anstrengung vor und klopfte Rex auf den Rücken. „Braver Kerl, braver Junge", sagte sie zu ihm.

Dann bückte sie sich, um die Decke wieder aufzunehmen. Da machte Rex etwas Ungewöhnliches. Er nahm den Zipfel Decke zwischen die Zähne und knurrte. Rachel starrte ihn an und fragte sich, ob er es sich in den Kopf gesetzt habe, sie daran zu hindern, die Decke mitsamt dem Mann über den Sand zu schleifen. Vorsichtig spannte sie die zittrigen Beine, lehnte sich zurück und zog mit dem letzten Rest an Kraft, der ihr noch verblieben war. Immer noch knurrend, stemmte auch Rex die Beine auf den Boden und zerrte mit. Mit seiner Unterstützung rutschte die Decke etliche Fuß weiter.

Erstaunt hielt Rachel inne und sah verblüfft auf ihren Hund. „Braver Kerl", sagte sie noch einmal. „Braver Junge!" War das nur ein plötzlicher Einfall des Tieres gewesen, oder würde es das noch einmal tun? Rex war ein großer, kräftiger Hund. Honey Mayfield hatte sein Gewicht auf ungefähr vierzig Kilogramm geschätzt. Falls Rachel ihn dazu bringen konnte, zusammen mit ihr an der Decke zu ziehen, dann würden sie den Mann schnell genug den Hügel hinaufbekommen.

„Okay", flüsterte sie und nahm ihr Ende der Decke fester in die Hand. „Lass uns doch einmal sehen, ob du mir wieder hilfst." Sie zog, und auch Rex zerrte, noch immer vor sich hingrollend, als missbillige er ihr Tun. Aber er schien bereit, sie zu unterstützen, wenn sie entschlossen war, ihr Vorhaben durchzuführen.

Mithilfe von Rex ging es viel leichter, und bald hatten sie den kleinen Kiefernwald hinter sich gebracht. Sie mussten nur noch die Schotterstraße und den Hof überqueren, um beim Haus anzukommen. Rachel richtete sich auf und starrte zum Haus hinüber. Die Frage war: Wie sollte sie den Mann jemals die zwei Stufen zur Veranda hochbekommen? Nun, sie hatte ihn bis hierher geschleppt, sie würde ihn also auch in das Haus bekommen, irgendwie. Sie bückte sich und zog wieder an der Decke.

Seit er am Strand einmal aufgestöhnt hatte, war kein Laut mehr von dem Mann zu vernehmen gewesen, selbst dann nicht, als er über die hervorstehenden Wurzeln oder die losen Steine der Straße gezerrt wurde. Rachel ließ die Decke los, hockte sich daneben in das kühle, feuchte Gras und beugte sich erneut über die Gestalt.

Der Fremde atmete noch. Nach den Anstrengungen, die sie ihm zugemutet hatte, war das mehr, als sie erwarten konnte. Wieder warf sie einen Blick auf die Treppe und runzelte die Stirn. Ihr fehlte ein Förderband, um ihn dort hinaufzubekommen.

Nervöse Unruhe drängte sie zur Hast. Der Mann musste nicht nur versorgt werden, sie musste ihn so schnell wie möglich ins Haus bekommen, um ihn zu verstecken. Hier draußen an der Diamantenbucht lebte sie recht isoliert. Es war deshalb nicht wahrscheinlich, dass jemand zufällig vorbeikommen würde. Aber jemand, der nach dem Mann Ausschau hielte, wäre auch nicht gerade ein zufälliger Besucher. Sie musste den Verletzten so lange verbergen, bis er wieder bei Bewusstsein war und sie mehr über ihn in Erfahrung gebracht hatte.

Der einzige Weg, ihn die Treppe hinaufzubekommen, war, dem Mann unter die Arme zu greifen und ihn hochzuziehen, so wie sie ihn aus dem Meer gezerrt hatte. Dabei würde Rex ihr keine Hilfe sein können. Sie würde den Kopf, die Schultern und den Oberkörper des Bewusstlosen anheben müssen – damit den schwersten Teil des ganzen Körpers.

Rachel war wieder zu Atem gekommen. Wenn sie noch länger so im Gras herumsaß, würde sie ihr Ziel nie erreichen. Aber sie war entsetzlich müde, und ihre Glieder waren schwer wie Blei. Sie fühlte sich wie zerschlagen und taumelte etwas, als sie wieder auf die Beine kam. Behutsam schlug sie die Decke um die liegende Gestalt, stellte sich an das Kopfende und fasste ihn unter die Achseln. Rachel spannte all ihre Kräfte an, zog ihn in eine halb sitzende Stellung und stützte ihn schnell mit ihren Beinen ab. Er war drauf und dran zur Seite zu kippen, und mit einem Aufschrei umfasste sie seinen Oberkörper, presste die Arme um ihn und verschränkte ihre Hände vor seiner Brust. Sein Kopf sank nach vorn. Neben ihr knurrte Rex und lief aufgeregt hin und her, als er keine Möglichkeit fand, die Decke wieder zwischen die Zähne zu bekommen.

„Schon gut, Rex", keuchte Rachel. „Ich muss es jetzt so machen." Sie fragte sich, ob die Bemerkung eher an den Hund oder an den Mann gerichtet war. Beides war albern, aber in diesem Moment erschien es ihr von großer Bedeutung.

Die Treppe war hinter ihr. Rachel stemmte ihre Füße fest auf die Erde, hielt den Oberkörper des Bewusstlosen fest umschlungen und gab sich einen kräftigen Schubs nach hinten. Mit einem dumpfen Schlag landete sie rücklings auf der ersten Stufe und schlug sich dabei an der Kante der obersten Stufe schmerzhaft den Rücken auf. Ein stechender Schmerz durchzuckte sie vom Rücken bis zu den Zehen, als ihre Muskeln auf die Anstrengung reagierten. „Ich darf jetzt nicht schlappmachen", flehte sie leise. „Gleich werde ich mich ausruhen, aber jetzt noch nicht."

Rachel biss die Zähne zusammen, stellte sich wieder auf die Füße, und legte diesmal ihr Gewicht mehr auf die Oberschenkel als auf den schmerzenden Rückenmuskel. Wieder hob und zerrte sie und drückte mit den Beinen nach, bis der Mann noch ein Stück höher lag. Endlich hatte sie die oberste Treppenstufe erreicht und ließ sich, während der Schmerz und die Überanstrengung ihr die Tränen in die Augen trieben, matt darauf fallen. Der Oberkörper des Mannes lag noch immer auf den Stufen, während seine Beine hoch in den Hof ragten. Aber wenn es ihr gelänge, ihn auf die Veranda zu bringen, wäre der Rest einfacher. Sie musste die ganze quälende Prozedur wieder aufnehmen.

Rachel wusste nicht, wie sie es fertig brachte, woher sie ihre Kraft nahm. Sie sammelte sich, zerrte und schob. Plötzlich gaben die Beine unter ihr nach und sie fiel schwer rücklings auf die Holzdielen der Veranda, während der Mann auf ihre Beine fiel. Wie betäubt blieb sie einen Moment so liegen und starrte auf das gelbe Verandalicht, das von winzigen Fliegen umschwirrt wurde. Das Herz klopfte ihr zum Zerspringen, und ihr Atem ging rasselnd, als sie tief durchatmete, um neue Kraft zu schöpfen. Das Gewicht des Unbekannten drückte schwer auf ihre Beine. Aber wenigstens lag sie der Länge nach auf dem Fußboden der Veranda, und damit hatte sie es endlich geschafft. Sie hatte den Fremden die Stufen hinaufbekommen!

Stöhnend unter Tränen rutschte Rachel so weit unter dem Mann weg, bis sie sich aufsetzen konnte, obwohl sie am liebsten auf der Stelle eingeschlafen wäre. Sie brauchte eine Weile, bis sie sich von dem auf ihr liegenden Mann befreit hatte, und da sie zu schwach war, sich auf die Beine zu stellen, kroch sie zur Fliegentür, stieß sie auf und kroch wieder zu dem Mann zurück. Nur noch wenige Meter. Durch die Tür hindurch, und nach rechts abbiegen, in ihr Schlafzimmer. Sechs, neun Meter, zu mehr war sie auch kaum in der Lage.

Sie nahm wieder, wie sie es vorher getan hatte, das Ende der Decke in die Hand und zerrte daran, während Rex sich wieder willig zeigte, ihr zu helfen. Aber da Rachel nur noch wenig Kraft verblieben war, musste der Hund die meiste Arbeit leisten. Langsam, mühsam brachten sie den Mann Zentimeter für Zentimeter über die Veranda. Rex und sie konnten nicht gleichzeitig durch die Tür kommen, so ging sie als erste und kniete sich hin, um die Decke zu fassen zu bekommen. Knurrend und jeden Muskel seiner stämmigen Gestalt anspannend, zerrte Rex mit seiner ganzen Kraft, und die Decke glitt mit dem darauf liegenden bewusstlosen Mann durch die Tür.

Rachel griff sofort zu und zog lange an der Decke, bis sie ihr Schlafzimmer erreichte. Eine knappe Minute später lag der Mann neben ihrem Bett auf dem Boden. Kaum hatte sie ihren Zipfel losgelassen, gab auch Rex die Decke frei, stellte die Nackenhaare auf und wich in der ihm ungewohnten Umgebung des Hauses nach hinten zurück.

Rachel versuchte gar nicht erst, ihn jetzt zu streicheln. Sie hatte bereits so viel von ihm verlangt, hatte ihn dazu gebracht, seine von ihm gesetzten Grenzen zu überschreiten, dass jeder weitere Annäherungsversuch für ihn einfach zu viel gewesen wäre.

„Hier entlang", sagte sie und brachte das Tier zur Vordertür. Begierig auf seine Freiheit, schoss der Hund an Rachel vorbei und verschwand in der Dunkelheit. Langsam schloss und verriegelte sie die Fliegentür.

Mit schleppenden Schritten ging sie dann zum Vordereingang, schloss auch hier ab und zog die Vorhänge vor die Fenster. Dann ließ sie die altmodischen Jalousien in ihrem Schlafzimmer herunter. Nachdem das geschehen war, schien ihr das Haus so sicher zu sein, wie sie es irgendwie machen konnte. Ihr Blick fiel auf den Mann, der nackt auf dem Schlafzimmerboden lag. Er brauchte dringend ärztliche Hilfe, und zwar die eines erfahrenen Arztes. Aber sie traute sich nicht, einen Doktor anzurufen. Für jeden Arzt war es Pflicht, Schussverletzungen der Polizei zu melden.

Jetzt gab es wirklich nur einen einzigen Menschen, der Rachel helfen konnte, nur eine vertrauenswürdige Person, die ein Geheimnis für sich behalten würde. Sie ging in die Küche und rief Honey Mayfield an. Im Stillen betete sie darum, dass Honey nicht wegen eines Notfalles bereits außer Haus gerufen worden sei. Beim dritten Klingeln wurde der Hörer abgenommen, und eine unüberhörbar schläfrige Stimme sagte: „Mayfield."

„Hallo, hier spricht Rachel. Kannst du herkommen?"

„Jetzt?" Rachel gähnte. „Ist etwas mit Rex passiert?"

„Nein, dem Hund geht es gut. Aber … kannst du deine Tasche mitbringen? Und versteck sie in einer Einkaufstüte oder etwas Ähnlichem, damit niemand sie sehen kann."

Honey war sofort hellwach. „Ist das ein Scherz?"

„Nein. Beeile dich."

„Ich bin bei dir, so schnell ich kann."

Sie legten beide gleichzeitig auf, und Rachel ging in ihr Schlafzimmer zurück. Sie hockte sich neben den noch immer bewusstlosen Mann. Die Behandlung, die ihm widerfahren war, hätte eigentlich einen Toten aufwecken müssen. Vielleicht hatte er jedoch so viel Blut verloren, dass er im Koma lag und womöglich dem Tod nahe war.

Angst überkam Rachel, und sie strich dem Unbekannten mit zitternden Händen über das Gesicht, als könne sie ihm mit dieser Berührung neues Leben vermitteln. Er fühlte sich jetzt wärmer als vorher an, und der Atem ging langsam und stoßweise. Aus seiner Schulter sickerte Blut, und Sand klebte an ihm, selbst in den Haaren, aus denen noch das Meerwasser rann.

Rachel versuchte, mit der Hand ihm den Sand aus dem Haar zu bürsten, als sie etwas Klebriges unter ihren Fingern verspürte. Stirnrunzelnd starrte sie auf die wässrig-roten Flecken an ihrer Hand. Ihr wurde klar, dass der Mann auch noch eine Kopfwunde hatte. Und sie hatte ihn über den Hügel und über die Treppen auf die Veranda befördert! Es war ein Wunder, dass sie ihn dabei nicht umgebracht hatte.

Mit klopfendem Herzen eilte sie in die Küche, füllte eine große Schale mit warmem Wasser, kehrte in ihr Schlafzimmer zurück und hockte sich neben dem Verletzten auf den Boden. So behutsam wie möglich wusch sie ihm den Sand und das Blut aus dem Haar und löste ihm die verklebten Strähnen. Unter ihren Fingerspitzen fühlte sie eine starke Schwellung an der rechten Seite seines Kopfes, direkt am Haaransatz an der Schläfe.

Sie schob das Haar zurück und entdeckte klaffende Haut, die aussah, als hätte der Fremde sich den Kopf an einem der großen, zerklüfteten Felsen an der Mündung oder Bucht gestoßen.

Sie blickte ihn mit tränenfeuchten Augen an. Sacht strich sie ihm über die Schulter, als wolle sie sich entschuldigen, und ließ die Finger weich über seine warme, sonnengebräunte Haut gleiten. Was für eine Närrin war sie nur! Das Beste, was sie für diesen Mann tun konnte, war, sofort den Rettungswagen anzurufen und zu hoffen, ihm durch die raue Behandlung keinen größeren Schaden zugefügt zu haben.

Rachel wollte aufstehen und ihren Gedanken in die Tat umsetzen, als ihr plötzlich auffiel, dass der Mann am linken Bein einen verknoteten Verband aus Jeansstoff trug, so ähnlich wie er ihn um die Schulter gehabt hatte. Ihr Rückgrat tat ihr schrecklich weh, als sie ihre Stellung an seinem Kopf verließ und zu seinen Beinen mühsam kroch. Sie ahnte bereits, was sie finden würde. Rachel konnte den Knoten nicht lösen. Er war zu fest zusammengezogen und vom Wasser noch fester geworden.

Sie holte sich aus ihrem Nähkorb eine Schere und schnitt das Gewebe vorsichtig auf. Die Schere entglitt ihren Fingern, als Rachel auf den Oberschenkel hinunterstarrte, auf die hässliche Wunde an der Außenseite. Er hatte also auch einen Schuss in das Bein abbekommen. Sie untersuchte es sorgfältig und fand sowohl die Stelle, an der die Kugel eingedrungen war, als auch das Ausschussloch. Wenigstens saß das Geschoss nicht fest. So viel Glück hatte der Fremde mit seiner Schulter nicht gehabt.

Niemand wurde durch Zufall von zwei Kugeln getroffen. Jemand musste absichtlich versucht haben, ihn zu töten.

„Ich werde es nicht zulassen!", sagte sie entschlossen und erschrak vor dem Klang ihrer eigenen Stimme. Sie kannte den Mann nicht, der unbeweglich und teilnahmslos auf dem Boden lag, aber sie sorgte sich um ihn wie eine Löwenmutter um ihr Junges. Solange sie nicht herausfand, was eigentlich vorgefallen war, würde sie niemanden erlauben, sich ihm auch nur zu nähern.

Soweit es ihr möglich war, reinigte sie ihn. Seine Nacktheit brachte sie nicht in Verlegenheit. Unter diesen Umständen wäre es albern gewesen. Der Mann war verwundet, hilflos. Natürlich wäre es anders, wenn sie ihn so am Strand getroffen hätte. Jetzt brauchte er ihre Hilfe, und sie würde sich von ihrem Schamgefühl nicht abhalten lassen.

Rachel hörte das Geräusch eines die Straße herunterkommenden Wagens und stand hastig auf. Das musste Honey sein. Obwohl Rex sich normalerweise Frauen gegenüber nicht so feindselig verhielt wie zu Männern, konnte er nach den ungewöhnlichen Ereignissen der Nacht doch reizbar geworden sein und sich der Tierärztin in den Weg stellen. Rachel schloss die Vordertür auf, öffnete sie und trat auf die Veranda hinaus. Sie konnte Rex nirgendwo sehen, aber ein verhaltenes Knurren kam unter dem Oleandergebüsch hervor. Sie sprach beruhigend auf das Tier ein, während Honeys Wagen in die Auffahrt einbog.

Ihre Freundin stieg aus und griff nach zwei auf dem Rücksitz liegenden Einkaufstüten, die sie eng an sich drückte, als sie über den Hof auf Rachel zukam. „Vielen Dank, dass du auf mich gewartet hast", sagte sie deutlich. „Tante Audrey möchte gern, dass du dir diese Stickmuster für deine Geschäfte ansiehst."

„Komm herein", forderte Rachel sie auf und öffnete ihr die Fliegentür. Rex grollte wieder, als Honey die Stufen hinaufging, blieb aber unter den Büschen liegen.

Honey stellte die beiden Tüten auf dem Boden ab und sah Rachel zu, die die Eingangstür wieder sorgfältig abschloss. „Was ist hier los?", fragte sie neugierig und stemmte ihre kräftigen sommersprossigen Hände in die Seiten. „Warum muss ich meine Utensilien als Stickrahmen ausgeben?"

„Hier herein", sagte Rachel und ging ihr ins Schlafzimmer voran. Er bewegte sich noch immer nicht, außer dem Heben und Senken, während er atmete. „Er ist angeschossen worden", sagte Rachel und kniete sich neben ihn.

Honeys Gesicht verlor seine gesunde Farbe, sodass ihre Sommersprossen auf der Nase und den Wangen besonders deutlich hervortraten. „Lieber Himmel, was geht hier vor? Wer ist er? Hast du schon den Sheriff benachrichtigt? Wer hat auf ihn geschossen?"

„Um gleich drei deiner Fragen zu beantworten: Ich weiß es nicht", antwortete Rachel angespannt, ohne Honey anzusehen. Sie hielt ihren Blick auf das Gesicht des Mannes gerichtet und wünschte, er möge die Augen aufschlagen und ihr die Antworten auf die Fragen geben, die Honey gestellt hatte. „Und den Sheriff werde ich nicht anrufen."

„Was soll das heißen – du wirst ihn nicht anrufen?" Honey schrie fast. Der Anblick des nackten, auf dem Fußboden von Rachels Schlafzimmer liegenden Mannes hatte sie aus ihrer üblichen Ruhe gebracht. „Hast du ihn angeschossen?"

„Natürlich nicht! Er wurde an den Strand geschwemmt."

„Umso mehr hast du Grund, den Sheriff zu benachrichtigen!"

„Das geht nicht!" Rachel hob den Kopf. Ihre Augen blickten entschlossen und zugleich seltsam ruhig drein. „Ich kann sein Leben auf diese Weise nicht gefährden."

„Hast du den Verstand verloren? Er braucht einen Arzt, und der Sheriff muss Nachforschungen anstellen, warum auf den Mann geschossen wurde! Er könnte ein geflohener Verbrecher sein oder ein Rauschgifthändler. Oder sonst etwas!"

„Das weiß ich auch." Rachel atmete tief durch. „Aber bei der Verfassung, in der er sich befindet, gehe ich wohl kein Risiko ein. Der Mann ist hilflos. Und wenn die Sache … nicht so planmäßig … verläuft, dann hat er im Krankenhaus, wo man ihm leicht beikommen könnte, keine Chance."

Honey fasste sich an den Kopf. „Ich begreife nicht, wovon du redest", sagte sie schwach. „Was meinst du mit ‚planmäßig'? Und warum glaubst du, dass jemand ihm beikommen will? Um das auszuführen, was man angefangen hat?"

„Ja."

„Dann ist es erst recht eine Sache für den Sheriff!"

„Hör zu", sagte Rachel beharrlich. „Als ich noch Reporterin war, habe ich manches gesehen, das … eigenartig war. Eines Abends war ich dabei, als man einen Toten fand. Dem Mann war in den Hinterkopf geschossen worden. Der Bezirkssheriff machte seinen Bericht, und der Tote wurde zur Identifizierung ins Leichenschauhaus gebracht. Als aber zwei Tage später eine winzige Meldung darüber in der Zeitung gebracht wurde, hieß es, der Mann sei eines natürlichen Todes gestorben! Sicher, ich nehme an, es ist irgendwie natürlich, an einer Kugel im Kopf zu sterben. Doch ich wurde neugierig, steckte meine Nase tiefer in die Sache und wollte die Akten einsehen. Die aber waren verschwunden. Beim Büro des Leichenbeschauers lag nichts über einen Mann vor, dem man in den Kopf geschossen hatte. Schließlich wurde mir zugetragen, ich solle mich um meine eigenen Angelegenheiten kümmern und dass bestimmte Leute in der Regierung die Sache in die Hand genommen hätten und wünschten, nichts darüber verlautbart zu sehen.“

„Das ergibt keinen Sinn“, murmelte Honey.

„Jener Mann war ein Agent.“

„Welche Art von Agent? Des Rauschgiftdezernates? Vom FBI? Oder woher?“

„Du bist schon auf der richtigen Fährte, aber du musst noch tiefer schürfen.“

„Ein Spion? Willst du damit sagen, er war ein Spion?“

„Er war ein Agent. Ich weiß nicht, für welche Seite er arbeitete, aber die ganze Sache wurde vertuscht und ungeschehen gemacht. Danach bemerkte ich, dass es auch noch andere Dinge gab, die nicht das waren, als was sie erschienen. Ich habe zu viel miterlebt, um heute einfach anzunehmen, dieser Mann hier befinde sich in Sicherheit, sobald ich ihn den Behörden überantwortet hätte.“

„Meinst du, der hier sei ein Agent?“ Honey starrte auf den Mann hinunter, ihre braunen Augen waren weit aufgerissen.

Rachel zwang sich, ganz ruhig zu antworten. „Ich halte es für denkbar, und ich glaube, wir würden sein Leben gefährden, wenn wir ihn dem Sheriff auslieferten. Damit würde die Sache in die Öffentlichkeit dringen, und jeder, der hinter ihm her wäre, könnte ihn aufspüren.“

„Er könnte immer noch ein Drogenhändler sein. Du könntest dein Leben aufs Spiel setzen, wenn du ihn beschützt.“

„Das wäre eine Möglichkeit“, räumte Rachel ein. „Aber er ist verletzt, und ich bin es nicht. Abgesehen von allem, was ich ihm geben kann, hat er überhaupt keine Chance. Falls das Rauschgiftdezernat einen Drogenring hat auffliegen lassen, wird es bestimmt in den Nachrichten im Fernsehen oder in der Zeitung erwähnt. Ist er ein entflohener Sträfling, dann melden es auch die Nachrichten. Er ist gar nicht in der Verfassung, jemandem Leid anzutun. Ich bin also sicher.“

„Und wenn mit einer Drogenlieferung etwas schiefgelaufen ist und irgendwelche anderen obskuren Typen hinter ihm her sein sollten? Dann wärst du nicht mehr sicher, weder vor ihm noch vor der anderen Seite.“

„Dieses Risiko muss ich eingehen", sagte Rachel und hielt Honeys beunruhigendem Blick stand. „Ich weiß, worauf ich mich einlasse, und kenne mein Risiko. Vielleicht sehe ich Gespenster, wo keine sind, aber stell dir vor, wie furchtbar es für ihn wäre, wenn ich recht behielte."

Honey atmete tief durch und machte erneut einen Versuch. „Es ist höchst unwahrscheinlich, dass an deinem Strand ein Spion angeschwemmt würde. So etwas passiert nicht im normalen Leben, keinem normalen Menschen, und du bist recht normal, auch wenn du dich leicht exzentrisch gibst."

Rachel konnte nicht glauben, was sie soeben gehört hatte.

Ausgerechnet Honey, die sonst einer der vernünftigen Menschen in der ganzen Gegend war, musste ihr das sagen. Die Ereignisse brachten offenbar jeden durcheinander. „Es ist unwahrscheinlich, dass überhaupt ein Verwundeter an meinen Teil des Strandes angetrieben wird, ganz gleich, welchen Beruf er hat. Er aber wurde es! Er ist hier, und er braucht Hilfe. Ich habe getan, was ich konnte, und nun braucht er medizinische Versorgung. Er hat immer noch eine Kugel in der Schulter. Bitte, Honey!"

Honey wurde noch eine Spur blasser. „Du willst, dass ich mich um ihn kümmere? Er braucht einen Arzt! Ich bin Tierärztin!"

„Ich kann keinen Doktor hinzuziehen. Ärzte sind gehalten, alle Schussverletzungen der Polizei zu melden. Du kannst es tun. Kein lebenswichtiges Organ ist in Mitleidenschaft gezogen. Nur seine Schulter und das Bein sind betroffen, und ich glaube, er hat eine Gehirnerschütterung. Bitte!"

Honey sah auf den nackten Mann hinunter und biss sich auf die Unterlippe. „Wie hast du ihn hier heraufbekommen?"

„Rex und ich haben ihn auf dieser Decke hergezerrt."

„Wenn er eine ernstzunehmende Gehirnerschütterung mit einem Bluterguss hat, muss er operiert werden."

„Ich weiß. Wenn das erforderlich ist, werde ich mich darum kümmern. Ich werde mir etwas einfallen lassen."

Ein paar Minuten schwiegen sie beide und sahen den Mann an, der so still und hilflos zu ihren Füßen lag. „Na schön", sagte Honey schließlich in nachgiebigem Ton. „Ich werde tun, was in meinen Kräften steht. Heben wir ihn auf das Bett."

Das war ebenso schwer, wie ihn vom Strand hochzubringen. Da Honey die Größere und Kräftigere war, fasste sie ihn unter den Schultern, während Rachel einen Arm unter seine Hüften und den anderen unter seine Schenkel schob. Er war ein hochgewachsener, muskulöser Mann, wie Rachel schon vorher bemerkt hatte. Außerdem war er durch seine Bewusstlosigkeit noch schwerer, und sie mussten sehr auf seine Verletzungen achten. „Lieber Himmel", keuchte Honey, „wie hast du ihn bloß den Berg hinauf und ins Haus bekommen, auch wenn Rex dir geholfen hat?"

„Ich musste einfach", antwortete Rachel, weil das die einzige Erklärung war, die ihr einfiel.

Schließlich hatten sie ihn auf das Bett gehoben und Rachel ließ sich auf den Boden gleiten, restlos erschöpft von allen Anstrengungen der Nacht. Honey beugte sich über den Mann, um ihn zu untersuchen, der Ausdruck ihres sommersprossigen Gesichts war sorgenvoll.

*E*s war drei Uhr morgens. Honey war vor einer halben Stunde abgefahren, und Rachel hatte sich so lange aufrechtgehalten, bis sie die ersehnte Dusche nehmen und sich das Salz aus den Haaren waschen konnte. Die Hitze des Tages hatte so weit nachgelassen, dass die Luft erträglicher geworden war. Bald jedoch würde die Sonne aufgehen, und die Hitze würde von neuem wachsen. Rachel brauchte den Schlaf sofort, solange es noch ging, doch ihr Haar war nass. Seufzend stützte sie sich auf ihren Frisiertisch und machte den Fön an.

Der Mann schlief immer noch – oder er war bewusstlos. Er hatte zweifellos eine Gehirnerschütterung, aber Honey hielt sie für nicht sehr schwer oder gar für ein Koma. Sie war zu der Schlussfolgerung gelangt, seine anhaltende Bewusstlosigkeit sei auf eine Mischung aus Erschöpfung, Blutverlust, Schock und den Schlag auf seinen Kopf zurückzuführen. Honey hatte ihm die Kugel aus der Schulter geholt, die Wunden genäht und bandagiert, ihm eine Tetanusspritze und Antibiotika gegeben. Anschließend hatten sie und Rachel ihn gewaschen, die Bettwäsche gewechselt und es dem Kranken so bequem wie möglich gemacht.

Nachdem sie sich zur Hilfe entschlossen hatte, war Honey wieder ganz die tüchtige, unbeirrbare Person geworden, und Rachel war ihr unendlich dankbar dafür. Sie hatte das Gefühl, bis an die Grenzen ihrer physischen Leistungskraft gegangen zu sein, und trotzdem fand sie noch die Kraft, Honey während ihrer nervenaufreibenden Operation bei der Entfernung der Kugel zu assistieren und ihn zu verbinden.

Nachdem ihr Haar trocken geworden war, zog sie sich die saubere Bluse über, die sie in das Bad mitgenommen hatte. Das Gesicht, das sie aus dem Spiegel anschaute, wirkte nicht wie ihr eigenes, und sie starrte neugierig ihre bleiche Haut und die dunklen, blauen Ränder der Ermüdung unter den Augen an. Sie war ganz durcheinander vor Erschöpfung. Es wurde Zeit, dass sie ins Bett kam.

In ihrem Schlafzimmer stand sie vor dem Bett mit der frisch überzogenen Decke und dem schneeweißen Laken und starrte auf den Mann, der so still dalag.

Sie musste Schlaf finden, und sie musste in der Nähe des Verletzten sein, damit sie ihn hörte, falls er aufwachte. Sie war Witwe, dreißig Jahre alt und kein naives Mädchen mehr. Das Vernünftigste wäre, sich neben ihn ins Bett zu legen und auszuschlafen. Nachdem sie den Mann einen Moment länger angesehen hatte, traf sie ihre Entscheidung und knipste das Licht aus. Dann ging sie zur anderen Seite des Bettes und schlüpfte vorsichtig und ohne ihn anzustoßen unter die Decke. Sie konnte ein leises Stöhnen nicht unterdrücken, als ihre müden Muskeln sich endlich entspannen konnten, und drehte sich auf die Seite, um dem Schlafenden die Hand auf den Arm zu legen. Sollte er unruhig werden, würde sie aufwachen. Dann schlief sie endlich ein.

Als Rachel erwachte, war es bereits heiß, und sie war schweißgebadet. Nachdem sie ihre Augen geöffnet hatte, durchfuhr sie ein kurzer Schreck, als sie das dunkle, männliche Gesicht neben sich auf dem Kissen erblickte. Aber schnell fielen ihr die vergangenen Ereignisse wieder ein, und sie stützte sich auf den Ellbogen, um den Mann zu betrachten.

Trotz der Hitze schwitzte er nicht, und sein Atem schien ein wenig zu schnell zu gehen. Neue Besorgnis regte sich in ihr. Sie setzte sich auf und legte ihm die Hand auf die Stirn, um zu sehen, ob sie heiß war. Unruhig bewegte er den Kopf. Er fieberte, was sie nicht überraschte.

Schnell verließ Rachel das Bett, es war, wie sie bemerkte, bereits nach zwölf Uhr mittags. Kein Wunder, dass es im Haus so heiß war. Sie öffnete die Fenster und stellte den Ventilator an, um etwas von der heißen Luft aus den Räumen zu bekommen, ehe sie zur weiteren Kühlung die Klimaanlage einschaltete. Sie selbst benutzte die Klimaanlage nicht sehr häufig, aber ihr Patient benötigte die Abkühlung.

Erst musste sie sich um ihn kümmern, ehe sie an etwas anderes denken konnte. Sie löste zwei Aspirintabletten in einem Teelöffel voll Wasser auf und hob sanft seinen Kopf an, um ihn nicht zu erschüttern. „Machen Sie den Mund auf", sagte sie wie zu einem Baby. „Schlucken Sie das, tun Sie es für mich. Dann lass ich Sie in Ruhe." Sein Kopf lag schwer an ihrer Schulter, die Lider mit den schwarzen Wimpern waren noch immer geschlossen. Sein dichtes, glattes Haar fühlte sich warm unter ihren Fingern an und erinnerte sie an sein Fieber. Rachel drückte den Löffel gegen seinen Mund, bemerkte die klar geschnittene Linie seiner Lippen. „Machen Sie schon", flüsterte sie. „Öffnen Sie den Mund."

Der Mann versuchte, sich zu ihr hinzudrehen. Sein Kopf ruhte an ihrer Schulter, und sein Mund öffnete sich ein wenig. Mit klopfendem Herzen brachte sie ihn dazu, die Medizin zu schlucken, und hoffte nur, er würde keinen Erstickungsanfall erleiden. Es ging so gut, dass sie ihm noch weitere drei Teelöffel Wasser einflößen konnte, ehe er wieder in tiefe Bewusstlosigkeit fiel.

Sie feuchtete einen Waschlappen in kaltem Wasser an, faltete ihn und legte ihn dem Mann auf die Stirn. Dann schlug sie die Bettdecke bis zu seiner Hüfte zurück und begann, ihn mit kaltem Wasser abzureiben. Langsam, fast mechanisch fuhr sie mit dem nassen Tuch über seine Brust und Schultern, über seine kräftigen Arme bis zu seinem schlanken, harten Bauch, wo die Brusthaare in einer dünnen, seidigen Linie ausliefen. Rachel atmete tief durch, sie war sich bewusst, dass sie zitterte. Sie hatte nie zuvor einen attraktiveren Mann gesehen.

Er hatte ein gleichmäßiges und gut geschnittenes Gesicht mit einer schmalen, geraden Nase. Sein Mund war fest, und doch weich mit der perfekt geschwungenen Oberlippe, die auf Entschlossenheit, vielleicht sogar Skrupellosigkeit hindeutete, während die Unterlippe Sinnlichkeit ausdrückte. Das Kinn war eckig, und auf seinen Wangen zeigte sich der erste Ansatz eines Bartes. Sein Haar war wie dicke Seide, dunkel mit einem roten Schimmer. Seine sonnengebräunte Haut hatte einen olivbraunen Ton.

Er war sehr muskulös, ohne die protzige Muskulatur eines Bodybuilders zu haben. Seine Muskeln zeugten von harter Arbeit und körperlicher Beschäftigung. Es waren die Muskeln eines Menschen, der auf Kraft und Schnelligkeit trainiert war.

Rachel hob eine seiner Hände an und hielt sie zwischen ihren eigenen fest. Er hatte lange, schlanke Finger, die zweifellos zupacken konnten, auch wenn sie jetzt schlaff herunterhingen. Seine Nägel waren kurz und gepflegt. Rachel strich leicht über die Schwielen an den Fingerspitzen und an der Innenfläche seiner Hand. Dabei fiel ihr noch etwas anderes auf: wie hart seine Hand sich an den Kanten anfühlten. Sie atmete schneller und wieder überkam sie ein Gefühl, das Rachel nur mit „Vorsicht" bezeichnen konnte. Sie legte seine Hand an ihre Wange, griff vorsichtig nach vorn und berührte die Narbe auf seinem Bauch – eine geschwungene, glänzende Linie, die sich krass von seiner dunklen Haut abhob. Sie verlief über seinen Bauch, zur rechten Seite hinüber, wo sie irgendwo auf dem Rücken endete. Das war eine Operationsnarbe. Sie erstarrte bei der Vorstellung eines mit aller Wildheit und Brutalität geführten Messerkampfes. Wahrscheinlich hatte er sich mit einer schnellen Drehung der Klinge entziehen wollen und so den Schnitt in die Seite und in den Rücken bekommen.

Ein Mann, mit einer solchen Narbe und mit derart vielsagenden Schwielen an den Händen, war kein gewöhnlicher Mann, der einem gewöhnlichen Job nachging. Kein normaler Mensch hätte mit solchen Verletzungen zur Küste schwimmen können. Das hatte ihm ungeheure Kraft und Entschlossenheit abverlangt. Wie weit war er geschwommen? Rachel hatte keine Lichter auf dem Meer sehen können, wie ihr einfiel. Und trotz all seiner Entschlossenheit war er jetzt hilflos. Sein Überleben hing von ihr ab.

Die Medizin und das Abreiben mit dem kalten Wasser hatten sein Fieber gesenkt. Er schien jetzt tief zu schlafen. Dennoch fragte Rachel sich, wie sie den Unterschied zwischen Schlaf und Bewusstlosigkeit feststellen konnte.

Honey hatte ihr versprochen, am selben Tag wieder vorbeizukommen und nach dem Patienten zu sehen, um sicherzugehen, dass die Gehirnerschütterung nicht schlimmer war, als sie ursprünglich angenommen hatte. Im Moment konnte Rachel nichts weiter tun, als zu ihrer gewohnten Beschäftigung überzugehen.

Sie wollte sich Khakishorts und ein ärmelloses, weißes Baumwollhemd anziehen, doch nach einem raschen Blick auf den Schlafenden ging sie, obwohl es ihr idiotisch erschien, in ihr Bad und schloss die Tür hinter sich ab. Bobby Bill war seit fünf Jahren tot und Rachel nicht daran gewöhnt, einen Mann um sich zu haben, besonders keinen Fremdling.

Anschließend schloss sie alle Fenster und stellte die Klimaanlage an. Dann trat sie vor das Haus. Ebenezer Duck und seine Gefolgschaft watschelten auf sie zu. Ebenezer verlieh laut schnatternd seinem Protest darüber Ausdruck, so lange auf sein Getreide warten zu müssen, das Rachel ihm sonst gleich morgens als erstes hinstreute. Ebenezer war ein rechter Nörgler vor dem Herrn, wie sie fand, aber dennoch hatte er etwas Majestätisches an sich, so groß, fett und weiß, wie er war, und Rachel mochte seine Launen. Rex kam um die hintere Hausecke und blieb beobachtend stehen, während sie die Gänse fütterte. Wie üblich, wahrte er seine Distanz zu Rachel. Sie schüttete ihm sein Futter in seine Schüssel und goss ihm frisches Wasser in den Napf. Dann trat sie zur Seite. Rex kam niemals näher, solange sie noch bei seinem Futter war.

Anschließend erntete Rachel die reifen Tomaten in ihrem kleinen Garten und merkte, wie ihr Magen vor Hunger knurrte, weil ihre übliche Frühstückszeit längst überschritten war. Ihr ganzer Tagesablauf war durcheinandergeraten, und es schien wenig sinnvoll, wieder in seinen Rhythmus hineinzukommen. Wie konnte sie sich auf ihr Schreiben konzentrieren, wenn sie in Gedanken ständig bei dem Mann in ihrem Schlafzimmer war?

Rachel ging ins Haus und sah nach ihm, aber er hatte sich nicht bewegt. Sie tauchte den Waschlappen in kaltes Wasser und legte ihn wieder auf die Stirn des Mannes. Dann wandte sie die Aufmerksamkeit ihrem hungrigen Magen zu.

Mit einem Glas Eistee in der einen und einem Sandwich in der anderen Hand setzte sie sich neben das Radio, stellte es an und hörte den Nachrichten zu. Es wurde nichts Ungewöhnliches gemeldet – die üblichen örtlichen wie nationalen politischen Verwicklungen – ein Häuserbrand – ein Prozess von lokalem Interesse – dann das Wetter, das keine Änderung versprach. Keine dieser Meldungen enthielt den Schimmer einer Erklärung für die Anwesenheit und Verfassung des Mannes in ihrem Schlafzimmer.

Dann stellte sie den Fernseher ein und hörte fast eine Stunde lang zu, doch auch da kam nichts durch. Es war ein ruhiger Tag, und die Hitze brachte die meisten Leute dazu, im Haus zu bleiben. Es gab keine Meldung über eine Suchaktion oder Festnahmen in der Rauschgiftszene. Als Rachel ein Auto vor ihrem Haus halten hörte, stellte sie den Fernseher ab, stand auf und schaute aus dem Fenster. Honey verließ gerade ihren Wagen, eine neue Einkaufstüte in der Hand.

„Wie geht es ihm?", fragte sie, sobald sie das Haus betreten hatte.

„Er hat sich immer noch nicht bewegt. Als ich aufwachte, hatte er Fieber. So habe ich mit einigem Glück zwei Aspirintabletten und etwas Wasser in ihn hineinbekommen. Danach habe ich seinen Körper mit kaltem Wasser abgerieben."

Honey ging ins Schlafzimmer und kontrollierte die Reflexe seiner Pupillen. Dann sah sie nach seinen Verbänden an der Schulter und am Oberschenkel und erneuerte sie. „Ich habe ein Thermometer mitgebracht", murmelte sie, schlug es herab und steckte es dem Mann in den Mund.

Rachel war ängstlich in der Nähe geblieben. „Welchen Eindruck macht er auf dich?"

„Seine Reflexe sind besser geworden, und die Wunden sehen sauber aus, aber er wird noch lange brauchen, bis er über den Berg ist. Er wird etliche Tage sehr krank sein. Im Übrigen ist es besser, wenn er länger so ruhig bleibt. Er ruht seinen Kopf aus und strengt seine Schulter und das Bein nicht an."

„Und das Fieber?"

Honey fühlte seinen Puls, nahm dann das Thermometer aus seinem Mund und las es ab. „Neununddreißig Grad. Nicht kritisch. Gib ihm alle vier Stunden eine Tablette und so viel Wasser, wie du in ihn hineinbekommst. Verschaff ihm Erleichterung, indem du ihn mit kaltem Wasser abreibst. Ich komme morgen wieder. Aber ich kann nicht zu oft herkommen, sonst wirkt es verdächtig."

Rachel brachte ein Lächeln zustande. „Bist du sicher, dass deine Einbildung nicht mit dir durchgeht?"

Honey zuckte die Schultern. „Ich habe Radio gehört und die Zeitung gelesen. Nirgendwo wurde etwas über diesen Mann erwähnt. Vielleicht wirfst du mich hinaus, aber ich kann mir nur noch zwei Möglichkeiten vorstellen. Einmal, dass er ein Agent –, und zum anderen, dass er ein Drogenhändler ist, der sich auf der Flucht vor seinen eigenen Leuten befindet."

Rachel sah auf sein zerrauftes Haar und schüttelte den Kopf. „Ich glaube nicht, dass er etwas mit Rauschgift zu tun hat."

„Weshalb nicht? Haben solche Leute identifizierbare Tätowierungen oder etwas Ähnliches?"

Rachel erzählte Honey nichts über seine Hände. „Wahrscheinlich will ich mir nur einreden, das Richtige getan zu haben."

„Soweit ich es beurteilen kann, hast du das. Gestern Abend war ich nicht dieser Ansicht, aber heute habe ich darüber nachgedacht und habe heute Morgen eine Unterhaltung mit einem Polizisten angefangen. Er hat nichts Ungewöhnliches erwähnt. Falls diese Besuche hier oben etwas mit Rauschgift zu tun haben sollten, bleibt dir Zeit genug, das herauszufinden, ehe er wieder in der Verfassung ist, in der er gefährlich werden könnte. Also, ich denke, du hast recht."

„Wie lange wird es noch dauern, bis er aufwacht?", murmelte Rachel.

Honey zögerte. „Ich weiß es nicht. Ich bin Tierärztin, vergiss das nicht. Bei dem Fieber, dem Blutverlust und dem Schlag auf den Kopf … kann ich es wirklich nicht sagen. Er sollte eigentlich am Tropf hängen und intravenös Flüssigkeit zugeführt bekommen. Sein Puls geht schwach und schnell. Vermutlich müsste er eine Blutübertragung haben. Und dann hat er einen Schock, aber er kommt da heraus. Er könnte jederzeit aufwachen, oder es könnte auch morgen sein. Wenn er aufwacht, könnte er desorientiert sein, was nicht überraschend wäre. Pass auf, dass er sich nicht aufregt. Und was immer du machst, lass ihn nicht aufstehen."

Rachel sah zu dem Mann hinunter, auf seinen kräftigen Körper, und fragte sich, ob sie überhaupt die Möglichkeit hätte, ihn von etwas abzuhalten, wonach ihm der Sinn stand.

Honey holte Gaze und Klebeband aus ihrer Tasche. „Wechsele seine Verbände morgen früh. Ich kann nicht vor morgen Abend wieder hier sein, außer wenn du meinst, dass es ihm schlechter ginge und du mich aus diesem Grund anrufen müsstest. In diesem Fall wäre es allerdings besser, einen Arzt herbeizurufen."

Rachel lächelte verkrampft. „Danke. Ich weiß, es war für dich nicht einfach, die Sache zu handhaben."

„Wenigstens hast du für etwas Aufregung in diesem Sommer gesorgt. Ich muss gehen, sonst reißt mir Rafferty die Haare aus, falls ich ihn warten lasse."

„Richte ihm Grüße von mir aus", sagte Rachel, als sie auf die Veranda traten.

„Das hängt von seiner Stimmung ab." Honey grinste, und ihre Augen glänzten bei der erfreulichen Aussicht auf ein Wortgefecht. John Rafferty und sie lagen sich stets in den Haaren, seit Honey ihre Praxis in dieser Gegend eröffnet hatte. Rafferty hatte seiner Meinung deutlich genug Ausdruck verliehen, dass eine Frau für diese Tätigkeit viel zu schwach sei, und Honey hatte ihm bewiesen, dass er sich irrte.

Rex stand an der Hausecke und passte argwöhnisch und sprungbereit auf, als Honey in ihr Auto stieg und abfuhr. Normalerweise hätte Rachel beruhigend auf ihn eingeredet, aber heute war selbst sie angespannt und mitgenommen. „Pass auf", sagte sie leise, ohne zu wissen, ob er ihren Befehl begreifen würde. „Braver Junge. Pass schön auf das Haus auf."

Einige Stunden arbeitete Rachel an ihrem Manuskript, obwohl sie sich nicht recht darauf konzentrieren konnte. Ständig achtete sie auf jedes aus dem Schlafzimmer kommende Geräusch. Am Spätnachmittag stieg das Fieber des Patienten wieder und schien diesmal noch schlimmer zu werden. Seine Haut glühte unter Rachels Händen, und hektische Röte war in sein Gesicht gestiegen. Während Rachel seinen Kopf anhob, sprach sie beruhigend und besänftigend auf den Mann ein. Mit ihrer freien Hand streichelte sie seine Brust und seine Arme, um ihn so wachzurütteln. Ihre Bemühungen waren erfolgreich, als der Mann plötzlich aufstöhnte und sein Gesicht an ihren Hals schmiegte.

Das Geräusch und die Bewegung von jemandem, der so lange still dagelegen hatte, ließ sie zusammenfahren. Ihr Herz klopfte heftig, und einen Moment lang war sie unfähig, sich zu rühren, hielt ihn nur fest und spürte das Kratzen seiner Bartstoppeln an ihrem Nacken.

Es war ein eigenartiges erotisches Gefühl. Erinnerungen kamen auf und trieben ihr die Röte in die Wangen. Wie konnte sie nur auf die unbewusste Berührung eines kranken Mannes so reagieren?

Wie zuvor kühlte sie ihn dann geduldig mit einem mit kaltem Wasser getränkten Tuch und flößte ihm neue Medizin ein. Das Medikament tat seine Wirkung, und das Fieber fiel wieder. Bald schlief der Kranke fest.

Nach einer unruhigen Nacht, in der Rachel wiederholt aufwachte und den Patienten versorgte, stöhnte er gegen Morgen wieder und versuchte, sich auf die Seite zu legen. Da sie annahm, dass seine Muskeln sich verspannt hatten, weil er so lange in einer Stellung gelegen hatte, half Rachel ihm, sich auf die rechte Seite zu drehen. Dann kühlte sie seinen Rücken mit dem feuchtkalten Tuch. Der Mann beruhigte sich augenblicklich. Sein Atem ging tief und gleichmäßig. Rachel rieb seinen Rücken, bis sie überzeugt war, dass er in einen erholsamen Schlaf gesunken war. Dann kroch sie wieder ins Bett zurück. Sie war so grenzenlos müde … Und sie war auch im Nu eingeschlafen.

Der folgende Tag sah nicht sehr viel anders aus als der erste. Rachel pflegte den Kranken und wartete auf Honey, die versprochen hatte vorbeizukommen, um nach dem Mann zu sehen.

„Wie geht es unserem Patienten?", fragte die Ärztin, als sie abends vorbeischaute.

Rachel schüttelte den Kopf. „Keine große Veränderung. Er bewegt sich etwas und dreht sich unruhig hin und her, wenn das Fieber höher steigt, aber er ist noch nicht aufgewacht."

Honey kontrollierte die Verbände und seine Augen. „Alles in Ordnung", murmelte sie. „Lass ihn schlafen. Genau das braucht er."

„Aber das tut er schon so lange", flüsterte Rachel.

„Er hat eine Menge durchgemacht. Der Körper sorgt von ganz allein dafür, dass er sich erholt."

Rachel lud ihre Freundin zu einer Tasse Kaffee ein, weil sie nicht zum Essen bleiben wollte. Dann warf Honey einen Blick auf ihre Uhr. „Es ist noch nicht zu spät. Ich glaube, ich werde bei Rafferty vorbeifahren und nach einer seiner Stuten sehen, die fohlen soll. Vielleicht erspart es mir, den Weg wieder zurückzumachen, sobald ich zu Hause angekommen bin. Danke für den Kaffee."

„Gern geschehen. Ich weiß wirklich nicht, was ich ohne dich hätte tun sollen."

Honey sah sie einen Moment lang an, ihr sommersprossiges Gesicht war ernst. „Du wärst schon klargekommen, nicht wahr? Du gehörst zu den Menschen, die tun, was sie tun müssen, ohne großes Aufhebens darum zu machen. Der Mann da drinnen schuldet dir eine ganze Menge."

Rachel wusste nicht, ob er das auch so sehen würde oder nicht.

Nachdem sie geduscht hatte, blickte sie ihn eindringlich an, als wolle sie ihn zwingen, die Augen zu öffnen und zu ihr zu sprechen, ihr einen Hinweis auf den Mann zu geben, der sich hinter den geschlossenen Lidern verbarg. Mit jeder Stunde, die verstrich, wurde das Geheimnis um ihn größer. Wer war er? Wer hatte ihn angeschossen und warum? Warum wurde in den Medien nichts erwähnt, das einen Hinweis auf ihn hätte abgeben können? Ein verlassenes Boot, das steuerlos im Golf oder an die Küste getrieben wurde, würde in den Nachrichten gebracht werden. Eine vermisste Person hätten die Zeitungen gemeldet. Eine Rauschgiftrazzia, ein entsprungener Sträfling, all dieses wäre eine Durchsage wert gewesen, aber nirgendwo gab es einen Hinweis, warum der Mann mit der Flut angetrieben worden war.

Rachel legte sich ins Bett neben ihn und hoffte auf wenigstens wenige Stunden Schlaf. Ihr schien, der Kranke schliefe ruhiger und das Fieber sei nicht mehr so hoch, wie es zu Anfang gewesen war. Sie legte die Hand auf seinen Arm und schlief ein.

Das Schwanken des Bettes weckte Rachel auf und riss sie aus dem tiefsten Schlaf. Mit klopfendem Herzen setzte sie sich auf. Der Mann bewegte sich unruhig hin und her, versuchte die Decke von sich zu strampeln. Seine Haut war heiß, und er atmete schwer.

Sie knipste ihre Nachttischlampe an, ging ins Bad und holte neue Medizin und frisches Wasser. Diesmal schluckte er leichter. Sanft drückte Rachel seinen Kopf in die Kissen zurück und fuhr ihm zärtlich über das Haar.

Sie musste ihm Kühlung verschaffen. Im Badezimmer feuchtete sie einen Waschlappen an und beugte sich dann über den Kranken, um seinen Oberkörper langsam abzureiben.

Eine Hand berührte ihre Brust. Rachel erstarrte und riss die Augen auf. Ihr ärmelloses Nachthemd war lose, und der tiefe, runde Ausschnitt bot einen besonders guten Einblick, als sie sich über den Mann gebeugt hatte. Langsam glitt seine rechte Hand hinein, und mit der Rückseite seiner schlanken, kräftigen Finger strich er beharrlich über ihre Brustspitzen, vor und zurück, bis die rosa Knospen sich zusammenzogen, und Rachel bei dem unerwarteten angenehmen Genuss die Augen schließen musste. Dann bewegte die Hand sich tiefer, so langsam, dass Rachel den Atem anhielt, bis er die samtweiche Unterseite ihrer Brust streichelte. „Hübsch", murmelte er, seine Stimme war tiefer, auch wenn das Wort undeutlich herauskam.

Abrupt wurde Rachel sich bewusst, was das bedeutete: Der Mann war wach! Einen Augenblick lang starrte sie in seine halb geöffneten Augen, die so schwarz waren, dass man den Eindruck hatte, sie würden alles Licht aufsaugen. Dann senkte er langsam die Wimpern und war wieder fest eingeschlafen. Seine Hand glitt von ihrer Brust und sank auf die Bettdecke.

Rachel war so verwirrt, dass sie sich kaum zu bewegen vermochte. Ihre Haut brannte noch von seiner Berührung, und der Moment, als sie ihm in die Augen geschaut hatte, war wie festgefroren. Er hatte sich ihrem Gedächtnis derart eingeprägt, dass sie sich wie gebrandmarkt vorkam. Seine schwarzen Augen waren schwärzer als die Nacht, ohne eine Spur von Braun. Fieber und Schmerz hatten seinen Blick getrübt, aber der Mann hatte etwas gesehen, was ihm gefiel und wonach er gegriffen hatte. Sie sah an sich herunter und bemerkte, dass der Ausschnitt ihres losen bequemen Nachthemdes ihre Brüste seinem Blick und seiner Berührung vollkommen ausgesetzt hatte. Unabsichtlich hatte sie ihn zu beidem aufgefordert.

Ihre Hände zitterten, als sie mechanisch fortfuhr, ihn mit dem kalten Lappen zu kühlen. Alle ihre Sinne waren in Aufruhr geraten, und ihr Verstand versuchte, sich an die Tatsache zu gewöhnen, dass ihr Patient wach gewesen war und gesprochen hatte, wenn auch nur ein einziges Wort. „Hübsch", hatte er gesagt. Die Hitze stieg ihr in die Wangen.

Dann wurde ihr plötzlich die Folgerung bewusst, die sich aus diesem einen Wort ergab, und sie setzte sich kerzengerade hin. Er war Amerikaner! Wäre er das nicht gewesen, dann hätte er in seinem halb bewusstlosen und fieberhaften Zustand das erste Wort in seiner Muttersprache gesagt. Aber er hatte Englisch gesprochen, und der Akzent, obwohl undeutlich, war entschieden amerikanisch gewesen.

Ihr Herz klopfte immer noch aufgeregt. Selbst dann noch, nachdem sie das Licht ausgeschaltet und sich neben den Kranken ins Bett gelegt hatte, zitterte sie und konnte keinen Schlaf finden. Er hatte seine Augen geöffnet und zu ihr gesprochen, hatte sich aus eigenem Antrieb bewegt. Er war auf dem Wege der Besserung. Bei dem Gedanken fiel ihr eine schwere Last von den Schultern.

Rachel drehte sich auf die Seite und betrachtete ihn. In der Dunkelheit des Zimmers konnte sie sein Profil kaum erkennen, aber mit jeder Faser ihres Seins nahm sie seine Gegenwart wahr.

Er war warm und lebendig, und so etwas wie Schmerz, aber auch Begeisterung erfüllten sie, weil er irgendwie wichtig für sie geworden war, so wichtig, dass der Verlauf ihres Lebens unwiderruflich verändert wurde. Selbst wenn er sie verlassen würde, wie ihre Vernunft es ihr sagte, könnte sie niemals mehr dieselbe sein.

4. KAPITEL

*I*ch sage dir, er ist tot."

Der schlanke Mann mit dem grau werdenden braunen Haar und dem hageren, angespannten Gesicht, das im Gegensatz zu der erzwungenen Ruhe und dem beherrschten Benehmen stand, warf dem Sprecher einen geringschätzigen, belustigten Blick zu. „Glaubst du, wir können uns diese Annahme leisten, Tod? Wir haben nichts gefunden – ich wiederhole: nichts, das seinen Tod bestätigt."

Tod Ellis kniff die Augen zusammen. „Es ist ausgeschlossen, dass er überlebt haben kann. Dieses Boot explodierte wie ein Benzintank."

Eine elegante, rothaarige Frau hatte den beiden schweigend zugehört. Jetzt lehnte sie sich vor und drückte ihre Zigarette aus. „Und was ist mit der Meldung eine der Männer, der angeblich etwas oder jemanden über Bord gehen sah?"

Ellis errötete zornig. Diese beiden hatten sich seinem Befehl unterstellt, als es darum ging, die Falle zu stellen, und nun behandelten sie ihn wie einen blutigen Amateur. Das gefiel ihm nicht. Er war alles andere als ein Anfänger, und sie waren verdammt auf ihn angewiesen gewesen, als sie hinter Sabin her waren. Der Plan war nicht nach Wunsch gelaufen, doch Sabin war ihnen auch nicht entkommen, und nur darauf kam es an. Falls sie geglaubt haben sollten, es sei leicht, Sabin zu fangen, dann waren sie bestenfalls Dummköpfe. „Selbst wenn er ins Wasser entkommen sein sollte", sagte er geduldig, „so war er doch verletzt. Wir haben gesehen, dass er getroffen wurde. Und das passierte Meilen vor der Küste. Er kann in gar keinem Fall an Land gelangt sein. Entweder ist er ertrunken oder von einem Hai angefallen worden. Warum sollten wir durch eine Suche nach ihm das Risiko der Aufmerksamkeit auf uns ziehen?"

Der andere Mann sah mit seinen blassblauen Augen an Ellis vorbei. „Ja. Aber wir reden von Sabin, nicht von irgendeinem normalen Mann. Wie oft ist er uns entwischt? Viel zu oft, als dass ich darauf baue, wir hätten ihn so leicht töten können. An Bord haben wir keine Überreste gefunden, und falls er, wie du sagst, entweder ertrunken ist oder von den Haien angefallen wurde, müsste es dafür irgendwelche Anzeichen geben. Zwei Tage lang sind wir hier herumgefahren, ohne etwas zu finden. Mir erscheint es nur logisch, jetzt unsere Suche auf die Küste auszudehnen."

„Falls wir das tun, setzen wir uns der Gefahr aus, entlarvt zu werden."

Die Frau lächelte. „Nicht, wenn wir es richtig anstellen. Wir müssen nur vorsichtig genug sein. Die größte Gefahr besteht für uns darin, dass er von einem anderen Schiff aufgelesen und in ein Krankenhaus gebracht wurde. Falls er Gelegenheit hatte, mit jemandem zu reden oder zu telefonieren, werden wir uns ihm nicht nähern können. Zuerst einmal müssen wir ihn ausfindig machen. Ich bin mit Charles einer Meinung. Für uns steht zu viel auf dem Spiel, als dass wir einfach voraussetzen könnten, Sabin sei tot."

Elfis machte ein grimmiges Gesicht. „Hast du eine Vorstellung von der Größe des Gebietes, das wir absuchen müssen?"

Charles zog die Karte von Florida näher zu sich heran. „Unsere Position war hier", sagte er und bezeichnete die betreffende Stelle mit einem X. „Unter Berücksichtigung der Entfernung und der Gezeiten, die ich bereits überprüft habe, meine ich, wir sollten unsere Suche auf dieses Gebiet hier konzentrieren." Er zeichnete ein großes Oval auf die Karte und klopfte mit seinem Kugelschreiber darauf. „Noelle, überprüfe alle Krankenhäuser dieser Gegend und auch die Eintragungen der Polizei, damit wir herausfinden, ob jemand wegen einer Schusswunde behandelt wurde. Während du damit beschäftigt bist, werden wir jeden Zentimeter der Küste absuchen." Charles lehnte sich zurück und beobachtete Ellis mit eiskalten Augen. „Kannst du mit deinen Leuten in Verbindung treten und herausfinden, ohne gleich Verdacht zu erregen, ob Sabin jemanden angerufen hat?"

Ellis zuckte die Schultern. „Ich habe einen verlässlichen Kontaktmann."

„Dann wende dich an ihn. So wie die Dinge liegen, haben wir vielleicht schon zu lange damit gewartet."

Er würde den Kontakt aufnehmen, das beschloss Ellis, aber er war überzeugt, dass es reine Zeitverschwendung wäre. Sabin war tot. Diese Leute hier taten gerade so, als wäre er eine Art Supermann, der in der Luft verschwinden, dann wunderbarerweise wieder erscheinen könnte. Okay, Sabin hatte einen legendären Ruf gehabt, als er noch aktiv tätig war, doch das war Jahre her. Mittlerweile würde er bei dem langweiligen Schreibtischjob, den er jetzt hatte, an Schärfe eingebüßt haben. Nein, Sabin war tot. Ellis zweifelte nicht daran.

Rachel saß mit einer auf dem Schoß ausgebreiteten Zeitung auf der Verandaschaukel und schälte grüne Bohnen. Auf dem Fensterbrett stand das Radio, aus dem Musik klang. Sie hatte es leise gestellt, weil sie den Patienten nicht stören wollte. Er schlief friedlich.

Sie hatte den ganzen Morgen über damit gerechnet, dass er endlich aufwachen würde, aber stattdessen wechselten tiefe Schlafphasen mit unruhigen Perioden ab. Bisher hatte er weder die Augen geöffnet noch wieder gesprochen. Einmal jedoch hatte er aufgestöhnt und die rechte Hand an seine Schulter geklammert, bis Rachel seinen Griff gelöst, ihm die Hand gehalten und mit tröstenden Worten beruhigend auf ihn eingeredet hatte.

Mit einem dumpfen Grollen kroch Rex von seiner Stelle unter dem Oleandergebüsch hervor. Rachel warf einen Blick auf ihn, dann ließ sie den Blick über den Hof nach links zur Straße hinüberschweifen, konnte aber nichts Ungewöhnliches entdecken. Es sah Rex gar nicht ähnlich, auf Eichhörnchen oder Kaninchen zu reagieren. „Was ist denn?", rief sie besorgt.

Der Hund reagierte auf ihren Zuruf, indem er sich auf sie zubewegte und direkt vor den Treppenstufen stehen blieb. Sein Grollen war jetzt zu einem warnenden Knurren geworden, und er starrte auf das Tannendickicht hinüber, zum Hügel hin, der zur Diamantenbucht hinunterführte.

Zwei Männer kamen aus dem Dickicht.

Rachel fuhr damit fort, die Bohnen zu schälen, als wäre ihr nichts aufgefallen, aber sie spürte, wie sich jeder Muskel in ihr anspannte. Schließlich sah sie zu ihnen hinüber, weil sie fand, dies entspreche einem normalen Verhalten. Die Männer trugen Freitzeitgarderobe, leichte Sommerhosen und Strickhemden, und darüber weite Baumwollblousons. Rachel warf einen zweiten Blick auf die Jacken. Es war noch nicht einmal Mittag und das Thermometer war bereits auf neununddreißig Grad geklettert, und es versprach, noch heißer zu werden. Blousons waren da alles andere als praktisch – außer, man wollte darunter ein Schulterhalfter verbergen.

Als die Männer die Straße überquerten und auf das Haus zukamen, wurde Rex' Knurren bösartig. Er duckte sich leicht auf den Vorderbeinen und stellte die Nackenhaare auf. Die Männer blieben stehen, und Rachel fiel die Bewegung auf, die einer von ihnen unter seiner Jacke machte, ehe er anhielt.

„Tut mir leid", rief sie, stellte gemächlich die Bohnen zur Seite und stand auf. „Rex kann keine Fremden ausstehen, und Männer schon gar nicht. Er lässt nicht einmal den Nachbarn auf den Hof. Ich nehme an, er muss einmal von einem Mann misshandelt worden sein. Haben Sie sich verlaufen, oder hat Ihr Boot Sie im Stich gelassen?" Während sie sprach, kam sie die Treppe hinunter und legte Rex beruhigend die Hand auf den Rücken. Er rückte etwas von ihr ab.

„Weder, noch. Wir suchen jemanden." Der Mann, der ihr antwortete, war hochgewachsen und gutaussehend, mit hellbraunen Haaren und einem offenen, jugendhaften Lächeln, das seine weißen Zähne im sonnengebräunten Gesicht aufblitzen ließ. Er sah zu Rex hinunter. „Hm, könnten Sie den Hund auch festhalten?"

„Er wird Ihnen nichts tun, solange Sie sich nicht weiter dem Haus nähern." Rachel hoffte, das möge der Wahrheit entsprechen. Sie klopfte Rex noch einmal besänftigend auf den Rücken, ging an ihm vorbei und auf die Männer zu. „Ich glaube, er schützt weniger mich als sein eigenes Terrain. Nun, was sagten Sie gerade?"

Der andere Mann war kleiner, schlanker und dunkler als der Schönling neben ihm. „FBI", sagte er knapp und hielt ihr eine Dienstmarke vor die Nase. „Ich bin Agent Lowell, und dies ist Agent Ellis. Wir suchen einen Mann, von dem wir annehmen, dass er sich in dieser Gegend aufhält."

Rachel krauste die Stirn und hoffte, sie würde dabei nicht übertreiben. „Einen entlaufenen Strafgefangenen?"

Agent Ellis hatte seinen Blick anerkennend über Rachels lange, nackte Beine gleiten lassen.

Jetzt sah er ihr in die Augen. „Nein, aber wir wollen ihn ins Gefängnis bringen. Wir glauben, dass er hier irgendwo an Land gekommen sein muss."

„Ich habe hier keine Fremden gesehen, aber ich werde gut aufpassen. Wie sieht er denn aus?"

„Etwa einen Meter achtzig groß, vielleicht größer. Schwarze Augen und dunkelbraunes Haar."

„Ein Seminole?"

Beide Männer sahen sie verblüfft an. „Nein, kein Indianer", antwortete Agent Lowell schließlich. „Aber er ist dunkelhäutig wie ein Indianer."

„Haben Sie ein Foto von ihm?"

Die beiden tauschten einen schnellen Blick. „Nein."

„Ist er gefährlich? Ich meine, ein Mörder oder so etwas?" Rachel saß ein Kloß im Hals und schnürte ihr die Kehle zu. Was würde sie tun, wenn die Männer ihr erklärten, er sei ein Mörder? Wie könnte sie das ertragen?

Wieder tauschten sie einen Blick, als wüssten sie nicht recht, was sie sagen sollten. „Man muss davon ausgehen, dass er bewaffnet und gefährlich ist. Falls Ihnen etwas Verdächtiges auffallen sollte, dann rufen Sie uns unter dieser Nummer an." Agent Lowell kritzelte eine

Nummer auf ein Stück Papier. Sie warf einen Blick darauf, faltete den Zettel zusammen und steckte ihn in ihre Tasche.

„Das werde ich tun", sagte sie. „Es war nett, dass Sie vorbeigekommen sind."

Schon im Gehen begriffen, blieb Lowell stehen, drehte sich wieder um und sah sie aus zusammengekniffenen Augen an. „Da unten am Strand sind so seltsame Spuren, so, als hätte man etwas darüber gezerrt. Wissen Sie etwas davon?"

Rachel gefror das Blut in den Adern. Warum war sie nicht an den Strand gegangen und hatte die Spuren restlos verwischt? Die Flut hätte ein Übriges getan und das Blut weggewaschen, wo der Mann gestürzt war. Mit Absicht runzelte sie die Stirn, um sich Zeit zum Nachdenken zu geben. Dann sah sie die beiden strahlend an. „Oh, vermutlich meinen Sie die Stelle, wo ich Muscheln und das Treibholz einsammle. Ich schichte das alles auf einer Decke zusammen und zerre sie hier herauf. Auf diese Weise muss ich nur einmal den Hügel hinauf."

„Und was machen Sie damit? Mit diesen Muscheln und dem Treibholz?"

Die Art, wie Lowell sie ansah, gefiel Rachel gar nicht. Er schien ihr kein Wort zu glauben. „Ich verkaufe sie", antwortete sie, und das war die Wahrheit. „Ich besitze zwei Souvenierläden."

„Ach so." Lowell lächelte sie an. „Nun, dann viel Glück bei der Muschelsuche." Die beiden wandten sich wieder zum Gehen.

„Soll ich Sie irgendwohin bringen?", fragte Rachel mit erhobener Stimme. „Sie sehen schon sehr erhitzt aus, und es wird noch heißer werden."

Die beiden blickten hinauf in die stechende Sonne am wolkenlosen, blauen Himmel. Ihre schweißüberzogenen Gesichter glänzten. „Wir sind mit dem Boot gekommen", sagte Agent Elfis. „Wir müssen die Küste noch weiter absuchen. Trotzdem, vielen Dank!"

„Gern geschehen. Oh, passen Sie auf, wenn sie die Richtung nach Norden nehmen. Dort wird es sumpfig."

„Ja, nochmals vielen Dank."

Rachel blickte ihnen nach, bis sie zwischen den Kiefern und hinter den Hügel aus ihrer Sicht verschwunden waren. Trotz der Hitze hatte sie eine Gänsehaut. Alles, was sie erfahren hatte, ging ihr im Kopf herum, und sie versuchte, ihre Gedanken zu ordnen und die richtigen Schlüsse daraus zu ziehen.

FBI? Das war denkbar, aber die Männer hatten ihre Dienstmarken so schnell gezückt, dass es ihr unmöglich war, sie zu identifizieren. Die beiden wussten zwar, wie der Gesuchte aussah, hatten aber kein Bild, keinerlei Unterlagen von ihm, was dem FBI eigentlich keine Schwierigkeiten bereiten durfte. Außerdem waren sie ihrer Frage nach dem Vergehen des Fremden ausgewichen, als hätten sie damit nicht gerechnet und wüssten nun keine passende Antwort. Sie hatten gesagt, der Unbekannte sei vermutlich bewaffnet und gefährlich, doch stattdessen war er nackt und hilflos. Wussten sie nicht, dass er angeschossen war? Warum hatten sie nichts darüber erwähnt?

Wenn sie aber nun doch einem Kriminellen Zuflucht gewährte? Diese Möglichkeit hatte immer bestanden, obwohl Rachel sie von der Hand gewiesen hatte. Nun kam sie ihr wieder in den Sinn, und das machte sie ganz krank.

Sie holte die Bohnen und warf auf dem Weg in die Küche einen besorgten Blick durch die offene Schlafzimmertür. Gerade das Kopfende des Bettes und das braune Haar des Fremden auf dem Kissen waren sichtbar. Wenn er wieder aufwachte und sie in diese nachtschwarzen Augen schaute, würde sie dann in die Augen eines Verbrechers sehen? Eines Mörders?

Verbissen wusch sie sich die Hände und blätterte dann im Telefonbuch. Sie wählte die gesuchte Nummer, und nach dem ersten Klingeln sagte eine genervte Stimme: „Sheriff-Büro."

„Andy Phelps, bitte."

„Einen Augenblick."

Sie hörte ein neues Klingeln, doch diesmal kam die Antwort geistesabwesend, als ob die Person ganz andere Dinge im Kopf hatte. „Phelps."

„Andy, hier ist Rachel."

Augenblicklich erwärmte sich sein Ton. „Hallo, Liebes. Ist alles in Ordnung?"

„Bestens. Heiß, aber sonst alles prächtig. Wie geht es Trish und den Kindern?"

„Den Kindern geht es wundervoll, aber Trish betet darum, die Schule möge wieder anfangen."

Rachel lachte und empfand Mitgefühl für Andys Frau. Ihre Jungen trieben ihr wildes Betragen wirklich auf die Spitze. „Hör mal, gerade waren zwei Typen bei mir zu Haus, die vom Strand hochgekommen sind."

Andys Ton wurde schärfer. „Haben sie dich irgendwie belästigt?"

„Nein, nichts dergleichen. Sie sagten, sie seien vom FBI, aber ich konnte ihre Dienstmarken nicht gut erkennen … Angeblich suchen sie nach jemandem. Sind sie echt? Ist dein Büro darüber informiert worden? Ich bilde mir vielleicht etwas ein, aber ich befinde mich hier am Ende der Straße und Rafferty lebt meilenweit weg. Nach Bobbys Tod …" Der plötzliche Schmerz der Erinnerung überkam Rachel, sie konnte nicht weitersprechen. Es war zwar schon fünf Jahre her, aber es gab noch immer Augenblicke, in denen der Verlust und die Trauer sie heimsuchten und eine große Leere sie überfiel.

Andy verstand, wie sonst kein anderer. Er hatte mit Bobby Bill beim Rauschgiftdezernat zusammengearbeitet. Die Erinnerung daran machte seinen Ton spröde. „Ich weiß. Du kannst nicht vorsichtig genug sein. Liebes. Hör zu, uns wurde Order von oben erteilt, mit einigen Leuten zu kooperieren, die auf der Suche nach jemandem sind. Alles wird sehr heruntergespielt. Es sind keine Männer vom hiesigen FBI. Ich zweifle, ob sie überhaupt dem FBI angehören, aber Order ist Order."

Rachel umklammerte den Hörer noch fester. „Und Behörde ist Behörde?"

„Ja, so ungefähr. Halt den Mund darüber, aber halte deine Augen auf. Ich habe bei dieser Sache kein sehr gutes Gefühl."

Er war nicht der einzige. „Das werde ich. Vielen Dank."

„Nicht der Rede wert. Hör mal, warum kommst du nicht einmal abends zum Essen zu uns? Es ist eine Weile her, seit wir dich gesehen haben."

„Gern, mit Vergnügen. Trish soll mich anrufen."

Sie legten beide auf, und Rachel atmete tief durch. Wenn Andy diese Männer nicht dem FBI zurechnete, dann sollte ihr das genügen. Sie ging in das Schlafzimmer, blieb neben dem Bett stehen und beobachtete den schlafenden Mann. Seine breite Brust hob und senkte sich beim Atmen.

Seit dem Abend, da sie ihn in ihr Haus gebracht hatte, waren die Jalousien geschlossen geblieben, daher war es dämmrig und kühl im Raum. Doch ein dünner Sonnenstrahl drang durch zwei Stäbe und fiel schräg über seinen Bauch. Die lange, dünne Narbe glänzte im Licht. Wer immer er auch sein mochte, was immer er auch getan hatte – er war kein gewöhnlicher Verbrecher.

Rachel pflegte ihn bereits den dritten Tag. Er musste endlich Nahrung zu sich nehmen. Wenn er Tee trinken konnte, dann würde er auch Suppe vertragen. Sie hätte längst auf diesen Gedanken kommen können.

Entschlossen ging Rachel in die Küche und öffnete eine Büchse Hühnersuppe mit Nudeln, goss sie in einen Topf und stellte ihn zum Heißwerden auf den Herd. Das dauerte weniger als fünf Minuten. Sie stellte einen gefüllten Teller auf ein Tablett und trug es ins Schlafzimmer hinüber. Fast hätte sie es fallen lassen, als der Fremde sich plötzlich auf seinen rechten Ellbogen aufrichtete und sie mit seinen durchdringenden, fiebrig glänzenden, schwarzen Augen anstarrte.

Rachel stellte schnell das Tablett auf den Fußboden, verschüttete dabei etwas von der Suppe aus dem Teller, und eilte zum Bett, um dem Mann behilflich zu sein. Sacht stützte sie seinen Kopf und versuchte, nicht gegen seine Schulter zu stoßen, als sie ihren Arm hinter seinen Rücken schob und seinen Kopf gegen ihre Schulter legte. „Legen Sie sich wieder hin", sagte sie in beruhigendem Ton, den sie ihm gegenüber immer angewandt hatte. „Sie können noch nicht aufstehen."

Der Mann zog die Augenbrauen zusammen und widerstand Rachels Bemühungen. „Es ist Zeit für die Party", murmelte er. Die Worte kamen noch immer wie bei einem Betrunkenen undeutlich heraus.

Er war wach, aber sicher nicht ganz klar. Fieberträume hielten ihn noch gefangen. „Nein, die Party hat noch nicht angefangen", versicherte sie ihm, ergriff seinen rechten Ellbogen und zog ihn nach vorn, damit er sich nicht darauf stützen konnte. Sein Gewicht lag schwer auf ihrem untergeschobenen Arm, als sie ihn wieder auf das Kissen zurücklegte. „Sie können noch einschlafen."

Schwer atmend blieb er liegen und starrte sie unter zusammengezogenen Augenbrauen her an. Sein Blick flackerte nicht, als Rachel das Tablett vom Boden nahm und auf dem Nachttisch abstellte. Der Mann hatte seine Aufmerksamkeit ganz auf sie gerichtet, als versuchte er, die Dinge um sich zu begreifen, sich von den Nebeln, die seinen Verstand umwölbten, zu befreien.

Ruhig sprach Rachel auf ihn ein, während sie ihn mit zusätzlichen Kissen abstützte. Sie wusste nicht, ob er ihre Worte verstand, aber ihre Stimme und ihre Berührungen schienen ihn zu beruhigen. Auf der Bettkante sitzend, begann sie, ihn zu füttern, und sprach die ganze Zeit auf ihn ein. Folgsam öffnete er den Mund, sobald sie den Löffel an seine Lippen setzte, aber bald fielen ihm die Augen vor Müdigkeit zu.

Rachel zog die Kissen wieder fort, damit er flach liegen konnte, und rückte ihm den Kopf bequem zurecht. Plötzlich kam ihr ein Gedanke. Es war den Versuch wert. „Wie heißen Sie?"

Der Mann runzelte die Stirn, und sein Kopf zuckte ruhelos hin und her. „Wer?", fragte er. Aus seiner tiefen Stimme klang Verwirrung.

Rachel blieb über ihn gebeugt stehen, mit der Hand unter seinem Kopf. Ihr Herz klopfte schneller. Vielleicht würde sie einige Antworten bekommen! „Sie! Wie heißen Sie?"

„Ich?" Die Fragen reizten ihn und machten ihn aufgeregt. Er starrte Rachel an, als er sich um Konzentration bemühte, und sein Blick glitt über ihr Gesicht und dann tiefer.

Sie versuchte es noch einmal. „Ja, Sie. Wie ist ihr Name?"

„Meiner?" Er holte tief Luft, und sagte noch einmal: „Meiner?" Beim zweiten Mal klang es wie eine Feststellung, nicht wie eine Frage. Er bewegte sich langsam, hob beide Hände und zuckte unter dem Schmerz in seiner Schulter zusammen. Dann legte er beide Hände über ihre Brüste und strich mit dem Daumen über ihre Spitzen. „Meiner", sagte er wieder und meinte eindeutig das, was er für seinen Besitz hielt.

Einen Moment lang, nur einen winzigen Moment lang, war Rachel hilflos dem unerwartet brennenden Vergnügen bei seiner Berührung ausgeliefert. Sie konnte sich nicht dagegen wehren, jeder Nerv in ihr war in Aufruhr, und das Blut schoss ihr heiß durch die Adern, als ihre Brustspitzen unter seinen Daumen hart wurden. Dann kehrte die Wirklichkeit zurück, und Rachel zuckte vor dem Mann zurück und sprang vom Bett auf. Sie war wütend auf ihn und verärgert mit sich selbst. „Das könnte Ihnen so passen!", fuhr sie ihn an.

Schläfrig schloss er die Augen. Rachel stand da und starrte auf ihn hinunter. „Ich muss schon sagen, Sie haben eine sehr einseitige Phantasie", sagte sie leise und vorwurfsvoll.

Seine Lider hoben sich flatternd, und er sah Rachel wieder an. „Ja", sagte er deutlich. Er schloss die Augen und schlief ein.

Hin und her gerissen zwischen Lachen und Zorn stand Rachel mit geballten Fäusten neben dem Bett. Es war zweifelhaft, dass der Mann etwas davon verstanden hatte, was sie sagte. Das letzte, provozierende Wort mochte eine Antwort auf ihre Beschuldigung gewesen sein oder auf irgendeine Frage, die nur in seiner nebelhaften Vorstellung existierte. Jetzt lag er wieder in tiefem Schlaf, war vollkommen entspannt und sich des Aufruhrs, den er hinterlassen hatte, gänzlich unbewusst.

Kopfschüttelnd nahm sie das Tablett auf und verließ leise das Zimmer.

Sorgfältig schloss Rachel das Haus ab, bevor sie sich auf den Weg machte, um für den Mann einige Kleidungsstücke zu besorgen, da von Bobbys Sachen nichts mehr übrig war. Sie hielt Rex an, gut aufzupassen, und stieg in ihren kleinen Sportwagen. Ihr Patient schlief friedlich. Sie hatte ihn versorgt und nun hatte sie Zeit für ihre Einkäufe. Dennoch fuhr sie so schnell, wie es zulässig war, denn zum Trödeln fehlte ihr die Ruhe. Ganz sicher würde sie sich wohler fühlen, wenn sie wieder zurück im Haus wäre.

Obwohl der örtliche Supermarkt gerade erst geöffnet hatte, war er bereits voller Kunden, die sich alle entschlossen zu haben schienen, ihre Besorgungen noch vor der größten Hitze am Tag zu erledigen.

Rachel fuhr mit dem Einkaufswagen durch die Regalreihen und warf Unterwäsche, Socken, Tennisschuhe, die ihr groß genug erschienen, Hemden und einen Froteepullover hinein. Dann wählte sie ein Paar Jeans und vorsichtshalber auch noch schwarze Bermudashorts aus, sollten die Jeans sich zu unbequem am verletzten Bein erweisen, und fügte ein paar Bastsandalen dazu. Sie war auf dem Weg zur Kasse, als ein Prickeln ihr am Rückgrat entlanglief, und sie hob den Kopf. Sie sah sich um und entdeckte einen Mann, der angeblich die ausgestellten Waren betrachtete, und das Prickeln verwandelte sich in Gänsehaut. Der Mann war Agent Lowell.

Ohne stehenzubleiben, schob Rachel den Einkaufswagen in die Damenabteilung, griff hastig nach einigen Spitzenhemdchen und Satinhöschen und warf sie auf die Herrenartikel.

Aus dem Augenwinkel sah sie, wie Lowell sich ihr zwanglos näherte und ab und zu stehenblieb, um die Waren geistesabwesend zu betrachten. Er verstand sein Handwerk. Er glitt durch die Menge der Käufer, ohne selbst Aufmerksamkeit zu erregen. Er verfolgte eine Spur, ohne sich das Ansehen eines Jägers zu geben.

Wieder näherte Lowell sich Rachel. Sie passte den richtigen Moment ab, wendete ihren Einkaufswagen und rammte ihn in Lowells Knie.

„Oh, du meine Güte, das tut mir leid!", entschuldigte sie sich atemlos. „Ich habe Sie nicht gesehen ... Oh", sagte sie noch einmal, und aus ihrer Stimme klang überraschtes Wiedererkennen. „Ag..." Sie unterbrach sich, sah sich um, und senkte ihre Stimme zu einem kaum hörbaren Flüstern. „Agent Lowell."

Die Vorstellung war grandios, aber an Agent Lowell völlig verschwendet, der damit beschäftigt war, sich heftig sein Knie zu reiben. Er richtete sich mit einem schmerzvollen Blick auf. „Hallo, Miss … Ich fürchte, ich habe gestern Ihren Namen nicht ganz verstanden."

„Jones", antwortete Rachel und hielt ihm die Hand hin. „Rachel Jones."

Er hatte eine kräftige Hand, aber die Handfläche war ein bisschen feucht. Agent Lowell war nicht ganz so entspannt, wie er erschien.

„Sie sind schon früh auf den Beinen", meinte er.

„Bei der Hitze ist es das Beste, früh einkaufen zu gehen, oder bis nach Sonnenuntergang zu warten. Sie sollten wirklich eine Schirmmütze aufsetzen, wenn Sie wieder so wie gestern in der Gegend herumlaufen wollen." Da er bereits einen Sonnenbrand im Gesicht hatte, kam dieser gute Rat zu spät.

Lowells ausdrucksloser Blick senkte sich auf den Inhalt ihres Einkaufswagens, ehe er sich wieder abrupt auf Rachel richtete. Sie verspürte einen Augenblick lang grimmige Zufriedenheit über ihre Auswahl. Die Gegenwart Lowells konnte reiner Zufall oder auch absichtlich sein, aber er war in jedem Fall neugierig. Das gehörte zu seinem Beruf. Sie spürte heraus, dass er von ihrer aufgesetzten Nonchalance und der Unschuldsmiene weniger beeindruckt war als der andere Agent.

„Sie werden, hm, wohl einen Kredit aufnehmen müssen, um all das zu bezahlen", meinte er nach einer kleinen Pause, in der er den Wageninhalt genauer gemustert hatte.

Rachel warf einen sorgenvollen Blick auf ihre Einkäufe. „Da könnten Sie recht haben. Jedes Mal, wenn ich verreisen will, sieht es so aus, als würden mir selbst die wichtigsten Sachen fehlen."

Seine Augen verrieten Wachsamkeit. „Sie wollen verreisen?"

„In etwa zwei Wochen. Ich habe auf den Key Islands Nachforschungen anzustellen, und es ist immer besser, sich vor Ort umzusehen."

„Nachforschungen?"

Rachel zuckte die Schultern. „Ich tanze auf mehreren Hochzeiten. Ich habe meine Souvenierläden, schreibe ein bisschen und halte einige Abendkurse. Das hält mich davon ab, vor Langeweile zu sterben." Sie sah zu den Kassen hin, an denen die Schlangen immer länger wurden, und sagte unbekümmert: „Ich glaube, ich stelle mich lieber an, ehe ich jeden hier im Laden vor mir habe. Oh … waren Sie gestern erfolgreich?"

Sein Gesicht war eine ausdruckslose Maske, obwohl er schon prüfend wieder in ihren Einkaufswagen blickte. „Nein. Wahrscheinlich war es eine falsche Spur."

„Nun, dann viel Glück. Denken Sie daran, kaufen Sie sich eine Schirmmütze, solange sie hier sind."

„Gewiss. Vielen Dank für den Rat."

Rachel stellte sich an das Ende einer Käuferschlange vor einer der Kassen und blätterte während des Wartens in einer Illustrierten. Langsam schob sie ihren Wagen voran. Lowell war zur Seite getreten und sah sich interessiert die Taschentücher an. Verdammt, wollte er denn nie verschwinden?

„Einhundertsechsundvierzig Dollar und achtzehn Cents", sagte die junge Frau und griff nach einer großen Tragetasche.

Rachel bezahlte mit ihrer Kreditkarte. Lowell war an einer Kasse vorbeigegangen und kam vor den Kassen wieder auf sie zu. Rachel riss die bereitgelegte Tüte an sich und begann, hastig ihre Einkäufe hineinzuwerfen. Dann stellte sie die Tragetasche in ihren Einkaufswagen und schob ihn aus dem Geschäft.

„Kann ich Ihnen behilflich sein?", fragte Agent Lowell und passte sich ihrem Schritt an.

„Nein, es ist leichter, den Wagen mit den Sachen vor sich herzuschieben als sie zu tragen. Trotzdem, vielen Dank."

Sie öffnete den Kofferraum ihres Wagens, stellte die Tüte hinein und knallte ihn wieder zu, während sie Lowells neugieriger Blick aufdringlich verfolgte.

„Auf Wiedersehen", sagte sie leichthin.

Er stand immer noch da und starrte ihr nach, als sie den Parkplatz verließ. Rachel wischte sich die Schweißperlen von der Stirn.

Eine riesige, schwarze Gewitterwolke hing am Himmel, als Rachel wieder vor ihrem Haus vorfuhr. Sie blickte hinauf und überlegte, ob die Wolke wohl schon über dem Meer abregnen oder ihre Wasserfluten über Land ergießen würde. Der Regen würde in Bächen herunterrauschen und die Temperatur abrupt fallen, doch kaum wäre die Wolke vorübergezogen, käme die Hitze zurück und die Feuchtigkeit würde in einer atembeklemmenden Dampfwolke verpuffen.

Ebenezer Duck und seine Mannschaft stob mit empörtem Geschnatter auseinander, als sie ihren Wagen im Schatten der Eiche abstellte, wo das Federvieh träge am Gras gezupft hatte. Rex hob den Kopf und sah kurz zu ihr hinüber, ehe er sein Nickerchen fortsetzte. Alles war friedlich, ganz wie sie es bei ihrer Abfahrt zurückgelassen hatte. Erst in diesem Augenblick verließ sie ihre innere Nervosität.

Rachel nahm die Tragetasche aus dem Kofferraum und stieg, mit der Tüte in der einen und ihren Schlüsseln in der anderen Hand, die Verandastufen hoch. Vor der Tür blieb sie stehen, schob ihre Sonnenbrille auf den Kopf, hielt die Fliegentür mit der Hüfte auf und schloss die Eingangstür auf. Die Kühle, durch die Klimaanlage erzeugt, war ein krasser Kontrast zu der gleißenden Hitze von draußen, sodass sie eine Gänsehaut bekam, und ihr fröstelte. Sie atmete tief durch, ließ die Tüte und ihre Handtasche auf einen der Sessel fallen und wollte nach ihrem Patienten sehen.

Gerade, als sie die Hand auf den Türknauf hielt, legte sich ein harter Arm über ihre Kehle, und Rachel wurde nach hinten gerissen. Ein glänzendes Messer wurde vor ihr Gesicht gehalten. Rachel war viel zu erschrocken, um zu reagieren, aber jetzt überkam sie grenzenlose Angst, als ihr Blick auf das Messer fiel. Wie waren sie hier hereingekommen? Hatten sie ihn bereits umgebracht?

„Wenn Sie sich nicht wehren, werde ich Ihnen nichts tun", murmelte ihr eine tiefe Stimme ins Ohr. „Ich will ein paar Antworten, aber ich gehe kein Risiko ein. Falls Sie nur eine falsche Bewegung machen sollten …" Er beendete den Satz nicht, aber das war auch nicht nötig. Wie ruhig die Stimme klang, so kalt und gefühllos wie Stein. Es ließ ihr das Blut gefrieren.

Der Arm unter ihrem Kinn nahm ihr die Luft, und sie hob automatisch beide Hände, um den Arm zu umkrampfen. Das Messer bewegte sich drohend näher. „Nein, lassen Sie das", flüsterte er, sein

Mund direkt an ihrem Ohr.

Rachel zuckte vor dem Messer zurück, drückte entsetzt den Kopf gegen seine Schulter, drängte sich mit dem ganzen Körper gegen seinen, in dem verzweifelten Versuch, von dieser blitzenden Klinge wegzukommen. Jedes Detail seines Körpers nahm sie wahr, und plötzlich registrierte ihr benommener Verstand, was sie spürte. Er war nackt! Und wenn er nackt war, dann konnte es nur …

Vor übergroßer Erleichterung, die fast so schmerzhaft wie die eben ausgestandene Angst war, fing Rachel an zu zittern. Und ihre Hände lockerten den Griff um seinen Arm.

„So ist es besser", murmelte die dunkle Stimme. „Wer sind Sie?"

„Rachel Jones", antwortete sie atemlos, weil der Druck auf ihrer Kehle noch nicht nachgelassen hatte.

„Wo bin ich hier?"

„In meinem Haus. Ich habe Sie aus der Brandung gezogen und hierher gebracht." Rachel spürte, wie er zögerte. Vielleicht ließen aber auch seine Kräfte nur nach. Unter den Umständen zeigte er eine erstaunliche Kraft, doch er war sehr krank gewesen, und seine Ausdauer musste schwinden. „Bitte", hauchte sie. „Sie hätten nicht aufstehen dürfen."

Das war die Wahrheit, dachte Sabin grimmig. Langsam zog er den Arm von ihrem Hals zurück und ließ die Hand, die das Messer hielt, sinken.

Statt entsetzt vor ihm zurückzuweichen, drehte Rachel sich vorsichtig um, als fürchtete sie, so könnte sie ihn zu einem neuen Angriff reizen, legte seinen rechten Arm über ihre Schulter und umfasste ihn dann mit beiden Armen, um ihn zu stützen. „Halten Sie sich an mir fest, ehe Sie hinfallen", sagte sie, noch immer etwas außer Atem. „Es wäre schlimm, wenn die Nähte wieder aufgingen."

Langsam half sie ihm in das Schlafzimmer und stützte ihn ab, als er auf der Bettkante förmlich zusammenklappte. Sie half ihm auch dabei, sich bequem auf den Rücken zu legen, schob das Kissen unter seinen Kopf und deckte ihn bis zur Hüfte zu. „So ist es gut", sagte sie weich und strich mit der Hand – wie sie es so oft in der letzten Zeit getan hatte – beruhigend über seine Brust.

Er fühlte sich viel kühler an. Das Fieber schien endlich zurückgegangen zu sein. Das Messer hielt er in seiner linken Hand. Als Rachel es ihm wegnehmen wollte, krallte er seine Finger fester darum, riss die Augen auf und sah sie böse an.

Ohne das Messer loszulassen, begegnete sie seinem Blick. „Wozu brauchen Sie das?", fragte sie. „Falls ich Ihnen hätte schaden wollen, dann wären dafür schon früher genügend Gelegenheiten gewesen.

Kell Sabin sah in graue, klare Augen. Diese Frau mit diesen Augen hatte seine Träume mit einer zarten Sinnlichkeit ausgefüllt, die ihn erregt hatte. Aber – waren es wirklich nur Träume gewesen? Die Frau war kein Traum. Sie war Wirklichkeit, warm und lebensnah, und sie hatte die Hände mit einer gewissen Vertrautheit über seine Brust gleiten lassen. Sie benahm sich nicht wie eine Wächterin, aber er musste ganz sicher gehen. Wenn er ihr das Messer überließ, würde er es womöglich nie zurückbekommen. „Ich werde es behalten", sagte er.

Rachel zögerte und fragte sich, ob sie beharrlich bleiben sollte, aber etwas an seinem ruhigen, entschiedenen Ton brachte sie zu dem Entschluss, ihm nachzugeben.

„Nun gut. Haben Sie Hunger?"

„Nein. Ich habe eine Banane und einen Apfel gegessen."

„Wie lange sind Sie schon wach?"

Er hatte nicht auf die Uhr gesehen, aber er besaß ein gutes Zeitgefühl. „Fast eine Stunde." Er ließ Rachel nicht aus den Augen, und sie hatte das Gefühl, er versuche, ihre Gedanken zu lesen.

„Sie sind schon früher ein paarmal aufgewacht, aber stets im Fieber, und Sie haben Unsinn geredet."

„Welchen Unsinn?", fragte er scharf.

Rachel sah ihn ruhig an. „Keine Staatsgeheimnisse oder etwas Ähnliches. Sie glaubten. Sie gingen zu einer Party."

Sollte das eine doppeldeutige Äußerung sein über Staatsgeheimnisse? Wusste sie etwas, oder war es reiner Zufall? Am liebsten hätte Kell Sabin sie ausgehorcht, aber dazu war er viel zu erschöpft und müde. Als wüsste sie darum, berührte sie sein Gesicht, ihre Finger waren kühl und zart. „Schlafen Sie jetzt", sagte sie. „Ich werde hier sein, wenn Sie wieder aufwachen."

Es war lächerlich, aber diese Bestätigung brauchte er, um friedlich einzuschlafen.

Leise verließ Rachel den Raum und ging in die Küche, wo sie sich schwach und mit zitternden Knien gegen die Anrichte lehnte. Es war noch nicht einmal Mittag, und so viel war bereits passiert. Und trotzdem wusste sie noch immer nicht, wer ihr Patient war. Er hatte die Fragen gestellt und ihr ganz unvorbereitet ein Messer an die Kehle gesetzt. Sie war ganz hilflos gewesen, unfähig, etwas gegen seine Stärke zu unternehmen, die er trotz seiner Verletzungen immer noch besaß. Und sie war nicht auf den Blick dieser dunklen Augen vorbereitet gewesen, dem sie nicht lange standhalten konnte …

Sie beschloss sich zu beschäftigen, und holte aus dem Garten frisches Gemüse, um eine Suppe zu machen. Die Hitze, der wenige Schlaf und ihre hastigen Bewegungen verursachten ihr Übelkeit, und sie kehrte ins Haus zurück.

Sie stellte die Suppe auf und versuchte, in der Zwischenzeit etwas an ihren Abendkursvorträgen zu arbeiten. Obwohl sie sich ganz in ihre Unterlagen und Notizen vertiefte, war sie doch so auf ihren Patienten eingestellt, dass sie das leichte Rascheln der Laken sofort wahrnahm, als er sich bewegte. Rachel wusste, er war aufgewacht. Sie warf einen Blick auf ihre Uhr und stellte fest, dass er etwas länger als drei Stunden geschlafen hatte. Auch die Suppe war längst fertig, falls er jetzt essen wollte.

Der Mann hatte sich aufgesetzt, gähnte und rieb sich die Bartstoppeln, als Rachel das Schlafzimmer betrat. Sofort richtete er seine ganze Aufmerksamkeit auf sie.

„Sind Sie jetzt hungrig? Sie haben drei Stunden lang geschlafen."

Er überlegte einen Moment und nickte dann kurz. „Ja. Aber vorher würde ich gern duschen und mich rasieren."

„Duschen können Sie noch nicht, solange noch die Fäden drin sind", sagte Rachel und eilte an seine Seite, als er die Decke zurückschlug und die Füße aus dem Bett schwang.

Er fuhr vor Schmerz zusammen und fasste nach seiner linken Hüfte.

Rachel legte ihm hilfreich den Arm um die Schulter und wartete, bis Sabin fest auf den Beinen stand. Dann ließ sie den Arm sinken, weil sie spürte, dass ihr Patient lieber aus eigener Kraft ins Bad gehen wollte. Besorgt beobachtete sie ihn, wie er einen Schritt vor den anderen setzte. Dieser Mann war ein Einzelgänger. Er war keine Hilfe gewohnt und schätzte sie auch nicht. Trotzdem musste er begreifen lernen, dass er im Augenblick in vieler Hinsicht auf sie angewiesen war.

„Ich werde eine neue Klinge holen. Soll ich Sie rasieren?", fragte sie deshalb.

„Ich kann es allein, und ich werde die Klingen schon finden", antwortete er ruhig. Rachel fand sich mit der Abfuhr ab und verließ das Zimmer.

Nach all den Tagen, in denen ihr Patient so hilflos und von ihr abhängig gewesen war, schmerzte sie seine Zurückweisung ganz besonders. Während sie den Tisch deckte, bemühte sie sich, diesen Schmerz zu überwinden, mit ihm fertig zu werden. Schließlich war sie ihm fremder als er ihr, und es war nur natürlich, dass er seine Körperbeherrschung zurückgewinnen wollte, so schnell wie möglich.

Doch als sie schließlich hörte, wie das Wasser im Bad abgestellt wurde, zögerte sie nur eine Sekunde, ehe sie ihrem Impuls nachgab, nach ihm zu sehen.

Kell Sabin stand mitten im Badezimmer und sah sich um, als überlegte er sich seine Möglichkeiten. Er hatte ein Handtuch um seine schmalen Hüften geschlungen, und unlogischerweise wirkte er damit noch nackter als vorher, wo er überhaupt nichts angehabt hatte. Rachels Herz tat einen Sprung. Sogar mit den weißen Verbänden an Bein und Schulter wirkte er so unglaublich kraftvoll und so männlich, dass ihr Puls sich beschleunigte.

Er hatte sich rasiert, und die Linie seines markant geschnittenen Kinns ließ in ihr den Wunsch aufkommen, sacht darüber zu streichen – eine weitere Geste, die ihm wohl nicht gefallen hätte.

„Gibt es hier irgendetwas, das ich anziehen könnte, oder muss ich nackt in der Gegend herumrennen?", fragte er schließlich, als Rachel keine Anstalten machte, sich ihm zu nähern oder etwas zu sagen.

Mit der flachen Hand schlug Rachel sich gegen die Stirn, als sie sich plötzlich erinnerte. „Ich habe heute Morgen, als ich fort war, etwas für Sie zum Anziehen eingekauft." Die Tragetasche lag noch da, wo sie sie im Wohnzimmer hatte fallen lassen. Rachel holte sie, brachte sie ins Schlafzimmer und stellte sie auf dem Bett ab.

Er öffnete die Tüte, und ein seltsamer Ausdruck erschien auf seinem Gesicht. Dann zog er ein Paar Spitzenhöschen heraus und hielt sie zur Begutachtung hoch, ehe Rachel zu einer Erklärung kam. „Größe sechsunddreißig", meinte er und warf Rachel einen abschätzenden Blick zu. Dabei wirbelte er das winzige Ding aus Spitze und Nylon an einem Finger herum. „Hübsch. Nur ich glaube kaum, dass es mir passen wird."

„Das soll es auch nicht", sagte Rachel ruhig, obwohl ihr ein kleiner erotischer Schauer den Rücken hinunterlief. „Das war nur Tarnung, sonst nichts. Alles, was Sie sonst noch in dieser Tüte finden und nicht gebrauchen können, legen Sie einfach wieder zurück." Sie lehnte es ab, deswegen verlegen zu sein, weil sie nur getan hatte, was sich nicht hatte vermeiden lassen.

Sie überließ ihm die Auswahl seiner Kleidung und ging in die Küche zurück. Erst schob sie frisch gebuttertes Brot in den Ofen und stellte dann die Suppe auf den Tisch. Anschließend goss sie Tee in hohe Gläser, in die sie viele Eisstücke getan hatte.

„Sie müssen mir mit dem Ding helfen."

Rachel hatte nicht gehört, wie er sich ihr näherte, und fuhr erschrocken von seiner Gegenwart und seinen Worten herum. Er stand direkt hinter ihr, trug die schwarzen Bermudashorts aus Jeansstoff und hielt den Pullover aus Frottee in der Hand. Sie hatte seine breite, muskulöse Brust, bedeckt mit schwarz gelocktem Haar, und dem Verband um seine linke Schulter voll vor Augen.

„Setzen Sie sich, damit ich an Sie heranreichen kann", sagte sie und nahm ihm den Pullover aus der Hand. Behutsam half sie ihm, erst den einen, und dann den anderen bandagierten Arm in die Ärmel zu stechen und zog dann das Kleidungsstück ganz über seinen Kopf.

Das getan, wandte Rachel sich rasch von ihm ab, ging zum Ofen um das Brot herauszunehmen, legte es in den mit einer Serviette ausgeschlagenen Brotkorb, stellte ihn auf den Tisch und setzte sich selbst. „Möchten Sie Brot zur Suppe?"

„Ja, bitte."

Er hat großes Talent, einsilbige Sätze von sich zu geben, dachte Rachel, während sie das Brot schnitt und es ihm auf den Teller legte. Eine Weile lang aßen sie schweigend, und der Mann zeigte bei der dicken Fleisch- und Gemüsesuppe einen überraschend großen Appetit.

Die Terrine war fast leer, als er seinen Löffel hinlegte und Rachel eindringlich aus seinen ebenholzfarbenen Augen ansah. „Also, erzählen Sie mir, was hier los ist."

Das war eine Aufforderung, der nachzukommen Rachel nicht viel Neigung hatte. Sorgfältig legte sie ihren Löffel hin. „Ich glaube, die Reihe ist eher an mir, Fragen zu stellen. Wer sind Sie? Wie heißen Sie?"

Ihre Gegenfrage schien ihm zu missfallen. Sie spürte es, obwohl sich kein Muskel in seinem Gesicht regte. Er zögerte kaum eine Sekunde, aber es entging Rachel nicht, und sie hatte sofort den Eindruck, dass er ihr nicht antworten würde. Sie stand auf und räumte den Tisch ab.

Er beobachtete sie eine Weile und sagte dann ruhig: „Setzen Sie sich."

Er hatte die Stimme nicht erhoben und seinen ruhigen, endgültigen Ton nicht geändert, aber es klang wie ein Befehl. Rachel starrte ihn einen Moment lang an, reckte dann das Kinn vor und ging zu ihrem Stuhl zurück. Als sie dort wartend stehen blieb und ihn nur schweigend ansah, seufzte er leicht auf.

„Ich weiß Ihre Hilfe zu schätzen, aber je weniger Sie wissen, desto besser ist es für Sie."

Rachel hatte es schon immer gehasst, wenn jemand zu wissen meinte, was für sie gut sei und was nicht. „Ich verstehe. Hätte ich nicht bemerken sollen, dass Sie zwei Löcher von Einschüssen hatten, als ich Sie aus der Brandung zog? Hätte ich wegsehen sollen, als zwei Männer, die vorgaben, FBI-Agenten zu sein, hierher kamen, um Sie zu suchen, und Sie einfach an sie ausliefern? Hätte ich nicht zur Kenntnis nehmen sollen, dass Sie mir heute Morgen ein Messer an die Kehle gesetzt haben? Ich gebe zu, ich bin etwas neugierig. Ich pflege Sie seit vier Tagen, und ich würde wirklich gern Ihren Namen kennen. Oder verlange ich zu viel von Ihnen?"

Bei ihrem Sarkasmus hob der Mann seine schwarzen Augenbrauen. „Das könnte sein."

„Na schön, dann vergessen Sie es. Spielen Sie Ihr kleines Spiel. Sie antworten nicht auf meine Fragen, und ich werde nicht auf Ihre antworten. Einverstanden?"

Er musterte sie noch eine Weile lang aufmerksam, und Rachel hielt seinem Blick unbeirrt stand. „Ich heiße Sabin", sagte er schließlich. Die Worte kamen so langsam heraus, als bedauere er jede Silbe.

„Und wie weiter?", fragte Rachel.

„Ist das so wichtig?"

„Nein, aber ich wüsste es trotzdem gern."

Für den Bruchteil einer Sekunde zögerte er. „Kell Sabin."

Sie streckte ihm die Hand hin. „Nett, Sie kennenzulernen, Kell Sabin."

Langsam ergriff er ihre Hand, und seine kräftigen, warmen Finger schlossen sich um sie. „Vielen Dank, dass Sie sich um mich gekümmert haben. Ich bin jetzt seit vier Tagen hier?"

„Das ist der vierte Tag."

„Informieren Sie mich über das, was passiert ist."

Dieser Kell Sabin hatte eine befehlsgewohnte Art an sich. Statt zu bitten, kommandierte er, und es war klar, dass er mit der Ausführung seiner Befehle rechnete. Rachel entzog ihm die Hand. Die Wirkung dieser unschuldigen Berührung auf sie beunruhigte sie.

„Ich habe Sie aus dem Wasser gezogen und hergebracht. Wahrscheinlich haben Sie sich den Kopf an einem der Felsen gestoßen, die die Mündung der Bucht eingrenzen. Sie hatten eine Gehirnerschütterung und einen Schock. Die Kugel steckte noch in Ihrer Schulter."

Kell runzelte die Stirn. „Ich weiß. Haben Sie sie entfernt?"

„Ich nicht. Ich habe den Tierarzt angerufen."

Immerhin gab es etwas, was ihn aus der Fassung bringen konnte, obgleich seine Verblüffung schnell wieder verschwunden war. „Einen Tierarzt?"

„Ich musste etwas unternehmen, und ein Arzt muss alle Schussverletzungen melden."

Kell sah sie nachdenklich an. „Und Sie wollten es nicht gemeldet haben?"

„Ich dachte mir, Ihnen könnte das nicht recht sein!"

„Da haben Sie richtig gedacht. Was ist danach geschehen?"

„Ich habe Sie gepflegt. Sie waren zwei Tage lang bewusstlos. Dann wurden Sie langsam wach, aber sie wurden vom Fieber geschüttelt. Sie wussten nicht, was um Sie herum vorging."

„Und die FBI-Agenten?"

„Sie waren nicht vom FBI. Ich habe es überprüft."

„Wie haben Sie ausgesehen?"

Rachel kam sich vor, als würde sie verhört. „Der eine, der sich Lowell nennt, ist dünn, schwarzhaarig, ungefähr ein Meter sechsundsiebzig groß, Anfang Vierzig. Der andere, Ellis, ist hochgewachsen, hat hellbraunes Haar, blaue Augen und sieht mit seinem Reklamelächeln recht gut aus."

„Ellis", sagte er wie zu sich selbst.

„Ich habe mich dumm gestellt. Das schien mir das Vernünftigste zu sein, bis Sie wieder bei sich waren. Sind das Freunde von Ihnen?"

„Nein."

Schweigen trat ein. Rachel betrachtete sich angelegentlich ihre Hände und wartete auf neue Fragen. Als keine kam, versuchte sie es selbst mit einer. „Hätte ich die Polizei anrufen sollen?"

„Für Sie wäre es sicherer gewesen, wenn Sie es getan hätten."

„Ich bin ein überlegtes Risiko eingegangen. Mir schien, dass ich gegenüber Ihnen im Vorteil war." Rachel atmete tief durch. „Ich bin Zivilist, aber früher einmal war ich Kriminalreporterin und habe meine Erfahrungen gesammelt. Sie hätten Rauschgifthändler oder ein entflohener Strafgefangener sein können. Aber es gab keinen Hinweis darauf in den Medien. Sie hätten ebenso gut ein Agent sein können. Sie sind zweimal angeschossen worden, waren bewusstlos und konnten sich nicht selbst schützen oder mir irgendetwas mitteilen. Falls … man … hinter Ihnen her war, dann hätten Sie im Krankenhaus nicht die geringste Chance gehabt."

Kell hatte die Lider gesenkt und verbarg so den Ausdruck seiner

Augen. „Sie haben eine blühende Phantasie."

„Nicht wahr?", stimmte sie ihm milde zu.

Er lehnte sich zurück und verzog das Gesicht bei dem Versuch, seine Schulter in eine bequeme Lage zu bekommen. „Wer weiß sonst noch, dass ich hier bin, außer dem Tierarzt?"

„Niemand."

„Wie haben Sie mich dann hier herauf bekommen? Oder half Ihnen der Tierarzt? Sie sind keine Superfrau."

„Ich habe Sie auf eine Decke gelegt und mithilfe des Hundes heraufgezerrt. Vielleicht hat er es für ein Spiel gehalten." Ihre grauen Augen verdunkelten sich bei der Erinnerung an die übermenschliche Anstrengung, ihn ins Haus zu bekommen. „Nachdem Honey hergekommen war, haben wir Sie auf das Bett gehoben."

„Honey?"

„Die Tierärztin. Honey Mayfield."

Kell Sabin musterte ihr Gesicht und fragte sich, was sie ihm nicht gesagt hatte. Vielleicht log sie, wenn sie behauptete, niemand sonst habe ihr geholfen. Aber eigentlich hatte sie dazu keinen Grund. Er konnte nur versuchen, zwischen ihren Worten zu lesen. Immerhin hätte jeder, der einen bewusstlosen Menschen am Strand vorfand, sofort die Polizei verständigt, doch sie hatte es nicht getan.

Welches Leben hatte diese Frau geführt, um sie so vorsichtig und doch klar reagieren zu lassen.

Die umsichtige Art, mit der sie der Situation begegnete, ließ doch auf einige Erfahrung schließen.

Sie hörten beide zur selben Zeit das sich nähernde Auto. Sofort sprang Rachel auf und legte Kell die Hand auf die Schulter. „Gehen Sie ins Schlafzimmer und schließen Sie die Tür", sagte sie ruhig und bemerkte nicht, wie er bei ihrem Befehl die Augenbrauen hochzog. Sie ging ans Fenster und sah hinaus. Sichtlich erleichtert drehte sie sich wieder um.

„Es ist Honey. Alles in Ordnung. Ich glaube, die Neugierde hat sie hergetrieben."

„Was machen die Kopfschmerzen?", fragte die Tierärztin und sah in Kells Augen. Sie war eine stattliche, kräftige Frau mit einem freundlichen, sommersprossigen Gesicht und einfühlsamen Händen. Kell merkte, dass er sie mochte, sie konnte gut mit Kranken umgehen.

„Immer noch vorhanden", brummte er.

„Hilf mir, ihm den Pullover auszuziehen", sagte sie zu Rachel, und die beiden Frauen zogen ihm behutsam und geschickt den Pullover aus. Kell war froh, dass er die Shorts gewählt hatte, sonst hätten sie ihm womöglich auch noch die Hosen ausgezogen.

Die Verbände wurden erneuert, und dann hatte er auch bald wieder den Pullover an. „In einigen Tagen komme ich noch mal vorbei, um die Fäden zu ziehen", sagte Honey, während sie ihre Arzttasche schloss.

Kell fiel auf, dass sie nicht ein einziges Mal nach seinem Namen gefragt oder eine Bemerkung gemacht hatte, die nichts mit seinem Gesundheitszustand zu tun hatte. Entweder war sie bemerkenswert wenig neugierig, oder sie fand, dass je weniger sie wisse, es desto besser für sie sei. Er wünschte, Rachel würde diese Ansicht teilen. Kell hatte es sich stets zur Regel gemacht, keine unschuldigen Bürger in seine viel zu gefährliche Arbeit hineinzuziehen.

Rachel verließ mit Honey das Zimmer, und Kell humpelte zur Tür. Von dort aus sah er sie zusammen an Honeys Wagen stehen und leise miteinander sprechen. Der Hund stellte sich an den Fuß der Treppe und knurrte, während er sich zuerst dem in der Tür stehenden Kell zuwandte, dann zu Rachel, so als ob er sich nicht entscheiden könnte, auf wen er seine Aufmerksamkeit richten solle. Instinktiv wollte er Rachel beschützen, aber dieser gleiche Instinkt erlaubte ihm nicht, die Gegenwart des Mannes an der Tür zu ignorieren.

Honey stieg in den Wagen und fuhr davon. Rachel winkte ihr ein letztes Mal zu und kam zur Veranda zurück. „Beruhige dich", ermahnte sie leise den Hund und wagte es, ihm über den Nacken zu streichen. Sein Knurren wurde lauter, und als Rachel aufsah, bemerkte sie Kell, der auf die Veranda trat.

„Kommen Sie Rex nicht zu nahe", warnte sie ihn. „Er kann Männer nicht leiden."

Kell betrachtete den Hund mit leichter Neugier. „Woher haben Sie ihn? Das ist ein geschulter Wachhund."

Erstaunt blickte Rachel auf Rex, der dicht neben ihrem Bein stand. „Er ist mir einfach eines Tages zugelaufen, ausgehungert und misshandelt. Wir sind zu einem Übereinkommen gelangt. Ich füttere ihn, und er passt auf. Das ist kein trainierter Wachhund."

„Rex", befahl Kell scharf, „Platz!"

Rachel fühlte, wie das Tier zitterte, als habe man ihn geschlagen, und er fletschte die Zähne und knurrte wütend, während er den Mann anstarrte, jeder Muskel seines Körpers zitterte, als ob er sich danach sehnte, auf den Feind zu stürzen, aber sich verpflichtet fühlte, an Rachels Seite zu bleiben. Ohne an die Gefahr zu denken, kniete sie sich hin und legte ihm den Arm um den Hals. „Es ist ja gut", besänftigte sie ihn. „Er tut dir nichts, das verspreche ich dir. Es ist alles in Ordnung."

Als Rex wieder ruhiger geworden war, ging Rachel auf die Veranda und streichelte absichtlich Kells Arm, damit das Tier es sehen sollte. Furchtlos beobachtete Kell den Hund, aber er bedrängte ihn auch nicht. Es war wichtig, dass Rex ihn akzeptierte, wenigstens so weit, dass Kell das Haus verlassen konnte, ohne sofort von ihm angefallen zu werden.

„Wahrscheinlich wurde er von seinem Besitzer gepeinigt", sagte er. „Sie hatten Glück, dass er Sie nicht zum Frühstück verspeist hat, als Sie zum ersten Mal Ihr Haus verließen."

„Ich glaube, Sie irren sich. Es ist möglich, dass er zum Wachhund erzogen wurde, aber nicht, um Menschen anzugreifen. Sie sind ihm viel schuldig. Wäre er nicht gewesen, dann hätte ich Sie nicht vom Strand heraufbringen können." Plötzlich fiel ihr auf, dass sie noch immer über Kells Arm strich, und sie zog die Hand zurück. „Wollen Sie wieder hineingehen? Sie müssen mittlerweile müde geworden sein."

„Gleich." Mit aufmerksamem Blick musterte er das Kieferndickicht zur Rechten und über die sich linkerhand in einer Kurve hinziehende Straße. Er prägte sich die Einzelheiten und die Entfernung für zukünftige Zwecke ein. „Wie weit sind wir von der Hauptstraße entfernt?"

„Ich schätze, fünf oder sechs Meilen. Dies ist ein Privatweg. Er mündet auf die von Raffertys Ranch kommende Straße ein, die zur U.S. 19 führt."

„In welcher Richtung liegt der Strand?"

Rachel wies auf die Kiefern. „Dort durch die Bäume."

„Haben Sie ein Boot?"

Rachel sah ihn an, offen und mit klarem Blick. „Nein. Die einzige Fluchtmöglichkeit wäre zu Fuß oder mit dem Auto."

Ein angedeutetes Lächeln spielte um seine Mundwinkel. „Ich hatte nicht die Absicht, Ihren Wagen zu stehlen."

„Wirklich nicht? Ich weiß immer noch nicht, was los ist, warum Sie angeschossen wurden und ob Sie kein Verbrecher sind."

„Warum haben Sie bei all den Zweifeln nicht die Polizei benachrichtigt?", erwiderte er kühl. „Sie konnten mir doch nicht ansehen, wer ich war, als Sie mich fanden. Aber jetzt werde ich wieder ins Bett gehen. Können Sie mir mit dem Pullover behilflich sein?"

„Natürlich", sagte Rachel und ging vor ihm in das Schlafzimmer. „Lassen Sie mich zuerst die Bettwäsche wechseln."

Vor Erschöpfung lehnte Kell Sabin sich an den Ankleidetisch, um das Gewicht auf das gesunde Bein zu verlagern. Mit nachdenklichem Blick verfolgte er Rachels Bewegungen, die das Bett frisch bezog, und ging alle ihm gebotenen Möglichkeiten durch.

Er hatte kein Geld, keinen Ausweis, und er wagte nicht, sich von jemandem hier abholen zu lassen, weil er nicht wusste, in welchem Ausmaß seine Dienststelle kompromittiert worden war oder wem er noch trauen durfte. Ohnehin war er noch nicht in der Verfassung, etwas zu unternehmen. Er musste sich erst erholen, und das konnte er genauso gut hier tun. Das kleine Haus hatte seine Vorteile: Der Hund draußen war ein verdammt guter Schutz, die Schlösser waren solide, er hatte zu essen und medizinische Versorgung.

Und dann gab es noch Rachel.

Es machte Freude, sie anzusehen. Das konnte leicht eine dauerhafte Gewohnheit werden. Sie war schlank und sah gesund aus. Ihr honigfarbener Teint verlieh ihrer Haut einen sinnlichen Glanz. Das Haar war voll, mittellang und schimmerte seidig. Es passte gut zu ihren großen, klaren, hellgrauen Augen. Rachel war nicht besonders groß, eher mittelgroß, doch sie hielt sich so aufrecht, dass sie hochgewachsen wirkte. Und sie war weich und hatte runde Brüste, die gut in seine Handfläche passten.

Er durchlebte noch einmal das Gefühl ihrer Hände auf seiner Brust, die ihn zart, mit der selbstverständlichen Intimität von zwei Liebenden, streichelten, und er hatte entweder seine Hände auf ihr gehabt, oder seine Einbildungskraft hatte ihm einen Streich gespielt.

Rachel klopfte die Kissen auf und drehte sich zu Kell um. „Wollen Sie in Ihren Shorts schlafen?"

Als Antwort zog er den Reißverschluss auf und ließ die Hose fallen. Dann setzte er sich auf das Bett, damit Rachel ihm den Pullover über die verbundene Schulter streifen konnte. Ihr warmer, blumiger Duft hüllte ihn ein, als sie sich vorbeugte, und instinktiv drehte er den Kopf zu ihr hin und presste seinen Mund und die Nase gegen ihre Schulter. Rachel zögerte, half ihm dann rasch aus der Kleidung und rückte von Kell ab. Sie faltete den Pullover ordentlich zusammen und legte ihn auf einen Stuhl. Dann nahm sie die Shorts an sich und legte sie darauf.

Als sie Kell wieder ansah, lag er auf dem Rücken, hatte das rechte Bein angewinkelt und den rechten Arm über den Bauch gelegt. Sein weißer Slip kontrastierte stark mit seiner bronzefarbenen Haut und ließ sie daran denken, dass er nahtlos gebräunt war. Innerlich stöhnte sie auf. Warum musste sie ausgerechnet jetzt daran denken?

„Soll ich Sie zudecken?"

„Nein, der Ventilator ist sehr angenehm." Er hob die rechte Hand und hielt sie Rachel hin. „Setzen Sie sich eine Minute zu mir."

Rachel, hielt sie sich vor, das ist kein guter Einfall. Und dann setzte sie sich neben ihn, wie schon so oft, seit Kell in ihrem Bett gelegen hatte.

Er legte den Arm über ihre Schenkel und die Hand auf ihre Hüfte, als wollte er sie eng an sich ziehen. Langsam glitten seine Finger zärtlich über ihren Po, und Rachels Herz fing heftig an zu schlagen. Sie blickte in seine Augen und konnte, gefangen von dem faszinierenden, schwarzen Feuer, nicht mehr fortsehen.

„Ich kann Ihnen nicht alle gewünschten Antworten geben", murmelte Kell. „Ich weiß sie selbst nicht. Selbst wenn ich Ihnen erklärte, ein ordentlicher Mitbürger zu sein, hätten Sie dafür nur mein Wort. Warum also sollte ich mir selbst ein Bein stellen und Ihnen etwas anderes sagen?"

„Spielen Sie nicht des Teufels Advokaten", sagte Rachel scharf und wünschte, sie könnte sich von der verführerischen Macht seiner Augen und seiner Berührung befreien. „Lassen Sie uns bei den Tatsachen bleiben, Sie wurden angeschossen. Von wem?"

„Ich wurde in die Falle gelockt, die von einem meiner eigenen Männer geplant war – Tod Ellis."

„Dem angeblichen FBI-Agenten Ellis?"

„Von eben diesem, der Beschreibung nach, die Sie mir von ihm gegeben haben."

„Dann gehen Sie ans Telefon und lassen Sie ihn auffliegen."

„So einfach ist das nicht. Ich bin für einen Monat in Urlaub gegangen. Nur zwei Männer meiner Dienststelle kennen meinen Aufenthalt, und beides sind meine Vorgesetzten."

Rachel saß ganz still. „Einer davon hat Sie verraten, aber Sie wissen nicht, welcher von beiden."

„Vielleicht beide."

„Können Sie nicht mit jemandem in einer höheren Position Kontakt aufnehmen?"

Ein kalter, und zorniger Glanz trat in seine Augen. „Meine Liebe, sehr viel höher geht es nicht mehr. Ich bin nicht einmal sicher, ob man mich durchstellen würde. Jeder von beiden könnte mich zu einem Verbrecher stempeln, und wenn ich von hier aus anriefe, brächte ich Sie in Gefahr."

„Was wollen Sie tun?"

Er ließ seine Finger von ihren Hüften auf ihren Schenkel gleiten, strich den Saum ihrer Shorts entlang und fuhr dann sacht darunter. „Mich erholen. Im Moment bin ich leider noch zu gar nichts fähig, nicht einmal, mich selbst anzuziehen. Das Problem ist, dass ich Sie gefährde, durch meine bloße Anwesenheit."

Rachel war nicht in der Lage, den Atem oder den Pulsschlag zu kontrollieren. Hitze stieg in ihr auf und zerstörte ihre Fähigkeit, klar zu denken, und ließ sie nur noch instinktiv reagieren. Sie wusste, sie hätte Kells Hand fortschieben sollen, aber seine rauen Fingerspitzen verursachten ihr einen solchen Genuss, dass sie nichts anderes tun konnte, als still dazusitzen und wie ein Blatt im leichten Frühlingswind zu zittern. Schließlich riss sie sich zusammen und legte ihre Hand auf seine, um ihn davon abzuhalten, sie noch intimer zu berühren.

„Sie haben mich nicht in Gefahr gebracht", sagte sie etwas heiser. „Ich habe meine Entscheidungen ohne Sie getroffen."

Trotz ihrer wachsamen Hand glitten seine Finger noch höher, bis an den Rand ihres Höschens. „Ich habe eine Frage, die mich ganz verrückt macht", gestand er leise. Er bewegte seine Hand wieder, diesmal ließen seine forschenden Fingerspitzen die kleine Barriere ihres Höschens außer Acht.

Rachel wimmerte leicht auf, ehe sie sich auf die Unterlippe biss und den kleinen, wilden Laut zu unterbinden suchte. „Hören Sie auf", flüsterte sie. „Sie müssen aufhören."

„Haben wir zusammen geschlafen?"

Ihre Brüste fühlten sich auf einmal voll und schmerzhaft straff an, als sehnten sie sich nach seiner Berührung. Rachel wünschte sich, er möge sie für sich in Anspruch nehmen, wie er es bereits getan hatte. Seine Frage zerstörte das letzte bisschen Konzentration, das ihr noch geblieben war. „Dies … es gibt nur dieses eine Bett. Ich habe keine Couch, sondern nur die kleinen Zweisitzer …"

„Wir haben also vier Tage lang dasselbe Bett miteinander geteilt", unterbrach Kell sie. Seine Augen hatten wieder diesen Glanz, doch jetzt leuchtete ein anderes Feuer darin, und sie konnte ihren Blick nicht davon wenden. „Sie haben mich gepflegt."

Rachel holte tief Luft. „Ja."

„Ganz allein?"

„Ja."

„Sie haben mich ernährt?"

„Ja."

„Und mich gewaschen?"

„Ja. Ihr Fieber ... Ich musste Sie mit kaltem Wasser abreiben, um es herunterzubekommen."

„Sie haben alles Notwendige für mich getan und mich wie ein Baby gepflegt."

Rachel wusste nicht, was sie sagen oder tun sollte. Sie fühlte seine Hand auf ihrer weichen Haut.

„Sie haben mich berührt", sagte Kell. „Überall."

Rachel schluckte. „Das war notwendig."

„Ich kann mich an Ihre Hände auf meinem Körper erinnern. Es gefiel mir, aber als ich heute Morgen erwachte, hielt ich es für einen Traum."

„Sie haben geträumt", sagte sie.

„Habe ich Sie nackt gesehen?"

„Nein!"

„Woher weiß ich dann, wie ihre Brüste aussehen? Wie sie sich unter meinen Händen anfühlen? Das war nur ein Traum, Rachel. Oder nicht?"

Das Blut schoss ihr heiß in die Wangen und gab ihm die Antwort, noch ehe sie ein Wort gesagt hatte. Ohne Kell anzusehen, weil ihre Verlegenheit sie endlich aus dem Bann löste, den der Blick aus seinen schwarzen Augen auf sie ausübte sagte Rachel: „Zweimal, als Sie aufwachten, haben Sie ... hm ... nach mir gegriffen."

„Und ich habe sie gesehen?"

Rachel zeigte mit einer hilflosen Bewegung auf ihren Nacken. „Mein Nachthemd rutschte, als ich mich über Sie beugte. Der Ausschnitt war sehr tief ..."

„War ich grob?"

„Nein", flüsterte sie.

„Hat es Ihnen gefallen?"

Dieses Gespräch musste ein Ende finden, auf der Stelle, obwohl es Rachel vorkam, als wäre es dafür schon viel zu spät. Sie hätte sich nie auf die Bettkante setzen dürfen. „Nehmen Sie die Hand weg", sagte sie, bemüht, ihrer Stimme einen festen Klang zu geben. „Lassen Sie mich aufstehen."

Kell gehorchte ohne Zögern. Triumph zeichnete sich auf seinem markanten, dunklen Gesicht aus. Rachel sprang mit glühenden Wangen vom Bett auf. Wie hatte sie sich nur so zur Närrin machen können! Wahrscheinlich würde er nicht einschlafen können, weil er so über sie lachen musste. Sie war an der Schlafzimmertür, als er sprach. Der Klang seiner Stimme ließ sie stehen bleiben.

„Rachel."

Eigentlich wollte sie sich nicht umdrehen und ihn ansehen, aber die Art, wie er ihren Namen ausgesprochen hatte, war ein Befehl, der sie zu gehorchen zwang.

„Wenn ich könnte, würde ich hinter Ihnen herkommen. Sie kämen mir nicht davon."

Ihre Stimme klang so ruhig wie seine und übertönte nur wenig das Geräusch des im dämmrigen, kühlen Zimmer surrenden Ventilators. „Vielleicht doch", sagte Rachel, verließ den Raum und schloss leise die Tür hinter sich.

6. KAPITEL

*U*m sich zu beschäftigen und abzulenken, beschloss Rachel, Unkraut im Garten zu jäten. Sie arbeitete bis zum Spätnachmittag und war mit ihrer Arbeit fast zu Ende, als sie plötzlich das Quietschen der Hintertür vernahm. Sofort sprang Rex, der am Ende des Beetes neben ihr gelegen hatte, auf und schoss zur Treppe. Rachel schrie hinter ihm her. Rex zögerte eine Sekunde, rannte dann aber weiter und blieb mit gesträubtem Nackenfell etwa vier Schritte vor den Stufen stehen.

Kell hatte sich nicht beirren lassen, sondern sich auf die Treppe gesetzt und wirkte damit für den Hund weniger bedrohlich. Rachel war aufgestanden und näherte sich den beiden.

„Bleiben Sie stehen", sagte Kell ruhig zu ihr, und sie blieb, wo sie war. „Platz, Rex", befahl er dann dem Hund.

Das Tier reagierte nicht, reckte nur den Hals vor, stellte die Ohren auf und knurrte.

Kell probierte es noch mehrere Male, ohne Erfolg.

„Warum gehen Sie nicht einfach wieder ins Haus, und ich versuche, Rex festzuhalten?", fragte Rachel nervös.

„Weil ich sonst so lange, wie er mich nicht akzeptiert, als Gefangener hier lebe. Es könnte sein, dass ich in aller Eile verschwinden muss, und dann will ich nicht auch noch auf den Hund achtgeben müssen."

„Rex, Platz", sagte Kell erneut.

Rachel hielt den Atem an, weil das Tier die Ohren zurücklegte und zu zittern begann. Kell wiederholte den Befehl. Der Hund setzte zum Angriff an, dann, unvermittelt, ging er zu Kell und setzte sich neben ihn auf die Hinterpfoten.

„Braver Kerl, so ein braver Junge!" Unbeholfen strich Kell ihn mit der linken Hand über den Schädel. Einen Moment lang legte Rex wieder die Ohren an und knurrte leise, aber er machte keine Anstalten, zu beißen. Rachel atmete erleichtert auf. Ihre Knie zitterten.

Kell warf ihr einen Blick zu." Setzen Sie sich neben mich", rief Kell ihr zu.

„Genau wie der Hund?", spottete sie, ließ sich aber dankbar neben ihm auf der Stufe nieder. Sofort sprang Rex auf und stellte sich vor den beiden auf. Seine Ohren zuckten hin und her.

Kell legte Rachel seinen rechten Arm um die Schulter und zog sie an seine nackte Brust. Dabei behielt er sorgfältig den Hund im Auge, dem die Bewegung zu missfallen schien, denn er begann wieder zu knurren.

„Er ist eifersüchtig", bemerkte Kell.

„Oder er denkt, Sie könnten mir wehtun." Es irritierte sie, wie vertraut Kell und sie nebeneinander saßen. Um sich abzulenken, hielt sie Rex die Hand hin. „Ganz brav, Rex. Komm her. Sei lieb und komm zu mir."

Zögernd kam Rex näher, schnüffelte an ihrer ausgestreckten Hand und dann an Kells Knie. Nach einem Augenblick ließ er sich vor den beiden fallen und legte seinen Kopf auf die Vorderpfoten.

„Es ist eine Schande, dass man ihn misshandelt hat. Er ist ein intelligentes und teures Tier, und er ist nicht alt. Ungefähr fünf Jahre."

„Das nimmt Honey auch an."

„Hatten Sie schon immer einen Hang dazu, Streunende bei sich aufzunehmen?", fragte Kell, und Rachel wusste, dass er sich nicht nur auf Rex bezog.

„Nur die interessanten." Ihre Stimme klang gepresst, und Rachel fragte sich, ob Kell das hören konnte und auch den Grund dafür erahnte. Mit der rechten Hand strich er leicht über ihren bloßen Arm. Es wäre eine harmlose Berührung gewesen, hätte sie Rachel nicht ein solches Wohlbefinden verursacht. Ein Aufblitzen am dunkel gewordenen Himmel ließ sie aufblicken. Sie war froh über die Unterbrechung.

„Es sieht nach einem Gewitter aus." Wie auf ein Stichwort donnerte es, und ein paar dicke Regentropfen fielen auf sie herab. „Ich glaube, wir gehen besser ins Haus."

Kell ließ sich von ihr auf die Füße helfen, ging aber aus eigener Kraft die Treppe hoch. Rex sprang auf und suchte unter dem Auto Schutz. Gerade, als Rachel die Fliegentür verriegelte, krachte ein ohrenbetäubender Donnerschlag direkt über ihnen, und der Himmel öffnete seine Schleusen. Die Temperatur sank mit dem herabbrausenden Regen, während Rachel und Kell in der offenen Tür standen und die frische, kühle Luft genossen. Als leichter Sprühregen bis zu ihnen drang, schloss Rachel lachend die Holztür und verriegelte sie. Als sie sich umdrehte, fand sie sich in Kells Armen wieder.

Er sagte kein Wort, griff nur in ihr Haar und bog ihr den Kopf zurück. Dann schloss sein Mund sich über Rachels Lippen. Ihre Welt schien ins Wanken und außer Kontrolle zu geraten. Sie hatte ihre Hände auf Kells Brust gelegt, und stand still da und gab sich seinem Kuss hin. Sie war unfähig, an etwas anderes zu denken als an das Vergnügen, das sie ihm schenken konnte. Seine festen Lippen suchten hungrig ihren Mund, und er küsste sie langsam und betont erregend, spielte mit ihrer Zunge und biss sie sanft in die Unterlippe.

Der ungeahnte Reiz überraschte Rachel. Sie riss sich von Kell los und starrte ihn aus weit geöffneten Augen an.

Er legte die Hand fester um ihren Kopf. „Hast du Angst vor mir?", fragte er rau.

„Nein", flüsterte sie.

„Warum bist du dann zurückgewichen?"

Rachel konnte nicht anders, sie musste ihm die Wahrheit sagen. Während über ihnen das Unwetter tobte, sah sie ihm in der wachsenden Dunkelheit fest in die Augen. „Weil es zu viel war."

Seine schwarzen Augen funkelten und leuchteten leidenschaftlich auf. „Nein", entgegnete Kell. „Das war noch nicht genug."

Rachel wurde sehr langsam munter. Sie fühlte sich so ausgesprochen wohl, dass es ihr schwerfiel, die Lider zu öffnen und dem neuen Tag ins Auge zu sehen. Nie hatte sie in den letzten Jahren besser geschlafen als in der vergangenen Nacht.

Doch wo war Kell? Ihr fiel sofort auf, dass er nicht neben ihr lag. Sie schlüpfte rasch aus dem Bett. Da die Badezimmertür offen stand, konnte er drinnen nicht sein. „Kell?", rief sie und eilte aus dem Schlafzimmer.

„Hier draußen."

Die Antwort kam von der Hinterseite des Hauses, und Rachel rannte fast zur Tür, die offen war. Kell saß, nur mit seinen Shorts bekleidet, auf den Stufen, und Rex lag zu seinen Füßen im Gras. Ebenezer Duck und seine treue Gefolgschaft watschelten im Hof herum und jagten friedliche Insekten. Der Regen der vergangenen Nacht hatte alles sauber gewaschen, und das Grün leuchtete in neuen, frischen Farben. Ungehindert strahlte die Sonne vom wolkenlosen, tiefblauen Himmel herab. Es war ein bemerkenswert friedlicher, warmer und schöner Morgen.

„Wie bist du aus dem Bett gekommen, ohne mich zu wecken?"

Kell stemmte die Hände auf eine Stufe, drückte sich nach oben und stand auf. Er schien sich leichter zu bewegen, als noch am Tag zuvor. Er sah sie durch die Fliegentür an. „Nach dem du mich vier Tage gepflegt hast, warst du sehr müde."

„Du erholst dich aber gut."

„Ich fühle mich kräftiger, und meine Kopfschmerzen haben aufgehört." Kell machte die Fliegentür auf und zögerte einen Augenblick, während sein Blick über ihren Körper glitt.

„Ich bin es nur zu sehr gewohnt, mich wie eine Glucke aufzuführen", sagte sie mit einem kleinen Lachen. „Als ich dich nicht mehr im Bett vorfand, geriet ich in Panik. Aber da es dir gut geht, werde ich mich anziehen und das Frühstück machen."

„Meinetwegen musst du dich nicht anziehen", meinte Kell gedehnt. Rachel ignorierte die Bemerkung und ließ ihn stehen.

Kell sah ihr nach, bis sie seinem Blick entschwunden war, und ging dann langsam über die Stufen ins Innere des Hauses. Er verschloss hinter sich die Fliegentür. Rachel machte ihm nichts vor, indem sie verführerische Nachthemden trug und dann so tat, als wäre sie über das, was darunter zu sehen war, in Verlegenheit geraten. Das hatte sie nicht nötig. Sie sah in ihrem rosa Blümchennachthemd und mit den zerzausten Haaren so warm, so schläfrig und so reizvoll aus, dass er sich am liebsten in sie versenkt hätte.

Genau diesen Wunsch hatte er verspürt, nachdem er aufgewacht war und feststellen musste, dass ihr Nachthemd hochgerutscht war und er sich gegen ihren bloßen Schenkel presste. Nur ihr zartes Höschen war ihm noch im Wege. Kell hatte sich so erregt, dass er einfach aus dem Bett flüchten und sich den Verlockungen ihres Körpers entziehen musste. Er war selbst über seine Schwäche unzufrieden, weil sie ihn davon abhielt, Rachel so zu nehmen, wie er es sich wünschte – hart, schnell und tief.

Rachel kam nach wenigen Minuten in die Küche zurück. Sie war barfuß, trug verblichene Shorts und eine übergroße Hemdbluse, die sie um die Taille geknotet hatte. Ihr sonnengebräuntes Gesicht war ungeschminkt, und sie wirkte sehr selbstsicher, was Kell gefiel. Er selbst hatte eine so beherrschende Persönlichkeit, dass man schon eine sehr willensstarke Frau sein musste, um nicht restlos von ihm unterdrückt zu werden – sowohl im als auch außerhalb des Bettes.

Rachel bereitete das Frühstück und fing an, eine Wassermelone zu teilen. Ihre grauen Augen richteten sich auf Kell. „Das ginge sehr viel leichter, wenn ich mein bestes Messer wiederhätte", sagte sie strafend.

Kell war selten belustigt oder lachte gar, aber der trockene, anklagende Tonfall ihrer Stimme brachte ihn zum Lächeln. Er lehnte sich gegen die Anrichte, um das Gewicht von seinem verletzten Bein auf das gesunde zu verlagern, ging aber auf ihre Bemerkung nicht ein. Immerhin brauchte er etwas zu seiner Verteidigung, auch wenn es nur ein Küchenmesser war. „Hast du eine Schusswaffe hier im Hause?"

Rachel wendete schwungvoll den Schinken in der Pfanne. „Ich habe ein 22er-Gewehr unter dem Bett liegen und im Handschuhfach einen 357er-Revolver."

Er war etwas irritiert. Warum hatte sie die Waffen gestern nicht erwähnt?

Dann sah Rachel ihn wieder mit einem dieser direkten, langen Blicke an, und er wusste, sie wartete auf eine Entgegnung. Warum hätte sie auch einem Mann, der sie mit einem Messer bedroht hatte, ihre Waffe aushändigen sollen? „Und wenn ich sie während der Nacht benötigt hätte?"

„Ich habe nur Gaspatronen für den 357er, keine andere Munition und habe ihn deshalb unberücksichtigt gelassen", antwortete sie ruhig. „Das Gewehr lag in Reichweite, und ich weiß nicht nur, wie man damit umgeht, sondern habe auch zwei gute Waffen gegen deine eine." Rachel fühlte sich in der Diamantenbucht sicher, aber der gesunde Menschenverstand hatte ihr geraten, doch etwas zu ihrer Verteidigung bei sich zu haben, da sie allein und ohne direkte Nachbarn hier lebte.

Kell zog die Augenbrauen zusammen und schwieg einen Moment. „Und warum erzählst du es mir jetzt?", fragte er dann.

„Erstens, weil du mir gesagt hast, wer du bist. Zweitens, weil du danach fragtest. Drittens, weil du selbst ohne das Messer nicht unbewaffnet wärst. Benachteiligt, aber nicht hilflos."

„Wie meinst du das?"

Rachel sah auf seine kräftigen, bloßen Füße hinunter. „Du hast Schwielen an Füßen und Händen, und das haben nicht viele Leute. Du arbeitest barfuß, nicht wahr?"

Als er antwortete, war sein Ton geschmeidig und sachlich, und Rachel lief ein Schauer über den Rücken. „Dir fällt wirklich sehr viel auf, meine Liebe."

Sie nickte zustimmend. „Ja."

„Die meisten würden sich über Schwielen keine Gedanken machen."

Einen winzigen Augenblick zauderte Rachel und überlegte, ehe sie damit fortfuhr, den Tisch zu decken und das Essen aufzustellen. „Auch mein Mann hatte Schwielen an den Händen. Das lag an seiner besonderen Ausbildung."

Kell spürte, wie sich etwas in ihm zusammenkrampfte, und er ballte die Hände zu Fäusten. Nach einem schnellen Blick auf ihre schlanken, sonnengebräunten Hände, an denen Rachel keinen Ring trug, fragte er: „Du bist geschieden?"

„Nein, ich bin Witwe."

„Das tut mir leid."

Rachel nickte noch einmal und setzte Eier und Schinken auf den Tisch und sah anschließend nach den Brötchen im Ofen. Sie waren gerade richtig, an der Oberfläche goldgelb, und Rachel nahm sie heraus und legte sie in den Brotkorb. „Es ist schon lange her", sagte sie schließlich. „Fünf Jahre." Dann fügte sie mit veränderter Stimme hinzu: „Fang an zu essen, ehe die Brötchen kalt werden."

Kell aß mit großem Appetit. Als nichts mehr übrig war, stand Rachel auf und schenkte ihm neuen Kaffee ein. „Wie lange willst du eigentlich hierbleiben?", fragte sie leichthin.

Er wartete, bis sie die Kanne wieder auf die Wärmeplatte zurückgestellt und sich hingesetzt hatte, ehe er ihr antwortete. „Bis ich mich restlos erholt habe, wieder gehen und meine Schulter benutzen kann. Außer, du möchtest, dass ich gehe. Es liegt ganz bei dir, wann du mich hinauswirfst."

Nun, das war deutlich genug, dachte Rachel. Er wollte nur so lange bei ihr bleiben, bis er wieder ganz genesen war, und länger nicht. „Hast du eine Ahnung, was du dann machen wirst?"

Kell stützte die Unterarme auf den Tisch. „Wieder gesund werden, das ist das Vordringlichste. Dann muss ich herausfinden, wie weit unser Vorhaben gefährdet ist. Es gibt immer noch einen Mann, den ich anrufen kann, wenn ich ihn brauche, aber damit werde ich warten, bis ich wieder ganz auf dem Posten bin. Ein Mann allein hat keine große Chance. Mir bleiben noch drei Wochen von meinem Urlaub. Drei Wochen, in denen sie den Mund halten müssen, es sei denn, mein Körper wird ganz zufällig irgendwo angespült. Ohne meine Leiche sind ihnen die Hände gebunden. Man kann nichts unternehmen, um mich zu ersetzen, bis ich offiziell für tot oder vermisst erklärt wurde."

„Was geschieht, wenn du nach drei Wochen nicht zum Dienst erscheinst?"

„Meine Personalakten werden vernichtet, der Code geändert und den Agenten neue Order erteilt, und ich höre offiziell zu existieren auf."

„Als verschollen registriert?"

„Als tot, gefangen oder für einen Überläufer gehalten."

Drei Wochen. Ihr blieben noch maximal drei Wochen mit ihm. Das war ein erbärmlich kurzer Zeitraum, aber wenn diese drei Wochen alles sein sollten, was sie noch von Kell hatte, dann würde sie lächeln und ihn pflegen, sich selbst mit ihm streiten, falls ihr danach zumute war, und ihm auf alle erdenkliche Art behilflich sein … ihn zärtlich lieben … dann diesem dunklen Krieger zum Abschied winken und still in sich hineinweinen, nachdem er gegangen war. Es war Rachel kein großer Trost, dass Frauen seit Jahrhunderten genau das getan hatten.

Mit gesenkten Augen starrte Kell in seine Kaffeetasse und dachte nach. „Ich möchte, dass du noch einmal einkaufen fährst."

„Sicher", antwortete Rachel ungezwungen. „Ich wollte dich sowieso fragen, ob die Hosen die richtige Größe haben."

„Es passt alles. Du hast ein gutes Augenmaß. Nein, ich möchte, dass du Hollowpoint-Munition für den 357er besorgst, und zwar reichlich. Ebenso für das Gewehr. Die Auslagen werden dir zurückerstattet."

Das war Rachels kleinste Sorge, und sie ärgerte sich ein bisschen, dass Kell diesen Punkt überhaupt erwähnt hatte. „Bist du sicher, dass ich nicht noch ein paar Hirschgewehre mitbringen soll, wenn ich schon einmal dabei bin. Oder eine 44er-Magnum?"

Zu ihrer Überraschung nahm Kell ihren Sarkasmus ernst. „Nein. Ich will vermeiden, dass dein Name durch einen Waffenkauf seit dem Datum meines Verschwindens registriert wird."

Die Bemerkung verunsicherte Rachel, und sie lehnte sich zurück. „Du meinst, solche Eintragungen könnten überprüft werden?"

„Bei jedem in dieser Gegend."

Rachels Blick blieb eine lange Zeit an seinem markanten Gesicht und dem abweisenden Ausdruck seiner Augen hängen. Schließlich flüsterte sie: „Wer bist du, dass man sich solche Mühe macht, dich zu töten?"

„Lieber hätten sie mich lebend", erwiderte Kell trocken. „Es liegt an mir, dafür zu sorgen, dass es nie der Fall sein wird."

„Warum gerade du?"

Ein Mundwinkel zuckte leicht nach oben, als wolle Kell lächeln, aber er wirkte völlig ernst. „Weil ich der Beste auf meinem Gebiet bin."

Das war nicht gerade eine umfassende Antwort, aber dann war er ja besonders gut darin, Fragen zu beantworten, ohne jegliche Information zu geben. Die Details, die er ihr mitgeteilt hatte, waren von ihm gründlich überlegt und darauf angelegt worden, die gewünschte Reaktion aus ihr herauszuholen.

Sie trank ihren Kaffee aus und stand auf. „Ich habe noch eine Menge zu erledigen, ehe die Hitze zu groß wird. Willst du mit mir nach draußen kommen oder dich ausruhen?"

„Ich muss mir Bewegung verschaffen", sagte Kell, stand ebenfalls auf und folgte ihr. Er humpelte langsam im Hof herum und prägte sich jedes Detail ein, während Rachel Rex und die Gänse fütterte und sich dann wieder an die Gartenarbeit machte. Als Kell ermüdete, setzte er sich auf die Hintertreppe und sah Rachel durch halbgeschlossene Lider bei ihrer Beschäftigung zu.

Rachel Jones hatte eine ausgeglichene Art an sich, bei der Kell sich sehr wohl fühlte. Ihr Leben verlief friedlich, ihr kleines Haus war gemütlich, und die heiße Sonne des Südens brannte ihm auf die Haut … Hier war alles irgendwie verführerisch, auf die eine oder andere Weise. Die Mahlzeiten, die sie bisher gekocht und mit ihm geteilt hatte, brachten ihn dazu, darüber nachzusinnen, wie schön es wäre, jeden Tag mit ihr zu frühstücken. Aber solche Gedanken waren für ihn noch gefährlicher als jede Waffe. Er hatte schon einmal versucht, ein normales Privatleben zu führen, es war ihm nicht gelungen. Kell hatte nicht das von ihm erwartete Zugehörigkeitsgefühl in der Ehe gefunden. In sexueller Hinsicht war alles bestens gewesen, aber nach dem Akt war er sich immer noch einsam und wie ein Außenseiter vorgekommen. Er hatte seine Frau gern gehabt, aber das war auch alles. Sie war nicht fähig gewesen, die Wand zwischen ihm und ihr einzureißen, um in sein Innerstes einzudringen.

Vielleicht war ihr seine Anwesenheit nie recht bewusst geworden. Ganz sicher hatte sie entweder das, worum es in seiner Tätigkeit ging, nie begriffen oder nicht begreifen wollen. Marilyn Sabin hatte in ihrem Ehemann nichts anderes als einen der tausend Männer gesehen, die in Washington im Dienst des Staates einen Schreibtischjob verrichteten. Kell fuhr morgens ins Büro und kam – für gewöhnlich – nachts zurück. Seine Frau war mit ihrer wachsenden Anwaltspraxis vollauf beschäftigt und arbeitete selbst noch bis in die späte Nacht. Daher hatte sie Verständnis für ihn. Da sie recht anspruchsvoll war, gefiel ihr Kells kühles, distanziertes Wesen, und sie unternahm nie einen Versuch, den komplizierten Mann zu ergründen.

Kell hielt das Gesicht in die Sonne und spürte, wie er sich entspannte, Marilyn … Es war Jahre her, seit er an sie gedacht hatte, ein Beweis dafür, wie wenig sie ihm bedeutet hatte. Die Scheidung hatte nur ein Schulterzucken bei ihm hervorgerufen. Nach all dem, was passiert war, wäre sie dumm gewesen, sich nicht von ihm zu trennen.

Einmal waren sie in einem dieser erstklassigen Restaurants zum Essen gewesen. Beim Verlassen dieses Restaurants hatte er den Heckenschützen sofort erblickt, seine Frau zu Boden gestoßen, selbst hinter einem Auto Schutz gesucht und sofort geschossen. Dadurch hatte er Marilyn das Leben gerettet, denn der vom Attentäter abgegebene Schuss traf sie so nur in den Arm.

Von dem Augenblick an sah Marilyn ihren Mann in einem ganz neuen Licht, und das, was sie sah, mochte sie überhaupt nicht. Sie war gewohnt, sich in aller Öffentlichkeit, auch mit ihrem Mann, zu zeigen. Und die Aussicht, mit einem Mann verheiratet zu sein, an dessen Seite sie ihr Leben riskierte, missfiel ihr.

Am folgenden Tag, als Kell sie aus dem Krankenhaus abholte, bestand ihre Ehe nur noch auf dem Papier. Das erste, was Marilyn zu ihm gesagt hatte, war, dass sie die Scheidung wolle.

Kell hatte seine Lehre aus dem Vorfall gezogen. Er hatte es nie wieder zugelassen, dass jemand mit ihm vertraut wurde, um auszuschließen, dass er erpresst werden konnte. So hatte er auch nie mehr den Wunsch verspürt, wieder zu heiraten oder sich auch nur eine Geliebte zu halten. Sex war eine flüchtige Angelegenheit geworden, bei der er sich nie lange nur mit einer Frau aufhielt. Das hatte funktioniert.

Bis Rachel in sein Leben getreten war. Sie brachte ihn in Versuchung. Und wie er sich zu ihr hingezogen fühlte! Rachel war Marilyn überhaupt nicht ähnlich. Sie war umgänglich und zwanglos, wo Marilyn anspruchsvoll und elegant gewesen war. Rachel wusste – irgendwie wusste sie es – auf welche Weise sein Leben verlief, wohingegen Marilyn in all den Jahren ihrer Ehe nicht das Geringste über ihn begriffen hatte.

Doch es würde trotzdem nicht gut gehen. Er durfte es nicht zulassen. Er beobachtete Rachel, die zufrieden ihrer Gartenarbeit nachging. Der Sex mit ihr wäre wild und anhaltend, und sie würde nicht dagegen protestieren, wenn er ihr Haar zerwühlte oder das Make-up verschmierte. Um Rachel zu schützen, musste er sicherstellen, dass Sex das einzige Bindeglied zwischen ihnen blieb. Sobald er sie verlassen musste, würde es für immer sein – und zu ihrem Besten. Er war ihr zu viel schuldig, um sie auch nur dem geringsten Risiko auszusetzen.

Rachel richtete sich aus ihrer gebückten Haltung auf und reckte sich mit hochgehobenen Armen. Durch die Bewegung zeichneten sich ihre Brüste unter dem dünnen Stoff ihrer Bluse ab. Dann nahm sie den Korb auf und kam zwischen den Beeten auf Kell zu.

Rex, der sich in ihrer Nähe niedergelegt hatte, sprang auf, folgte ihr und suchte unter der Hintertreppe Schatten. Rachel hatte ein Lächeln auf den Lippen, als sie sich Kell näherte, ihre grauen Augen sahen ihn hell und freundlich an.

Kell blickte ihr entgegen, und ihm entging keine Bewegung ihres graziösen Körpers. Nein, er durfte sie keineswegs dadurch einer Gefahr aussetzen, dass er länger als nötig bei ihr blieb. Aber die wirkliche Gefahr bestand darin, dass er so hungrig nach Rachel war, um dem Versuch eines Wiedersehens zu erliegen, und das durfte nie geschehen.

Die nächsten Tage verstrichen friedlich und gemächlich. Jetzt, wo Kell auf dem Weg der Besserung war und ihre ständige Aufsicht nicht mehr benötigte, nahm Rachel ihre gewohnten Beschäftigungen wieder auf.

Sie besorgte für Kell Hollowpoint, die gewünschten extra starken Patronen, und danach legte er den 357er nie außer Reichweite.

Honey kam vorbei und gestand, wie überrascht sie sei, dass die Wunden so gut verheilt waren. Sie hatte nicht mit der Wimper gezuckt, als Kell die Pistole aus dem Gürtel gezogen und sie auf dem Tisch abgelegt hatte, während sie die Fäden zog und Rachel ihr dabei zusah. Dann hatte Kell sich wieder angezogen und die schwere Waffe erneut an die gewohnte Stelle hinter dem Gürtel am Rücken gesteckt.

Während Honey ihre Tasche packte, sah Rachel Kell an und meinte: „Du bist kein Südstaatler, nicht wahr? Du hast zwar einen gedehnten Akzent, aber er ist nicht typisch südlich."

„Ich habe lange Zeit mit jemandem aus Georgia verbracht. Wir waren zusammen in Vietnam. Ich wurde in Nevada geboren.

Das war wohl das Höchstmaß an Information, die er über sich zu geben bereit war. Deshalb stellte Rachel auch keine weiteren Fragen.

Beim Gehen lächelte Honey ihm zu und reichte ihm die Hand. „Falls wir uns nicht mehr sehen sollten, alles Gute."

Kell nahm ihre Hand. „Danke, Doc. Sie haben prachtvolle Arbeit geleistet. Viel Glück." Rachel fiel auf, dass er sich nicht über ein längeres Verweilen äußerte.

Honey sah ihn prüfend an. „Ich platze förmlich vor Fragen, aber ich glaube, ich werde meinen eigenen Grundsatz befolgen und sie nicht stellen. Ich will gar nichts wissen. Aber passen Sie auf sich auf, hören Sie?"

Kell verzog den Mund zu einem seines schiefen, angedeuteten Lächelns. „Ganz sicher."

Honey blinzelte ihm zu. „Falls jemand mich fragt, habe ich von nichts eine Ahnung."

„Sie sind eine kluge Frau, Doc. Sobald ich weg bin, kann Rachel Ihnen die Einzelheiten erzählen."

„Vielleicht. Aber vielleicht reime ich mir auch meine eigenen Antworten zusammen. Auf diese Weise kann ich so wild und romantisch werden, wie es mir passt, und gehe trotzdem auf Nummer Sicher."

Wahrscheinlich ist Honeys Einstellung zu diesem Thema die beste, dachte Rachel, nachdem sie mit Kell wieder allein war. Sie bemerkte, dass er sie auf seine beharrliche, irritierende Art ansah und reckte ihr Kinn. „Was ist denn?"

Statt einer Antwort näherte er sich ihr, fasste sie unter das Kinn, beugte sich vor und küsste sie. Einen Moment lang stand Rachel wie gebannt da. Kell hatte sie seit dem ersten Mal nicht wieder geküsst, obwohl ein gewisses Besitzergreifen in der Art zu spüren war, wie er sie nachts hielt.

Rachel verriet nicht, welche Lust es ihr bereitete, in seinen Armen einzuschlafen. Aber nun konnte sie das heftige Verlangen nicht mehr verheimlichen, das der Kuss in ihr hervorrief, ihre Lippen öffneten sich unter seinem Mund. Mit den Händen strich sie ihm über die harte, muskulöse Brust. Kells Zunge spielte mit der ihren. Sie stöhnte sanft, als ihre Brüste sich anspannten, als hätte Kell sie berührt.

Langsam schob Kell Rachel vor sich her, bis sie mit dem Rücken zum Schrank stand. Sie unterbrach den Kuss und fragte atemlos: „Was hat dich dazu bewegt?"

Er küsste ihr Kinn und liebkoste die empfindliche Haut unter ihrem Ohr. „Hör auf, den Kopf wegzudrehen", murmelte er. „Küss mich. Öffne deine Lippen." Sie tat es, und er küsste sie so tief, so lange und so schwindelerregend, dass sie ihn vorn am Hemd packte, sich auf die Zehenspitzen stellte und sich an ihn drängte. Ihr war, als würde dieser Kuss nie ein Ende finden. Kells Hände glitten über ihren Po, und mit einem sanften Ruck hob er Rachel an zu einem noch intimeren Kontakt.

Mit diesem Kuss waren alle Vorwände überflüssig geworden. Sie klammerten sich in offener Leidenschaft aneinander, voller Begierde, sich näher und näher zu kommen. Die Leidenschaft hatte sich seit Tagen in der Erinnerung an die zärtlichen Berührungen aufgestaut, die normalerweise nur nach den ersten, tastenden Küssen gekommen wären. Doch sie hatten unter Umständen zueinander gefunden, die jede Regel aufhob.

Rachel hatte seinen harten, schönen Körper gesehen und berührt, während sie ihn pflegte und seinen Schmerz milderte. Kell hatte sie unter seinen Händen gespürt und sich schon an ihren ganz eigenen, süßen Duft gewöhnt, noch ehe er Rachels Namen kannte. Vier Nächte lang hatte er sie im Schlaf in seinen Armen gehalten, und ihre Körper waren sich nicht mehr fremd. Aus dieser Situation heraus wurden zwischen ihnen all die natürlichen Hindernisse beseitigt, mit denen Menschen sich umgeben, um ihre Intimsphäre zu wahren. Zur gleichen Zeit entwickelte sich um sie eine Art Treibhausatmosphäre, die sie berauschte.

Die Kraft ihrer Empfindungen erschreckte Rachel ein wenig, und wieder löste sie ihre Lippen von Kells Mund und barg ihr Gesicht in seiner Halsbeuge. Es durfte nicht alles so schnell gehen, sonst verlor sie ihre Beherrschung. „Du bist ein rasanter Mann", flüsterte sie und bemühte sich um Fassung.

Kells Hände glitten ihren Rücken hinauf, und er zog sie fest an sich heran. Dann knabberte er an ihrem Ohrläppchen, und sagte heiser und verheißungsvoll: „Nicht so rasant, wie ich am liebsten vorgehen würde."

Unkontrollierbare Schauer rannen Rachel über den ganzen Körper, und ihre Brüste waren so fest geworden, dass sie schmerzten. Kell riss sie an sich und drückte ihre Brüste gegen seinen harten muskulösen Körper. Er rieb seine Wange an Rachels Kopf, aber in der Gier nach mehr dauerte diese Zärtlichkeit nicht lange.

Er vergrub seine Finger in ihrem Haar und bog ihren Kopf nach hinten. Sein Mund ergriff von neuem Besitz von ihren Lippen, und seine Zunge schob sich wie im Liebesspiel dazwischen. Rachel fuhr zusammen, als Kell seine andere Hand über ihre Brust legte, dann in ihre Bluse griff, ihre Brust umfasste und mit seinem rauen Daumen über die erregte Spitze strich. Rachel hatte das Gefühl, ihr Schmerz würde gleichzeitig gelindert und vergrößert.

„Ich will dich nehmen", murmelte er heiser und hob den Kopf, um dem Spiel seines Daumens zuzusehen. „Ich bin vor Sehnsucht nach dir fast verrückt geworden. Willst du mit mir zusammen sein, solange mir die Zeit bleibt?"

Gütiger Himmel, war er ehrlich, sie musste sich zusammenreißen um ihre Qual nicht herauszuschreien. Selbst in diesem Augenblick, wo ihre Körper sich in fiebrigem Begehren aneinanderpressten, unterließ Kell die tröstenden Versprechungen, die er doch nicht hätte einhalten wollen. Er würde gehen, und alles, was ihnen blieb, konnte nur von kurzer Dauer sein. Um wie viel leichter wäre alles, wenn sie die Zukunft außer Acht ließe und mit ihm in ihr Schlafzimmer gehen könnte! Doch seine Ehrlichkeit erinnerte sie daran, dass sie an die Zukunft und an den Tag, an dem Kell sie verlassen würde, denken müsste.

Langsam legte sie die Hände auf seine Brust und drückte sich weg von ihm, und Kell wich zurück, um ihr den Abstand, den sie brauchte, zu geben. Mit zitternder Hand strich sie sich die Haare aus der Stirn. „So leicht ist die Sache für mich nicht", versuchte sie zu erklären, aber ihre Stimme bebte ebenso wie ihre Hand. „Ich hatte nie einen Liebhaber … nur meinen Mann."

Kell sah sie mit aufmerksamen Augen an, und er wartete.

Rachel machte eine hilflose Geste. Seine Ehrlichkeit erforderte, dass auch sie ihm gegenüber offen war. „Ich … habe dich gern."

„Nein", sagte er absichtlich scharf, „lass das sein."

„Erwartest du von mir, dass ich mein Gefühl wie einen Wasserhahn abstelle?" Rachel blickte ihm voll ins Gesicht.

„Ja. Das ist Sex, nichts weiter. Rede dir nicht ein, es könnte zu mehr führen, denn selbst wenn dem so wäre, hätten wir keine Zukunft."

„Oh, das weiß ich." Sie lachte kurz auf, wandte sich von ihm ab und sah aus dem Fenster. „Wenn du von hier fortgehst, ist es das Ende unserer Beziehung."

Sie wünschte, er würde ihr widersprechen, aber wieder zerstörte seine brutale Offenheit jede ihrer Hoffnungen. „Ganz recht. Und so muss es auch sein."

Es wäre sinnlos, mit ihm über diesen Punkt zu streiten. Rachel wusste seit langem, dass Kell ein einsamer, verschlossener Wolf war. „Nun, siehst du es, aber ich habe nicht diese Art von Kontrolle über meine Gefühle. Ich glaube, ich liebe dich … Oh, verdammt, warum soll ich auf Nummer Sicher gehen?" Ihre Stimme war erfüllt von hilfloser Enttäuschung. „Ich fing an, dich zu lieben, in dem Augenblick, wo ich dich aus dem Ozean zog! Das klingt albern, nicht wahr? Aber meine Liebe würde nicht einfach aufhören, nur weil du mich verlässt."

Kell beobachtete sie. Sie war verkrampft, das konnte er an ihrer Haltung, ihren zu Fäusten geballten Händen sehen. Was mochte es Rachel gekostet haben, ihm dieses Geständnis zu machen?

Sie hatte das direkteste Wesen, das er je an einer Frau kennengelernt hatte, gebrauchte keine Spielchen, machte keine Ausflüchte. In all den Jahren würde sie die einzige Frau sein, die zu verlassen ihm leidtäte. Allein der Gedanke ging ihm gegen den Strich, aber damit konnte er viel leichter fertig werden, als mit dem Wissen, durch eine gemeinsame Existenz ihr Leben in Gefahr zu bringen. Rachel bedeutete ihm zu viel, um sie leichtfertig und nur zu seinem Vergnügen zu gefährden.

Kell legte ihr die Hände auf die Schultern und massierte sanft die angespannten Muskeln. „Ich werde dich nicht drängen", murmelte er. „Du musst tun, was du für richtig hältst. Aber wenn du dich für mich entscheidest … ich bin hier."

Rachel musste nicht erst darüber nachdenken, ob sie Kell wollte. Sie brannte vor Sehnsucht nach ihm. Wenigstens ließ er ihr Zeit, das Ganze zu durchdenken, statt sie einfach zu verführen, wie er es auch leicht hätte tun können. Sie machte sich keine Illusionen über ihre Selbstbeherrschung … Sie legte ihre Hand auf seine und verschränkte ihre Finger mit seinen.

*E*s gab einen dumpfen Laut, als Rex aus dem Schatten unter der Treppe sprang und um die Seite des Hauses schoss. Kell sah sich hastig um. Rachel blieb wie gebannt stehen, dann gab sie sich einen Ruck und eilte zur Vordertür. Es war unnötig, Kell zu bitten, im Hintergrund zu bleiben. Sie wusste, wenn sie sich umdrehen würde, wäre er nicht mehr zu sehen, sondern würde leise durch das Haus schleichen.

Rachel öffnete die Tür und trat auf die vordere Veranda. Erst in diesem Augenblick erinnerte sie sich daran, dass Kell ihr die Bluse bis zur Hälfte aufgeknöpft hatte. Rasch knöpfte sie sie wieder zu und sah sich nach dem um, was den Hund aufgebracht hatte. Da hörte sie das den Privatweg herunterkommende Auto. Honey konnte es nicht sein, da sie gerade hier gewesen war, und Rafferty kam bei seinen seltenen Besuchen zu Pferd und nicht per Fahrzeug.

Der vor dem Haus haltende Wagen war ein blassblauer Ford, ein Dienstwagen. Rex lag sprungbereit und mit zurückgelegten Ohren am Boden und knurrte ihn an.

„Ruhig, ruhig", murmelte Rachel ihm zu und versuchte sich auszumalen, wer in dem Wagen saß. Aber die Sonne spiegelte sich auf der Fensterscheibe und nahm Rachel die Sicht. Dann wurde die Wagentür aufgestoßen, und ein hochgewachsener Mann stieg aus. Er blieb jedoch vor der geöffneten Tür stehen und sah Rachel über das Wagendach hinweg an. Es war Agent Ellis, ohne Jackett und mit Sonnenbrille, hinter der seine Augen verborgen blieben.

„Oh, hallo", rief Rachel, „nett, Sie wiederzusehen." Warum war er wohl wieder hier? War Kell gesehen worden, als er auf dem Hof gewesen war?

Ellis strahlte sie mit seinem Reklamelächeln an. „Wie nett, Sie wiederzusehen, Miss Jones. Ich dachte, ich fahre einmal bei Ihnen vorbei und sehe nach dem Rechten."

Das war eine recht dürftige Entschuldigung für einen meilenweiten Umweg. Rachel ging um Rex herum und auf den Wagen zu, um Ellis davon abzuhalten, dem Haus zu nahe zu kommen. Es war unwahrscheinlich, dass Kell sich blicken lassen würde, aber sie wollte kein Risiko eingehen. „Ja, alles ist in bester Ordnung", sagte sie fröhlich, ging um den Wagen herum und stellte sich so, dass Ellis dem Haus den Rücken zukehren musste, um Rachel anzusehen. „Es ist heiß, aber sonst alles okay. Haben Sie je den Mann ausfindig gemacht, den Sie suchen?"

„Nein, nicht die Spur. Sie haben auch nichts bemerkt?"

„Nicht einmal aus der Ferne. Rex schlägt sofort an, wenn jemand in der Nähe ist."

Die Erwähnung des Hundes ließ Ellis herumfahren und sehen, wo er sich befand. Das Tier stand noch mitten auf dem Hof, ließ den Eindringling nicht aus den Augen und knurrte leise vor sich hin. Ellis räusperte sich und wandte sich wieder an Rachel. „Wie gut, dass Sie ihn haben, so weit draußen, wie Sie hier leben. Man kann nicht vorsichtig genug sein."

Rachel lachte. „Nun, eigentlich kann man das doch. Ich fühle mich mit Rex als Wachhund hier sehr beschützt."

Rachel war sich nicht ganz sicher, weil die dunkle Sonnenbrille seine Augen überschattete, aber es kam ihr so vor, als würde Ellis ihre Beine und ihre Brust begutachten. Entsetzt überlegte sie, ob sie auch alle Blusenknöpfe geschlossen habe. Wenn nicht, war es jetzt dazu zu spät, und Ellis hatte keinen Grund zur Annahme, sie habe im Haus den Mann geküsst, hinter dem er her war.

Plötzlich lachte er auf, nahm die Sonnenbrille ab und ließ sie von den Fingern baumeln. „Ich bin nicht hergekommen, um Sie zu überprüfen." Er stützte den Unterarm auf das Dach des offenen Wagens, seine Haltung war entspannt und selbstbewusst. Bei seinem guten Aussehen war er es gewohnt, von Frauen anerkannt zu werden. „Ich bin hier, um Sie zum Dinner einzuladen. Ich weiß. Sie kennen mich nicht, aber mein Leumund ist respektvoll. Was meinen Sie dazu?"

Rachel musste ihre Verwirrung nicht einmal spielen, sie war echt. Sie wusste nicht, was sie ihm antworten sollte. Falls sie mit Ellis ausginge, hätte sie die Gelegenheit, ihn davon zu überzeugen, nichts über Kell zu wissen. Andererseits konnte Agent Ellis aber dadurch ermutigt werden, sie wieder aufzusuchen, und das wollte sie nicht. Warum waren diese Leute überhaupt noch hier? Warum waren sie auf der Suche nach Kell nicht weiter südlich die Küste hinuntergefahren?

„Ja nun, ich weiß nicht recht", erwiderte sie leicht stotternd. „Wann?"

„Heute Abend, falls Sie nichts anderes vorhaben."

Himmel, das brachte sie noch um den Verstand! Falls man Kell entdeckt hatte, dann könnte dies ein Trick sein, um sie aus dem Haus zu bringen, damit es keine Zeugen gab. Wenn nicht, dann könnte sie Ellis argwöhnisch machen, wenn sie sich verdächtig benahm. Schließlich gab Rachel ihrem Instinkt nach. Agent Ellis hatte beim ersten Treffen keinen Hehl aus seiner männlichen Bewunderung für sie gemacht. So würde sie seine Einladung in dem Glauben annehmen, dass er tatsächlich sie aus diesem Grunde ausführen wollte. Vielleicht könnte sie die eine oder andere Information aus ihm dabei herausholen.

„Ich glaube, ich sage zu", antwortete sie schließlich. „Was schwebt Ihnen denn vor? Ich gehe nicht sehr häufig aus."

Er schenkte ihr sein jungenhaftes Lächeln. „Sie können beruhigt sein. Ich gehöre nicht der Punk-Szene an. Ich bin viel zu empfindlich, um mir Sicherheitsnadeln durch die Wangen zu stechen. Nein, was ich im Sinn habe, ist eher ein ruhiges Restaurant und ein gutes, dickes Steak."

Und danach eine Nummer im Bett? Rachel würde ihn enttäuschen müssen. „Einverstanden", sagte sie. „Um wie viel Uhr?"

„Sagen wir, so gegen acht? Dann ist die Sonne untergegangen und kühler, hoffe ich."

Rachel lachte. „Ich würde sagen, sie gewöhnen sich an die Hitze, aber alles, was Sie tun werden ist, sich darauf einzustellen. Die Luftfeuchtigkeit macht einen fertig. Also gut, um acht Uhr. Ich werde bereit sein."

Er nickte ihr freundlich zu und setzte sich wieder hinter sein Steuerrad. Rachel trat ein paar Schritte zurück, um nicht vom Staub eingehüllt zu werden, als er abfuhr, und sah dem blauen Ford hinterher, bis er ihrem Blick entschwunden war.

Kell hatte Rachel vom Haus aus zugesehen, sein Blick war misstrauisch und kalt. „Was wollte er?"

„Er hat mich zum Dinner eingeladen", antwortete Rachel langsam. „Ich wusste nicht, was ich sagen sollte. Wenn ich mit ihm ausgehe, schöpft er vielleicht keinen Verdacht. Es kann natürlich auch sein, dass er mich nur gebeten hat, damit ich außer Haus bin. Möglich, dass man dich gesehen hat. Möglich ist auch, dass die nur das Haus durchsuchen wollen."

„Die haben mich bestimmt nicht gesehen", antwortete Kell. „Sonst wäre ich nicht mehr am Leben. Welche Entschuldigung hast du benutzt?"

„Ich habe angenommen."

Rachel hatte gewusst, dass Kell nicht begeistert sein würde, aber auf die Reaktion war sie nicht gefasst. In seinen Augen brannte ein Feuer, das ihr beinahe Angst einjagte. Mit seiner üblichen, kühlen Distanziertheit war es vorbei. „Zum Teufel, nein, du wirst nicht gehen. Schlag dir diesen Gedanken aus dem Kopf, Lady!"

„Dazu ist es jetzt zu spät. Er könnte sonst wirklich argwöhnisch werden, wenn ich ihm mit einer faden Ausrede komme."

Kell schob die Hände in die Taschen, und fasziniert beobachtete Rachel, wie er sie zu Fäusten ballte. „Er ist ein Mörder und Verräter. Seit ich ihn erkannt habe, bevor man mein Boot in die Luft jagte, habe ich eine Menge nachgedacht. Mir sind einige Details eingefallen – Situationen bei denen etwas schiefgelaufen war, ohne dass ein Grund dafür bestand –, und ich habe versucht, sie auf einen Nenner zu bringen. Bei jedem dieser Pläne steckt Ellis irgendwie mit drin. Du wirst nicht mit ihm ausgehen."

Rachel ließ sich nicht einschüchtern. „Doch", entgegnete sie, „ich werde. Womöglich bekomme ich einige Informationen, die dir nützen …"

Mitten im Satz brach sie ab. Ruckartig hatte Kell die Hände aus den Taschen genommen und so schnell nach Rachel gegriffen, dass es ihr nicht möglich war, zurückzuweichen. Er schloss die Finger so fest um ihre Schultern, dass es wehtat, und schüttelte sie leicht. Sein Gesicht war weiß vor Zorn und der Ausdruck grimmig.

„Verdammt", stieß er leise durch die Zähne hervor, „wann begreifst du endlich, dass diese Sache nichts für Amateure ist? Du bist bis über beide Ohren drin und hast nicht den Verstand, es zu begreifen! Du bist nicht mehr in der Schule und spielst Räuber und Gendarm, Süße. Merk dir das endlich! Verdammt noch mal!" Er ließ Rachel los und fuhr sich mit der Hand durchs Haar. „Bis jetzt hast du Glück gehabt, dass du noch nichts verpfuscht und vermasselt hast, aber wie lange, glaubst du wohl, wird dieses Glück anhalten? Du hast es hier mit einem kaltblütigen Berufskiller zu tun."

Rachel trat einen Schritt zurück und rieb sich die schmerzende Schulter. Bei seinem Anpfiff war sie innerlich ganz kalt geworden, und diese Kühle spiegelte sich in ihrem Gesicht wider. „Von wem sprichst du?", fragte sie schließlich ruhig. „Von Ellis … oder dir?"

Damit drehte sie sich um, ließ Kell stehen und ging in das Badezimmer und zog die Tür heftig hinter sich zu. Das war der einzige Raum, wohin er ihr nicht folgen würde.

Rachel atmete tief durch und versuchte, sich wieder zu beruhigen. Wo sie schon einmal im Badezimmer war, könnte sie genauso gut duschen. Möglich, dass sie zu ihrer Verabredung mit Ellis wie zu einer Exekution gehen würde, jedenfalls würde sie ihm nicht das Gefühl geben, sich nicht darauf gefreut zu haben, was bedeutete, dass sie so reizvoll wie nur möglich aussehen musste.

Nur auf einen Gedanken durfte er nicht kommen: sie wieder zum

Essen einzuladen. Falls es doch der Fall sein sollte, müsste sie sich eine Entschuldigung ausdenken. Sie hatte Agent Lowell gegenüber bereits erwähnt, dass sie auf die Key Islands fahren wolle. Zwar war das reine Erfindung gewesen, aber vielleicht könnte sie diese Lüge als Ausrede für Vorbereitungen und Packen benutzen.

Sie stellte die Dusche ab, zog ein Handtuch von der Tür der Duschkabine und wickelte es sich um den Kopf. Sie war gerade dabei, die Tür zu öffnen, um aus der Dusche zu treten, als sie durch die Milchglasscheiben Kells verwischte Gestalt erblickte, und sie zuckte zurück, als hätte sie sich verbrannt.

„Mach, dass du hier herauskommst", sagte sie scharf, riss das Handtuch vom Kopf und wickelte es sich um die Körpermitte. Das Milchglas schützte sie zwar vor Kells Blick, aber wenn sie ihn sehen konnte, würde er das auch. Das Gefühl, er habe ihr beim Duschen zugesehen, machte sie schrecklich verletzbar. Wie lange hatte er schon dagestanden?

Rachel sah, wie er die Hand auf den Türknauf legte, und wich zurück, während er sie aufschob. „Du hast nicht geantwortet, als ich nach dir rief", sagte er kurz angebunden. „Ich wollte nur sicher sein, dass du in Ordnung bist."

Rachel hob den Kopf. „Das ist eine dünne Entschuldigung. Sobald du gesehen hast, dass ich dusche, hättest du gehen sollen."

Er wandte keinen Blick von ihr, nahm alles an ihr wahr, von den nassen, zerzausten Haaren über die feucht schimmernden Schultern bis hin zu ihren schlanken, nackten Beinen, an denen kleine Wassertröpfchen hingen.

Plötzlich bewegte sich Kell, legte ihr den rechten Arm um die Taille und hob sie aus der Dusche. Instinktiv klammerte sie sich an ihn, um Halt zu finden. „Pass auf! Deine Schulter …"

Er stellte Rachel auf die Bademate und sah sie mit ernster, verschlossener Miene an. Mit dem rechten Arm hielt er noch immer ihre Taille umschlungen. „Ich will nicht, dass du mit ihm ausgehst", sagte er schließlich mit belegter Stimme. „Verdammt, Rachel, ich will nicht, dass du meinetwegen ein Risiko eingehst!"

Das Handtuch fing zu rutschen an, und Rachel griff nach den Enden, um es festzuhalten. „Warum kannst du mir nicht zugestehen, dass ich erwachsen bin und für meine eigenen Entscheidungen geradestehen kann?", rief sie. „Du hast mir gesagt, Ellis sei ein Verräter, und ich glaube dir. Meinst du nicht, ich hätte eine moralische Verpflichtung, alles in meinen Kräften Stehende zu tun, um ihn aufzuhalten und dir zu helfen? Ich glaube, die Situation ist kritisch genug, um das Risiko wert zu sein! Es ist meine Entscheidung, nicht deine!"

„Du hättest da nie hineingezogen werden dürfen!"

„Warum nicht? Du hast selbst gesagt, du brauchst Hilfe. Du hast ja auch andere Leute in gefährliche Situationen gebracht, nicht wahr?"

„Das waren geschulte Agenten", entgegnete er unwirsch. „Und, weiß der Teufel, ich habe nie nachts vor Sehnsucht wach gelegen, um mit einem von ihnen zu schlafen!"

Rachel wurde still. Sie sah Kell aus weit geöffneten Augen an. Sein Gesichtsausdruck verriet nichts anderes als Zorn und leichte Überraschung, als hätte er das gar nicht sagen wollen. Er zog sie näher an sich heran, obwohl es ihr gelungen war, einen ihrer Arme zwischen ihre Körper zu schieben, um das Handtuch festhalten zu können. Nur ihre Zehenspitzen berührten die Bademate. Mit ihren Schenkeln stand sie zwischen seinen leicht gespreizten Beinen, und ihr blieb seine Erregung nicht verborgen.

Keiner von ihnen sagte ein Wort, weil sie sich beide bewusst waren, was zwischen ihnen vorging. Jeder atmete tief und schnell, und Rachel wurden die Knie weich, je deutlicher sie Kells Absichten spürte.

Kein Muskel zuckte in seinem Gesicht, als er in rauem Ton weitersprach. „Ich habe dich in der Küche davonkommen lassen. Aber, weiß der Himmel, noch einmal schaffe ich es nicht. Nicht jetzt!"

Mit einem Ruck riss er ihr von hinten das Handtuch fort und ließ es auf die Bademate fallen. Nackt stand Rachel vor ihm, eingeschlossen in seinem Griff, zitternd und nach Atem ringend.

Mit einem wilden, besitzergreifenden Laut bückte sich Kell und warf sich Rachel über die rechte Schulter. Das Blut dröhnte ihm so laut in den Ohren, dass er ihren überraschten Schrei gar nicht hörte.

Mit wenigen Schritten war er beim Bett und ließ Rachel darauf fallen, war sofort über ihr, drückte ihre Schenkel auseinander und kniete sich dazwischen, ehe sie recht begriffen hatte, wie ihr geschah. Rachel streckte ihm die Arme entgegen, sie schluchzte fast vor Verlangen. Mit einem Ruck zog er das Hemd aus und warf es zu Boden. Dann zerrte er an dem Reißverschluss seiner Shorts, bis er ihn auf hatte, und senkte sich auf Rachel.

Als er in sie eindrang, bäumte sie sich heftig unter ihm auf. Der stechende, zugleich ungeahnte Wonnen verursachende Schmerz ließ sie aufschreien. Sie schloss ihre Schenkel und wand sich unter seinen tiefen, gleitenden Stößen.

So war es für sie noch nie gewesen, so schmerzhaft intensiv, dass es fast unerträglich war. Sie hatte noch nie so geliebt. Rachel wusste, dass ihr Herz aufhören würde zu schlagen, wenn Kell je etwas zustoßen sollte. Wenn das alles war, was er von ihr haben wollte, diese Momente reiner Lust, dann würde sie sich ihm frei und schrankenlos hingeben, ihn mit ihrer eigenen Begierde verzehren.

Kell drang mit wilder Leidenschaft immer wieder in sie ein, und plötzlich war es zu viel für Rachel. Jeder ihrer Nerven war zum Zerreißen gespannt, und die Sinne schienen ihr schwinden zu wollen. Sie stöhnte und schrie auf, bewegte sich mit einer Lust unter ihm, die Kell mitriss. Rachel konnte nichts mehr sehen, nicht mehr atmen, nur noch fühlen und empfinden. Seine kraftvollen Stöße schienen sie zu zerreißen, seine heiseren, ungezügelten Schreie drangen halberstickt an ihr Ohr. Dann gingen sie in ein raues Stöhnen über. Langsam beruhigte Kell sich und wurde still. Sein Körper entspannte sich, und er lag schwer auf ihr. Aber sie hielt ihn glücklich in den Armen und strich ihm zärtlich über den Rücken.

Besorgnis überfiel sie, als die Vernunft zurückkehrte. Sie erinnerte sich an die Art, wie Kell sie über die Schulter geworfen und sie anschließend so zügellos geliebt hatte. Sein Kopf ruhte an ihrer Schulter, und sie fuhr ihm mit den Fingern durch sein seidenweiches Haar. Mit kaum wahrnehmbarer Stimme hauchte sie: „Kell? Deine Schulter … ist alles in Ordnung?"

Er stützte sich auf den rechten Ellbogen und sah auf sie herab. In ihren hellen, grauen Augen stand nur Besorgnis – um ihn, nachdem er sie so wild und ungebärdig geliebt hatte.

Er hatte nicht einmal ihre weichen, zitternden Lippen geküsst, nicht ihre hübschen Brüste gestreichelt und seinen Mund darauf gesenkt, wie er es sich in seinen Träumen ausgemalt hatte. Aus diesen Augen sprach die Liebe, eine reine und vertrauensvolle Liebe. Sein Herz krampfte sich zusammen, und tief in seinem Inneren und in seiner Seele brach etwas entzwei und machte ihn so verletzlich, wie er noch nie vorher gewesen war.

„Wer ist eigentlich diese Frau, nach der Ellis so verrückt ist?", fragte Charles ruhig und hielt den Blick aus seinen blassgrauen Augen stetig auf Lowell gerichtet. Charles wirkte wie immer gleichgültig, aber Lowell wusste, dass ihm nichts entging.

„Sie lebt in einem kleinen Haus in Strandnähe. Eine verlassene Gegend, meilenweit gibt es nichts. Als wir anfingen, nach Sabin zu suchen, haben wir sie befragt."

„Und?", fragte Charles beinahe sanft.

Lowell zuckte die Schultern. „Und nichts. Sie hatte nichts gesehen."

„Sie muss etwas Außergewöhnliches an sich haben, um Ellis' Aufmerksamkeit zu erregen."

Lowell dachte eine Minute über die Bemerkung nach und schüttelte dann den Kopf. „Sie ist hübsch, das ist aber auch alles. Kein Makeup, ein ländlicher Typ. Aber Ellis hört nicht auf, über sie zu reden."

„Mir scheint, Freund Ellis hat seine Gedanken nicht bei dem auszuführenden Auftrag." Die Anmerkung klang täuschend nebensächlich.

Wieder zuckte Lowell die Schultern. „Er meint, Sabin sei umgekommen, als das Boot in die Luft flog, und zeigt deshalb bei der Suche nach ihm keinen großen Ehrgeiz."

„Und was denkst du?"

„Es wäre möglich. Wir haben keine Spur von ihm gefunden. Er war verletzt. Selbst wenn er wie durch ein Wunder zur Küste gelangt sein sollte, hätte er doch Hilfe gebraucht."

Charles nickte. Sein Blick wurde nachdenklich, nachdem er Lowell fortgeschickt hatte. Er arbeitete seit vielen Jahren mit Lowell und kannte ihn als zuverlässigen und tüchtigen, aber phantasielosen Agenten. Er musste auch tüchtig sein, um überleben zu können.

Lowell war ebenso wenig davon überzeugt, dass Sabin überlebt hatte, wie es Ellis war, und Charles fragte sich, ob er zugelassen habe, dass Sabins Ruf seinen eigenen gesunden Menschenverstand ausgeschaltet hätte. Niemand sollte das überlebt haben, aber Sabin … Sabin war eine Ausnahme, abgesehen von dem blonden Teufel mit den goldbraunen Augen, der verschwunden war und von dem es hieß, er sei tot, trotz der im vorigen Jahr in Costa Rica aufgetauchten Gerüchte. Sabin war wie ein nicht fassbarer Schatten, instinktiv gerissen und vom Glück gesegnet. Nein, nicht vom Glück, korrigierte Charles sich selbst. Er war geschickt. Sabin nur als „vom Glück begünstigt" zu bezeichnen, hieße, ihn zu unterschätzen. Diesen fatalen Fehler hatten viel zu viele seiner Kollegen gemacht.

„Noelle, komm her", rief er, ohne kaum die Stimme zu erheben. Das war auch nicht nötig, denn Noelle war nie weit von ihm entfernt. Er sah sie mit Vergnügen an, nicht etwa, weil sie außergewöhnlich schön war, sondern weil er den Widerspruch zwischen ihrem zerstörerischen Wesen und dem reizvollen weiblichen Äußeren so genoss. Ihre Aufgabe war zweifach: Charles zu beschützen und Sabin zu töten.

Noelle betrat mit der Grazie eines Mannequins und mit weichem, schläfrigem Blick den Raum. „Ja?"

Er wies mit seiner dünnen, gepflegten Hand auf einen Stuhl. „Setz dich, bitte. Ich habe mit Lowell über Sabin gesprochen."

Noelle ließ sich nieder und schlug die Beine wirkungsvoll übereinander. Sie beherrschte das Verhalten, mit dem sie einen arglosen Mann zu fesseln vermochte, wie eine natürliche Begabung, weil sie es lange und intensiv geübt hatte. „Ah, Agent Lowell", sagte sie lächelnd. „Mutig, verlässlich, aber ein bisschen kurzsichtig."

„Wie Ellis glaubt auch er, dass wir mit unsere Suche nach Sabin nur unsere Zeit verschwenden."

Noelle zündete sich eine Zigarette an und inhalierte tief, ehe sie den Rauch durch ihre geschwungenen Lippen blies. „Es spielt doch keine Rolle, was sie glauben, oder? Es kommt doch nur darauf an, was du denkst."

„Ich frage mich, ob ich Sabin keine übernatürlichen Kräfte zuschreibe, wenn ich so widerstrebend an seinen Tod glaube", sagte Charles nachdenklich.

In Noelles Augen trat ein funkelnder Glanz. „Wir können es uns nicht leisten, etwas anderes anzunehmen, bis uns nicht ein Beweis für seinen Tod vorliegt. Der Vorfall ist jetzt acht Tage her. Falls er doch irgendwie überlebt haben sollte, wird er sich jetzt hinreichend erholt haben, um wieder auftauchen zu können, und damit wachsen unsere Chancen, seiner habhaft zu werden. Die logischste Sache wäre, unsere Suche zu verstärken, statt sie schleifen zu lassen."

Ja, das war wirklich logisch. Andererseits schien es auch denkbar, dass Sabin die Explosion überlebt und irgendwie zur Küste gelangt war. Nur – warum hatte er sich dann nicht mit seinem Hauptquartier um Hilfe in Verbindung gesetzt? Ellis' Kontaktmann in Washington war absolut sicher, dass Sabin keinen Versuch unternommen hatte, mit jemandem in Verbindung zu treten. Diese schlichte Tatsache hatte jeden von seinem Tod überzeugt ... Nur Charles konnte sich nicht davon überzeugen.

Es war reine Intuition, die ihn dazu brachte, seine Männer weitersuchen, warten und zum Schlag ausharren zu lassen. Er mochte nicht glauben, dass es so einfach gewesen sein sollte, Sabin zu töten, nicht nach all den Jahren, in denen Versuch auf Versuch fehlgeschlagen war.

Abrupt schlug er einen knappen Ton an. „Du hast natürlich recht", sagte er zu Noelle. „Wir werden unsere Suche verstärken und jeden Quadratmeter abgrasen. Wir haben ihn irgendwie und irgendwo übersehen."

Kell schlich durch das Haus, und seine Miene spiegelte seine grimmige Stimmung wider. Er hatte einige schwierige Dinge im Leben hinter sich gebracht, aber nichts davon war so unangenehm gewesen, wie Rachels Vorbereitungen für das Treffen mit Tod Ellis mit anzusehen. Es ging ihm gründlich gegen den Strich, aber nichts, was er eingewendet hatte, konnte Rachels Sinn ändern, und er war hilflos und konnte nichts gegen die Umstände unternehmen. Außerdem durfte er nichts tun, was die Aufmerksamkeit auf Rachel gelenkt hätte, denn dadurch wäre die Gefahr, in der sie sich befand, nur noch größer geworden.

Er musste mit allem einverstanden sein, um ihre Sicherheit zu gewährleisten, selbst wenn es bedeutete, seinen Stolz und seinen Besitzerinstinkt herunterzuschlucken. Sie war so lange bei Ellis sicher, wie der Agent keinen Grund fand, Rachel wegen irgendetwas zu verdächtigen. Sie aus dem Haus zu zerren und noch vor Ellis' Ankunft fortzubringen, wie Kell es am liebsten getan hätte, hätte dessen Argwohn bestimmt erregt.

Kell kannte den Mann und wusste, wie gut er seinen Job machte … viel zu gut, denn sonst hätte er seine anderen Umtriebe nicht so lange verheimlichen können. Außerdem war Ellis ziemlich eingebildet. Wenn Rachel ihn versetzte, würde es ihn wütend machen, und er würde es nicht so einfach hinnehmen. Er würde wiederkommen.

Kell machte nirgendwo im Haus Licht an. Es schien ihm zwar unwahrscheinlich, dass man das Anwesen beobachtete, aber er konnte es nicht darauf ankommen lassen. Rachel und Ellis konnten frühzeitig zurückkommen, und ein erleuchtetes Haus könnte bei Ellis einen Verdacht auslösen. So schlich Kell nur leise durch die Dunkelheit, unfähig, trotz der Schmerzen in seiner Schulter und im Bein irgendwo still sitzen zu bleiben. Seit dem Nachmittag hatte ihn die Schulter stark geschmerzt, und er massierte sie geistesabwesend.

Ein sprödes Lächeln lag um seinen Mund. Er hatte nichts gespürt, als er mit Rachel im Bett gewesen war; alle seine Sinne waren nur auf Rachel eingestellt gewesen und hatten nur die überwältigende Leidenschaft ihrer sich vereinenden Körper wahrgenommen. Doch seitdem erinnerte ihn seine Schulter schmerzhaft daran, dass er noch weit von einer endgültigen Heilung entfernt war. Welch ein Glück, dass die Naht nicht wieder aufgeplatzt war.

Er fluchte unvermittelt vor sich hin und humpelte durch die Küche zur Hintertür. Er war so nervös, dass er es nicht mehr länger im Schutz des Hauses aushielt. Kaum war er auf die Veranda getreten, als Rex seinen Wachplatz unter dem Oleanderbusch verließ und still durch die Schatten schlich. Kell rief dem Tier beruhigende Worte zu. Er fürchtete sich nicht mehr vor einem Angriff. Rex hatte sich mit seiner Anwesenheit abgefunden. Trotzdem hatte Kell nicht so viel Vertrauen in den Hund, um sich nicht doch vorher bemerkbar zu machen, ehe er die Hintertreppe hinunterging.

Kell hielt sich automatisch selbst im Schatten, als er um das Haus herumging und das Kieferndickicht einer Kontrolle unterzog, um sicherzugehen, dass man das Gelände nicht beobachtete. Rex trottete ungefähr zehn Schritte hinter ihm her und blieb stehen, wenn Kell anhielt, oder wanderte weiter, wenn Kell es tat.

Der Neumond ging als dünne Sichel am Horizont auf. Kell sah zum klaren Himmel auf, der so hell wie Rachels Augen war. Die unendliche Weite schien ihm so fast greifbar zu sein.

Sein Herz zog sich wieder zusammen und er ballte die Hand zur Faust. Leise fluchte er in die Nacht hinaus. Es bestand immer noch die Möglichkeit, dass er nicht lebend aus dieser Sache herauskommen würde, aber er mochte nicht darüber grübeln. In den vergangenen Tagen hatte er viel nachgedacht und seine Chancen überlegt und abgewogen. Sein Plan stand fest:

Jetzt hieß es warten, dass seine Wunden noch besser verheilten, bis er körperlich wieder bei Kräften war, warten auf Ellis und seine Kumpane, dass sie einen Fehler machten, bis der richtige Zeitpunkt gekommen war … Warten. Wenn es soweit war, würde er Sullivan anrufen, und der Plan würde in die Tat umgesetzt werden. Er hatte lieber Sullivan bei sich als zehn andere Leute. Niemand würde damit rechnen, dass sie beide je wieder zusammenarbeiteten.

Nein, seine einzige Ungewissheit war Rachel. Er wusste, was er zu ihrem Schutz zu tun hatte, aber zum ersten Mal in seinem Leben fürchtete er sich davor. Es war eine Sache, sie zu verlassen, mit ihr zu leben etwas ganz anderes.

Er war stets im tiefsten Innern ein Einzelgänger gewesen und hatte es nie anders gewollt. Vielleicht hatte er schon seit seiner Kinderzeit gespürt, wie weh es tat, jemanden zu lieben.

Das war es, was er fürchtete. Die Worte hatten sich wie von selbst in seiner Vorstellung geformt, und auch das war bereits so schmerzvoll, dass er zusammenzuckte. Er besaß ein viel zu intensives Empfinden, als dass ihm eine oberflächliche Liebelei, ein flüchtiger Flirt genug gegeben hätte. Er hatte sich hinter den Schutzschild aus gefühlsmäßiger Distanz zurückgezogen, doch Rachel hatte ihn zum Einsturz gebracht. Und das tat weh.

*R*achel saß lächelnd und plaudernd Ellis gegenüber und zwang sich, den Hummersalat zu essen. Doch jedes Mal, wenn Ellis sie mit seinem Reklamelächeln ansah, verschlug es ihr den Appetit. Sie wusste, was sich hinter diesem Lächeln verbarg. Er war ein Lügner, Mörder und Verräter, der versucht hatte, Kell umzubringen. Sie musste sich sehr zusammenreißen, um so zu tun, als amüsiere sie sich köstlich, denn ihre Gedanken glitten immer wieder zu Kell zurück.

Nichts hätte sie lieber getan, als diesen Nachmittag weiterhin in seinen Armen zu liegen und ihren erschöpften, pochenden Körper von Kells rauer, schneller und überwältigender Besitznahme zu erholen. Sie hatte längst vergessen, wie das sein konnte ... aber vielleicht war es früher auch nie so gewesen. Ihre Ehe mit Bobby Bill war fröhlich, liebevoll und herzlich gewesen. Doch sobald Kell sie berührte, schien eine brennende Hitze sie zu verzehren, und sie wurde schon unter einem Blick, einer Berührung weich und heiß. Kell war ein harter, leidenschaftlicher Mann, dessen kraftvolle Persönlichkeit sie in Bann schlug.

Nein, Kell war kein sehr bequemer Mann oder gar einfach zu lieben, aber sie vergeudete nicht die Zeit damit, sich gegen ihr Schicksal aufzulehnen. Sie liebte ihn und akzeptierte ihn so, wie er war. Sie sah zu Ellis hinüber und kniff die Augen etwas zusammen. Kell war wie ein von Schakalen umzingelter Löwe, und dieser Mann vor ihr war einer der Schakale.

Rachel legte ihre Gabel hin und lächelte ihn breit an. „Wie lange, glauben Sie, werden Sie sich noch hier in der Gegend aufhalten? Oder hat man Sie auf Dauer diesem Gebiet zugeteilt?"

„Nein, ich bin viel unterwegs", sagte er und unterstrich seine Worte durch ein neues, aufgesetztes Lächeln. „Ich weiß nie vorher, wann ich versetzt werde."

„Ist das hier ein besonderer Auftrag?"

„Es ist eher die Jagd nach einem Phantom. Wir haben nur unsere Zeit verschwendet. Und dennoch, hätten wir nicht den Strand abgesucht, wäre ich Ihnen nie begegnet."

Seit Ellis sie abgeholt hatte, fielen Andeutungen dieser Art, und Rachel hatte sie absichtlich überhört. Er hielt sich offensichtlich für einen modernen Don Juan. Wahrscheinlich fanden ihn auch eine Menge Frauen attraktiv und charmant, aber die wussten ja auch nicht, was Rachel von ihm wusste.

„Oh, ich bin überzeugt, dass Sie nicht auf der Jagd nach flüchtigen Verabredungen sind", sagte sie leichthin.

Er griff über den Tisch und legte seine Hand auf ihre. „Vielleicht betrachte ich dies nicht als eine flüchtige Verabredung."

Lächelnd entzog Rachel ihm die Hand und griff nach ihrem Weinglas. „Ich wüsste zwar nicht, als was Sie es sonst betrachten könnten, wenn man davon ausgeht, dass Sie jederzeit versetzt werden können. Selbst wenn es nicht der Fall sein sollte, ich fahre bald in die Ferien und werde wohl für den Rest des Sommers fortbleiben."

Das gefiel Ellis gar nicht. Es versetzte seinem Selbstgefühl einen kleinen Rückstoß, dass Rachel nicht willens war, so lange zu bleiben, wie er sich hier aufhielt. „Wohin fahren Sie?"

„Auf die Key Islands. Ich werde bei jemandem wohnen und Nachforschungen in der Gegend anstellen. Ich habe vor, so lange dortzubleiben, bis ich für meine Abendkurse in Gainesville zu Beginn des Herbstsemesters zurück sein muss."

Jeder hätte sie nun nach diesen Abendkursen gefragt, aber Ellis machte eine finstere Miene und fragte: „Ist dieser Jemand männlichen oder weiblichen Geschlechts?"

Einen Moment lang spielte Rachel mit dem reizvollen Gedanken, ihm zu empfehlen, sich zum Teufel zu scheren, doch sie wollte sich ihn nicht zum Feind machen … noch nicht. Wenn es ging, wollte sie erst noch ein paar Informationen aus ihm herausholen. So warf sie ihm einen kühlen Blick zu, der ihm klar machte, dass er zu weit gegangen war, und sagte ruhig: „Es ist eine Frau, eine alte College-Freundin."

Ellis war nicht dumm. Arrogant und eingebildet, ja, aber nicht dumm. Er grinste auf eine Weise, die wohl charmant sein sollte, Rachel aber kalt ließ.

„Oh, Entschuldigung, ich habe wohl meine Grenzen überschritten. Es ist nur, dass … nun, von dem Augenblick an, wo ich Sie gesehen habe, fühlte ich mich wirklich zu Ihnen hingezogen, und ich möchte Sie einfach besser kennenlernen."

„Das scheint wenig sinnvoll", erklärte Rachel ihm. „Sie werden ohnehin bald abreisen, selbst wenn ich nicht in die Ferien fahren wollte."

Er sah aus, als wolle er ihr widersprechen, aber er hatte ihr ja gesagt, dass er viel unterwegs sei. „Es kann sein, dass wir noch ein paar Wochen hier bleiben", sagte er hoffnungsvoll.

„Um die Sache zum Abschluss zu bringen?"

„Ja. Sie wissen selbst, wie das so ist. Papierkram."

„Nur Sie und Agent Lowell?"

Ellis zögerte. Die Gewohnheit saß zu tief in ihm verwurzelt, als dass er unüberlegt über seine Arbeit gesprochen hätte. Rachel hielt den Atem an und fragte sich, ob seine gekränkte Eitelkeit ihn dazu bringen würde, den Boden, den er durch seine ungezogene Bemerkung verloren hatte, wieder wettzumachen. Schließlich war es doch unglaublich schmeichelhaft, wenn man über seine Tätigkeit ausgefragt wurde. Auf diese Weise lernte man sich besser kennen, und die harmlosen Fragen zeugten von persönlichem Interesse. Sie war interessiert, gewiss, aber nicht an Agent Ellis.

„Wir sind neun Mann, die hier im Moment Nachforschungen anstellen", antwortete er schließlich. „Jeder von uns wurde besonders für diesen Job ausgesucht."

Weil sie skrupellos waren? Rachel strahlte ihn aus großen Augen schmeichelhaft an. „Das muss aber eine große Sache sein, wenn so viele Leute daran beteiligt sind."

„Wie ich sagte, wir sind die aktiven Untersuchungsbeamten. Falls nötig, können wir noch ungefähr zwanzig andere Männer zu unserer Unterstützung heranziehen."

Rachel wirkte gebührend beeindruckt. „Aber Sie glauben, dass nichts bei dieser Geschichte herauskommt?"

„Wir haben nichts gefunden, aber unser oberster Boss ist noch nicht zufrieden. Sie wissen, wie das ist. Die Schreibtischhengste glauben immer, mehr als die Leute vor Ort zu wissen."

Rachel zeigte viel Verständnis und erfand ein paar Geschichten, um ihn bei Laune zu halten und das Gespräch von seiner Arbeit abzulenken. Falls sie zu direkt und beharrlich nachfragte, könnte das seinen Argwohn erregen. Sich mit ihm zu unterhalten, gab ihr ein klebriges Empfinden, und sie wollte ihn so schnell wie möglich verlassen. Die Vorstellung, er könne versuchen, sie zu küssen oder womöglich zum Sex zu überreden, erfüllte sie mit Entsetzen.

Doch als nach einer Stunde endlich die Teller abgeräumt waren und der Kaffee serviert wurde, streckte sie ihre Fühler noch einmal aus. „Wo wohnen Sie eigentlich? Das hier ist keine Gegend für Touristen, und es ist schwierig, ein Zimmer zu bekommen."

„Wir sind alle über die Küste verstreut", erklärte Ellis. „Lowell und ich teilen uns ein Zimmer in diesem mickrigen, kleinen Motel, Harran's."

„Ich weiß, wo das ist", sagte Rachel und nickte.

„Seit wir hier sind, haben wir nur im Schnellimbiss gegessen. Es ist eine Wohltat, zur Abwechslung einmal etwas Vernünftiges zu speisen."

„Das lässt sich denken." Rachel schob ihre Kaffeetasse zurück und sah sich im Restaurant um. Hoffentlich verstand Ellis den Wink, dass sie gehen wollte.

Die dürren Einzelheiten, die sie erfahren hatte, mussten reichen. Sie konnte einfach nicht mehr länger hier mit ihm herumsitzen und so tun, als gefiele er ihr. Sie wollte nach Haus und die Tür hinter sich zumachen und damit Ellis und seine Bande aus ihrem Leben verbannen.

Kell wartete auf sie. Rachel sehnte sich nach ihm, obwohl sie sich seiner Laune wegen Gedanken machte. Er war kühl und still geblieben, als sie das Haus verließ. Seinen Zorn hatte er kaum zurückhalten können. Er war es nicht gewohnt, dass man seine Befehle ignorierte, und mochte das ganz und gar nicht.

Selbst Ellis hatte nichts dagegen, etwas eher zu gehen. Rachel nahm an, er hoffte, den Rest des Abends auf eine eher intime Art zu verbringen. Nun, er würde eine Enttäuschung erleben.

Auf der Fahrt nach Haus sprach Rachel wenig, weil es ihr widerstrebte, sich mehr als nötig mit Ellis zu unterhalten, und weil ihre Gedanken sich wieder ganz auf Kell konzentrierten, obwohl er ihr den ganzen Abend über nicht aus dem Kopf gegangen war.

Ellis bog auf die Privatstraße ein, die zu ihrem Haus führte, und hielt wenige Minuten später an. Das Haus lag im Finstern, aber Rachel hatte es auch nicht anders erwartet. Kell würde seine Anwesenheit nicht dadurch verraten, dass er Lichter anmachte.

Sie stiegen aus dem Wagen. Als Ellis zu ihrer Seite herumkam, hörten sie das leise Knurren. Dem guten Rex entging auch nichts.

Ellis fuhr sichtlich zusammen. Im fahlen Licht der offenen Wagentür konnte sie den großen Schrecken sehen, der sich auf seinem Gesicht abzeichnete. Er blieb auf der Stelle stehen. „Wo ist er?", murmelte er.

Rachel sah sich um, konnte den Hund aber nicht entdecken. Da er braunschwarz war und das typische Aussehen eines Schäferhundes hatte, war er schwierig in der Dunkelheit auszumachen. Das Knurren kam von links, wo Ellis stand, aber sie hatte ihn immer noch nicht bemerkt.

Rachel nutzte die Gelegenheit aus. „Hören Sie, bleiben Sie stehen, ohne sich zu rühren, während ich ein paar Schritte auf den Hof zumache. Der Hund ist hinter Ihnen. Gehen Sie also nicht weiter auf ihn zu. Sobald ich aus dem Weg bin, steigen Sie auf dieser Seite in den Wagen. Dann wird Rex wohl nicht mehr auf Sie losgehen."

„Dieser Hund ist bösartig. Sie sollten ihn an die Leine legen", sagte Ellis ärgerlich, widersprach Rachels Anweisungen aber nicht. Er blieb stocksteif stehen, während sie sich wenige Schritte von der offenen Beifahrertür fortbewegte.

„Es tut mir leid", entschuldigte sich Rachel und hoffte, er möge die Heuchelei nicht aus ihrer Stimme heraushören. „Ich hatte nicht an ihn gedacht. Aber er ist ein guter Schutz. Noch nie hat er einen Fremden auf den Hof gelassen."

In diesem Augenblick bewegte Rex sich und verriet seine Position. Böse knurrend, stellte er sich zwischen Rachel und Ellis.

Am liebsten hätte sie losgelacht. Jetzt war es mit jeder Gelegenheit für einen Gute-Nacht-Kuss vorbei, und an seinem Gesichtsausdruck konnte sie erkennen, dass er sich nichts sehnlicher wünschte, als ins Wageninnere zu kommen und den festen Stahl zwischen sich und das Tier zu bringen. Hastig rutschte er auf den Sitz und knallte die Tür zu. Dann kurbelte er das Fenster halb herunter. „Ich rufe Sie wieder an, ja?"

Rachel tat, als würde sie überlegen, statt ihm gleich „Nein!" zu sagen, das ihr auf der Zunge lag. „Ich werde mit den Vorbereitungen für meinen Urlaub beschäftigt sein. Außerdem muss ich noch vor meiner Abreise ein paar Sachen erledigen. Ich werde wohl kaum einen freien Moment übrig haben."

Jetzt, wo Ellis den Hund nicht mehr fürchten musste, kam seine Großspurigkeit zurück. „Aber essen müssen Sie doch, oder? Ich rufe wieder an, und wir gehen essen oder so etwas."

Am Telefon könnte sie Ellis leicht abwimmeln. Nur wollte sie nicht, dass er unangemeldet hier auftauchte. Doch so lange Rex hier war, wäre damit wohl auch kaum zu rechnen.

Sie blieb so lange auf dem Hof stehen, bis die Rücklichter nicht mehr zu sehen waren. „Braver Junge", lobte sie Rex. Sie drehte sich zum Haus um, und wunderte sich, dass Kell kein Licht für sie anmachte, nachdem Ellis verschwunden war. Sie wollte auf die Veranda zugehen, hatte aber noch nicht den ersten Schritt gemacht, als sich ihr ein kräftiger Arm um die Taille legte und sie nach hinten riss.

„Hast du dich gut amüsiert?", flüsterte eine tiefe, verärgerte Stimme in ihr Ohr.

„Kell!" Erleichtert lehnte Rachel sich an ihn, und trotz seines Ärgers war sie froh, ihn nahe bei sich zu spüren.

„Hat er dich angefasst? Hat er dich geküsst?"

Rachel hatte damit gerechnet, ausgefragt zu werden, aber doch nicht gleich darüber. Kell klang rau, fast böse.

„Du weißt genau, dass es nicht der Fall war", antwortete sie gelassen. „Immerhin hast du uns ja zugesehen."

„Und vorher?"

„Nein, auch da nicht. Ich hätte den Gedanken nicht ertragen können."

Kell durchlief ein starkes Zittern. Für einen normalerweise so beherrschten Mann war das eine höchst ungewöhnliche Reaktion. Als er weitersprach, hatte er seine Stimme wieder in der Gewalt. „Lass uns hineingehen."

Während Rachel sich im Schlafzimmer die Schuhe auszog und ihre Handtasche weglegte, schloss Kell hinter ihnen ab und kam dann zu ihr hinein. Seine schwarzen Augen sahen ihr ausdruckslos zu, als sie ihre Ohrringe abnahm und den Schmuck in eine Samtschatulle legte. Wie recht er doch hatte – Rachel verwandelte sich in eine elegante, raffinierte Frau, ebenso leicht wie sie barfuß im Garten herumlaufen konnte, und in jedem Fall war sie unglaublich sexy.

Kells Schweigen und sein beobachtender Blick machten Rachel unsicher. „Ich habe ein paar Informationen herausbekommen", sagte sie schließlich, während sie ein Nachthemd aus der Kommode nahm und dann zu Kell hinübersah. Irgendwie wirkte er … wütend, obwohl er ein gleichgültiges Gesicht machte und ausdruckslos vor sich hinsah. Er hatte die Arme vor der nackten Brust gekreuzt. Er trug nur Jeans und Tennisschuhe – und sah so einfach hinreißend aus.

Er stellte keine Fragen, aber Rachel berichtete ihm trotzdem. „Im Augenblick sind neun Mann hinter dir her. Ellis ließ die Bemerkung fallen, dass, falls notwendig, noch ungefähr zwanzig weitere zur Verfügung stünden. Sie sind auf ihrer Suche über die ganze Küste verstreut. Ellis und Lowell wohnen im Harran's Motel. Er glaubt, du seist tot und dass sie nur ihre Zeit verschwendeten, aber der Boss des Unternehmens will nicht aufgeben."

Das musste der geheimnisvolle Charles sein. Von dem Moment an, wo Kell diese Rothaarige, Noelle, auf dem Boot gesehen hatte, wusste er, wer hinter der Sache steckte. Er wusste auch, dass es nur eine Frage der Zeit war, bis sie wieder aneinandergerieten.

Charles war das Oberhaupt einer internationalen Terrororganisation, deren Aktivitäten ständig dreister und bedrohlicher geworden waren, während sich Charles gleichzeitig diskret im Hintergrund hielt, wo er durch ein Netz aus Sicherheitsanlagen und politischen Manövern geschützt war. Nun war er aus seinem Versteck hervorgekommen, um Kell Sabin zu fassen. Aber ihm war ein fataler Fehler unterlaufen: Sein erster Anschlag war fehlgeschlagen, und so wusste Kell jetzt, dass in den Reihen seiner eigenen Mannschaft ein Verräter saß. Charles konnte es sich gar nicht leisten, die Suche abzubrechen, ehe man Kell nicht gefunden hatte – tot oder lebendig.

Da Kell ihr keine weiteren Fragen mehr stellte, zuckte Rachel mit den Schultern und ging ins Bad, um ihr Make-up zu entfernen und sich das Nachthemd anzuziehen. Kells Schweigen ging ihr auf die Nerven. Er setzte es wahrscheinlich als Mittel ein, um die Leute aus der Ruhe und in eine Abwehrstellung zu bringen. Nun, sie war nicht einer seiner Lakaien – sie war eine Frau, die ihn liebte.

Fünf Minuten später kam Rachel mit ihren Sachen über dem Arm wieder aus dem Badezimmer. Kell saß auf der Bettkante und zog sich die Schuhe aus. Er ließ sie nicht aus den Augen, als Rachel ihre Kleider im Schrank aufhängte, nicht einmal, als er aufstand und den Reißverschluss seiner Jeans aufzog.

„Das Nachthemd ist reine Zeitverschwendung", sagte er gedehnt. „Du kannst es gleich wieder in die Schublade zurücklegen."

Verwirrt drehte Rachel sich nach ihm um. Kell stand mit offenen Jeans neben dem Bett und sah sie herausfordernd an.

Augenblicklich fühlte Rachel sich zu ihm hingezogen. Ihr Herz schlug schneller, und ihr Atem ging heftiger. So war es ihr von Anfang an ergangen, und sie konnte jetzt ebenso wenig dagegen tun wie vormals. Kell wollte sie – das war unübersehbar. Aber gleichzeitig wehrte er sich innerlich dagegen, und dieses Wissen schmerzte.

Sie schluckte, schloss die Schranktür und lehnte sich dagegen. „Es ist dumm", sagte sie und bemühte sich vergeblich um einen belanglosen Ton. Ihre Stimme klang belegt und zittrig. „Nach heute Nachmittag sollte man meinen, dass es mir leichter fallen müsse, mit dir ins Bett zu gehen. Aber das ist nicht der Fall. Ich weiß nicht, was … was zwischen uns ist, wenn überhaupt etwas zwischen dir und mir ist. Ich hatte geglaubt, wir hätten die Verhältnisse geklärt, aber das stimmt nicht. Was willst du eigentlich von mir?" Sie machte eine kurze, abwertende Geste. „Außer Sex?"

Kell sah ihr in die Augen. „Alles. Ich will alles von dir. Aber ich kann es nicht haben."

Rachel zitterte, und Tränen traten ihr in die Augen. „Du weißt, du kannst alles haben, was du dir wünschst. Du musst nur die Hand ausstrecken und es dir nehmen."

Langsam ging er auf sie zu und legte ihr die Hand auf die Schulter. Er ließ seine Finger unter den Träger ihres Nachthemdes gleiten und strich ihr mit seinen rauen Fingerspitzen über die warme samtweiche Haut.

„Und dein Leben riskieren?", fragte er leise. „Nein, damit könnte ich nicht leben."

„Du klingst, als sei es eine unumstößliche Tatsache, dass in deiner Nähe jeder zur Zielscheibe wird. Andere Agenten ..."

„Andere Agenten sind nicht ich", unterbrach er sie ruhig, ohne den Blick von Rachel zu lösen. „Es gibt etliche korrupte Regierungen und Terroristengruppen, die ein Kopfgeld auf mich ausgesetzt haben. Glaubst du wirklich, ich könnte eine Frau bitten, diese Art Leben mit mir zu teilen?"

Rachel lächelte ihn durch ihre Tränen an. „Versuch nicht, mir einreden zu wollen, du würdest wie ein Mönch leben. Ich weiß, es hat auch andere Frauen ..."

„Aber keine so nah. Keine, die mir etwas bedeutet hätte. Keine die man entführen oder bedrohen könnte in dem Versuch, an mich heranzukommen. Ich habe es probiert. Liebes. Ich war verheiratet, Jahre bevor die Lage so gefährlich wurde. Meine Frau wurde verletzt bei einem Mordanschlag, der mir galt. Und da sie eine gescheite Frau war, hat sie so schnell wie möglich das Weite gesucht."

So gescheit kann sie nicht gewesen sein, dachte Rachel. Sie wusste, dass sie sich niemals von Kell hätte vertreiben lassen. Sie konnte die Tränen nicht länger zurückhalten und ließ sie ungehindert über die Wangen rollen, als sie Kell ansah und mit erstickter Stimme sagte: „Mir wäre es das wert, um bei dir zu sein. Ich würde das Risiko eingehen."

„Nein", antwortete Kell und schüttelte den Kopf. „Das lasse ich nicht zu. Ich will dieses Risiko nicht auf mich nehmen, nicht, wenn es um dein Leben geht." Er wischte ihr mit dem Daumen die Tränen aus dem Gesicht.

„Muss nicht ich diese Entscheidung treffen?"

Kell legte beide Hände an Rachels Kopf und zog ihr Gesicht näher zu sich heran. „Nicht, wenn du keine echte Vorstellung von den damit verbundenen Gefahren hast. Als Kriminalreporterin hast du zwar ein paar Erfahrungen gesammelt, und dir fällt auch mehr auf, als für dich gut ist, aber wenn es darum geht, zu beurteilen, wie meine Tätigkeit wirklich aussieht, dann bist du so unerfahren wie ein neugeborenes Kind. Natürlich gibt es Agenten, die ein verhältnismäßig normales Leben führen, aber ich gehöre nicht dazu. Ich bin ein Teil einer sehr kleinen Gruppe. Für die Öffentlichkeit existiere ich nicht einmal."

Rachel war sehr bleich und ernst geworden. „Ich weiß mehr über die möglichen Risiken, als du denkst."

„Nein. Du kennst es nur vom Kino, den beschönigten, romantischen und verherrlichenden Unsinn."

Plötzlich entzog sich Rachel seinem Griff und ballte die Hände zu Fäusten.

„Meinst du?", fragte sie mit rauer Stimme, aus der Schmerz klang. „Mein Mann wurde von einer Autobombe getötet, die mir galt. Und daran war nichts Schönes, Romantisches oder Herrliches. Er starb statt meiner! Ich möchte wissen, wer sonst noch den Preis für ein Risiko zahlen möchte, das ich einzugehen bereit bin!" Wieder liefen ihr die Tränen über die Wangen. Wütend wischte Rachel sie sich fort und sah Kell erbost an. „Oh, verdammt, Kell Sabin! Glaubst du, dass ich dich lieben will? Aber wenigstens bin ich entschlossen, das Risiko auf mich zu nehmen, statt einfach davor wegzurennen, so wie du es tust!"

Sie weinte, und sie so aufgelöst zu sehen, war, als hätte er einen Schlag in die Magengrube erhalten. Rachel war kein Mensch, der leicht in Tränen ausbrach, und sie bemühte sich heftig, nicht zu weinen. Während sie Kell in die Augen schaute, wischte sie die Tränen ärgerlich weg.

Langsam streckte Kell die Hand aus und strich ihr das Haar aus dem feuchten Gesicht. Dann zog er sie in die Arme und legte ihren Kopf gegen seine unverletzte Schulter. „Was auch geschehen mag, ich darf dich nicht gefährden", sagte er leise mit gequälter Stimme.

Seine Worte klangen endgültig, und Rachel wusste, sie würde ihn nicht vom Gegenteil überzeugen können. Kell würde sie verlassen. Und wenn er ging, war es für immer.

„Lass uns in die Stadt fahren", sagte Kell am nächsten Morgen nach dem Frühstück.

Rachel atmete tief durch und hielt einen Moment lang inne, ehe sie sich wieder dem Abwasch zuwandte. Sie reichte Kell den letzten, abgetrockneten Teller und spürte, wie die aufsteigende Angst ihr die

Kehle zuzuschnüren schien. „Weshalb?"

„Ich muss telefonieren. Das kann ich nicht von hier aus machen."

Rachel brachte die nächsten Worte nur mit größter Mühe heraus. „Willst du den Mann anrufen, zu dem du Vertrauen zu haben meinst?"

„Ich weiß, dass ich ihm vertrauen kann", antwortete Kell brüsk. „Darauf verwette ich mein Leben!" Mehr noch – er verwettete auch Rachels Leben dabei. Ja, er hatte volles Vertrauen zu Grant Sullivan.

„Ich dachte, du wolltest damit warten, bis du restlos genesen bist." Als Rachel ihn ansah, waren ihre Augen voll Trauer und Schmerz. Ihr Anblick machte Kell zutiefst betroffen.

„Das wollte ich auch, bis Ellis wieder vorbeikommen würde. „Grant wird ein paar Tage brauchen, um einiges für mich zu klären und die Sache zu organisieren. Das möchte ich nicht länger hinauszögern."

„Grant? Ist das der Mann?"

„Ja."

„Aber dir wurden doch erst gestern die Fäden gezogen", wandte Rachel heftig ein. „Du bist noch immer schwach, und du kannst nicht …" Sie biss sich auf die Unterlippe und brachte sich selbst zum Schweigen.

Ein Streit würde Kells Sinn auch nicht ändern. Und sie konnte ihm auch nicht gut vorhalten, noch zu schwach zu sein, nachdem er sie in der letzten Nacht schließlich zweimal geliebt und sie am Morgen wieder genommen hatte. Sie fühlte sich steif und wund, und jeder ihrer Schritte erinnerte sie an seine Kraft und Ausdauer. Zwar war er noch nicht wieder im Vollbesitz seiner eigenen Kräfte, aber trotzdem war er wahrscheinlich stärker als die meisten Männer.

Rachel schloss die Augen. Sie schämte sich ihrer eigenen Schwäche, die sie dazu brachte, sich an ihn klammern zu wollen, wo sie doch von Anfang an gewusst hatte, dass sie es nicht durfte. „Es tut mir leid", sagte sie ruhig. „Natürlich kannst du. Wir können gleich fahren, wenn du möchtest."

Kell beobachtete sie schweigend. Wenn es einen Augenblick gegeben hatte, der die Stärke dieser Frau erkennen ließ, dann war es jetzt, und es erschwerte ihm den Abschied nur noch mehr. Eigentlich wollte er Grant gar nicht anrufen. Er wollte nicht durch den Tag hetzen, an dem alles zu Ende sein würde. Am liebsten hätte er diesen Zeitpunkt endlos hinausgezögert, um mit Rachel träge in der Hitze am Strand zu liegen und jede Nuance ihres Wesens kennenzulernen – und sie zu lieben, wann ihnen der Sinn danach stand. Und mit ihr die

Nächte – diese langen, schwülen, dufterfüllten Nächte – im Liebesspiel auf den klammen, zerwühlten Laken zu verbringen. Das war es,
was er sich wünschte. Nur das sichere Wissen, dass Rachel in erhöhter
Gefahr war, zwang ihn zu diesem Anruf bei Grant Sullivan. Er fühlte
instinktiv, dass die Zeit knapp wurde.

Rachel schlug die Augen auf, weil Kell so lange nichts gesagt hatte,
und merkte, dass er sie auf seine eindringliche Art ansah. „Was ich
möchte", sagte er nachdenklich, „ist, wieder mit dir zu schlafen."

Mehr brauchte es nicht, nur diesen Blick von ihm und seine Worte,
und Rachel fühlte, wie ihr williger Körper wieder warm wurde. Aber
sie wusste auch, dass sie nicht mehr fähig sein würde, sich ihm ganz
hinzugeben. Sie sah Kell mit deutlichem Bedauern an. „Ich glaube,
ich kann nicht."

Er berührte ihre Wange, und seine kräftigen, rauen Finger strichen
unglaublich zärtlich über ihr Gesicht. „Es tut mir leid. Ich hätte es
selbst merken sollen."

Rachel lächelte ihn unsicherer an, als ihr lieb war. „Ich will mich
nur schnell umziehen und mein Haar bürsten. Dann können wir
fahren."

Weil Rachel zu den wenig eitlen Frauen gehörte, waren sie schon fünf
Minuten später unterwegs. Kell nahm wachsam jedes Detail seiner
Umgebung wahr und achtete auf jedes Fahrzeug, das sie trafen. Rachel ertappte sich dabei, wie sie in den Rückspiegel schaute, falls sie
verfolgt wurden.

„Ich brauche eine abseits der Hauptstraße liegende Telefonzelle,
weil ich nicht von sechshundert Leuten auf dem Wege zum Einkauf
beobachtet werden möchte." Seine Worte klangen kurz angebunden,
seine Aufmerksamkeit galt dem fließenden Verkehr.

Gehorsam hielt Rachel Ausschau nach einer Telefonzelle in der
Nähe einer Tankstelle am Straßenrand und parkte den Wagen davor.
Kell öffnete die Tür und schloss sie gleich wieder, ohne auszusteigen.
Mit einem wirklich amüsierten Lächeln auf den Lippen wandte er
sich an Rachel. „Ich habe kein Geld."

Sein Lächeln nahm ihr die Spannung, und kichernd griff sie nach ihrer Handtasche. „Du könntest meine Kreditkartenummer angeben."

„Nein. Falls jemand den Anruf überprüfen sollte, könnte man auf
Grants Spur stoßen."

Er nahm das Wechselgeld entgegen und ging in die Telefonzelle.
Rachel sah zu, wie er das Geld in den Schlitz warf, und schaute sich

dann um, ob jemand sie beobachtete. Doch der einzige Mann in Sicht war der Tankstellenwärter, der vor seinem Büro auf einen zurückgekippten Stuhl saß und die Zeitung las.

Kell war nach nur wenigen Minuten zurück. Während er neben ihr Platz nahm und die Tür zuzog, ließ Rachel bereits den Motor des Wagens an. „Das war aber nicht lange", sagte sie.

„Grant verschwendet keine Worte."

„Kommt er?"

„Ja." Plötzlich lächelte Kell wieder, dieses seltene, echte Lächeln. „Er muss erst seine Frau mit den Kindern zu ihren Eltern schicken, weil sie ihn nicht allein gehen lassen will. Aber sie wird nachkommen."

Sein Humor bei ausgerechnet diesem Thema kam für Rachel unerwartet. „Hat sie keine Ahnung, was sein Job ist?"

Kell schnaubte durch die Nase. „Es ist nicht sein Job – er ist Farmer. Und es wird Jane ganz wild machen, wenn er sie nicht mitnimmt."

„Farmer!"

„Er ist vor einigen Jahren aus dem Dienst ausgeschieden."

„War seine Frau auch Agentin?"

„Nein, glücklicherweise nicht", antwortete Kell mit echter Überzeugung.

„Magst du sie nicht?"

„Es ist unmöglich, Jane nicht gern zu haben. Ich bin nur froh, dass Grant sie auf seiner Farm so gut im Auge behalten kann."

Rachel sah ihn zweifelnd an. „Taugt er etwas? Wie alt ist er überhaupt?"

„Er ist in meinem Alter. Er hat freiwillig den Dienst quittiert. Die Regierung hätte ihn noch gern weitere zwanzig Jahre behalten, aber er wollte nicht mehr."

„Versteht er sein Handwerk?"

Kell hob die Augenbrauen. „Er ist der beste Agent, den ich je hatte. Wir wurden gemeinsam in Vietnam ausgebildet."

Das beruhigte Rachel. Mehr als ihre Angst vor Kells Fortgehen fürchtete sie die Gefahr, der er sich aussetzen würde. Keine Zeitung würde je eine Zeile darüber bringen, aber in Washington würde eine Art Krieg ausbrechen. Kell würde nicht eher ruhen, bis seine Dienststelle von jedem Verräter gesäubert war und koste es sein eigenes Leben. Dieses Wissen zehrte an Rachel. Wenn sie könnte – und sie könnte, wenn Kell sie ließe –, würde sie mit ihm gehen und alles Erdenkliche tun, um ihn zu schützen.

„Halt bei dem Drugstore", wies er sie an und drehte den Kopf nach hinten, um zu sehen, ob sie verfolgt wurden.

„Was willst du denn im Drugstore?" Rachel sah zu ihm hin und stellte fest, dass Kell sie leicht belustigt anschaute.

„Geburtenkontrolle. Oder ist dir nicht aufgefallen, welches Risiko wir eingegangen sind?"

„Doch, das war mir klar", räumte Rachel leise ein.

„Du wolltest nichts darüber sagen oder etwas dagegen unternehmen?"

Mit den Händen umspannte sie das Lenkrad so fest, dass die Knöchel sich weiß abzeichneten. „Nein!"

Dieses eine, ruhig dahergesagte Wort brachte ihn dazu, den Kopf zu heben. Rachel spürte seinen brennenden Blick. „Ich will nicht, dass du schwanger wirst. Ich kann nicht bei dir bleiben, Rachel. Du wärst allein und hättest ein Kind aufzuziehen."

Rachel bremste vor einer roten Ampel und wandte den Kopf, um Kell in die Augen zu sehen. „Mir wäre es das wert, ein Kind von dir zu haben."

Kell biss die Zähne zusammen und fluchte leise vor sich hin. Er sehnte sich danach, ein Kind zu haben. Er wünschte sich, Rachel mitnehmen und jeden Abend zu ihr nach Haus zurückkehren zu können. Aber er konnte seinen Aufgaben und seinem Land nicht einfach den Rücken zudrehen. Rachel in Gefahr zu bringen, brachte er auch nicht über sich.

Ihre grauen Augen waren dunkel vor Schmerz und Liebe. „Ich werde es dir nicht leicht machen, mich zu verlassen", flüsterte sie. „Ich werde meine Gefühle nicht verstecken und dich mit einem Lächeln auf den Lippen verabschieden."

9. KAPITEL

*K*ell bezahlte und wollte gerade den Drugstore verlassen, als Rachel durch die Tür kam. Sie wirkte verstört und sah Kell beschwörend an. Er drehte sich ohne Zögern um, ging etliche Gänge weiter und interessierte sich angelegentlich für die Auslage der Dampfbügeleisen und Haartrockner. Rachel schlenderte betont lässig an ihm vorbei in die Kosmetik-Abteilung.

Kell wartete, und einen Moment später ging die Tür erneut auf. Er erhaschte einen Blick auf hellbraune Haare und duckte sich. Automatisch langte er hinter seinen Rücken nach der unter dem Hosenbund steckenden Pistole. Aber er griff ins Leere. Die Pistole lag im Auto. Er zog die Augen zusammen und sein Gesicht nahm den Ausdruck tödlicher Entschlossenheit an. Geräuschlos fing er an, Ellis nachzugehen.

Rachel hatte den blauen Ford die Straße herunterkommen sehen und sofort gewusst, dass es sich um Ellis handeln musste. Ihr einziger Gedanke war, Kell zu warnen, ehe er aus dem Drugstore trat und Ellis in die Arme lief. Wenn der Agent ihnen gefolgt war, war es ohnehin zu spät. Sie zweifelte aber nicht daran, dass er nicht hinter ihnen her war. Es war nur ein unglücklicher Zufall. Es durfte gar nicht anders sein.

Sie hatte vorgegeben, ihn nicht zu sehen, war aus dem Auto gestiegen und in den Drugstore gegangen, als wäre sie soeben erst vorgefahren. Beim Hineingehen hörte sie hinter sich, wie eine Tür zugeschlagen wurde, und sie wusste, Ellis würde in wenigen Sekunden hier sein. Kell hatte nur einen Blick in ihr Gesicht geworfen und sich sofort umgedreht. Jetzt musste sie nur noch Ellis abhängen, selbst wenn sie dadurch gezwungen war, wieder in ihren Wagen zu steigen und ohne Kell abzufahren. Dann würde sie den Block umrunden und ihn abholen kommen.

„Ich dachte mir doch gleich, dass Sie es wären. Haben Sie mich nicht rufen gehört?", fragte Ellis hinter Rachel, während sie die angebotenen Lippenstifte begutachtete.

Sie fuhr herum und gab vor, überrascht zu sein. „Ellis! Haben Sie mich erschreckt!" Sie schloss für einen Moment die Augen und hielt sich die Hand vor die Brust.

„Entschuldigung. Ich dachte, Sie wüssten, dass ich hinter Ihnen stand."

Ellis schien an diesem Morgen reichlich viel zu denken. Rachel hoffte, er würde sich dabei nicht überanstrengen. Sie lächelte ihn zerstreut an. „Ich habe so viel im Kopf, dass ich wie benommen in der Gegend herumlaufe. Ich will alles für meinen Urlaub einkaufen, und das Gefühl, ich könnte etwas vergessen, macht mich ganz nervös."

Er warf einen Blick auf die Auswahl von Lippenstiften und grinste sie breit an. „Ich nehme an, Lippenstift ist dabei unerlässlich."

„Nein, aber ein Fettstift, und ich dachte, ich könnte ihn hier finden." Dieses eingebildete Monster! Rachel fragte sich, welches Gesicht er wohl machen würde, wenn sie ihn aufforderte, sich zum Teufel zu scheren. Das Problem bei Egozentrikern war, dass die kleinste Abfuhr sie stocksauer machte und ihren grenzenlosen Widerspruchsgeist herausforderte. Es war ihr nicht ganz gelungen, die Schärfe aus ihrem Ton herauszuhalten, und Ellis sah sie überrascht an.

„Stimmt etwas nicht?"

„Ich habe furchtbare Kopfschmerzen", murmelte Rachel. Ihr Blick fiel auf Kell, der direkt hinter Ellis vorbeiging.

Was sollte das? Eigentlich sollte er sich aus dem Blickfeld halten, bis sie Ellis losgeworden war, und ihn nicht angreifen! Alle Farbe wich aus ihrem Gesicht, als Ellis sie verwundert anstarrte.

„Sie sehen krank aus", räumte er schließlich ein.

„Ich glaube, ich habe gestern Abend zu viel Wein getrunken." Rachel drehte sich auf dem Absatz um und ging die Reihe hinunter, weg von Kell. Sie hielt erst wieder bei den Insektenvernichtungsmitteln an, griff sich eine Flasche und studierte die Gebrauchsanweisung auf der Rückseite.

Ellis war noch immer hinter ihr. „Würden Sie sich gut genug fühlen, um mit mir heute Abend auszugehen?"

Verzweifelt biss Rachel die Zähne zusammen. Sie konnte kaum fassen, wie dickschädelig dieser Mensch war. Es kostete sie Mühe, tief Luft zu holen und ruhig zu bleiben. „Ich glaube nicht, Ellis. Trotzdem vielen Dank für die Einladung. Ich fühle mich wirklich elend."

„Sicher, dafür habe ich Verständnis. Ich rufe Sie in ein oder zwei Tagen wieder an."

Irgendwie gelang es Rachel, matt zu lächeln. „Ja, tun Sie das. Vielleicht geht es mir dann besser, es sei denn, ich habe mir irgend so einen Virus aufgeschnappt."

Wie die meisten Leute machte Ellis bei der Erwähnung von etwas Ansteckendem unwillkürlich einen Schritt zurück. „Ich überlasse Sie jetzt Ihren Einkäufen. Aber Sie sollten wirklich nach Hause fahren und sich ausruhen."

„Das ist ein guter Rat. Wahrscheinlich werde ich ihn befolgen." Wollte er denn nie verschwinden?

Aber er hielt sich weiterhin in ihrer Nähe, plauderte und kehrte all seinen Charme heraus, dass Rachel fast übel wurde. Dann sah sie Kell wieder, der sich leise an Ellis wieder heranschlich und ihn dabei nicht eine Sekunde aus den Augen ließ. Verzweifelt presste sie die Hand auf den Magen und sagte deutlich: „Ich glaube, mir wird schlecht."

Es war wirklich erstaunlich, wie schnell Ellis den Rückzug antrat, und sie argwöhnisch anblickte. „Sie sollten wirklich nach Haus", sagte er hastig. „Ich rufe Sie später an." Die letzten Worte sagte er bereits an der Tür. Rachel wartete, bis er in seinem Wagen saß und abgefahren war, ehe sie sich umdrehte und Kell entgegensah, der auf sie zukam.

„Bleib hier", sagte sie knapp. „Ich werde um den Block fahren, um sicher zu sein, dass er verschwunden ist."

Sie verließ den Drugstore, noch ehe er etwas sagen konnte. Sie kochte innerlich vor Zorn, und um den Block herumzufahren, gab ihr Zeit, sich wieder abzukühlen. Sie war wütend, dass er jetzt ein solches Risiko eingehen wollte, wo er gesundheitlich noch nicht über den Berg war. Im Auto legte sie den Kopf einen Moment auf das Lenkrad. Sie zitterte. Was wäre, wenn Ellis nicht zufällig in den Drugstore gekommen war, sondern Kell gesehen hätte und es jetzt seinem Boss berichtete. Sie glaubte nicht an diese Möglichkeit, aber der bloße Gedanke erschreckte sie zutiefst.

Nervös umrundete sie den Häuserblock und kehrte wieder zum Eingang des Drugstores zurück. Kell kam aus der Tür und stieg schnell in den Wagen. „Hast du jemanden gesehen?"

„Nein, aber ich weiß nicht, welche Autos die anderen fahren könnten." Rachel nahm die entgegengesetzte Richtung, von der Ellis gefahren war. Das hatte sie zwar nicht vorgehabt, aber sie konnte ja jederzeit wenden.

„Er hat mich nicht bemerkt", sagte Kell ruhig und hoffte, ihr damit etwas von ihrer offensichtlichen Anspannung zu nehmen.

„Woher willst du das wissen? Ebenso gut hätte er sich entschließen können, deine Anwesenheit zu melden und auf Unterstützung zu warten, statt zu versuchen, dich mitten in einem Drugstore zu packen, in dem es von Kunden wimmelt."

„Entspann dich. Liebes. So gerissen ist er nicht. Er würde versuchen, mich selbst zu fassen."

„Wenn er so dumm ist, warum hast du ihn dann eingestellt?", fuhr

Rachel Kell an.

Er machte ein nachdenkliches Gesicht. „Das war ich nicht. Jemand anderer hat ihn angeworben."

Rachel warf ihm einen Blick zu. „Einer der beiden Männer, die wussten, wo du warst?"

„Ganz recht", sagte Kell grimmig.

„Damit richtet sich der Verdacht nur auf eine Person, nicht wahr?"

„Ich wünschte, es wäre so, aber ich kann es mir nicht erlauben, das als gegeben hinzunehmen. Bis ich nicht absolut sicher bin, halte ich beide für verdächtig."

„Weshalb bist du so um ihn herumgeschlichen? Warum bist du nicht einfach außer Sicht geblieben, bis ich ihn loswurde?", fragte sie gereizt, und ihre Fingerknöchel auf dem Lenkrad waren wieder weiß.

„Gesetzt den Fall, er hätte mich entdeckt, dann hätte er planen können, dich zu packen und als Köder zu benutzen, um mich herauszulocken. Das hätte ich nie erlaubt." Die ruhige, kühle Art, mit der Kell das sagte, jagte Rachel einen Schauer über den Rücken, als sei plötzlich ein kalter Windstoß durch den Wagen gefahren.

„Du hättest dich auf keine Schlägerei einlassen können, weil du noch nicht wieder fit für so etwas bist. Ist dir der Gedanke nicht gekommen, dass etwas schieflaufen könnte?"

„Sicher, aber wenn er dich gepackt hätte, wäre mir keine andere Wahl geblieben, und deshalb wollte ich vorbereitet sein. Sei beruhigt, ich lasse mich auf nichts ein, wenn ich nicht sicher bin, dass ich Sieger bleibe."

Rachel schwieg, bis sie zu Hause ankamen und sie den Wagen unter dem Baum abstellte. „Ich glaube, ich werde schwimmen gehen", sagte sie verdrossen. „Willst du mitkommen?"

„Ja."

Rex kam wie immer an die Wagentür gelaufen und beobachtete sie aufmerksam. Mittlerweile war er zutraulicher geworden und trottete neben ihr her, als sie die Stufen zur Veranda hochstieg. Er hatte sich auch erstaunlich schnell an Kells Gegenwart gewöhnt und blieb gelegentlich sogar bei ihm im Haus. Wie würde er sich verhalten, wenn Kell nicht mehr da wäre?

Entschlossen verdrängte Rachel den Anfang von Selbstmitleid. Das Leben würde weitergehen, auch ohne Kell. Es tat weh, daran zu denken, und sie versuchte, es zu vermeiden. Aber gleichzeitig wusste Rachel, dass sie irgendwie weiterleben würde, obwohl ihr Dasein durch die Zeit, die sie mit Kell verbracht hatte, unweigerlich verändert worden war.

Sie schlüpfte in einen eng anliegenden, schwarzen Badeanzug, während Kell sich die Jeans-Shorts überzog, nahm einige Handtücher und ging mit ihm durch das Kieferndickicht zum Strand hinunter. Rex folgte ihnen nach und ließ sich im spärlichen Schatten des Strandhafers nieder. Rachel breitete die Tücher auf dem Sand aus und wies auf die Stelle der Bucht, wo sich die Wellen über den unter Wasser liegenden Felsen brachen.

„Siehst du die Linie, wo die Gischt aufspritzt? Da sind die Felsen. Ich bin davon überzeugt, du hast dir damals an einem davon den Kopf gestoßen. Die Flut kam gerade erst herein, deshalb war der Wasserstand niedrig." Sie wies auf eine andere Stelle. „Da habe ich dich herausgezogen."

Kell sah über den Strand, drehte sich dann um und starrte auf den Hügel mit seinen hohen und schlanken Kiefern. Irgendwie hatte Rachel ihn dort hinaufbekommen und ins Haus gebracht. Wenn er auf ihre schlanke Gestalt schaute, konnte er sich diese Leistung kaum vorstellen. „Du musst dich beinahe selbst umgebracht haben, mich da hinaufzubekommen", bemerkte er leise.

Rachel wollte nicht an jene Nacht erinnert werden, und auch nicht daran, welche körperlichen Anstrengungen sie ihr abverlangt hatte. Zum Teil hatte sie die Ereignisse bereits verdrängt. Sie wusste zwar, dass sie Schmerz empfunden hatte, aber an die eigentliche Ursache erinnerte sie sich nicht mehr. Sie warf Kell einen langen Blick zu, wandte sich dann ab und ging ins Wasser.

Er sah ihr nach, bis das Meer ihr bis zu den Knien reichte, zog dann die Pistole aus dem Gürtel, legte sie sorgsam auf ein Handtuch und ein zweites darüber, um den herumfliegenden Sand abzuhalten. Schließlich ließ er seine Hosen fallen und stieg nackt hinter Rachel ins Wasser.

Sie war eine gute Schwimmerin, die die meiste Zeit ihres Lebens am Golf verbracht hatte, doch Kell zog trotz seiner steifen Schulter mit ihr gleich. Als Rachel mitbekommen hatte, dass Kell ihr gefolgt war, wollte sie einwenden, dass seine Wunden nass würden, aber sie schluckte den Protest. Schließlich war er mit offenen Verletzungen im Meer gewesen, und Schwimmen wäre eine gute Therapie.

Sie schwammen eine ganze Weile, bis Kell fand, dass er genug hatte, und mit Rachel an den Strand zurückkehrte. Erst, als das Wasser ihm nur noch bis zur Hüfte stand, stellte Rachel fest, dass Kell nackt war, und das gewohnte Zittern überlief sie, während sie ihn dabei beobachtete, wie er aus dem Meer watete. Er hatte einen so sehnigen, festen und perfekten Körper, war sonnengebräunt und sehr muskulös. Sie sah ihm zu, wie er die Pistole beiseiteschob, sich auf das Handtuch legte und seinen nassen Körper der Sonne darbot.

Sie kam ebenfalls aus dem Wasser und bückte sich, um die Nässe aus ihren Haaren zu wringen. „Zieh den Badeanzug aus", sagte Kell weich.

Rachel warf einen Blick über das Meer, aber es waren keine Boote in Sicht. Dann sah sie wieder zu Kell hinunter, der wie eine nackte Bronzestatue dalag, nur dass Rachel nie eine Statue im Erregungszustand gesehen hatte. Langsam griff sie zu ihren Trägern und zog sie von den Schultern. Augenblicklich spürte sie die heißen Sonnenstrahlen auf ihren feuchten Brüsten. Plötzlich wehte eine leichte Brise und umspielte die empfindlichen Brustspitzen. Kell hielt den Atem an. Er streckte Rachel die Hand hin. „Komm her."

Sie ließ den Badeanzug fallen und ging dann auf die Handtücher zu. Kell richtete sich auf und griff nach Rachel, zog sie zu sich hinunter und ließ sie sich ausstrecken. Seine schwarzen Augen funkelten amüsiert, als er auf sie heruntersah. „Rate mal, was ich mitzubringen vergessen habe."

Er beugte sich über sie und verdunkelte mit seinen breiten Schultern die Sonne, als er Rachel auf den Mund und dann am ganzen Körper küsste.

Sie musste lachen. Es klang hell und voll in dieser Welt, wo nur sie zwei sich befanden.

Rachel dachte nicht an die ihr verbliebene Zeit. Vielleicht waren es noch ein paar Tage, bis dieser Grant Sullivan seine Vorkehrungen getroffen und sich auf den Weg zu Kell gemacht hatte. Sie lebte nur für die Gegenwart und genoss alles, was sie gemeinsam mit Kell tat. Er half ihr bei der Gartenarbeit und beschäftigte sich viel mit Rex, der ihm mehr und mehr vertraute und oft nicht von seiner Seite wich.

Nach dem ersten Schwimmausflug gingen sie noch häufiger zum Strand hinunter und schwammen frühmorgens oder nachmittags, wenn die schlimmste Hitze vorbei war. Das war eine wunderbare Therapie. Kell wurde mit jedem Tag kräftiger, seine Schulter beweglicher und er humpelte nicht mehr.

Zehn Tage, nachdem Rachel Kell am Strand gefunden hatte, joggte er bereits behutsam und mit fest bandagierten Oberschenkel um das

Haus. Nach der ersten Verärgerung schloss Rachel sich ihm an und lief neben ihm her. Es hätte ohnehin wenig Sinn gehabt, ihn anzuschreien, denn es war wichtig für ihn, sich all den Forderungen zu stellen, die ihm abverlangt würden, nachdem er von hier fort war.

Und sie redeten über alles, was sie taten. Kell war zurückhaltend, wenn es um ihn ging – wohl von Natur aus und als Resultat seines Trainings. Aber er kannte viele faszinierende Einzelheiten über die politischen und wirtschaftlichen Ansichten aller möglichen Regierungen in der ganzen Welt. Wahrscheinlich wusste er auch mehr über deren militärische Stärke sowie deren Rüstungspotential, aber darüber ließ er sich nicht aus. Rachel lernte ebenso viel aus dem, worüber er nichts sagte, wie aus den Themen, die er mit ihr besprach.

Was sie auch taten, ob sie Unkraut jäteten, kochten oder um das Haus joggten, stets waren sie in ihrem gegenseitigen Begehren wie mit einem unsichtbaren Band verbunden. Rachels Sinne waren auf Kell gerichtet. Sie kannte seinen Geschmack, seinen Geruch, seine Haut und jede Nuance seiner tiefen Stimme. Da er normalerweise wenig von sich preisgab, achtete sie auf die kleinste seiner Regungen, ein Heben der Augenbrauen oder ein Zucken seiner Mundwinkel. Obwohl er sich in ihrer Gegenwart entspannt gab und viel öfter lächelte, ja sie manchmal aufzog, lachte er doch wenig, und wenn er es tat, liebte Rachel es umso mehr. In der Liebe waren sie beide unersättlich, weil der Antrieb mehr als nur körperliches Verlangen war. Da Rachel wusste, dass ihr nur das Heute blieb, gab sie sich Kell voll und vorbehaltlos hin.

Am dritten Tag nach Kells Anruf bei Grant Sullivan liebte er Rachel mit einer solchen Wildheit, dass sie wusste, dies würde ihr letzter gemeinsamer Tag sein. Sie klammerte sich an Kell und schlang ihre Arme um seinen Hals, als er schwer und erschöpft auf ihr lag. Die Kehle war ihr wie zugeschnürt, und sie presste die Augen zu, als wollte sie den Lauf der Zeit nicht wahrnehmen. Der Gedanke, Kell zu verlieren, war ihr unerträglich.

„Nimm mich mit dir", sagte sie halb erstickt, unfähig, den Dingen einfach ihren Lauf und Kell davonziehen zu lassen. Rachel war eine zu große Kämpfernatur, als dass sie ihn hätte gehen lassen können, ohne zu versuchen, seine Meinung zu ändern.

Kell versteifte sich, löste sich von ihr und legte sich neben Rachel auf den Rücken.

Mit dem Unterarm bedeckte er seine Augen. Der surrende Ventilator wehte kühle Luft über ihre erhitzten Körper und ließ Rachel leicht zusammenschauern. Sie schlug die Augen auf und sah Kell verzweifelt an.

„Nein", antwortete er nach einer Weile, und ließ es dabei bewenden. Die eine Silbe klang so endgültig, dass es Rachel fast das Herz brach.

„Wir könnten uns etwas einfallen lassen", drängte sie ihn. „Schlimmstenfalls würden wir uns nur gelegentlich sehen. Ich bin nicht an einen Ort gebunden. Ich kann überall arbeiten …"

„Rachel", unterbrach er sie müde. „Nein. Hör auf damit." Er nahm den Arm von seinen Augen und sah sie an. Obwohl der Ausdruck seines Gesichtes sich kaum verändert hatte, merkte Rachel doch, dass Kell sich über ihre Hartnäckigkeit ärgerte.

Sie war zu verzweifelt, um einfach aufzugeben. „Wie kann ich aufhören? Ich liebe dich! Ich spiele kein Spiel mit dir und kann nicht einfach meine Figuren einsammeln und nach Haus gehen, wenn ich dessen überdrüssig bin!"

„Verdammt, ich spiele auch kein Spiel!", fuhr er auf. Er setzte sich und schüttelte sie am Arm, weil er sich nicht länger beherrschen konnte. Seine Augen funkelten Rachel böse an, und er biss die Zähne zusammen. „Du könntest meinetwegen getötet werden! Hast du denn nichts aus dem Tod deines Mannes gelernt?"

Rachel wurde blass und starrte ihn an. „Ich könnte auf der Fahrt in die Stadt bei einem Unfall umkommen", sagte sie dann zitternd. „Wäre ich dann weniger tot? Würdest du weniger um mich trauern?" Plötzlich entriss sie den Arm aus seinem Griff und rieb sich die Stelle, die seine Finger umspannt hatten. Rachel war so weiß im Gesicht geworden, dass ihre Augen groß und schwarz darin zu brennen schienen. „Würdest du überhaupt trauern?", fragte sie nach einer kleinen Pause in leichterem Ton. „Ich bin reichlich eingebildet, nicht wahr? Vielleicht bin ich die einzige hier, die betroffen ist. Wenn das stimmen sollte, dann vergiss alles, was ich gesagt habe."

Schweigend sahen sie sich gegenseitig an. Kell blickte grimmig drein und Rachel gequält. Offenbar wollte er sich nicht dazu äußern. Nun, sie hatte es versucht, seinen Sinn zu ändern, eine bindende Antwort von ihm zu erhalten. Jetzt hatte sie alles … verloren.

Rachel hatte geglaubt, Kell habe sie gern, liebe sie, auch wenn er nie von Liebe gesprochen hatte. Sie hatte das seiner natürlichen Zurückhaltung zugeschrieben. Aber nun musste sie der unangenehmen Wahrheit ins Auge sehen, dass es seine brutale Ehrlichkeit war, die ihn davon abhielt, über Liebe zu reden. Er war nicht der Mensch, der hübsche Nichtigkeiten von sich gab, nur um ihre Gefühle nicht zu kränken. Kell mochte sie. Sie war eine recht attraktive Frau, und obendrein verfügbar für seine starken sexuellen Bedürfnisse. Das Interesse, welches er an ihr nahm, lag also auf der Hand, und sie hatte sich restlos zum Narren gemacht.

Das Schlimme war nur, dass nicht einmal die ungeschminkte Wahrheit sie nicht davon abbringen konnte, ihn zu lieben. Das war die Wirklichkeit, und Rachel konnte sie nicht einfach wegwischen.

„Entschuldige", murmelte sie, stieg aus dem Bett und griff, plötzlich verlegen durch ihre Nacktheit, nach ihren Sachen. Die Situation war nun eine ganz andere.

Kell beobachtete sie. Er litt unter ihrem Verhalten, dieser abrupten Verlegenheit, dem plötzlichen Erlöschen des Lichtes in ihren Augen. Gefühle machten ihn stets unsicher. Er war nicht daran gewöhnt. Aber den Ausdruck in Rachels Gesicht konnte er nicht ertragen. Vielleicht konnte er ihr nicht viel geben, aber er konnte sie nicht in dem Glauben zurücklassen, sie sei für ihn nichts anderes als das Objekt seiner sexuellen Wünsche gewesen.

Rachel war schon aus dem Zimmer, ehe er ihr nachrennen konnte; und Kell hörte die Fliegentür zuschlagen. Als er an der Tür ankam, sah er sie eben noch unter den Kiefern verschwinden. Rex trottete neben ihr her. Kell fluchte laut, zog sich rasch seine Shorts über und folgte ihr. Sie würde ihm jetzt nicht zuhören wollen, doch sie würde es müssen, selbst wenn er sie festhalten musste.

Am Strand angekommen, ging Rachel einfach weiter und dachte darüber nach, woher sie die Kraft nehmen sollte, wieder zum Haus zurückzukehren und so zu tun, als wäre nichts gewesen. Wahrscheinlich musste sie nur noch einen weiteren Tag so durchstehen, und das sollte ihr wohl gelingen. Zum Teil war sie sogar froh darüber, dass der nur mit Stunden gemessen wurde, dann brauchte sie die äußere Fassade nicht mehr aufrechtzuerhalten, sondern sich von Herzen auszuweinen. Doch ein anderer Teil von ihr – der größere – schrie vor Schmerz auf bei dem Gedanken, Kell nie wiederzusehen, gleichgültig, was er für Rachel empfand – oder nicht fühlte.

Eine rosafarbene Muschel lag halbverborgen unter einem Haufen Seegras. Rachel blieb stehen und schob es mit dem Fuß fort. Vielleicht würde die schöne Muschel sie durch ihren Anblick erfreuen. Aber sie war zerbrochen und nur ein kleiner Teil davon vorhanden. Enttäuscht schlenderte Rachel weiter. Rex lief von ihr fort und erkundete die Gegend allein. Seit Kells Ankunft hatte er sich sehr verändert. Zum ersten Mal akzeptierte er noch jemand anderen als Rachel. Sie sah dem Hund hinterher und fragte sich, ob auch er Kell vermissen würde.

Sie spürte eine warme Hand auf der Schulter. Auch ohne sich umzudrehen, wusste Rachel, dass es Kell war. Sie kannte die Art seiner Berührung, seine rauen Fingerspitzen. Sobald er in ihrer Nähe war, spürte sie einen Schauer der Erregung über den Rücken rieseln. Sie musste sich ihm zuwenden, um den Kopf an seine Schulter zu lehnen, sich in seine Arme zu flüchten und ihm ganz nahe zu sein. Aber Kell wollte ja nicht, dass sie bei ihm war. Aus Angst, in Tränen auszubrechen, drehte sie sich um, blieb mit dem Rücken zu ihm stehen.

„Auch mir fällt es nicht leicht …", sagte Kell rau.

„Entschuldige", unterbrach Rachel ihn, um das Gespräch von vornherein zu unterbinden. „Ich wollte dir keine Szene machen und dich auch zu nichts zwingen. Vergiss das Ganze, falls du kannst."

Mit festem Griff drehte Kell Rachel zu sich herum, legte ihr die Hand um den Kopf und neigte ihn leicht nach hinten, um ihr in die Augen schauen zu können. „Siehst du nicht selbst, dass es zwischen uns beiden nicht gut gehen kann? Ich kann meinen Job nicht aufgeben. Was ich mache … ist ein schweres und schmutziges Geschäft, aber es ist notwendig."

„Ich habe dich nicht gebeten, deinen Job aufzugeben", sagte sie beherrscht.

„Ich sorge mich nicht um den verdammten Job!", schrie Kell wütend. „Ich sorge mich um dich! Himmel, es würde mir das Herz brechen wenn dir etwas zustieße. Ich liebe dich!" Er schwieg, atmete tief durch und fuhr dann ruhiger fort. „Das habe ich noch nie zu jemandem gesagt, und auch jetzt sollte ich es nicht eingestehen, weil es sinnlos ist."

Der Wind blies Rachel die Haare ins Gesicht, als sie Kell mit unergründlichem Blick ansah. Langsam lockerte er den Griff um ihren Kopf und ließ die Hand an ihrem Nacken entlanggleiten. Sanft strich er über den Puls an ihrer Kehle. Rachel schluckte. „Wir könnten es wenigstens für eine kurze Zeit probieren", flüsterte sie. Doch Kell schüttelte den Kopf.

„Ich will wissen, dass du in Sicherheit bist. Ich muss es einfach wissen, oder ich kann nicht mehr so leben, wie ich sollte. Ich kann mir keinen Fehler erlauben, denn wenn ich das täte, müssten vielleicht andere Menschen, gute Männer und Frauen, deswegen ihr Leben lassen. Und wenn man dich entführt …" Er unterbrach sich und sah sie aufgewühlt an. „Ich würde alles darum geben, dich in Sicherheit zu wissen."

Rachel fühlte, wie etwas in ihr zerbrach. „Nein, so kann es nicht sein. Keine Argumente …"

„Ich liebe dich", sagte Kell heiser. „Ich habe noch nie jemanden so wie dich geliebt, nicht einmal meine frühere Frau. Ich bin immer anders als die anderen gewesen, ein Einzelgänger. Mein einziger Freund, den ich je besaß, ist Grant, und er ist ein Außenseiter wie ich. Glaubst du wirklich, ich könnte dich aufopfern? Wirklich, süße Rachel, du bist die Chance meines Lebens …" Er brach ab, und biss die Zähne zusammen, als er ihr in die Augen sah. „Und ich wage es nicht, sie zu ergreifen", beendete er ruhig seinen Satz.

Rachel verstand, aber es wäre ihr lieber gewesen, sie würde es nicht tun. Weil er sie liebte, fürchtete er, sein Land zu verraten, wenn Rachel gekidnappt werden sollte, um sie als Waffe gegen ihn zu gebrauchen. Er gehörte nicht zu den Menschen, die schon einmal geliebt hatten und wieder lieben würden. Er lebte zu sehr in sich selbst. Aber jetzt war der Eispanzer um ihn aufgebrochen, und es würde das einzige Mal in seinem Leben sein, wo er Liebe für eine Frau empfände. Denn für einen Mann wie ihn war die Liebe zugleich überwältigend und furchterregend.

Kell nahm ihre Hand, und stumm gingen sie ins Haus zurück.

Am späten Nachmittag ging Rachel in den Garten, um frische Tomaten für die Spaghettisoße zu holen. Kell duschte, und Rex lag in der Küche unter dem Tisch im Schatten. Die Temperatur hatte vierzig Grad erreicht, und die Luftfeuchtigkeit war noch angestiegen. In dieser Gewitterstimmung fühlte der Hund sich selbst auf seinem gewohnten Platz unter dem Oleanderbusch nicht mehr wohl. Rachel schloss die Fliegentür, um Insekten fernzuhalten, ging mit ihrem Körbchen an das Ende des Beetes und begann, einige der reifen Früchte zu pflücken.

Später konnte sie nicht mehr sagen, woher er eigentlich gekommen war. Sie hatte niemanden gesehen, und in ihrer Küche war auch kein geeignetes Versteck gewesen.

Doch als sie sich mit ihrem vollen Korb wieder auf den Weg zum Haus machen wollte, war er plötzlich hinter ihr, hielt ihr die Hand über den Mund und riss ihr den Kopf zurück. Den anderen Arm hielt er ihr auf fast die gleiche Art wie Kell vor das Gesicht, nur dass kein

Messer, sondern ein Revolver in seiner Faust glänzte.

„Geben Sie keinen Laut von sich, und es wird Ihnen nichts geschehen", flüsterte er ihr leise ins Ohr. „Ich suche einen Mann, der angeblich hier im Haus sein soll."

Rachel zerrte am Arm des Mannes und versuchte, Kell durch einen Schrei zu warnen. Aber wenn er noch unter der Dusche stand, würde er sie nicht hören. Und wenn er doch aufmerksam würde, was wäre dann? Er konnte erschossen werden bei seinem Versuch, ihr zu helfen. Der Gedanke lähmte Rachel, und sie fiel gegen den Mann. Verzweifelt überlegte sie, was sie tun konnte.

„Pssst, so ist es gut", sagte der Kerl mit seiner leisen, weichen Stimme, die ihr ein Frösteln über den Rücken jagte. „Und jetzt gehen Sie über den Hof und öffnen brav die Tür."

Rachel blieb keine andere Wahl, als langsam auf die Fliegentür zuzugehen. Wenn der Mann sie töten wollte, hätte er es bereits getan. Aber er könnte sie noch immer bewusstlos schlagen, und dann wäre das Ergebnis das gleiche: Sie wäre nicht in der Lage, Kell zu helfen, wenn die Gelegenheit sich dazu bot.

Der Mann presste sie eng an seinen kräftigen Körper, dass sie sich ihm nicht entwinden konnte. Sie starrte auf die Waffe in seiner Hand. Sollte er versuchen, auf Kell zu schießen, könnte sie seinen Arm wegstoßen, damit er sein Ziel nicht traf. Wo war Kell nur? Sie bemühte sich, das Geräusch des laufenden Wassers zu hören, aber ihr rasendes Herzklopfen dröhnte ihr so in den Ohren, dass sie nichts anderes vernehmen konnte. Hatte Kell denn nicht gehört, dass sie die Fliegentür zugemacht hatte? Warum fiel Rex nichts auf?

Der Hund schlug plötzlich an, als sie die Treppe hinaufgingen und der Mann sie auf die Tür zuschob. Wütendes Gebell hallte durch das ganze Haus. Unversehens wurde die Zwischentür aufgerissen, und Kell stand, nur mit seinen Jeans bekleidet und dem Hemd in der Hand, im Rahmen.

Er blieb wie angenagelt stehen, während Rex aufgebracht laut bellend aus der Küche schoss und an Kell und Rachel vorbei auf den Hof rannte. Dann drehte er sich knurrend um und wartete angriffslustig und wachsam lauernd auf den richtigen Augenblick zum Sprung.

Kell sah mit steinerner Miene erst auf den Mann, der Rachel festhielt, und dann auf die vor Schreck geweiteten Augen über der Hand, die Rachels Mund verschloss.

„Du erschrickst sie zu Tode", sagte er in seinem kühlen, gefassten Ton. „Schon gut, Rex", wandte er sich dann beruhigend an den in geduckter Haltung verharrenden Hund. „Es ist ja alles in Ordnung. Schön brav. Leg dich brav hin." Sichtlich widerstrebend folgte das Tier seinem Befehl.

Der Mann lockerte den Druck auf Rachels Lippen, nahm aber seinen Arm nicht fort. „Gehört sie zu dir?", fragte er erstaunt.

„Ja."

Erst da ließ der kräftige Mann Rachel los und schob sie sacht zur Seite. „Du hast mir von einer Frau erzählt, aber ich wollte kein Risiko eingehen", sagte er zu Kell, und da begriff Rachel, wer er war.

Sie blieb still stehen, atmete langsam tief durch und versuchte, ihre Fassung wiederzugewinnen. Als sie glaubte, ohne Zittern in der Stimme sprechen zu können, sagte sie mit bewundernswerter Ruhe: „Sie müssen Grant Sullivan sein."

„Ja, Ma'am."

Sie hatte keine Vorstellung, wie Sullivan sein würde, aber das hatte sie nicht erwartet. Er und Kell waren sich so ähnlich, dass es sie überraschte. Es lag nicht an Sullivans Aussehen, sondern mehr an derselben Gelassenheit, der gleichen Ausstrahlung, die er mit Kell gemein hatte. Sein Haar war sonnengebleicht und struppig, und er hatte den stechenden, hellen Blick eines Raubtiers. Über seine linke Wange lief eine Narbe, Zeugnis eines vergangenen Kampfes.

Er war eine Kämpfernatur, drahtig, hart und gefährlich ... ganz wie Kell.

Während sie Grant betrachtete, tat er das Gleiche mit ihr, musterte sie aufmerksam, während sie um ihre Beherrschung rang. Er zog einen Mundwinkel leicht nach oben und deutete ein Lächeln an. „Es tut mir leid, dass ich Sie erschreckt habe, Ma'am. Ich bewundere Ihre Selbstbeherrschung. Jane hätte mich gegen das Schienbein getreten."

„Wahrscheinlich hat sie das auch gemacht", meinte Kell, seine Stimme immer noch kühl, aber mit einem jetzt leicht belustigten Unterton.

Grant furchte seine dunklen Brauen. „Nein", sagte er trocken, „da hat sie mich nicht hingetreten."

Die Geschichte versprach, interessant zu werden, aber obwohl Kell immer noch amüsiert dreinblickte, ging er nicht weiter darauf ein. „Das ist Rachel Jones", sagte er und hielt ihr mit einem stummen Befehl die Hand hin. „Sie hat mich aus dem Ozean gezogen."

„Nett, Sie kennenzulernen." Grants Akzent war weich und rauchig. Erstaunt bemerkte er, wie Rachel auf Kell einging. Sie ergriff seine ausgestreckte Hand.

„Ich freue mich auch, Sie zu treffen, Mr Sullivan … Jedenfalls glaube ich es."

Kell klopfte ihr kurz und beruhigend auf die Hand, dann zog er das Hemd über, womit er noch immer Schwierigkeiten hatte wegen seiner Schulter. Grant sah die blassrote, frische Narbe, wo die Kugel in Kells Schulter eingedrungen war. „Welchen Schaden hat das angerichtet?"

„Ich bin nicht mehr ganz so beweglich. Aber sobald die Schwellung abgeklungen ist, werde ich wohl wieder ganz hergestellt sein.

„Bist du sonst noch verwundet worden?"

„Am linken Oberschenkel."

„Wird es heilen?"

„Das wird es müssen. Ich jogge schon ein bisschen."

Sullivan gab einen unmutigen Laut von sich. Rachel spürte sein Widerstreben, frei und offen in ihrer Gegenwart zu sprechen. Das war seine zwangsläufige Vorsicht, die auch Kell kennzeichnete. „Sind Sie hungrig, Mr Sullivan? Wir wollten Spaghetti essen."

„Ja, Ma'am. Vielen Dank." Sein weicher Akzent und sein höfliches Benehmen standen in starkem Kontrast zu seinem stechenden Blick. Rachel fühlte sich aus dem Gleichgewicht gebracht. Warum hatte Kell sie nicht vorgewarnt? „Ich werde mich jetzt um das Essen kümmern, während ihr miteinander redet", sagte sie. „Lassen Sie uns ins Haus gehen." Dann drehte sie sich zu ihrem Hund um, der abwartend die Szene beobachtet hatte, und rief ihn zu sich. Beruhigend klopfte sie ihm auf den Rücken, und nach einem Augenblick trottete Rex wieder auf den Hof zurück.

Rachel betrat hinter Kell und Grant das Haus, begab sich in die Küche und nahm ihre Arbeit wieder auf, während die Männer ins Wohnzimmer gingen. Leises Stimmengeräusch drang aus dem Wohnzimmer zu ihr herüber. Jetzt, da sie Grant Sullivan kennengelernt hatte, begriff sie das Vertrauen, welches Kell in ihn setzte. Er hatte eine unglaubliche Ausstrahlung. Aber wenn sie die beiden Freunde zusammen sah, kam ihr erst recht zu Bewusstsein, was sie an Kell ganz besonders liebte, und die Erkenntnis beunruhigte sie noch mehr.

Fast eine Stunde später rief sie die beiden zu Tisch. Die Sonne stand als glühender Feuerball tief am Horizont und erinnerte Rachel daran, dass ihre gemeinsame Zeit mit Kell sich dem Ende näherte.

Um nicht dauernd daran denken zu müssen, hielt sie das Gespräch in ständigem Fluss. Das war bemerkenswert schwierig, so wenig redselig, wie die beiden Männer waren, bis sie schließlich das richtige Thema traf. „Kell hat mir erzählt, sie seien verheiratet, Mr Sullivan."

Grant nickte, und ein liebevoller Ausdruck trat in seine Augen. „Jane ist meine Frau." Er sagte das in einem Ton, als müsse jeder sie kennen.

„Haben Sie Kinder?"

Der unglaubliche Vaterstolz, der jetzt aus seinem markanten Gesicht strahlte, war nicht zu übersehen. „Zwillinge. Jungs. Sie sind jetzt sechs Monate alt."

Aus irgendeinem Grund wirkte Kell wieder belustigt. „Ich wusste nicht, dass es in deiner Familie Zwillinge gibt, Grant."

„Gibt es auch nicht", meinte Sullivan finster. „Auch nicht in Janes. Selbst der verdammte Arzt wusste es nicht. Sie hat jeden damit überrascht."

„Das ist nicht ungewöhnlich", sagte Kell, und die beiden grinsten sich an.

„Das Unglück war nur, dass Jane ihre Wehen zwei Wochen zu früh bekam, mitten in einem Schneesturm. Alle Straßen waren gesperrt, und ich konnte sie nicht ins Krankenhaus bringen, sondern musste sie entbinden." Eine Sekunde lang trat ein verzweifelter Ausdruck in seine Augen, und leichte Schweißperlen zeigten sich auf seiner Stirn. „Zwillinge! „sagte er schwach. „Auch das noch. Ich habe Jane erklärt, sie solle mir das ja nie wieder antun. Aber du kennst sie ja."

Kell lachte laut auf, und Rachel hörte dieses seltene, männliche Lachen mit Vergnügen. „Beim nächsten Mal wird sie wahrscheinlich Drillinge bekommen."

Grant sah ihn drohend an. „Erwähne es bloß nicht!", murmelte er.

Rachel rollte geschickt ihre Spaghetti auf die Gabel. „Ich glaube nicht, dass es Janes Schuld war, Zwillinge zu bekommen, oder dass es gerade schneite."

„Logischerweise nicht", räumte Sullivan ein. „Aber mit der Logik ist es vorbei, sobald Jane den Raum betritt."

„Wie haben Sie sie kennengelernt?"

„Ich habe sie entführt", antwortete Grant gelassen. Rachel starrte ihn fassungslos an, weil er keine weitere Erklärung dazu abgab.

„Wo steckt sie jetzt?", fragte Kell.

„Sie bringt die Jungen zu meiner Mutter." Er lehnte sich zurück und warf Kell einen vorsichtigen Blick zu. „Ich hielt es für besser, dass sie mir nachkommt. Wir könnten Verstärkung brauchen. Es wird unverfänglich aussehen, wenn sie sich als Freundin von Rachel ausgibt, falls jemand sie fragen sollte. So kann sie ganz offen hier ins Haus kommen und erregt keinen Verdacht."

Kell sah äußerst betroffen aus und wollte etwas erwidern, aber Grant sprach schnell weiter. „Außerdem habe ich sie gebeten, noch Waffen und Munition mitzubringen, die ich nicht gut bei mir haben konnte, als ich herkam. Sie versteckt sie in ihrer Reisetasche."

Kell machte eine abwehrende Geste. „Wie kannst du nur deine Frau in diese Sache hineinziehen ..."

„Ich weiß, was du sagen willst", unterbrach Grant ihn. „Aber vergiss nicht, wir haben es nicht nur mit einem Gegner zu tun, sondern mit mehreren. Und möchtest du Rachel unbedacht einer Gefahr aussetzen?"

Das brachte Kell zum Schweigen.

Charles studierte den hastig zusammengestellten Bericht über Rachel Jones. Nachdenklich rieb er sich mit dem Zeigefinger über die gerunzelte Stirn. So wie Lowell und Ellis sich ausdrückten, war diese Rachel Jones eine gutaussehende, aber ansonsten unbedeutende Frau, obwohl Ellis sich in sie verliebt hatte. Aber Ellis verliebte sich in jede Frau, daran war nichts Besonderes. Das Problem war nur, dass dem Bericht zufolge diese Rachel Jones alles andere als durchschnittlich erschien. Sie war gebildet, hatte viele Reisen unternommen und besaß vielfältige Begabungen. Doch damit kam man der Sache auch nicht auf den Grund. Denn Rachel Jones hatte als außergewöhnlich talentierte Kriminalreporterin gearbeitet, verfügte über Mut und Ausdauer, und das hieß, sie war hinsichtlich der Dinge, die normalerweise an die Öffentlichkeit drangen, viel beschlagener als ein Durchschnittsbürger.

Ihr Mann war bei einem Bombenattentat ums Leben gekommen, das ihr gegolten hatte, als sie damit begann, Ermittlungen anzustellen über die Verbindung eines mächtigen Politikers zur Rauschgiftszene. Sie hatte nicht nur bewiesen, dass er verwickelt war in Rauschgiftschmuggel und -handel, sie hatte auch belegen können, dass er für den Tod ihres Mannes verantwortlich war.

Sie war nicht die eher harmlose Frau, wie Lowell und Ellis sie beschrieben. Was Charles ganz besonderes Unbehagen bereitete, war die Frage, warum sie dieses Bild abgab. Sie musste Gründe haben. Warum hatte diese Frau es darauf angelegt, die beiden hinters Licht zu führen? Zu ihrem Spaßvergnügen, oder steckte eine gezielte Absicht dahinter?

Charles war nicht überrascht, dass Rachel Jones gelogen hatte. Seinen Erfahrungen nach logen die meisten Leute. Auch in seinem Beruf musste man lügen. Was ihm nicht gefiel, war, dass er nicht wusste, warum, denn das Warum war der Kern der Sache.

Sabin war verschwunden und vermutlich tot, obgleich Charles sich zu dieser Annahme nicht durchringen konnte. Man hatte keine Spur von ihm gefunden, weder Charles' eigene Leute, noch ein Fischkutter oder ein Vergnügungsschiff oder gar die Polizei. Auch wenn Sabins Boot explodiert war, hätte man menschliche Überreste finden müssen – falls Sabin auf dem Boot gewesen war. Die einzige Erklärung lag darin, dass er über Bord gegangen und an Land geschwommen war. Es widersprach fast jeglicher Logik, dass er es in seinem verletzten Zustand geschafft haben sollte, aber hier drehte es sich um Sabin und nicht um irgendeinen Mann.

Er musste an Land gekommen sein, aber wo? Warum war er noch nicht wieder aufgetaucht? Niemand hatte einen verletzten Mann gefunden. Keiner hatte der Polizei Schusswunden gemeldet. Er war in kein Krankenhaus der Gegend eingeliefert worden. Sabin hatte sich schlicht in Luft aufgelöst.

„Noelle", sagte er leise. „Ich möchte mit Lowell und Ellis sprechen. Sofort. Bring sie her."

Eine Stunde später saßen die Männer vor ihm. Charles faltete die Hände und lächelte die beiden geistesabwesend an. „Gentlemen, ich möchte mich über diese Rachel Jones unterhalten. Ich will alles wissen, woran ihr euch erinnern könnt."

Ellis und Lowell tauschten einen Blick, ehe Ellis mit den Schultern zuckte. „Sie ist eine attraktive Frau …"

„Nein, ich bin nicht an ihrem Aussehen interessiert. Ich möchte wissen, was sie sagte und tat. Als ihr damals den Strand in ihrer Nähe abgesucht habt, seid ihr da auch in ihr Haus gegangen?"

„Nein", antwortete Lowell.

„Weshalb nicht?"

„Sie hat diesen verdammten großen Wachhund, der Männer hasst. Er lässt keinen Mann auf den Hof", erklärte Ellis.

„Selbst, als du mit ihr zum Essen gefahren bist?"

Ellis wirkte verlegen, weil er nur ungern zugab, dass der Hund ihn zu Tode erschreckt hatte. „Sie kam zum Wagen. Als ich sie wieder nach Hause brachte, lauerte mir der Hund auf, bereit, mich zu beißen, wenn ich auch nur einen Schritt in die falsche Richtung machte."

„Es war also niemand in ihrem Haus?"

„Nein", räumten beide ein.

„Sie leugnete auch, einen Mann, einen Fremden gesehen zu haben?"

„Es ist ganz ausgeschlossen, dass Sabin sich bei diesem bissigen Hund auch nur dem Haus hätte nähern können", sagte Ellis ungeduldig, und Lowell nickte zustimmend.

Charles tippte die Fingerspitzen aneinander. „Selbst wenn sie den Mann selbst ins Haus gebracht hätte? Vielleicht hat sie erst den Hund angebunden und dann Sabin hereingeholt. Das wäre doch möglich, oder?"

„Sicher, das wäre möglich", meinte Lowell und runzelte die Stirn. „Wir haben aber kein Anzeichen dafür entdeckt, dass Sabin an Land gekommen ist, nicht einmal einen Fußabdruck. Das einzige, was wir gefunden haben, waren die Spuren, wo sie die Muscheln auf einer Deck …" Er unterbrach sich und sah Charles in die Augen.

„Ihr Narren!", zischte Charles. „Etwas wurde vom Strand heraufgeschleppt, und ihr habt nicht nachgeprüft, was es war?"

Den beiden Männern war nicht wohl in ihrer Haut. „Sie behauptete, es seien Muscheln gewesen", murmelte Ellis. „Sie hatte auch tatsächlich Muscheln auf den Fensterbrettern."

„Sie hat sich auch nicht so benommen, als hätte sie etwas zu verheimlichen", warf Lowell entschuldigend ein. „Ich bin ihr am nächsten Tag zufällig beim Einkaufen über den Weg gelaufen. Sie hat sich mit mir unterhalten, über die Hitze und solche Sachen …"

„Was hat sie eingekauft? Hast du in ihren Einkaufswagen gesehen?"

„Ach, Unterwäsche, nun ja, Frauensachen. Als sie den Laden verließ, fielen mir ein Paar Joggingschuhe auf, weil sie …" Plötzlich wich alle Farbe aus seinem Gesicht.

„Weil?", forderte Charles ihn trocken auf.

„Weil sie zu groß für sie zu sein schienen."

Charles starrte die beiden aus kalten Augen zornig an. „Soso. Sie zerrte etwas vom Strand herauf, was ihr nicht nachprüft. Keiner von euch beiden war im Haus. Sie kauft Schuhe, die ihr zu groß sind, wahrscheinlich Herrenschuhe. Falls Sabin die ganze Zeit vor unserer Nase verborgen war und jetzt wegen eurer Schlamperei entkommen sein sollte, verspreche ich euch höchstpersönlich eine wenig rosige Zukunft! Noelle!", schrie er dann.

Sie erschien umgehend an der Tür. „Ja, Charles?"

„Ruf alle Leute zurück. Wahrscheinlich haben wir Sabin gefunden."

Lowell und Ellis machten einen niedergeschlagenen Eindruck und hofften beide, man möge Sabin diesmal wirklich nicht finden. „Und wenn Sie sich irren?", fragte Ellis.

„Dann wird sich die Frau ängstigen und aufregen, aber sonst nichts. Wenn sie nichts weiß und auch Sabin nicht geholfen hat, haben wir keinen Grund, ihr etwas anzutun."

Aber Charles lächelte, während er das sagte, und seine Augen hatten einen eiskalten Glanz bekommen. Ellis glaubte ihm kein Wort.

Rachel mochte Jane Sullivan gleich vom ersten Blick an. Sie war am selben Abend spät mit ihrer weißen Limousine vor den Hof gefahren, hatte Ebenezer Duck und seine Herde durch die Gegend gescheucht und Rex aufgeschreckt, der sofort mit wütendem Gebell auf ihren Wagen zugestürzt war. Noch ehe Rachel hineilen konnte, war Jane ausgestiegen und auf den Hof gekommen. „Braves Hündchen", sagte sie fröhlich und klopfte Rex im Vorübergehen freundlich auf den Kopf.

Jeder, der so mit ihrem Hund umgehen konnte, musste ein bemerkenswerter Mensch sein. Die beiden Frauen machten sich bekannt und gingen auf das Haus zu, wo die zwei Männer bereits auf der Veranda warteten.

Jane begrüßte ihren Mann und fiel dann Kell begeistert um den Hals. „Wie schön, dich wiederzusehen. Bist du in Schwierigkeiten?"

„Ein wenig", antwortete er lächelnd.

„Dann bin ich ja gerade richtig hier", meinte Jane verschmitzt.

„Lasst uns ins Wohnzimmer gehen", schlug Rachel vor. Kell und sie gingen voran, doch die beiden folgten ihnen nicht. Rachel drehte sich um. Grant hatte seine muskulösen Arme um Jane geschlungen und sein blonder Kopf war über ihren schwarzen gebeugt.

Seltsam, aber dieser Anblick trug nur noch zu Rachels Kummer bei.

Kell legte ihr den Arm um die Taille und zog sie an sich. „Er ist nicht mehr im Dienst, denke daran", sagte er leise. „Er hatte ihn schon quittiert, ehe die beiden sich kennenlernten."

Rachel wollte ihn fragen, warum nicht auch er den Dienst verlassen könne, aber sie unterließ die Frage. Was für Grant Sullivan richtig war, war es noch lange nicht für Kell Sabin. Kell war ein Mann für sich. Laut fragte sie nur: „Wann wirst du hier weggehen?"

Eigentlich hätte sie stolz sein können, dass ihre Stimme so sicher klang, aber unter diesen Umständen legte sie auf Stolz keinen Wert.

Sie hätte ihn auf Knien angefleht, wenn sie sich davon Erfolg versprochen hätte. Aber seine Hingabe an seinen Beruf war mehr als nur ein Lippenbekenntnis.

Er schwieg einen Augenblick, und Rachel wusste, seine Antwort würde ihr nicht gefallen. „Morgen früh", sagte er schließlich.

Ihr blieb also noch eine weitere Nacht. Es sei denn, Kell und Grant hatten vor, die Nacht mit dem Ausarbeiten von Details für ihr Vorhaben zu verbringen.

„Wir verlassen das Haus in aller Frühe", sagte er und strich Rachel über das Haar. Sie wandte den Kopf, um in seine nachtschwarzen Augen sehen zu können. Kell machte eine undurchdringliche Miene, aber er hatte Verlangen nach Rachel – sie konnte es an seinem Blick erkennen.

Jane und Grant kamen dazu. Jane strahlte über das ganze Gesicht.

Sie machte vor Überraschung große Augen, als sie Rachel in Kells Armen sah, aber etwas in ihren Mienen hielt sie davon ab, eine Bemerkung fallen zu lassen.

„Eigentlich weiß ich noch gar nicht, was hier gespielt wird", sagte sie nach einem Moment laut und vernehmlich. „Grant hat mir noch keine Einzelheiten mitgeteilt."

„Dann sollten wir uns alle setzen", erwiderte Kell, „und ich werde dir berichten, worum es geht. Zwar kann ich nicht in alle Nebenumstände gehen, aber in großen Zügen werde ich dich informieren."

Sie setzten sich um den Tisch, und Kell erklärte, was passiert war und warum er Grants Hilfe benötigte. Nachdem er geendet hatte, sah Jane die beiden Männer eine ganze Weile an und nickte schließlich langsam. „Ihr müsst es tun." Dann beugte sie sich vor, legte die flachen Hände auf den Tisch und maß Kell mit einem unnachgiebigen Blick, dem er nicht auswich. „Aber eines will ich dir sagen, Kell Sabin, falls Grant dabei etwas passiert, rücke ich dir auf den Pelz. Ich habe mir nicht so viel Mühe gemacht, um ihn mir zu angeln, nur um ihn jetzt durch so etwas zu verlieren."

Kell gab ihr keine Antwort, aber Rachel wusste, was er dachte. Sollte etwas schiefgehen, würde auch er nicht überleben.

Grant stand auf und zog Jane zu sich hoch. „Es ist Zeit, dass wir ins Bett kommen, da wir morgen sehr früh los wollen.

Auch Rachel stand auf. Morgen früh war alles zu Ende. In der Zwischenzeit musste sie sich um die Unterbringung der Sullivans kümmern, und sie war dankbar, dass sie eine Beschäftigung hatte und nicht ständig an Kells Abreise denken musste.

Sie entschuldigte sich bei Jane, kein weiteres Bett zur Verfügung zu haben. Aber das schien Jane überhaupt nicht zu stören. „Machen Sie sich um uns keine Gedanken", sagte sie freundlich. „Ich habe mit Grant in Zelten, Höhlen und Schuppen genächtigt. Ein netter Fußboden im Wohnzimmer ist für uns also keine Katastrophe."

Mit Janes Hilfe richtete Rachel aus Decken und Extra-Kissen, die sie aus ihrem Schlafzimmer holte, ein Bett her. Jane musterte sie neugierig von der Seite an.

„Sie sind in Kell verliebt, nicht wahr?"

„Ja." Rachel sagte dieses eine Wort mit aller Entschiedenheit. Der Gedanke zu leugnen war ihr gar nicht erst gekommen. Für sie war es eine Tatsache, die so gut zu ihr gehörte wie ihre Augen oder ihre Hände.

„Er ist ein harter, ungewöhnlicher Mensch. Aber erstklassiger Stahl ist auch hart, wenn er von erster Qualität sein will. Ich weiß, es wird für Sie nicht leicht werden. Sehen Sie sich den Mann an, den ich mir ausgesucht habe."

Sie blickten sich an und verstanden einander, wie nur zwei Frauen in der gleichen Lage sich verstehen können. Ob im Guten oder Schlechten, die Männer, die sie liebten, waren anders als die übrigen, und sie würden nie das sichere Leben führen können, das die meisten Frauen erwarteten.

„Wenn er morgen geht, ist alles vorbei", sagte Rachel gepresst. „Er kommt nicht zurück."

„Kell will, dass es aus ist", stellte Jane richtig. Ihre braunen Augen verdüsterten sich leicht. „Aber sagen Sie nicht, er würde nicht wiederkommen. Auch Grant wollte mich nicht heiraten. Er meinte, es werde nicht gut gehen, weil unsere Lebensart zu unterschiedlich sei und ich nie in seine Welt passen würde. Kommt Ihnen das bekannt vor?"

„Oh ja", sagte Rachel tonlos.

„Ich musste ihn gehen lassen, aber am Ende war er hinter mir her."

„Grant war ja nicht mehr im Dienst. Kell jedoch will nicht ausscheiden, und sein Job ist das Problem."

„Das ist ein großes Problem, aber kein unüberwindbares. Jemanden zu lieben, ist für Männer wie Grant und Kell schwer zu akzeptieren. Sie waren immer Einzelgänger."

Ja, Kell war stets allein gewesen und auch entschlossen, es dabei zu belassen. Auch wenn Rachel seine Beweggründe verstand, war es doch nicht leichter, sie zu akzeptieren. Sie ließ Jane und Grant im Wohnzimmer zurück und ging mit Kell in ihr Schlafzimmer. Nachdem sie die Tür hinter sich zugemacht hatte, blieb sie mit fest gefalteten Händen stehen und sah ihn mit traurigen Augen an.

„Wir hätten heute schon fortgehen sollen", sagte er ruhig. „Aber ich wollte noch eine Nacht mit dir zusammen sein."

Sie würde nicht weinen, nicht an diesem Abend. Gleichgültig, was auch geschehen mochte, sie würde damit bis zum nächsten Morgen warten, bis Kell gegangen war.

Er machte das Licht aus und kam durch den dunklen Raum auf sie zu, legte seine kräftigen Hände auf ihre Schultern und zog Rachel an sich.

In dieser Nacht konnte Kell nicht genug von ihr bekommen. Immer wieder kam er zu ihr, als könne er damit die Zeit aufhalten, wenn er mit Rachel in Liebe verbunden war.

Als Kell morgens die Augen öffnete, lag der Raum im fahlen Licht des beginnenden Sonnenaufgangs. Er richtete sich auf und sah auf Rachel hinunter, die rosig wie die aufsteigende Morgenröte neben ihm lag. Vielleicht war ihr letztes Zusammensein ein Fehler gewesen, weil Kell auf seine üblichen Vorsichtsmaßnahmen verzichtet hatte, aber er bereute es nicht. Jede Art der Trennung ihrer Körper beim Liebesakt wäre ihm zuwider gewesen.

Rachel lag erschöpft in den Kissen und hatte die Augen geöffnet. Grenzenlose Liebe sprach aus ihnen. Sie fühlte sich wunderbar erschöpft, und ihr Pulsschlag beruhigte sich nur langsam. „Du wirst vielleicht nie zurückkommen", wisperte sie. „Aber ich werde hier trotzdem auf dich warten."

Nur ein leichtes Zucken an seiner Wange verriet Kells Reaktion. Er schüttelte den Kopf. „Nein, verschwende nicht dein Leben. Such dir jemanden anderen, heirate und hab ein Haus voller Kinder."

Irgendwie brachte Rachel ein Lächeln zustande. „Sei kein Narr", erklärte sie ihm mit herzzerreißender Zärtlichkeit. „Als ob ich nach dir jemand anderen haben könnte."

Kell und die Sullivans waren zur Abfahrt bereit. Rachel fühlte sich innerlich so mitgenommen, dass sie glaubte, zusammenbrechen zu müssen, falls jemand sie berühren sollte. Sie wusste, es würde keinen Abschiedskuss geben, keinen letzten Gruß, den sie in ihrer Erinnerung bewahren könnte. Kell würde einfach fortfahren, und alles wäre zu Ende.

Kell nahm nicht einmal die Pistole mit, um so eine Entschuldigung zu haben, sich wieder mit Rachel in Verbindung zu setzen. Die Waffe war auf Rachel eingetragen, und Kell wollte nichts bei sich haben, durch das man die Spur zu ihr zurückverfolgen könnte, falls die Sache nicht wie geplant verlief.

Grant hatte seinen Mietwagen irgendwo an der Straße verborgen, Jane sollte die beiden Männer zu ihm bringen und dann möglichst allein zu ihrer Farm zurückfahren.

Rachel würde in dem leeren Haus allein sein, und sie dachte bereits darüber nach, wie sie ihre Zeit ausfüllen sollte. Nach der Gartenarbeit würde sie in der Stadt sich einen Film ansehen und einen Schaufensterbummel machen, um ihre Rückkehr so lange wie möglich hinauszuzögern. Vielleicht wäre sie dann so müde, dass sie sofort einschlafen würde, obgleich ihr das unwahrscheinlich schien. Sie musste über die Trennung hinwegkommen, ihr blieb gar keine andere Wahl.

„Ich werde Sie informieren", flüsterte Jane Rachel ins Ohr, als sie sich zum Abschied umarmten. Rachel brannten die Augen vor ungeweinten Tränen. „Vielen Dank."

Grant öffnete die Tür und trat auf die Veranda. Sofort sprang Rex auf und knurrte ihn an. Ruhig beobachtete Grant das Tier. „Aber, aber", sagte er leicht vorwurfsvoll.

Jane schnaubte verächtlich durch die Nase. „Hast du etwa Angst vor diesem Hund? Dabei ist er doch so lieb."

Kell folgte ihnen auf die Veranda. „Platz, Rex", befahl er dem Hund.

Es gab einen eigenartig singenden Knall! Von einem abgefeuerten Gewehr, und knapp hinter Kells Kopf zersplitterte das Holz der Verandasäule. Kell warf sich herum. Gleichzeitig war Rachel auf ihn zugesprungen, und er riss sie mit seinem Sprung zur offenen Tür hin zu Boden. Ein weiterer Schuss ertönte, und im selben Augenblick hatte Grant Jane förmlich durch die Tür gestoßen und sich über sie geworfen.

„Alles in Ordnung?", stieß Kell zwischen den Zähnen hervor und sah Rachel besorgt an, während er mit einem Fuß nach hinten trat und die Tür zuknallte.

Rachel hatte sich den Kopf am Boden gestoßen, aber keine ernsthafte Verletzung davongetragen. Ihr Gesicht war weiß, sie klammerte sich an Kell. „Ja, a…a…alles in Ordnung", stotterte sie.

Kell rollte sich auf die Füße und kroch unter den Fenstern entlang. „Du legst dich mit Jane in den Korridor", ordnete er mit heiserer Stimme an und holte die Pistole aus dem Schlafzimmer, wo er sie gelassen hatte.

Grant hatte Jane aufgerichtet. Jetzt strich er ihr das Haar aus dem Gesicht, drückte ihr einen flüchtigen Kuss auf die Lippen und schob sie zu Rachel hinüber. „Schnell, hol die Reisetasche mit dem Gewehr. Mach schon, beeile dich", sagte er scharf und zog seine eigene Pistole aus dem Gürtel.

Es knallte wieder, und das neben Grant liegende Fenster zerbarst. Die Glassplitter flogen ihm um die Ohren. Er stieß einen grässlichen Fluch aus.

Rachel starrte die beiden Männer an und versuchte, ihre Gedanken zu ordnen. Jane war auf Händen und Knien zur Wand neben der Tür gekrochen und hatte die Reisetasche herangezerrt. Sie holte eine Pistole heraus und legte sie neben sich auf den Boden. Dann zog sie ein in Handtücher eingewickeltes Paket hervor und schubste es über den Boden auf Grant zu. „Hier! Ich weiß nicht, wie man das Ding zusammensetzt."

Rachel fiel ihr 22er-Gewehr ein, das auch im Schlafzimmer lag. Geduckt rannte sie hinein und holte es mit der verfügbaren Munition, die zu besorgen Kell sie gebeten hatte. Das Gewehr hatte zwar nicht die Feuerkraft einer Pistole, aber es hatte bei einer größeren Reichweite mehr Zielgenauigkeit. Soviel verstand Rachel von Waffen, um das zu wissen.

„Da, nimm", rief sie und schob Kell das Gewehr über den Fußboden zu. Er drehte sich um und schnappte sich sofort die Waffe.

„Danke", sagte er knapp. „Geh wieder in den Korridor, Liebes."

Mittlerweile hatte Grant mit einem Handgriff sein Gewehr schussbereit gemacht. Rachel robbte an Janes Seite. „Nehmen Sie die Pistole", forderte Jane sie auf und reichte ihr die Waffe herüber.

Kell warf einen Blick über die Schulter. „Hast du zufällig eine C4 oder Handgranaten mitgebracht?"

„Nein", antwortete Jane bedauernd, „ich habe in der Eile nicht alles das bekommen, was ich wollte."

Rachel kroch zum Seitenfenster und hob vorsichtig den Kopf, um hinauszusehen. Kell fluchte. „Runter!", fuhr er sie an. „Halte dich hier raus. Verschwinde wieder in den Korridor, wo es sicherer ist!"

Rachel war bleich, aber ruhig. „Ihr seid nur zu zweit, aber das Haus hat vier Seiten. Ihr braucht uns."

Jane ergriff Grants liegengelassene Pistole. „Sie hat recht. Ihr braucht unsere Hilfe."

Kell machte ein steinernes Gesicht. Genau das hatte er vermeiden wollen, und nun wurden seine schlimmsten Befürchtungen wahr. Seinetwegen geriet Rachels Leben in Gefahr. Verdammt! Warum war er nicht am vergangenen Abend weggegangen, wie er es hätte tun sollen? Er hatte seinen gesunden Menschenverstand von seinen sexuellen Wünschen beiseiteschieben lassen, und jetzt war Rachel in Gefahr!

„Sabin!" Die Stimme kam aus dem Kieferndickicht.

Kell antwortete nicht, sondern suchte mit zusammengekniffenen Augen die Bäume ab, um den Sprecher ausfindig zu machen. Er selbst würde nicht antworten und seine Position verraten. Das sollten die Angreifer selbst herausfinden.

„Hören Sie, Sabin, ziehen Sie die Sache nicht hinaus!", fuhr die Stimme fort. „Wenn Sie sich ergeben, haben Sie mein Wort, dass den anderen nichts geschehen wird."

„Wer ist dieser Spaßmacher?", brummte Grant.

„Charles Dubois, alias Charles Lloyd, alias Kurt Schmidt, alias diverse andere Namen", murmelte Kell.

Die Namen sagten Rachel nichts, aber Grant hob die Augenbrauen. „Endlich hat er also beschlossen, selbst hinter dir her zu sein." Er sah sich um. „Wir sind in keiner sehr guten Lage. Er hat seine Männer um das ganze Haus verteilt. Es sind zwar nicht sehr viele, aber wir sitzen in der Falle. Ich habe auch das Telefon überprüft – es ist tot."

Man musste Kell nicht erst sagen, wie kritisch ihre Lage war. Sollte Charles Dubois Raketen einsetzen, wie er es beim Boot getan hatte, waren sie alle schon so gut wie tot. Aber dann wiederum würde er zuerst einmal versuchen, Kell lebend zu bekommen. Lebend war er eine Menge Geld wert für eine Menge Leute, die jede Summe zahlen würden, um sich seiner zu bemächtigen.

Er versuchte, einen Plan zu finden, aber unleugbare Tatsache war, dass es für sie keine Möglichkeit gab, das Haus zu verlassen. Auch wenn sie bis zum Einbruch der Nacht warten und dann einen Ausfall versuchen würden, hatten sie außer durch das Gebüsch nur wenig Deckung, und das wuchs direkt am Haus. Um das Haus lag in jeder Richtung eine freie Fläche, die es jedem erschwerte, ungesehen zum Gebüsch vorzudringen, aber das traf auch in umgekehrter Hinsicht zu. Und Dubois würde niemals einen Zeugen des Vorfalls am Leben lassen. Das wusste Kell, und Grant wusste es ebenso. Es blieb nur die Hoffnung, Rachel und Jane würden nicht erkennen, wie aussichtslos ihre Lage in Wirklichkeit war.

Ein Blick auf Rachel zerstörte diese Hoffnung. Sie wusste um ihre Situation sehr gut Bescheid. Das war von Anfang an das Problem mit Rachel gewesen: Sie war viel zu aufmerksam. Am liebsten hätte er sie jetzt in die Arme genommen und ihren Kopf an seine Schulter geschmiegt und ihr versichert, alles werde gut gehen. Aber so wie sie ihn mit diesen grauen Augen ruhig ansah, konnte er sie nicht belügen, auch nicht, um sie zu trösten. Kell wollte nicht, dass je eine Lüge zwischen ihnen beiden stand.

Ein Schuss klang aus dem Schlafzimmer, und Grant wurde leichenblass. Aber ehe er eine Bewegung machen konnte, rief Jane ihm zu: „Grant! Ist es nicht die Kniescheibe dieser Leute, auf die ich zielen soll?"

Wenn es möglich gewesen wäre, hätte Grant noch mehr die Farbe verloren. Er fluchte leise und anhaltend.

„Nun, es spielt ohnehin keine Rolle", fügte sie gleichmütig hinzu. „Ich habe sowieso danebengeschossen. Aber ich habe seine Waffe erwischt, falls das etwas nützt."

„Sabin!", schrie der Mann wieder. „Strapazieren Sie meine Geduld nicht! So kann es nicht weitergehen! Es wäre doch schade, wenn der Frau etwas passiert!"

„Der Frau", hatte er gesagt, nicht „die Frauen". Dann fiel Kell plötzlich ein, dass Rachel ja gar nicht auf die Veranda herausgekommen war. Man hatte Jane gesehen und sie für Rachel gehalten. Sie waren beide schlank und hatten dunkles Haar, nur war Jane größer und hatte längere Haare. Aber auf die Entfernung würde das niemand aufgefallen sein. Dieser Umstand war zwar kein großer Vorteil, aber es konnte nützlich sein, wenn Dubois die Anzahl der Bewaffneten im Haus unterschätzte.

„Sabin!"

„Ich überlege!", schrie Kell, ohne sich am Fenster zu zeigen.

„Diesen Luxus können Sie sich nicht leisten, mein Freund. Sie wissen, Sie können nicht gewinnen. Warum machen Sie es sich nicht leichter? Die Frau hat freies Geleit, das verspreche ich Ihnen."

Dubois' Versprechungen waren den Atem nicht wert, und Kell wusste es. Er musste einfach Zeit gewinnen. Er hatte keine Vorstellung, wie es weitergehen sollte, aber jede Sekunde vergrößerte die Möglichkeit, dass der Zufall ihnen zu Hilfe kam.

„Und mein Freund?", schrie er zurück.

„Er auch." Die Lüge ging Dubois glatt über die Lippen. „Mit ihm habe ich keinen Streit."

Grants Lippen verzogen sich zu einem höhnischen Grinsen. „Natürlich nicht. Er hat mich ja auch überhaupt nicht erkannt!"

Welchen Coup Dubois doch damit landen könnte, sowohl Sabin als auch den Tiger zu fangen, diesen kräftigen, blonden Kämpfer mit den goldbraunen Augen, der mit Sabin den Dschungel durchstreift hatte und später dessen Hauptagent geworden war. Jeder für sich war schon eine Legende, aber gemeinsam waren sie unbesiegbar gewesen, so aufeinander abgestimmt, dass sie wie eine einzige Person gehandelt hatten. Sullivan hatte vor einigen Jahren Dubois' Männer eine Schlacht geliefert. Nein, Dubois würde das nicht vergessen haben, wenn man bedenkt, wie Grant Sullivan aus ihm einen Narren gemacht hatte. Eine Bewegung unter den Bäumen erregte plötzlich Kells Aufmerksamkeit, und er kniff die Augen zu engen Schlitzen zusammen. „Sieh zu, ob du ihn dazu bringen kannst, weiterzusprechen", forderte er Grant auf und schob den Lauf seines 22er-Gewehrs minimal durch die zerborstene Fensterscheibe, ohne dabei die Stelle unter den Kiefern aus den Augen zu lassen.

„Hören Sie, Dubois", rief Grant laut, „lassen Sie die Mätzchen. Ich weiß, dass Sie mich erkannt haben."

In der folgenden Stille spannte Kell vorsichtig den Abzug. War Dubois tatsächlich überrascht, dass sie wussten, wer er war? Zwar stimmte es, dass er seine Machenschaften stets aus dem Hintergrund geführt hatte, statt seine Sicherheit aufs Spiel zu setzen, doch Kell war jetzt seit so vielen Jahren hinter ihm her, seit Dubois seine Dienste den Terroristen zur Verfügung gestellt hatte.

„Sie sind das also, Tiger."

Da war sie wieder, diese leichte Bewegung. Kell zielte genau und zog sacht am Abzug. Der Knall des Schusses hallte im ganzen Hause wider und überdeckte jeden Schmerzensschrei. Aber Kell wusste, er hatte getroffen. Doch wusste er nicht, ob es Dubois war oder sonst jemand.

Ein Kugelhagel ging über das Haus nieder. Sämtliche Fensterscheiben zerbrachen, und große Splitter wurden aus den hölzernen Außenwänden und Fensterrahmen gerissen. Aber die stahlverstärkten Türen hielten stand. „Das hat ihm wohl nicht gefallen", murmelte Kell.

Grant hatte sich zu Boden geduckt, und hob nun wieder den Kopf. „Weißt du, dieser Spitzname ging mir immer gegen den Strich", meinte er belustigt und hob gleichzeitig sein automatisches Gewehr. Wie ein gut trainierter Soldat gab er drei Schüsse schnell hintereinander ab und nutzte so seine Feuerkraft aus, ohne zu viel Munition zu verschwenden. Aus dem Schlafzimmer und aus Rachels Büro fielen Pistolenschüsse. Dann brach die Hölle wieder los. Salve auf Salve schlug in das Haus ein, und Kell ergriff die nackte Angst, weil Rachel diesem Sperrfeuer ausgesetzt war.

„Rachel?", schrie er. „Alles in Ordnung?"

„Ja", rief sie ruhig zurück.

„Jane!", brüllte Grant über den Krach hinweg, bekam aber keine Antwort. „Jane!", schrie er noch einmal und fing an, sich mit aschfahlem Gesicht zum Schlafzimmer hin zu bewegen.

„Ich bin beschäftigt!"

Grant sah aus, als würde er vor Wut gleich platzen, und trotz der Umstände konnte Kell sich ein Grinsen nicht verkneifen.

In der folgenden kurzen Feuerpause riss Grant sein leeres Magazin heraus und schob ein neues ein.

„Sabin, meine Geduld ist zu Ende!", schrie Dubois, und Kell schnitt eine Grimasse. Schade, er hatte wohl jemanden anderen getroffen.

„Sie haben mir noch nicht das richtige Angebot gemacht", rief er zurück, um wieder Zeit zu gewinnen.

Jane kam aus dem Schlafzimmer gekrochen. Das Haar stand ihr wirr um den Kopf, und sie hatte die Augen weit aufgerissen. „Ich glaube, die Kavallerie naht", sagte sie.

Die beiden Männer achteten nicht auf sie, aber Rachel rutschte an ihre Seite. „Was?", fragte sie.

„Reiter", sagte Jane und gestikulierte zum Schlafzimmer hin. „Ich habe sie gesehen, dort aus der Richtung."

Rachel wusste nicht, ob sie lachen oder weinen sollte. „Das ist Rafferty", sagte sie und zog damit die Aufmerksamkeit auf sich. „Mein Nachbar. Er muss die Schießerei gehört haben."

Grant ließ sich auf die Knie fallen und robbte durch die Küche zur Hintertür, von wo aus er einen besseren Blick hatte. „Wie viele?", fragte Kell.

„Zwanzig oder mehr", antwortete Grant. „Verdammt, sie reiten genau in die Schusslinie. Schießt los und zwingt Dubois, darauf zu antworten."

Rachel kroch an ein Fenster, hielt die schwere Pistole hinaus und feuerte, bis das Magazin leer war. Schnell lud sie nach und schoss wieder wild drauflos. Kell und Jane ballerten ebenfalls in die Gegend. Hatten sie Rafferty genügend Zeit gegeben, um hinter Dubois und dessen Leute zu kommen? Wenn sie wie jetzt weiterschossen, könnten sie ihre Retter treffen.

„Hört auf", befahl Kell. Sie warfen sich flach auf den Boden und hielten sich während des folgenden Kugelhagels die Arme schützend über den Kopf. Die Lampe krachte herunter und zerbarst auf dem Boden. Grant fluchte auf, und als sie zu ihm hinsahen, lief ihm aus einer Wunde das Blut über die Wange. Jane stieß einen dünnen, hohen Schrei aus und wollte trotz des anhaltenden Gewehrfeuers zu ihrem Mann hinrennen, aber Kell hielt sie fest und zwang sie wieder zu Boden.

„Ich bin in Ordnung", schrie Grant. „Nur eine kleine Schnittwunde."

„Bleib liegen", herrschte Kell Jane an und ließ sie los.

Dann, plötzlich, war es still bis auf vereinzelte Schüsse, und auch sie hörten unvermittelt auf. Rachel lag auf dem Fußboden und wagte kaum zu atmen. Der beißende Geruch verbrannten Pulvers stieg ihr in Nase und Mund. Kell legte ihr die Hand auf den Arm und betrachtete ihre blassen Gesichtszüge so genau, als wolle er sie sich für immer einprägen.

„Heh!", dröhnte eine tiefe Stimme. „Rachel, bist du da drinnen?"

Rachels Lippen fingen zu zittern an, und auf einmal standen ihr Tränen in den Augen. „Das ist Rafferty", flüsterte sie, und dann hob sie den Kopf und rief: „John! Ist alles in Ordnung?"

„Das hängt davon ab", war die Antwort. „Diese Mistkerle hier sind anderer Meinung."

Langsam stand Kell auf und zog Rachel auf die Beine. „Er klingt, als würde er mir gefallen."

Rachel kam sich wie die Überlebende einer Schiffskatastrophe vor, als sie von Kell gestützt auf die Veranda trat. Jane und Grant kamen hinterher. Jane betupfte die Wunde an der Wange ihres Mannes und weinte etwas, während sie sich um ihn sorgte.

Rachel schrie entsetzt auf, als sie drei ihrer Gänse mit Blut auf ihren weißen Federn auf dem Hof liegen sah. Aber sie brachte keinen Ton heraus, als sie Rex reglos an der Ecke der Veranda hingestreckt sah. Kell zog sie in die Arme und drückte ihr Gesicht gegen seine Schulter.

John Rafferty, bewaffnet mit einem Jagdgewehr und umgeben von seinen Männern, die ebenfalls bewaffnet waren, trieb etwa fünfzehn Männer vor sich her. Die Augen unter seinen buschigen Brauen blickten finster auf einen schlanken, grauhaarigen, vor ihm stehenden Mann. „Wir haben die Schießerei gehört und wollten sehen, was hier los ist", erklärte er. „Ich hab es nicht so gern, wenn Gesindel auf meine Nachbarin schießt."

Charles Dubois war weiß vor Zorn und starrte Kell an. Neben ihm stand Noelle, mit einem Ausdruck der Langeweile in ihrem schönen Gesicht. „Die Sache ist noch nicht ausgestanden, Sabin", zischte Charles Dubois. Sanft schob Kell Rachel von sich fort und zu Grant hinüber. Jetzt musste er sich um die ordnungsgemäße Abwicklung dieses Vorfalls kümmern. Es vor dem Gesetz erklären und trotzdem Stillschweigen wahren, würde ihm einiges abverlangen.

„Für Sie ist sie zu Ende", sagte er kurz angebunden.

An Charles' Seite lächelte Noelle langsam und träge, dann riss sie sich plötzlich los, weil der hinter ihr stehende Cowboy sie nur für eine ungefährliche Frau gehalten und nicht fest genug gepackt hatte. Unversehens hielt sie eine Waffe in der Hand, einen kleinen, hässlichen Revolver.

Rachel nahm das Ganze wie in Zeitlupe wahr. Mit einem Schrei riss sie sich von Grants Arm los und warf sich auf Kell. Ein Mann griff nach Noelles Arm, und der Schuss fiel in dem Moment, wo Rachel auf Kell fiel und ihn zur Seite schubste. Wieder schrie sie auf, diesmal wegen des brennenden Schmerzes in der Seite. Dann wurde ihr schwarz vor den Augen.

11. KAPITEL

Kell lehnte sich gegen die Wand des Krankenhauses. Sein Gesicht wirkte ernst und abweisend, und nur an seinen Augen sah man die Qual, die er empfand. Jane und Grant standen wartend neben ihm. Jane sah mit ihrem ausdrucksvollen, jetzt bleichen und elenden Gesicht ganz eingefallen aus, und Grant ging von Zeit zu Zeit unruhig hin und her.

Wie er sich auch bemühte, Kell bekam das Bild von Rachel, die blutend auf dem Boden lag, nicht aus dem Kopf. Sie hatte so klein und zerbrechlich ausgesehen. Ihre Augen waren geschlossen und ihr Gesicht kalkweiß. Zusammengekrümmt hatte sie dort gelegen, und eine ihrer Handflächen war nach oben gedreht. Kell war mit einem leisen, heiseren Schrei neben Rachel auf die Knie gesunken, ungeachtet des Durcheinanders und der Schießerei hinter ihm. Im Stillen rief er ihren Namen, aber kein Laut kam über seine Lippen.

Dann, unglaublich, hatten ihre Augen sich geöffnet. Sie war benommen und hatte Schmerzen, aber diese hellen, klaren Augen hatten sich auf Kell gerichtet, als wäre er ihr Rettungsanker, und ihre zitternden Lippen hatten Kells Namen gehaucht. Erst in diesem Augenblick begriff er, dass sie noch lebte. Miterleben zu müssen, wie sie die für ihn bestimmte Kugel abfing, war für ihn ein Alptraum, der Wirklichkeit wurde. Er hatte sich von diesem Schock noch nicht erholt. Er erwartete auch nicht, dass er sich jemals davon erholen würde.

Und doch hatte er es fertig gebracht, die Kleidung über der scheußlichen Wunde in ihrer Seite zu reißen und sie mit Janes Hilfe notdürftig zu verbinden. Grant hatte die Aufgabe übernommen, nun das zu tun, was notwendig war: dafür zu sorgen, dass kein Wort über den Vorfall laut werden würde.

Dubois war tot, Noelle lebensgefährlich verwundet. Die Ironie des Schicksals war, dass die tödlichen Kugeln aus der Waffe von Ellis gekommen waren. Nachdem Noelle ihren Schuss abgegeben hatte, hatte Elfis sich in dem folgenden Durcheinander losgerissen und ein Gewehr geschnappt. Seine Motive waren unklar. Vielleicht wollte er sich Dubois' entledigen, damit niemand erfuhr, auf welche Weise Ellis ihm behilflich gewesen war, oder vielleicht hatte er am Ende seine eigene Handlungsweise nicht mehr ertragen können. Vielleicht war es auch Rachels wegen geschehen. Mit diesem letzten Beweggrund konnte Kell sich identifizieren. Mit Freuden hätte er Dubois und diese verräterische Hexe mit seinen eigenen Händen erwürgen können für das, was sie Rachel angetan hatten.

Man hatte Honey gerufen, die sich um Rex kümmerte, und sie hatte die größte Hoffnung, dass er überleben würde. Rachel würde ja auch extra jemanden brauchen, an den sie sich klammern konnte, auch wenn es nur ein Hund war. Ihr Haus war so schlimm verwüstet worden, dass es Wochen dauern würde, um es wieder herzurichten. Ihre Tiere waren getötet oder angeschossen, ihr Leben auf den Kopf gestellt, sie selbst verwundet worden – und der Mann, den sie liebte, war der Anlass für all das.

Kell litt höllische Qual. Fast hätte es Rachel seinetwegen ihr Leben gekostet. Lieber wäre er gestorben, als ihr solches Leid zuzufügen. Er hatte die Gefahr gekannt und war doch geblieben, unfähig, sich von Rachel wegzureißen. Dieses einzige Mal hatte er seinen Verstand vom Herzen leiten lassen, und das hatte Rachel beinahe getötet. Niemals wieder. Gütiger Himmel, niemals wieder.

Er würde nur noch so lange bleiben, bis sie aus dem Operationssaal kam, und er wusste, dass sie genesen würde. Keineswegs könnte er weggehen, bevor er das wusste, bevor er sie wieder gesehen und sie berührt hatte. Aber dann würden Grant und er verschwinden. Die Lage war kritisch. Er musste wieder in Washington sein, bevor die Nachricht über den Vorfall durchsickerte und der – oder die –Verräter die Spuren verwischen konnten.

„Jane", sagte er leise, ohne den Kopf zu wenden, „wirst du hierbleiben?"

„Natürlich", antwortete sie, ohne zu zögern. „Die Frage hättest du dir sparen können."

Kell hatte alles in seinen Kräften Stehende getan, um die örtlichen Behörden zur Zusammenarbeit zu bewegen. Wäre da aber nicht der Sheriff namens Phelps gewesen, der Rachel kannte, dann hätte jeder davon erfahren. Doch Phelps hatte sich zu helfen gewusst und mit den amtlichen Stellen lange, intensive Gespräche geführt, um nichts an die Öffentlichkeit dringen zu lassen. Rafferty verbürgte sich für die Verschwiegenheit seiner Leute, und Kell bezweifelte, dass jemand sich gegen Rafferty stellen würde.

Der Chirurg kam in den Aufenthaltsraum. Sein hageres Gesicht wirkte erschöpft. „Mr Jones?"

Kell hatte sich als Rachels Mann ausgegeben und an ihrer Stelle die Einlieferungspapiere unterschrieben, um die Behandlung zu beschleunigen. Die Ungesetzlichkeit seines Tuns kümmerte ihn nicht. Jede Minute Verzögerung hätte einen größeren Blutverlust bedeutet.

Er drückte sich von der Wand ab und fragte gespannt: „Ja?"

„Ihrer Frau geht es gut. Sie wird sich wieder erholen. Die Kugel hat die rechte Niere gestreift. Sie hat viel Blut verloren, aber wir haben eine Transfusion gemacht, und so stabilisiert sich ihr Zustand wieder. Ich war in Sorge, ob sich die Niere würde retten lassen, aber der Schaden war nicht so groß wie angenommen. Keine Komplikationen vorausgesetzt, sehe ich keinen Grund, warum ihre Frau nicht in ungefähr einer Woche wieder zu Haus sein sollte."

Die Erleichterung war so groß, dass Kell nur krächzend die Frage herausbrachte: „Wann kann ich sie sehen?"

„Wahrscheinlich in einer Stunde. Ich werde sie heute Nacht auf der Intensivstation behalten, aber das ist eine reine Vorsichtsmaßnahme. Ich rechne nicht damit, dass die Niere wieder anfangen wird zu bluten. Sollte das aber der Fall sein, will ich sie dort haben. Sobald sie verlegt wird, schicke ich eine Schwester zu Ihnen her."

Kell nickte und schüttelte dem Arzt die Hand. Dann blieb er wieder steif stehen, unfähig, sich sogar jetzt zu entspannen. Jane trat an seine Seite, legte ihre Hand auf seine und drückte sie beruhigend. „Mach dir keine Vorwürfe."

„Es war meine Schuld."

„Wirklich? Wann hat man dich zum Herren der Ereignisse gemacht? Ich muss die Schlagzeile verpasst haben!"

Er seufzte matt auf. „Lass das."

„Warum sollte ich? Wenn du dir diese Gedanken nicht aus dem Kopf schlägst, wirst du nicht in der Lage sein, die wirklich wichtigen Sachen zu erledigen."

Jane hatte natürlich recht. Sie schlug zwar nicht immer denselben Weg wie alle anderen ein, aber am Ende behielt sie doch stets recht.

Als man Kell zu Rachel ließ, war er auf den Schock vorbereitet. Er hatte viel zu viele Verwundete gesehen, um nicht zu wissen, dass die Krankenhausumgebung oft alles viel schlimmer wirken ließ. Er wusste über die Apparate, an denen sie angeschlossen sein würde, um die Funktion ihrer Körperorgane zu überwachen, und er wusste, dass Schläuche zu ihrem Körper führen würden. Aber nichts kam dem Schock gleich, den er beim Betreten des Zimmers empfand – als Rachel ihre Augen öffnete und Kell ansah.

Es war unglaublich, aber sie hatte ein Lächeln auf ihren blutleeren Lippen und versuchte, Kell die Hand hinzustrecken. Aber in ihrem Arm steckte eine Kanüle, die mit dem Tropf verbunden war. Einen Moment lang war Kell wie erstarrt, und er schloss die Augen, damit man die große Bewegung nicht sah, die ihn erfüllte. Dann ging er auf die andere Seite des Bettes und hob Rachels andere Hand an seine Wange. „Es ... ist ... gar nicht ... so schlimm", brachte sie fast unhörbar heraus. „Ich ... habe ... gehört, wie ... der Doktor ... das sagte."

Himmel, sie versuchte, ihn zu trösten. Kell musste schlucken und rieb Rachels Hand gegen seine Schläfe.

„Ich liebe dich", murmelte er rau.

„Ich weiß", wisperte sie und schlief ein. Kell blieb etliche Minuten über ihr Bett gebeugt stehen und prägte sich Rachels Gesicht ein letztes Mal ein. Dann richtete er sich auf, und sein Gesicht wurde wieder zu der üblichen harten, ausdruckslosen Maske. Rasch verließ er das Zimmer und ging den Korridor auf Grant und Jane zu, die auf ihn warteten. „Lass uns gehen", sagte er entschlossen.

Rachel schlenderte wie jeden Nachmittag am Strand entlang und hielt automatisch auf der Suche nach Muscheln den Blick auf den Sand gerichtet. Rex streifte vor ihr her, kam regelmäßig zurück, als ob er nachprüfen wolle, ob alles stimmt, ehe er sich wieder seiner eigenen Betätigung hingab. Noch Wochen, nachdem sie ihn bei Honey abgeholt hatte, war er nicht von ihrer Seite gewichen, aber diese Phase war längst vorbei. Für Rex war es so, als wären die Ereignisse des Sommers nie geschehen.

Jetzt war es Anfang Dezember, und Rachel trug ein leichtes Jackett, um sich vor dem kühlen Wind zu schützen. Die Herbstvorlesungen im Gainsville-College waren bis auf die Abschlussexamen vorüber, aber sie hatte genug Arbeit, um sich zu beschäftigen. Seit Juli war sie sehr fleißig gewesen, hatte ihr Manuskript noch vor dem Abgabetermin beendet und sofort mit einem neuen begonnen. Sie hatte Abendkurse zu halten, und die nach den Tagen der brütenden Hitze zunehmende Zahl der Touristen hatte ihren beiden Souvenirläden gutes Geschäft gebracht, was bedeutete, dass sie manchmal zwei bis drei Mal in der Woche dorthin fahren musste.

Nur die Narbe an ihrer rechten Seite erinnerte sie an die Vorfälle des Juli. Das und ihre Erinnerungen. Das Haus war repariert und neue Drahtgeflechte mit Verkleidungen eingezogen worden, weil der Schaden zu groß war, um ihn einfach zu übertünchen. Die Fensterrahmen waren erneuert, und sie hatte eine andere Lampe im Wohnzimmer. Auch neue Möbel und Teppiche, weil sie die Hoffnung aufgegeben hatte, aus den alten jemals die Glassplitter entfernen zu können. Das Haus machte wieder einen normalen Eindruck, so, als wäre nie etwas geschehen, was eine wochenlange Renovierung notwendig gemacht hatte.

Ihre Genesung war gut und in verhältnismäßig kurzer Zeit abgelaufen. Innerhalb eines Monats konnte sie wieder ihren gewohnten Beschäftigungen nachgehen und auch versuchen, ihren vernachlässigten Garten wieder in Ordnung zu bringen. Trotzdem hatte ihre schmerzende Narbe ihr einen Eindruck davon vermittelt, was Kell bei den Übungen mit seinem Bein und der Schulter durchgemacht haben musste, als er seine Beweglichkeit wiedererlangen wollte.

Rachel hatte nichts mehr von ihm gehört, kein einziges Wort. Jane war bis zu Rachels Entlassung aus dem Krankenhaus bei ihr geblieben und hatte ihr mitgeteilt, dass in Washington alles gut über die Bühne gegangen sei. Rachel wusste nicht, ob Jane weniger sagte, als ihr bekannt war, oder ob man ihr nicht mehr berichtet hatte. Dann war auch Jane abgereist, um ihre Kinder abzuholen und zu Grant auf die Farm zurückzukehren.

Eine Zeit lang hatte Rachel den Eindruck, von ihrem letzten Zusammensein mit Kell schwanger zu sein, aber es hatte sich als falscher Alarm herausgestellt. Ihre körperliche Verfassung war ganz einfach durch den Schock in Mitleidenschaft gezogen worden.

Nicht einmal ein Kind war ihr geblieben, nichts, als nur ihre Erinnerung, die sie nie verließen.

Sie hatte überlebt, aber mehr auch nicht, und ihre Tage freudlos verbracht, weil sie keine Freude finden konnte. Bestenfalls würde sie Frieden finden – vielleicht.

Rachel hatte das Empfinden, als hätte man einen Teil von ihr fortgerissen. Bobby Bill zu verlieren, war schrecklich gewesen, aber jetzt war es noch schlimmer. Damals war sie noch jung und vielleicht nicht fähig, so tiefe Liebe zu empfinden, wie sie es jetzt tat. Der Schmerz hatte sie reifen lassen und ihr eine ganz andere Gefühlswelt geschenkt, aus der heraus sie Kell jetzt liebte. Es verstrich keine Minute des Tages, in der sie ihn nicht vermisste, in der ihr nicht schmerzhaft bewusst wurde, dass er nicht bei ihr war.

Sie konnte nicht einmal über Jane etwas in Erfahrung bringen. Um Kell Sabin lag ein Ring des Schweigens. Er war in seine graue Schattenwelt zurückgekehrt und völlig darin verschwunden, als hätte es ihn nie gegeben. Sollte ihm etwas zustoßen, würde sie es nie erfahren.

Diese Ungewissheit war das schlimmste. Kell gab es, aber er war unerreichbar.

Manchmal überlegte sie, ob sie es geträumt habe, dass er zu ihr ins Krankenhaus gekommen sei und sich über sie gebeugt habe, mit einem Blick so voller Liebe, wie sie es nie an ihm gesehen hatte, und ihr zugeflüstert habe, dass er sie liebe. Als sie wieder erwacht war, hatte sie erwartet, ihn zu sehen. Denn wie konnte ein Mann eine Frau so anschauen und dann einfach verschwinden? Doch genau das hatte Kell getan. Er war fortgegangen.

Manchmal hasste Rachel ihn beinahe. Sicher, sie kannte seine Beweggründe, aber wenn sie darüber nachdachte, schienen sie ihr einfach nicht stichhaltig genug. Mit welchem Recht traf er Entscheidungen für sie? Er war so ungeheuer arrogant, so sicher, alles besser zu wissen, dass sie ihn am liebsten geschüttelt hätte, bis ihm die Zähne klapperten.

Tatsache war, dass Rachel sich von ihrer Verletzung erholt hatte, aber sie hatte sich nicht davon erholt, Kell zu verlieren. Dieses Wissen nagte Tag und Nacht an ihr, raubte ihre Lebensfreude und ließ ihren Blick matt werden.

Rachel verging nicht vor Gram – dazu war sie zu stolz –, aber sie lebte nur so vor sich hin, ohne Pläne oder Hoffnungen.

Während sie am Strand entlangschlenderte und auf die hereinkommende Flut starrte, wurde ihr klar, dass sie etwas unternehmen musste. Sie hatte zwei Möglichkeiten: Sie könnte versuchen, Kell zu erreichen, oder sie könnte gar nichts tun. Aber einfach aufzugeben und nichts zu tun, ging gegen ihr Wesen. Kell hatte Zeit genug gehabt, seine Meinung zu ändern und zu ihr zurückzukommen, wenn er gewollt hätte. Sie musste sich damit abfinden, dass er es aus eigenem Antrieb nicht tun würde … es sei denn, sie griff ein. Kam er nicht zu ihr, musste sie zu ihm gehen.

Nachdem Rachel sich zu diesem Entschluss durchgerungen hatte, fühlte sie sich wohler als in all den Monaten vorher, lebendiger. Sie rief Rex, drehte sich um und ging energisch über den Strand zu ihrem Haus zurück.

Rachel hatte keine Ahnung, wie sie Kell erreichen konnte. Aber irgendwo musste sie anfangen, und so rief sie die Telefonauskunft nach der Nummer der Dienststelle in Virginia an. Das war einfach genug, aber Rachel bezweifelte, ob man sie auch so leicht zu Kell durchstellen würde. Sie rief an, doch die Telefonistin, die den Anruf entgegennahm, leugnete, dass jemand mit diesem Namen dort angestellt war. Trotzdem bestand Rachel darauf, eine Nachricht für ihn zu hinterlassen. Falls ihm bekannt wurde, dass sie sich gemeldet hatte, würde er vielleicht zurückrufen. Die Neugier würde ihn möglicherweise dazu verleiten.

Doch die Tage verstrichen, und kein Anruf kam. Rachel versuchte es aufs Neue und erhielt die gleiche Antwort. Sie nahm ihre Kontakte zu den Leuten, die sie aus ihrer Reporterzeit kannte, wieder auf und befragte sie nach den Möglichkeiten, zu jemandem vorzudringen, der vom Geheimdienst geschützt wurde. Sie ließ Kell durch fünf verschiedene Leute Nachrichten zukommen, wusste aber nicht, ob sie ihn je erreicht hatten. Sie rief wiederholt im Amt an und hoffte, die Telefonistin würde schließlich so genervt sein, dass sie Rachels Mitteilung irgendwann jemandem übergab.

Rachel versuchte es einen Monat lang. Weihnachten kam und ging vorbei, ebenso die Neujahrsfeiern. Aber ihr Lebensziel bestand darin, mit Kell Kontakt aufzunehmen. Sie brauchte einen Monat, bis sie sich eingestand, dass es keine Möglichkeit gab, ihm eine Nachricht zu übermitteln, oder dass er sie alle bekommen und nicht darauf reagiert hatte.

Nachdem sie sich so heftig bemüht hatte, war der Gedanke, wieder aufgeben zu müssen, mehr, als Rachel ertragen konnte. Eine Weile lang hatte sie Hoffnung gehabt. Nun hatte sie nichts.

Sie hatte es sich selbst nicht erlaubt, viel zu weinen, weil es ihr sinnlos erschienen war. Und sie hatte es wirklich versucht, ihr altes Leben wieder aufzunehmen und einfach weiterzumachen. Doch in dieser Nacht weinte sie, wie sie nie zuvor geweint hatte. Sie lag in ihrem Bett, das sie mit Kell geteilt hatte, und fühlte sich unendlich einsam und verlassen. Sie hatte Kell alles geschenkt, was sie hatte und empfand, und er war einfach auf und davon gegangen. Während die langen Stunden der Nacht langsam dahinkrochen, lag sie mit weit geöffneten, brennenden Augen da und starrte in die Dunkelheit.

Rachel hatte kein Auge zugetan, als am nächsten Morgen das Telefon klingelte und sie mit matter Stimme antwortete.

„Rachel?", fragte Jane zögernd. „Bist du es?"

Rachel riss sich mühsam zusammen. „Ja. Hallo, Jane, wie geht es dir?"

„Gut", sagte Jane zufrieden. „Fühlst du dich zu einem Besuch bei uns aufgelegt? Ich warne dich aber, ich habe einen Hintergedanken. Du kannst auf die Zwillinge aufpassen, während ich mich von ihnen erhole."

Rachel wusste nicht, wie sie den Anblick von Jane und Grant mit ihren beiden Kindern ertragen sollte, aber es wäre kleinlich gewesen, einfach abzusagen. „Ja, natürlich", war ihre gezwungene Antwort.

Jane schwieg, und viel zu spät erinnerte Rachel sich daran, dass Jane nichts entging. Und da Jane ein geradliniger Mensch war, kam sie gleich zum Kern der Sache. „Es liegt an Kell, nicht wahr?"

Rachel hielt den Hörer fester in der Hand und schloss bei der bloßen Erwähnung seines Namens vor Schmerz die Augen. So viele Leute hatten seine Existenz geleugnet, dass sie sich wunderte, dass ausgerechnet Jane das Gespräch auf ihn brachte. Sie wollte sprechen, doch ihr versagte die Stimme, und plötzlich brach sie in Tränen aus. „Ich habe versucht, ihn anzurufen", sagte sie gebrochen, „aber ich komme nicht zu ihm durch. Niemand will zugeben, ihn überhaupt zu kennen. Selbst wenn er meine Nachricht erhalten haben sollte, so hat er doch nicht zurückgerufen."

„Ich glaubte, er hätte mittlerweile nachgegeben", meinte Jane nachdenklich.

Rachel hatte sich wieder gefangen und entschuldigte sich bei Jane, ihr etwas vorgeweint zu haben. Sie biss sich auf die Lippen und schwor sich, es nie wieder vorkommen zu lassen. Sie musste sich mit Kells Verlust abfinden und mit ihrem Selbstmitleid aufhören.

„Hör zu, vielleicht kann ich dir helfen", sagte Jane. „Ich werde Grant ins Vertrauen ziehen müssen. Ich rufe dich wieder an."

Rachel legte auf, aber sie lehnte es ab, darüber nachzugrübeln, was Jane gesagt hatte. Sie durfte es nicht. Wenn sie sich ihren Hoffnungen wieder überließ, um sie nur wieder aufgeben zu müssen, wäre es ihr Ende.

Jane machte sich auf die Suche nach Grant und fand ihn im Schuppen am Traktor beschäftigt. Trotz der Kälte arbeitete er nur im Hemd und hatte die Ärmel aufgerollt. Zwei kleine Jungen mit weizenblonden Haaren und hellbraunen Augen spielten, sorgsam gegen die Kälte eingepackt, zu seinen Füßen. Grant hatte damit begonnen, sie mit sich nach draußen zu nehmen, damit Jane auch gelegentlich Ruhe vor den beiden wilden lärmenden Kindern fand.

Als er sie sah, richtete er sich auf. In der Hand hielt er einen Schraubenschlüssel, den er beiseitelegte und sich dann die Hände an der Arbeitshose abwischte.

„Wie kann ich mich mit Kell in Verbindung setzen?", fragte Jane ohne Umschweife.

Grant warf ihr einen vorsichtigen Blick zu. „Weshalb möchtest du das?"

„Rachels wegen."

Nachdenklich betrachtete Grant seine Frau. Kell hatte gleich nach seiner Rückkehr seine Privatnummer ändern lassen, und Grant hatte aufgepasst, dass seine Frau sie nicht herausbekam. Es war zu gefährlich für sie, solche Dinge zu wissen, denn sie hatte ein echtes Talent, in Schwierigkeiten zu geraten.

„Und was ist mit Rachel los?"

„Ich habe soeben mit ihr gesprochen. Sie weinte, und du weißt selbst, dass sie das nie tut."

Grant sah sie schweigend an und überlegte. Nicht viele Frauen hätten das getan, was Rachel getan hatte. Sie und Jane waren keine gewöhnlichen Frauen, und trotz aller Unterschiede im Wesen war es nicht zu leugnen, dass sie beide willensstark waren. Dann blickte Grant auf die vor ihm glücklich spielenden Kinder. Langsam zog ein Grinsen über sein hageres Gesicht. Kell war ein guter Mensch, er sollte auf ein solches Glück nicht verzichten müssen.

„Nun gut", sagte er und nahm die Zwillinge auf die Arme. „Lass uns ins Haus gehen. Ich werde den Anruf vermitteln. Aber auf gar keinen Fall gebe ich dir Kells Nummer."

Jane streckte ihm die Zunge heraus, folgte ihm aber mit einem zufriedenen Lächeln nach.

Grant ging kein Risiko ein. Er ließ Jane im angrenzenden Zimmer warten, während er anrief. Als er das Klingeln in der Leitung hörte, rief er sie zu sich herüber. Jane war im Nu im Nebenzimmer und riss ihm den Hörer aus der Hand. Es klingelte noch dreimal, ehe der Hörer am anderen Ende abgehoben wurde und sich eine tiefe Stimme meldete: „Sabin."

„Kell", sagte sie fröhlich, „hier spricht Jane."

Einen Moment lang herrschte tödliche Stille, und sie nutzte die Pause für sich aus. „Es geht um Rachel."

„Rachel?", fragte er argwöhnisch.

„Rachel Jones", half Jane ihm nach. „Erinnerst du dich nicht mehr an sie? Sie ist die Frau aus Florida …"

„Verdammt, du weißt genau, dass ich mich an sie erinnere. Stimmt etwas nicht?"

„Du musst sie treffen."

Er seufzte. „Hör zu, Jane, ich weiß, du meinst es gut, aber es hat keinen Sinn, darüber zu reden. Ich tat, was ich tun musste."

„Du musst sie aufsuchen", sagte Jane wieder.

Offenbar war Kell etwas an ihrem Ton eigenartig vorgekommen, denn plötzlich bekam seine Stimme einen scharfen Klang. „Warum? Ist etwas nicht in Ordnung?"

„Sie versucht, sich mit dir in Verbindung zu setzen", wich Jane ihm aus.

„Ich weiß. Ich habe die Nachrichten erhalten."

„Warum hast du nicht zurückgerufen?"

„Dafür habe ich meine Gründe."

Kell war der dickköpfigste, unverbindlichste Mensch, der Jane je über den Weg gelaufen war, Grant Sullivan ausgenommen. Darin waren sie sich beide gleich. Aber steter Tropfen höhlt selbst den härtesten Stein, und deshalb gab Jane nicht nach. „Du hättest sie anrufen sollen."

„Das würde zu nichts führen", entgegnete er scharf.

„Wie du meinst", erwiderte Jane ebenso scharf. „Aber wenigstens hat Grant mich geheiratet, als er erfuhr, dass ich schwanger war!" Damit knallte sie den Hörer auf die Gabel, und ein fröhliches Lächeln breitete sich über ihr ganzes Gesicht aus.

*K*ell durchquerte rastlos sein Büro und fuhr sich nervös durch sein schwarzes Haar. Rachel war schwanger, sie trug sein Kind! Er rechnete die Monate nach. Sie musste im sechsten Monat sein. Warum hatte sie so lange gewartet, bis sie versuchte, ihn zu erreichen? War etwas schiefgegangen? War sie krank? Lief sie etwa Gefahr, das Kind zu verlieren? Stimmte etwas mit dem Kind nicht?

Die Sorge zermürbte ihn. Das war noch schlimmer, als was er seit dem Tag, da er sie im Krankenhaus verlassen musste, durchgemacht hatte. Seine Wünsche und sein Verlangen hatten nicht nachgelassen, im Gegenteil, sie waren noch stärker geworden. Aber jedes Mal, wenn die Versuchung anfing, seinen gesunden Menschenverstand zu untergraben, rief er sich das Bild wieder in Erinnerung, wie Rachel mit ihrer blutbefleckten Kleidung auf dem Hof gelegen hatte. Dann wusste er, dass er nicht so leben konnte, wenn seine bloße Anwesenheit sie wieder einer derartigen Gefahr aussetzen würde. Er liebte Rachel mehr, als er sich jemals hätte vorstellen können. Dass ein Mensch zu einer solchen Liebe fähig sein konnte, war für ihn die größte Entdeckung seines Lebens. Er war Rachel verfallen. Wenn er einschlief, verfolgte ihn die Erinnerung an sie in seinen Armen, aber meistens lag er wach, gequält von der Sehnsucht, dass Rachel ihn in ihre Weichheit aufnahm.

Er schlief schlecht, sein Appetit ließ nach, und seine Launen wurden fast unerträglich. Mit anderen Frauen ging er nicht mehr ins Bett, weil eine andere Frau ihn einfach nicht mehr zu erregen vermochte. Schloss er nachts die Augen, sah er Rachel vor sich, ihr mittelbraunes Haar und ihre grauen, klaren Augen.

Und nun würde Rachel ein Kind von ihm bekommen.

Ihre Nachrichten, die man ihm übermittelt hatte, waren stets dieselben gewesen: Ruf mich an, Rachel.

Wie schon so oft zuvor, nahm er den Hörer auf und wählte ihre Nummer. Aber noch vor dem ersten Klingelzeichen legte er wieder auf. Schweißperlen traten ihm auf die Stirn. Er wollte Rachel sehen und sicher sein, dass alles in Ordnung war. Er musste sie sehen, nur einmal, schwer und gerundet mit seinem Kind, und wenn es das letzte Mal in seinem Leben war.

Als Kell am nächsten Tag über die schmale Privatstraße fuhr, die zum

Strand und Rachels Haus führte, regnete es. Der Himmel war grau und verhangen, und der Regen schien nie aufhören zu wollen. Aber wenigstens hatte der Wetterbericht eine Besserung für den nächsten Tag vorausgesagt.

Kell war bis Jacksonville geflogen, hatte dann eine kleinere Maschine nach Gainesville genommen und sich dort einen Wagen gemietet. Zum ersten Mal hatte er sein Büro so kurzfristig verlassen, aber nach den Ereignissen des vergangenen Sommers stellte ihm niemand Fragen. Das hätte auch wenig Sinn gehabt, denn wenn Kell Sabin sich zu etwas entschloss, führte er es auch durch.

Er hielt vor dem Haus an, stieg aus und duckte sich vor dem Regen. Rex stand knurrend vor den Verandastufen, und alles schien so wie früher zu sein. Kell konnte ein Lächeln nicht unterdrücken. „Rex, Platz", sagte er. Beim Klang dieser Stimme stellte der Hund die Ohren nach vorn und sprang bellend und schwanzwedelnd auf Kell zu.

„Welch eine Begrüßung", murmelte Kell und bückte sich, um den Kopf des Tieres zu streicheln. „Hoffentlich freut Rachel sich ebenso, mich zu sehen."

Nachdem er alle ihre Nachrichten ignoriert hatte, konnte es gut sein, dass sie ihm die Tür vor der Nase zuschlug. Trotz der Kühle fing er zu schwitzen an, und sein Herz klopfte heftig. Rachel war auf der anderen Seite dieser Tür, und er war voller Vorfreude – und er konnte es nicht verleugnen – voller Erregung.

Da er langsam nass wurde, rannte er über den Hof und sprang mit einem Satz auf die Veranda. Er klopfte an die Fliegentür, und gleich danach noch einmal und lauter.

„Einen Augenblick, bitte."

Beim Klang ihrer Stimme und der sich nähernden Schritte schloss Kell die Augen, öffnete sie aber gleich wieder, weil er keine Sekunde Rachel anzusehen verpassen wollte. Sie machte die Tür auf, und stumm sahen sie sich beide durch die Fliegentür an. Rachel bewegte die Lippen, aber kein Laut war zu hören. Da im Wohnzimmer kein Licht brannte, konnte Kell nur das blasse Oval ihres Gesichtes erkennen.

„Darf ich hereinkommen?", fragte er schließlich ruhig.

Wortlos stieß Rachel die Zwischentür auf und trat zurück, um Kell hereinzulassen. Er schloss die Tür und knipste das Licht an. Helligkeit flutete durch den Raum. Schmal, zierlich und sehr schlank stand Rachel vor ihm. Sie trug enge Jeans, einen fülligen, schwarzen Pullover, und hatte ihr länger gewordenes Haar zurückgekämmt und hinter den Ohren festgesteckt. Sie sah bleich und mitgenommen aus.

„Du bist nicht schwanger", stellte er mit belegter Stimme fest. Hatte sie das Baby verloren?

Rachel schluckte und schüttelte den Kopf. „Nein. Ich hoffte, dass es so wäre, aber es war nicht geschehen."

Beim Klang ihrer Stimme erzitterte er, aber ihre Worte ließen ihn innehalten. „Du bist nicht schwanger gewesen?"

Rachel wirkte jetzt verwirrt. „Nein."

Kell ballte die Hände zu Fäusten. Er wusste nicht, was schlimmer für ihn war – die Erkenntnis, dass Jane ihn angelogen hatte, oder die Enttäuschung darüber, dass Rachel doch nicht schwanger war. „Jane hat mir erzählt, du seist schwanger", stieß er hervor. Doch plötzlich fielen ihm wieder die genauen Worte ein, und trotz seiner Verärgerung brach er in lautes Lachen aus. „Nein, eigentlich hat sie das nicht gesagt, sondern nur ‚Wenigstens hat Grant mich geheiratet, als er erfuhr, dass ich schwanger war'!", sagte er und imitierte Jane. „Und dann hat sie aufgelegt. Sie ist so gerissen, dass ich erst jetzt begriffen habe."

Rachel sah ihn die ganze Zeit an. Er war dünner und sehniger geworden, und seine schwarzen Augen blickten noch intensiver drein. „Du bist hier, weil du dachtest, ich bekäme ein Kind?"

„Ja."

„Was kümmert dich das jetzt?"

Nun, er hatte eine solche Bemerkung herausgefordert. Wieder sah er Rachel an. Sie war schmaler geworden, und ihre Augen hatten den Glanz verloren. Sie sah nicht wie eine glückliche Frau aus. „Wie geht es dir?", fragte er besorgt.

Sie zuckte die Schultern. „Recht gut, denke ich."

„Was macht deine Wunde?"

„Sie ist gut verheilt." Rachel wandte sich ab und ging in die Küche. „Möchtest du eine Tasse heiße Schokolade? Ich wollte mir gerade eine machen."

Kell zog den Mantel aus, warf ihn über einen Stuhl und folgte Rachel. Irgendwie fühlte er sich wie zu Hause, als er ihr bei der Küchenarbeit zusah. Abrupt hörte Rachel auf und lehnte ihren Kopf gegen die Tür des Kühlschrankes.

„Es bringt mich noch um, ohne dich zu sein", sagte sie mit erstickter Stimme. „Ich versuche es, aber langsam ist mir alles egal. Ein Tag mit dir ist mehr wert als ein ganzes Leben ohne dich."

Kell starrte sie mit zusammengezogenen Augenbrauen an. Das Verlangen nach Rachel wurde immer mächtiger. Er sehnte sich nach ihr und hatte in den letzten Monaten feststellen müssen, wie wenig das Leben ihm ohne Rachel zu bieten hatte. Die ungeschminkte Wahrheit war, dass ein Leben ohne sie nicht lebenswert war. Im Stillen war er Jane dankbar, dass sie ihm eine Entschuldigung für sein Herkommen geliefert hatte. Sie wusste, sobald er Rachel wiedersehen würde, würde er sie niemals mehr verlassen können.

„Wirst du wirklich damit fertig werden, mit den Risiken, die ich eingehen muss, und den Zeiten, wenn ich fort bin und du nicht weißt, wo ich mich befinde und wann ich zurückkommen werde?"

„Das bin ich bereits", sagte Rachel und hob den Kopf. „Alles, was ich wissen muss, ist, dass du zu mir zurückkehren wirst, wenn du kannst."

Kell sah sie noch immer mit seinen durchdringenden Augen aufmerksam an. „Dann können wir ebenso gut heiraten, denn der Himmel weiß, dass ich ohne dich ein Wrack war."

Rachel sah ihn verblüfft an. Dann zwinkerte sie. „Ist das ein Antrag?"

„Nein. Im Grunde war es ein Befehl."

Und dann hielt Kell sich nicht länger zurück. Er ging auf Rachel zu, nahm sie in die Arme und küsste sie hungrig, während er mit den Händen die geschmeidigen Kurven ihres Körpers wiederentdeckte. Ohne ein weiteres Wort hob er sie hoch und trug sie in das Schlafzimmer. Er warf sie auf das Bett, genauso wie er es das erste Mal getan hatte, um sie zu lieben. Hastig streifte er ihr die Jeans herunter und schob den Pullover hoch, um ihre hübschen, runden Brüste zu entblößen. „Ich kann nicht warten!", flüsterte er und zog den Reißverschluss seiner Hose auf.

Rachel wollte gar nicht, dass er wartete. Sie brauchte ihn, und streckte Kell die Arme entgegen. Er drückte ihr die Schenkel auseinander und nahm sie, gerade nur so rücksichtsvoll, dass Rachel keinen Schmerz dabei empfand. Mit einem leisen Schrei der Wollust gab Rachel sich ihm hin.

Sie blieben den Rest des Tages im Bett, liebten sich und sprachen miteinander. Aber meistens hielten sie sich in den Armen und genossen die Gegenwart des anderen. „Was ist geschehen, nachdem du wieder in Washington warst?", fragte Rachel irgendwann am Nachmittag.

Kell lag auf dem Rücken, einen Arm unter den Kopf geschoben, und noch ganz trunken vom Liebesspiel, aber bei ihrer Frage sah er sie an. „Ich kann dir nichts berichten", warnte er. „Es wird mir nie möglich sein, dir viel über meine Arbeit zu erzählen."

„Ich weiß."

„Aber Ellis hat geredet, und das war eine große Hilfe. Grant und ich haben eine Falle gestellt, in die einer meiner Vorgesetzten hineingestolpert ist. Das ist alles, was du wissen darfst."

„Waren noch andere Leute aus deiner Abteilung darin verwickelt?"

„Noch zwei andere."

„Fast hätten sie dich gekriegt", sagte sie und erzitterte bei dem Gedanken.

„Sie hätten mich gekriegt, wenn du nicht gewesen wärst." Kell wandte den Kopf und sah Rachel an. Der Glanz war wieder in ihre Augen zurückgekehrt, dieser Glanz, den nur er hervorrufen konnte. Nie wieder wollte er dieses Strahlen erlöschen sehen. Er streckte die Hand aus und streichelte ihre Wange. „Ich war enttäuscht, dass du nicht schwanger warst", sagte er leise.

Rachel lachte. „Vielleicht bin ich es jetzt."

„Nun, dann noch einmal zur Vorsicht", murmelte er und legte sich auf sie.

Rachel hielt den Atem an. „Ja, unbedingt, noch einmal als Vorsichtsmaßnahme!"

– ENDE –

Linda Howard

Zweimal Himmel und zurück

Roman

Aus dem Amerikanischen von
Emma Luxx

1. KAPITEL

*S*ie fand das Papier, während sie die persönlichen Dinge im Schreibtisch ihres Vaters durchsah. Michelle Cabot faltete das Blatt auseinander und überflog es mit genauso beiläufiger Neugier wie zuvor schon ein Dutzend andere Blätter, aber bereits nach dem ersten Absatz drückte sich langsam ihr Kreuz durch und ihre Finger fingen an zu zittern. Wie vor den Kopf geschlagen begann sie noch einmal von vorn zu lesen.

Jeder andere, nur er nicht. Lieber Gott, bloß er nicht!

Sie schuldete John Rafferty hunderttausend Dollar.

Plus Zinsen, versteht sich. Zu welchem Zinssatz? Unfähig weiterzulesen, ließ sie das Blatt auf den mit Papieren übersäten Schreibtisch flattern und sank in den abgeschabten alten Ledersessel ihres Vaters, wobei sie die Augen schloss, um gegen die in ihr aufsteigende Übelkeit anzukämpfen. Dabei war sie schon am Boden, aber diese Schulden, mit denen sie nicht gerechnet hatte, machten sie endgültig fertig.

Warum nur musste es ausgerechnet John Rafferty sein? Warum nicht irgendeine Bank? Im Endergebnis wäre es natürlich auf das Gleiche hinausgelaufen, aber wenigstens ohne Demütigung. Allein bei der Vorstellung, ihm gegenübertreten zu müssen, fühlte sie sich klein und verletzlich. Wenn Rafferty diese Verletzlichkeit je entdeckte, war sie verloren. Dann hatte sie keine Chance mehr.

Sie streckte die immer noch zitternden Finger erneut nach dem Blatt aus, um es noch einmal gründlicher zu lesen. John Rafferty hatte ihrem Vater Langley Cabot hunderttausend Dollar geliehen, zuzüglich zwei Prozent Zinsen, was niedriger als der offizielle Zinssatz war … und der Fälligkeitstermin war seit vier Monaten überschritten. Sie fühlte sich immer elender. Sie wusste, dass dieses Geld noch nicht zurückgezahlt worden war, weil sie in dem Bemühen, Ordnung in das finanzielle Chaos zu bringen, das ihr Vater bei seinem Tod hinterlassen hatte, alle Bücher und Unterlagen sorgfältig durchgegangen war. Sie hatte fast ihre gesamte Habe verkauft, um die Schulden zu begleichen, alles bis auf diese Ranch, die der Traum ihres Vaters gewesen und für sie selbst in letzter Zeit zu einem Zufluchtsort geworden war. Als ihr Vater vor zehn Jahren das Haus in Connecticut, in dem sie gelebt hatten, aufgegeben und sich diese Viehranch im schwülen Zentralflorida gekauft hatte, hatte sie Florida nicht gemocht. Aber seitdem war vieles anders geworden. Die Zeiten hatten sich geändert … und die Leute mit ihnen. Im Gegensatz zu ihrem Vater hatte sie nie davon geträumt, eine Ranch zu besitzen, und sie liebte diese Ranch auch nicht, aber sie war schlicht alles, was ihr geblieben war. Früher war ihr das Leben so kompliziert erschienen, doch erstaunlich, wie klar die Dinge waren, wenn es ums nackte Überleben ging.

Es fiel ihr schwer, einfach aufzugeben und dem Unvermeidlichen seinen Lauf zu lassen. Sie hatte von Anfang an gewusst, dass es praktisch unmöglich war, die Ranch nicht nur zu halten, sondern auch noch Gewinn zu erwirtschaften, aber sie war wild entschlossen gewesen, es wenigstens zu versuchen. Weil sie es sich nie hätte verzeihen können, wenn sie den Weg des geringsten Widerstands gegangen wäre und die Ranch einfach verkauft hätte.

Aber jetzt würde ihr nichts anderes übrig bleiben, als zu verkaufen, zumindest das Vieh. Einen anderen Weg gab es nicht, um diese hunderttausend Dollar zurückzuzahlen. Obwohl es ein Wunder war, dass Rafferty sein Geld bis jetzt noch nicht verlangt hatte. Aber wenn sie das Vieh verkaufte, was wollte sie dann noch mit der Ranch? Sie lebte davon, dass sie von Zeit zu Zeit ein Stück Vieh verkaufte, und wenn dieses Einkommen wegfiel, musste sie die Ranch sowieso aufgeben.

Ein Gedanke, der wehtat, da sie mittlerweile schon zaghaft angefangen hatte zu hoffen, dass sie sie vielleicht doch behalten könnte. Aber jetzt begann dieser winzige Hoffnungsschimmer auch noch zu verschwinden. Was bedeutete, dass sie wieder einmal versagt hatte, so wie sie in ihrem Leben stets versagt hatte: als Tochter, als Ehefrau und jetzt als Rancherin. Selbst wenn Rafferty ihr noch einen kurzen Aufschub gewährte – wovon nicht auszugehen war – war es wenig realistisch zu hoffen, dass sie das Geld später leichter zurückzahlen könnte. Die harte Wahrheit war, dass sie das Geld weder jetzt noch später hatte.

Gut, aber dadurch, dass sie es aufschob, war nichts gewonnen. Sie musste mit Rafferty reden, und da sie keine andere Wahl hatte, konnte sie es genauso gut gleich machen. Es war jetzt kurz vor halb zehn; Rafferty würde bestimmt noch auf sein. Sie suchte seine Nummer heraus und wählte, dann setzte ihre übliche Reaktion ein. Noch bevor das erste Klingelzeichen ertönte, legten sich ihre Finger so fest um den Hörer, dass ihre Knöchel weiß wurden, und ihr Herz begann zu hämmern, als ob sie schnell gerannt wäre. Ihr Magen zog sich vor Anspannung zusammen. Verdammt! Sie würde keinen einzigen zusammenhängenden Satz herausbringen, wenn sie sich nicht in den Griff bekam.

Als nach dem sechsten Läuten die Haushälterin an den Apparat kam, war Michelles Stimme absolut ruhig und kühl, als sie nach Rafferty fragte.

„Tut mir leid, er ist im Moment nicht zu Hause. Kann ich irgendetwas ausrichten?"

Wenn sie nicht gewusst hätte, dass sie jetzt alles noch einmal durchmachen musste, hätte sie es als eine Art Begnadigung empfunden. „Richten Sie ihm bitte aus, dass er Michelle Cabot anrufen soll", sagte sie und nannte der Haushälterin ihre Telefonnummer. Dann fragte sie: „Kommt er bald zurück?"

Da war ein leichtes Zögern, bevor die Haushälterin sagte: „Nein, wahrscheinlich wird es spät, aber ich werde es ihm gleich morgen früh ausrichten."

„Danke", sagte Michelle und legte auf. Sie hätte sich natürlich gleich denken können, dass er unterwegs war. Rafferty war für seine zahllosen Frauenaffären berühmt oder besser gesagt berüchtigt. Dass er mit zunehmendem Alter ruhiger geworden war, konnte man nicht behaupten, zumindest nicht dem Klatsch nach zu urteilen, der über ihn im Umlauf war. Ein Blick aus diesen harten dunklen Augen ließ den Puls einer jeden Frau, die er ansah, schneller schlagen, und er sah eine Menge Frauen an, aber Michelle gehörte nicht dazu. Als sie und Rafferty sich vor zehn Jahren kennengelernt hatten, lag auf den ersten Blick Feindseligkeit zwischen ihnen, und ihre Beziehung ließ sich bestenfalls als Waffenstillstand bezeichnen. Ihr Vater war früher ein Puffer zwischen ihnen gewesen, aber nachdem er jetzt tot war, befürchtete sie das Schlimmste. Rafferty gab sich nicht mit halben Sachen zufrieden.

Da sie wegen der Schulden heute Abend nichts mehr unternehmen konnte und ihr die Lust, noch weiter in den Sachen ihres Vaters herumzukramen, gründlich vergangen war, beschloss sie, ins Bett zu gehen. Sie duschte nur kurz, obwohl sich ihre schmerzenden Muskeln nach einer längeren Dusche gesehnt hätten, aber sie musste an allen Ecken und Enden sparen, auch bei der Stromrechnung.

Als sie schließlich im Bett lag, bekam sie kein Auge zu, obwohl sie todmüde war. Sie musste ständig an das vor ihr liegende Gespräch mit Rafferty denken, und dabei fing ihr Herz sofort wieder an, schneller zu klopfen. Sie versuchte sich zu beruhigen, indem sie tief und langsam durchatmete. So war es schon immer gewesen, und jetzt, wo sie gezwungen war, ihm gegenüberzutreten, war es sogar noch schlimmer. Wenn er bloß nicht so groß wäre! Aber er war über eins neunzig und ungefähr hundert Kilo schiere männliche Muskelkraft, was zur Folge hatte, dass sich jeder andere neben ihm wie ein Zwerg vorkam. In seiner Nähe fühlte sich Michelle immer auf eine elementare Art und Weise bedroht, und jetzt bekam sie schon allein bei dem Gedanken, als Bittstellerin vor ihm zu stehen, Zustände. Bei keinem anderen Mann hatte sie jemals so reagiert; niemand sonst konnte sie so wütend machen, so wachsam – oder sie auf eine seltsam animalische Art und Weise derart erregen.

Und so war es von ihrer ersten Begegnung an gewesen. Sie war damals achtzehn gewesen, verwöhnt und so hochnäsig wie es ein Teenager, der auf seiner Würde beharrte, nur sein konnte. Damals hatte er seinen Ruf schon weggehabt, und Michelle war entschlossen gewesen, ihm im Unterschied zu all den anderen Frauen, die ihn anhimmelten, die kalte Schulter zu zeigen. Als ob er sich für einen Teenager interessiert hätte! dachte sie trocken, während sie sich ruhelos im Bett herumwälzte. Was für ein Kind sie doch gewesen war. Ein dummes, verwöhntes, verunsichertes Kind.

John Rafferty hatte ihr Angst gemacht, auch wenn sie praktisch Luft für ihn gewesen war. Oder besser gesagt war es ihre Reaktion auf ihn gewesen, die ihr Angst gemacht hatte. Er war damals sechsundzwanzig gewesen – ein Mann im Unterschied zu den Jungs, mit denen sie geflirtet hatte, und zwar ein Mann, der es in seinem Alter bereits geschafft hatte, durch jahrelange harte Arbeit eine kleine Ranch in ein blühendes Unternehmen zu verwandeln. Selbst heute konnte sie sich noch ganz genau daran erinnern, wie ihr, als sie ihn das erste Mal gesehen hatte, die Luft weggeblieben war.

Bis dahin hatte sie ihn nur vom Hörensagen gekannt. Wenn die Rede auf ihn kam, nannten ihn die Männer bewundernd einen *Zuchthengst*. Wenn eine Frau zum ersten Mal mit ihm ausging, mochte man vielleicht noch zu ihren Gunsten entscheiden, aber beim zweiten Mal war ausgemacht, dass sie bereit war, mit ihm ins Bett zu gehen. Damals hatte Michelle keine Sekunde daran gezweifelt, dass das, was man sich über ihn erzählte, stimmte. Und daran hatte sich bis heute nichts geändert. Rafferty hatte etwas an sich, das jede Mär, die über ihn in Umlauf war, wahrscheinlich machte.

Und dennoch war sie nicht auf den wirklichen Mann vorbereitet gewesen, auf die ungeheure Kraft und Energie, die er ausstrahlte. In manchen Menschen brannte die Lebenskerze heißer und heller als in anderen, und John Rafferty war einer von ihnen. Er war wie ein Mensch, der seine Umgebung mit seiner schieren Größe ebenso wie mit seiner eindrucksvollen, aber auch rücksichtslosen Persönlichkeit einschüchterte.

Sie hatten sich bei ihrer ersten Begegnung auf dem falschen Fuß erwischt, und daran hatte sich seitdem nie mehr etwas geändert. Michelle war wahrscheinlich die einzige Frau auf der Welt, die mit Rafferty im Streit lag, und selbst jetzt war sie sich nicht sicher, ob sie sich wünschte, dass es anders wäre. Irgendwie verschaffte ihr die Gewissheit, dass er sie nicht mochte, Sicherheit, weil es sie immerhin davor bewahrte, von ihm mit diesem umwerfenden Charme überschüttet zu werden.

Sie erschauerte, während sie im Bett lag und über das nachdachte, was sie bis jetzt nur sich selbst einzugestehen gewagt hatte: Sie war Rafferty gegenüber genauso wenig immun wie die Legionen von Frauen, die sich ihm bereits ergeben hatten. Sie war nur so lange vor ihm sicher, wie er nicht mitbekam, wie verletzlich sie ihm gegenüber war. Falls es ihm klar würde, würde er seine Macht genüsslich ausspielen und sie für jede einzelne ihrer verletzenden Bemerkungen büßen lassen. Um sich selbst vor ihm zu schützen, musste sie ihn sich mit Feindseligkeiten vom Leib halten; ein Umstand, den man jetzt, wo sie auf sein Wohlwollen angewiesen war, wenn sie finanziell überleben wollte, nur als Ironie des Schicksals bezeichnen konnte.

Sie hatte im Lauf der Zeit fast vergessen, wie es sich anfühlte, wenn man ganz normal und unaffektiert lachte, aber jetzt spürte sie, wie sich in der Dunkelheit ihres Schlafzimmers ihre Lippen zu einem trockenen Grinsen verzogen. Wenn ihr Überleben allein von Raffertys Menschenfreundlichkeit abhing, sollte sie sich besser gleich selbst auf der Weide ein tiefes Loch graben und sich mit Dreck bedecken – das würde ihm eine Menge Zeit und Mühe ersparen.

Am nächsten Tag blieb sie so lange wie möglich im Haus und wartete auf seinen Anruf, aber da sie jede Menge Arbeit hatte, gab sie es irgendwann auf. Sie ging in die Scheune, in Gedanken bereits mit den Tausenden von Problemen beschäftigt, die die Ranch jeden Tag für sie bereithielt. Mehrere Wiesen mussten gemäht werden, und anschließend musste das Heu zu Ballen verpackt werden, doch da sie gezwungen gewesen war, den Traktor und die Heubündelmaschine zu verkaufen, blieb ihr jetzt nur noch die Möglichkeit, demjenigen, der ihr die Arbeit abnahm, für seine Dienste die Hälfte des Heus anzubieten. Sie fuhr mit dem Pick-up rückwärts in die Scheune und stieg dann auf den Heuboden, um ihre rapide dahinschwindenden Heuballen zu zählen. Sie würde bald irgendetwas unternehmen müssen.

Weil es ihr unmöglich war, die schweren Ballen hochzuheben, hatte sie ihr eigenes System entwickelt, um mit diesem Problem fertig zu werden. Sie hatte den Pick-up direkt unter der Luke zum Heuboden abgestellt, sodass sie die Ballen nur noch durch die Luke stoßen musste, damit sie auf der Laderampe des Pick-ups landeten. Das zu bewerkstelligen war jedoch nicht ganz einfach, immerhin war so ein Ballen an die hundert Pfund schwer und damit nur geringfügig leichter als sie selbst. Das Gewicht der Ballen variierte, aber manche davon waren so schwer, dass sie sie keinen Zentimeter von der Stelle bekam.

Sie fuhr mit dem Truck auf die Weide, wo die Rinder grasten. Köpfe hoben sich, dunkelbraune Augen schauten dem Truck entgegen, und gleich darauf setzte sich die ganze Herde in Bewegung und kam auf sie zu. Michelle hielt an und kletterte nach hinten auf die Ladefläche. Sie schnitt einen Ballen auf und verteilte das Heu mit einer Heugabel auf der Ladefläche, dann spießte sie es auf und warf es nach unten. Gleich darauf setzte sie sich wieder hinters Steuer, fuhr ein Stück weiter und wiederholte dort die Prozedur mit dem nächsten Ballen. Das machte sie so lange, bis die Ladefläche leer war, und als sie endlich fertig war, brannten ihre Nacken- und Schultermuskeln wie Feuer.

Glücklicherweise waren es inzwischen längst nicht mehr so viele Rinder wie früher, sonst hätte sie es gar nicht geschafft. Obwohl sie sich, wenn die Herde größer gewesen wäre, wenigstens eine Hilfskraft hätte leisten können. Als sie daran dachte, wie viele Hände früher dazu beigetragen hatten, die Ranch instand zu halten, stieg tiefe Niedergeschlagenheit in ihr auf. Ihr Verstand sagte ihr, dass sie das allein unmöglich alles schaffen konnte.

Und was nutzte ihr eine solche Überlegung? Sie musste es allein schaffen, weil sie sonst niemanden hatte. Manchmal dachte sie, dass das anscheinend die Lektion war, die das Leben entschlossen war, ihr zu erteilen: dass sie sich nur auf sich selbst verlassen konnte, dass es niemanden gab, dem sie vertrauen konnte, niemanden, an den sie sich anlehnen konnte, niemanden, der stark genug war, um sie festzuhalten, wenn sie sich ausruhen musste. Es hatte in ihrem Leben Zeiten gegeben, in denen sie sich schrecklich einsam gefühlt hatte, vor allem, seit ihr Vater gestorben war, obwohl sie gleichzeitig eine fast perverse Befriedigung verspürte, dass ihr jetzt gar nichts anderes mehr übrig blieb, als sich nur noch auf sich selbst zu verlassen. Da sie von anderen Menschen nichts erwartete, konnte sie auch nicht enttäuscht werden. Sie nahm die Dinge so, wie sie kamen, ohne sie sich schönzureden, tat, was getan werden musste, und machte von da aus weiter. Immerhin war sie im Gegensatz zu früher jetzt frei.

Sie stapfte auf der Ranch herum und machte ihre Arbeit, wobei sie an rein gar nichts dachte und einfach nur die inzwischen schon gewohnten Bewegungen mechanisch ausführte. Es fiel ihr leichter so, und wenn sie mit der Arbeit fertig war, konnte sie ihren diversen Wehwehchen immer noch genug Aufmerksamkeit zukommen lassen. Keiner ihrer alten Freunde hätte es je für möglich gehalten, dass Michelle Cabot sich jemals bei harter Rancharbeit ihre zarten Hände schmutzig machen könnte. Manchmal malte sie sich genüsslich aus, was sie wohl dazu sagen würden. Sie war immer für eine Party, einen ausgedehnten Einkaufsbummel, eine Reise nach St. Moritz oder eine Kreuzfahrt auf irgendjemandes Yacht zu haben gewesen. Sie hatte stets gelacht und vor geistreichen Bemerkungen nur so gesprüht. Mit einem Glas Champagner in der Hand und Brillanten im Ohr war sie das typische Partygirl gewesen.

Schön, und jetzt musste das Partygirl eben Vieh füttern, Gras mähen und Zäune reparieren, und das war nur die Spitze des Eisbergs. Sie musste die Rinder brandmarken, aber wie sie das allein schaffen sollte, war ihr schleierhaft. Und dann blieben noch das Kastrieren, das Impfen und die Aufzucht … Wenn sie es sich erlaubte, über alles, was getan werden musste, nachzudenken, versank sie in Hoffnungslosigkeit, sodass sie jeden Gedanken daran normalerweise weit wegschob. Sie nahm die Tage, wie sie kamen, biss sich so gut wie möglich durch und tat, was sie tun konnte. Es war eine Überlebensstrategie, die sie mittlerweile ziemlich gut beherrschte.

Nachdem sich Rafferty um zehn Uhr abends immer noch nicht gemeldet hatte, gab sie sich einen Ruck und rief noch einmal bei ihm an. Als wieder die Haushälterin am Apparat war, unterdrückte Michelle ein verärgertes Aufseufzen und fragte sich, ob Rafferty überhaupt jemals auch nur eine einzige Nacht zu Hause verbrachte. „Hier ist Michelle Cabot. Ich würde gern mit Rafferty sprechen. Ist er da?"

„Er ist gerade im Stall. Moment, ich stelle Sie zu ihm durch."

Dann hatte er also im Stall Telefon. Während sie dem Rauschen in ihrem Ohr lauschte, dachte sie einen Moment lang voller Neid an seine gut funktionierende große Ranch, die bestimmt eine Menge Gewinn abwarf.

Als er mit seiner tiefen Stimme seinen Namen bellte, schrak sie zusammen und schloss, den Hörer fest umklammernd, die Augen.

„Hier ist Michelle Cabot", meldete sie sich so kühl und distanziert, wie sie konnte. „Wenn Sie einen Moment Zeit haben, würde ich gern etwas mit Ihnen besprechen."

„Im Augenblick passt es mir überhaupt nicht. Eine Stute fohlt gerade, also fassen Sie sich kurz."

„So kurz geht es auch wieder nicht. Könnte ich dann vielleicht einen Termin mit Ihnen vereinbaren? Wie wäre es, wenn ich morgen Vormittag bei Ihnen vorbeikomme?"

Er lachte trocken und humorlos auf. „Das hier ist eine Ranch, auf der hart gearbeitet wird, und kein Amüsierbetrieb, Herzchen. Morgen Vormittag geht es nicht."

„Wann dann?"

Er fluchte ungehalten in sich hinein. „Hören Sie, vor allem habe ich jetzt keine Zeit. Ich komme morgen Abend bei Ihnen vorbei. So gegen sechs." Ohne ihre Zustimmung abzuwarten, legte er auf, während sie sich niedergeschlagen sagte, dass er jetzt eben derjenige war, der den Ton angab, von daher spielte es wirklich keine Rolle, ob ihr die Zeit passte oder nicht. Jetzt hatte sie den Anruf wenigstens hinter sich, und ihr blieben noch fast zwanzig Stunden, um sich für das Zusammentreffen mit ihm zu wappnen. Sie würde morgen rechtzeitig mit der Arbeit Schluss machen, damit sie sich noch duschen und die Haare waschen konnte, sie würde Make-up und Parfüm auflegen und die weiße Leinenhose mit der weißen Seidenbluse anziehen. Und wenn Rafferty sie dann anschaute, würde er genau das in ihr sehen, wofür er sie immer gehalten hatte: eine verwöhnte und nutzlose Person.

Es war später Nachmittag, die Sonne knallte schon den ganzen Tag vom Himmel, sodass das Thermometer auf achtunddreißig Grad im Schatten geklettert war, und das Vieh war nervös. Rafferty war verschwitzt, schmutzig und mies gelaunt, und seinen Männern ging es nicht anders. Sie hatten zu lange gebraucht, um die Rinder einzufangen, sodass sie es nicht mehr rechtzeitig geschafft hatten, sie alle zu kennzeichnen und zu impfen, und jetzt kündigte ein tiefes Donnergrollen das Heraufziehen eines Sommergewitters an. Die Männer beeilten sich mit ihrer Arbeit, weil sie fertig werden wollten, ehe das Unwetter losbrach.

Staub wirbelte durch die Luft, während die Nervosität stieg und sich der durchdringende Gestank versengten Fleischs verstärkte. Rafferty, der sich für keine Arbeit zu schade war, arbeitete mit seinen Männern Hand in Hand. Es war immerhin seine Ranch, sein Leben.

Die Arbeit war schwer und schmutzig, aber er hatte seine Ranch profitabel gemacht, während andere Ranchs untergegangen waren, und das hatte er mit seiner eigenen Hände Arbeit und eiserner Entschlossenheit erreicht. Weil sein Vater es nicht geschafft hatte, seiner Mutter das Leben zu bieten, das sie sich erträumt hatte, hatte sie Mann und Sohn sitzen gelassen. Aber natürlich war die Ranch damals noch viel kleiner gewesen als heute, und manchmal zog Rafferty eine grimmige Genugtuung aus der Tatsache, dass seine Mutter ihr Fortgehen mittlerweile bitter bereute. Er hasste sie nicht; er wollte nur nicht allzu viel Zeit und Mühe mit ihr verschwenden. Er hatte einfach keine Verwendung für sie oder die anderen reichen, verwöhnten, gelangweilten, nichtsnutzigen Leute, die sie ihre Freunde nannte.

Nev Luther, der über ein Kalb gebeugt dastand, richtete sich auf, wischte sich mit dem Hemdsärmel den Schweiß von der Stirn und schaute blinzelnd in die Sonne, hinter der eine schwarze Wolkenbank heraufzog. „Okay, das hätten wir", brummte er. „Wir sollten besser aufladen, bevor es losgeht." Dann schaute er seinen Boss an. „Was ist, fahren Sie heute noch zu der kleinen Cabot raus?"

Nev war im Stall gewesen, während Rafferty mit Michelle geredet hatte, und hatte die Unterhaltung mitbekommen. Nach einem kurzen Blick auf seine Armbanduhr fluchte Rafferty laut. Er hatte sie völlig vergessen und war Nev nicht dankbar dafür, dass er ihn an sie erinnerte. Es gab nur wenige Menschen, die ihn mehr ärgerten als Michelle Cabot.

„Mist, ich muss los", brummte er widerstrebend. Er konnte sich schon denken, was sie von ihm wollte. Obwohl er überrascht gewesen war, dass sie von sich aus angerufen hatte. Wahrscheinlich wollte sie ihm nur die Ohren volljammern, dass sie kein Geld hatte. Allein bei dem Gedanken hätte er sie am liebsten gepackt und geschüttelt. Sie war genau das, was er am meisten verabscheute: ein Parasit, verwöhnt und egoistisch, hatte noch nie in ihrem Leben auch nur einen einzigen Tag richtig gearbeitet. Ihr Vater hatte sich in den selbst verschuldeten Ruin getrieben, indem er ihr jede Bitte von den Augen abgelesen hatte, aber Langley Cabot war schon immer ein absoluter Schwachkopf gewesen, wenn es um seine einzige heiß geliebte Tochter ging. Für seine kleine Michelle war ihm absolut nichts zu teuer gewesen.

Zu schade nur, dass diese geliebte Michelle so ein verwöhntes Gör war. Verdammt, sie machte ihn wirklich rasend. Sie hatte ihn vom ersten Moment an rasend gemacht, als sie, so etepetete wirkend, auf ihn zugekommen war, die Nase hoch in der Luft, als ob sie irgendetwas Schlechtes röche. Nun, vielleicht hatte sie das ja. Schweißgeruch, hervorgebracht von harter körperlicher Arbeit, war ein unbekannter Geruch für sie. Sie hatte ihn wie einen Wurm angeschaut und ihm gleich darauf desinteressiert den Rücken gekehrt, während sie versucht hatte, ihrem Vater wieder einmal irgendetwas abzuschwatzen.

„Also, Boss, wenn Sie keine Lust haben, zu dieser flotten Puppe rauszufahren, kann ich es ja für Sie übernehmen", sagte Luther grinsend.

„Klingt gut", sagte Rafferty mürrisch und schaute wieder auf seine Uhr. Er konnte noch nach Hause fahren und duschen, aber dann würde er viel zu spät kommen. Er war im Moment nicht weit von der Cabot-Ranch entfernt, und er hatte keine Lust, jetzt erst den ganzen Weg nach Hause zu fahren, um kurz darauf dieselbe Strecke noch einmal zurückzulegen, nur damit ihre empfindsame Nase nicht beleidigt wurde. Sie musste sich schon damit abfinden, wie er war; immerhin war sie es ja, die etwas von ihm wollte. Er war genau in der richtigen Stimmung, auf der sofortigen Rückzahlung der Schulden zu bestehen, auch wenn er ganz genau wusste, dass sie pleite war. Er fragte sich mit beißendem Spott, ob sie ihm vielleicht anbieten wollte, ihn auf andere Weise zu bezahlen. Und dann würde es ihr nur recht geschehen, wenn er mitspielte, weil sie sich schon allein bei der bloßen Vorstellung, ihm ihren gut gepflegten Körper zu überlassen, vor Abscheu winden würde. Immerhin war er ungehobelt und schmutzig und arbeitete für seinen Lebensunterhalt.

Während er zu seinem Truck hinüberschlenderte und seine langen Beine unter dem Lenkrad verstaute, konnte er es nicht verhindern, dass ihm ein Bild durch den Kopf schoss. Er sah Michelle Cabot unter sich liegend, der schlanke Körper nackt, das hellblonde Haar wie ein Fächer auf seinem Kissen ausgebreitet, während er sich in ihr bewegte. Er spürte, dass seine Hose bei dieser Vorstellung eng wurde, und fluchte leise in sich hinein. Er begehrte Michelle Cabot seit zehn Jahren, und gleichzeitig wollte er ihr auf jede nur erdenkliche Weise ihren verdammten Snobismus austreiben.

Andere sahen sie nicht so wie er. Wenn sie es darauf anlegte, konnte sie durchaus charmant sein und die Leute um den kleinen Finger wickeln, wahrscheinlich nur, um sich anschließend über sie lustig zu machen. Die Rancher und Farmer hier in der Gegend waren freundliche Leute, die sich selbst für die harte Arbeit belohnten, indem sie fast jedes Wochenende irgendwelche Grillpartys veranstalteten, und sie fraßen Michelle alle aus der Hand. Sie lachte und scherzte und tanzte mit allen … außer mit ihm. Sie würde mit jedem Mann tanzen, nur nicht mit ihm. Er hatte sie beobachtet, zugegeben, und weil er ein ganz normaler Mann mit einem gesunden Geschlechtstrieb war, war es nur natürlich gewesen, dass er auf diesen biegsamen, schlanken, kurvenreichen Körper und dieses strahlende Lächeln körperlich reagiert hatte, auch wenn es ihn ärgerte. Er wollte sie nicht begehren, aber jedes Mal, wenn er sie anschaute, stieg Verlangen in ihm auf.

Andere Männer hatten sie auch schon begehrt, Mike Webster zum Beispiel konnte ein Lied davon singen. Rafferty konnte sich nicht vorstellen, ihr je verzeihen zu können, was sie Mike angetan hatte, in dessen Ehe schon einiges schiefgelaufen war, bevor Michelle mit ihrem perlenden Lachen auf der Bildfläche erschienen war und allen Männern den Kopf verdreht hatte. Mike war ihr nicht ebenbürtig gewesen und war hart und tief gefallen, und seine Ehe war anschließend nicht mehr zu retten gewesen. Dann hatte Michelle nach einem neuen Opfer Ausschau gehalten, und Mike war mit einem ruinierten Leben auf der Strecke geblieben. Der junge Rancher hatte alles verloren, wofür er gearbeitet hatte, weil ihn seine Scheidung so teuer gekommen war, dass er seine Ranch hatte verkaufen müssen. Er war nur ein Mann mehr, den Michelle mit ihrem Egoismus ruiniert hatte, ebenso wie ihren Vater. Auch als Langley das Wasser schon bis zum Hals gestanden hatte, hatte er doch immer von irgendwoher das Geld für Michelles verschwenderischen Lebensstil aufgetrieben. Ihr Vater war untergegangen, aber sie beharrte immer noch auf Seide und teurem Schmuck und Skiurlauben. Das musste schon ein reicher Mann sein, der sich Michelle Cabot leisten konnte, und stark sein musste er obendrein.

Der Gedanke, dass er derjenige sein könnte, der sie mit diesen Dingen versorgte und der Einzige, der deshalb gewisse Rechte auf sie hatte, ging ihm nicht aus dem Kopf. Egal, wie sehr sie ihn mit ihrem Gehabe auch anwiderte, schaffte er es doch nicht, seine körperliche Reaktion auf sie in den Griff zu bekommen. Sie hatte etwas, das in ihm den brennenden Wunsch erweckte, die Hand nach ihr auszustrecken und sie zu nehmen. Sie sah teuer aus, sie klang und duftete teuer, und er wollte unbedingt wissen, ob sie auch so teuer schmeckte, ob ihre Haut wirklich so samtig war. Er wollte seine Hände in ihr seidiges Haar wühlen und ihren großen, weichen Mund schmecken, ihr mit den Fingerspitzen über die gemeißelte Perfektion ihrer Wangenknochen fahren und den erregenden Duft ihrer Haut tief einatmen.

Er hatte am ersten Tag, an dem er sie kennengelernt hatte, den Duft ihres Parfüms, vermischt mit dem Duft ihrer Haut und der Süße ihres Fleischs darunter gerochen. Gut, sie war teuer, zu teuer für Mike Webster und den armen Trottel, den sie geheiratet und dann sitzen gelassen hatte, und für ihren Vater war sie erst recht zu teuer gewesen. Und doch wollte sich Rafferty in all dieser Fülle verlieren. Vielleicht war Michelle eine Plage, aber sie sandte alle richtigen Signale aus, um die Männer anzulocken wie eine süß duftende Blume die Bienen.

Im Augenblick hatte Michelle keinen Förderer, aber er wusste, dass der nächste Mann nicht lange auf sich warten lassen würde. Und warum sollte nicht er dieser Mann sein? Er hatte es satt, sie zu begehren und mit ansehen zu müssen, wie sie hochnäsig durch ihn hindurchschaute. Ihn würde sie nicht um den kleinen Finger wickeln können, so wie sie es gewohnt war, aber das würde ihr recht geschehen. Rafferty starrte mit zusammengekniffenen Augen durch den Regen, der gegen die Windschutzscheibe pladderte, und malte sich genüsslich aus, wie es sein würde, wenn Michelle ganz und gar von ihm abhängig wäre. Bei diesem Gedanken stieg ein Gefühl tiefer Genugtuung in ihm auf. Er würde sie benutzen, seinen sexuellen Heißhunger an ihr stillen, aber er würde es zu verhindern wissen, dass sie ihm den Verstand benebelte.

Er hatte noch nie zuvor eine Frau bezahlt, aber wenn das nötig war, um Michelle Cabot zu bekommen, war er bereit dazu. Und weil er noch nie eine Frau so sehr begehrt hatte wie sie, würde er dabei wahrscheinlich auch nicht draufzahlen.

Das Gewitter, das sich schon lange angekündigt hatte, brach plötzlich los, die Windschutzscheibe wurde von einer Sturzflut überschwemmt, sodass die Scheibenwischer nicht mehr nachkamen. Heftige Windstöße zerrten an dem Truck, und Rafferty hatte Mühe, die Spur zu halten. Die Sicht war so schlecht, dass er um ein Haar die Abzweigung zur Cabot-Ranch verpasst hätte, obwohl er den Weg so gut kannte wie sein eigenes Gesicht. Mit finster zusammengezogenen Augenbrauen fuhr er vor dem Cabot-Haus vor, und als er sich umschaute, wurde seine schlechte Laune noch schlechter. Selbst durch den dichten Regenvorhang konnte er sehen, dass die Ranch am Ende war. Im Hof wucherte das Unkraut, Scheune und Stall wirkten leer und verlassen, und die Weiden, auf denen früher spitzenmäßige Brahman-Rinder gegrast hatten, waren leer. Ihr kleines Königreich hatte sich aufgelöst.

Obwohl er ganz nah am Haus geparkt hatte, wurde er bei seinem kurzen Sprint zur Veranda bis auf die Haut durchnässt. Er schlug seinen Hut gegen den Oberschenkel, um das Wasser herauszuklopfen, setzte ihn jedoch nicht wieder auf. Er hob die Hand, aber die Tür ging auf, noch ehe er dazu kam, sich bemerkbar zu machen. Auf der Schwelle stand Michelle und schaute ihn mit der gewohnten Geringschätzung in den kühlen grünen Augen an. Sie zögerte einen Moment, als ob es ihr widerstrebe, ihn hereinzubitten, weil sie sich ihren Teppich nicht volltropfen lassen wollte, doch dann schob sie die Fliegengittertür auf und sagte: „Kommen Sie rein." Er konnte sich nur zu gut vorstellen, wie sehr es sie wurmte, dass sie freundlich zu ihm sein musste, nur weil sie ihm hunderttausend Dollar schuldete.

Als er an ihr vorbeiging, wich sie zurück, wahrscheinlich, damit er sie nicht aus Versehen streifte. Wart's nur ab, dachte er wütend. Bald würde er mehr machen, als sie nur streifen, und er würde schon dafür sorgen, dass es ihr Spaß machte. Ihr Hochmut würde ihr schon vergehen, wenn sie sich, die Beine um seine Hüften geschlungen, nackt unter ihm wand. Und er wollte nicht nur ihren Körper benutzen, sondern er würde auch dafür sorgen, dass sie genauso scharf auf ihn war wie er auf sie. Was nach all den Männern, die sie benutzt hatte, nur gerecht wäre. Er wünschte sich fast, sie würde irgendetwas Abfälliges sagen, was ihm einen Grund gäbe, sie irgendwie anzufassen, und wenn auch nur aus Wut. Er wollte sie berühren, ganz egal warum, er wollte ihre weiche Wärme spüren. Er wollte, dass sie auf ihn reagierte.

Aber heute sah sie ausnahmsweise von ihren üblichen spitzen Bemerkungen ab und sagte nur: „Gehen wir in Dads Büro", und ging dann, eingehüllt in eine schwache Parfümwolke, ihm voran den Flur hinunter. Sie wirkte unberührbar in der blütenweißen Leinenhose und der weißen Seidenbluse, unter der sich ihre Brüste abzeichneten, aber ihn juckte es dennoch in den Fingerspitzen, sie anzufassen. Ihr hellblondes Haar war straff nach hinten gekämmt und wurde im Nacken von einer großen goldenen Haarspange zusammengehalten.

Ihre makellose Perfektion stand in schroffem Gegensatz zu seiner eigenen Erscheinung, und er fragte sich, was sie wohl tun würde, wenn er sie an sich zöge und ihre Seidenbluse nass und schmutzig machte. Er war dreckig und verschwitzt und roch nach Rindern und Pferden und war zu allem Überfluss auch noch klatschnass.

„Bitte", sagte sie und deutete mit der Hand auf einen der Ledersessel in dem Büro. „Vermutlich können Sie sich denken, warum ich Sie angerufen habe."

Er verzog spöttisch den Mund. „Ich kann es mir sehr wohl vorstellen."

„Ich habe vorgestern Abend beim Durchsehen von Daddys Sachen den Schuldschein gefunden. Ich will nicht, dass Sie denken, ich würde versuchen, mich um die Rückzahlung zu drücken, aber im Augenblick habe ich das Geld einfach nicht."

„Verschwenden Sie nicht meine Zeit", fiel er ihr ins Wort.

Sie starrte ihn an. Er hatte den Platz, den sie ihm angeboten hatte, gar nicht erst angenommen; er stand zu nah, er ragte über ihr auf, und der Ausdruck in seinen schwarzen Augen ließ sie erschauern.

„Was?"

„Hören Sie auf, um den heißen Brei herumzureden. Ich weiß genau, was Sie mir anbieten wollen, und ich bin sehr damit einverstanden. Ich bin schon lange scharf auf Sie, Honey, aber machen Sie nicht den Fehler zu denken, dass wir nach ein paar Quickies quitt sind. Ich will für mein Geld auch etwas bekommen."

2. KAPITEL

*S*ie blieb wie zur Salzsäule erstarrt stehen, und der Schock sog alle Farbe aus ihrem Gesicht, bis es weiß wie Elfenbein war. Sie war wie vor den Kopf geschlagen, und einen Moment lang sperrten sich die Worte, die aus seinem Mund kamen, dagegen, einen Sinn zu ergeben, sie schwirrten wie die Einzelteile eines Puzzles durch ihren Kopf. Er ragte über ihr auf, und seine schiere Größe und Kraft bewirkten wie immer, dass sie sich in seiner Nähe vollkommen unbedeutend fühlte, während seine Hitze und der Geruch, den er ausströmte, ihre Sinne überwältigten. Er war zu nah! Dann ordneten sich die Worte von selbst, und als sie ihre Bedeutung erkannte, war es, als ob er ihr eine Ohrfeige gegeben hätte. Wut, vermischt mit Panik, stieg in ihr auf. Sie wich unbewusst einen Schritt zurück und fragte scharf: „Soll das ein Witz sein?"

Sie konnte spüren, wie sich ihr Magen ängstlich zusammenkrampfte, obwohl sie kämpferisch das Kinn hob. Es war nicht ungefährlich, Rafferty herauszufordern, und genau das tat sie jetzt.

Er musterte sie mit hartem, unbewegtem Gesicht, die Augen leicht zusammengekniffen und durchdringend. Michelle konnte seine eiserne Selbstkontrolle spüren. „Sehe ich aus, als ob ich Witze mache?", fragte er trügerisch sanft. „Sie hatten immer irgendeinen Dummen, der Sie unterstützt. Warum sollte zur Abwechslung nicht ich mal an der Reihe sein? Mich können Sie zwar nicht an der Nase herumführen wie alle anderen Männer, aber so wie es aussieht, können Sie es sich im Moment nicht leisten, wählerisch zu sein."

„Was verstehen Sie schon von wählerisch?" Sie wich noch zwei Schritte zurück, weil sie fast glaubte, seinen Körper an ihrem zu spüren, obwohl er sich überhaupt nicht bewegt hatte. Er hatte so viele Frauen gehabt, dass sie es sich nicht einmal vorstellen wollte. Hatten sich diese anderen Frauen auch so hilflos, so überwältigt von seiner Männlichkeit gefühlt? In seiner Nähe verlor sie die Kontrolle über sich; sie hatte immer gespürt, dass sie in Bezug auf ihn schwach war, und das war es gewesen, was ihr Angst gemacht hatte.

„Nicht weglaufen", sagte er mit noch tieferer Stimme, die ihre Sinne umschmeichelte wie schwarzer Samt. Das ist bestimmt die Stimme, die er sich normalerweise für die Nächte aufhebt, überlegte sie verwirrt, während sie es vor sich sah, wie er eine Frau mit seinem schlanken, kraftstrotzenden Körper bedeckte, wobei er ihr mit heiserer Stimme anzügliche Dinge ins Ohr raunte. John würde kein behutsamer Liebhaber sein, er würde die Sinne einer Frau mit der Wucht einer Naturgewalt überwältigen. Rigoros verdrängte sie den Gedanken und wandte den Kopf ab, damit er ihr Gesicht nicht sehen konnte.

Er wurde von einer Welle der Wut überschwemmt. Das war ja fast, als ob sie nicht einmal seinen Anblick ertragen könnte! Und dass sie die Vorstellung, mit ihm zu schlafen, regelrecht abstoßend fand. Mit drei langen Schritten ging er um den Schreibtisch herum, packte sie an den Oberarmen und zog sie an sich. Selbst in seiner Wut wurde ihm noch klar, dass er sie jetzt zum ersten Mal anfasste, er spürte ihren weichen, geschmeidigen Körper und ihren zarten Knochenbau. Er konnte ihre Oberarme ganz umspannen, und seine Finger wünschten sich zu verweilen, zu streicheln. Begierde stieg in ihm auf und verdrängte einen Teil seiner Wut. „Schau nicht so hochmütig wie eine Eisprinzessin auf mich herunter", befahl er heiser. „Dein kleines Königreich ist nämlich beim Teufel, falls du es noch nicht bemerkt haben solltest, Herzchen. Und deine feinen Spielgefährten können dich jetzt, wo du es dir nicht mehr leisten kannst zu spielen, nicht mehr von Adams Hauskatze unterscheiden. Bestimmt hat dir noch keiner von ihnen seine Hilfe angeboten, oder?"

Michelle versetzte ihm einen harten Stoß vor die Brust, aber es war, als ob sie versuche eine Wand zu bewegen. „Ich habe niemanden um Hilfe gebeten!", schrie sie. „Niemanden, und Sie schon gar nicht!"

„Warum nicht?" Er schüttelte sie leicht, seine zusammengekniffenen Augen versprühten wütende Blitze. „Ich kann dich mir leisten, Honey."

„Ich bin nicht käuflich!" Sie versuchte sich von ihm loszureißen, aber es war zwecklos, sie war ihm hilflos ausgeliefert.

„An einem Kauf bin ich auch nicht interessiert", murmelte er, während er den Kopf beugte. „Ich will dich nur für eine Weile mieten." Michelle stieß einen unartikulierten Laut des Protests aus und versuchte den Kopf abzuwenden, aber er packte sie an den Haaren und hielt sie fest. Nur für einen Moment sah sie seine schwarzen, vor Verlangen lodernden Augen, dann lag sein Mund auf ihrem, und sie erschauerte in seinen Armen wie ein verängstigtes Tier. Ihre Augen schlossen sich, und sie sank gegen ihn. Seit Jahren hatte sie sich gefragt, wie er wohl schmeckt, wie er sich anfühlen mochte, ob seine Lippen fest waren oder weich, ob seine Bartstoppeln kratzten. Lust explodierte in ihr wie ein Feuerball, überschwemmte sie mit Hitze. Jetzt wusste sie es. Jetzt wusste sie, wie sein heißer, weicher Mund schmeckte, wusste, wie sich seine Lippen anfühlten, wie es war, wenn seine Zunge in ihren Mund eindrang, als ob es sein gutes Recht wäre. Und dann lagen ihre Arme plötzlich auf seinen Schultern, ihre Nägel gruben sich in den nassen Stoff seines Hemds, in die harten Muskeln darunter. Unversehens wölbte sie sich ihm entgegen, seine Arme hielten sie fest umschlungen, während er seinen Kuss noch vertiefte. Sie merkte nicht, dass die Nässe aus seiner Kleidung in ihre eigene einsickerte; sie spürte nur seine Hitze und den harten Beweis seines Begehrens, der sich in ihren Bauch drückte, und ihr wurde verschwommen klar, dass er nicht so bald von ihr ablassen würde, wenn sie sich nicht mit aller Entschiedenheit wehrte.

Aber sie wollte gar nicht, dass er von ihr abließ. Sie war ja schon knapp davor, dahinzuschmelzen, weil sie sich nichts sehnlicher wünschte, als einfach neben ihm zu liegen und seine Hände auf ihrem Körper zu spüren. Sie hatte gewusst, dass es so sein würde, sie hatte gewusst, dass sie es nicht zulassen durfte, dass sie ihn nicht an sich heranlassen durfte. Das Gefühl war so überwältigend, dass es ihr Angst machte. Er machte ihr Angst. Er würde zu viel von ihr verlangen, er würde sich so viel von ihr nehmen, dass nichts mehr von ihr übrig war, wenn er wieder seiner Wege ging. Sie hatte es immer instinktiv gewusst, dass sie ihm unterlegen war.

Michelle musste ihre ganze Willenskraft aufbieten, um das Gesicht abzuwenden, ihre Hände auf seine Schultern zu legen und ihn wegzustoßen. Sie wusste, dass sie nicht stark genug war, um gegen ihn anzukommen, und als er sie losließ und einen winzigen Schritt zurücktrat, war ihr schmerzlich bewusst, dass er es freiwillig getan hatte und nicht, weil sie ihn dazu gezwungen hatte.

Im Zimmer machte sich eine drückende Stille breit, während sie unter seinem unerschütterlichen Blick ihre Fassung wiederzufinden versuchte. Sie spürte, dass die Situation außer Kontrolle geraten war. Zehn Jahre lang hatte sie die Feindseligkeit zwischen ihnen sorgfältig geschürt, aus Angst, er könnte entdecken, dass er imstande war, ihr allein mit einem Blick den Boden unter den Füßen wegzuziehen. Sie hatte schon zu viele Frauen gesehen, die unter seinen Aufmerksamkeiten erblüht waren, aber nur zu bald war er wieder seiner Wege gegangen und hatte sie am Boden zerstört zurückgelassen. Und jetzt schaute er sie mit der gleichen eindringlichen Aufmerksamkeit an, etwas, das sie immer zu verhindern versucht hatte. Sie hatte nicht gewollt, dass er sie als Frau registrierte, sie hatte sich nicht unter all die Frauen einreihen wollen, die er wechselte wie seine Hemden. Sie hatte im Augenblick auch ohne ein gebrochenes Herz Probleme genug. Sie stand bereits mit dem Rücken an der Wand, mehr konnte sie nicht aushalten.

Aber sein Blick brannte sich in sie ein und tastete mit unerträglicher Langsamkeit ihren Körper ab, erst ihre Brüste, dann die Hüften, ihre Beine, bei denen er sich wahrscheinlich ausmalte, wie es sich anfühlte, wenn sie sich um ihn schlangen. So hatte er sie noch nie zuvor angeschaut, und die unverhüllte sexuelle Spekulation, die in seinen Augen lag, erschütterte sie bis in ihre Grundfesten. In Gedanken war er wahrscheinlich bereits in ihr, schmeckte sie, fühlte sie, verschaffte ihr höchste Lust. Es war ein Blick, dem nur wenige Frauen widerstehen konnten, ein schamlos sexueller Blick, in dem sich die arrogante Selbstgewissheit spiegelte, dass eine Frau in seinen Armen garantiert Erfüllung finden würde. Er wollte sie, und er war entschlossen, sie zu bekommen.

Und das durfte sie nicht zulassen. Sie hatte sich ihr ganzes Leben lang freiwillig in einen goldenen Käfig sperren lassen, wobei sie erst von der Vergötterung ihres Vaters und dann von Roger Beckmans krankhafter Eifersucht zur Bewegungslosigkeit verdammt gewesen war. Jetzt war sie zum ersten Mal in ihrem Leben allein, für sich selbst verantwortlich und dabei, nach irgendeinem Sinn zu suchen, der in dieser Verantwortung liegen könnte. Egal, ob sie Erfolg hatte oder versagte, auf jeden Fall musste sie es allein tun und durfte sich nicht wieder zu irgendeinem Mann flüchten. Sie schaute John mit ausdruckslosem Gesicht an. Er begehrte sie, aber er mochte, ja, er achtete sie nicht einmal, und sie würde sich selbst weder mögen noch achten, wenn sie auf sein Angebot einginge.

Langsam bewegte sie sich von ihm weg und setzte sich mit gesenktem Kopf an ihren Schreibtisch. Ihr Stolz und alte Gewohnheit halfen ihr, ihre Stimme kühl und ruhig zu halten, als sie sagte: „Wie schon gesagt, fehlt mir im Moment das Geld, die Schulden zurückzuzahlen, obwohl ich gesehen habe, dass der Termin bereits verstrichen ist. Jetzt liegt es bei Ihnen …"

„Ich habe meinen Vorschlag bereits gemacht", unterbrach er sie. Er ließ sich auf einer Ecke des Schreibtischs nieder, wobei sein muskulöser Schenkel ihren Arm streifte. Michelle schluckte schwer, weil ihr Mund plötzlich trocken geworden war, und versuchte nicht auf diese kräftigen, von Jeansstoff umspannten Schenkel zu schauen. Dann beugte er sich vor und stützte seinen braunen Unterarm auf sein Bein auf, und das war noch schlimmer, weil er ihr mit dem Oberkörper so nah kam, dass ihr nichts anderes übrig blieb, als sich zurückzulehnen. „Du brauchst ihn nur anzunehmen, statt deine Zeit damit zu verschwenden, mir etwas vorzumachen."

Michelle überhörte es tunlichst. „Wenn Sie das Geld sofort wollen, müsste ich meinen gesamten Viehbestand verkaufen, und das wäre schlimm für mich, weil ich es dann nicht mehr schaffen würde, die Ranch am Laufen zu halten. Deshalb habe ich daran gedacht, ein Stück Land zu verkaufen, aber das würde natürlich länger dauern. Ich könnte Ihnen nicht versprechen, dass Sie Ihr Geld innerhalb der nächsten sechs Monate haben, weil es davon abhängt, wie schnell ich einen Käufer finde." Sie wartete mit angehaltenem Atem auf seine Antwort. Einen Teil des Landes zu verkaufen war das Einzige, was ihr eingefallen war, um zu Geld zu kommen, aber dazu brauchte sie seine Kooperation.

Er richtete sich langsam auf und schaute mit zusammengezogenen dunklen Augenbrauen auf sie herunter. „He, Moment mal, Herzchen. Was meinst du denn mit *die Ranch am Laufen halten*? Die ist doch längst den Bach runter."

„Nein, ist sie nicht", widersprach sie trotzig. „Ein paar Rinder habe ich noch."

„Ach ja? Wo denn?", fragte er ungläubig.

„Auf der Südweide. An der Ostseite muss der Zaun repariert werden, und ich habe keine …" Sie hielt inne, als sie sein verärgertes Gesicht sah. Warum ärgerte er sich? Ihr Land grenzte hauptsächlich im Norden an seins, von daher bestand keine Gefahr, dass seine Rinder ausbrechen könnten.

„Noch einen Moment", sagte er schroff. „Und wer kümmert sich um die Herde?"

Das war es also. Er glaubte ihr nicht, weil er wusste, dass sie keine Cowboys mehr hatte. „Ich", sagte sie und hob trotzig das Kinn. Deutlicher hätte er ihr nicht sagen können, für wie unfähig er sie hielt.

Er musterte sie mit hochgezogenen Augenbrauen von oben bis unten. Sie wusste genau, was er sah, weil sie sich schließlich absichtlich so zurechtgemacht hatte. Er sah malvenrosa lackierte Zehennägel, weiße hochhackige Sandaletten, eine weiße Leinenhose und die weiße Seidenbluse, die jetzt von dem Kontakt mit seinem durchnässten Hemd feucht war. Erst in diesem Augenblick wurde Michelle klar, dass ihr die nasse Bluse am Körper klebte, und sie spürte, wie ihre Wangen heiß wurden, aber sie hob nur ihr Kinn noch ein bisschen höher. Dann sollte er doch schauen, verdammt.

„Hübsch", sagte er gedehnt. „Zeig mir deine Hände."

Instinktiv ballte sie ihre Hände zu Fäusten und starrte ihn wütend an. „Warum?"

Er kam blitzschnell wie eine Klapperschlange, die im Begriff ist zuzubeißen, auf sie zu und fing ihre Handgelenke ein. Sie versuchte, sich aus seinem Griff herauszuwinden, aber er packte sie nur noch fester und zwang sie, die Faust zu öffnen, dann hielt er ihre Handfläche ins Licht. Sein Gesicht war unbewegt und ausdruckslos, als er eine ganze Weile auf ihre Hand hinunterschaute. Gleich darauf griff er nach ihrer anderen Hand und untersuchte sie ebenfalls. Er lockerte seinen Griff ein bisschen, während er mit den Fingerspitzen der anderen Hand über die Hornhaut und die halb abgeheilten Blasen fuhr, die anfingen, Schwielen zu bilden.

Michelle saß mit wütend zusammengepressten Lippen und abweisendem Gesicht da. Nicht dass sie sich ihrer Hände geschämt hätte, harte körperliche Arbeit hinterließ eben ihre Spuren auf dem menschlichen Körper, und sie fand, dass es etwas Tröstliches hatte, hier auf der Ranch zu arbeiten. Aber egal wie ehrenhaft diese Spuren auch sein mochten, wenn John darauf schaute, war es, als ob er sie nackt auszöge, als ob er etwas Intimes enthüllte, was nur ihr allein gehörte. Sie wollte nicht, dass er so viel über sie wusste, sie wollte nicht, dass er seine Aufmerksamkeit auf sie richtete. Sie wollte kein Mitleid, aber vor allem wollte sie nicht wieder schwach werden.

Dann hob er den Blick und musterte sie eindringlich aus diesen mitternachtsschwarzen Augen, und umgehend leuchteten alle ihre inneren Warnsignale auf. Zu spät! Vielleicht war es schon in dem Moment, in dem er ihre Veranda betreten hatte, zu spät gewesen. Sie hatte von Anfang an die Spannung in ihm gespürt, die nur mühsam gezügelte Erwartung, die sie fälschlicherweise für seine übliche Feindseligkeit gehalten hatte. Rafferty war es nicht gewöhnt, auf irgendeine Frau, die er wollte, zu warten, und sie hielt ihn schon seit zehn Jahren auf Abstand. Wirklich sicher vor ihm war sie nur während der Zeit ihrer kurzen Ehe gewesen, als sie in Philadelphia gelebt hatte. Aber jetzt war sie wieder in seiner Reichweite, und diesmal war sie verletzlich. Sie war bankrott, sie war allein, und sie schuldete ihm hunderttausend Dollar. Er hatte in ihr wahrscheinlich eine leichte Beute gesehen.

„Du musst es nicht allein machen", sagte er schließlich mit ruhiger tiefer Stimme. Er hielt immer noch ihre Hände, und seine rauen Daumen bewegten sich zärtlich über ihre Handflächen, während er sie auf die Füße zog. Ihr wurde klar, dass er ihr zu keinem Zeitpunkt wehgetan hatte, auch wenn er sie gegen ihren Willen festgehalten hatte. Seine Berührung war sanft, aber trotzdem wusste sie, dass sie es nicht schaffen würde, sich von ihm loszumachen, es sei denn, er ließe sie freiwillig gehen.

Ihre einzige Waffe war die milde Herablassung, mit der sie ihn von Anfang an behandelt hatte. Sie warf ihm ein gespielt unbeschwertes Lächeln zu. „Natürlich muss ich das. Sie haben es ja selbst schon bemerkt, dass sich meine Freunde vor Hilfsbereitschaft nicht gerade überschlagen."

Er verzog verächtlich die Mundwinkel. „Dann komm doch einfach zu mir."

Wieder bedachte sie ihn mit diesem Lächeln, das er, wie sie wusste, nicht ausstehen konnte. „Aber es würde schrecklich lange dauern, hunderttausend Dollar auf diese Weise abzuarbeiten, finden Sie nicht? Sie wissen doch, wie ich es hasse, mich zu langweilen. Eine richtig gute Prostituierte bekommt – wie viel? – hundert Dollar für einmal Hinlegen. Selbst wenn Sie es auf dreimal pro Tag brächten, würde es immer noch ungefähr ein Jahr dauern …"

In seinen dunklen Augen glomm Wut, und endlich ließ er ihre Hände los, allerdings nur, um sie bei den Schultern zu packen. Er hielt sie fest, während sein Blick an ihrem Körper nach unten glitt. „Dreimal pro Tag?", fragte er mit trügerischer Sanftheit, wobei er ihre Brüste und Hüften musterte. „Kein Problem. Aber du hast die Zinsen vergessen, Herzblatt. Ich verlange hohe Zinsen."

Sie erschauerte unter seinen Händen und wollte vor diesem Blick die Augen schließen. Sie hatte ihn herausgefordert, und jetzt zahlte er es ihr zurück. Natürlich war er in der Lage dazu. Sein Sexualtrieb war so stark, dass er regelrecht von innen heraus zu brennen schien und Frauen anzog wie Mücken das Licht. Verzweifelt versuchte sie ihr Lächeln beizubehalten und zuckte leicht die Schultern. „Trotzdem danke. Aber ich ziehe es vor, weiterhin Mist wegzuschaufeln."

Wenn er jetzt die Kontrolle verloren hätte, wäre ihr das Atmen wahrscheinlich ein bisschen leichter gefallen, weil sie dann gewusst hätte, dass sie gewonnen hatte, wie knapp auch immer. Aber obwohl sich der Griff seiner Hände auf ihren Schultern verstärkte, zügelte er seine Wut.

„Treib es nicht zu weit, Süße", riet er ihr ruhig. „Es würde mir nicht schwerfallen, dir auf der Stelle zu zeigen, wer du bist. Aber sag mir lieber, wie zum Teufel du dir vorstellst, diese Ranch allein am Laufen zu halten."

Für einen Moment waren ihre Augen klar und bodenlos, angefüllt mit einer Verzweiflung, von der er sich nicht ganz sicher war, ob er sie wirklich gesehen hatte. Die Haut über ihren ausgeprägten Wangenknochen war straff gespannt. Und dann plötzlich waren der vertraute spöttisch kühle Blick und der Trotz wieder da, die Augen feucht schimmernd und undurchsichtig, die Lippen so anmaßend verzogen, dass er sie am liebsten geschüttelt hätte. „Das ist mein Problem", sagte sie abweisend. Sie kannte den Preis, den er für seine Hilfe verlangen würde. „Von Ihnen will ich nur wissen, wie ich meine Schulden zurückzahlen soll."

Endlich ließ er ihre Schultern los und hockte sich wieder auf die Schreibtischkante, wobei er seine langen Beine streckte und sie dann an den Knöcheln übereinanderlegte. „Hunderttausend Dollar sind eine Menge Geld. Es ist mir nicht leicht gefallen, so viel zusammenzukratzen."

Das brauchte er ihr nicht zu sagen. Auch wenn eine Ranch noch so profitabel arbeitete, wurde erwirtschafteter Gewinn sofort wieder in Land und neuen Viehbeständen angelegt. Sie presste die Lippen aufeinander. „Wann wollen Sie Ihr Geld?", fragte sie schließlich. „Jetzt oder später?"

Seine dunklen Brauen hoben sich. „Wenn man die Umstände bedenkt, solltest du eigentlich versuchen, mich um den kleinen Finger zu wickeln, statt so kratzbürstig zu sein. Warum verkaufst du die Ranch nicht einfach? Du kannst sie ohnehin nicht bewirtschaften, und auf diese Weise hättest du wenigstens Geld, von dem du leben kannst, bis du eine neue Essensmarke findest."

„Natürlich kann ich sie bewirtschaften", widersprach sie vehement. Sie musste es können, weil die Ranch alles war, was sie hatte.

„Im Leben nicht, Honey."

„Hören Sie sofort auf, mich Honey zu nennen", verlangte sie wütend.

Er fing mit seiner großen rauen Hand ihr Kinn ein und drehte ihr Gesicht zu sich herum, während er ihr mit dem Daumen sanft über die Unterlippe fuhr. „Ich nenne dich so, wie ich will … Honey, und du hältst schön brav den Mund, weil du mir nämlich eine Menge Geld schuldest, das du nicht zurückzahlen kannst. Ich werde mir ein paar Gedanken machen, wie wir uns einig werden können. Und bis dahin kannst du ja über das hier nachdenken."

Zu spät versuchte sie den Kopf wegzudrehen, aber er hielt immer noch ihr Kinn fest, und sein warmer Mund legte sich auf ihren, bevor sie sich losreißen konnte. Seine Augen schlossen sich, während sie die Welle der Lust, von der sie überschwemmt wurde, zu ignorieren versuchte. Falls überhaupt möglich, war dieser Kuss noch schlimmer als der erste, weil er sie jetzt mit einer langsamen Selbstsicherheit küsste, die sie genauso betörte, wie er es beabsichtigte.

Er küsste sie, als ob er gar nicht genug von ihr bekommen könnte. Selbst der verschwommene Gedanke, dass er seine Technik an Hunderten von Frauen erprobt haben musste, tat der Wirkung des Kusses keinen Abbruch. Michelle presste sich an ihn, überwältigt von seiner Berührung und seinem Geruch und Geschmack, ihr Körper schmerzte vor Lust und Frustration, weil sie immer noch mehr von ihm wollte. Sie wollte ihn, und sie hatte ihn immer gewollt. Sie war vom ersten Augenblick an von ihm besessen gewesen, und sie hatte die letzten zehn Jahre damit verbracht, vor dieser Besessenheit davonzulaufen – nur um ihm jetzt auf Gedeih und Verderb ausgeliefert zu sein.

Er hob langsam den Kopf, die schweren Lider über den schwarzen Augen halb geschlossen, der Mund feucht vom Kuss. Auf seinem harten Gesicht spiegelte sich unverhohlene Genugtuung. Sie lag schlaff an ihm, die Augen verschleiert vor Begierde, die Lippen rot und geschwollen. Sehr sanft schob er sie von sich weg und hielt sie mit beiden Händen an der Taille fest, bis sie wieder fest auf den Beinen stand. Dann erhob er sich ebenfalls.

Wie immer, wenn er über ihr aufragte, trat Michelle instinktiv einen Schritt zurück. Verzweifelt versuchte sie ihre Fassung wiederzufinden und zermarterte sich das Gehirn nach einer Bemerkung, mit der sie das, was eben passiert war, bestreiten könnte, aber wie hätte sie das anstellen sollen? Offensichtlicher hätte nicht sein können! Aber er auch nicht. Es war sinnlos zu versuchen, verlorenes Terrain wettzumachen, und sie würde keine Zeit damit verschwenden. Jetzt konnte sie nur noch versuchen, den fahrenden Zug aufzuhalten.

Ihr Gesicht war blass, als sie den Kopf hob und entschieden sagte: „Ich werde nicht mit dir schlafen, um meine Schulden bei dir zu bezahlen, ganz egal, wie du dich entscheidest. Bist du heute in der Erwartung hergekommen, dass ich gerade eben mal so mit dir ins Bett hüpfe?"

Er schaute sie scharf an. „Der Gedanke ist mir zumindest durch den Kopf gegangen. Ich war bereit."

„Schön, aber ich nicht!" Ihr Atem flog, während sie ihre Wut im Zaum zu halten versuchte.

„Das ist auch gut so, weil ich es mir nämlich anders überlegt habe", sagte er träge.

„Na prima."

„Du wirst trotzdem irgendwann mit mir ins Bett gehen, allerdings nicht, weil du mir Geld schuldest. Wenn die Zeit reif ist, wirst du für mich die Beine breitmachen, weil du es genauso willst wie ich."

Der Blick, mit dem er sie ansah, ließ sie erschauern, und das Bild, das seine rüden Worte hervorriefen, schoss wie ein Blitz durch ihren Kopf. Er würde sie benutzen und anschließend wegwerfen, genau wie all die anderen Frauen vor ihr. „Nein, vielen Dank. Für Gruppensex hatte ich noch nie etwas übrig, und genau so ein Gefühl würde es mit dir sein."

Sie wollte ihn wütend machen, aber er legte die Hand über ihre fest gefalteten Hände und fuhr ihr mit seinem Daumen leicht über die Knöchel. „Keine Sorge, ich garantiere dir, dass außer uns beiden niemand im Bett liegen wird. Also reg dich ab und gewöhn dich an die Vorstellung. Ich komme morgen wieder und sehe mir an, was auf der Ranch getan werden muss …"

„Nein", unterbrach sie ihn wütend, sich von ihm losreißend. „Die Ranch gehört mir. Ich komme allein damit klar."

„Honey, du hast doch von Tuten und Blasen keine Ahnung. Mach dir keine Sorgen, ich kümmere mich um alles."

Seine milde Herablassung veranlasste sie, mit den Zähnen zu knirschen, vor allem, weil zu befürchten war, dass er recht haben könnte. „Ich will aber überhaupt nicht, dass du dich um alles kümmerst."

„Du weißt doch gar nicht, was du willst", gab er zurück und küsste sie flüchtig auf den Mund. „Bis morgen."

3. KAPITEL

*D*as Telefon klingelte, während Michelle bei ihrer zweiten Tasse Kaffee saß, zusah, wie die Sonne aufging, und sich auf einen neuen Tag voller Arbeit vorbereitete, die mehr und mehr über ihre Kräfte zu gehen schien. Die dunklen Ringe unter ihren Augen kündeten von der hinter ihr liegenden Nacht, in der sie sich schlaflos im Bett herumgewälzt hatte, während ihr Gehirn darauf bestanden hatte, jede Empfindung, die Johns Mund und seine Hände ausgelöst hatten, unaufhörlich zu wiederholen. Seinen Ruf hat er sich redlich verdient, dachte sie in den frühen Morgenstunden erbittert. Ladykiller. Er konnte unendlich zärtlich sein, aber für Frauen war er trotzdem tödlich.

Sie wollte nicht ans Telefon gehen, aber sie kannte John gut genug, um zu wissen, dass er nie aufgab, wenn er sich erst einmal etwas in den Kopf gesetzt hatte. Wenn er es war, der da anrief, würde er einfach vorbeikommen, wenn sie nicht antwortete. Da sie sich ihm im Augenblick persönlich in keiner Weise gewachsen fühlte, stand sie auf, griff nach dem Hörer und murmelte ein Hallo.

„Michelle, Darling."

Sie spürte, wie ihr alles Blut aus dem Gesicht wich, ihre Finger umklammerten den Hörer. Ihr Exmann Roger. Seit sie wieder hier auf der Ranch war, versuchte sie so wenig wie möglich an ihn zu denken und die Vergangenheit zu verdrängen. Doch manchmal trieben albtraumhafte Erinnerungen an die Oberfläche, und sie empfand wieder die panische Angst, die sie verspürt hatte, weil sie so allein und hilflos gewesen war, ohne einen Menschen, auf dessen Hilfe sie bauen konnte, nicht einmal auf die ihres Vaters.

„Roger", sagte sie matt. Es konnte keinen Zweifel geben. Es gab niemanden, der ihren Namen so zärtlich aussprach wie ihr Exmann, es klang, als bete er sie an.

Seine Stimme klang tief und heiser. „Ich brauche dich, Darling. Komm zu mir zurück, bitte. Ich flehe dich an. Ich schwöre dir, dass ich nie wieder die Hand gegen dich erhebe. Ich werde dich wie eine Prinzessin behandeln …"

„Nein", keuchte sie, während sie sich einen Stuhl heranzog, weil ihre Beine zitterten. Ihr war ganz schlecht vor Angst. Wie konnte er auch nur vorschlagen, dass sie zurückkommen sollte?

„Sag das nicht, bitte", stöhnte er. „Michelle. Mutter und Dad sind tot. Ich brauche dich jetzt mehr denn je. Ich kann ohne dich nicht leben, Michelle. Ich schwöre dir, dass alles anders wird, Hauptsache, du kommst zurück."

„Wir sind geschieden", unterbrach sie ihn mit erstickter Stimme. Ihr brach der kalte Schweiß aus, als sie daran dachte, wie viel Kraft sie diese Scheidung gekostet hatte.

„Wir können wieder heiraten. Bitte, Darling …"

„Nein!" Die Vorstellung, ihn ein zweites Mal zu heiraten, war der reinste Horror. „Das mit deinen Eltern tut mir leid. Ich wusste es nicht. Was ist denn passiert?"

„Ihr Flugzeug ist abgestürzt." Sie hörte den Schmerz, der in seiner Stimme mitschwang. „Sie flogen zum See und kamen in ein Unwetter."

„Das tut mir leid", wiederholte sie.

Er schwieg einen Moment, und sie sah es direkt vor sich, wie er sich in dieser unbewussten nervösen Geste, die sie so gut kannte, den Nacken massierte. „Michelle, ich liebe dich immer noch. Ohne dich ist das Leben sinnlos für mich. Ich schwöre dir, dass ich mich ändere, und vor allem werde ich dich nie wieder schlagen. Das war doch bloß, weil ich so verdammt eifersüchtig war, und jetzt weiß ich, dass ich keinen Grund dafür hatte."

Aber er hatte einen gehabt! Michelle machte ganz schnell die Augen zu, als Schuldgefühle die nackte Angst durchlöcherten, die schon allein der Klang seiner Stimme in ihr hervorrief. Nicht dass sie ihm je körperlich untreu gewesen wäre, aber hatte es auch nur einen einzigen Tag während der letzten zehn Jahre gegeben, an dem sie nicht an John Rafferty gedacht hatte?

„Hör auf, Roger", flüsterte sie erstickt. „Es ist vorbei. Ich werde nie zurückkommen. Alles, was ich jetzt will, ist, auf dieser Ranch hier zu arbeiten und endlich auf eigenen Beinen zu stehen."

Er schnaubte verächtlich. „Das ist nichts für dich! Du bist doch wirklich etwas Besseres gewöhnt. Wenn du zu mir zurückkommst, werde ich dir jeden Wunsch von den Augen ablesen. Ich kann dir alles geben, was du brauchst."

„Nein", sagte sie sanft. „Das kannst du nicht. Ich lege jetzt auf, Roger. Mach's gut, und bitte, ruf nicht wieder an." Sehr behutsam legte sie den Hörer auf, dann stand sie, das Gesicht in den Händen vergraben, neben dem Telefon. Sie konnte nicht aufhören zu zittern, während die Gedanken in ihrem Kopf wild durcheinanderwirbelten. Seine Eltern waren tot, und sie hatte sich darauf verlassen, dass sie ihn unter Kontrolle halten würden. Das war der Handel gewesen,

den sie mit ihnen abgeschlossen hatte: Wenn sie Roger von ihr fern-
hielten, würde sie nicht mit den Fotos und dem ärztlichen Attest, das
bewies, dass er sie geschlagen hatte, an die Presse gehen, die sich nach
dem Skandal die Finger lecken würde. Ein männliches Mitglied der
Familie Beckman, einer der reichsten und angesehensten Familien in
Philadelphia, das seine Frau krankenhausreif schlug!

Am Anfang hatte sie ihre Schwiegereltern aufrichtig gemocht, aber
ihre Zuneigung war unwiderruflich gestorben, als diese dafür gesorgt
hatten, dass Roger keine Probleme bekam, nachdem er Michelle das
erste Mal verprügelt hatte. Da hatte sie die Schwäche seiner Eltern
gesehen und sich gezwungen abzuwarten. Einmal war sie verzweifelt genug gewesen, sich ihrem Vater anzuvertrauen, aber der hatte
nicht lange gebraucht, um sich selbst davon zu überzeugen, dass sie
einfach nur übertrieb. In einer Ehe mussten sich beide Partner immer
erst aneinander gewöhnen, und dass Michelle übermäßig verwöhnt
war, stand fest. Wahrscheinlich hatte sich das junge Paar nur über eine
Kleinigkeit gestritten und musste sich erst zusammenraufen. So oder
ähnlich musste er gedacht haben.

Damals hatte sie sich plötzlich schrecklich einsam gefühlt, aber sie
hatte trotzdem nicht aufgehört, ihren Vater zu lieben. Und er liebte
sie ebenfalls, das wusste sie, wenngleich sie für ihn eher wie eine
Puppe war, kein Mensch aus Fleisch und Blut. Sein perfekter, heiß
geliebter Liebling. Dass es solche schlimmen Sachen in ihrem Leben
geben sollte, wollte er nicht wahrhaben. Sie musste einfach glücklich
sein, weil alles andere bedeuten würde, dass er nach dem Tod ihrer
Mutter als Vater, Beschützer und Versorger versagt hatte. Um seinet-
willen musste er daran glauben, dass sie glücklich war. Das war seine
Schwachstelle gewesen, deshalb hatte sie für sie beide stark sein müssen. Sie hatte ihn und sich selbst beschützen müssen.

Es war völlig undenkbar, dass sie je wieder zu Roger zurückgehen würde. Dieser Albtraum war ein für alle Mal vorbei, sie hatte die
Scherben ihres Lebens aufgelesen und war weitergegangen. Aber die
Erinnerungen und die Angst waren noch da, sie brauchte nur Rogers
Stimme zu hören, und schon brach ihr der kalte Schweiß aus. Die alten Gefühle von Verletzlichkeit und Einsamkeit stiegen in ihr auf, sodass sie sich ganz elend fühlte.

Sie drehte sich um und versuchte die alten Erinnerungen abzuschütteln, indem sie den letzten Rest ihres Kaffees austrank. Am
besten war es, aktiv zu sein und sich mit allen möglichen Dingen
zu beschäftigen. So hatte sie es gemacht, nachdem sie es endlich ge-

schafft hatte, sich von Roger zu trennen. Anschließend war sie zwei Jahre durch die Welt gereist, weil ihr Vater geglaubt hatte, das würde sie auf andere Gedanken bringen, womit er auch recht gehabt hatte. Dann war er gestorben, und jetzt musste sie richtig hart arbeiten, eine Arbeit, die sie erschöpfte, aber irgendwie auch etwas Heilendes hatte, weil es die erste sinnvolle Arbeit in ihrem Leben war.

Es fraß schon den ganzen Vormittag an ihm.

Bereits beim Aufstehen war er schlecht gelaunt gewesen, sein ganzer Körper schmerzte vor Frustration, als wäre er ein von seinen Hormonen getriebener Teenager. Dabei war er schon lange kein Teenager mehr, aber seine Hormone bereiteten ihm trotzdem die Hölle, und er wusste auch genau, warum. Er hatte in der Nacht kein Auge zugetan, weil er dauernd daran denken musste, wie weich Michelle sich an ihm angefühlt und wie süß sie geschmeckt hatte. Und sie wollte ihn auch. Seine Erfahrung war die Garantie dafür, dass er sich in diesem Punkt nicht irrte. Aber er hatte sie zu sehr gedrängt, angetrieben von der Ungeduld zehn langer Jahre, in denen er einen Stich gehabt hatte, den er sich nicht hatte kratzen können. Aber sie hatte sich gesträubt. Er hatte ihr vorgeschlagen, mit ihrem Körper zu bezahlen, und das hatte ihr nicht gefallen. Aber welcher Frau hätte das schon gefallen? Sogar diejenigen Frauen, die dazu bereit waren, erwarteten, dass man mit Stillschweigen darüber hinwegsah, und Michelle war anmaßender als die meisten anderen Frauen.

Obwohl sie gestern gar nicht anmaßend gewirkt hatte. Sein Gesicht verfinsterte sich noch mehr. Sie hatte es versucht, aber es hatte nicht geklappt. Ihre kalte Hochnäsigkeit hatte sich in Luft aufgelöst. Sie war völlig pleite und hatte niemanden, zu dem sie gehen konnte. Vielleicht hatte sie ja Angst und fragte sich, was sie ohne das finanzielle Polster, das sie immer gehabt hatte, machen sollte. Sie war praktisch hilflos, sie hatte keinerlei Berufserfahrung oder andere Fähigkeiten vorzuweisen, außer einer feinen Lebensart, die auf dem Arbeitsmarkt allerdings nicht viel wert war. Und sie war ganz allein dort auf dieser Ranch, ohne jede Hilfe.

Er schnaubte ungehalten und befahl seinem Pferd, kehrtzumachen. „Ich bin bald zurück", informierte er Nev, während er dem Pferd die Absätze in die Flanken drückte.

Nev schaute ihm nach. „Viel Spaß", brummte er. So missmutig hatte er den Boss überhaupt noch nie erlebt. Zum Glück war er jetzt weg, es würde eine Erleichterung sein, ohne ihn zu arbeiten.

Johns Stute legte die Strecke leichtfüßig zurück; sie war groß und kräftig und neigte etwas zur Sturheit, aber diesen Kampf hatten sie schon vor langer Zeit ausgefochten. Jetzt akzeptierte das Pferd die Überlegenheit der stählernen Beine und der starken ruhigen Hände seines Reiters.

Je länger John darüber nachdachte, desto weniger gefiel ihm die Sache. Michelle versuchte die ganze Arbeit auf der Ranch allein zu machen. Das passte nicht zu dem, was er von ihr wusste, aber ihre zarten Hände trugen unübersehbar die Spuren. Er verachtete jeden, der gute, ehrliche Arbeit verabscheute und erwartete, dass jemand anders sie für ihn erledigte, aber irgendetwas ganz tief in ihm Verwurzeltes empörte sich gegen die Vorstellung, dass Michelle auch nur versuchen könnte, die schwere Arbeit auf der Ranch ganz allein zu erledigen. Verdammt, warum hatte sie nicht um Hilfe gebeten? Zu arbeiten war das eine, aber kein Mensch erwartete von ihr, dass sie sich plötzlich in einen Cowboy verwandelte. Dafür war sie längst nicht robust genug, er hatte sie schließlich in seinen Armen gehalten und gespürt, wie zierlich sie gebaut war. Das, was sie da zu machen versuchte, war harte Männerarbeit, und zwar für mehr als nur einen Mann.

Schön, er würde sich um alles kümmern, egal, ob ihr das passte oder nicht. Er hatte das dumpfe Gefühl, dass es ihr ganz und gar nicht passen könnte, aber das würde er überleben. Sie war zu sehr daran gewöhnt, dass sich irgendwer um sie kümmerte, und jetzt war, wie er ihr schon gesagt hatte, er an der Reihe.

Der gestrige Tag hatte alles verändert. Er hatte ihre Reaktion gespürt, hatte gefühlt, wie ihr Mund weich geworden und mit seinem verschmolzen war. Sie wollte ihn also auch, und dieses Wissen machte ihn nur noch entschlossener, sie zu bekommen.

Als er zum Ranchhaus kam und klopfte, öffnete sie nicht, und der alte Truck stand auch nicht auf seinem üblichen Parkplatz in der Scheune. John stemmte die Hände in die Hüften und schaute sich mit gerunzelter Stirn um. Vielleicht war sie ja in die Stadt gefahren, obwohl es nur schwer vorstellbar war, dass Michelle Cabot sich mit dieser alten Klapperkiste, die sie da fuhr, in der Öffentlichkeit sehen ließ. Aber es war ihr einziger fahrbarer Untersatz, von daher hatte sie keine große Wahl.

Vielleicht war es ja besser, dass sie nicht da war. So konnte er sich wenigstens auf der Ranch umschauen, ohne dass sie fauchend wie eine wütende Katze hinter ihm hergerast kam. Unter anderem würde er sich die Herde auf der Südweide anschauen. Er wollte wissen, wie viele Rinder es noch waren und in was für einem Zustand sie sich befanden. Eine große Herde konnte es nicht mehr sein, damit wäre sie allein nicht zurechtgekommen, aber zu ihrem Besten konnte er nur hoffen, dass die Tiere in Schuss waren, sodass sie noch einen fairen Preis dafür erzielte. Am besten, er kümmerte sich selbst darum, damit man sie nicht übers Ohr haute. Das Viehgeschäft war nämlich nichts für Anfänger.

Er schwang sich wieder in den Sattel. Zuerst ritt er auf die Ostweide, wo ihrer Aussage nach der Zaun niedergetrampelt sein sollte. Was auch stimmte. Der Zaun musste in großen Teilen erneuert werden, und John überschlug schnell im Kopf, wie viel Meter Stacheldraht er brauchen würde. Die Ranch war insgesamt heruntergewirtschaftet, aber Zäune waren wichtig, sie hatten Vorrang.

Erst nach zwei Stunden erreichte er schließlich die Südweide. Auf einer Hügelkuppe, von der aus er einen guten Überblick hatte, zügelte er sein Pferd. Zwischen seinen Brauen bildete sich eine steile Falte, während er sich, den Hut mit dem Daumen ins Genick schiebend, umschaute. Es war keine große Herde, die dort über die Weide verstreut graste, aber es waren doch weit mehr Rinder als erwartet. Die Weide war schon ziemlich abgegrast, aber überall verstreut herumliegende Heuhaufen zeugten von Michelles Anstrengungen, die Herde angemessen zu füttern. Gereiztheit stieg in ihm auf, als er sich vorstellte, wie sie mit den schweren Heuballen kämpfte, von denen manche wahrscheinlich mehr wogen als sie selbst.

Als er Michelle gleich darauf entdeckte, schlug seine Gereiztheit in Wut um. Der alte Truck stand unter einer Baumgruppe, weshalb er ihn wahrscheinlich nicht gleich entdeckt hatte, und sie war ebenfalls da unten und plagte sich ab, den Stacheldraht für einen neuen Zaun zu spannen. Einen Zaun hochzuziehen war ein Zweimannjob, einer allein konnte den Stacheldraht nicht halten, und es bestand immer die Gefahr, dass man sich verletzte. Dieses Dummchen! Wenn sie sich in dem Stacheldraht verhedderte, würde sie sich ohne Hilfe nicht daraus befreien können, und diese Drähte konnten einen wirklich auftrennen. Der Gedanke, wie sie blutend in einer Rolle Stacheldraht verheddert dalag, machte ihn ganz krank.

Er ritt den langen Abhang hinunter auf die Stelle zu, wo sie arbeitete, wobei er sich absichtlich Zeit ließ, um seine Wut in den Griff zu bekommen. Als sie zufällig aufschaute, entdeckte sie ihn, und selbst auf die Entfernung hin sah er, wie sie sich versteifte. Dann wandte sie sich wieder ihrer Aufgabe zu, die darin bestand, den Stacheldraht an

den Pfosten zu hämmern, wobei ihre heftigen Bewegungen ihre Verärgerung über sein Auftauchen erkennen ließen.

Ohne sie aus den Augen zu lassen, schwang er sich vom Pferd und
schlang die Zügel um einen tief hängenden Ast. Dann zog er wortlos den Anfang der Stacheldrahtrolle zu dem nächsten Pfosten und
hielt ihn straff, während Michelle, ebenfalls ohne etwas zu sagen, die
Krampen einschlug. Wie er trug auch sie kurze Arbeitshandschuhe
aus Leder, aber ihre waren ein Paar von irgendwem zurückgelassene
alte Männerhandschuhe, die ihr viel zu groß waren. Deshalb musste
sie sich immer den rechten Handschuh auszuziehen, wenn sie aus der
Tüte eine neue Krampe holen wollte, weil sie sie sonst nicht zu fassen bekam. So kam sie zwar besser zurecht, aber er sah, dass sie sich
schon die ganze Hand am Stacheldraht zerkratzt hatte. Manche Kratzer waren so tief, dass sie bluteten, und er hatte gute Lust, sie zu
schütteln, bis ihre Zähne klapperten.

„Reicht dein Verstand nicht aus, um zu wissen, dass man so einen
Zaun nicht allein aufstellen kann?", fuhr er sie an, während er den
Draht wieder straff zog.

Sie hämmerte mit abweisendem Gesicht weiter. „Es muss gemacht
werden. Also mache ich es."

„Jetzt nicht mehr."

Seine schroffe Bemerkung veranlasste sie, sich aufzurichten, ihre
Hand schloss sich fest um den Hammergriff. „Du willst das Geld so-
fort", sagte sie tonlos, während sie mit einem Blick die Rinder streifte.
Sie war blass.

„Wenn es sein muss." Er entwand ihr den Hammer, dann bückte er
sich und griff nach dem Säckchen mit den Krampen. Er ging zu dem
Truck hinüber und warf es in den Fußraum, dann hievte die Rolle
Stacheldraht auf die Ladefläche. „Das wird halten, bis ich mit meinen
Männern hier rauskomme, um es richtig zu machen. Los, fahren wir."

Nur gut, dass er ihr den Hammer weggenommen hatte. Ihre Hände ballten sich zu Fäusten. „Ich will aber nicht, dass deine Männer
hier rauskommen und es richtig machen! Bis jetzt ist das hier immer
noch mein Land, und ich bin nicht bereit, den Preis für deine Hilfe
zu bezahlen."

„Ich lasse dir aber keine Wahl." Er packte sie am Arm, und obwohl
sie es versuchte, schaffte sie es doch nicht, sich aus seinem Griff zu
befreien, während er sie hinüber zu ihrem Truck zerrte, die Tür öffnete und sie auf den Sitz verfrachtete. Dann ließ er sie los, knallte die
Tür zu und trat einen Schritt zurück.

„Fahr vorsichtig, Honey. Ich bin direkt hinter dir."

Sie fuhr vorsichtig, die Weide war zu holprig, um schnell zu fahren, auch wenn die Klapperkiste dazu in der Lage gewesen wäre. Sie wusste, dass er zu Pferd mit ihr Schritt halten konnte, auch wenn sie nicht ein einziges Mal in den Rückspiegel schaute. Sie wollte ihn nicht sehen, sie wollte nicht daran denken, dass sie ihre Rinder verkaufen musste, um ihre Schulden zu bezahlen. Das würde für die Ranch unweigerlich das Aus bedeuten.

Sie hatte gehofft, dass er sich heute nicht blicken lassen würde, obwohl diese Hoffnung nicht allzu groß gewesen war. Nachdem sie heute Morgen mit Roger gesprochen hatte, hatte sie sich nur noch gewünscht, in Ruhe gelassen zu werden. Sie brauchte Zeit, um ihre Fassung wiederzufinden und all die hässlichen Erinnerungen wegzuschieben, die wieder hochgekommen waren, aber John hatte ihr diese Zeit nicht gelassen. Er wollte sie und hatte wie ein Raubtier ihre Verletzlichkeit gewittert, und jetzt machte er sich daran, diese auszunutzen.

Sie stellte den Pick-up in der Scheune ab. Als sie ausstieg, kam John auf seinem Pferd herein, wobei er den Kopf ein bisschen einziehen musste, um sich nicht am Türrahmen zu stoßen. „Ich trockne nur schnell das Pferd ab und gebe ihm Wasser", sagte er schroff. „Du kannst schon mal ins Haus gehen. Ich komme gleich nach."

Sollte sie sich jetzt besser fühlen, weil das Unvermeidliche noch eine kleine Weile aufgeschoben wurde? Statt direkt ins Haus zu gehen, holte sie erst noch draußen die Post. Früher war ihr Briefkasten fast jeden Tag mit Zeitschriften, Katalogen, Tageszeitungen, Briefen von Freunden und Geschäftspost vollgestopft gewesen, aber heute bekam sie nur noch Werbezettel und Rechnungen. Es war schon seltsam, wie die Post, die ein Mensch bekam, seine finanziellen Verhältnisse widerspiegelte, es war fast, als ob niemand auf der Welt mit jemandem, der bankrott war, kommunizieren wollte. Bis auf die Mahnungen für die Rechnungen natürlich. In diesen Fällen wurde die Kommunikation ernst. Als ihr Blick auf einen vertrauten Umschlag fiel, beschlich sie ein mulmiges Gefühl. Die Stromrechnung war überfällig, die erste Mahnung hatte sie bereits bekommen, und hier war die zweite. Sie musste das Geld schnell beschaffen, sonst würde man ihr den Strom abdrehen. Obwohl sie wusste, was es war, riss sie den Umschlag auf und überflog die Mahnung. Sie hatte zehn Tage Zeit, um ihre Schulden zu begleichen. Sie schaute auf das Datum und sah, dass der Brief drei Tage unterwegs gewesen war. Womit ihr nur noch sieben Tage blieben.

Aber warum sollte sie sich um die Stromrechnung Gedanken machen, wenn sie doch sowieso bald keine Ranch mehr besitzen würde? Sie spürte eine große Müdigkeit in sich aufsteigen, als sie das stille, kühle Haus betrat und für einen Moment stehen blieb, um nach der brütenden Hitze draußen die Kühle zu genießen. Sie stopfte die Mahnung und die Werbezettel in dieselbe Kommodenschublade, in die sie auch die Originalrechnung sowie die erste Mahnung gestopft hatte. Vergessen würde sie sie ohnehin nicht, aber so hatte sie sie wenigstens nicht dauernd im Blick.

Sie war gerade dabei, in der Küche ein Glas Wasser zu trinken, als sie hörte, wie die Fliegendrahttür ins Schloss fiel, dann klapperten Stiefelabsätze auf dem Eichenholzfußboden, als John den Flur hinunterging. Obwohl sie weitertrank, war ihr überdeutlich bewusst, dass er durchs Haus auf sie zukam. Sie wusste exakt, wann er die Küche betrat, obwohl sie mit dem Rücken zu ihm stand. Ihre Haut fing plötzlich an zu kribbeln, als ob sich die Luft elektrisch aufgeladen hätte, und das Haus schien nicht länger kühl zu sein.

„Zeig mir deine Hände." Er stand so dicht hinter ihr, dass sie sich nicht umdrehen konnte, ohne ihn zu berühren, deshalb blieb sie einfach stehen. Er nahm ihre linke Hand und hob sie hoch.

„Sind doch nur ein paar Kratzer", brummte sie.

Sie hatte recht, aber das änderte nichts daran, dass er wütend war. Sie hätte überhaupt keine Kratzer haben dürfen; sie sollte einfach nicht versuchen, einen Zaun zu reparieren. Ihre Hand lag wie ein kleiner zarter Vogel, der zu müde ist, um zu fliegen, in seiner viel größeren, schwieligeren Hand, und plötzlich wusste er, dass das Bild stimmte. Sie war müde.

Er langte um sie herum, um das Wasser anzudrehen, dann wusch er ihre Hand behutsam mit Seife und spülte sie unter dem Wasserstrahl ab. Michelle beeilte sich, ihr Glas abzustellen, bevor es ihr aus den zitternden Fingern gleiten konnte, dann stand sie bewegungslos mit gesenktem Kopf da. Er war so warm an ihrem Rücken, dass sie sich völlig von ihm eingehüllt fühlte, während er ihr so zärtlich wie eine Mutter ihrem Säugling die Hand wusch. Diese Zärtlichkeit betörte ihre Sinne, und sie ließ den Kopf noch ein bisschen weiter nach unten sinken, um zu verhindern, dass er gegen seine Schulter sank.

Die Seife war jetzt abgespült, aber er hielt ihre Hand trotzdem noch unter das laufende Wasser, während seine Finger sie leicht strei-chelten. Sie erschauerte und versuchte die Sinnlichkeit, die seiner Berührung innewohnte, zu übersehen. Er wusch ihr doch bloß die Hand ab! Das Wasser war warm, aber seine Hand war noch wärmer, und seine Schwielen fühlten sich rau an auf ihrer Haut. Sein Daumen beschrieb kleine Kreise auf der empfindsamen Innenseite ihrer Hand, und Michelle spürte, wie sie sich versteifte. Ihr Puls fing an zu rasen, ihr wurde heiß. „Hör auf damit", sagte sie mit belegter Stimme und versuchte, ihm ihre Hand zu entziehen, doch vergeblich.

Er drehte mit seiner Rechten das Wasser ab, dann legte er sie ihr auf den Bauch, spreizte die Finger und presste ihren Rücken an sei-nen Körper. Seine Hand war nass, sie spürte die Nässe durch den Stoff ihres Hemds sickern und seine versengende Hitze im Rücken. Aus dieser verführerischen Hitze stieg der Geruch nach Pferd und Mann auf. Alles an dem Mann war dazu angetan, die Frauen anzulocken.

„Dreh dich um und küss mich", befahl er mit leiser Stimme.

Sie blieb bewegungslos stehen.

Er drängte sie nicht, obwohl sie beide wussten, dass sie es nicht ge-schafft hätte, ihm zu widerstehen, wenn er es getan hätte. Stattdessen trocknete er ihre Hand ab, dann führte er sie ins Bad und forderte sie auf, sich auf den Toilettendeckel zu setzen, während er unendlich be-hutsam die Kratzer mit Desinfektionsmittel auswusch.

Nachdem er fertig war, fragte sie wie betäubt: „Wann willst du das Geld?"

Er presste die Lippen zusammen, während er sich aufrichtete und sie hochzog. „Ich will kein Geld."

Als sie ihn anschaute, blitzte in ihren Augen ein grünes Feuer auf. „Ich werde aber nicht zur Hure, auch nicht für dich! Glaubst du wirk-lich, ich würde die erstbeste Gelegenheit beim Schopf ergreifen, um mit dir zu schlafen? Du scheinst deinem Spitznamen gerecht werden zu wollen … Zuchthengst."

Er wusste, dass die Leute ihn so nannten, aber aus Michelles Mund triefte das Wort nur so vor Hohn. Er hatte diesen Ton bei ihr schon immer gehasst, so eisig und anmaßend, und jetzt bewirkte er, dass er rotsah. Er beugte den Kopf, bis sein Gesicht ganz dicht vor ihrem war und ihre Nasen sich fast berührten. Seine schwarzen Augen glit-zerten vor Wut. „Wenn wir erst im Bett sind, kannst du dir ja selbst ein Urteil bilden."

„Ich gehe aber nicht mit dir ins Bett", stieß sie zwischen zusammen-gebissenen Zähnen hervor.

„Natürlich wirst du mit mir ins Bett gehen. Aber nicht wegen dieser verdammten Ranch." Er richtete sich wieder zu seiner vollen Größe auf und ergriff sie am Arm. „Bringen wir erst diese Sache hinter uns, damit sie ein für alle Mal aus der Welt ist und du mir nichts mehr vorwerfen musst."

„Du hast doch damit angefangen", konterte sie, während sie in die Küche zurückkehrten. Er ließ mehrere Eiswürfel in ein Glas fallen und füllte es mit Wasser, dann faltete er seine große Gestalt auf einem der Stühle zusammen. Als sie beobachtete, wie sich die Muskeln an seinem Hals bewegten, während er ihr Glas austrank, erschauerte sie. Sie schaute schnell weg und verwünschte sich selbst dafür, dass sie allein auf seinen Anblick dermaßen heftig reagierte.

„Das war ein Fehler", sagte er schroff, während er das Glas mit einem Knall abstellte. „Geld hat nichts damit zu tun. Wir schleichen schon seit dem Tag, an dem wir uns kennengelernt haben, umeinander herum und gehen aufeinander los wie brunftige Katzen. Es wird höchste Zeit, dass wir etwas dagegen unternehmen. Was die Schulden anbelangt, muss ich mich entscheiden, was ich will. Wenn du mir das Land verkaufst, sind wir quitt."

Sie wusste nicht, was sie sagen sollte. Einerseits hätte sie ihn am liebsten angeschrien, weil er sich so sicher war, dass sie mit ihm schlafen wollte, und andererseits fiel ihr ein Stein vom Herzen, dass sie ihre Schulden so einfach loswurde. Er hätte sie ruinieren können, aber das hatte er nicht getan. Obwohl er natürlich kein schlechtes Geschäft machte, er bekam gutes Weideland, und das wusste er auch.

Es war eine Atempause, mit der sie nicht gerechnet hatte, und sie wusste nicht, wie sie damit umgehen sollte, deshalb setzte sie sich einfach hin und starrte ihn wortlos an. Er wartete, doch als sie immer noch nichts sagte, lehnte er sich zurück, und sein hartes Gesicht wurde noch entschlossener, als er sagte: „Die Sache hat aber einen Haken."

Ihre Hochstimmung verflog im Nu, und ein Gefühl der Leere machte sich in ihr breit. „Lass mich raten", sagte sie bitter, während sie mit ihrem Stuhl zurückrutschte und aufstand. Dann waren sie jetzt also doch wieder da, wo sie angefangen hatten.

Er verzog süffisant den Mund. „Falsch geraten, Honey. Der Haken ist, dass du mich dir helfen lassen musst. Meine Männer übernehmen von jetzt an die Schwerarbeit, und wenn ich nur noch ein einziges Mal höre, dass du selbst versuchst, einen Zaun zu reparieren, wirst du einen Monat lang auf einem Kissen sitzen."

„Wenn deine Männer meine Arbeit machen, bleibe ich dir aber trotzdem noch etwas schuldig."

„So etwas nenne ich Nachbarschaftshilfe."

„Ich nenne es einen Trick, mich abhängig zu machen."

„Nenn es, wie du willst, aber das ist der Deal. Du bist eine Frau, nicht zehn Männer; du hast einfach nicht die Konstitution für diese Art Arbeit, und Hilfe kannst du dir nicht leisten. Du hast keine Wahl, also hör endlich auf, dich zu wehren. Außerdem bist du selbst schuld und jetzt musst du es ausbaden. Wärst du nicht immer so versessen darauf gewesen, nach St. Moritz zu fahren, wärst du jetzt nicht in dieser Lage."

Sie fuhr zurück, die grünen Augen fest auf ihn gerichtet. Ihr Gesicht war blass. „Was meinst du damit?"

John stand auf, wobei er sie mit diesem vertrauten Blick anschaute, der besagte, dass er nicht allzu viel von ihr hielt. „Ich meine, dass sich dein Daddy das Geld zumindest zum Teil deshalb von mir geborgt hat, damit er dir letztes Jahr deine Reise nach St. Moritz finanzieren konnte. Er hatte finanziell ziemlich zu kämpfen, aber das war dir offenbar egal, solange du nur deinen Lebensstil weiterhin beibehalten konntest, oder?"

Sie war schon vorher blass gewesen, aber jetzt war sie weiß wie die Wand. Sie starrte ihn an, als ob er sie geohrfeigt hätte, und erst zu spät sah er, dass er sie tief getroffen hatte. Er ging eilig um den Tisch herum und streckte die Hand nach ihr aus, aber sie wich aus und zog sich wie ein verwundetes Tier in sich selbst zurück. Was für eine Ironie des Schicksals, dass sie sich jetzt abrackern musste, um die Schulden für eine Reise zurückzuzahlen, die sie nie hatte machen wollen! Sie hatte nur irgendwo allein an einem ruhigen Ort sein wollen, um sich ihre Wunden zu lecken und sich von einer traumatischen Ehe zu erholen, aber ihr Vater hatte sie bestürmt, ihr Leben wie gewohnt weiterzuführen, und sie hatte nicht widersprochen, weil es ihn glücklich gemacht hatte.

„Ich wollte ja gar nicht fahren", sagte sie wie vor den Kopf geschlagen, und zu ihrem Entsetzen schossen ihr die Tränen in die Augen. Sie wollte nicht weinen und schon gar nicht vor Rafferty. Aber sie war müde und aus dem Gleichgewicht, immer noch verstört von Rogers Anruf heute Morgen, und das war jetzt anscheinend der sprichwörtliche Tropfen, der das Fass zum Überlaufen brachte. Heiße Tränen strömten ihr über die Wangen.

„Gott, nicht", brummte er erschrocken und schlang seine Arme um sie, wobei sich ihr Gesicht gegen seine Brust presste. Diese Tränen fuhren ihm wie eine Klinge durchs Herz, er hatte sie noch nie weinen sehen. Die Michelle Cabot, die er kannte, war dem Leben entweder mit einem Lachen oder mit einer scharfen Erwiderung begegnet, aber nie mit Tränen. Eine spitze Zunge zog er diesem tonlosen Weinen entschieden vor.

Für einen kurzen Moment lehnte sie sich an ihn und ließ es zu, dass er sie stützte. Es war zu verführerisch. Wenn er seine Arme um sie legte, wollte sie alles um sich herum vergessen. Dieser Gedanke erschreckte sie, und sie versteifte sich in seinen Armen, dann machte sie sich von ihm frei. Sie fuhr sich über die Augen und blinzelte trotzig ihre Tränen weg.

„Ich dachte, das hättest du gewusst." Seine Stimme war ganz ruhig.

Sie warf ihm einen ungläubigen Blick zu, bevor sie sich abwandte. Wofür hielt er sie eigentlich? Offenbar war sie in seinen Augen nicht nur eine gewöhnliche Hure, sondern darüber hinaus auch noch strohdumm.

„Nein, ich wusste es nicht. Obwohl das auch nichts ändert. Das Geld schulde ich dir trotzdem."

„Wir werden morgen zu meinem Anwalt gehen und den Kaufvertrag aufsetzen, und dann hat es sich mit diesen verdammten Schulden. Ich bin um neun bei dir, also sieh zu, dass du fertig bist. Außerdem schicke ich gleich morgen früh ein paar Männer vorbei, die sich um den Zaun kümmern und das Heu auf die Weide bringen."

Er war offenbar nicht bereit, in diesem Punkt nachzugeben, und er hatte ja recht: Es war zu viel für sie, zumindest im Moment. Sie konnte nicht alles machen, einfach deshalb, weil es für eine Person allein zu viel war. Wenn sie erst die Rinder noch ein bisschen gemästet und ein paar davon verkauft hatte, würde sie vielleicht etwas Geld haben, um wenigstens eine Halbtagskraft bezahlen zu können.

„Also gut. Aber schreib es auf, was ich dir schulde. Wenn die Ranch erst mal wieder richtig läuft, zahle ich dir jeden Cent zurück." Sie hob das Kinn, als sie ihn wieder anschaute, ihr Blick war distanziert und stolz. Das löste nicht alle ihre Probleme. Sie brauchte immer noch das Geld, um ihre Rechnungen zu bezahlen, aber sie würde sich schon etwas einfallen lassen.

„Wenn du meinst, Honey", sagte er schleppend und legte seine Hände um ihre Taille.

Sie hatte nur noch Zeit, kurz Atem zu holen, und dann lag auch schon sein Mund so warm und hart und betörend, wie sie es erinnerte, auf ihrem. Seine Hände legten sich fester um ihre Taille und zogen sie an sich, der Kuss vertiefte sich, und seine Zunge drängte sich zwischen ihre Lippen. Begierde flammte auf. Sie hatte immer gewusst, dass sie, wenn sie ihn erst einmal berührt hatte, nicht genug von ihm bekommen würde.

Sie küssten sich lange und leidenschaftlich, und am Ende war er es, der den Kuss beendete und sie losließ.

„Ich muss wieder an die Arbeit", brummte er, aber in seinen Augen lagen Leidenschaft und ein dunkles Versprechen. „Sei morgen bereit."

„Ja", flüsterte sie.

4. KAPITEL

*N*icht lange nach Sonnenaufgang am nächsten Morgen fuhren zwei Pick-ups, beladen mit allerlei Werkzeug und fünf von Johns Männern, vor dem Ranchhaus vor. Michelle bot ihnen eine Tasse frisch aufgebrühten Kaffee an, was sie jedoch höflich ablehnten. Nachdem sie auf die Weide gefahren waren, hatte Michelle zum ersten Mal seit Wochen nichts zu tun.

Sie überlegte, was sie früher mit sich angefangen hatte, aber die vergangenen Jahre waren aus ihrer Erinnerung wie ausgelöscht. Was hatte sie früher mit ihrer Zeit getan? Sie wusste es nicht.

Als John um kurz nach neun kam, war sie schon seit über einer Stunde fertig und ging auf die Veranda, um ihn zu begrüßen. Er blieb an der Treppe stehen und schaute sie anerkennend an. „Hübsch", murmelte er gerade laut genug, dass sie es hörte. Sie sah so aus wie sie eigentlich immer aussehen sollte, kühl und elegant in ihrem blassgelben Seidenkleid, das in der Taille raffiniert von zwei großen weißen Knöpfen betont wurde. Die Schultern waren leicht gepolstert, wodurch ihr zierlicher Knochenbau betont wurde, und am Revers trug sie einen weißen Pfau aus Emaille. Das hellblonde Haar hatte sie sich straff aus dem Gesicht gekämmt und im Nacken zu einem eleganten Knoten zusammengesteckt, während eine überdimensionale Sonnenbrille ihre Augen abschirmte. Als ihm der quälende Duft eines teuren Parfüms in die Nase stieg, begann sich sein Körper zu erhitzen. Sie war vornehm und elegant vom Scheitel bis zu ihren zierlichen Füßen. Wahrscheinlich war sogar ihre Unterwäsche aus Seide, und er wollte sie ihr Stück für Stück ausziehen, um sie dann nackt auf sein Bett zu legen. Ja, ganz genau so sollte sie immer aussehen.

Michelle schob sich ihre schmale weiße Tasche unter den Arm und ging dann mit ihm zum Auto, dankbar dafür, dass die Sonnenbrille ihre Augen verdeckte. John war ein schwer arbeitender Rancher, aber wenn die Gelegenheit es erforderte, konnte er sich anziehen wie ein Anwalt aus Philadelphia. Hochgewachsen wie er war, mit breiten Schultern und schmalen Hüften stand ihm natürlich alles, aber der strenge graue Anzug, den er trug, unterstrich seine Männlichkeit noch. Statt des üblichen Pick-up fuhr er heute einen dunkelgrauen zweisitzigen Mercedes, ein schnittiges Schmuckstück, das sie an ihren Porsche erinnerte, den sie nach dem Tod ihres Vaters hatte verkaufen müssen, weil sie dringend Geld brauchte.

„Du hast gesagt, dass deine Männer mir helfen", sagte sie, als sie ein paar Minuten später unterwegs waren, ausdruckslos. „Aber du hast nichts davon gesagt, dass sie das Kommando übernehmen und alles allein machen."

Er hatte ebenfalls eine Sonnenbrille aufgesetzt, und die dunklen Gläser verbargen den Blick, mit dem er ihr verschlossenes Profil streifte. „Sie werden die schwere Arbeit machen."

„Wenn die Zäune repariert und die Rinder auf der Ostweide sind, komme ich wieder allein zurecht."

„Und was ist mit Desinfizieren, Kastrieren, Brandmarken, lauter Sachen, die du schon im Frühjahr hättest machen sollen? Du kannst das nicht allein. Du hast keine Pferde, keine Männer, und mit deiner alten Klapperkiste kannst du garantiert keinen jungen Bullen mit dem Lasso einfangen."

Ihre schlanken Hände ballten sich zu Fäusten. Warum hatte er bloß dauernd recht? All das konnte sie wirklich nicht tun, aber genauso wenig konnte sie sich damit zufriedengeben, nur nutzloser Zierrat zu sein. „Ich weiß, dass ich das nicht allein kann, aber ich kann wenigstens helfen."

„Ich werde darüber nachdenken", versprach er, aber er wusste schon jetzt, dass er es nicht zulassen würde. Was konnte sie denn schon tun? Es war harte, dreckige, stinkende, blutige Arbeit.

„Es ist meine Ranch", erinnerte sie ihn in eisigem Ton. „Entweder ich helfe, oder der Deal platzt."

John sagte nichts darauf. Es hatte keinen Sinn, sich herumzustreiten. Er würde es schlicht nicht erlauben, Punkt. Aber das würde er ihr erst sagen, wenn es so weit war, und wenn er ihr dann auch noch genau erklärte, warum, würde sie schon klein beigeben.

Gegen Mittag verließen sie die Anwaltskanzlei, es war keine große Sache gewesen. Das Land würde vermessen werden, dann würde der Anwalt den Kaufvertrag aufsetzen. Und wenn sie unterschrieben hatte, würde Johns Ranch ein bisschen größer sein, während ihre geschrumpft war, aber Michelle war trotzdem froh, dass er ihr diese Lösung angeboten hatte. So hatte sie wenigstens noch eine Chance.

Anschließend gingen sie essen, wobei sie das Pech hatten, Bitsy Sumner, einer Bekannten von Michelle aus Palm Beach über den Weg zu laufen. Bitsy schwatzte wie üblich so viel dummes Zeug, dass Michelle am liebsten im Boden versunken wäre, als sie Johns verächtlich nach unten gezogene Mundwinkel sah.

Da John nachmittags noch einen Termin gehabt hatte, der länger gedauert hatte als erwartet, war die Dunkelheit bereits hereingebro-

chen, als sie Tampa verließen. Aber Michelle hatte sich nicht gelangweilt, weil John ihr erlaubt hatte mitzukommen, und was sie gehört
hatte, war so interessant gewesen, dass die Zeit wie im Flug vergangen war. Als sie fertig waren, war es bereits nach sechs gewesen, aber
sie hatten trotzdem beschlossen, noch in einem netten kleinen Restaurant zu Abend zu essen, sodass zwei weitere Stunden vergingen,
bis sie sich schließlich auf den Heimweg machten. Schon kurz nach
der Abfahrt schlief Michelle ein.

Seine tiefe samtweiche Stimme weckte sie. „Wir sind zu Hause,
Honey. Leg deine Arme um meinen Hals."

Als sie die Augen öffnete, sah sie ihn in der offenen Autotür über
sie gebeugt dastehen und blinzelte ihn schläfrig an. „Was? Schon?
Habe ich die ganze Fahrt verschlafen?"

„Wie ein Baby." Er streifte kurz und zärtlich ihre Lippen mit seinen,
und gleich darauf glitten seine Arme um ihren Nacken und unter ihre
Knie. Sie schnappte überrascht nach Luft, als er sie hochhob, dann
legte sie ihre Arme um seinen Hals. Es hatte kurz nach der Abfahrt
angefangen zu regnen und regnete immer noch, aber er hatte schon
vorhin beim Schlafen seine Anzugjacke über sie gebreitet, die jetzt
den größten Teil des Regens abhielt, während er sie schnell durch die
Dunkelheit trug.

„Ich bin wach, ich kann doch laufen", protestierte sie, während sich
ihr Herzschlag als Reaktion auf seine Nähe beschleunigte. Er trug
sie so mühelos die Verandatreppe hinauf, als wöge sie nicht mehr als
ein Kind.

„Ich weiß", murmelte er und drückte sein Gesicht in ihre warme,
weiche Halsbeuge. „Hm, du riechst so gut. Ist dein Kopf wieder klar?"

Die Liebkosung war so zärtlich, dass sie Michelle in keiner Weise
alarmierte. Ganz im Gegenteil, Michelle fühlte sich verwöhnt, und
das Gefühl der Geborgenheit, das sie schon im Auto verspürt hatte,
verstärkte sich noch.

„Ich war nur müde, nicht beschwipst", stellte sie richtig, während
er die Haustür hinter ihnen schloss. Die Dunkelheit und Stille des
Hauses umfingen sie. Michelle konnte nichts sehen, aber John fühlte
sich warm und stark an. Dann lag sein Mund wieder auf ihrem, diesmal jedoch so hungrig und fordernd, dass sie ihre Lippen öffnete, weil
sich seine Zunge dazwischendrängte. Er küsste sie leidenschaftlich
und gierig, und sie konnte nicht anders als seinen Kuss mit der gleichen Leidenschaft zu erwidern, weil seine unverhohlene Begierde alles Weibliche in ihr in Brand setzte.

Er machte mit dem Ellbogen das Licht an, das die Eingangshalle und die Treppe rechts erleuchtete. Nachdem er den Kuss beendet hatte, schaute sie ihm in dem gedämpften Licht in das harte, entschlossene Gesicht. „Ich bleibe heute Nacht hier", murmelte er heiser, während er sich anschickte, mit ihr die Treppe hinaufzugehen. „Jetzt haben wir es lange genug hinausgeschoben."

Sie würde ihn nicht aufhalten können, das sah sie ihm an. Aber sie wollte es auch gar nicht. Ihr Körper schrie mit jeder Faser nach ihm, und in diesem Lärm ging die leise Stimme der Vernunft unter, die sie davor warnte, sich mit einem Herzensbrecher wie John Rafferty einzulassen.

Während er die Treppe hinaufging, legte sich sein Mund wieder auf ihren, und seine muskulösen Arme trugen ihr Gewicht ohne Schwierigkeiten. Michelle erwiderte den Kuss und sank gegen Johns Brust. Ihr Herz pumpte ihr Blut schneller durch ihre Adern, ihre Knospen schwollen an, und sie sehnte sich nach seiner Berührung. Die Leere, die sie in sich verspürte, konnte nur er allein ausfüllen.

Er war im Lauf der Jahre schon öfter in dem Haus gewesen, von daher wusste er, wo ihr Schlafzimmer lag. Er trug sie hinein und ließ sie behutsam auf das Bett herab, um sich gleich darauf mit seinem ganzen Gewicht auf sie zu legen. Das Lustgefühl, das Michelle dabei verspürte, war so intensiv, dass sie fast aufgeschrien hätte. Er tastete über ihren Kopf hinweg nach dem Schalter der Nachttischlampe. Als es hell wurde, schaute er sie an, und beim Anblick ihrer vor Leidenschaft glänzenden Augen und der zitternden, vom Küssen geschwollenen Lippen füllten sich seine Augen mit männlicher Genugtuung.

Mit äußerster Behutsamkeit drückte er ihre Beine auseinander und legte sich in das Dreieck ihrer Schenkel. Sie zog scharf die Luft ein, als sie den harten Beweis seines Begehrens an ihrem Schoß spürte. Als sich ihre Blicke begegneten, wurde ihr klar, dass er bereits am Morgen gewusst hatte, wie dieser Tag enden würde. Er hatte geduldig auf dieses Ziel hingearbeitet, aber jetzt war seine Geduld zu Ende, und er wusste, dass sie ihm keinen Widerstand mehr entgegensetzen würde. Jetzt war sie nur noch voller Verlangen.

„Du gehörst mir", sagte er mit heiserer tiefer Stimme, wobei er sich auf einen Ellbogen aufstützte und mit seiner freien Hand ihr Kleid öffnete. Dann schlug er die Enden auseinander wie jemand, der ein Geschenk auspackt, das er sich schon lange gewünscht hat.

Als sein Blick auf ihre nackten Brüste fiel, hatte er das Gefühl, gleich zu explodieren. Ihm war den ganzen Tag über entgangen, dass sie keinen BH trug und dass das Einzige, was sie unter diesem dünnen Stoff anhatte, ein winziges Spitzenhöschen war. Wenn er das gewusst hätte! Ihre Brüste waren fest und voll, mit korallenroten kleinen Spitzen, die bereits hart waren, und umspannt von samtweicher Haut. Mit einem heiseren Aufstöhnen beugte er sich über sie, umschloss eine Knospe mit den Lippen und saugte daran, während er sein Gesicht in das feste, samtige, köstlich duftende Fleisch drückte und ihre andere Brust sanft mit der Hand massierte. Michelle wölbte sich ihm entgegen, wobei sich ihre Hände in sein Haar krallten, um seinen Kopf noch enger an sich zu ziehen.

Sie wand sich unter ihm und zerrte an seinem Hemd, um die trennende Stoffbarriere loszuwerden. Sie musste seine heiße Haut unter ihren Handflächen spüren, musste sie an ihrem Körper spüren, aber sein Mund auf ihrer Brust machte sie so verrückt, dass es ihr unmöglich war, ihre Bewegungen weit genug zu koordinieren, um ihm das Hemd auszuziehen. Seine Zunge, die ihre Knospe umspielte, entfachte in ihr einen Steppenbrand.

Irgendwann ließ er von ihr ab, um sich das Hemd vom Leib zu reißen und es auf den Boden zu werfen. Schuhe, Socken, Hose und Unterwäsche folgten, und gleich darauf kniete er sich nackt zwischen ihre gespreizten Schenkel. Er zog ihr den Slip aus, sodass sie offen und ungeschützt vor ihm lag.

Jetzt verspürte sie zum ersten Mal Angst. Es war so lange her für sie, und in ihrer Ehe hatte es mit dem Sex ohnehin nicht besonders gut geklappt. John beugte sich über sie und schob ihre Schenkel noch ein bisschen weiter auseinander. Während er sich bereit machte, in sie einzudringen, zuckte sie zusammen. Er war so groß, sein muskulöser Körper schickte sich an, sich ihrem kleineren, weicheren ganz und gar zu unterwerfen. Sie wusste aus eigener schlimmer Erfahrung, wie hilflos eine Frau einem so viel größeren Mann ausgeliefert war, und John war größer als die meisten, stärker als die meisten, sehr leidenschaftlich und durch und durch männlich. Als Panik in ihr aufstieg, hob sie abwehrend ihre kleine, schmale Hand und presste sie gegen seine harte, behaarte Brust.

Ihre Stimme war dünn, als sie bat: „John? Tu mir nicht weh, bitte."

Er verharrte mitten in der Bewegung. Glaubte sie womöglich, er würde ihr wehtun? „Nein, Baby", flüsterte er so sanft, dass die Angst aus ihren Augen verschwand. „Ich werde dir ganz bestimmt nicht wehtun."

Er schob einen Arm unter ihr Becken, stützte sich auf den Ellbogen auf und hob sie sich entgegen, bis sich ihre Knospen in seine weiche Brustbehaarung drückten. Wieder hörte er, wie sie scharf den Atem einzog. Ihre Blicke trafen sich und hielten einander fest, während er mit äußerster Behutsamkeit in sie einzudringen begann.

Michelle erschauerte vor Lust und schlang ihre Beine um seine Hüften. Ihrer Kehle entrang sich ein wilder ekstatischer Schrei, und sie hielt schnell die Hand vor den Mund, um den Laut zu ersticken. Der Blick aus seinen schwarzen Augen brannte sich immer noch in ihren ein. „Nein", flüsterte er. „Nimm die Hand weg. Ich will dich hören, Baby. Zeig mir, wie gut es sich für dich anfühlt."

Obwohl jede Faser seines Körpers danach schrie, mit einem einzigen Stoß ganz tief in sie einzudringen, unterwarf er sich eiserner Selbstkontrolle. Er durfte ihr unter keinen Umständen wehtun, erst recht nicht, nachdem er diese Furcht in den grünen Tiefen ihrer verschleierten Augen gesehen hatte. Sie war so weich und seidig und so eng, dass er das Pulsieren ihres Schoßes spüren konnte. Vor Lust erschauernd schloss er die Augen.

Um ihre Erregung noch zu steigern, küsste er sie leidenschaftlich, während er sie mit den Händen liebkoste. Dann begann er sich langsam in ihr zu bewegen, allerdings ohne allzu sehr in sie einzudringen, obwohl ihn jede Bewegung dem Höhepunkt gefährlich näher brachte.

Michelle spürte, dass ihr die Kontrolle immer mehr entglitt, aber es war ihr egal. Kontrolle war nicht wichtig, nichts war wichtig außer dem Feuer, das ihren Körper und ihren Geist verzehrte und immer höher loderte, bis sie sich ganz und gar vergaß. Eine schier unerträgliche Spannung hatte sie fest im Griff und steigerte sich, bis sie es kaum mehr aushalten konnte. Sie verbrannte bei lebendigem Leib und warf sich hilflos hin und her. Wilde Schluchzer entrangen sich ihrer Kehle, die John mit seinem Mund erstickte, dann schob er eine Hand zwischen seinen und ihren Körper und begann sie zu streicheln. Sie stand eine Sekunde zitternd auf dem Kamm einer haushohen Woge und schrie laut auf, als sie von einem wilden Strudel fortgerissen wurde. Er hielt ihren zuckenden Körper fest, während er tief in sie eindrang und ihr alle Lust gab, die er ihr geben konnte.

Als es vorbei war, war sie völlig erschöpft und schweißüberströmt. „Ich wusste … es nicht", stammelte sie, während ihr die Tränen übers Gesicht liefen. Er murmelte ihr beruhigende Worte ins Ohr und hielt sie einen Moment lang ganz fest, aber nachdem er jetzt so tief in ihr war, konnte er sich nicht mehr länger zurückhalten. Er schob

die Hände unter ihre Hüften und schickte sich an, sie vollends aus-
zufüllen.

Jetzt war sie es, die ihn hielt, indem sie Arme und Beine noch fester um ihn schlang, während sich seiner Kehle ein heiserer erstickter
Schrei entrang. John war blind und taub gegenüber allem außer seiner eigenen Ekstase, die ihn wie eine Sturmflut mit sich hinwegriss.

Danach war es lange Zeit still. John lag auf ihr, so gesättigt und entspannt, dass er nicht einmal daran denken konnte, sich zu bewegen.
Erst als sie unter ihm unruhig wurde, stützte er sich auf einen Ellbogen auf und schaute auf sie hinunter.

Als er sich über sie beugte, mischte sich in seinem Blick Zärtlichkeit mit männlicher Genugtuung. Er strich ihr das zerzauste Haar
aus dem Gesicht und fuhr ihr sacht über die Wangen. Sie sah erschöpft aus, aber es war die selige Erschöpfung einer Frau, die von
ihrem Liebhaber sorgfältig befriedigt worden war. Er bedeckte ihre
schön geschwungenen Wangenknochen mit kleinen zärtlichen Küssen, wobei schon wieder neue Wellen der Erregung durch seinen Körper liefen.

Dann hob er den Kopf und fragte leise: „Es hat dir noch nie vorher wirklich Spaß gemacht, stimmt's?"

Als sie spürte, dass ihr die Röte in die Wangen schoss, wandte sie
schnell das Gesicht ab. „Das gibt deinem Ego wahrscheinlich mächtig Futter."

Sie versuchte, sich ihm zu entziehen, und das war das Letzte, was
er wollte. Deshalb beschloss er, das Thema fürs Erste fallen zu lassen, auch wenn ihm noch eine Menge Fragen dazu auf der Zunge
brannten. Doch jetzt lag sie warm und weich in seinen Armen, satt
und entspannt nach dem Liebesspiel mit ihm, und genauso sollte es
auch bleiben, bis sie sich an den Gedanken gewöhnt hatte, dass sie
ihm gehörte.

Jawohl, sie gehörte ihm.

Er würde für sie sorgen, sie sogar verwöhnen. Und warum auch
nicht? Sie war dafür gemacht, verhätschelt und bedient zu werden,
zumindest bis zu einem bestimmten Punkt. Sie hatte sich mächtig ins
Zeug gelegt, um die Ranch halten zu können, und das imponierte ihm,
aber für so ein Leben war sie nicht gemacht. Wenn sie erst begriffen
hatte, dass sie jetzt nicht mehr kämpfen musste, dass er die ehrliche
Absicht hatte, für sie zu sorgen, würde sie es als die natürliche Ordnung der Dinge akzeptieren.

Er hatte zwar kein Geld, um es für irgendwelchen Firlefanz wie schicke Reisen oder teuren Schmuck zum Fenster hinauszuwerfen, aber er konnte ihr Sicherheit und Komfort bieten. Außerdem konnte er ihr garantieren, dass ihr Bett nie kalt wurde. Obwohl er sie gerade erst gehabt hatte, spürte er, dass schon wieder Verlangen in ihm aufstieg.

Wortlos begann er, sie von Neuem in einen dunklen Strudel aus Verlangen und Befriedigung zu ziehen. Michelles Augen schlossen sich, ihr Körper wölbte sich seinem verlangend entgegen. Schon vor Jahren hatte sie instinktiv gewusst, dass es so sein würde, dass die Wucht dieser Leidenschaft sogar ihre Identität hinwegschwemmen würde. In seinen Armen verlor sie sich und war nur noch seine Frau.

5. KAPITEL

Als Michelle erwachte, stahl sich gerade das erste fahle Licht der Morgendämmerung ins Zimmer. Sie hatte tief und traumlos geschlafen, doch dann war sie durch die ungewohnte Anwesenheit des Mannes neben ihr geweckt worden. Als ihr Blick über ihn hinwegwanderte, trat ein beunruhigter Ausdruck in ihre Augen.

Wie leicht sie es ihm gemacht hatte! Dieses Wissen nagte an ihr, als sie vorsichtig, um ihn nicht zu wecken, aus dem Bett schlüpfte. Er würde bestimmt noch ein paar Stunden schlafen, denn während der Nacht war er nicht viel dazu gekommen.

Als sie aufstand, zitterten ihr die Knie, und das leichte Brennen zwischen ihren Beinen war eine zusätzliche Erinnerung an die vergangene Nacht. Als ob sie die noch brauchte! Vier Mal. Er hatte sie vier Mal genommen, und mit jedem Mal hatte sich ihre Lust noch gesteigert. Sie konnte es immer noch nicht fassen, wie ihr Körper auf ihn reagiert hatte, sie hatte sich ganz und gar fallen lassen. Aber John hatte sie aufgefangen und gezwungen, den Rhythmus, den er vorgegeben hatte, einzuhalten. Nun wusste sie, dass alle Gerüchte, die über ihn in Umlauf waren, nicht übertrieben waren – im Gegenteil.

Irgendwie musste sie mit der unerfreulichen Tatsache zurechtkommen, dass sie ebenso wie zahllose andere Frauen vor ihr schwach geworden war. Das Schlimmste daran war nicht, dass sie sich so leicht von ihm hatte verführen lassen, sondern die schmerzliche Gewissheit, dass diese Ekstase nicht andauern würde. Oh, es konnte durchaus sein, dass sich das, was sie letzte Nacht erlebt hatte, noch ein paar Mal wiederholte, aber er würde nicht bleiben. Sobald er anfing, sich mit ihr zu langweilen, würde er seine gierigen Fühler nach einer anderen Frau ausstrecken, genauso wie er es immer gemacht hatte.

Nachdem sie, immer noch grübelnd, geduscht hatte, machte sie Kaffee, schenkte sich eine große Tasse voll und ging damit leise wieder nach oben, um nachzuschauen, ob er noch schlief.

Offensichtlich war er gerade aufgewacht. Er stützte sich auf einen Ellbogen auf und fuhr sich mit den Fingern durch das zerzauste Haar, wobei er ihren ruhigen Blick aus leicht zusammengekniffenen Augen erwiderte. Ihr Herzschlag beschleunigte sich. Er sah mit seinen zerzausten Haaren wie ein Raufbold aus, auf Wangen und Kinn lag ein dunkler Bartschatten, und sein entblößter braun gebrannter Brustkorb war von Muskelsträngen durchzogen, wie man sie bei einem Geschäftsmann niemals finden würde. Sie wusste nicht, was sie in seinem Gesicht zu finden gehofft hatte: Verlangen wahrscheinlich und auch Zuneigung. Aber beides war nicht da. Stattdessen war sein Gesicht so hart wie immer, und der Blick, mit dem er sie aus diesen verengten Augen fixierte, war so durchdringend, dass sie am liebsten im Boden versunken wäre. Offenbar wartete er darauf, dass sie irgendetwas sagte.

Obwohl ihr plötzlich die Beine zitterten, schaffte sie es, ihren Kaffee nicht zu verschütten. Ihre Stimme klang nur leicht angespannt, als sie schnippisch sagte: „Herzlichen Glückwunsch. An dir ist ja noch viel mehr dran, als man sich erzählt. Du hast wirklich was, wenn du dich entschließt zu punkten, es haut einen schlicht um. So, und jetzt kannst du nach Hause gehen und eine weitere Kerbe in deinen Bettpfosten schnitzen."

Seine Augen verengten sich noch mehr. Ohne sich um das herunterrutschende Laken zu kümmern, setzte er sich auf und streckte die Hand nach der Kaffeetasse aus, die Michelle ihm hinhielt. Nachdem er einen Schluck getrunken hatte, gab er ihr die Tasse wieder zurück.

„Setz dich", befahl er rau.

Sie zuckte leicht zusammen. Er sah die kleine Bewegung und packte sie am Handgelenk, wobei der Kaffee alarmierend nah an den Rand der Tasse schwappte. Sanft, aber unerbittlich zog er Michelle zu sich heran, bis sie neben ihm auf der Bettkante saß.

Er hielt ihre Hand weiterhin fest und zeichnete mit seinem schwieligen Daumen den blassen Schatten ihrer Adern nach. „Nur dass das klar ist, ich schnitze keine Kerben in Bettpfosten. Ist das die Laus, die dir heute Morgen über die Leber gelaufen ist?"

Sie zuckte kaum wahrnehmbar die Schultern, während sie beharrlich seinem Blick auswich.

Jetzt hatte sie sich ihm also doch wieder entzogen! Er beobachtete sie grimmig und versuchte in ihrem Gesicht zu lesen. Frauen waren nach einer Liebesnacht verletzlich, und besonders Michelle würde so schwach sein, um sich selbst zu schützen. Er musste sie dazu bringen, mit ihm zu reden, sonst bestand die Gefahr, dass sie sich noch ganz von ihm abkapselte. „Es ist lange her für dich, stimmt's?"

Wieder reagierte sie nur mit diesem angedeuteten Schulterzucken. Und wieder versuchte er in ihrem Gesicht zu lesen. „Dir hat Sex vorher nie besonders viel Spaß gemacht." Es war keine Frage, sondern eine Feststellung.

Endlich schaute sie ihn an, und er entdeckte in ihren Augen Argwohn und Ablehnung. „Was willst du von mir – eine Empfehlung? Du weißt ganz genau, dass es das erste Mal war, dass ich … dass es mir Spaß gemacht hat."

„Und warum war das vorher anders?"

„Vielleicht musste ich ja mit einem Zuchthengst ins Bett gehen", erwiderte sie schnoddrig.

„He, lass den Quatsch", fuhr er sie an. „Wer hat dir wehgetan? Wer ist schuld, dass du Angst vor Sex hast?"

„Ich habe keine Angst", wehrte sie ab, beunruhigt von der Vorstellung, dass Roger es womöglich geschafft haben könnte, ihr den Sex zu verleiden. „Es war nur … na ja, es ist eben schon so lange her, und du bist so groß …" Sie unterbrach sich, wurde rot und wandte den Blick ab.

Er musterte sie nachdenklich. Schließlich ließ er ihr Handgelenk los, und sie brachte sich sofort vor ihm in Sicherheit, indem sie aufstand. Sie trank einen Schluck Kaffee und schaute aus dem Fenster. „Deine Männer werden sich ihren Teil denken, wenn sie sehen, dass dein Auto heute früh immer noch da draußen steht. Ich habe gar nicht daran gedacht, dass sie ja heute wiederkommen."

Ohne sich darum zu kümmern, dass er nackt war, schlug er das Laken zurück und stieg aus dem Bett. „Und wenn schon? Stört dich das?"

„Glaubst du vielleicht, es gefällt mir, wenn irgendwelche Leute beim Bier über mich herziehen? Du polierst dein Image noch ein bisschen mehr auf, während ich nur der letzte in einer endlosen Reihe von One-Night-Stands bin."

„Nun, wenn du erst bei mir einziehst, wird jeder wissen, dass es mit dir etwas anderes ist", erklärte er auf dem Weg ins Bad siegesgewiss. „Wie lange brauchst du zum Packen?"

Michelle, die glaubte, sich verhört zu haben, fuhr zu ihm herum, aber er war bereits im Bad verschwunden. Das Wasser fing an zu rauschen. Bei ihm einziehen? Sie setzte sich auf die Bettkante, schaute auf die Badezimmertür und wartete darauf, dass er wieder herauskam, während sie gegen das Gefühl ankämpfte, einen gefährlichen Abhang hinunterzuschliddern. Ihr entglitt die Kontrolle über ihr Leben, und sie wusste nicht, was sie dagegen tun sollte. Das Problem war nicht nur, dass John so dominant war, sondern vor allem, dass sie so schwach war. Sie wünschte sich, einfach ihren Kopf an seine Schulter lehnen und sich ausruhen zu können, während er sich um alles kümmerte. Sie war so erschöpft, körperlich und seelisch. Aber was würde passieren, wenn sie ihm die Führung überließ und er sie dann doch irgendwann satt hatte? Dann würde sie wieder genau dort sein, wo sie angefangen hatte, aber zusätzlich zu allen anderen Problemen auch noch mit einem gebrochenen Herzen.

Das Wasserrauschen hörte auf. Vor ihrem geistigen Auge sah sie ein Bild vor sich – einen Mann, muskulös, nackt, tropfnass. Der sich mit ihren Handtüchern abtrocknete. Der ihr Bad mit seinem männlichen Geruch und seiner Anwesenheit füllte. Dessen Männlichkeit unter ihrem rosa-weißen Bad ebenso wenig litt wie unter dem Umstand, dass er sich mit ihrer parfümierten Seife gewaschen hatte. Im Gegenteil, es würde sie nur noch unterstreichen.

Ihr Herz begann schneller zu klopfen, als sie daran dachte, was er während der Nacht alles mit ihr gemacht hatte, welche Gefühle er in ihr hervorgerufen hatte. Sie hatte nicht gewusst, dass sie sich so allein von ihrem Körper leiten lassen konnte, dass sie das Gefühl, genommen zu werden, in vollen Zügen genießen konnte, und obwohl heutzutage kein Mensch mehr davon sprach, dass ein Mann eine Frau *in Besitz nahm*, war es genau das, was letzte Nacht passiert war. Es war eine Erfahrung, die sie bis in ihre Grundfesten hinein erschüttert hatte.

Schließlich kam er, nur ein weißes Handtuch um die braunen Hüften geschlungen, aus dem Bad geschlendert, sein Haar glänzte nass, und auf seinen breiten Schultern und in den schwarzen gekräuselten Haaren auf seiner Brust glitzerten immer noch ein paar Wassertropfen. Er war herrlich gebaut, und sie lechzte danach, ihn zu berühren.

Er warf ihr einen ruhigen, entschlossenen Blick zu. „Hör auf herumzutrödeln und pack deine Sachen zusammen."

„Ich komme nicht mit." Sie versuchte krampfhaft, entschieden zu klingen.

„Ich könnte mir vorstellen, dass es dir peinlich ist, wenn ich dich in diesem Bademantel in mein Haus trage", warnte er sie.

„John ..." Sie unterbrach sich, dann winkte sie frustriert ab. „Ich will mich einfach nicht mit dir einlassen."

„Dafür ist es jetzt ein bisschen spät", erinnerte er sie.

„Ich weiß", flüsterte sie. „Letzte Nacht hätte nicht passieren sollen."

„Verdammt noch mal, Frau, es hätte schon längst passieren sollen." Verärgert ließ er das Handtuch zu Boden fallen und griff nach seiner Boxershorts. „Es ist einfach das Vernünftigste, wenn du bei mir einziehst. Ich arbeite zwölf Stunden am Tag und mehr, manchmal sogar die ganze Nacht durch. Und abends muss ich mich um den Papierkram kümmern. Himmel, du weißt doch, was es bedeutet, eine Ranch zu führen. Wann soll ich dich sehen? Einmal in der Woche? Der Teufel soll mich holen, wenn ich mich mit einem gelegentlichen Quickie zufriedengebe."

„Und was wird aus meiner Ranch? Wer kümmert sich um sie, während ich mich zu deiner ständigen Verfügung halte?"

Er lachte rau auf. „Baby, wenn du dich hinlegst, wann immer ich den Drang dazu verspüre, würdest du das ganze nächste Jahr auf dem Rücken verbringen. Ich werde hart, sobald ich dich nur ansehe."

Unwillkürlich glitt ihr Blick an seinem Körper nach unten, und als sie den Beweis sah, der sich gegen den Stoff der Shorts drückte, wurde ihr schlagartig heiß. Sie riss ihren Blick los und schluckte gegen die trockene Enge in ihrem Hals an. „Ich muss mich trotzdem um meine Ranch kümmern", wiederholte sie trotzig, als ob es magische Worte wären, angetan, ihn auf Abstand zu halten.

Er stieg in seine Hose und verzog ungeduldig den Mund. „Das mit deiner Ranch geht klar, ich kümmere mich darum. Sieh den Tatsachen ins Auge, Michelle. Du brauchst Hilfe. Du kannst nicht alles allein machen."

„Aber ich muss es wenigstens versuchen, verstehst du das denn nicht?" In ihrem Ton schwang Verzweiflung mit. „Ich bin noch nie in meinem Leben selbst für meinen Lebensunterhalt aufgekommen, aber ich bin gerade dabei, es zu lernen. Und jetzt trittst du in Dads Fußstapfen und willst alles übernehmen, doch was passiert mit mir, wenn du mich satthast und zur nächsten Frau weiterziehst? Dann werde ich immer noch nicht wissen, wovon ich leben soll!"

John, der gerade dabei war, seinen Reißverschluss hochzuziehen, hielt in der Bewegung inne und starrte sie an. Verdammt, glaubte sie wirklich, er würde ihr mit einem beiläufigen *War nett mit dir, aber jetzt reicht's mir* den Stuhl vor die Tür setzen? Falls der Tag je kommen sollte, an dem er sie anschaute und nicht mehr wollte, würde er schon dafür sorgen, dass ihre Ranch genug Gewinn abwarf, um sie zu ernähren. Obwohl er sich das nicht vorstellen konnte, weil er sie dafür viel zu sehr wollte. Er hatte sie schon mit achtzehn gewollt und wollte sie immer noch.

Er hielt seine Verärgerung im Zaum und sagte nur: „Ich werde für dich sorgen."

Sie warf ihm ein kurzes angespanntes Lächeln zu. „Ganz bestimmt." Ihrer Erfahrung nach kümmerten sich die Leute vor allem um sich selbst. Sogar ihr eigener Vater hatte, auch wenn er sie noch so geliebt hatte, ihre Hilferufe überhört, weil er nicht glauben wollte, dass seine Tochter unglücklich war, weil es für ihn bequemer war zu denken, dass sie übertrieb.

John schnappte sich sein Hemd vom Boden, sein Gesicht war dunkel vor Wut. „Willst du, dass ich es dir schriftlich gebe?"

Sie rieb sich müde die Stirn. Er war nicht daran gewöhnt, dass man sich seinen Anordnungen widersetzte. Aber wenn sie jetzt klein beigab, würde er das denken, was er von Anfang an gedacht hatte – dass sie käuflich war. Vielleicht wollte er sogar, dass sie Ja sagte, dann würde er sie fest unter Kontrolle haben, wie einen Gegenstand, den er gekauft und bezahlt hatte. Erschöpft sagte sie: „Nein, das möchte ich nicht."

„Und was willst du dann, verdammt?"

Nur seine Liebe. Um den Rest ihres Lebens mit ihm verbringen zu können. Nicht mehr und nicht weniger.

Genauso gut hätte sie sich den Mond wünschen können.

„Ich will allein zurechtkommen."

Sein Gesicht wurde ein bisschen weicher. „Das kannst du nicht." Es klang endgültig.

„Aber ich kann es wenigstens versuchen."

Das Schlimme daran war, dass er ihren Wunsch respektieren musste, auch wenn ihm sein gesunder Menschenverstand sagte, dass sie keinen Erfolg haben würde. Sie war körperlich nicht stark genug, um zu tun, was getan werden musste, und zudem fehlten ihr die finanziellen Mittel. Sie hatte versucht, sich aus einem Loch herauszubuddeln, das so tief war, dass alle ihre Anstrengungen von Anfang an zum Scheitern verurteilt waren. Sie würde sich halb tot schuften, womöglich sogar krank werden, und dann hatte sich der Kreis wieder geschlossen, weil sie jemanden brauchte, der sich um sie kümmerte. Alles, was er tun konnte, war abzuwarten, versuchen, auf sie aufzupassen und da zu sein, wenn alles über ihr zusammenbrach. Dann würde sie endlich froh sein, eine starke Schulter zu haben, an die sie sich anlehnen konnte, und den ihr angemessenen Platz im Leben einnehmen zu können.

Aber er würde es nicht zulassen, dass sie sich vormachte, in der letzten Nacht sei zwischen ihnen nichts passiert. Sie gehörte jetzt ihm, und das musste sie begreifen, bevor er sie allein ließ. Dieses Wissen musste sich genauso in ihr Fleisch einbrennen, wie es sich in seins eingebrannt hatte, und vielleicht musste er ihr ja noch eine Lektion im hellen Tageslicht erteilen, damit sie es nicht vergaß. Er ließ sein Hemd wieder fallen und machte, ohne sie aus den Augen zu lassen, seinen Reißverschluss auf. Wenn er sie verließ, würde er den Abdruck seiner Hände auf ihrem Körper und seinen Geschmack in ihrem Mund hinterlassen, damit sie ihn jedes Mal, wenn sie ohne ihn ins Bett stieg, fühlte und schmeckte.

Ihre grünen Augen weiteten sich, und in ihre Wangen kam zusehends Farbe. Ihr nervöser Blick huschte zum Bett, dann schnell wieder zu ihm.

Sein Herz begann zu hämmern. Er wollte ihre festen Brüste wieder in seinen Händen spüren, wollte spüren, wie ihre Knospen in seinem Mund hart wurden. Sie flüsterte seinen Namen, als er, nachdem er aus seiner Hose gestiegen war, auf sie zukam und ihr seine Hände um die Taille legte, die so schlank war, dass es sich anfühlte, als ob er sie auseinanderbrechen könnte, wenn er nicht vorsichtig war.

Als er sie aufs Bett legte und sie mit seinem nackten heißen Körper bedeckte, dachte sie mit keinem Gedanken daran, sich ihm zu verweigern.

Nimmst du die Pille?
Nein.
Verdammt. Wann hast du das nächste Mal deine Tage?
Bald. Keine Sorge, es kann nichts passieren.
Hoffentlich. Du solltest dir lieber ein Rezept holen.
Ich vertrage die Pille nicht, mir wird schlecht davon.
Dann müssen wir uns eben etwas anderes überlegen. Willst du dich darum kümmern, oder soll ich es tun?

Dieses Gespräch ging Michelle ständig im Kopf herum. Deutlicher hätte John seine Ansprüche nicht anmelden können. Obwohl ihr erst später, nachdem er sich mit vor Genugtuung glitzernden Augen von ihr verabschiedet hatte, klar geworden war, dass sie mit ihrem *Ich kümmere mich darum* ihre Einwilligung gegeben hatte.

Sie musste einigen Papierkram erledigen und zwang sich, sich darauf zu konzentrieren, aber dabei tauchten nur weitere Probleme auf. Der Stapel mit den unbezahlten Rechnungen wuchs stetig, und sie wusste nicht, wie lange sie ihre Gläubiger noch vertrösten konnte. Aber sie musste ihre Rinder erst mästen, bevor sie sie verkaufen konnte, doch dafür fehlte ihr das Geld. Ein Teufelskreis, von dem sie nicht wusste, wie sie ihn durchbrechen sollte.

Als das Telefon klingelte, meldete sie sich tief in Gedanken versunken.

„Michelle, Darling."

Sobald sie die Stimme hörte, wurde sie von einer Welle der Übelkeit überschwemmt und drückte augenblicklich auf den Knopf, um das Gespräch zu beenden. Ihre Finger zitterten, als sie den Hörer zurücklegte. Warum ließ er sie nicht in Ruhe? Es war jetzt immerhin zwei Jahre her. In dieser Zeit hätte er eigentlich über seine krankhafte Besessenheit hinwegkommen müssen.

Das Telefon klingelte erneut, der schrille Ton drang ihr wieder und wieder ins Ohr. Sie zählte vor Panik erstarrt mit und fragte sich, ob er wohl aufgab, bevor sie die Nerven verlor. Aber was war, wenn er es einfach weiterklingeln ließ? Sie würde gezwungen sein, das Haus zu verlassen, wenn nicht, würde sie verrückt werden. Nach dem achten Läuten hielt sie es nicht mehr aus und meldete sich.

„Darling, leg nicht wieder auf, bitte", flüsterte Roger. „Ich liebe dich so sehr. Ich muss mit dir reden, sonst werde ich noch wahnsinnig."

Das waren die Worte eines Liebhabers, aber sie erschauerte. Roger war bereits wahnsinnig. Wie oft hatte er ihr kurz nach einem schrecklichen Anfall von Jähzorn Liebesworte ins Ohr geflüstert, wenn sie noch vor Angst erstarrt gewesen war und ihr ganzer Körper von seinen Schlägen wehgetan hatte? Aber dann hatte es ihm leidgetan, und er hatte immer wieder beteuert, wie sehr er sie liebe und dass er ohne sie nicht leben könne.

Nur mit Mühe bekam sie heraus: „Bitte, lass mich in Ruhe. Ich will nicht mit dir reden."

„Das meinst du nicht ernst. Du weißt, dass ich dich liebe. Niemand hat dich je so geliebt wie ich."

„Es tut mir leid", sagte sie mühsam. „Aber ich werde nicht mit dir reden, Roger. Ich lege jetzt auf."

„Warum willst du nicht reden? Ist irgendjemand bei dir?"

Ihre Hand war wie gelähmt, sie war unfähig, auf den Knopf zu drücken und den Hörer wegzulegen. Wie ein von dem Blick einer Schlange hypnotisiertes Kaninchen wartete sie mit angehaltenem Atem auf das, was, wie sie wusste, gleich kommen würde.

„Michelle, ist jemand bei dir?"

„Nein", flüsterte sie. „Ich bin allein."

„Du lügst! Darum willst du nicht mit mir reden. Dein Liebhaber ist bei dir und hört jedes Wort mit."

Hilflos hörte sie zu, wie sich die Wut in seiner Stimme aufbaute, und obwohl sie wusste, dass sie nichts dagegen tun konnte, war sie unfähig, sich davon abzuhalten, es zu versuchen. „Ich schwöre dir, dass ich allein bin."

Zu ihrer Überraschung widersprach er nicht, aber sie konnte seine beschleunigten Atemzüge hören, die so klar durch die Leitung kamen, als ob er direkt neben ihr stünde. „Also gut, ich glaube dir. Wenn du zu mir zurückkommst, glaube ich dir."

„Ich kann nicht ..."

„Du hast einen anderen, stimmt's? Ich wusste immer, dass du einen anderen hast. Ich habe es zwar nie geschafft, dich zu ertappen, aber ich wusste es trotzdem immer."

„Nein. Da ist niemand. Ich bin allein, ich arbeite in Dads Büro." Sie sprach schnell und schloss bei der Lüge die Augen. Obwohl es den Tatsachen entsprach, dass sie im Augenblick allein war, war es doch eine Lüge. In ihrem Herzen war immer ein anderer gewesen, ganz weit hinten in ihrem Hinterkopf.

Plötzlich bebte seine Stimme. „Ich könnte es nicht ertragen, wenn du einen anderen liebst, Darling. Ich könnte es einfach nicht. Schwör mir, dass es nicht so ist. Schwör mir, dass du allein bist."

„Ich schwöre es." Verzweiflung schnitt ihr ins Herz. „Ich bin ganz allein, ich schwöre es!"

„Ich liebe dich", flüsterte Roger und legte auf.

Sie stürzte ins Bad, wo sie sich so lange übergab, bis ihre Magenmuskeln schmerzten. Noch einmal konnte sie das nicht aushalten, sie würde ihre Telefonnummer ändern und nicht mehr ins Telefonbuch aufnehmen lassen. Sie beugte sich übers Waschbecken, um sich den Mund auszuspülen, und als sie wieder aufschaute, sah sie ihr blutleeres Gesicht im Spiegel. Sie hatte kein Geld, um ihre Telefonnummer ändern zu lassen.

Ihren bebenden Lippen entschlüpfte ein zittriges Lachen. Wenn alles so weiterging, würde man ihr das Telefon sowieso bald sperren, weil sie ihre Rechnung nicht bezahlen konnte. Damit war das Problem gelöst. Wenn sie kein Telefon hatte, konnte Roger sie auch nicht anrufen. Vielleicht hatte es ja doch Vorteile, bankrott zu sein.

6. KAPITEL

*A*m nächsten Tag schaute John nur ganz kurz vorbei, um Michelle zu sagen, dass er für ein paar Tage nach Miami müsse und dass sie in der Zwischenzeit schon mal den Kaufvertrag in Tampa unterzeichnen könne. Trotz eines Gefühls von Verlorenheit, das sie nicht abschütteln konnte, erlaubte sich Michelle nicht, während der folgenden Tage viel zu grübeln. Es gab viel zu tun, und obwohl Johns Männer die schweren Arbeiten auf der Ranch übernommen hatten, fand Michelle immer noch etwas, das getan werden musste, und verbrachte so viel Zeit, wie sie nur konnte, damit, Johns Männern irgendwie zu helfen.

Die Ranch wirkte mit all ihrer Geschäftigkeit, dem Staub, den Gerüchen und Flüchen mittlerweile fast schon wieder so, wie eine Ranch normalerweise wirkte. Die Rinder wurden desinfiziert, die Kälber gekennzeichnet und die jungen Bullen kastriert. Früher hätte Michelle die Nase gerümpft, aber jetzt sah sie in dieser Betriebsamkeit neue Lebenszeichen, sowohl für die Ranch als auch für sich selbst.

Am zweiten Tag kam Nev mit dem Mercedes, den John Michelle für die Fahrt nach Tampa angeboten hatte, herüber.

Nachdem sie so lange den Pick-up gefahren war, fühlte sich der schnelle, wendige Mercedes ziemlich seltsam an. Michelle fuhr übertrieben vorsichtig nach Tampa. Es war schwer vorstellbar, dass sie je wieder so gleichgültig mit einem teuren Sportwagen umgehen würde wie mit denen, die sie im Lauf der Jahre gefahren hatte, und sie konnte sich noch gut erinnern, wie achtlos sie den weißen Porsche behandelt hatte, den ihr ihr Vater zu ihrem achtzehnten Geburtstag geschenkt hatte. Dass er so viel Geld gekostet hatte, hatte sie nicht im Mindesten beeindruckt.

Alles war relativ. Damals hatte sie sich keine Gedanken darüber gemacht. Wenn sie dieses Geld heute hätte, würde sie sich reich fühlen.

Sie unterzeichnete die Papiere, die der Notar vorbereitet hatte, dann fuhr sie sofort wieder zurück, weil sie den Mercedes nicht länger als nötig behalten wollte.

Der Rest der Woche verlief ruhig, obwohl sie sich wünschte, John würde sie anrufen und ihr sagen, wann er zurückkam. Je mehr Tage vergingen, umso langsamer schien die Zeit zu verstreichen, und sie war machtlos gegen die nagenden Zweifel, die in unbeobachteten Momenten in ihr aufzukeimen begannen. Was war, wenn er mit einer anderen Frau zusammen war? Auch wenn er geschäftlich in Miami war, wusste sie doch nur allzu gut, wie die Frauen auf ihn flogen, und er arbeitete schließlich keine vierundzwanzig Stunden am Tag. Er hatte ihr keinerlei Versprechungen gemacht, und es stand ihm frei, jederzeit mit einer anderen Frau etwas anzufangen, wenn ihm der Sinn danach stand. Diese Erkenntnis tat weh.

Aber wenn John schon nichts von sich hören ließ, so tat es Roger wenigstens auch nicht. Eine Weile hatte sie befürchtet, dass er jetzt womöglich regelmäßig anrufen könnte, aber die tröstliche Stille hielt an. Vielleicht war er ja auch so von seinen Geschäften in Anspruch genommen, dass er keine Zeit hatte, an sie zu denken. Was immer es auch sein mochte, Michelle war unendlich dankbar dafür.

Am Freitagmorgen kamen Johns Männer nicht. Die Herde graste auf der Ostweide, alle Zäune waren repariert, und im Augenblick gab es nichts weiter zu tun. Michelle belud eine Waschmaschine, dann verbrachte sie den Vormittag damit, die Wiese vor dem Haus zu mähen. Als sie mittags ins Haus ging, um sich ein Sandwich zu machen, war sie in Schweiß gebadet.

Es war seltsam still im Haus, oder vielleicht kam es ihr im Vergleich zu dem Krach, den der Rasenmäher gemacht hatte, auch nur so still vor. Sie brauchte sofort ein Glas Wasser. Sie drehte den Wasserhahn auf, damit das Wasser kalt werden konnte, während sie sich aus dem Küchenschrank ein Glas holte, aber es tröpfelte nur schwach aus der Leitung, und gleich darauf kam überhaupt kein Wasser mehr. Michelle runzelte die Stirn, drehte den Wasserhahn zu und wieder auf. Nichts passierte. Sie probierte den Warmwasserhahn. Nichts.

Mit einem Aufstöhnen lehnte sie sich gegen die Spüle. Das war genau das, was sie brauchte. Jetzt war auch noch die Wasserpumpe kaputt.

Es dauerte nur ein paar Sekunden, bis sie zwischen der Stille im Haus und dem Wassermangel einen Zusammenhang hergestellt hatte, und sie straffte die Schultern. Widerstrebend streckte sie die Hand nach dem Lichtschalter aus und knipste ihn an. Nichts.

Sie hatten ihr den Strom abgestellt.

Darum also war es so still. Der Kühlschrank summte nicht, der Deckenventilator drehte sich nicht.

Verzweifelt tief Luft holend, sank sie auf den nächstbesten Stuhl. Sie hatte die letzte Stromrechnung vergessen. Sie hatte die zweite Mahnung in eine Schublade gestopft und dann nicht mehr daran gedacht, weil in der Zwischenzeit so viel passiert war. Obwohl sie das Geld für die Bezahlung der Rechnung sowieso nicht gehabt hätte.

Sie musste jetzt praktisch denken. Die Menschen hatten schließlich Tausende von Jahren ohne Strom gelebt, warum sollte sie es dann jetzt nicht können? Kochen fiel aus; Herd und die Mikrowelle wurden elektrisch betrieben, aber da sie sowieso nicht die beste Köchin der Welt war, war das kein großer Verlust. Der Kühlschrank war bis auf Milch und ein paar Kleinigkeiten leer. Der Gedanke an die Milch erinnerte sie daran, wie durstig sie war, deshalb goss sie sich ein Glas kalte Milch ein und stellte den Karton dann schnell wieder in den Kühlschrank zurück.

In der Speisekammer waren eine Kerosinlampe und ein paar Kerzen, Licht würde sie also haben. Das größte Problem war das Wasser. Sie brauchte Wasser zum Trinken und um sich zu waschen. Das Vieh konnte aus dem kleinen Bach trinken, der sich an der Ostweide entlangschlängelte, darum brauchte sie sich also keine Sorgen zu machen.

Ungefähr hundert Meter hinter dem Haus war ein alter Brunnen, aber sie wusste nicht, ob er ausgetrocknet war oder ob man ihn einfach nur abgedeckt hatte, nachdem der neue Brunnen mit der Elektropumpe in Betrieb genommen worden war. Aber auch wenn er Wasser führte, wie sollte sie es heraufbekommen? Im Stall gab es ein Seil, und einen Eimer hatte sie auch. Das dürfte also kein Problem werden. Dann musste sie jetzt erst einmal nachschauen, ob in dem Brunnen überhaupt Wasser war.

Bei Einbruch der Dunkelheit war sie überzeugt davon, dass alle Pioniere Muskelprotze gewesen sein mussten. Jeder Muskel in ihrem Körper schmerzte. Sie hatte so viele Eimer mit Wasser hochgezogen und ins Haus geschleppt, dass sie lieber gar nicht nachzählen wollte, wie viele es gewesen waren. Da mitten im Waschgang der Strom ausgefallen war, hatte sie die Wäsche von Hand waschen und spülen müssen und sie anschließend zum Trocknen aufgehängt. Sie brauchte Wasser zum Trinken. Sie brauchte Wasser zum Waschen. Sie brauchte Wasser, um in der Toilette nachzuspülen. Die Bequemlichkeiten des modernen Lebens waren ohne Strom verdammt unbequem.

Aber am Ende war sie zu müde, um lange aufzubleiben und so ihre Kerzen zu verschwenden. Sie stellte eine Kerze auf eine Untertasse auf ihren Nachttisch und legte Streichhölzer daneben, falls sie in der Nacht aufwachte. Und sobald sie sich zwischen ihren Laken ausgestreckt hatte, war sie auch schon eingeschlafen.

Am nächsten Morgen aß sie zum Frühstück ein Sandwich mit Erdnussbutter und Marmelade, dann räumte sie den Kühlschrank aus, damit das wenige Essen, das noch drin war, nicht vergammelte. Im

Haus herrschte eine seltsam drückende Atmosphäre, als ob sich alles Leben daraus verabschiedet hätte, deshalb verbrachte sie den größten Teil des Tages im Freien, wo sie den Rindern beim Grasen zuschaute und nachdachte.

Sie würde die Tiere jetzt sofort verkaufen müssen, statt sie noch länger zu mästen. Auf diese Weise würde sie zwar nicht so viel dafür bekommen, aber sie würde das Geld immerhin jetzt gleich haben. Es war idiotisch gewesen, die Dinge so lange schleifen zu lassen. Ihr Stolz hatte sie davon abgehalten, John um Rat zu fragen und ihn zu bitten, ihr beim Verkauf behilflich zu sein; jetzt blieb ihr gar nichts anderes mehr übrig, als ihn zu fragen.

Und dennoch – wenn dies vor zehn Tagen passiert wäre, hätte sie nicht einmal im Traum daran gedacht, John um Rat zu bitten. Aber er hatte sie aus der Reserve gelockt und hatte ungeachtet ihrer Proteste angefangen, sich um bestimmte Dinge zu kümmern und sie sehr sanft und behutsam verführt. Sie hatte Vertrauen zu ihm gefasst, das langsam wuchs, obwohl es ihr Angst machte, sich auf jemanden zu verlassen.

Die Nacht war schwül, die Luft feucht. Die Hitze, die sich durch die Kerzen und die Kerosinlampe noch verstärkte, machte es innen unerträglich, und obwohl Michelle in dem kalten Wasser gebadet hatte, das sie aus dem Brunnen heraufgeholt hatte, fühlte sie sich schon wieder verschwitzt. Weil es noch zu früh und zu heiß war, um ins Bett zu gehen, ging sie auf der Suche nach etwas Kühle wieder nach draußen.

Sie machte es sich in einem gepolsterten Korbstuhl bequem und seufzte erleichtert auf, als ein schwacher Luftzug ihr Gesicht streifte. Das Nachtkonzert der Grillen und Frösche wirkte einschläfernd, und es dauerte nicht lange, bis ihr die Augen zufielen. Auch wenn sie nicht richtig schlief, döste sie doch ein. Ungefähr zweieinhalb Stunden später schrak sie von einem Motorengeräusch auf. Sie hörte Kies unter Autoreifen knirschen, und als sie die Augen öffnete, wurde sie von Scheinwerfern geblendet. Dann gingen die Lichter aus und das Motorengeräusch erstarb. Sie setzte sich aufrechter hin. Als aus dem Truck ein hochgewachsener breitschultriger Mann ausstieg und die Tür zuknallte, begann ihr Herz schneller zu schlagen. Das Licht der Sterne war nicht hell, aber sie brauchte kein Licht, um zu wissen, wer es war, weil ihr ganzer Körper vor Erwartung anfing zu kribbeln.

Obwohl er schwere Arbeitsstiefel trug, machte er kaum Lärm, als er die Treppe heraufkam. „John", flüsterte sie kaum hörbar, aber er spürte die Vibration und drehte sich zu ihrem Stuhl um.

Sie war jetzt hellwach und spürte Gereiztheit in sich aufsteigen. „Warum hast du dich nicht gemeldet? Ich habe auf einen Anruf von dir gewartet ...“

„Ich kann Telefone nicht leiden“, brummte er, während er auf sie zuging. Das war aber nur zum Teil der Grund. Wenn er mit ihr telefoniert hätte, hätte er sich nur noch mehr nach ihr gesehnt, und seine Nächte waren auch so schon die Hölle gewesen.

„Das ist aber keine besonders gute Entschuldigung.“

„Sie wird reichen müssen“, gab er zurück. „Was machst du denn hier draußen? Ich dachte schon, du bist früh ins Bett gegangen, weil das ganze Haus dunkel ist.“

Was dich nicht davon abgehalten hätte, mich zu wecken, dachte sie trocken. „Es ist noch zu heiß, um zu schlafen.“

Er murmelte irgendetwas Zustimmendes, dann beugte er sich über sie und schob seine Arme unter ihre Beine und Achseln. Als er sie hochhob, schlang Michelle überrascht ihre Arme um seinen Hals, dann setzte er sich mit ihr auf dem Schoß in den Korbstuhl. In Michelle stieg eine fast schmerzliche Erleichterung auf, die eine Anspannung linderte, von deren Vorhandensein sie gar nichts gespürt hatte. Er umfing sie mit seinen starken Armen und hüllte sie in seine Wärme und seinen männlichen Duft ein. Es war fast wie nach Hause zu kommen. Sie schmiegte sich an ihn und hob ihm ihren Mund entgegen.

Der Kuss war lang und leidenschaftlich. Seine Hände schlüpften unter das leichte Nachthemd, das alles war, was sie anhatte, und fanden sie weich und nackt, was bewirkte, dass er von Kopf bis Fuß heftig erschauerte.

Er brummte einen leisen Fluch in sich hinein. „Verdammt, Frau, du sitzt hier draußen ja praktisch nackt herum.“

„Es ist doch niemand da, der mich sehen könnte“, flüsterte sie an seinem Hals, während ihre Lippen über das feste Fleisch wanderten und die Vertiefung fanden, wo sein Puls pochte.

Hitze und Verlangen hüllten sie ein, unendlich süß und schwerelos. Sobald er sie berührt hatte, hatte sie sich nur noch gewünscht, sich mit ihm hinzulegen und im Taumel der Sinne zu versinken. Sie wand sich in seinen Armen, wobei sie versuchte, ihre Brüste an ihn zu pressen, und wimmerte protestierend, als er sie festhielt.

„Das wird nicht funktionieren“, prophezeite er, während er seine Arme wieder fest um sie legte und mit ihr aufstand. „Es ist wohl besser, wir suchen uns ein Bett, weil dieser Korbstuhl das nicht durchstehen wird."

Er trug sie ins Haus und knipste, wie sie am Tag zuvor, das Licht in der Eingangshalle an. Er wartete einen Moment, und als es nicht hell wurde, sagte er: „Du brauchst eine neue Birne."

Sie spannte sich wieder an. „Es gibt keinen Strom."

Er lachte leise auf. „Na, das ist ja ein Ding. Hast du irgendwo eine Taschenlampe? Nicht dass ich noch auf der Treppe stolpere und wir uns den Hals brechen."

„Da auf dem Tisch ist eine Kerosinlampe." Sie wand sich in seinen Armen, und er ließ sie langsam an sich nach unten gleiten, wobei er einen Moment zögerte sie loszulassen. Sie tastete nach den Streichhölzern und zündete die Lampe an.

John griff mit der linken Hand nach der Lampe und zog Michelle mit dem rechten Arm eng an sich, während sie nach oben gingen. „Hast du es denn der Stromgesellschaft schon gemeldet?"

Sie musste lachen. „Nicht nötig, sie wissen Bescheid."

„Wie lange dauert es, bis der Strom wieder da ist?"

Sie zögerte einen Moment, dann gestand sie mit einem leisen Aufseufzen: „Er ist abgestellt. Ich konnte die Rechnung nicht bezahlen."

Er blieb abrupt stehen und zog in aufflackernder Verärgerung die Augenbrauen zusammen. „Verdammt! Und wie lange geht das schon so?"

„Seit gestern früh."

Er stieß zischend den Atem aus. „Du bist hier schon seit anderthalb Tagen ohne Wasser und ohne Licht? Das kann ja wohl nicht wahr sein … Warum zum Teufel hast du mir die Rechnung nicht gegeben?", fuhr er sie an, wobei seine Augen im gelben Schein der Lampe wütend aufblitzten.

„Weil ich nicht will, dass du meine Rechnungen bezahlst!", schoss sie zurück, während sie sich von ihm losmachte.

„So, das reicht jetzt!" Fluchend packte er sie am Arm und zog sie die Treppe nach oben, in ihr Schlafzimmer. Er stellte die Lampe auf dem Nachttisch ab und marschierte schnurstracks zum Schrank, wo er die Türen aufriss und einen Koffer aus dem obersten Fach holte.

„Was machst du denn?", schrie sie, während sie ihm den Koffer entwand.

Er zog einen zweiten Koffer herunter. „Deine Sachen packen", gab er schroff zurück. „Wenn du mir nicht helfen willst, geh mir aus dem Weg und setz dich aufs Bett."

„Lass das!" Sie versuchte ihn daran zu hindern, einen Arm voll Kleider aus dem Schrank zu nehmen, aber er wich ihr aus und warf die Sachen aufs Bett, dann holte er die nächste Ladung aus dem Schrank.

„Du kommst mit zu mir", sagte er in einem Ton, der keinen Widerspruch duldete. „Heute ist Samstag, und vor Montag kann die Rechnung nicht bezahlt werden. Ich lasse dich unter keinen Umständen hier. Herrgott, du hast ja nicht mal Wasser!"

Michelle schob sich die Haare aus den Augen. „Doch. Ich habe es mir aus dem alten Brunnen raufgeholt."

Er stieß wieder einen Fluch aus und drehte sich zu der Ankleidekommode um. Bevor sie ihren Einspruch geltend machen konnte, lag ihre Unterwäsche ebenfalls auf dem Bett. „Ich kann nicht bei dir wohnen", sagte sie verzweifelt, obwohl sie wusste, dass die Situation längst außer Kontrolle geraten war. „Du weißt genau, wie das aussehen würde! Ich kann es hier gut noch zwei Tage aushalten …"

„Es ist mir völlig schnuppe, wie es aussieht!", brauste er auf. „Und damit du mich auch wirklich verstehst, wiederhole ich es jetzt noch einmal klar und deutlich: Du kommst jetzt mit mir und zwar nicht nur übers Wochenende. Ich habe es satt, mir ständig Sorgen um dich machen zu müssen. Jetzt ist das Maß voll. Wenn du zu stolz bist, um mich um Hilfe zu bitten, bleibt mir nichts anderes übrig, als mich selbst um alles zu kümmern, so wie ich es von Anfang an hätte tun sollen. Hast du das begriffen?"

Er konnte es gar nicht mehr erwarten, endlich nach Hause zu kommen und Michelles Kleider im Schrank neben seinen zu sehen, ihre Toilettenartikel in seinem Bad und jede Nacht sein Bett mit ihr zu teilen. Er hatte noch nie zuvor in seinem Leben den Wunsch verspürt, mit einer Frau zu leben, aber mit Michelle fühlte es sich absolut notwendig an. Es war unvorstellbar, dass er sich je mit weniger als mit allem, was sie zu geben hatte, zufriedengeben könnte.

7. KAPITEL

*A*ls Michelle am nächsten Morgen gegen zehn erwachte, blieb sie noch einen Moment in dem großen Bett liegen und versuchte sich an die Veränderung zu gewöhnen. Sie war in Johns Haus, in seinem Bett. Er war schon vor Stunden aufgestanden und hatte sie mit einem Kuss auf die Stirn und dem Befehl, den versäumten Schlaf nachzuholen, allein gelassen. Als sie sich streckte, merkte sie, dass sie nackt war und Muskelkater hatte. Am liebsten hätte sie sich nicht von der Stelle gerührt, weil sie den tröstlichen Kokon aus Laken und Decken, der Johns Geruch ausströmte, nicht verlassen wollte. Die Erinnerung an die vergangene Nacht, die ihr die köstlichsten Sinnesfreuden beschert hatte, bewirkte, dass ihr Körper anfing zu prickeln, und sie bewegte sich rastlos. Er hatte nicht viel geschlafen und dafür gesorgt, dass sie genauso wenig schlief, bis er schließlich aufgestanden war, um sich an seine übliche Arbeit zu machen.

Wenn er sie bloß mitgenommen hätte! Es war ihr unangenehm, seiner Haushälterin zu begegnen. Was würde die Frau von ihr denken? Michelle hatte sie gestern Abend nur flüchtig gesehen, weil John sie mit unanständiger Hast die Treppe hinaufgescheucht hatte, aber Edie hatte selbst von Weitem Würde und ruhige Zurückhaltung ausgestrahlt. Ihr würde kein missbilligendes Wort über die Lippen kommen, aber das war auch überflüssig, da Michelle ohnehin zu wissen glaubte, was sie dachte.

Endlich stand sie dann doch auf und duschte, wobei sie zufrieden in sich hineingrinste, als ihr klar wurde, dass sie hier mit heißem Wasser nicht zu geizen brauchte. Die Klimaanlage sorgte für eine angenehme Kühle im Haus, noch eine Bequemlichkeit, die sie im Zuge ihrer Sparanstrengungen aufgegeben hatte. Rein körperlich würde sie sich hier mit Sicherheit wohlfühlen, auch wenn für ihren seelischen Zustand wohl niemand die Garantie übernehmen konnte. Johns Haus war in spanischem Stil erbaut und erst acht Jahre alt. Die lehmfarbenen Mauern und die hohen Decken hielten die Hitze ab, und die zahlreichen üppigen Grünpflanzen mit ihren prachtvollen bunten Blüten lockerten das Ambiente auf. Michelle war überrascht gewesen, als sie die Pflanzen gesehen hatte, aber dann war sie zu dem Schluss gekommen, dass sie wahrscheinlich Edies Werk waren. Das u-förmige Haus war um einen Swimmingpool herum angelegt, der eher an eine Lagune im Dschungel erinnerte als an ein Schwimmbecken, und von jedem Raum im Erdgeschoss aus hatte man einen Blick auf den Pool und den Patio.

Der Luxus hatte sie überrascht. Obwohl John alles andere als arm war, hatte ihn das Haus bestimmt eine schöne Stange Geld gekostet, Geld, von dem sie eher erwartet hätte, dass er es in die Ranch steckte. Sie hatte etwas Praktischeres erwartet, gleichzeitig aber war es unübersehbar sein Zuhause.

Endlich rang sie sich dazu durch, nach unten zu gehen, irgendwann musste es ja doch sein.

Die Aufteilung des Hauses war übersichtlich, sodass sie die Küche auf Anhieb fand. Sie brauchte nur dem Kaffeeduft zu folgen, der ihr in die Nase stieg. Als sie eintrat, schaute Edie sich mit ausdruckslosem Gesicht um, und Michelle rutschte das Herz in die Hose. Dann stemmte die Haushälterin die Hände in die Hüften und sagte ruhig: „Ich habe John gesagt, dass es auch wirklich Zeit wird, dass endlich eine Frau ins Haus kommt."

Michelle hörte es mit Erleichterung, während ihr eine leichte Röte in die Wangen kroch. „John hat uns letzte Nacht gar nicht vorgestellt. Ich bin Michelle Cabot."

„Edie Ward. Wollen Sie gerne frühstücken? Ich bin auch die Köchin."

„Ich werde bis zum Mittagessen warten, danke. Kommt John normalerweise zum Mittagessen zurück?" Es war ihr peinlich, fragen zu müssen.

„Wenn er irgendwo in der Nähe arbeitet. Was ist denn mit Kaffee?"

„Ich kann ihn mir selbst holen", sagte Michelle eilig. „Wo sind die Tassen?"

Edie öffnete einen Küchenschrank links von der Spüle und holte eine Tasse heraus, die sie Michelle hinhielt. „Es wird nett sein, tagsüber ein bisschen Gesellschaft zu haben", sagte sie. „Diese Cowboys sind verdammt maulfaul."

Was immer Michelle auch erwartet haben mochte, Edie stimmte mit diesen Erwartungen nicht überein. Sie musste um die fünfzig sein, und obwohl ihr Haar noch dunkel war, wirkte sie so alt wie sie war. Sie war groß und breitschultrig, mit der aufrechten Haltung einer Übermutter und derselben unerschütterlichen Würde, aber sie hatte auch die weisen, leicht müden Augen eines Menschen, der im Leben schon zu viel gesehen hat. Ihre ruhige Art bewirkte, dass Michelle sich entspannte. Edie verurteilte niemanden.

Nur im Haushalt helfen lassen wollte sie sich nicht. „Rafferty würde uns beiden den Kopf abreißen", sagte sie. „Er bezahlt mich dafür, dass ich die Hausarbeit mache, und wir versuchen hier alle, ihn nicht zu verärgern."

So wanderte Michelle ziellos durchs Haus, steckte ihren Kopf in jedes Zimmer und fragte sich, wie lange sie die Langeweile wohl aushalten würde. Die Arbeit auf der Ranch war so hart gewesen, dass sie sich manchmal gewünscht hatte, auf der Stelle zusammenzubrechen, nur um nicht weitermachen zu müssen, aber sie war wenigstens beschäftigt gewesen. Ihr machte die Arbeit auf einer Ranch Spaß. Auch wenn es nicht immer leicht war, passte es doch weit besser zu ihr als die Doppelrolle als Schmuckstück und ausgehaltene Geliebte. Dass sie so nutzlos war, verunsicherte sie. Sie hatte gehofft, dass mit John zu leben bedeutete, seine Arbeit und seine Sorgen mit ihm zu teilen … wie ein Ehepaar.

Bei dem Gedanken zog sie scharf die Luft ein. Sie stand in diesem Moment in seinem – immer noch seinem – Schlafzimmer vor dem offenen Schrank und schaute auf seine Kleidung, als ob der Anblick seiner Sachen ihn ihr näherbringen könnte. Langsam streckte sie die Hand aus und berührte einen Hemdsärmel. Ihre Kleider hingen im Schrank neben seinem, aber sie gehörten nicht hierher. Das war sein Haus, sein Schlafzimmer, sein Schrank, und sie war nur ein weiterer Einrichtungsgegenstand, an dem er im Bett seinen Spaß hatte, der bei Tagesanbruch jedoch wieder vergessen war. Aber sie wollte seine Partnerin, Freundin und Geliebte sein und ebenso hierher gehören wie er.

Irgendwann trieb sie ihre Rastlosigkeit aus dem Haus. Sie wollte niemandem vor den Füßen herumlaufen, aber ein bisschen umschauen wollte sie sich trotzdem. Zwischen ihrer und Johns Ranch lagen Welten. Hier war alles ordentlich und gepflegt, die Ställe und die Scheune waren frisch gestrichen, die Maschinerie summte. Gesunde, temperamentvolle Pferde tänzelten im Korral oder grasten friedlich auf der Weide. Der Geräteschuppen war in einem besseren Zustand als ihr Stall. Früher hatte ihre Ranch genauso ausgesehen, und sie spürte Entschlossenheit in sich aufsteigen, dafür zu sorgen, dass es wieder so war.

Wer kümmerte sich um ihr Vieh? Sie hatte John nicht gefragt, aber er hatte ihr auch keine Gelegenheit dazu gegeben. Letzte Nacht war er blitzschnell mit ihr im Bett gewesen, und als er heute früh weggegangen war, hatte sie noch gedöst.

Als John bei Einbruch der Dunkelheit schließlich nach Hause kam, war Michelle so nervös, dass sie spürte, wie ihre Muskeln zuckten. Als er sie sah, huschte ein Ausdruck von tiefer Genugtuung über sein Gesicht. Er hatte den ganzen Tag gegen den Drang, nach Hause zu gehen, ankämpfen müssen und sich damit getröstet, sie sich wenigstens unter seinem Dach vorzustellen.

Sie wirkte so frisch und perfekt wie die Morgensonne, während er verschwitzt und verdreckt war, mit dunklen Bartstoppeln auf Kinn und Wangen. Wenn er sie jetzt anfasste, würde er schmutzige Fingerabdrücke auf ihrem weißen Kleid hinterlassen, und er musste sie bald anfassen, weil er sonst Gefahr lief, den Verstand zu verlieren. „Komm mit nach oben", brummte er, und seine Stiefelabsätze klackten auf dem gefliesten Boden, als er sich umdrehte und zur Treppe ging.

Michelle folgte ihm langsamer, wobei sie sich fragte, ob er es vielleicht schon bereute, sie hierher gebracht zu haben. Er hatte sie weder geküsst noch auch nur angelächelt.

Als sie das Schlafzimmer betrat, war er gerade dabei, sein Hemd auszuziehen. Sie erschauerte beim Anblick seiner muskulösen Brust und der breiten Schultern, ihr Puls beschleunigte sich, als sie sich daran erinnerte, wie es sich anfühlte, wenn er sich langsam auf sie legte und sich die Spitzen ihrer Brüste in dieses weiche Haarnest drückten.

„Was hast du heute gemacht?", fragte er, während er ins Bad ging.

„Nichts", antwortete Michelle mit aufrichtigem Bedauern und versuchte die sexuelle Spannung abzuschütteln, die sich ihrer unversehens bemächtigt hatte.

Sie hörte im Bad das Wasser rauschen, und als er ein paar Minuten später zurückkehrte, war sein Gesicht von der Staubschicht befreit, die es eben noch bedeckt hatte, und seine Haare ringelten sich an den Schläfen. Als er ihr einen Blick zuwarf, huschte ein ungeduldiger Ausdruck über sein Gesicht. Er bückte sich und zog seine Stiefel aus, dann begann er seinen Gürtel aufzumachen.

Ihr Herz fing an, schneller zu klopfen. Gleich würde er wieder mit ihr ins Bett gehen, und sie würde wieder keine Gelegenheit haben, ihm zu sagen, was sie zu sagen hatte, wenn sie es nicht jetzt sofort machte. Nervös griff sie nach seinen schmutzigen Stiefeln, um sie wegzustellen, wobei sie nach einem Anfang suchte. „Warte", platzte sie heraus. „Ich muss erst mit dir reden."

Er sah keinen Grund zu warten. „Dann schieß los", sagte er, während er seinen Reißverschluss aufmachte und sich die Jeans über die Hüften nach unten schob.

Sie holte tief Luft. „Ich habe mich gelangweilt, weil es hier absolut nichts für mich …" Sie stockte.

John richtete sich auf, und seine Augen wurden hart. Teufel, er hätte es sich denken können. Wenn man sich etwas Teures anschaffte, musste man auch für den Unterhalt aufkommen. „Also gut", sagte er in gleichmütigem Ton. „Ab morgen kannst du den Mercedes nehmen, außerdem werde ich ein Bankkonto für dich eröffnen."

Als ihr klar wurde, was seine Worte bedeuteten, wich ihr alle Farbe aus dem Gesicht. Das war ungeheuerlich! Wofür hielt er sie eigentlich? Sie wurde von einer Welle des Zorns überschwemmt und schleuderte ohne nachzudenken die Stiefel nach ihm. Den ersten fing er trotz seiner Überraschung geistesgegenwärtig auf, während ihn der zweite an der Brust traf. „Was zum Teufel …"

„Nein!", schrie sie mit vor Wut blitzenden Augen. „Nein, nein, nein!" Sie stand stocksteif da, die Hände, die an den Seiten nach unten hingen, zu Fäusten geballt. „Ich will dein Geld und dein verdammtes Auto nicht! Ich will mich um meine Herde und meine Ranch kümmern und nicht den ganzen Tag hier allein gelassen werden wie ein … irgendein Sexspielzeug!"

Er schleuderte sich die Jeans von den Füßen, sodass er bis auf die Unterhose nackt war. Jetzt wurde er ebenfalls wütend, aber er beherrschte sich. „Ich sehe in dir kein Sexspielzeug. Wie kommst du denn auf so eine Idee?"

Sie war weiß und zitterte. „Du kommst nach Hause, schleppst mich hier rauf und ziehst dich schnurstracks aus."

Er hob erstaunt die Augenbrauen. „Weil ich mich waschen musste. So verdreckt wie ich war, hätte ich dir ja nicht mal einen Kuss geben können, ohne dein hübsches Kleid schmutzig zu machen."

Ihre Lippen zitterten, als sie an ihrem Kleid nach unten schaute. „Das ist doch nur ein Kleid", sagte sie und wandte sich ab. „Man kann es waschen. Außerdem wäre ich viel lieber selbst schmutzig, statt den ganzen Tag hier herumzusitzen und Löcher in die Luft zu starren."

„Das haben wir doch längst alles besprochen." Er trat hinter sie und legte ihr mit sanftem Druck die Hände auf die Schultern. „Diese Arbeit ist nichts für dich, du würdest dir dabei nur deine Gesundheit ruinieren. Du bist einfach nicht kräftig genug dafür. Schau deine Handgelenke an", sagte er, während er ihr mit der Hand über den Arm fuhr und ihr Handgelenk hob. „Du hast einen zu zarten Knochenbau."

Plötzlich merkte sie, dass sie an ihm lehnte und ihr Kopf an seiner Schulter ruhte. „Hör sofort auf, mir einzureden, dass ich nutzlos bin!", rief sie verzweifelt aus. „Dann nimm mich wenigstens mit! Ich könnte zum Beispiel Rinder einfangen …"

Er drehte sie in seinen Armen zu sich herum und presste sie an sich. „Gott, Baby", brummte er. „Ich will dir doch nicht einreden, dass du nutzlos bist. Aber es hat mich ganz krank gemacht, mit ansehen zu müssen, wie du versucht hast, diesen Zaun zu reparieren. Wo ich doch genau weiß, was passieren kann, wenn der Stacheldraht zurückspringt. Er hätte dich aufspießen können …"

„Dich auch."

„Nicht so leicht. Gib es zu, was hier zählt, ist körperliche Kraft. Ich will, dass du sicher bist."

Es war eine Schlacht, die sie bereits unzählige Male geschlagen hatten, und er ließ sich durch nichts beeindrucken. Aber sie konnte nicht aufgeben, weil sie noch mehr solche Tage wie heute nicht ertragen würde. „Könntest du es denn aushalten, wenn du nichts zu tun hättest? Wenn du immer nur herumstehen und anderen bei der Arbeit zuschauen müsstest? Edie wollte auch nicht, dass ich ihr helfe."

„Das will ich ihr auch geraten haben."

„Siehst du, was ich meine? Soll ich denn vielleicht den ganzen Tag nur herumsitzen?"

„Also gut", versuchte er einzulenken. Er hatte geglaubt, sie sehne sich nach ihrem alten Leben zurück, doch stattdessen war sie tief verletzt. Er fuhr ihr tröstlich über den Rücken, was bewirkte, dass sie sich nach und nach entspannte und ihm die Arme um den Hals legte. Er würde irgendeine Beschäftigung für sie finden müssen, aber im Moment fiel ihm nichts ein. Es war schwer nachzudenken, solange sie sich an ihn schmiegte wie warme Seide, solange sich ihre festen Brüste an ihn pressten und ihm der süße Duft nach Frau in die Nase stieg.

Widerstrebend schob er sie von sich weg. „Das Abendessen ist in zehn Minuten fertig, und ich muss unbedingt vorher noch duschen. Ich stinke wie ein Pferd."

Die urwüchsigen Gerüche nach Schweiß, Sonne, Leder und Mann störten sie nicht. Und dann war sie auch schon wieder bei ihm, presste ihr Gesicht an seine Brust und fuhr ihm mit der Zungenspitze über die heiße Haut. Er erschauerte, die Dusche war vergessen. Er ließ seine Finger durch den schimmernden blassgoldenen Vorhang ihrer Haare gleiten, hob sich ihr Gesicht entgegen und küsste sie so, wie er es sich schon den ganzen Tag lang ausgemalt hatte.

Sie konnte ihre Reaktion auf ihn nicht kontrollieren; wann immer er die Hand nach ihr ausstreckte, gehörte sie ihm, verschmolz sie mit ihm, öffnete sie ihm ihren Mund, um ihm bereitwillig so viel oder so wenig zu geben, wie er sich nehmen wollte. Ihn zu lieben war anders als alles, was sie bisher kennengelernt hatte, er nahm sie mit in ein Land, das neu für sie war. Es war seine Selbstbeherrschung, nicht ihre, die sie beide davor bewahrte, sofort aufs Bett zu fallen. „Erst die Dusche", brummte er, den Kopf hebend. Seine Stimme klang gepresst. „Dann das Abendessen. Und anschließend muss ich blöderweise noch ein bisschen Papierkram erledigen, aber es kann nicht länger warten."

Michelle spürte, dass er Einwände erwartete, aber sie wusste aus bitterer Erfahrung, dass es Sachen gab, die man besser nicht auf die lange Bank schob. Sie löste sich aus seinen Armen und lächelte ihn an. „Ich bin schon fast verhungert, also beeil dich." In ihrem Hinterkopf begann eine Idee Gestalt anzunehmen, der sie unbedingt nachgehen musste.

Nach dem Essen gab John Michelle einen flüchtigen Kuss und sagte: „Ich beeile mich. Kommst du noch eine Weile allein zurecht?"

Über ihr Gesicht huschte ein Anflug von Verärgerung. „Ich komme mit."

Er seufzte laut auf. „Wenn du bei mir bist, werde ich wahrscheinlich nie fertig, Baby."

Sie warf ihm einen vernichtenden Blick zu. „Du bist wirklich der größte Chauvi, den die Welt je gesehen hat, John Rafferty. Du setzt dich jetzt auf der Stelle an deinen Schreibtisch, aber nur, um mir zu zeigen, was du dort machst, und dann übernehme ich die Buchhaltung."

Er schaute sie, plötzlich wachsam geworden, an. „Ich bin kein Chauvi."

Er wollte also auch nicht, dass sie sich um die Buchhaltung kümmerte. Das hätte er genauso gut laut sagen können, weil sie es an seinem Gesichtsausdruck deutlich ablesen konnte. „Entweder gibst du mir jetzt irgendetwas zu tun, oder ich gehe auf der Stelle wieder nach Hause", verkündete sie kategorisch.

„Und was bitte schön, verstehst du von Buchhaltung, wenn ich fragen darf?"

„Ich habe im Nebenfach Betriebswirtschaft studiert." An dem Brocken hatte er wahrscheinlich eine Weile zu kauen. Weil er offensichtlich nicht die Absicht hatte, sie in sein Büro einzuladen, ging sie um ihn herum und marschierte ohne ihn entschlossen den Flur hinunter.

„Michelle, verdammt", knurrte er verärgert und folgte ihr.

„Was ist denn falsch daran, wenn ich mich um die Buchhaltung kümmere?", wollte sie wissen, während sie sich an seinen großen Schreibtisch setzte.

„Ich habe dich nicht zum Arbeiten hierher gebracht. Ich will für dich sorgen."

„Kann ich mich hier drin irgendwie verletzen? Oder hebe ich mir einen Bruch, wenn ich einen Stift in die Hand nehme?"

Als er auf sie herunterschaute, hatte er nicht übel Lust, sie einfach aus dem Stuhl zu heben, aber ihre grünen Augen funkelten ihn an, und ihr trotzig vorgerecktes Kinn verriet ihm, dass sie entschlossen war zu kämpfen. Sie würde wirklich wieder in dieses dunkle leere Haus zurückgehen, wenn nötig. Er wollte, dass sie lieb und willig war, und nicht, dass sie kratzte und fauchte wie eine Wildkatze. Himmel, immerhin war die Arbeit hier drin bei Weitem nicht so gefährlich wie eine Herde zusammenzutreiben. Dann würde er die Bücher eben abends nachkontrollieren.

„Also gut, in Gottes Namen", brummte er widerwillig.

Ihre grünen Augen funkelten ihn spöttisch an. „Du bist ja so unendlich großzügig."

„Und du bist wirklich ganz schön aufmüpfig heute", murmelte er, während er sich hinsetzte. „Vielleicht hätte ich ja doch vor dem Essen erst mal mit dir ins Bett steigen sollen, dann hättest du dich wenigstens ein bisschen abreagiert."

„Hör dir diesen Chauvi an." Sie warf ihm einen abfälligen Blick zu, einen dieser Blicke, von denen sie wusste, dass sie ihn schon immer tierisch geärgert hatten. Langsam fing es an, ihr Spaß zu machen, ihn zu reizen.

Sein Gesicht wurde einen Ton dunkler, aber er nahm sich zusammen und griff nach dem Stapel mit Rechnungen, Lieferscheinen und Notizen. „Pass jetzt gut auf, damit du nicht alles falsch machst", befahl er barsch. „Alles, was mit Steuern zu tun hat, ist auch ohne einen Amateurbuchhalter, der bloß ein Riesenchaos anrichtet, schon schlimm genug."

„Ich habe seit Dads Tod die Buchhaltung gemacht", konterte sie.

„Der Zustand, in dem sich deine Ranch befindet, ist da aber nicht gerade eine Empfehlung, Darling."

Als er sah, wie sich ihr Gesicht verschloss und sie seinem Blick auswich, verfluchte er sich. Er hatte ihr nicht wehtun wollen. Ohne ein weiteres Wort riss sie ihm die Papiere aus der Hand und begann sie nach Datum zu ordnen. Er lehnte sich in seinem Schreibtischstuhl zurück und beobachtete mit nachdenklichem Gesicht, wie sie die

Zahlen schnell und ordentlich ins Hauptbuch übertrug und dann mit der Rechenmaschine zweimal addierte, um zu überprüfen, ob sich auch kein Fehler eingeschlichen hatte.

Als sie fertig war, schob sie ihm das Hauptbuch zu und sagte: „Los, kontrollier es nach, damit du sicher bist, dass ich keinen Fehler gemacht habe."

Er tat es, sorgfältig. Endlich schlug er das Buch zu und sagte: „In Ordnung."

Ihre Augen wurden schmal. „Ist das alles, was du dazu zu sagen hast? Kein Wunder, dass du nie verheiratet warst, wenn du denkst, dass Frauen nicht genug Verstand haben, um bis drei zu zählen."

Als sie sah, dass ihm eine scharfe Erwiderung auf der Zunge lag, beschloss sie, es nicht auf die Spitze zu treiben, und fuhr mit einem zuckersüßen Lächeln fort: „Aber eigentlich wollte ich etwas ganz anderes sagen. Ich brauche deinen Rat. Ich hatte vor, meine Rinder erst noch ein bisschen zu mästen, bevor ich sie verkaufe, aber da ich dringend Betriebskapital brauche, denke ich, dass es besser ist, wenn ich sie jetzt gleich verkaufe. Kannst du mir sagen, an wen ich mich wenden muss und wie das mit dem Transport ist?"

Genau in diesem Moment interessierte ihn nichts weniger als irgendwelche Rinder. Sie hatte die Beine übereinandergeschlagen, und ihr Rock war ein bisschen hochgerutscht. Es juckte ihm in den Fingerspitzen, ihn noch höher zu schieben, am liebsten bis hinauf zu ihrer Taille, sodass ihre Beine ganz entblößt waren. Seine Jeans war plötzlich verdammt eng geworden, und er musste sich zwingen zu antworten. „Besser, du mästest sie noch ein bisschen, dann bekommst du mehr dafür. Ich kümmere mich bis dahin um die Ranch."

Sie riss so ungeduldig den Kopf herum, dass ihr Haar flog, aber als sie sein Gesicht sah, erstarben ihr die Worte auf den Lippen. „Lass uns nach oben gehen", murmelte er.

Sie merkte, dass sie sich wie unter einem Bann stehend erhob, und erschauerte, als sich seine Hand auf ihren Rücken legte und sie drängte, zur Tür und die Treppe hinaufzugehen. In seiner Nähe fühlte sie sich verletzlich, und es gab Situationen, da war sie von seiner schieren Größe überwältigt. Allein seine Selbstkontrolle und seine Zärtlichkeit beschützten sie.

Er schloss die Schlafzimmertür zu, dann trat er hinter sie und begann langsam, den Reißverschluss an ihrem Kleid aufzumachen. Er spürte, wie sie erschauerte. „Hab keine Angst, Baby. Oder ist das Erregung?"

„Ja", flüsterte sie, als seine Hände in ihr offenes Kleid schlüpften und sich um ihre nackten Brüste schlossen. Sie fühlte, wie ihre Knospen an seiner Handfläche pochten, und lehnte sich mit einem leisen Wimmern an ihn. Es fühlte sich so gut an, wenn er sie berührte.

„Beides?", murmelte er. „Wovor hast du Angst?"

Ihre Augen waren geschlossen, und sie atmete flach und schnell. „Vor den Gefühlen, die du in mir auslöst", flüsterte sie schwer atmend, wobei sie den Kopf an seiner Schulter hin und her rollte.

„Du lässt mich das Gleiche fühlen." Seine Stimme war tief, während sich der Druck in ihm aufbaute. „Du machst mich so scharf, dass ich das Gefühl habe zu explodieren, wenn ich nicht sofort in dir sein kann. Und wenn ich dann in dir bin, fühlst du dich so weich und eng an, dass ich weiß, gleich ist alles zu spät."

Es war ein süßes Vorspiel mit Worten, die köstliches Erschauern in Beben verwandelten. Sie hatte das Gefühl, als würden ihr gleich die Beine einknicken. Mit vor Verlangen vibrierender Stimme flüsterte sie seinen Namen.

Er knabberte an ihrem Ohrläppchen, und sein warmer Atem hüllte ihr Ohr ein. „Du bist so sexy, Baby. Dieses Kleid hat mich vorhin fast um den Verstand gebracht. Ich musste mir dauernd ausmalen, wie ich dir den Rock hochschiebe … so …" Er hatte die Hände von ihren Brüsten genommen und schob ihr den Rock über die Schenkel bis zur Taille hoch, wobei er den Stoff in seinen großen Händen zusammenknüllte. Und dann glitten sie darunter und spreizten sich auf ihrem nackten Bauch. „Ich habe mir ausgemalt, dass ich meine Hände in deinen Slip schiebe … so … und ihn dann nach unten ziehe … so."

Sie stöhnte, als er ihr Höschen über Hüften und Po nach unten zog, überwältigt von einem Gefühl der Hilflosigkeit und Entblößung. Seine langen Finger schoben sich zwischen ihre Beine, und sie zitterte heftig, während er sie streichelte und in sie eindrang, wobei sich nach und nach eine schier unerträgliche Spannung und Lust in ihr aufbaute.

„Du bist so süß und weich", flüsterte er. „Bist du bereit für mich?"

Sie versuchte zu antworten, aber alles, was sie herausbrachte, war ein Keuchen. Sie stand in Flammen, ihr ganzer Körper pochte vor Verlangen, und immer noch hielt er sie an sich gepresst, während seine Finger sie schier wahnsinnig machten, obwohl er wusste, sie ihn wollte und längst bereit für ihn war. Er wusste es. Er war zu erfahren, um es nicht zu wissen, aber er beharrte auf dieser süßen Folter und kostete es aus, sie unter seinen Händen zu spüren.

Schließlich konnte sie es nicht mehr aushalten und entzog sich ihm.

Mit vor Begierde lodernden Augen riss sie sich das Kleid vom Leib. Dann streckte sie die Hände nach ihm aus und zerrte an seiner Kleidung. Er lachte ein tiefes Lachen, obwohl es eher ein Laut der Erregung als der Belustigung war, und half ihr. Nachdem sie beide nackt waren, fielen sie eng umschlungen aufs Bett. Er nahm sie mit einem einzigen kräftigen Stoß, und noch ehe er ganz in sie eingedrungen war, brach das Inferno auch schon los.

Am nächsten Morgen sprang Michelle noch vor ihm mit glühendem Gesicht aus dem Bett. „Du brauchst nicht aufzustehen", brummte er mit seiner tiefen Stimme, die morgens immer so rau war wie ein Reibeisen. „Warum schläfst du nicht aus?" Tatsächlich gefiel ihm die Vorstellung, sie schlafend in seinem Bett zurückzulassen, rosig nackt und erschöpft nach einer stürmischen Liebesnacht.

Sie schob sich ihr blondes zerzaustes Haar aus den Augen, für einen Moment in Bann geschlagen von seiner Nacktheit, als er aus dem Bett stieg. „Ich komme heute mit", sagte sie und stürzte vor ihm ins Bad.

Wenig später kam er mit finster zusammengezogenen Augenbrauen zu ihr unter die Dusche. Sie rechnete schon damit, dass er sich weigern würde, sie mitzunehmen, aber er sagte erstaunlicherweise, wenn auch leicht widerwillig: „Ich schätze, es ist okay, wenn es dich glücklich macht."

Es machte sie glücklich. Sie war zu dem Schluss gekommen, dass John so ein überfürsorglicher Chauvi war, dass er sie am liebsten in Watte einpacken würde, und es von daher keinen Sinn hatte, sich mit ihm herumzustreiten. Sie wusste, was sie tun konnte, und das würde sie tun. So einfach war das.

Während der nächsten drei Wochen begann sich ein tiefes Glücksgefühl in ihr breitzumachen. Die Buchhaltung hatte sie inzwischen komplett übernommen und arbeitete drei Tage in der Woche daran, wodurch John abends mehr Zeit denn je hatte. Und irgendwann hörte er auf, ihre Arbeit nachzukontrollieren, weil er nie einen Fehler entdeckt hatte. An den restlichen Tagen ritt sie mit ihm aus, einfach nur zufrieden damit, in seiner Nähe zu sein, und er entdeckte, dass es ihm gefiel, sie bei sich zu haben. Es gab Zeiten, da war er so verschwitzt, schmutzig und gereizt, dass sogar die Luft rot wurde von seinen wüsten Flüchen, aber wenn er sie dann nur ansah und ihr Lächeln auffing, fiel seine Gereiztheit schlagartig von ihm ab. Was scherte ihn ein halsstarriger Stier, wenn sie ihn so anschaute?

Die Nächte verbrachten sie eng umschlungen in heißer Leidenschaft, und statt nachzulassen, verstärkte sich ihr Verlangen noch.

Eines Tages blieb Michelle im Haus, um im Büro zu arbeiten. Außer ihr war niemand da, weil Edie zum Einkaufen gefahren war. Das Telefon klingelte an diesem Vormittag ständig und riss sie immer wieder aus ihrer Arbeit. Als es zum x-ten Mal läutete, meldete sie sich verärgert: „Bei Rafferty."

Niemand antwortete, obwohl sie langsame tiefe Atemzüge hörte, aber ein obszöner Anrufer war es nicht, das Geräusch klang nicht nach einem übertriebenen Stöhnen.

„Hallo?", sagte sie. „Hören Sie mich?"

Dann klickte es ganz leise, als ob der Anrufer den Hörer mit äußerster Behutsamkeit aufgelegt hätte.

Aus irgendeinem Grund zweifelte sie nicht daran, dass es ein Mann gewesen war. Ihr gesunder Menschenverstand sagte ihr, dass es irgendein gelangweilter Jugendlicher gewesen sein konnte, der sich einen Scherz erlaubt hatte, oder einfach jemand, der sich verwählt hatte, aber ihr lief trotzdem ein kalter Schauer über den Rücken.

Die Stille am anderen Ende der Leitung hatte etwas Bedrohliches gehabt. Zum ersten Mal seit drei Wochen fühlte sie sich allein und irgendwie in Gefahr, obwohl es keinen handfesten Grund dafür gab. Plötzlich war ihr eiskalt, sodass sie beschloss, sofort nach draußen in die heiße Sonne zu gehen. Sie musste unbedingt John sehen und hören, wie er mit seiner tiefen Stimme fluchte oder einem Pferd oder einem verschreckten Kalb gut zuredete. Sie brauchte seine Hitze, um die Kälte einer Drohung zu vertreiben, die sie sich nicht erklären konnte.

Zwei Tage später war sie rein zufällig wieder einmal am Telefon. „Hallo", meldete sie sich. „Bei Rafferty."

Stille.

Ihre Hand begann zu zittern. Sie lauschte angestrengt und hörte erneut dieses leise, gleichmäßige Atmen, dann das leise Klicken, als am anderen Ende behutsam aufgelegt wurde, und einen Moment später das Freizeichen. Ihr war schlecht und kalt, ohne dass sie wusste, warum. Was ging hier vor? Wer tat ihr das an?

8. KAPITEL

*N*achdem eine ganze Weile vergangen war, ohne dass ein weiterer seltsamer Anruf kam, begann Michelle sich langsam wieder zu entspannen, am Ende überzeugt davon, dass es doch nichts mit ihr zu tun gehabt hatte. Mittlerweile war sie auf Johns Drängen hin dazu übergegangen, an den Tagen, an denen sie nicht mit ihm ausritt oder sich um die Buchhaltung kümmerte, mit dem Mercedes in die Stadt zu fahren, um kleinere Besorgungen zu machen. Ein paar Mal schaute sie auch auf ihrer Ranch nach dem Rechten, aber die Stille dort deprimierte sie. John hatte offenbar ihre Stromrechnung bezahlt, obwohl er es ihr gegenüber nicht erwähnt hatte, aber sie dachte trotzdem nicht daran, wieder nach Hause zurückzukehren. Sie konnte ihn nicht verlassen, nicht jetzt, wo sie so hoffnungslos in ihn verliebt war, dass sie bei ihm bleiben würde, bis er sie wegschickte.

An einem Montagnachmittag, an dem sie etwas für John erledigt hatte, fuhr sie auf dem Heimweg wieder einmal bei ihrer Ranch vorbei. Sie ging durch die großen Räume und überzeugte sich davon, dass alles in Ordnung war. Seltsamerweise fühlte sich das Haus immer weniger wie ihr Zuhause an, obwohl sie gar nicht so lange weg gewesen war. Es fiel ihr schwer, sich daran zu erinnern, wie es gewesen war, bevor John Rafferty ihr Leben durcheinandergewirbelt hatte.

Es war spät geworden und die Schatten wurden bereits länger, als sie sorgfältig die Tür hinter sich verschloss und zum Auto ging. Plötzlich erschauerte sie, als ob ein kalter Luftzug sie gestreift hätte. Sie schaute sich um, aber nirgendwo war etwas Außergewöhnliches zu sehen. Die Vögel zwitscherten in den Bäumen, Insekten summten. Und doch hatte sie es einen Moment lang wieder gespürt, dieses Gefühl von Bedrohung. Seltsam.

Ihr Verstand sagte ihr, dass sie es sich nur eingebildet hatte, aber nachdem sie im Auto saß, drückte sie dennoch die Türverriegelung nach unten. Sie versuchte, sich über sich selbst lustig zu machen. Zuerst hatten ihr zwei Anrufe Angst eingejagt und jetzt glaubte sie zu spüren, dass irgendetwas in der Luft lag.

Da auf der Straße kaum Verkehr herrschte, schaute sie nicht besonders oft in den Rückspiegel. Deshalb bemerkte sie das Auto erst, als es schon fast an ihrer hinteren Stoßstange klebte, und selbst dann erhaschte sie nur einen flüchtigen Blick darauf, bevor es nach links ausscherte, um zu überholen. Die Straße war eng, und Michelle zog das

Steuer nach rechts, um dem anderen Auto Platz zu machen. Es fuhr neben ihr her, und sie warf gerade einen flüchtigen Blick aus dem Augenwinkel darauf, als es plötzlich ausscherte und auf sie zukam.

„He!", schrie sie und riss das Steuer nach rechts, aber da krachte auch schon Metall gegen Metall. Der Mercedes, kleiner und leichter als das andere Auto, wurde nach rechts geschleudert. Michelle bremste hart, als sie spürte, dass die beiden rechten Räder im sandigen Boden des Seitenstreifens versanken, und versuchte, das Steuer herumzureißen.

Das andere Auto schoss an ihr vorbei, und irgendwie schaffte sie es, den Mercedes wieder auf die Straße zu lenken. Zitternd hielt sie am Straßenrand an und ließ den Kopf aufs Lenkrad sinken, doch als sie Reifenquietschen hörte, fuhr sie abrupt hoch. Das andere Auto war die Straße hinuntergefahren, aber jetzt wendete es und kam zurück. Hoffentlich war der Fahrer versichert.

Bei dem Auto handelte es sich um einen großen blauen Chevrolet. Am Umriss konnte sie erkennen, dass ein Mann am Steuer saß. Mehr sah sie von ihm nicht, weil er etwas Schwarzes über dem Kopf hatte … so etwas wie eine Skimaske.

Die Kälte war plötzlich wieder da. Sie gab instinktiv Gas, und der kleine Mercedes machte einen Satz nach vorn. Der Chevrolet hielt direkt auf sie zu, und sie riss das Lenkrad herum, doch zu spät. Der große blaue Wagen krachte seitlich gegen ihre hintere Stoßstange, und das kleinere leichtere Auto kreiselte einmal um sich selbst, bevor es von der Straße flog, an einer gewaltigen Kiefer entlangschrammte und schließlich stehen blieb.

Sie hörte sich selbst schreien, aber der harte Ruck, mit dem ihr Auto zum Stehen gekommen war, stoppte auch ihre Schreie. Benommen rollte ihr Kopf einen Moment lang über das gesplitterte Seitenfenster, bevor ihre Benommenheit wilder Panik Platz machte. Sie tastete nach dem Türgriff, aber die Tür ging nicht auf, weil sie von der Kiefer blockiert wurde. Sie wollte über den Sitz klettern, um auf der anderen Seite auszusteigen, und merkte, dass sie immer noch angeschnallt war. Mit zitternden Fingern versuchte sie den Gurt zu öffnen, während sie sich panisch nach dem Chevrolet umschaute. Endlich hatte sie es geschafft, hechtete über den Sitz, stieß die Tür auf und purzelte keuchend aus dem Wagen.

Benommen duckte sie sich hinter den Kotflügel und lauschte angestrengt, aber alles, was sie hörte, war ihr keuchender Atem und das Hämmern ihres Herzens.

Oh Gott, hatte er vielleicht angehalten? Vorsichtig lugte sie über das demolierte Auto, aber sie konnte den blauen Chevrolet nirgends entdecken.

Langsam wurde ihr klar, dass er weitergefahren war. Er war nicht stehen geblieben. Sie stolperte auf die Straße und schaute sich nach beiden Seiten um, aber die Straße war leer.

Sie konnte nicht glauben, dass das wirklich passiert war. Er hatte sie absichtlich von der Straße abgedrängt, und das nicht ein, sondern zwei Mal. Wenn der kleine Mercedes frontal gegen einen der Bäume gekracht wäre, hätte sie leicht getötet werden können.

Der Mann hatte versucht, sie zu töten!

Es dauerte fünf Minuten, bis ein Auto die Straße entlangkam, und als Michelle sah, dass es blau war, wurde sie einen entsetzlichen Moment lang von Panik überschwemmt, weil sie glaubte, der Chevrolet käme zurück, doch als das Auto sich näherte, sah sie, dass es viel älter und auch kein Chevrolet war. Sie stolperte mitten auf die Straße und bewegte die Arme wie Windmühlenflügel auf und nieder.

Alles, woran sie denken konnte, war John. Sie wollte zu John. Sie wollte, dass er seine starken Arme um sie legte und sie festhielt, bis sie keine Angst mehr hatte. Ihre Stimme zitterte, als sie sich in das Fenster beugte und zu dem Jungen am Steuer sagte: „Bitte … rufen Sie John Rafferty an. Sagen Sie ihm, dass ich … dass ich einen Unfall hatte. Sagen Sie ihm, dass ich unverletzt bin."

Entweder hatte John das Sheriffbüro angerufen oder der Junge, weil John und ein Streifenwagen fast gleichzeitig aus entgegengesetzten Richtungen eintrafen. Es waren nicht mehr als zehn Minuten vergangen, seit der Fahrer angehalten hatte, aber in der kurzen Zeit war es ein ganzes Stück dunkler geworden.

John sprang aus dem Pick-up und kam, die Lippen zu einem schmalen Strich zusammengepresst, auf sie zugerannt.

Er ging um sie herum und musterte sie von Kopf bis Fuß. Erst als er nirgends Blut sah, riss er sie an seine Brust und schlang so fest die Arme um sie, dass er sie fast erdrückte. Er schob seine Hand in ihr Haar und beugte den Kopf, bis sein Kinn an ihrer Schläfe lag. „Ist auch wirklich alles okay mit dir?", brummte er heiser.

Sie umklammerte ihn und flüsterte: „Ich war angeschnallt." Eine einzelne Träne rollte ihr unbemerkt über die Wange.

„Gott, als ich diesen Anruf bekam …" Er unterbrach sich, weil ihm die passenden Worte fehlten, um auszudrücken, was für eine Todesangst er um sie ausgestanden hatte, obwohl der Junge ihm versichert hatte, dass sie unverletzt war. Er hatte sich erst mit eigenen Augen davon überzeugen, hatte sie erst im Arm halten müssen, bevor er wirklich glauben konnte, dass alles mit ihr in Ordnung war. Erst jetzt verlangsamte sich sein Herzschlag, und er schaute über ihren Kopf auf das Auto.

Der Hilfssheriff kam mit einem Klemmbrett in der Hand auf sie zu. „Können Sie mir ein paar Fragen beantworten, Ma'am?"

John ließ sie los, aber er blieb dicht neben ihr, während sie die üblichen Fragen, die ihre Personalien betrafen, beantwortete. Als der Hilfssheriff sie fragte, wie es passiert war, begann sie wieder zu zittern.

„Ein … ein Auto hat mich von der Straße abgedrängt", stammelte sie. „Ein blauer Chevrolet."

Der Hilfssheriff riss überrascht den Kopf hoch. „Abgedrängt? Wie?"

„Er ist seitlich an mir vorbeigefahren." Verzweifelt ballte sie die Hände zu Fäusten, damit sie nicht mehr so zitterte. „Und dabei hat er mich abgedrängt."

„Er ist nicht einfach nur zu nah gekommen, und du bist vor Schreck von der Straße abgekommen?", fragte John und zog die Augenbrauen zusammen.

„Nein! Er hat es absichtlich gemacht. Ich habe gebremst, und er ist vorbeigefahren, und dann hat er gewendet und ist zurückgekommen."

„Er ist zurückgekommen? Um Ihnen seinen Namen zu geben? Haben Sie ihn?" Der Hilfssheriff zückte den Stift.

„Nein, er hat nicht angehalten. Er … er hat versucht, mich zu rammen. Er ist mir an die Stoßstange gefahren, und ich bin ins Schleudern gekommen und habe dann den Baum gestreift."

John schaute den Hilfssheriff an, dann gingen die beiden zu dem Mercedes hinüber und beugten sich nach unten, um sich den Schaden in Augenschein zu nehmen. Sie unterhielten sich so leise, dass Michelle nichts verstehen konnte, aber sie ging nicht näher heran. Sie blieb an der Straße stehen und lauschte den Geräuschen der Dämmerung. Es kam ihr alles ganz unwirklich vor. Wie konnten die Grillen so friedlich zirpen, wenn jemand versucht hatte, einen Mord zu begehen? Sie fühlte sich fast wie im Traum. Aber das kaputte Auto war real. Der blaue Chevrolet war real gewesen, ebenso wie der Mann mit der schwarzen Skimaske.

Die beiden Männer kamen wieder auf sie zu. John schaute sie scharf an, dann legte er ihr eine Hand auf die Schulter und sagte: „Es ist in Ordnung." Er nahm ihren Arm und ging mit ihr zum Truck. „Ich habe eine Versicherung. Die Hauptsache ist, dass dir nichts passiert ist. Beruhig dich. Sobald der Abschleppdienst hier ist, fahre ich dich nach Hause."

Außer sich vor Angst umklammerte sie seinen Arm. „Aber was ist mit …"

Er küsste sie zärtlich und drückte beruhigend ihre Schulter. „Ich sage dir doch, dass es in Ordnung ist, Baby. Es ist wirklich nicht so schlimm. Du brauchst keine Entschuldigungen zu finden."

Michelle setzte sich innerlich wie erstarrt in den Truck und beobachtete, wie er zu dem Hilfssheriff zurückging. Er glaubte ihr nicht. Keiner von beiden glaubte ihr. Es war genau wie damals, als ihr niemand glauben wollte, dass der gut aussehende, charmante Roger Beckman seine Frau schlug, weil doch jeder, der Augen im Kopf hatte, sehen konnte, dass er sie anbetete. Selbst ihr Vater hatte geglaubt, dass sie übertrieb.

Ihr war schrecklich kalt, obwohl es draußen immer noch sehr warm war. Sie hatte angefangen zu vertrauen, sie hatte sich fast schon daran gewöhnt, dass John fest wie ein Granitblock hinter ihr stand und sie sich auf ihn stützen konnte, wann immer sie ihn brauchte. Zum ersten Mal in ihrem Leben hatte sie sich nicht allein gefühlt. Er war da gewesen, bereit, ihre Last zu schultern. Aber plötzlich war es wieder wie vorher, und sie war allein. Ihr Vater hatte alles getan, was er konnte, um ihr jeden erdenklichen materiellen Luxus zu bieten, aber er war zu schwach gewesen, um sich einer hässlichen Wahrheit zu stellen. Roger hatte sie mit Geschenken überschüttet, um sie für die blauen Flecken und die Angst, die er ihr zufügte, zu entschädigen. John hatte ihr einen Platz zum Leben gegeben, Essen und atemberaubende körperliche Lust … aber jetzt verschloss er ebenfalls vor einer schrecklichen realen Bedrohung die Augen. Es war ihm einfach zu anstrengend, so ein Märchen zu glauben. Warum sollte jemand versuchen, sie zu töten?

Der Abschleppdienst kam mit rotierenden gelben Lichtern und lud den Mercedes auf. Michelle schaute teilnahmslos zu. Sie zuckte nicht einmal zusammen, als sie das Ausmaß des Schadens auf der linken Seite sah. John nahm an, sie hätte sich ein wildes Märchen ausgedacht, weil sie seinen Wagen zu Schrott gefahren hatte. Er glaubte ihr nicht. Und der Hilfssheriff glaubte ihr ebenfalls nicht. Eigentlich müssten auf dem Mercedes blaue Lackspuren zu finden sein, aber offenbar waren sie unter den Kratzern verschwunden, die entstanden waren, als sie an der Kiefer entlanggeschrammt war. Vielleicht wurden sie ja auch von Schmutz verdeckt. Oder es war einfach zu dunkel, um sie zu sehen. Auf jeden Fall glaubten sie ihr nicht, aus was für einem Grund auch immer.

Auf der Heimfahrt hüllte sie sich in Schweigen. Edie kam beunruhigt an die Tür, und als Michelle aus dem Truck ausstieg, eilte sie auf sie zu.

„Ist alles in Ordnung mit Ihnen? John ist wie ein Wahnsinniger aus dem Haus gerannt und hat nicht mehr gesagt, als dass Sie einen Unfall hatten."

„Mir geht es gut", murmelte Michelle. „Ich brauche nur ein Bad. Ich bin der reinste Eiszapfen."

John runzelte die Stirn und berührte ihren Arm. Sie war eiskalt, trotz der Hitze. Sie war nicht verletzt, aber sie hatte einen Schock.

„Machen Sie Kaffee", wies er Edie an, während er Michelle die Treppe hinaufführte. „Ich lasse ihr ein Bad ein."

Michelle entzog sich ihm. „Nein, ich mache es selbst", sagte sie ruhig. „Mir geht es gut. Ich brauche einfach nur ein paar Minuten für mich allein."

Als sie in dieser Nacht mit John im Bett lag, konnte sie zum ersten Mal seine Leidenschaft nicht erwidern. Er brauchte sie fast verzweifelt, um sich davon zu überzeugen, dass sie wirklich mit heiler Haut davongekommen war. Er musste das Band zwischen ihnen festigen. Aber obwohl er sanft war und sie lange streichelte, entspannte sie sich nicht. Sie war viel zu still, seltsam distanziert.

Schließlich hielt er sie einfach nur und strich ihr übers Haar, bis sie eingeschlafen war und ihr Körper sich an ihm entspannt hatte. Er lag noch stundenlang wach, mit brennendem Körper, die Augen offen. Gott, um ein Haar hätte er sie verloren!

9. KAPITEL

*M*anchmal, wenn die Tage heiß und träge waren und die Sonne eine blendend weiße Scheibe war, fühlte sich Michelle, als ob alles nur ein Albtraum gewesen und in Wirklichkeit überhaupt nichts passiert wäre. Die Anrufe hatten nichts bedeutet. Die Gefahr, die sie gespürt hatte, war nur ein Produkt ihrer blühenden Fantasie gewesen. Der Mann mit der Skimaske hatte gar nicht versucht, sie zu töten. Der Unfall war gar kein Mordversuch gewesen. Nichts von allem hatte sich ereignet. Es war nur ein böser Traum gewesen, während in Wirklichkeit Edie wie immer bei der Hausarbeit summte, die Pferde stampften und schnaubten, die Rinder friedlich auf den Weiden grasten. John hatte zu seiner Mutter nach Miami fliegen müssen, die wieder einmal nicht mehr weiterwusste. Sie richtete mindestens zweimal im Jahr ein finanzielles Chaos an und erwartete dann, dass er alles stehen und liegen ließ und zu ihr kam, um die Dinge wieder ins Lot zu bringen. Seine täglichen Anrufe zeugten von seiner Ungeduld, endlich wieder nach Hause zu kommen.

Aber es war nicht nur ein Traum gewesen. Obwohl John ihr nicht glaubte, hatte seine Nähe ihre Angst unter Kontrolle gehalten. Sie hatte sich hier auf der Ranch sicher gefühlt, umschlossen von den Mauern, die seine Autorität ausstrahlten, umgeben von seinen Leuten. Aber jetzt, wo er nachts nicht neben ihr lag, verflüchtigte sich dieses Gefühl von Sicherheit. Sie schlief schlecht, und tagsüber trieb sie sich ebenso rücksichtslos zur Arbeit an wie früher, als sie allein auf ihrer Ranch gearbeitet hatte, einfach nur, damit sie erschöpft genug war, um nachts einigermaßen schlafen zu können.

Es war fast zwei Uhr morgens, als John leise die Haustür aufschloss. Er hatte eigentlich vorgehabt, erst die Morgenmaschine zu nehmen, aber nachdem er am Abend mit Michelle telefoniert hatte, hatte er sich so sehr nach ihr gesehnt, dass er kurz entschlossen am Flughafen angerufen und sich einen Platz in der letzten Maschine gebucht hatte. Als er jetzt die Treppe in dem dunklen stillen Haus hinaufstieg, begann sein Herz vor Erwartung schneller zu klopfen. Er würde sie nicht wecken, aber er konnte es gar nicht erwarten, wieder neben ihr zu liegen, einfach nur, um ihren weichen, warmen Körper zu spüren und den süßen Duft ihrer Haut einzuatmen. Er war müde, er konnte gut ein paar Stunden Schlaf vertragen. Aber morgen früh … Ihre

Haut würde noch warm und rosig sein vom Schlaf, und sie würde sich mit dieser katzenhaften Anmut strecken. Und dann ... dann würde er sie nehmen.

Geräuschlos betrat er das Schlafzimmer und schloss die Tür hinter sich. Sie lag klein und still im Bett und bewegte sich, auch als er hereinkam, nicht. Er stellte seine Tasche ab und ging ins Bad. Als er ein paar Minuten später wieder herauskam, ließ er das Licht an, damit er beim Ausziehen etwas sehen konnte.

Er schaute wieder aufs Bett, und jeder Muskel in seinem Körper spannte sich an. Auf seiner Stirn bildeten sich winzige Schweißperlen. Selbst wenn in diesem Moment ein Tornado über sein Haus hinweggefegt wäre, hätte er seinen Blick nicht von ihr losreißen können.

Sie lag halb auf dem Bauch, das Laken war nach unten ans Fußende gerutscht. Ihr rechtes Bein war ausgestreckt, das linke leicht angezogen. Sie trug eins von diesen dünnen Hemdchen, die sie liebte, das sich im Lauf der Nacht über ihren Po hochgeschoben hatte. Sie lag entblößt vor ihm. Sein brennender Blick bewegte sich langsam über ihre nackten Pobacken zu der weichen, seidigen Spalte und den Falten, die er so gern berührte.

Er erschauerte heftig und biss die Zähne zusammen, um das Knurren, das in ihm aufstieg, zu unterdrücken. Er war so schnell hart geworden, dass sein ganzer Körper schmerzte und pochte. Sie schlief tief, ihre Atemzüge waren ruhig und gleichmäßig. Sein eigener Atem kam stoßweise, Schweiß trat ihm aus den Poren und seine Muskeln zitterten wie bei einem Hengst, der bereit ist, eine Stute zu besteigen. Ohne den Blick von ihr zu nehmen, begann er sein Hemd aufzuknöpfen. Er musste sie nehmen – jetzt. Er konnte nicht warten. Sie war feucht und verletzlich, warm und weiblich und ... sie gehörte ihm. Er kam fast schon allein davon, dass er sie anschaute, in seinen Lenden brannte ein Feuer, das unter allen Umständen gelöscht werden musste.

Er ließ seine Sachen auf den Fußboden fallen und beugte sich über sie, zwang seine Hände, sanft zu sein, als er sie auf den Rücken drehte. Sie gab einen leisen Laut von sich, der fast wie ein wohliges Aufseufzen klang, und drehte sich, ohne aufzuwachen. Sein Verlangen war so stark, dass er sich nicht die Zeit nahm sie aufzuwecken. Er schob ihr das Hemd bis zur Taille hoch, schob ihre Schenkel auseinander und legte sich dazwischen. Mit der letzten noch verbliebenen Selbstkontrolle drang er behutsam in sie ein. Als sich ihr heißes, feuchtes Fleisch fest um ihn schloss, entrang sich seiner Kehle ein heiseres tiefes Aufstöhnen.

Sie wimmerte leise, ihr Körper wölbte sich seinen Händen entgegen, und ihre Arme hoben sich, um sich um seinen Hals zu legen. „Ich liebe dich", stöhnte sie, immer noch im Halbschlaf. Ihre Worte fuhren durch ihn hindurch wie ein Blitz. Oh, Gott, und dabei wusste er nicht einmal, ob sie wirklich ihn meinte oder ob sie im Schlaf redete! Nichtsdestotrotz sehnte er sich danach, die Worte noch einmal zu hören. Er wollte sie aufwecken und ihr in die Augen schauen, wenn sie sie wiederholte, dann würde er es wissen. Verzweifelt drang er noch tiefer in sie ein, wobei er sich wünschte, dass sie ihn so tief in sich aufnehmen möge, dass nichts sie jemals mehr trennen konnte.

„Michelle", flüsterte er in höchster Ekstase, während er seinen geöffneten Mund an ihren warmen Hals presste.

Sie hob sich ihm erneut entgegen, während sie langsam aus dem Tiefschlaf aufwachte. Sogar im Schlaf hatte sie seine Berührung erkannt, ihr Körper hatte umgehend auf ihn reagiert, sich ihm geöffnet, ihn willkommen geheißen. Sie fragte nicht, woher er kam. Er war da, und das war das Einzige, was zählte. Sie wurde von einer Woge der Liebe überschwemmt, die so gewaltig war, dass sie alles andere mit sich fortriss. Sie brannte lichterloh, ihr Fleisch erbebte unter seinen köstlichen Stößen. Sie spürte, wie er sie in ihrem tiefsten Innern berührte, und schrie auf wie ein wildes Tier, als höchste Lust über ihr zusammenschlug. Während sie sich im Taumel der Sinne unter ihm wand, hielt er sie mit eisernem Griff fest, und als er spürte, wie sich ihre Muskeln ekstatisch zusammenzogen, war es das Signal für ihn, dass er sich jetzt auch endlich fallen lassen durfte.

Er konnte sie nicht loslassen. Auch als es vorbei war, schaffte er es immer noch nicht und begann sich wieder in ihr zu bewegen, verzweifelt bemüht, einen Hunger zu stillen, der offenbar nie gestillt werden konnte.

Der Morgen graute bereits, als Michelle sich, ebenso selig erschöpft wie er, in seine Arme schmiegte. Kurz bevor sie einschlief, flüsterte sie: „Du bist früher nach Hause gekommen."

Er legte seine Arme fester um sie. „Ich konnte es unmöglich noch eine ganze Nacht ohne dich aushalten." Es war die reine Wahrheit. Er wäre zurückgekommen, selbst wenn er hätte laufen müssen.

Weil sie am nächsten Morgen niemand störte, schliefen sie, bis die Sonne sie irgendwann weckte. John wachte kurz nach eins als Erster auf. Er stand leise auf, wobei er aufpasste, Michelle nicht zu stören. Als er ihr Hemd auf dem Boden liegen sah, verzogen sich seine

Lippen zu einem Lächeln. Er konnte sich nicht daran erinnern, es ihr ausgezogen und noch viel weniger, es auf den Boden geworfen zu haben. Nichts war wichtig gewesen, außer sie zu spüren.

Nachdem er geduscht hatte, kehrte er nackt ins Schlafzimmer zurück und zog Boxershorts und Jeans an. Seine Blicke wurden immer wieder magnetisch von ihr angezogen. Gott, war sie schön anzusehen, wie sie dalag, mit diesem blassgoldenen Haar, das in der hellen Sonne glänzte, dem nackten Fleisch, das glühte. Sie lag auf dem Bauch, die Arme unterm Kissen, und gewährte ihm einen Blick auf ihren geschmeidigen Rücken, feste, sanft gerundete Pobacken und lange schlanke Beine. Er ergötzte sich an ihren eleganten Linien und weiblichen Kurven, und schon wieder wuchs in ihm das Verlangen, sie zu berühren. Wollte sie denn den ganzen Tag schlafen?

Er ging zum Bett, ließ sich auf der Bettkante nieder und begann ihre nackte Schulter zu streicheln. „Wach auf, Schlafmütze. Es ist schon fast zwei."

Sie gähnte, kuschelte sich tiefer ins Kissen. „Wirklich?" Ihr Mund verzog sich zu einem Lächeln, aber noch weigerte sie sich, die Augen zu öffnen.

Er lachte leise. „Steh jetzt auf. Ich bringe es nicht über mich, mich anzuziehen, solange du da so liegst. Dann muss ich immer …" Er unterbrach sich und schaute auf die kleine weiße Narbe unter seinen Fingern, die ihre wie Satin schimmernde Schulter verunzierte. Wenn sie nicht nackt in der hellen Mittagssonne gelegen hätte, hätte er die Narbe wahrscheinlich gar nicht entdeckt, so winzig war sie. Und dann sah er noch eine. Gleich darauf eine dritte. Und als er seinen Blick weiterwandern ließ, entdeckte er noch mehr dieser winzigen, sichelförmigen Narben, die ihre makellose Haut entstellten, auf ihrem Rücken, ihrem Po, den Rückseiten ihrer Oberschenkel. Sie hatten alle dieselbe Größe und Form.

Er zog scharf den Atem ein, rollte sie herum und fragte mit äußerster Selbstbeherrschung, fast ohne die Lippen zu bewegen: „Wer war das?"

Michelle war weiß geworden, erstarrt vor Schreck über seinen Gesichtsausdruck. Er zog sie an den Schultern hoch, bis sie fast Nase an Nase mit ihm war, und wiederholte seine Worte langsam und fast tonlos: „Wer war das?"

Ihre Lippen zitterten, als sie ihn hilflos anschaute. Sie konnte nicht darüber reden. Sie schaffte es einfach nicht. „Ich … es ist nicht …"

„Wer war das?", brüllte er. Vor unbändigem Zorn spannten sich seine Halsmuskeln an.

Sie schloss die Augen, Tränen brannten hinter ihren Lidern und sickerten darunter hervor. Verzweiflung und Scham stiegen in ihr auf, aber sie wusste, dass er nicht lockerlassen würde, bis er eine Antwort hatte. Ihre Lippen zitterten so sehr, dass sie kaum sprechen konnte. „John, bitte!"

„Wer?"

Sie wandte das Gesicht ab und gab auf. „Roger Beckman. Mein Exmann." Sie brachte die Worte kaum heraus, hatte das Gefühl, daran zu ersticken.

John fluchte wieder, leise, endlos. Michelle versuchte sich zu wehren, als er sie hochhob und sich mit ihr in einen Sessel setzte, aber es war sinnlos, deshalb gab sie auf. Allein Rogers Namen auszusprechen bewirkte, dass sie sich schmutzig fühlte. Sie wollte sich verstecken, sich wieder und wieder waschen, um den Makel loszuwerden, aber John weigerte sich, sie loszulassen. Er hielt sie nackt auf seinem Schoß fest und sagte kein Wort mehr, nachdem er aufgehört hatte zu fluchen, bis er merkte, dass sie fror. Die Sonne war heiß, aber ihre Haut war eiskalt. Er beugte sich vor, zog sich das Laken vom Bett heran und breitete es über sie.

Er hielt sie eine ganze Weile fest und wiegte sie sanft in seinen Armen, wobei er ihr zärtlich den Rücken streichelte. Sie war geschlagen worden. Dieser Gedanke erfüllte ihn mit einem so unbändigen Zorn, wie er ihn noch nie in seinem Leben verspürt hatte.

Schließlich bewegte sie sich ein bisschen, eine stumme Bitte, sie gehen zu lassen. Er tat es widerstrebend, ohne den Blick von ihrem weißen Gesicht zu nehmen, als sie ins Bad ging und die Tür hinter sich zumachte. Alarmiert von ihrem Schweigen und ihrer Blässe ging er ihr nach, aber als seine Hand auf der Türklinke lag, befahl er sich, sich zusammenzureißen. Sie musste im Moment allein sein. Er hörte die Dusche rauschen und wartete mit beispielloser Geduld, bis sie wieder herauskam. Sie hatte den Bademantel angezogen, der an der Badezimmertür hing.

„Ist alles okay mit dir?", fragte er ruhig.

„Ja." Ihre Stimme klang gedämpft.

„Wir müssen darüber reden."

„Nicht jetzt." Der Blick, den sie ihm zuwarf, verriet, wie elend ihr zumute war. „Ich kann nicht. Nicht jetzt."

„In Ordnung, Baby. Später."

Später war in dieser Nacht, als sie wieder in seinen Armen lag und die Dunkelheit sie schützend einhüllte. Er hatte sie geliebt, sehr zärtlich und langsam, damit sie sich entspannte. In der anhaltenden Stille danach spürte sie seine Entschlossenheit, alles zu erfahren, und obwohl sie sich davor fürchtete, fühlte sie sich jetzt, wo es dunkel war, in der Lage, ihm alles zu erzählen.

„Er war eifersüchtig", flüsterte sie. „Völlig wahnsinnig vor Eifersucht. Auf Partys durfte ich kein einziges Wort mit einem anderen Mann wechseln, egal wie hässlich er war oder wie glücklich verheiratet er auch sein mochte; ich durfte keinen Kellner anlächeln. Die winzigste Kleinigkeit konnte seinen blinden Zorn hervorrufen."

Und dann erzählte sie stockend, wie er sie beschuldigt hatte, ihn zu betrügen, und schließlich angefangen hatte, sie zu schlagen. Und dass es ihm anschließend immer leidgetan und er ihr beteuert hatte, wie sehr er sie liebte. Dass sie ihn angezeigt hatte, dass aber die Polizei die Sache nicht weiterverfolgt hatte, weil seine Eltern großen Einfluss hatten und die entsprechenden Beamten bestochen hatten. Und wie es ihr schließlich gelungen war, ihn trotz seiner erbitterten Gegenwehr zu verlassen, weil sie seinen Eltern gedroht hatte, alles öffentlich zu machen. Dabei hatte sie auf alle Unterhaltsansprüche verzichtet und dafür seinen Eltern das Versprechen abverlangt, ihn von ihr fernzuhalten.

John lag die ganze Zeit stockstei da und zitterte vor Zorn. Sie streichelte in der Dunkelheit sein Gesicht und tröstete ihn so gut sie konnte, ohne sich darüber zu wundern, wie unlogisch das war.

„Beruhig dich", sagte sie schließlich leise und küsste seine Schulter. „Es ist vorbei."

„Du hast gesagt, dass seine Eltern ihn von dir ferngehalten haben, aber dass sie tot sind. Hat er dich seitdem belästigt?"

Sie erschauerte, als sie sich an Rogers Anrufe erinnerte. „Er hat mich zweimal angerufen. Aber gesehen habe ich ihn nicht. Ich hoffe, dass ich ihn nie wieder sehen muss."

„Angerufen? Wo? Bei dir zu Hause? Wie lange ist das her?"

„Kurz bevor du mich hierher gebracht hast."

„Ich würde ihn gern kennenlernen", sagte John leise mit einem drohenden Unterton in der Stimme.

„Ich hoffe nicht. Er ist … nicht normal."

Sie lagen zusammen da, die warme, feuchte Nacht hüllte sie ein, und sie begann langsam müde zu werden. Dann berührte er sie erneut, und sie spürte seine unbändige Wut. „Was hat er benutzt?"

Sie zuckte zusammen und rutschte ein Stück von ihm weg. Er

fluchte leise in sich hinein und zog sie wieder an sich. „Sag es mir."

„Ist doch egal."

„Ich will es aber wissen."

„Du weißt es." In ihren Augen brannten Tränen. „Es ist nicht sehr originell."

„Einen Gürtel."

Ihr stockte der Atem. „Er … er hat sich das eine Ende um die Hand geschlungen."

John fletschte tatsächlich die Zähne, sein ganzer Körper bebte. Er malte sich aus, wie eine Gürtelschnalle ihre weiche Haut aufriss, und der Gedanke machte ihn ganz krank. Er machte ihn mordlüstern. Mehr denn je sehnte er sich danach, Roger Beckman in die Finger zu bekommen.

*M*ichelle fuhr aus dem Schlaf hoch, die Augen weit aufgerissen, das Gesicht kalkweiß. John neben ihr bewegte sich und streckte die Hand nach ihr aus, aber er wachte nicht auf. Sie legte sich wieder hin, getröstet, weil er neben ihr war, aber ihre Gedanken und ihr Herz rasten.

Es war Roger gewesen.

Roger war der anonyme Anrufer gewesen. Und Roger hatte den blauen Chevrolet gefahren. Er hatte versucht, sie zu töten. Er war hier in Florida, schlug seine Zeit tot und wartete darauf, dass er sie allein erwischte. Sie erinnerte sich daran, dass sie vor dem Unfall das Gefühl gehabt hatte, beobachtet zu werden und das Gleiche hatte sie bei den Anrufen gefühlt. Sie hätte das gleich alles zusammenbringen sollen.

Er hatte das mit John herausgefunden. Wahrscheinlich hatte er sich die ganze Zeit über eingeredet, dass sie schon irgendwann wieder zu ihm zurückkommen würde; sie konnte ihn immer noch flüstern hören, wie sehr er sie liebte, dass er alles wiedergutmachen und ihr zeigen würde, wie gut es mit ihnen sein könnte. Nachdem er das mit John herausgefunden hatte, hatte er sich erst richtig in seine elende Eifersucht hineingesteigert.

Und jetzt war er ganz verrückt geworden. Sie fühlte sich in der Falle, sie bekam Panik bei dem Gedanken, dass er irgendwo da draußen war und geduldig darauf wartete, sie allein zu erwischen. Zur Polizei konnte sie nicht gehen, weil ihr die Beweise fehlten, es war nur so ein Gefühl, und kein Mensch wurde verhaftet, nur weil irgendwer irgendein Gefühl hatte. Davon abgesehen konnte sie der Polizei nicht unbedingt trauen. Rogers Eltern war es in Philadelphia gelungen, Polizisten zu bestechen, und jetzt war Roger der Besitzer dieses riesigen Imperiums. Er verfügte über unbeschränkte finanzielle Mittel. Wer konnte schon wissen, was er sich damit alles kaufen konnte? Vielleicht hatte er auch irgendwen beauftragt, und wenn das der Fall war, würde sie nicht wissen, vor wem sie sich in Acht nehmen musste.

Endlich gelang es ihr wieder einzuschlafen, aber das Wissen, dass Roger ihr auf den Fersen war, ließ ihr während der nächsten Tage keine Ruhe mehr, sie konnte weder schlafen noch essen. Trotz der Menschen, die um sie herum waren, fühlte sie sich unendlich einsam.

Sie wünschte sich nichts sehnlicher, als mit John darüber reden zu können, aber ihre bittere Erfahrung veranlasste sie zu schweigen. Über die Sache mit dem Unfall, der in Wirklichkeit gar kein Unfall gewesen war, hatten sie nie mehr gesprochen, aber sie war sich sicher, dass er ihr immer noch nicht glaubte.

An einem heißen sonnigen Morgen konnte sie es plötzlich nicht mehr länger aushalten. Sie fühlte sich so in die Enge getrieben, dass das Maß voll war. Sogar ein Kaninchen wehrt sich, wenn es nicht mehr weglaufen kann. Verdammter Roger! Was konnte sie bloß tun, um ihn endlich loszuwerden?

Sie hatte immer noch alle Beweise, aufgrund derer sie damals die Vereinbarung mit seinen Eltern abgeschlossen hatte. Diese Vereinbarung nützte ihr jetzt zwar nichts mehr, weil seine Eltern tot waren, aber zumindest konnte sie beweisen, dass Roger ihr gegenüber schon früher gewalttätig geworden war. Wer konnte wissen, wofür sie es noch einmal brauchen würde.

Aber der Umschlag mit den Fotos und ärztlichen Attesten war in ihrem Haus, und sie wollte ihn bei sich haben, hier bei John. Es erschien ihr nicht sicher, ihn in ihrem Haus zu lassen, auch wenn es abgeschlossen war. Und wenn Roger irgendwie in den Besitz der Unterlagen kam, hatte sie überhaupt nichts mehr in der Hand.

Kurz entschlossen sagte sie Edie Bescheid, dass sie vorhatte auszureiten, und ging zum Stall, um sich ein Pferd zu holen. Es war ein angenehmer Ritt über ihre Weiden, aber sie war zu angespannt, um ihn genießen zu können. Als sie das letzte Mal hier gewesen war, hatte Roger sie gesehen, und sie hatte es immer noch vor Augen, wie der blaue Chevrolet auf sie zugekommen war.

Sie näherte sich dem Haus von hinten und schaute sich, als sie vom Pferd abstieg, ängstlich um, aber sie konnte nichts Außergewöhnliches entdecken. Sie überprüfte schnell die Türen und Fenster, aber alles war fest zu, und es gab nirgendwo einen Anhaltspunkt dafür, dass irgendwer versucht hatte, sich gewaltsam Zutritt zu verschaffen. Erst dann betrat sie das Haus und ging eilig ins Büro, um den Safe zu öffnen. Sie holte den braunen Umschlag heraus, überprüfte den Inhalt und atmete erleichtert auf, als sie sah, dass alles unberührt war. Dann schob sie ihn in ihr Hemd und verschloss den Safe wieder.

Das Haus hatte lange Zeit leer gestanden; die Luft war heiß und muffig. Als Michelle aufstand, wurde ihr schwarz vor Augen und gleich darauf wurde sie von Übelkeit überschwemmt. Sie beeilte sich nach draußen auf die Veranda zu kommen, wo sie sich an die Hauswand lehnte und tief durchatmete, bis ihr Kopf wieder klar war und ihr Magen sich beruhigt hatte. Sie war offenbar fix und fertig. Sie wusste nicht, wie lange sie das noch aushalten konnte, aber sie musste warten. Er würde wieder anrufen, das wusste sie. Und bis dahin gab es kaum etwas, was sie tun konnte.

Alles war immer noch ruhig, friedlich. Das Pferd wieherte leise, als sie aufstieg und nach Hause ritt.

Als sie den Hof erreichte, kam der Stallbursche angerannt. Auf seinem Gesicht spiegelte sich unübersehbar Erleichterung. „Gott sei Dank sind Sie wieder da", sagte er. „Der Boss dreht fast durch. Er hat die ganze Ranch nach Ihnen umgekrempelt. Ich sage ihm gleich, dass Sie zurück sind."

„Warum sucht er mich denn?", fragte sie erstaunt. Sie hatte Edie Bescheid gesagt.

„Keine Ahnung, Ma'am." Er nahm ihr die Zügel aus der Hand, nachdem sie abgestiegen war.

Sie ging ins Haus und suchte Edie, die allerdings auch nicht wusste, was John von ihr wollte.

Ein paar Minuten später hörte sie seinen Truck auf den Hof fahren, und der Geschwindigkeit nach zu urteilen war nicht davon auszugehen, dass er sich mittlerweile beruhigt hatte. Mehr neugierig als alarmiert ging sie ihm entgegen. John stieß krachend die Tür auf und sprang mit einem Gewehr in der Hand heraus. Sein Gesicht war angespannt, und seine Augen blitzten gefährlich, als er auf sie zukam. „Wo zum Teufel hast du gesteckt?", herrschte er sie an.

Michelle schaute auf das Gewehr. „Ich bin ausgeritten."

Er blieb nicht stehen, als er sie erreicht hatte, sondern packte sie am Arm und zerrte sie ins Haus. „Wohin, verdammt? Ich habe dich überall gesucht."

„Ich war nur kurz bei mir drüben." Sie begann sich langsam ein bisschen über sein Verhalten zu ärgern, vor allem, weil sie immer noch nicht wusste, warum er so aufgebracht war. Sie schaute ihn von oben herab mit einem kühlen Blick an. „Ich wusste nicht, dass ich deine Erlaubnis einholen muss, wenn ich zu mir nach Hause will."

„Schön, dann weißt du es eben jetzt", sagte er schroff, während er das Gewehr im Gewehrschrank verstaute. „Ich will nicht, dass du irgendwohin gehst, ohne mir vorher Bescheid zu sagen."

„Ich glaube nicht, dass ich deine Gefangene bin", sagte sie eisig.

„Gefangene!" Er wirbelte herum, unfähig, die Panik zu vergessen, die ihn erfasst hatte, als sie nirgendwo auffindbar gewesen war. Nachdem sie ihm kürzlich nachts die Geschichte von ihrem Exmann erzählt hatte, war ihm ein eisiger Schauer über den Rücken gelaufen, weil ihm dabei die Sache mit ihrem Unfall und dem, wie es angeblich passiert war, wieder eingefallen war. Und er hatte es nicht ernst genommen und es nur für blühende Fantasie oder eine Ausrede gehalten! Bis er wusste, was hier vorging, hätte er sie zu ihrer eigenen Sicherheit am liebsten im Schlafzimmer eingesperrt. Aber ein Blick in ihr empörtes Gesicht sagte ihm, dass er es falsch angefangen hatte und dass sie sich auf die Hinterbeine stellte.

„Ich dachte, dir sei etwas passiert", sagte er ruhiger.

„Und deshalb suchst du nach jemandem, den du erschießen kannst?", fragte sie ungläubig.

„Nein, das Gewehr habe ich nur für den Fall mitgenommen, dass du in Gefahr bist."

Sie ballte unwillkürlich die Hände zu Fäusten. Als sie wirklich in Gefahr gewesen war, hatte er ihr nicht geglaubt, aber jetzt machte er sich Sorgen, dass sie sich einen Knöchel brechen oder vom Pferd fallen könnte. „In was für einer Gefahr sollte ich denn deiner Meinung nach sein?", fragte sie scharf. „Ich wette meinen Kopf, dass es hier nirgendwo auch nur eine Schlange gibt, die es wagen würde, mich ohne deine Erlaubnis zu beißen!"

Über sein Gesicht huschte ein zerknirschter Ausdruck. Er hob die Hand und steckte ihr eine Haarsträhne hinters Ohr, aber sie funkelte ihn immer noch an wie eine entrüstete Königin. „Steht dir wirklich gut, wenn du wütend bist", zog er sie auf.

Einen Moment lang schaute sie ihn an, als wolle sie ihm die Augen auskratzen, dann platzte sie heraus: „Du Esel!", und fing an zu lachen.

Er stimmte ein. Niemand konnte das so sagen wie Michelle. Er liebte es. Sie konnte ihn jederzeit einen Esel nennen und so oft sie wollte. Bevor sie aufhörte zu lachen, legte er seinen Arm um sie, zog sie eng an sich und küsste sie. Ihr Lachen hörte abrupt auf, ihre Hände schlossen sich um seine Oberarme und ihre Zunge begegnete seiner.

„Du hast mir vielleicht einen Schrecken eingejagt", murmelte er, den Kopf hebend.

„So einen großen offenbar auch wieder nicht", gurrte sie, und er musste grinsen.

„Aber das war kein Spaß. Ich will wirklich wissen, wenn du weggehst, außerdem will ich nicht, dass du allein auf deine Ranch gehst. Sie steht jetzt schon eine ganze Weile leer, und es könnte sein, dass sich ein Landstreicher dort eingenistet hat."

„Was sollte denn ein Landstreicher so weit draußen wollen?", fragte sie.

„Was könnte ein Landstreicher sonst wo wollen? Landstreicher gibt es überall. Bitte. Tu mir den Gefallen, okay?"

Es war so ungewöhnlich, dass John Rafferty um etwas bat, dass sie ihn nur wortlos anstarren konnte. Obwohl er natürlich trotzdem erwarten würde, dass sie genau das tat, was er wollte, auch wenn er Bitte gesagt hatte.

Der Schwindel und die Übelkeit, die sie auf ihrer Ranch verspürt hatte, schienen die Symptome eines beginnenden Infekts zu sein, weil sie sich am nächsten Tag schrecklich fühlte. Sie verbrachte fast den ganzen Tag im Bett, zu müde und zu krank, um sich um irgendetwas anderes Gedanken zu machen. Jedes Mal, wenn sie den Kopf hob, überfiel sie dieser schreckliche Schwindel und bescherte ihr eine neue Welle von Übelkeit. Sie wollte einfach nur allein gelassen werden.

Am nächsten Morgen verspürte sie eine leichte Besserung und schaffte es immerhin, etwas im Magen zu behalten. John hielt sie in den Armen, besorgt über ihre Apathie. „Wenn es morgen nicht besser ist, fahre ich dich zum Arzt", verkündete er entschlossen.

„Es ist nur irgendein kleiner Infekt", sagte sie aufseufzend. „Da kann ein Arzt auch nichts machen."

„Er könnte dir etwas für deinen Magen geben."

„Heute ist es schon wieder besser. Was ist, wenn du dich ansteckst?"

„Dann darfst du auf Knien warten, bis es mir besser geht", sagte er und lachte, als er ihr Gesicht sah. Er hatte keine Angst sich anzustecken. Er konnte sich nicht einmal erinnern, wann er den letzten Schnupfen gehabt hatte.

Am nächsten Tag ging es ihr schon viel besser, und obwohl sie sich immer noch nicht gut genug fühlte, um auszureiten, verbrachte sie den Vormittag im Büro, wo sie den Computer mit Informationen fütterte und die Rechnungen ins Hauptbuch eintrug. Wenn sie ein Buchhaltungsprogramm für den Computer hätte, wäre alles einfacher. Sie nahm sich vor, es John vorzuschlagen.

Roger hatte immer noch nicht angerufen.

Sie ballte die Hände zu Fäusten. Sie wusste, dass er irgendwo in der Nähe war. Wie konnte sie ihn aus seinem Versteck herauslocken? Solange sie es aus Angst vor ihm nicht wagen konnte, die Ranch allein zu verlassen, konnte sie kein normales Leben führen.

Aber vielleicht war das ja genau das, was sie tun musste. Offenbar beobachtete Roger die Ranch, weil schwer vorstellbar war, dass der blaue Chevrolet rein zufällig aufgetaucht war. Damals hatte er sie überrumpelt, aber jetzt würde sie nach ihm Ausschau halten. Sie musste ihn irgendwie aus seinem Versteck hervorlocken.

Als John zum Mittagessen nach Hause kam, hatte sie sich das Haar hochgesteckt und ein bisschen Make-up aufgelegt, und sie wusste, dass sie viel besser aussah. „Ich glaube, ich fahre kurz in die Stadt und kaufe ein paar Sachen", bemerkte sie beiläufig. „Brauchst du irgendetwas?"

Er hob überrascht den Kopf. Sie war seit dem Unfall nicht gefahren, und jetzt tat sie so, als ob nie etwas passiert wäre. „Was denn für Sachen?", fragte er argwöhnisch. „Wo genau gehst du hin?"

Sein Ton veranlasste sie, die Augenbrauen zu heben. „Shampoo, Haarspülung, solche Sachen eben."

„In Ordnung." Er machte eine ungeduldige Handbewegung. „Wohin fährst du? Wann bist du zurück?"

„Wirklich, du hast den falschen Beruf. Du hättest Gefängniswärter werden sollen."

„Sag's mir einfach."

Weil sie nicht wollte, dass er ihr womöglich noch verbot, das Auto zu nehmen, sagte sie so gelangweilt wie möglich: „Wahrscheinlich in den Drogeriemarkt. Ich denke, ich bin so gegen drei zurück."

Er schaute sie scharf an, dann stieß er einen Seufzer aus und fuhr sich mit den Fingern durch das volle schwarze Haar. „Aber sei vorsichtig."

*S*ie musste verrückt sein, das war Michelle klar. Das Allerletzte, was sie wollte, war es, Roger zu sehen, und doch versuchte sie ihn zu finden, obwohl sie den Verdacht hatte, dass er versuchte, sie zu töten. Nein, nicht obwohl, sondern deshalb wollte sie ihn finden. Sie wollte ganz bestimmt nicht sterben, aber sie wollte, dass das alles endlich vorbei war. Erst dann konnte sie ein normales Leben führen.

Sie wollte dieses Leben mit John leben, aber sie hatte sich nie vorgemacht, dass ihre Beziehung von Dauer sein könnte, und seine Laune der letzten paar Tage konnte gut das Ende ankündigen. Sie schien ihn durch nichts erfreuen zu können, außer im Bett, aber vielleicht hing das ja auch nur mit seinem ausgeprägten Sexualtrieb zusammen und wäre bei einer anderen Frau auch nicht anders gewesen.

An dem Morgen, an dem sie vorhatte, ein bisschen in der Gegend herumzufahren, war sie so nervös, dass sie zum Frühstück keinen Bissen herunterbrachte. Sie ging unruhig auf und ab und wartete, bis sie John mit dem Pick-up auf die Weide fahren sah. Sie hatte ihm nichts von ihrem kleinen Ausflug erzählen wollen, weil er dann zu viele Fragen gestellt hätte, außerdem würde sie sowieso in einer halben Stunde wieder da sein.

Während sie langsam die schmale Kiesstraße hinunterfuhr, stellte sie das Radio an, um ihre strapazierten Nerven zu beruhigen. Sie konnte es kaum glauben, dass sich jetzt bereits der dritte Hurrikan der Saison über dem Atlantik zusammenbraute und auf Kuba zubewegte. Die ersten beiden Stürme waren vollständig an ihr vorbeigegangen. Sie hatte nicht einmal gemerkt, dass der Sommer in den Frühherbst übergegangen war, weil es immer noch so heiß und schwül war, das perfekte Hurrikanwetter.

Obwohl sie sorgfältig beide Seiten der Straße nach einem Auto absuchte, das versteckt unter den Bäumen stand, konnte sie nichts entdecken. Es war ruhig, kein Lüftchen regte sich. Außer ihr war weit und breit niemand zu sehen. Frustriert wendete sie und fuhr zurück.

Als sie wieder einmal von einer plötzlichen Übelkeit überschwemmt wurde, musste sie anhalten. Sie machte die Tür auf und beugte sich hinaus, ihr Magen rebellierte, aber da er leer war, musste sie sich zum Glück nicht übergeben. Nachdem der Krampf nachgelassen hatte, legte sie den Kopf aufs Lenkrad. Sie fühlte sich erschöpft und schwitzte. Das dauerte schon viel zu lange für eine Infektion.

Wenn das eine Infektion war, dann eine Neun-Monats-Infektion.

Sie richtete sich auf und ließ den Kopf gegen die Nackenstütze sinken, und um ihre blassen Lippen spielte ein Lächeln. Schwanger. Natürlich. Sie wusste sogar, wann es passiert war: in der Nacht, in der John von Miami nach Hause gekommen war. Er hatte, nachdem sie aufgewacht war, sie geliebt, und keiner von ihnen hatte an Verhütung gedacht. Sie war die ganze Zeit über so nervös gewesen, dass ihr gar nicht aufgefallen war, dass ihre Periode längst fällig war.

Johns Baby. Es wuchs schon seit fast fünf Wochen in ihr. Sie fuhr sich mit der Hand über den Bauch, während ein ungeheures Glücksgefühl in ihr aufstieg, obwohl sie sich so scheußlich fühlte. Sie wusste, was für Probleme diese neue Entwicklung mit sich bringen würde, aber im Moment waren sie noch weit weg, unwichtig im Vergleich mit der überschäumenden Freude, die sie verspürte.

Sie begann zu lachen, als sie daran dachte, wie krank sie gewesen war. Sie erinnerte sich daran, in einer Zeitschrift gelesen zu haben, dass bei Frauen, die während der Schwangerschaft an Morgenübelkeit litten, weniger Gefahr für eine Fehlgeburt bestand als bei Frauen, die diese Beschwerden nicht hatten. Wenn das stimmte, dann war dieses Baby in ihrem Bauch so sicher wie in Fort Knox. Sie fühlte sich immer noch hundeelend, aber jetzt war sie glücklich, dass sie sich so fühlte.

„Ein Baby", flüsterte sie, während sie sich ein winziges, süß duftendes Bündel mit einem Mopp aus dichten schwarzen Haaren und feuchten schwarzen Augen vorstellte, obwohl ihr klar war, dass jedes Kind von John Rafferty wahrscheinlich ein Teufelsbraten sein würde.

Weil sie nicht bis zum jüngsten Tag im Auto am Straßenrand sitzen konnte, fuhr sie schließlich wieder zur Ranch zurück, wo sie einen trockenen Toast und eine Tasse schwachen Tee zu sich nahm. Dann begann sie über die Probleme, die vor ihr lagen, nachzudenken.

Tausend Gedanken schossen ihr gleichzeitig durch den Kopf, aber sie schaffte es nicht, auch nur einen einzigen davon zu Ende zu denken. Sie war so aufgewühlt, dass sie nichts entscheiden konnte. Ihre Gefühle fuhren mit ihr Achterbahn, im einen Moment fühlte sie sich himmelhoch jauchzend und im anderen zu Tode betrübt. Sie wusste nicht, wie John reagieren würde, von daher war alles, was sie sich jetzt zurechtlegte, nur Zeitverschwendung. Das war etwas, das sie nur zusammen machen konnten.

Sie hörte ein Auto vorfahren, gefolgt von lauten, aufgeregten Stimmen draußen, aber auf der Ranch kamen und gingen ständig Cowboys, von daher dachte sie sich nichts dabei, bis Edie nach oben rief: „Michelle? Jemand ist verletzt. Die Jungs bringen ihn rein … Allmächtiger, es ist der Boss!" Die letzten Worte schrie sie, und Michelle schoss vom Bett hoch. Hinterher konnte sie sich nicht mehr daran erinnern, die Treppe nach unten gerannt zu sein, sie wusste nur noch, dass Edie sie an der Eingangstür abfing, als Nev und ein anderer Mann John von einem Pferd halfen. John presste sich ein Tuch ans Gesicht, an seinen Händen und Armen lief Blut herunter und durchtränkte sein Hemd.

Michelles Gesicht verzerrte sich, und ihrer Kehle entrang sich ein erstickter Schrei. Edie war eine große starke Frau, aber irgendwie gelang es Michelle, sich loszureißen und zu John zu rennen. Er schüttelte Nevs Hand ab und zog Michelle an sich. „Ich bin okay", brummte er. „Sieht schlimmer aus, als es ist."

„Sie sollten besser zu einem Arzt gehen, Boss", warnte Nev. „Ein paar dieser Schnitte müssen genäht werden."

„Das habe ich auch vor. Gehen Sie zurück und kümmern Sie sich um alles." John warf Nev über Michelles Kopf einen warnenden Blick zu und obwohl er sich ein Auge mit dem blutigen Tuch zuhielt, verstand Nev die Botschaft. Er warf einen kurzen Blick auf Michelle, dann nickte er.

„Was ist denn passiert?", fragte Michelle entsetzt, während sie John in die Küche half. Sein Arm lag schwer auf ihrer Schulter, was ihr mehr als alles andere verriet, dass er schlimmer verletzt war, als er zugeben wollte. Er sank auf einen Küchenstuhl.

„Ich habe die Kontrolle über meinen Truck verloren und bin gegen einen Baum gefahren", brummte er. „Und mit dem Gesicht gegen das Lenkrad gekracht."

Sie sah in seinen schwarzen Haaren winzige Glassplitter glitzern. „Lass mal sehen", sagte sie und nahm vorsichtig das Tuch von seinem Gesicht weg.

Sie musste sich auf die Lippen beißen, um nicht laut aufzustöhnen. Sein linkes Auge war bereits zugeschwollen, und an der Wange hatte er einen tiefen Schnitt. Die Haut über seinem linken Wangenknochen und um die Augenbraue herum verfärbte sich bereits lila, auf der Stirn hatte er eine große Beule und auch sonst überall im Gesicht noch kleinere Schnittwunden. „Edie, zerstoßen Sie ein bisschen Eis für sein Auge. Vielleicht können wir verhindern, dass es noch mehr zuschwillt. Ich hole nur schnell meine Handtasche und die Autoschlüssel."

Der Arzt bestand darauf, dass John sich so schnell wie möglich im Krankenhaus von Tampa einer eingehenden Untersuchung unterzog, und wollte sofort einen Krankenwagen rufen. John wehrte sich vehement dagegen, doch als der Arzt ihn schließlich mit großem Ernst auf die Gefahr hinwies, dass er auf dem linken Auge erblinden könnte, gab er zähneknirschend nach und sagte: „Nur wenn Michelle im Krankenwagen mitfährt."

„Ich fahre direkt hinter dir her", sagte Michelle.

„Nein", sagte John in einem Ton, der keinen Widerspruch duldete. „Doc, geben Sie mir eine Stunde. Ich muss erst noch jemanden bitten, uns ein paar Sachen zum Anziehen von zu Hause zu holen und das Auto zurückzufahren." Und zu Michelle sagte er: „Entweder fährst du mit mir mit, oder ich fahre auch nicht."

Michelle starrte ihn frustriert an, aber sie spürte, dass er nicht bereit war, irgendwelche Zugeständnisse zu machen. Ihr war völlig unbegreiflich, warum es ihm so wichtig war, dass sie im Krankenwagen mitfuhr. Und außerdem, wenn jemand das Auto zur Ranch zurückfuhr, wie sollten sie dann von Tampa wegkommen? Dieser ganze Vorfall erschien ihr immer sonderbarer, aber sie wusste nicht genau, warum, und jetzt war nicht der richtige Zeitpunkt, um irgendwelche Nachforschungen anzustellen. Wenn sie im Krankenwagen mitfahren musste, um John nach Tampa zu bringen, dann würde sie es eben tun. Ihr saß immer noch der Schock über seinen Unfall in den Gliedern, und sie würde alles tun, damit es ihm bald wieder gut ging.

Er nahm ihr Schweigen als Zustimmung und beauftragte sie, Nev anzurufen und zu bitten, ein paar Sachen zum Anziehen herzubringen. Nachdem sie das Zimmer verlassen hatte, fragte er den Arzt: „Sagen Sie, Doc, gibt es hier noch ein anderes Telefon, das ich benutzen kann?"

„Hier drin nicht, und Sie sollten jetzt nicht herumlaufen. Sie sollen sich auch nicht aufsetzen. Wenn der Anruf so dringend ist, dass er nicht warten kann, bitten Sie Ihre Frau, ihn zu machen."

„Ich will aber nicht, dass sie etwas davon erfährt." Er machte sich nicht die Mühe, den Irrtum des Arztes, dass Michelle seine Frau sei, zu korrigieren. Der gute Doc war nur ein bisschen zu früh dran, das war alles. „Tun Sie mir einen Gefallen. Rufen Sie im Sheriffbüro an und sagen Sie Andy Phelps, wo ich bin und dass ich dringend mit ihm reden muss. Aber sagen Sie es ihm nur persönlich."

Der Arzt schaute den großen Mann scharf an. Jeder andere an seiner Stelle würde flach auf dem Rücken liegen. Rafferty sollte eigentlich auch liegen, aber er schien eine Konstitution wie aus Eisen zu haben.

„Na schön, aber nur, wenn Sie sich hinlegen. Sie riskieren Ihr Augenlicht, Mr Rafferty. Denken Sie daran, dass die Gefahr besteht, dass Sie für den Rest Ihres Lebens nur noch auf einem Auge sehen können."

Johns Lippen verzogen sich zu einem schiefen Grinsen. „Vielleicht ist der Schaden ja schon passiert, Doc." Sein linkes Auge zu verlieren würde viel weniger schlimm sein, als wenn Michelle ihr Leben verlor. Nichts war wichtiger, als ihr Leben zu retten.

Nachdem der Arzt ebenfalls das Zimmer verlassen hatte, ließ John wieder und wieder den Unfall vor seinem geistigen Auge Revue passieren und versuchte noch weitere Einzelheiten aus seinem Unterbewusstsein hervorzuholen. Hatte er in diesem Sekundenbruchteil, bevor die Kugel die Windschutzscheibe durchschlagen hatte, aus dem Augenwinkel irgendwo eine Bewegung gesehen, die ihm Beckmans Standort verraten könnte? Denn dass es Roger Beckman war, dem er die Kugel zu verdanken hatte, die seinen Unfall verursacht hatte, stand für ihn fest. War Beckman zu Fuß unterwegs gewesen? Unwahrscheinlich, dafür war die Ranch zu weitläufig. Genauso unwahrscheinlich war es, dass er geritten war, an Reitpferde war nicht so leicht heranzukommen wie an Autos, die man jederzeit irgendwo mieten konnte.

Andy Phelps kam nur einen Moment vor Nev. Er wartete, bis John Nev ein paar detaillierte Anweisungen gegeben hatte. Nev nickte und stellte ein paar Fragen. Dann schaute John zu Michelle. „Warum gehst du nicht mit Nev raus und siehst dir die Sachen an, die er uns mitgebracht hat? Wenn etwas fehlt, kann er es uns nach Tampa nachbringen."

Michelle zögerte nur einen Sekundenbruchteil. John wollte sie aus irgendeinem Grund aus dem Zimmer haben. Sie schaute auf den Hilfssheriff und dann wieder auf John, bevor sie mit Nev das Zimmer verließ. Irgendetwas war hier faul.

Selbst Nev verhielt sich merkwürdig, ihr fiel auf, dass er ihr nicht richtig in die Augen schauen konnte. Irgendetwas war passiert, von dem sie nichts wissen sollte, und es hatte etwas mit John zu tun.

Die Sache mit dem Auto, das Nev zurückbringen sollte, war absolut unlogisch, und John verhielt sich sonst nie unlogisch. Nev fühlte sich aus irgendeinem Grund unbehaglich in seiner Haut, und jetzt wollte John auch noch allein mit dem Deputy sprechen. Sie war sich plötzlich sicher, dass Phelps ihm nicht nur einen Freundschaftsbesuch abstattete.

Zu viele Dinge passten nicht zusammen. Allein die Tatsache, dass John einen Unfall gehabt hatte, war schon seltsam. Er fuhr schon, seit er ein Junge war, über dieses Weideland, lange bevor er überhaupt alt genug gewesen war, um einen Führerschein zu machen. Dazu kam, dass er einer der sichersten Fahrer war, die sie je kennengelernt hatte. Es machte einfach keinen Sinn, dass er die Kontrolle über seinen Truck verlieren und gegen einen Baum fahren sollte. Es hatte zu viel Ähnlichkeit mit ihrem eigenen Unfall.

Roger!

Wie vernagelt sie doch gewesen war! Sie hatte ihn nur als eine Gefahr für sich selbst betrachtet, aber nie für John. Sie hätte damit rechnen müssen, dass er versuchte, sich an dem Mann zu rächen, von dem er glaubte, dass er sie ihm weggenommen hatte. Während sie versucht hatte, ihn aus seinem Versteck zu locken, war er hinter John her gewesen. Wütend ballte sie die Hände zu Fäusten. In einem offenen Kampf würde Roger keine Chance gegen John haben, aber wenn er – Feigling, der er war – aus dem Hinterhalt zuschlug, konnte er durchaus Erfolg haben.

Sie schaute auf die beiden Übernachtungsköfferchen, die Edie für sie und John gepackt hatte. „Ich glaube, mir wird schlecht, Nev", flüsterte sie. „Entschuldigen Sie, ich bin gleich wieder da."

Nev schaute sie besorgt an. „Soll ich einer Krankenschwester Bescheid sagen? Sie sehen irgendwie grün aus."

„Nein, mir geht es bestimmt gleich wieder gut." Sie lächelte matt. „Das kommt nur von dem Blut. Ich kann nämlich kein Blut sehen."

Sie tätschelte seinen Arm und ging in Richtung Toiletten, betrat die Damentoilette jedoch nicht. Stattdessen wartete sie einen Moment und spähte dann um die Ecke der Trennwand. Sobald sie sah, dass Nev sich hinsetzte, um auf sie zu warten, rannte sie auf den Flur, auf dem die Untersuchungsräume lagen. Die Tür zu Johns Zimmer war nur angelehnt, und sie konnte durch den Spalt Johns Stimme hören.

„… glaube, die Kugel kam von einer kleinen Anhöhe links neben mir", sagte John. „Nev kann Ihnen zeigen, wo."

„Kann die Kugel in die Polsterung eingeschlagen sein?"

„Wahrscheinlich nicht. Der Winkel war nicht steil genug."

„Vielleicht finde ich ja die Hülse. Wenn er von Tampa gekommen ist, hat er sich ja vielleicht dort ein Auto gemietet. Ich werde mich erkundigen, dann haben wir seine Autonummer."

„Ein blauer Chevrolet. Das müsste die Suche eigentlich eingrenzen", sagte John grimmig.

„Nicht auszudenken, wie viele blaue Chevrolets es in diesem Staat gibt. Gut, dass Sie Michelle mit nach Tampa nehmen, dann habe ich wenigstens ein paar Tage Zeit, eine Spur von dem Burschen zu finden. Wenn Sie es für nötig halten, kann ich einen Kollegen darum bitten, das Krankenhaus zu überwachen."

„Er wird sie nicht finden, wenn der Arzt hier nichts verlauten lässt."

„Das lässt sich arrangieren."

Michelle hatte genug gehört. Sie ging leise den Korridor hinunter und gesellte sich wieder zu Nev. Er blätterte in einer Zeitschrift und schaute erst auf, als sie sich neben ihn setzte. „Geht es Ihnen besser?", fragte er mitfühlend.

Sie gab ihm irgendeine Antwort, die ihn offenbar zufriedenstellte, weil er nicht weiter nachfragte. Sie saß wie vor den Kopf geschlagen auf ihrem Stuhl. Was sie mit angehört hatte, bestätigte ihren Verdacht, dass Roger hinter Johns *Unfall* steckte, aber an dem Rest hatte sie schwer zu kauen. Nicht genug damit, dass John ihr das mit den anonymen Anrufen geglaubt hatte, er hatte sie auch noch mit dem blauen Chevrolet in Verbindung gebracht und offenbar ohne ihr Wissen versucht, Roger auf die Schliche zu kommen. Das erklärte auch, warum er plötzlich darauf bestanden hatte, über jeden ihrer Schritte Bescheid zu wissen, und warum er eigentlich überhaupt nicht wollte, dass sie irgendwohin ging. Er hatte die ganze Zeit versucht sie zu beschützen, während sie versucht hatte, Roger aus seiner Deckung hervorzulocken.

Auf der Fahrt nach Tampa saß sie neben ihm im Krankenwagen und hielt seine Hand, den Blick fest auf sein Gesicht gerichtet. Vielleicht döste er, vielleicht tat es aber auch einfach nur weniger weh, wenn er die Augen geschlossen hielt. Auf jeden Fall sagte er, aus was für einem Grund auch immer, während der gesamten Fahrt fast kein Wort.

Im Krankenhaus wurde er davongerollt, und sie sah ihn erst einmal drei Stunden lang nicht. Sie lief nervös durch die Gänge, bis ihr wieder übel wurde und sie sich gezwungen sah, eine Cafeteria zu suchen, wo sie langsam schale Kräcker in sich hineinmümmelte. Nach und nach beruhigte sich ihr Magen wieder. John würde mindestens zwei Tage hierbleiben müssen, vielleicht auch länger – wie konnte sie ihren Zustand vor ihm verbergen, wenn sie praktisch jede Minute des Tages mit ihm zusammen war? Seiner Aufmerksamkeit entging nichts lange, egal, ob er ein oder zwei gesunde Augen hatte.

Was würde er sagen, wenn sie es ihm erzählte? Sie schloss die Augen, während ihr Herz wild zu hämmern begann. Es war sein gutes Recht, es zu erfahren. Außerdem wollte sie, dass er es wusste, sie wollte jeden Augenblick dieser Schwangerschaft mit ihm teilen. Aber was war, wenn es ihn zu einer törichten Handlung trieb, wenn er erfuhr, dass Roger nicht nur sie beide, sondern auch ihr gemeinsames Kind bedrohte?

Sie zwang sich klar zu denken. Hier im Krankenhaus waren sie sicher, das war geborgte Zeit. Sie hatte den Verdacht, dass das der einzige Grund war, warum er zugestimmt hatte, hierher zu kommen. Er wollte Deputy Phelps Zeit geben, Roger zu finden.

Schließlich ging sie in das Zimmer zurück, das man John zugeteilt hatte, und wartete auf ihn. Dreißig Minuten später wurde er auf einer fahrbaren Trage ins Zimmer geschoben, dann half man ihm, sich ins Bett zu legen. Nachdem sich die Tür hinter dem Krankenpfleger geschlossen hatte, sagte er durch zusammengebissene Zähne: „Wenn jetzt noch einer etwas mit mir machen will, werfe ich ihn aus dem Fenster." Vorsichtig setzte er sich ein bisschen weiter auf, dann drückte er auf den Knopf, um das Kopfteil des Betts hochzustellen.

Sie ignorierte seine schlechte Laune. „Hat dich der Augenspezialist untersucht?"

„Drei. Komm her."

Der fordernde Ton in seiner Stimme ließ ebenso wenig ein Missverständnis zu wie das Glitzern in seinen Augen. Er streckte die Hand nach ihr aus und wiederholte: „Komm her."

„John Patrick Rafferty, du bist im Moment wirklich nicht in der richtigen Verfassung, um so etwas anzufangen."

„Wirklich nicht?"

Sie verbot es sich, in seinen Schoß zu schauen. „Du musst dich ruhig verhalten."

„Ich will mich ja auch ruhig verhalten. Ich will nur einen Kuss." Er warf ihr, seinem verschwollenen Gesicht zum Trotz, ein verruchtes Lächeln zu. „Der Geist ist willig, aber das Fleisch ist verdammt schwach."

Sie beugte sich zu ihm herunter und küsste ihn voller Hingabe. Als sie den Kopf zu heben versuchte, schob er seine Finger in ihr Haar und hielt sie fest, während sein Mund mit ihrem verschmolz und seine Zunge ihre streichelte. Nachdem sie sich voneinander gelöst hatten, seufzte er lustvoll auf und erlaubte ihr aufzustehen, aber er legte ihr die Hände auf den Po und hielt sie fest. „Was hast du gemacht, während sie mich gepiekst, genäht, geröntgt und wieder gepiekst haben?"

„Oh, ich habe mich prächtig unterhalten. Man weiß gar nicht, was für eine Kunst Putzen ist, bis man einen echten Meister sieht. Außerdem gibt es hier eine Vier-Sterne-Cafeteria, die sich offenbar auf schale Kräcker spezialisiert hat, und es sind die besten, die ich jemals gegessen habe." Sie grinste.

Er grinste ebenfalls, während er daran dachte, dass er sie früher immer beschuldigt hatte, verwöhnt zu sein. Jetzt wusste er es besser, weil er alles daran gesetzt hatte, sie zu verwöhnen und sie darauf bestanden hatte, sich mit weit weniger zufriedenzugeben, als er ihr zugedacht hatte. Ihr Geschmack beschränkte sich nicht auf Nerz und Kaviar, und sie war zufrieden gewesen, diesen alten Pick-up zu fahren statt eines Porsche. Sie liebte Seide und hatte wunderschöne Kleider, aber sie war genauso zufrieden damit, ein Baumwollhemd und Jeans zu tragen. Es war nicht leicht, eine Frau zu verwöhnen, die mit dem zufrieden war, was sie hatte.

„Sieh zu, dass sie dir ein Bett hier reinstellen", befahl er. „Oder willst du mit in meinem schlafen?"

„Ich glaube nicht, dass die Schwestern das erlauben."

„Gibt es hier ein Schloss an der Tür?"

Sie lachte. „Nein. Pech für dich."

Seine Hand bewegte sich über ihren Po, die langsame, intime Berührung eines Geliebten. „Wir müssen reden. Würde es dir etwas ausmachen, wenn ich dieses Auge verliere?"

Bis dahin war ihr nicht klar gewesen, dass er das Auge selbst ebenso verlieren könnte wie das Augenlicht. Sie holte erschrocken Luft und griff blindlings nach seiner Hand. Er fuhr fort, sie zu beobachten, und langsam entspannte sie sich, als ihr klar wurde, was wirklich wichtig war.

„Nur deinetwegen. Was meine Gefühle für dich anbelangt, könntest du einäugig, blind, verkrüppelt oder was auch immer sein, und ich würde dich trotzdem lieben."

Da. Sie hatte es gesagt. Sie hatte es nicht vorgehabt, aber die Worte waren so natürlich herausgekommen, dass sie sie nicht zurückgeholt hätte, selbst wenn sie es gekonnt hätte.

Sein rechtes Auge sprühte schwarzes Feuer. Sie hatte noch nie jemanden mit so tiefschwarzen Augen gesehen, Augen, die sie, seit sie sie zum ersten Mal gesehen hatte, verfolgt hatten. Sie schaute auf ihn hinunter und bewerkstelligte ein unsicheres kleines Lächeln, während sie darauf wartete, dass er etwas sagte.

„Sag es noch mal."

Sie versuchte nicht so zu tun, als wüsste sie nicht, was er meinte, aber sie musste noch einmal tief Atem holen. Ihr Herz hämmerte. „Ich liebe dich. Das sage ich nicht, um dich einzufangen. Ich sage einfach nur, was ich fühle, und ich erwarte nicht von dir ..."

Er legte ihr einen Finger auf den Mund. „Da wird es aber höchste Zeit", sagte er.

*S*ie haben Glück gehabt, Mr Rafferty", sagte Dr. Norris über den Rand seiner Brille hinweg. „Ihr Jochbein scheint den Stoß zum größten Teil abgefangen zu haben. Es ist natürlich gebrochen, aber der Augenhöhlenknochen ist intakt. Und das Auge selbst ist auch nicht in Mitleidenschaft gezogen. Mit anderen Worten, Sie haben nur ein beeindruckendes Veilchen."

Michelle wurde ganz schwindlig vor Erleichterung. Sie drückte Johns Hand. Er zwinkerte ihr mit seinem rechten Auge zu, dann sagte er: „Dann war ich also vier Tage in einem Krankenhaus, nur weil ich ein blaues Auge habe?"

Dr. Norris grinste. „Betrachten Sie es als Urlaub."

„Schön, der Urlaub ist jetzt vorbei, und ich reise ab."

„Aber schonen Sie sich in den nächsten Tagen noch. Vergessen Sie nicht, dass Sie genäht worden sind, dass Ihr Jochbein gebrochen ist und dass Sie eine leichte Gehirnerschütterung hatten."

„Ich passe auf ihn auf", sagte Michelle mit einem warnenden Unterton in der Stimme, wobei sie John scharf anschaute. Er hatte wahrscheinlich vor, sobald er nach Hause kam, aufs Pferd zu steigen.

Als sie wieder allein waren, verschränkte John die Hände hinterm Kopf und betrachtete sie mit einem vielsagenden Glitzern in den Augen. Nach vier Tagen war sein verletztes Auge so weit abgeschwollen, dass er es zu einem winzigen Schlitz öffnen konnte, weit genug, um wieder damit sehen zu können. Sein Gesicht sah immer noch schlimm aus, es schillerte in allen Regenbogenfarben, aber das spielte keine Rolle, Hauptsache, das Auge war gesund. „Das waren lange vier Tage", murmelte er. „Wenn wir nach Hause kommen, geht's sofort ab ins Bett."

Prompt begann ihr Blut schneller durch ihre Adern zu fließen, und sie fragte sich, ob sie wohl immer so auf ihn reagieren würde. Ihr Körper veränderte sich, während sein Baby in ihr heranwuchs, die Veränderungen waren noch unsichtbar, aber ihre Haut schien empfindsamer geworden zu sein, sie reagierte auf den leisesten Kontakt. Ihre Knospen pochten leicht, weil sie sich nach der Berührung seiner Hände und seines Mundes sehnten.

Sie hatte beschlossen, ihm noch nichts von dem Baby zu erzählen, nicht solange die Gefahr bestand, dass er sein Auge verlieren könnte, und sie hatte Mühe gehabt, ihren Magen unter Kontrolle zu halten. Sie aß einen Kräcker nach dem anderen und hatte aufgehört, Kaffee zu trinken, weil ihr davon sofort übel wurde.

Als sie gesagt hatte, dass sie ihn liebte, hatte er die Worte nicht erwidert. Einen schrecklichen Moment lang hatte sie sich gefragt, ob er womöglich triumphierte, aber er hatte sie so hart und hungrig geküsst, dass sie diesen Gedanken sofort verworfen hatte. Und dann, in dieser Nacht, nachdem das Licht aus war, hatte er gesagt: „Michelle."

Seine Stimme war tief gewesen, und er hatte reglos dagelegen. Sie hatte ihren Kopf gehoben. „Ja?"

„Ich liebe dich", hatte er leise gesagt.

Ihr waren die Tränen in die Augen geschossen, aber es waren Tränen des Glücks gewesen. „Ich bin glücklich", hatte sie erstickt gesagt.

Er hatte in die Dunkelheit gelacht. „Du kleine Landplage, wart nur ab, bis ich dich wieder in die Finger bekomme."

„Ich kann es gar nicht erwarten."

Und jetzt ging es ihm wieder besser und sie fuhren nach Hause. Sie rief Nev an, um ihn zu bitten, sie abzuholen, und legte dann den Hörer mit Händen, die feucht geworden waren, auf. Sie wischte sie an ihrer Hose ab und hob angriffslustig das Kinn. „Hast du gehört, ob Deputy Phelps schon eine Spur von Roger entdeckt hat?"

John, der gerade dabei war sich anzuziehen, fuhr herum, wobei sich sein gesundes Auge überrascht verengte. Er zog langsam den Reißverschluss an seiner Hose zu, dann ging er um das Bett herum und kam drohend auf sie zu. Michelle wich seinem Blick nicht aus und senkte das Kinn auch nicht, obwohl sie sich schlagartig sehr klein und hilflos fühlte.

Er sagte nichts, sondern wartete einfach, die Lippen zu einem schmalen Strich zusammengepresst. „Ich habe gelauscht", gestand sie ruhig. „Ich hatte die anonymen Anrufe und den Kerl, der mich von der Straße abgedrängt hat, bereits mit Roger in Zusammenhang gebracht, aber wie bist du eigentlich darauf gekommen?"

„Nur ein mulmiges Gefühl und jede Menge Vermutungen", sagte er. „Und dann habe ich beschlossen, ein paar Nachforschungen anzustellen."

„Anfangs hast du es mir nicht geglaubt, das mit dem blauen Chevrolet."

Er seufzte. „Nein. Anfangs nicht. Tut mir leid. Ich wollte einfach nicht wahrhaben, dass dir irgendwer etwas antun will. Aber irgendwann wurde mir klar, dass du vor irgendwas Angst hast."

Ihre grünen Augen verdunkelten sich. „Schreckliche Angst", flüsterte sie und schaute versonnen aus dem Fenster. „Hast du schon etwas von Phelps gehört?"

„Nein. Er meldet sich erst, wenn er Beckman gefunden hat."

Sie erschauerte, ihr Gesicht nahm wieder einen angespannten Ausdruck an. „Er hat versucht, dich zu töten. Ich hätte es wissen müssen. Ich hätte etwas unternehmen sollen."

„Was hättest du denn tun können?", fragte er heiser. „Wenn du an diesem Tag bei mir gewesen wärst, hätte die Kugel dich getroffen statt nur die Windschutzscheibe."

„Er ist krankhaft eifersüchtig." Bei dem Gedanken an Roger wurde ihr ganz schlecht, und sie presste sich eine Hand auf den Magen. „Er ist wirklich krank. Wahrscheinlich ist er durchgedreht, als ich bei dir eingezogen bin. Wo er es doch nicht einmal ertragen konnte, wenn ich mit einem anderen Mann sprach, und als er herausfand, dass du und ich …" Sie unterbrach sich, auf ihrer Oberlippe hatte sich ein feiner Schweißfilm gebildet.

John streckte die Hände nach ihr aus und zog sie an sich. „Reg dich nicht auf", flüsterte er. „Phelps wird ihn ganz bestimmt finden, schließlich kann er ja nicht vom Erdboden verschluckt sein."

Michelle schlüpfte mit ihren Kleidern in der Hand aus dem Schlafzimmer. Sie wollte es nicht riskieren, John zu wecken, wenn sie sich im Schlafzimmer anzog. Er schlief seit dem Unfall tief, aber sie wollte ihr Schicksal nicht herausfordern. Sie musste Roger finden. Er hatte einmal versucht, John zu töten, und beim zweiten Versuch würde es ihm vielleicht gelingen. Und sie kannte John; sie konnte sich nicht vorstellen, dass er die Anweisung des Arztes, sich in den nächsten Tagen noch zu schonen, befolgte. Nein, so wie sie ihn kannte, würde er arbeiten wie immer, draußen im Freien und verletzlich.

Aber sie würde es nicht zulassen, dass Roger noch eine Gelegenheit bekam, um John etwas anzutun. Komischerweise hatte sie keine Angst um sich selbst, aber sie hatte schreckliche Angst um John, und deshalb musste sie etwas unternehmen.

Sie hinterließ eine kurze Nachricht auf dem Küchentisch und aß einen Kräcker, um ihren Magen zu beruhigen. Zur Sicherheit nahm sie die ganze Packung mit, bevor sie leise zur Hintertür hinausschlüpfte.

Der Mercedes sprang beim ersten Versuch an, der Motor schnurrte leise. Sie legte den ersten Gang ein und fuhr ohne Licht die Einfahrt hinunter, wobei sie hoffte, dass sie niemanden aufweckte.

Ihre Ranch lag unter dem Blätterdach der großen alten Eichen still und verlassen da. Sie schloss die Tür auf und betrat, angestrengt in die Dunkelheit lauschend, das Haus. In einer halben Stunde würde es hell werden, und sie hatte nicht viel Zeit, die Falle aufzustellen und Roger hineinzulocken, bevor Edie den Zettel fand und John weckte.

Ihre Hand zitterte, als sie das Licht in der Eingangshalle anknipste. Sie ging ins Wohnzimmer, wo sie ebenfalls Licht machte, dann weiter ins Arbeitszimmer, ins Esszimmer, die Küche, den Trockenraum. Sie zog überall die Vorhänge auf, damit man das Licht von außen gut sehen konnte. Dann ging sie nach oben in ihr Schlafzimmer, wo John sie das erste Mal genommen und es ihr unmöglich gemacht hatte, je wieder einem anderen Mann zu gehören. Jetzt war das ganze Haus hell erleuchtet. Dann setzte sie sich auf die oberste Treppenstufe und wartete. Bald würde jemand kommen. Möglicherweise war es John, und er würde fuchsteufelswild sein, aber sie nahm eher an, dass es Roger sein würde.

Die Sekunden verstrichen, dehnten sich zu Minuten. Als sich der Himmel grau zu färben begann, ging die Tür auf, und er kam herein.

Sie hatte kein Auto gehört, was bedeutete, dass er in der Nähe gewesen war, ganz wie sie angenommen hatte. Sie hatte auch keine Schritte auf der Veranda gehört. Er kam ohne Vorwarnung zur Tür herein, aber sie war nicht überrascht. Sie war sich sicher gewesen, dass er kommen würde.

„Hallo, Roger", sagte sie ruhig. Sie musste ruhig bleiben.

Er hatte in den zwei Jahren, in denen sie ihn nicht gesehen hatte, ein bisschen zugenommen, und seine Haare waren etwas dünner geworden, aber ansonsten sah er aus wie immer. Selbst seine Augen waren noch dieselben, zu aufrichtig und ein bisschen verrückt. Die Aufrichtigkeit täuschte darüber hinweg, dass in seinem Kopf etwas nicht stimmte, auch wenn man das normalerweise nicht merkte.

Er hielt eine Pistole in der Hand, die locker an seiner Seite baumelte. „Michelle", sagte er, ein bisschen verwirrt, dass sie ihn wie einen Gast begrüßte. „Du siehst gut aus." Sogar in so einer Situation vergaß er seine gute Kinderstube nicht.

Sie nickte ernst. „Danke. Willst du eine Tasse Kaffee?" Sie wusste nicht, ob Kaffee im Haus war, und selbst wenn, würde er schrecklich schal schmecken, aber das war egal, Hauptsache, sie konnte irgendwie Zeit schinden. Wenn Edie jetzt noch nicht in der Küche war, würde sie auf jeden Fall in ein paar Minuten kommen, und wenn sie den Zettel fand, würde sie John wecken. Sie ging davon aus, dass er in einer Viertelstunde hier sein würde. Bestimmt konnte sie Roger noch so lange festhalten.

Roger starrte sie mit einem fiebrigen Glitzern in den Augen an.

Ihre Frage hatte ihn wieder überrascht. „Kaffee?", fragte er ungläubig.

„Ja, ich möchte gern eine Tasse, du nicht?" Allein der Gedanke an Kaffee bewirkte, dass ihr Magen rebellierte, aber das musste sie aushalten.

„Warum nicht? Das wäre nett, danke."

Sie lächelte ihn an und stand auf. „Warum kommst du nicht mit in die Küche? Wir können uns unterhalten, während ich den Kaffee mache. Obwohl ich hoffe, dass ich überhaupt noch welchen habe. Dieser Sommer ist wirklich unheimlich heiß, findest du nicht? Ich trinke fast nur noch Eistee."

„Ja", stimmte er zu und folgte ihr in die Küche. „Ich habe mir schon überlegt, für eine Weile nach Colorado ins Chalet zu fahren. Dort ist es jetzt bestimmt angenehm."

Sie fand ein halb leeres Päckchen Kaffee im Schrank, füllte die Kaffeekanne mit Wasser und schüttete es in die Kaffeemaschine, dann maß sie den Kaffee ab und tat ihn in den Filter. Ihre Kaffeemaschine war langsam, es dauerte fast zehn Minuten, bis eine Kanne fertig war.

„Setz dich doch bitte", lud sie ihn ein und deutete auf die Stühle am Küchentisch.

Er ließ sich langsam auf einem Stuhl nieder, dann legte er die Pistole auf die Tischplatte. Michelle vermied es, die Waffe anzuschauen, während sie zwei Becher aus dem Schrank holte. Einen Moment später setzte sie sich ebenfalls und nahm sich noch einen Kräcker aus der Packung, die sie vorhin, als sie in der Küche Licht gemacht hatte, auf den Küchentisch gelegt hatte. Ihr Magen rumorte schon wieder.

„Möchtest du auch einen Kräcker?", fragte sie höflich.

Er beobachtete sie aus Augen, die traurig und wild zugleich waren. „Ich liebe dich", flüsterte er. „Wie konntest du mich verlassen, wo ich dich doch so nötig brauche? Ich wollte, dass du zu mir zurückkommst. Alles wäre gut geworden. Ich habe dir versprochen, dass alles gut wird. Warum wohnst du mit diesem dumpfen Rancher zusammen? Warum betrügst du mich?"

Angesichts der plötzlichen Wut, die in seiner Stimme mitschwang, zuckte Michelle zusammen. Sein außergewöhnlich anziehendes Gesicht verzerrte sich in dieser scheußlichen Weise, die sie in ihren Albträumen verfolgt hatte. Ihr Herz begann schmerzhaft gegen ihre Rippen zu hämmern, aber irgendwie schaffte sie, glaubwürdig überrascht zu sagen: „Aber Roger, sie haben mir den Strom gesperrt. Du erwartest doch wohl nicht, dass ich hier ohne Strom und Wasser lebe?"

Wieder wirkte er verwirrt, aber nur kurz, dann schüttelte er den

Kopf. „Du kannst mich nicht mehr belügen, Darling. Du lebst immer noch dort. Aber ich verstehe es nicht. Dabei kann ich dir so viel mehr bieten: jeden erdenklichen Luxus, teuren Schmuck. Du kannst zum Einkaufen nach Paris fliegen, aber du läufst vor mir weg, um mit einem verschwitzten, nach Kuhmist stinkenden Rancher zu leben."

Sie schluckte und versuchte die Panik zu unterdrücken, die in ihr aufzusteigen begann. Wie viele Minuten musste sie noch überbrücken? Sieben? Acht?

„Ich war mir nicht sicher, ob du mich zurückhaben willst", brachte sie mühsam heraus, obwohl ihr Mund so trocken war, dass sie die Worte kaum artikulieren konnte.

Langsam schüttelte er den Kopf. „Du musst es gewusst haben. Du wolltest nur nicht zurückkommen. Du magst es, was dir dieser verschwitzte Rancher geben kann, obwohl du leben könntest wie eine Königin. Michelle, Darling, es ist krank, dass du so einem Kerl erlaubst, dich anzufassen, aber es macht dir Spaß, stimmt's? Es ist unnatürlich!"

Sie kannte alle Anzeichen. Er steigerte sich in eine Raserei hinein, sein Zorn und seine Eifersucht bauten sich in ihm auf, bis er schließlich explodierte und zuschlug. Wie lange würde es noch dauern?

„Ich habe bei dir zu Hause angerufen", log sie verzweifelt, um seinen Zorn zu dämpfen. „Deine Haushälterin hat gesagt, du seist in Frankreich. Ich wollte, dass du kommst und mich holst. Ich wollte zu dir zurück."

Er schaute sie verblüfft an, sein Zorn war plötzlich wie weggeblasen. Er war schlagartig ein anderer Mensch. „Du … du wolltest …"

Sie nickte und registrierte erleichtert, dass er die Pistole vergessen zu haben schien. „Du hast mir gefehlt. Wir hatten doch eine Menge Spaß zusammen, oder?" Es war traurig, aber am Anfang hatten sie wirklich viel Spaß gehabt. Roger war fröhlich und sanft gewesen, und sie hatte gehofft, John bei ihm vergessen zu können.

Ein bisschen davon spiegelte sich plötzlich in seinen Augen wider, in dem Lächeln, das um seine Mundwinkel spielte. „Du warst für mich das Wundervollste, was ich je gesehen hatte", sagte er weich. „Ich wollte dir die ganze Welt zu Füßen legen. Ich hätte sogar für dich getötet." Seine Hand bewegte sich zu der Pistole, wobei er immer noch lächelte.

Fünf Minuten?

Plötzlich hatte sie Mitleid mit ihm. Erst in diesem Augenblick wurde ihr wirklich klar, dass Roger krank war, dass irgendetwas in seinem Kopf gründlich schiefgelaufen war.

„Wir waren so jung", murmelte sie, wobei sie sich wünschte, dass sich für den lachenden jungen Mann, den sie gekannt hatte, die Dinge anders entwickelt hätten. „Erinnerst du dich noch daran, wie June Bailey aus Wes Conlans Boot gefallen ist? Wir haben versucht, sie reinzuholen, und am Ende sind wir alle im Wasser gelandet, bis auf Toni. Die hatte keine Ahnung vom Segeln, und jetzt war sie mutterseelenallein an Deck und kreischte, während wir wie die Verrückten geschwommen sind, um das Boot einzuholen."

Noch vier Minuten.

Er lachte, während seine Gedanken zu diesen sonnigen, sorglosen Tagen zurückwanderten.

„Ich glaube, der Kaffee ist fertig", sagte sie und stand auf. Sie schenkte zwei Tassen ein und ging damit an den Tisch. „Hoffentlich ist er trinkbar."

Er lächelte immer noch, aber seine Augen waren traurig. Während sie ihn beobachtete, füllten sich seine Augen mit Tränen, und er griff nach der Pistole. „Ich liebe dich so sehr", sagte er. „Du hättest diesem Mann nie erlauben dürfen, dich anzufassen." Der Lauf schwenkte langsam in ihre Richtung.

Dann passierten eine Menge Dinge gleichzeitig. Die Hintertür krachte nach innen auf, von einem Fußtritt aus den Angeln gerissen. Roger fuhr erschrocken zusammen, wobei sich aus der Pistole ein Schuss löste, der in dem Haus ohrenbetäubend widerhallte. Michelle schrie auf und duckte sich, während zwei Männer durch die Türöffnung gestürmt kamen, wobei sich der größere von beiden auf Roger stürzte. Flüche und Schreie erfüllten die Luft, Holz splitterte, dann peitschte erneut ein Schuss auf. Sie schrie wieder und wieder Johns Namen, während John mit Roger eng verklammert über den Boden rollte, wobei jeder versuchte, die Pistole an sich zu bringen. Gleich darauf schlidderte die Pistole über den Boden, und John überwältigte Roger und versetzte ihm einen harten Kinnhaken.

Als Michelle das scheußliche Krachen hörte, schrie sie erneut auf, kickte einen demolierten Stuhl aus dem Weg und stolperte auf die beiden Männer zu. Andy Phelps und ein zweiter Hilfssheriff kamen auf John zugerannt und versuchten ihn von Roger wegzuzerren, aber John weigerte sich, von dem Mann abzulassen, der versucht hatte, die Frau, die er liebte, zu töten. Er brüllte auf und schlug ihre Hände weg. Michelle warf ihm schluchzend von hinten ihre Arme um den Hals und presste sich zitternd an seinen Rücken. „John, nicht, bitte", flehte sie und weinte dabei so sehr, dass die Worte kaum zu verstehen waren. „Er kann nichts dafür, er ist krank."

John erstarrte. Dann ließ er langsam die Fäuste sinken und stand auf, riss sie an sich, wobei er sie so fest drückte, dass sie kaum noch Luft bekam. Aber zu atmen war in diesem Moment nicht wichtig. Nichts war wichtig, außer ihn zu halten und von ihm gehalten zu werden. Er beugte den Kopf und sein Gesicht kam auf sie zu, während er erstickt eine Mischung aus Flüchen und Liebesworten flüsterte.

Die beiden Hilfssheriffs hatten Roger auf die Füße gezogen und ihm die Hände mit Handschellen auf den Rücken gefesselt, während die Pistole in einem Plastiksäckchen verstaut wurde. Rogers Nase und Mund waren blutig, und er schaute die beiden so benommen an, als ob er nicht wüsste, wer sie waren oder wer er war. Und vielleicht wusste er es ja wirklich nicht.

John hielt Michelles Kopf an seine Brust gepresst, während er zuschaute, wie Beckman abgeführt wurde. Gott, wie hatte sie nur so cool mit diesem Wahnsinnigen am Küchentisch sitzen und Kaffee trinken können? Der Mann ließ John das Blut in den Adern gefrieren.

Aber jetzt war sie sicher in seinen Armen, das Wertvollste, was er besaß. Sie hatte ihn einmal einen Herzensbrecher genannt, aber die wahre Herzensbrecherin war sie, mit ihrem sonnengoldenen Haar und den sommerwiesengrünen Augen, eine Frau, die er nie vergessen hätte, selbst wenn er sie im Leben nie wiedergesehen hätte. Beckman war von ihr besessen gewesen und war vollends verrückt geworden, nachdem er sie verloren hatte, und zum ersten Mal hatte John jetzt das Gefühl, ihn zu verstehen. Er hätte auch kein Leben mehr, wenn er Michelle verlöre.

„Als ich diesen Zettel las, bin ich schlagartig um zwanzig Jahre gealtert", brummte er in ihr Haar.

Sie klammerte sich, immer noch weinend, an ihn. „Du bist schneller gekommen als erwartet", sagte sie erstickt. „Edie muss früh aufgestanden sein."

„Nein, ich bin davon aufgewacht, weil ich irgendwie gespürt habe, dass du nicht neben mir liegst. Wenn Edie mich erst geweckt hätte, wäre es vielleicht schon zu spät gewesen."

Andy Phelps schaute sich seufzend in der verwüsteten Küche um. Dann nahm er sich eine saubere Tasse aus dem Küchenschrank und schenkte sich Kaffee ein. Nach dem ersten Schluck verzog er angewidert das Gesicht. „Igitt, ist das ein scheußliches Zeug. Erinnert höllisch an den Kaffee, den wir im Büro immer trinken."

Michelle und John schauten ihn an. Er wirkte immer noch leicht verschlafen, und ganz gewiss war er nicht in Uniform. Er hatte Jeans und ein T-Shirt an und Laufschuhe ohne Socken. Wenn es nach Michelle gegangen wäre, hätte er auch gleich im Schlafanzug kommen können.

„Ich brauche Ihre Aussagen", sagte er. „Obwohl ich nicht glaube, dass es zu einer Gerichtsverhandlung kommt. Nach allem, was ich gesehen habe, werden sie ihn für unzurechnungsfähig erklären."

„Ja", stimmte Michelle heiser zu. „Das ist er wohl."

„Muss das mit den Aussagen gleich sein?", fragte John. „Ich würde Michelle gern erst nach Hause bringen, damit sie sich ein bisschen erholt."

Andy musterte sie beide, dann sagte er: „Nein, schon gut. Heute Nachmittag reicht auch noch."

John nickte und verließ mit Michelle das Haus. Er war mit Nevs Truck gekommen, zu dem er sie jetzt führte. Der Mercedes konnte später abgeholt werden.

Während der kurzen Fahrt zur Ranch hüllten sie sich beide in Schweigen. Michelle kletterte völlig benommen aus dem Truck, wobei ihr alles, was passiert war, immer noch wie ein böser Traum erschien. John trug sie ohne ein Wort an Edie vorbei, die sie mit hochgezogenen Augenbrauen beobachtete, geradewegs in ihr Schlafzimmer.

Er legte sie so behutsam wie einen zerbrechlichen Gegenstand auf dem Bett ab, aber dann zog er sie unvermittelt wieder hoch und drückte sie fest an sich. „Ich könnte dich erwürgen, weil du mir so eine Angst gemacht hast", brummte er, obwohl er genau wusste, dass er ihr nie auch nur den kleinsten Schmerz zufügen könnte. Und sie schien es ebenfalls zu wissen, weil sie sich noch enger an ihn kuschelte.

„Wir werden auf der Stelle heiraten", sagte er in einem Ton, der keinen Widerspruch duldete. „Ich habe teilweise gehört, was er gesagt hat, und vielleicht hat er ja recht, dass ich dir nicht alles geben kann, was du verdienst, aber ich schwöre bei Gott, dass ich versuchen werde, dich glücklich zu machen. Ich liebe dich viel zu sehr, um dich je wieder gehen zu lassen."

„Aber ich will doch gar nicht gehen!", protestierte Michelle völlig überrascht. *Heiraten?* Er wollte sie heiraten? Dann hob sie den Kopf und schenkte ihm ein atemberaubendes Lächeln.

„Aber davon, dass du bleibst, hast du auch nie wirklich etwas gesagt."

„Wie könnte ich so etwas sagen? Das hier ist schließlich dein Haus."

„Zum Teufel mit den guten Manieren", brummte er ungehalten. „Ich zerbreche mir seit Wochen den Kopf, ob du hier glücklich bist."

„Glücklich? Ich bin so glücklich, dass mir schon ganz schwindelig davon ist. Du hast mir etwas gegeben, was sich nicht mit Gold aufwiegen lässt." Sie hob den Kopf ein bisschen höher und schaute ihn von oben herab an. „Wie ich gehört habe, ergibt eine Mischung aus blauem und rotem Blut sehr gesunde Babys."

Als er sie jetzt anschaute, glitzerten seine Augen vor Verlangen. „Na, ich hoffe nur, du magst Babys, Honey, weil ich nämlich ungefähr vier will."

„Ich liebe sie sogar", sagte sie, wobei sie sich über den Bauch fuhr. „Obwohl ich mich wirklich grässlich dabei fühle."

Einen Moment lang schaute er verständnislos drein, dann wanderte sein Blick zu ihrem Bauch und fragte völlig perplex: „Du bist schwanger?"

„Ja. Seit der Nacht, in der du aus Miami zurückgekommen bist."

Als er sich an diese Nacht erinnerte, ging sein Mund langsam in die Breite, und seine Mundwinkel hoben sich zu einem Grinsen. „Da habe ich wohl einmal zu oft nicht aufgepasst", sagte er mit sichtlicher Genugtuung.

Sie lachte. „Stimmt. War das Absicht?"

„Wer weiß?" Er zuckte die Schultern. „Vielleicht. Auf jeden Fall gefällt mir der Gedanke außerordentlich. Und was ist mit dir?"

Sie streckte die Hand nach ihm aus, und er zog sie auf seinen Schoß, schlang die Arme um sie und kostete es genussvoll aus, sie zu fühlen. Sie schmiegte ihr Gesicht an seine Brust. „Alles, was ich mir je gewünscht habe, ist, dass du mich liebst. Ich brauche diesen ganzen teuren Kram nicht, es macht mir viel mehr Spaß, auf einer Ranch zu arbeiten, und ich will meine eigene Ranch wieder aufbauen, auch wenn wir verheiratet sind. Und von dir ein Kind zu bekommen ist … noch ein Stück mehr vom Himmel."

Er barg seine Wange in ihrem weichen Haar, wobei er an die Angst dachte, die er beim Lesen ihrer Nachricht verspürt hatte. Aber jetzt war sie in Sicherheit, sie war bei ihm und er würde sie nie wieder gehen lassen. Er würde den Rest seines Lebens damit zubringen, sie zu verwöhnen, und sie würde seine Anordnungen weiterhin stillschweigend ignorieren, wann immer es ihr in den Kopf kam. Es würde ein langes, friedvolles Leben werden, mit viel harter Arbeit und lebhaften, glücklichen Kindern.

Es würde ein gutes Leben werden.

– ENDE –

Linda Howard

Die Farbe der Lüge

Roman

Aus dem Amerikanischen von
Christiane Meyer

1. KAPITEL

*A*uf einer Liste der schlimmsten Tage ihres Lebens war der heutige vielleicht nicht die Nummer eins, aber er stand mit Sicherheit unter den ersten drei.

Jay Granger hatte sich den ganzen Tag über zusammengerissen – bis ihr Kopf brummte und ihr Magen schmerzte. Nicht einmal während der holprigen Busfahrt nach Hause, auf der sie einige Male umsteigen musste, hatte sie ihre Fassung verloren. Sie hatte sich gezwungen, ruhig zu bleiben, auch wenn der angestaute Frust und der Zorn in ihr immer weiter wuchsen. Mittlerweile fürchtete sie fast, dass sie sich überhaupt nie wieder würde richtig entspannen können, und so wollte sie nur noch eins: nach Hause kommen und die Tür hinter sich zuschlagen.

Schweigend ertrug Jay, dass ihr fremde Menschen im Bus auf die Zehen traten, Ellbogen sich ihr unsanft in die Rippen bohrten und der Geruch nach Schweiß sie fast umbrachte. Während der Heimfahrt fing es zu allem Überfluss auch noch an zu regnen. Es war ein kalter Nieselregen, der sie bis auf die Knochen durchnässte, bevor sie die zwei Häuserblocks bis zu ihrem Apartmenthaus zurückgelegt hatte. Natürlich hatte sie keinen Regenschirm dabei, schließlich war von den Meteorologen ein sonniger Tag versprochen worden. Aber der Himmel war den ganzen Tag wolkenverhangen geblieben.

Endlich hatte sie ihr Apartment erreicht, wo sie vor den Blicken anderer Menschen geschützt war – egal, ob diese nun Mitgefühl oder Spott ausdrückten. Sie war allein – endlich allein. Erleichtert seufzte sie auf und wollte die Tür schon langsam schließen, als sie sie – einem plötzlichen Impuls folgend – stattdessen mit all der Kraft ins Schloss warf, die ihr nach diesem grauenvollen Tag noch geblieben war. Doch auch dieser kleine Wutausbruch konnte ihre Anspannung nicht lösen. Die Zerstörung ihres gesamten Bürogebäudes hätte vielleicht geholfen. Oder Farrell Wordlaw zu erwürgen. Aber das ging natürlich nicht.

Wenn sie an all die Arbeit der letzten fünf Jahre dachte, wollte sie nur noch laut losbrüllen. All die Vierzehn- bis Sechzehnstundentage und die Arbeit, die sie sich am Wochenende mit nach Hause genommen hatte – es war wirklich zum Heulen. Am liebsten hätte Jay irgendetwas an die Wand geworfen. Aber das wäre kein angemessenes Verhalten für eine kompetente Frau, für eine schicke und erfahrene Angestellte einer namhaften Investmentbank. Andererseits wäre es das absolut angemessene Verhalten einer Person, die sich gerade in die Riege der Arbeitslosen eingereiht hatte.

Zum Teufel mit ihnen!

Fünf Jahre lang hatte sie sich für den Job aufgeopfert und die Seiten ihrer Persönlichkeit, die dem Image einer Investmentbankerin nicht zuträglich waren, rigoros unterdrückt. Zuerst tat sie es, weil sie den Job und das Geld brauchte. Doch Jay war kein Mensch für halbe Sachen. Schon bald war sie im erbarmungslosen Konkurrenzkampf gefangen – im ewigen Streben nach Erfolg, nach neuen Triumphen, nach größeren und besseren Geschäftsabschlüssen. Diese Welt war fünf Jahre lang ihr Leben gewesen. Bis zum heutigen Tag – an dem sie entlassen worden war.

Es war nicht so, dass sie keinen Erfolg gehabt hätte. Im Gegenteil, sie war sogar sehr erfolgreich gewesen. Vielleicht zu erfolgreich. Einige Geschäftspartner hatten nicht gern mit ihr zusammengearbeitet, weil sie eine Frau war. Als Jay das erkannt hatte, war sie entschlossen gewesen, noch gradliniger und aggressiver zu sein als jeder ihrer männlichen Kollegen, damit die Klienten sich bei ihr genauso gut aufgehoben fühlten. Aus diesem Grund änderte sie ihre Art zu sprechen und ihre Garderobe. Sie ließ niemals auch nur die Ahnung einer Träne erkennen, kicherte nicht und lernte, Scotch zu trinken, auch wenn sie ihn bis ans Ende ihrer Tage niemals mögen würde. Für diese gnadenlose Selbstkontrolle bezahlte sie mit Kopfschmerzen und ständigem Sodbrennen. Und dennoch hatte sie diese Rolle angenommen, weil sie, trotz des Stresses, die Herausforderung liebte. Es war ein aufregender Job, der mit schnellen Schritten auf der Karriereleiter lockte, und für eine gewisse Zeit war sie bereit, den Preis dafür zu zahlen.

Nun, Farrell Wordlaw hatte diesen Lebensabschnitt für beendet erklärt. Kurz und schmerzlos hatte er ihr mitgeteilt, dass es ihm zwar leidtäte, ihr Stil aber einfach nicht „kompatibel" mit dem Image von Wordlaw, Wilson & Trusler sei. Trotzdem hätte er ihren Einsatz natürlich immer geschätzt, und er würde ihr selbstverständlich ein hervorragendes Zeugnis mit auf den Weg geben. Darüber hinaus bekam sie noch zwei Wochen, um ihre Angelegenheiten in der Firma zu regeln. Nichts davon änderte etwas an der bitteren Wahrheit – das wusste sie, und er wusste es ebenso. Und die bittere Wahrheit war: Sie musste Platz machen für Duncan Wordlaw, Farrells Sohn, der vor einem Jahr in die Firma eingestiegen war und dessen Arbeitsleistung und Erfolg immer hinter Jays Leistungen zurückgestanden hatten. Mit anderen Worten: Sie ließ den Sohn des Chefs dumm dastehen, und deshalb musste sie gehen. Statt der Beförderung, die sie eigentlich erwartet hatte, bekam sie die Kündigung.

Sie war wütend. So unendlich wütend. Und doch konnte sie ihren Zorn nicht ausleben. Am liebsten wäre sie einfach gegangen und hätte Wordlaw mit den ausstehenden Aufträgen allein gelassen – sollte er doch sehen, wie er ohne sie zurechtkam. Aber die traurige Wahrheit war, dass sie das Gehalt für die letzten zwei Wochen dringend brauchte. Wenn sie nicht umgehend einen neuen, gut bezahlten Job fand, würde sie ihr Apartment verlieren. Sie hatte nie über ihre Verhältnisse gelebt, aber mit dem wachsenden Gehalt war auch ihr Lebensstandard gestiegen, und sie besaß kaum Rücklagen. Jay hatte ganz sicher nicht damit gerechnet, gefeuert zu werden, weil Duncan Wordlaw die Erwartungen seines Vaters nicht erfüllte!

Immer wenn Steve einen Job verloren hatte, hatte er nur mit den Schultern gezuckt und gelacht. Er beruhigte sie dann immer mit den Worten, sie solle sich keine Sorgen machen, denn er würde schon bald etwas anderes finden. Meistens hatte er recht behalten. Jobs waren Steve nie wichtig gewesen. Genauso wenig wie Sicherheit. Jay lachte bitter auf, als sie sich zwei Magentabletten aus der Packung nahm. Steve! Seit Jahren hatte sie nicht mehr an ihn gedacht. Eines war sicher: Sie würde niemals so locker mit ihrer Arbeitslosigkeit umgehen können, wie er es immer getan hatte. Sie wusste eben gern, von was sie ihre nächste Mahlzeit bezahlen würde. Steve hingegen hatte die Aufregung, die Ungewissheit regelrecht genossen. Er brauchte seine Adrenalinstöße mehr, als sie ihn jemals gebraucht hatte – und das hatte schließlich das Ende ihrer Ehe bedeutet.

Wenigstens wäre Steve nicht derart mit den Nerven am Ende, dachte sie, während sie die pappigen Tabletten kaute und darauf wartete, dass das Brennen in ihrem Magen nachließ. Steve hätte mit den Fingern geschnipst und Farrell Wordlaw gesagt, was er mit seiner zweiwöchigen Kündigungsfrist tun könne. Dann hätte er fröhlich pfeifend das Büro verlassen. Steves Einstellung war möglicherweise unverantwortlich, doch er hätte nie zugelassen, dass ein Job ihn unterkriegte.

Doch das entsprach Steves Persönlichkeit, nicht ihrer. Sie hatten zusammen viel Spaß gehabt, aber am Ende waren die Unterschiede zwischen ihnen größer gewesen als die gegenseitige Anziehungskraft. Sie hatten sich in aller Freundschaft getrennt, obwohl sie enttäuscht und wütend gewesen war. Steve würde wohl niemals erwachsen werden.

Warum dachte sie gerade jetzt an ihn? Weil sie den Begriff „Arbeitslosigkeit" mit seinem Namen verband? Sie musste lachen, denn genau das war ihr durch den Kopf geschossen. Lächelnd füllte sie Wasser in ein Glas und erhob es zum Toast. „Auf die guten alten Zeiten", sagte sie. Und sie hatten gemeinsam wirklich gute Zeiten erlebt. Zeiten, in denen sie gelacht und das Leben gefeiert hatten – doch leider waren sie nicht von Dauer gewesen.

Unvermittelt kehrten die Sorgen zurück und verdrängten ihre Gedanken an Steve. Sie musste so schnell wie möglich einen gut bezahlten Job finden. Auf das angekündigte Arbeitszeugnis und die Referenzen von Farrell sollte sie dabei jedoch nicht vertrauen. Sie konnte sich lebhaft vorstellen, wie er in dem Zeugnis ihre Fähigkeiten über den grünen Klee lobte, um dann in Gesprächen mit anderen Investmentbankern New Yorks zu erzählen, dass Jay sich nicht „einfügte", sich nicht „integrierte". Vielleicht sollte sie etwas ganz Neues ausprobieren. Aber sie hatte bisher nur im Investmentbanking Erfahrungen gesammelt, und sie hatte nicht die finanziellen Rücklagen, um sich in ein anderes Berufsfeld einzuarbeiten.

Eine plötzliche Welle der Panik überrollte sie, als ihr klar wurde, dass sie dreißig Jahre alt war und nicht wusste, wie es in ihrem Leben weitergehen sollte. Sie wollte nicht für den Rest ihrer Tage gereizt, gehetzt und mithilfe einer Unmenge von Magentabletten Deals mit Klienten abschließen und ihre spärliche Freizeit dann damit verbringen, ihre leeren Akkus durch möglichst viel Ruhe wieder aufzuladen. Im Gegensatz zu Steves Einstellung, ausschließlich im Hier und Jetzt zu leben, hatte sie lieber alles unter Kontrolle. Und dafür hatte sie sämtlichen Spaß aus ihrem Leben verbannt.

Jay hatte gerade die Kühlschranktür geöffnet und mit Abscheu einen Blick auf die Sammlung von Fertiggerichten geworfen, als der Pförtner klingelte. Sie entschloss sich, das Abendessen einfach zu vergessen – etwas, das sie in letzter Zeit häufig getan hatte – und betätigte die Gegensprechanlage. „Ja, Dennis?"

„Mr Payne und Mr McCoy sind hier, um mit Ihnen zu sprechen, Ms Granger", sagte Dennis sanft. „Vom FBI."

„Was?", fragte Jay überrascht. Sie war sich sicher, dass sie sich verhört hatte.

Dennis wiederholte die Nachricht, aber die Worte blieben dieselben.

Sie war vollkommen sprachlos. „Schicken Sie sie herauf", sagte sie – einfach, weil sie nicht wusste, was sie sonst hätte sagen sollen.

FBI? Was um alles in der Welt wollte das FBI von ihr? Wenn es nicht gegen das Gesetz war, die Tür zuzuwerfen, war das Schlimmste, was man ihr vorwerfen konnte, die kleinen Schildchen und Waschanleitungen von ihrer Matratze und den Kissen entfernt zu haben. Aber … wieso eigentlich nicht? Vielleicht stand ihr ja jetzt der perfekt verkorkste Abschluss für diesen vollkommen verkorksten Tag bevor.

Kurz darauf klingelte es an der Tür, und Jay öffnete. Ihre Überraschung war ihrer Miene deutlich anzusehen. Die recht unauffällig gekleideten Herren, die ihr gegenüberstanden, hielten ihr Dienstmarken und Ausweise entgegen.

„Mein Name ist Frank Payne", begann der ältere der beiden Männer. „Und das ist Gilbert McCoy. Wir würden uns gern mit Ihnen unterhalten, wenn Sie erlauben."

Jay lud sie mit einer Handbewegung ein, in ihr Apartment zu kommen. „Ich bin im Augenblick ein wenig verwirrt", gestand sie. „Bitte setzen Sie sich doch. Möchten Sie einen Kaffee?"

Ein erleichtertes Lächeln huschte über Frank Paynes freundliches Gesicht. „Bitte", sagte er mit tief empfundener Ehrlichkeit. „Es war wirklich ein langer Tag."

Jay ging in die Küche und stellte die Kaffeemaschine an. Während der Kaffee durchlief, nahm sie sicherheitshalber noch zwei Magentabletten zusätzlich. Dann atmete sie tief durch und ging zurück zu den beiden Beamten, die sich auf ihrem schicken, weichen graublauen Sofa niedergelassen hatten. „Was habe ich angestellt?", fragte sie lächelnd – doch nur halb im Scherz.

Beide Männer erwiderten ihr Lächeln. „Nichts", versicherte McCoy. „Wir würden nur gern mit Ihnen über einen alten Bekannten sprechen."

Sie ließ sich auf einen der passend bezogenen Stühle sinken und seufzte erleichtert. Das brennende Gefühl in ihrem Magen ließ allmählich nach. „Über welchen alten Bekannten?" Wenn es noch einen Funken Gerechtigkeit auf dieser Welt gab, dann waren die beiden hinter Farrell Wordlaw her.

Frank Payne zog einen kleinen Notizblock aus der Innentasche seines Mantels und schlug ihn auf. Er warf einen Blick auf seine Notizen. „Sind Sie Janet Jean Granger, vormals verheiratet mit Steve Crossfield?"

„Ja." Also hatte dieser Besuch etwas mit Steve zu tun. Sie hätte es sich denken können. Trotzdem war sie erstaunt. Es war beinahe so, als hätte sie diese beiden Männer auf den Plan gerufen, weil sie ausnahmsweise an Steve gedacht hatte – etwas, das sie sonst fast nie tat. Er gehörte so wenig zu ihrem jetzigen Leben, dass sie Probleme hatte, sich sein Gesicht und seine Gestalt überhaupt vorzustellen. In welchen Schwierigkeiten hatte er sich mit seiner Sucht nach Abenteuern und immer neuen Herausforderungen wohl dieses Mal gebracht?

„Hat Ihr Exmann irgendwelche Verwandten? Irgendeine Person, die ihm nahesteht?"

Langsam schüttelte Jay den Kopf. „Steve ist ein Waisenkind. Er wuchs in einer Reihe von Pflegefamilien auf, und soweit ich weiß, hat er schon lange keinen Kontakt mehr zu seinen Pflegeeltern. Und was enge Freunde betrifft", sie zuckte die Schultern, „ich habe seit unserer Scheidung vor fünf Jahren nichts mehr von ihm gesehen oder gehört. Deshalb habe ich keine Ahnung, ob er Freunde hat und wer sie sind."

Payne runzelte die Stirn und fuhr sich mit der Hand über die tiefen Falten zwischen seinen Augenbrauen. „Können Sie sich an den Zahnarzt erinnern, den er während Ihrer Ehe besucht hat – oder vielleicht einen anderen Arzt?"

Jay blickte ihn an und schüttelte den Kopf. „Nein. Steve war ekelhaft gesund."

Die beiden Männer sahen sich an, und ihre Blicke verfinsterten sich. McCoy sagte leise: „Verdammt, das wird nicht leicht. Wir laufen von einer Sackgasse in die nächste."

Paynes Gesicht war von Müdigkeit gezeichnet. Doch da war noch etwas. Er sah Jay besorgt an. „Meinen Sie, der Kaffee ist inzwischen fertig, Ms Granger?"

„Oh Gott, ja, er sollte es zumindest sein. Ich bin gleich zurück." Ohne zu wissen, warum, war Jay erschüttert, als sie in die Küche ging, um Tassen, Kaffeesahne und Zucker auf ein Tablett zu stellen. Der Kaffee war durchgelaufen, und sie setzte die Kanne auf dem Tablett ab. Plötzlich hielt sie inne, stand einfach nur an der Anrichte und starrte in den Dampf, der aus der Kanne aufstieg. Steve musste in großen Schwierigkeiten stecken, in wirklich großen Schwierigkeiten, und sie bedauerte es, obwohl sie nichts für ihn tun konnte. Es hatte so kommen müssen. Er war immer auf der Suche nach dem Abenteuer gewesen, und Abenteuer gingen leider nur allzu häufig Hand in Hand mit Gefahren. Es war nur eine Frage der Zeit gewesen, bis er einmal den Kürzeren zog.

Sie trug das Tablett ins Wohnzimmer und stellte es auf dem niedrigen Tisch vor dem Sofa ab. Stirnrunzelnd sah sie die beiden Beamten an. „Was hat Steve angestellt?"

„Nichts Illegales, soweit wir wissen", erwiderte Payne schnell. „Er war nur verwickelt in eine ... heikle Situation."

Steve hatte nichts Illegales getan, aber das FBI erkundigte sich nach ihm? Jays Blick verdüsterte sich, während sie Kaffee in die drei Tassen goss. „Was für eine ‚heikle Situation'?"

Als Payne sie unruhig mit seinem Blick fixierte, fiel Jay auf, was für schöne Augen er hatte – klar und voller Gefühl. Freundliche Augen. Nicht gefühlskalt und undurchdringlich, wie sie es bei einem FBI-Agenten erwartet hätte. Er räusperte sich. „Sehr heikel. Wir wissen nicht, warum er überhaupt da war. Aber es ist ungeheuer wichtig, dass wir jemanden finden, der ihn eindeutig identifizieren kann."

Jay wurde blass, als die Konsequenz dieser leisen und doch so unmissverständlich schrecklichen Worte langsam zu ihr durchdrang. Steve war tot. Obwohl die Liebe, die sie einst für ihn empfunden hatte, schon lange verflogen war, versetzte ihr die Erinnerung an ihre gemeinsame Zeit nun einen schmerzhaften Stich. Sie hatten zusammen so viel Spaß gehabt, er hatte viel gelacht, und seine Augen hatten fröhlich gefunkelt. Es war beinahe, als sei ein Teil ihrer eigenen Kindheit gestorben, nun, da sie wusste, dass Steves Lachen für immer verklungen war. „Er ist tot", sagte sie dumpf und starrte auf die Kaffeetasse in ihren zitternden Händen.

Payne nahm ihr die Tasse aus der Hand und stellte sie zurück auf das Tablett. „Wir wissen es nicht", erwiderte er und wirkte beunruhigt. „Es gab eine Explosion. Ein Mann überlebte. Wir glauben, dass es Crossfield ist, aber wir sind nicht sicher, und es ist ungemein wichtig, dass wir es wissen. Ich kann Ihnen im Moment nicht mehr sagen."

Es war ein langer furchtbarer Tag gewesen, und es wurde nicht besser. Sie legte ihre zitternden Hände an ihre Schläfen und versuchte zu begreifen, was Payne ihr gerade gesagt hatte. „Hatte er denn keinen Ausweis bei sich?"

„Nein", erwiderte Payne.

„Woher wollen Sie dann wissen, dass es sich bei dem Mann um Steve handelt?"

„Wir wissen, dass er vor Ort war. Ein Stück seines Führerscheins wurde gefunden."

„Warum können Sie nicht einfach einen Blick auf ihn werfen? Dann wissen Sie doch, wer er ist", stieß sie hervor. „Oder warum können Sie nicht die anderen identifizieren und dann per Ausschlussverfahren herausfinden, wer der Mann tatsächlich ist?"

McCoy senkte den Blick. Paynes Augen wirkten mit einem Mal

kühl und finster. „Es gab nichts, was man hätte identifizieren können. Rein gar nichts."

Sie wollte nichts mehr davon hören, wollte nichts über die furchtbaren Details wissen, obwohl sie sich denken konnte, was für ein Blutbad es gewesen sein musste. Ihr war kalt und sie war so unendlich müde. Es fühlte sich an, als habe ihr Herz einen Augenblick lang aufgehört zu schlagen. „Steve?", fragte sie schwach.

„Der Mann, der die Explosion überlebte, ist in einer kritischen Verfassung, doch die Ärzte sind, wie sie sagen, ‚verhalten optimistisch'. Er kann es schaffen. Noch vor zwei Tagen waren die Ärzte sich sicher, dass er die Nacht nicht überleben würde."

„Warum ist es so wichtig, dass Sie jetzt wissen, wer er ist? Falls er überlebt, können Sie ihn doch fragen. Falls er stirbt ..." Sie verstummte. Sie konnte die Worte nicht aussprechen, sondern nur denken: Falls er starb, war doch sowieso alles egal. Es würde dann keine Überlebenden der Explosion geben, und das FBI könnte die Akten schließen.

„Ich kann Ihnen nur sagen, dass wir wissen müssen, wer der Mann ist. Wir müssen wissen, wer bei der Explosion umkam, damit wir alle notwendigen Schritte in die Wege leiten können. – Ms Granger, ich kann Ihnen nur so viel sagen: Meine Dienststelle ist nicht direkt in den Fall involviert. Wir kooperieren lediglich mit anderen Abteilungen, da dieser besondere Fall die nationale Sicherheit betrifft."

Plötzlich wusste Jay, was diese Männer von ihr wollten. Sie hätten sich sicherlich damit zufriedengegeben, wenn sie ihnen mit zahnärztlichen oder ärztlichen Berichten über Steve weitergeholfen hätte – doch das war nicht ihr primäres Ziel. Sie wollten, dass sie mit ihnen kam, um den verletzten Mann persönlich als Steve zu identifizieren.

„Können Sie denn nicht herausfinden, ob der Mann auf die Beschreibung eines Ihrer eigenen Männer passt?", fragte sie tonlos. „Es gibt doch sicher Körpermaße, Fingerabdrücke oder so etwas."

Sie hielt den Kopf gesenkt, und so konnte sie nicht sehen, wie Paynes Blick flackerte. Abermals räusperte er sich. „Ihr Mann – Exmann – und unser Mann sind in etwa gleich groß. Fingerabdrücke können nicht genommen werden ... seine Hände sind verbrannt. Aber Sie wissen mehr über ihn als jeder andere. Es könnte doch ein Merkmal geben, an dem Sie ihn wiedererkennen können, zum Beispiel ein kleines Muttermal oder eine Narbe, an die Sie sich erinnern."

Die Situation verwirrte sie immer mehr. Sie konnte nicht glauben, dass das FBI keine Möglichkeit haben sollte, einen Mann aus den eigenen Reihen zu identifizieren. Es sei denn, der Mann wäre furchtbar verstümmelt … Zitternd verbot sie sich, diesen Gedankengang zu Ende zu führen, verbot sich, sich das Grauen bildhaft vorzustellen. Was, wenn der Mann Steve war? Sie hasste ihn nicht, hatte ihn nie gehasst. Er war ein Schuft, aber er war nie böse oder gemein gewesen. Sogar nachdem sie aufgehört hatte, ihn zu lieben, mochte sie ihn auf eine bestimmte Art und Weise immer noch gern.

„Sie wollen, dass ich mit Ihnen komme", sagte sie tonlos. Ihre Worte waren mehr eine Feststellung als eine Frage.

„Bitte", erwiderte Payne leise.

Eigentlich wollte sie nicht mitgehen, aber sie hatte das Gefühl, dass es ihre Pflicht dem Vaterland gegenüber war. „Also gut. Ich hole meinen Mantel. – Wo ist er?"

Wieder räusperte Payne sich, und Jay hielt unwillkürlich inne. Sie hatte mittlerweile erkannt, dass er sich immer räusperte, wenn er ihr etwas Unangenehmes oder Unschönes sagen musste. „Er ist im Bethesda Naval Hospital in D. C. Sie müssten ein paar Kleinigkeiten in einen Koffer packen. Am Kennedy Airport wartet eine Privatmaschine auf uns."

Die Dinge entwickelten sich viel zu rasant, als dass Jay hätte begreifen können, was gerade geschah. Sie hatte das Gefühl, einfach den Weg des geringsten Widerstandes gehen zu müssen. An diesem Tag war schon zu viel geschehen. Zuerst hatte sie ihren Job verloren, was an sich schon ein schwerer Schlag war – und nun das. Die Sicherheit, die sie sich so hart erarbeitet hatte, war in den paar Minuten in Farrell Wordlaws Büro wie ein Kartenhäuschen zusammengebrochen. Zurückgeblieben war eine völlig hilflose Jay Granger, die das Gefühl hatte, der Boden würde ihr unter den Füßen weggezogen. In den letzten fünf Jahren war ihr Leben vergleichsweise ruhig gewesen. Wie hatte all das so schnell geschehen können?

Wie betäubt packte sie zwei Kleider ein und ging ins Badezimmer, um ein paar Sachen zusammenzusuchen. Als sie alles in eine kleine durchsichtige Reißverschlusstasche gepackt hatte und beiläufig in den Spiegel sah, erschrak sie über ihren eigenen Anblick. Sie sah so bleich, so angespannt und ausgezehrt aus. Ungesund dünn. Ihre Augen lagen tief in ihren Höhlen und ihre Wangenknochen traten hervor – ein Ergebnis der langen Arbeitstage und der zahllosen Magentabletten.

Sobald sie zurückkehren würde, müsste sie die letzten zwei Wochen in der Firma abarbeiten und gleichzeitig beginnen, sich einen

Job zu suchen, was die Chance auf regelmäßige Mahlzeiten nicht gerade erhöhte.

Mit einem Mal schämte sie sich. Wie konnte sie sich über ihren Job Gedanken machen, wenn Steve – oder wer auch immer – in einem Krankenhausbett lag und um sein Leben kämpfte? Steve hatte ihr immer gesagt, dass sie sich viel zu viele Sorgen machte, dass sie verlernt hätte, den Moment zu genießen, weil sie ständig an morgen dachte. Vielleicht hatte er recht.

Steve! Tränen schimmerten in ihren Augen, als sie das Kosmetiktäschchen in ihren kleinen Koffer legte. Sie hoffte, er würde durchkommen.

Im letzten Moment fiel ihr ein, frische Unterwäsche einzupacken – wo war sie bloß mit ihren Gedanken? –, schloss schließlich den Koffer und griff nach ihrer Handtasche. „Ich bin so weit", sagte sie, als sie aus dem Schlafzimmer trat.

Mit einem dankbaren Lächeln registrierte sie, dass einer der Männer das Tablett mit dem Kaffee in die Küche getragen hatte. McCoy nahm ihr den Koffer ab, und sie schlüpfte in ihren Mantel, den sie aus dem Schrank geholt hatte. Wortlos half Payne ihr dabei. Sie sah sich noch einmal um, um sicherzugehen, dass alle Lichter ausgeschaltet waren. Dann traten die drei in den Flur hinaus. Sie schloss die Tür hinter sich und fragte sich, warum es sich so anfühlte, als würde sie nie mehr hierher zurückkehren …

Im Flugzeug schlief sie ermattet ein. Eigentlich wollte sie gar nicht schlafen, doch als sie in der Luft waren und sie es sich in den komfortablen Ledersitzen bequem gemacht hatte, fielen ihr auch schon die Augen zu. Sie bemerkte nicht einmal, wie Payne sie in eine dünne Decke einhüllte.

Payne saß ihr gegenüber und betrachtete sie nachdenklich. Er fühlte sich nicht wohl bei dem, was er tun musste. Er zog eine unschuldige Frau in diesen Schlamassel hinein. Nicht einmal McCoy ahnte, wie gefährlich und verworren die Lage tatsächlich war, und wie kompliziert sich die ganze Situation entwickelt hatte. McCoy wusste genauso viel wie Jay Granger: Es schien um eine simple Identifikation zu gehen. Lediglich zwei weitere Männer außer Payne wussten, dass es nicht so einfach war. Vielleicht sogar nur ein einziger weiterer Mann – doch diese Person besaß Macht. Wenn *er* etwas anordnete, dann geschah es auch so. Payne kannte ihn seit Jahren, aber dennoch fühlte er sich unbehaglich in seiner Gegenwart.

Sie sah müde aus und seltsam zerbrechlich. Sie war viel zu dünn. Er schätzte sie auf ungefähr einen Meter siebzig, bezweifelte aber, dass sie mehr als fünfzig Kilo wog, und auch für sie selbst schien dieses Untergewicht alles andere als normal zu sein. Er fragte sich, ob sie überhaupt stark genug war, um in dieser Angelegenheit als Schutzschild benutzt zu werden.

Bestimmt war sie hübsch, wenn sie ausgeruht war und etwas mehr Fleisch auf den Rippen hatte. Ihr Haar war schön, honigbraun, dick und glänzend, und ihre Augen waren dunkelblau. Aber im Augenblick wirkte sie einfach nur erschöpft. Offenbar war es auch für sie kein einfacher Tag gewesen.

Sie hatte einige Fragen gestellt, die ihm unbequem waren. Wäre sie selbst nicht so durcheinander gewesen, hätte sie ihn mit Sicherheit festnageln können. Sie hätte Themen aufbringen können, über die er nicht sprechen wollte, hätte Fragen stellen können, die er in Gegenwart von McCoy nicht unbedingt diskutieren konnte. Für den Plan war es wichtig, dass alles unbesehen geglaubt wurde. Es durften keine Zweifel aufkommen.

Der Flug von New York nach Bethesda war kurz, aber das Nickerchen hatte Jay erfrischt und ihr ein wenig das Gefühl innerer Ausgeglichenheit zurückgegeben. Doch je aufmerksamer sie sich fühlte, umso unwirklicher erschien ihr die ganze Situation. Sie warf einen Blick auf die Uhr, als Payne und McCoy sie nach ihrer Landung auf dem Washington National Airport zu einem Wagen der Regierung geleiteten, der auf dem Rollfeld wartete. Sie war erstaunt, zu sehen, dass es erst neun Uhr war. Es waren erst wenige Stunden vergangen, und doch hatte sich ihr Leben komplett verändert.

„Warum Bethesda und kein normales Krankenhaus?", fragte sie Payne, während der Wagen die Straße entlangfuhr. Der Motor schnurrte. Ein paar Schneeflocken sanken sacht zu Boden, wie Blumenblätter in einer leichten Brise. Jay betrachtete die zarten Flocken und fragte sich versonnen, ob ein früher Winterschneesturm sie daran hindern würde, wieder nach Hause zu fliegen.

„Aus Sicherheitsgründen." Payne sprach so leise, dass sie ihn kaum verstehen konnte. „Machen Sie sich keine Sorgen. Die besten Trauma-Experten sind eingeflogen worden, um sich um ihn zu kümmern – Zivil- und Militärärzte. Wir tun für Ihren Ehemann alles, was in unserer Macht steht."

„Exmann", erwiderte Jay schwach.

„Ja. Entschuldigung."

Als sie auf die Wisconsin Avenue bogen, die zum Naval Medical Center führte, wurde der Schneefall heftiger. Payne war erleichtert, dass die Frau seine Erklärung nicht weiter hinterfragte. Sicher, er hatte ihr die Wahrheit gesagt. Aus Sicherheitsgründen lag der Mann im Bethesda Hospital. Es war eben nur nicht der einzige Grund. Er beobachtete die Schneeflocken, die zu Boden fielen und fragte sich, ob all diese losen Enden zu einem glaubhaften Ganzen verwoben werden konnten.

Als sie das Krankenhaus erreichten, stiegen nur Payne und Jay aus. McCoy nickte ihr zum Abschied kurz zu und fuhr davon. Schneeflocken fielen auf ihr Haar, während Payne ihren Ellbogen ergriff und mit ihr gemeinsam ins Krankenhaus eilte. Die wohlige Wärme, die ihnen im Eingang entgegenschlug, brachte den Schnee auf ihren Köpfen und Mänteln schnell zum Schmelzen. Niemand schien ihnen besondere Aufmerksamkeit zu schenken, als sie den Aufzug nach oben nahmen.

Die Türen des Fahrstuhls glitten auf. Payne und Jay traten in einen ruhigen Flur. „Das ist die Intensivstation", erklärte Payne. „Sein Zimmer liegt dort."

Sie wandten sich nach links, wo ernst dreinblickende junge Männer in Uniform eine Doppeltür bewachten. Beide Männer trugen Pistolen. Payne schien ihnen bekannt zu sein, denn eine der Wachen öffnete ihnen wortlos die Tür. „Danke", sagte Payne höflich im Vorübergehen.

Bis auf die Krankenschwestern, die geschäftig hin und her liefen, um regelmäßig nach den Patienten zu sehen, wirkte die Intensivstation relativ verlassen. Jay nahm ein leises Summen wahr, das jeden Winkel der Räume zu durchdringen schien – das Geräusch der Maschinen, die die Patienten am Leben erhielten oder sie bei ihrer Genesung unterstützten. Zum ersten Mal wurde ihr bewusst, dass Steve an eine oder mehrere von diesen Maschinen angeschlossen war, unfähig, sich zu bewegen. Jays Schritte wurden langsamer. Es war schwierig, das zu begreifen und zu akzeptieren.

Payne hielt immer noch ihren Ellbogen umfasst und gab ihr so ein Gefühl von Halt. Vor einer Tür blieb er stehen und wandte sich zu Jay um. In seinen klaren grauen Augen konnte sie seine Besorgnis erkennen. „Ich möchte Sie ein wenig darauf vorbereiten, was Sie hinter dieser Tür erwartet. Er ist schwer verletzt. Sein Schädel ist gebrochen, die Knochen seines Gesichts wurden zerschmettert. Er atmet durch einen Endotracheal-Schlauch, also mithilfe eines Beatmungsgeräts. Sie werden nicht mehr den Mann sehen, der er einmal war." Einen Moment lang betrachtete er sie, doch sie schwieg. Schließlich öffnete er die Tür.

Langsam betrat Jay das Zimmer. Für den Bruchteil einer Sekunde glaubte sie, ihr Herz und ihre Lunge würden ihr den Dienst versagen. Doch im nächsten Moment schlug ihr Herz wieder, und sie nahm einen tiefen schmerzvollen Atemzug. Tränen schossen ihr in die Augen, als sie diese reglose Gestalt vor sich im Krankenbett liegen sah, und ihre Lippen formten zitternd seinen Namen. Es schien unmöglich, dass dies … *dies* Steve sein konnte.

Der Mann, der dort im Bett lag, war praktisch von Kopf bis Fuß in Bandagen eingewickelt. Beide Beine waren gebrochen und durch Gipsverbände geschient, die mit Drähten und Schlaufen in einer Art Flaschenzug hingen. Seine Hände waren bis zu den Ellbogen hinauf verbunden. Sein Kopf und sein Gesicht waren mit Verbandsmull bedeckt, und auf seinen Augen lagen dicke Kompressen. Nur seine Lippen, sein Kinn und sein Unterkiefer waren sichtbar – stark angeschwollen und bläulich verfärbt. Schwach, aber gleichmäßig konnte Jay die von den Maschinen unterstützten Bewegungen seines Brustkorbes erkennen. Sein Körper war an zahllose Schläuche angeschlossen. Monitore zeichneten seine Vitalfunktionen auf. Jay schluckte. Dieser Mensch lag ganz still im Bett. Furchtbar still.

Ihr Hals fühlte sich so trocken an, dass ihr das Sprechen schwerfiel. „Wie soll ich ihn identifizieren?", fragte sie, und ihre Stimme klang rau. „Sie wussten, dass ich es nicht kann. Sie wussten doch, wie er aussieht."

Payne sah sie mitfühlend an. „Es tut mir leid. Ich weiß, es ist ein Schock. Aber Sie müssen es versuchen. Sie waren mit Steve Crossfield verheiratet. Sie kennen ihn besser als jeder andere Mensch. Vielleicht erinnern Sie sich an ein kleines Detail, eine Narbe oder einen Leberfleck, ein Muttermal. Irgendetwas. Nehmen Sie sich Zeit und sehen Sie ihn sich an. Ich werde draußen warten."

Er ging hinaus und schloss die Tür hinter sich. Jay war allein mit diesem reglosen Mann. Das monotone Piepen der Geräte und das leichte Pfeifgeräusch seines Atems waren alles, was sie wahrnahm. Sie ballte die Hände zu Fäusten, und Tränen verschleierten ihren Blick. Ob dieser Mensch nun Steve war oder nicht – in diesem Moment empfand sie so viel Mitleid für ihn, dass sie den Schmerz kaum ertragen konnte.

Irgendwie trugen ihre Beine sie bis zum Bett. Sie bemühte sich, die unzähligen Drähte und Schläuche nicht zu berühren, während sie näher kam und ihren Blick nicht von seinem Gesicht wandte – oder von dem, was sie erkennen konnte. Steve? War das wirklich Steve?

Sie wusste, was Payne wollte. Er hatte es nicht ausgesprochen, aber das musste er auch nicht. Er wollte, dass sie das Bettlaken anhob und diesen Mann, der bewusstlos und hilflos und bis auf die Verbände vollkommen nackt vor ihr lag, von oben bis unten betrachtete. Payne glaubte, sie würde den Körper ihres Ehemannes ganz genau kennen, aber fünf Jahre waren eine sehr lange Zeit. Sie konnte sich an Steves Lächeln erinnern, an das vergnügte Funkeln seiner schokoladenbraunen Augen, doch andere Details hatte sie längst vergessen.

Diesem Mann hier in dem Krankenhausbett wäre es wahrscheinlich egal, ob sie die Decke zurückschlug und ihn ansah. Er war bewusstlos. Vielleicht würde er sogar sterben, trotz all der vielversprechenden Geräte, an die er angeschlossen war. Er würde es nie erfahren. Und wie Payne sagen würde: Sie erwies ihrem Vaterland einen Dienst, wenn sie diesen Mann als Steve Crossfield identifizieren oder es sicher ausschließen konnte.

Sie konnte ihren Blick nicht von ihm abwenden. Er war so schwer verletzt. Wie konnte jemand diese Verletzungen erlitten haben und immer noch am Leben sein? Wenn er nun einen lichten Moment hätte, würde er überhaupt weiterleben wollen? Würde er jemals wieder laufen können? Würde er seine Hände wieder benutzen können? Sehen? Denken? Oder würde er sich seine Verletzungen ansehen und dann den Ärzten sagen: „Danke, Leute, aber ich denke, ich werde mein Glück an der Himmelspforte versuchen."

Aber vielleicht hatte er einen außergewöhnlichen Willen zu leben. Vielleicht hatte genau dieser Wille ihn überhaupt so lange am Leben erhalten – ein unbewusster, tief verwurzelter Wille zu *sein*. Leidenschaftliche Entschlossenheit konnte Berge versetzen, das wusste Jay.

Zögerlich streckte sie ihre Hand aus und berührte seinen rechten Arm, kurz über den Verbänden, die seine Verbrennungen abdeckten. Seine Haut fühlte sich heiß an, und erschrocken zog sie ihre Finger zurück. Irgendwie hatte sie damit gerechnet, dass er sich kalt anfühlen würde. Diese intensive Hitze, die er ausstrahlte, war ein weiterer Beweis dafür, wie hell die Flamme von Leben in ihm brannte, obwohl er so reglos dalag. Langsam führte sie ihre Hand wieder zu seinem Arm. Behutsam strich sie über die zarte Haut an der Innenseite seines Ellbogens und passte auf, dass sie dabei nicht die Infusionsnadel berührte, durch die eine klare Flüssigkeit in seine Venen lief.

Er war warm. Er war lebendig.

Sie spürte ihr Herz in der Brust pochen. Intensive Empfindungen erfüllten sie, bis sie das Gefühl hatte, diese nicht mehr kontrollieren zu können. Wenn sie darüber nachdachte, was er alles durchgemacht haben musste, verwunderte es sie, zu sehen, dass er noch immer kämpfte. Sein Geist war zu leidenschaftlich und stolz, um einfach aufzugeben. Tief bewegt von diesem Anblick glaubte Jay, vor Mitleid krank werden zu müssen.

Sein Körper war genug drangsaliert worden. Nadeln steckten in seinen Adern. Drähte und Elektroden nahmen jeden seiner Herzschläge auf und dokumentierten ihn. Und als hätte er nicht schon genügend Wunden am Leib, hatten die Ärzte ihm Drainageschläuche in den Brustkorb und die Seite gelegt. Es gab noch weitere Schläuche, die in seinen Körper hinein- und wieder andere, die aus ihm hinausführten. Jeden Tag starrten ihn fremde Menschen an und behandelten ihn, als sei er ein Stück Fleisch. Und das alles im Namen lebensrettender Maßnahmen.

Doch sie würde nicht derart in seine Intimsphäre dringen, wie es der FBI-Agent von ihr erwartete. Anstand mochte ihm im Augenblick nichts bedeuten, aber er war immer noch ein Mensch, dessen Intimsphäre sie respektierte.

Sie widmete ihm ihre ganze Aufmerksamkeit. Nichts auf der Welt interessierte sie im Moment mehr als dieser Mann, der so ruhig und reglos in seinem Krankenbett lag. War das Steve? Empfand sie etwas wie Vertrautheit, trotz der Schwellungen, die seine Züge entstellten, und der Kompressen, die ihn teilweise verdeckten? Sie versuchte, sich zu erinnern.

War Steve so muskulös gewesen? Waren seine Arme so stark gewesen, sein Brustkorb so breit? Es war natürlich möglich, dass er sich verändert hatte, dass er zugenommen hatte, dass er trainiert hatte und dadurch seine Schultern und Arme muskulöser geworden waren – danach konnte sie also nicht gehen. Der Oberkörper eines Mannes veränderte sich, wenn er älter wurde.

Seine Brust war rasiert worden. Sie betrachtete die schwarzen Stoppeln. Steves Brust war behaart gewesen – nicht stark, aber doch behaart.

Sein Bart? Sie betrachtete seine Wangen, betrachtete das, was davon noch zu erkennen war, aber sein Gesicht war derart angeschwollen, dass sie nichts finden konnte, was sie an Steve erinnert hätte. Sogar seine Lippen waren geschwollen.

Sie spürte, wie ihre Wangen feucht wurden und fuhr sich überrascht mit der Hand über ihr Gesicht. Sie hatte nicht einmal bemerkt, dass sie weinte.

Payne kam ins Zimmer zurück und reichte ihr wortlos sein Taschentuch. Nachdem sie ihre Tränen getrocknet hatte, legte er seinen Arm um ihre Taille und führte Jay vom Bett fort. Sie lehnte sich dankbar an ihn. „Es tut mir leid", sagte er schließlich. „Ich weiß, dass es nicht leicht ist."

Sie schüttelte den Kopf und kam sich mit einem Mal kindisch vor, derart zusammenzubrechen – vor allem, wenn sie daran dachte, was sie ihm zu sagen hatte. „Ich weiß nicht. Es tut mir leid, aber ich kann nicht genau sagen, ob das Steve ist oder nicht. Ich … ich kann einfach nicht."

„Glauben Sie, dass er es sein könnte?", fragte Payne.

Jay fuhr sich mit dem Handrücken über die Schläfen. „Ich vermute es. Ich kann es nicht mit Sicherheit sagen. Die vielen Verbände …"

„Ich verstehe. Ich weiß, wie schwierig es ist. Aber ich muss meinen Vorgesetzten etwas sagen. War Ihr Ehemann so groß? Haben Sie irgendetwas an ihm wiedererkannt?"

Wenn er sie verstanden hatte, warum fragte er dann nach? Ihr Kopf schmerzte furchtbar. „Ich weiß es nicht!", rief sie. „Ich denke, Steve ist so groß, aber es ist nicht einfach, das zu sagen, wenn er liegt. Steve hat dunkle Haare und braune Augen, aber über diesen Mann dort im Krankenbett kann ich noch nicht einmal *das* sagen!"

Payne sah sie an. „Es steht auf seinem Krankenblatt", sagte er leise. „Braune Haare und braune Augen."

Sie schwieg. Mit einem Mal drang die Bedeutung dieser Worte bis zu ihr durch. Jay blickte den Mann an. Sie hatte ihn nicht wiedererkannt, doch sie war noch immer überwältigt von den Empfindungen, die er in ihr ausgelöst hatte: Mitgefühl, ja, aber auch Ehrfurcht, weil er immer noch am Leben war und kämpfte. Und ein unbändiges Gefühl von Respekt vor der Entschlossenheit und dem Mut, den er zeigte.

Ganz schwach und leise, mit bleichem Gesicht, sagte sie: „Dann muss es wohl Steve sein, nicht wahr?"

Payne wirkte erleichtert, doch dieser Eindruck war so schnell wieder verschwunden, wie er gekommen war – Jay war sich nicht sicher, ob es überhaupt Erleichterung war. Er nickte. „Ich werde unseren Leuten mitteilen, dass Sie seine Identität bestätigt haben. Er ist Steve Crossfield."

2. KAPITEL

*A*ls Jay am nächsten Morgen in ihrem Hotelzimmer erwachte, lag sie eine Weile ganz still in ihrem Bett, sah sich um und versuchte, sich zu orientieren. Die Erinnerung an die Ereignisse des vergangenen Tages war verschwommen. Jay erinnerte sich lediglich an den reglosen Verletzten im Krankenhaus – Steve. Der Mann war Steve.

Sie hätte ihn erkennen müssen. Obwohl fünf Jahre vergangen waren, hatte sie ihn einst geliebt. Irgendetwas an ihm hätte ihr bekannt vorkommen müssen, trotz all der Wunden und Schwellungen. Ein seltsames Schuldgefühl beschlich sie, obwohl sie wusste, dass es lächerlich war. Dennoch glaubte sie, ihn irgendwie im Stich gelassen zu haben. So, als spiele er in ihrem Leben eine zu unwichtige Rolle, als dass sie sich noch daran erinnern könnte, wie er ausgesehen hatte.

Jay verzog den Mund und stieg aus dem Bett. Schon wieder ließ sie die Dinge zu nahe an sich herankommen. Steve hatte ihr immer geraten, alles etwas lockerer anzugehen. Manchmal hatte er regelrecht ungeduldig geklungen. Auch das war ein Teil ihres Lebens gewesen, den sie nie miteinander vereinbaren konnten. Sie war noch nie so entspannt gewesen wie er. Sie war stets zu beschäftigt mit ihrem Alltag und der Welt um sie herum. Steve dagegen hatte sich vergnügt und sorglos im Hier und Jetzt getummelt.

An diesem Morgen hätte sie nach New York zurückkehren können, aber irgendetwas in ihrem Inneren hinderte sie daran. Es war erst Samstag, und es gab keinen Grund zur Eile, solange sie am Montag pünktlich zur Arbeit erschien. Sie hatte keine Lust, das ganze Wochenende in ihrem Apartment zu sitzen und über ihre Arbeitslosigkeit nachzugrübeln. Außerdem wollte sie Steve wiedersehen. Das schien auch Payne zu wollen. Er hatte nicht davon gesprochen, dass es schon Pläne für ihre Rückreise nach New York gab.

Sie war so erschöpft gewesen, dass sie tief und fest geschlafen hatte. Ein Ergebnis dieses erholsamen Schlafes war, dass die Ringe unter ihren Augen nicht so dunkel waren wie sonst. Sie starrte in den Badezimmerspiegel und fragte sich, ob ihre Kündigung vielleicht doch Glück im Unglück gewesen war. Die Art, wie sie sich selbst im Job zu Höchstleistungen angetrieben hatte, war Gift für ihre Gesundheit gewesen. Sie hatte Gewicht verloren, das sie eigentlich nicht hätte verlieren dürfen. Unter ihrer Gesichtshaut zeichneten sich deutlich die Wangen- und Kieferknochen ab, sodass sie, besonders ohne Make-up, verhärmt und abgemagert aussah. Sie zog eine Grimasse. Zwar war sie nie eine Schönheit gewesen und würde es wahrscheinlich auch niemals sein, aber sie war einmal hübsch gewesen. Ihre dunkelblauen Augen und ihr dickes, glänzendes, honigbraun schimmerndes Haar waren ihre herausragenden Merkmale. Den Rest ihres Gesichtes konnte man als durchschnittlich bezeichnen.

Was würde Steve sagen, wenn er sie so sehen könnte? Wäre er enttäuscht und würde er ihr das auch frei von der Leber weg sagen?

Warum konnte sie nicht aufhören, an ihn zu denken? Es war nur natürlich, dass sie sich um ihn sorgte und angesichts der Schwere seiner Verletzungen Mitgefühl für ihn empfand. Trotzdem konnte sie nicht aufhören, sich zu fragen, was er über sie denken oder über sie sagen würde. Nicht der Steve, der er einmal gewesen war – ein charmanter, aber verantwortungsloser Heißsporn –, sondern der Mann, der er jetzt war: härter, stärker, mit einem unbändigen Selbsterhaltungstrieb und einem Willen, der ihn trotz aller Widrigkeiten am Leben erhalten hatte. Was würde dieser Mann über sie denken? Würde er sie immer noch wollen?

Dieser Gedanke ließ sie erröten. Abrupt wandte sie sich vom Spiegel ab und ging zur Dusche. Wurde sie langsam verrückt? Er war ein Invalide! Auch war es zum jetzigen Zeitpunkt noch nicht einmal sicher, ob er überhaupt überleben würde – trotz seiner Kämpfernatur. Und falls er überleben sollte, konnte es sein, dass er nicht mehr so „funktionierte" wie zuvor. Die Operation, die sein Augenlicht hatte retten sollen, war vielleicht nicht erfolgreich gewesen. Sie würden es erst wissen, wenn die Bandagen von seinen Augen genommen wurden. Es war möglich, dass er Hirnschäden davongetragen hatte. Und genauso gut war es möglich, dass er weder laufen, reden noch selbstständig essen konnte.

Hilflos spürte sie, wie ihr Tränen über die Wangen rannen. Warum weinte sie jetzt um ihn? Warum konnte sie nicht aufhören, an ihn zu denken? Jedes Mal, wenn sie an ihn dachte, traten ihr erneut Tränen in die Augen. Und es kam Jay immer lächerlicher vor, um einen Mann zu weinen, den sie noch nicht einmal wiedererkannt hatte.

Gegen zehn Uhr wollte Payne sie abholen, also rief Jay sich zur Ordnung und machte sich zurecht. Lange vor zehn war sie fertig. Überrascht stellte sie fest, dass sie Hunger hatte. Normalerweise aß sie nie etwas zum Frühstück, sondern überbrückte die Zeit bis zum Mittagessen mit Unmengen von Kaffee, von dem sie Sodbrennen bekam und deshalb in der Mittagspause kaum etwas zu sich nehmen konnte. Allmählich legte sie jedoch den Alltagstrott und die schlechten Gewohnheiten ab – sie wollte essen.

Beim Zimmerservice bestellte sie ein Frühstück, das in erstaunlich kurzer Zeit serviert wurde. Wie ein Verhungernder fiel sie über die Köstlichkeiten auf dem Tablett her und verschlang ein Omelette mit Toast in einer rekordverdächtigen Zeit. Als Payne schließlich um zehn an ihre Tür klopfte, war sie längst fertig.

Unauffällig musterte er ihr Gesicht mit seinem scharfen Blick. Ihm entging nichts. Sie hatte geweint. Die Situation machte ihr ganz offensichtlich zu schaffen, was verständlich war, aber es tat ihm dennoch leid. Gleichwohl wirkte sie an diesem Morgen ein wenig frischer, und ihr Gesicht hatte etwas Farbe bekommen. Ihre wunderbaren Augen waren größer und strahlender, als er sie in Erinnerung hatte. Doch vielleicht lag es auch an den Tränen, die sie vergossen hatte. Er konnte nur hoffen, dass sie nicht noch mehr würde weinen müssen.

„Ich habe schon im Krankenhaus angerufen, um mich nach Steves Befinden zu erkundigen", sagte er. „Gute Neuigkeiten: Seine Vitalwerte scheinen sich zu bessern. Er ist noch immer bewusstlos, aber die Gehirnstrommessung zeigt deutliche Aktivitäten. Die Ärzte sind zuversichtlicher als zu Beginn der Behandlung. Er macht sich viel besser, als erwartet."

Sie sprach nicht aus, dass die Ärzte am Anfang geglaubt hatten, er würde sterben – daher war *alles* andere besser als das. Sie wollte gar nicht darüber nachdenken, wie nahe er dem Tod gewesen war. Irgendwie verstand sie es auch nicht oder wollte es nicht verstehen, denn Steve war in jenem Moment, in dem sie zum ersten Mal an seinem Bett stand und seinen Arm berührte, wieder zurückgekommen, in ihr eigenes Leben.

Das große weiße Gebäude, in dem sich das Militärhospital befand, war viel belebter als in der Nacht zuvor. Zwei andere Wachen standen an der Tür zur Intensivstation, wo sich Steves Zimmer befand. Wieder schienen sie Payne zu kennen. Jay fragte sich, wie oft er wohl hier im Krankenhaus gewesen war, um Steve zu besuchen, und warum er überhaupt so viel Zeit bei ihm verbrachte. Er hätte sich doch telefonisch nach ihm erkundigen können. Die mysteriöse Geschichte, in die Steve hineingeraten war, schien so wichtig zu sein, dass Payne unbedingt dabei sein wollte, wenn Steve sein Bewusstsein wiedererlangte – falls er überhaupt jemals wieder aufwachen sollte.

Payne ließ sie das Krankenzimmer allein betreten, da er noch etwas zu besprechen hatte. Geistesabwesend nickte Jay ihm zu. In Gedanken war sie bereits bei Steve. Sie stieß die Tür auf und trat in den Raum. Payne blieb, praktisch mitten im Satz unterbrochen, zurück. Ein schiefes, leicht bedauerndes Lächeln huschte über sein Gesicht, als er ihr hinterhersah. Dann drehte er sich um und ging den Flur entlang.

Jay starrte auf den Mann im Bett – Steve. Als sie ihn jetzt wiedersah, war es für sie ungleich schwieriger zu akzeptieren, dass es sich tatsächlich um ihren Exmann handelte. Sie kannte ihn nur voller Leben und Energie. Und da lag er in diesem Bett – so still und regungslos, dass sie es einfach nicht begreifen konnte. Seit dem Vorabend hatte sich an seiner Position nichts verändert. Die Maschinen summten und piepten noch immer und auch die Medikamente tropften unverändert durch die Schläuche in seine Venen. Der penetrante Geruch nach Desinfektionsmitteln brannte in ihrer Nase. Plötzlich fragte sie sich, ob er – irgendwo und irgendwie – diesen Geruch auch wahrnehmen konnte. Konnte er hören, wie die Menschen um ihn herum redeten, obwohl er unfähig war zu antworten?

Sie trat ans Bett und berührte seinen Arm, wie sie es schon in der Nacht zuvor getan hatte. In dem sonst so kühlen Raum prickelte die Wärme seiner Haut an ihren Fingerspitzen. Die vielen Bandagen, die ihn bedeckten, beraubten ihn seiner Individualität. Und seine Lippen waren so stark geschwollen, dass sie mehr einer Karikatur glichen als den Lippen des Mannes, den sie einst geküsst, geliebt und geheiratet hatte. Mit dem sie gekämpft hatte und von dem sie schließlich geschieden worden war. Nur die Wärme seiner Haut machte ihn real, machte ihn lebendig.

Ob er irgendetwas spürte? Konnte er ihre Berührungen wahrnehmen?

„Steve?", flüsterte sie, und ihre Stimme zitterte. Es fühlte sich seltsam an, zu einer reglosen Mumie zu sprechen. Er war so tief im Koma, dass er sie wahrscheinlich nicht hörte – und falls er sie auf wundersame Weise doch hören konnte, war es ihm ganz sicher unmöglich, ihr zu antworten. Obwohl sie all das wusste, ermutigte eine innere Stimme sie, es trotzdem zu versuchen. „Ich … ich bin's, Jay." Manchmal hatte er sie *Jaybird* genannt. Und wenn er sie ärgern wollte, nannte er sie Janet Jean. Ihren Spitznamen hatte sie, seit sie ein kleines Kind war. Ihre Eltern hatten sie Janet Jean gerufen, aber für ihren älteren Bruder, Wilson, war sie immer nur J. J. gewesen. Daraus hatte sich schließlich der Spitzname Jay entwickelt. Als sie in die Schule kam, war ihr Name unwiderruflich Jay gewesen.

„Du bist verletzt", raunte sie ihm zu und streichelte unablässig seinen Arm. „Aber du wirst wieder gesund. Deine Beine sind gebrochen und eingegipst. Darum kannst du sie nicht bewegen. Sie haben einen Schlauch in deine Luftröhre gelegt, damit du besser atmen kannst. Deshalb kannst du nicht sprechen. Du kannst nicht sehen, weil du einen Verband über den Augen hast. Mach dir keine Sorgen. Sie kümmern sich wirklich gut um dich."

War es eine Lüge, dass er wieder gesund werden würde? Doch sie wusste nicht, was sie ihm sonst erzählen sollte. Wenn er sie hören konnte, wollte sie ihn ermutigen und ihn nicht noch mehr verunsichern.

Jay räusperte sich und begann, ihm von den vergangenen fünf Jahren zu erzählen. Sie berichtete ihm, was sie seit der Scheidung getan hatte. Sie sprach darüber, dass sie gefeuert worden war und wie sehr sie sich gewünscht hatte, Farrell Wordlaw einen Kinnhaken zu versetzen. Und wie sehr sie sich noch immer wünschte, Farrell Wordlaw einen Kinnhaken zu versetzen.

Die Stimme klang ruhig und unendlich weich. Er verstand die Worte nicht, weil die Bewusstlosigkeit seinen Verstand noch immer in tiefer Dunkelheit gefangen hielt. Aber er hörte diese Stimme und fühlte sie wie etwas, das seine Haut ganz warm und unsagbar zart berührte. Durch diesen zarten, kaum spürbaren Kontakt fühlte er sich nicht mehr ganz so einsam. Irgendetwas in ihm konzentrierte sich auf diesen Kontakt, sehnte sich danach, drängte ihn aus der Finsternis heraus, auf die Stimme zu – obwohl er ahnte, dass ihn Monster mit scharfen Zähnen erwarteten, die sein Fleisch mit ihren heißen Messern und brutalen Reißzähnen zerfetzen wollten. Er würde diese Schmerzen ertragen müssen, bevor er zu der Stimme durchdringen könnte. Doch er war schwach. Es war möglich, dass er es nicht schaffte. Und dennoch versuchte die Stimme, ihn zu erreichen, zog ihn magisch an und zerrte ihn aus der tiefen Gefühllosigkeit heraus, die ihn bisher gefangen gehalten hatte.

„Ich erinnere mich an die Puppe, die ich zu Weihnachten bekam, als ich vier Jahre alt war", erzählte Jay, die mittlerweile ganz automatisch weiterredete. Ihre Stimme klang dunkel und verträumt. „Sie war ganz weich und beweglich, wie ein richtiges Baby, und sie hatte lockige braune Haare und große braune Augen mit langen Wimpern. Die Augen schlossen sich, wenn ich sie hinlegte. Ich nannte sie Chrissy, nach meiner besten Freundin. Ich schleppte die Puppe überallhin, bis sie völlig zerlumpt war und wie ein kleiner Landstreicher aussah. Sie schlief in meinem Bett, ich setzte sie neben mich an den Tisch, wenn ich aß, und ich setzte sie vor mich auf mein Dreirad und fuhr mit ihr Kilometer um Kilometer ums Haus herum. Dann wurde ich allmählich älter und verlor das Interesse an Chrissy. Ich legte sie zu meinen anderen Puppen auf ein Regal und vergaß sie. Aber als ich dich zum ersten Mal sah, Steve, dachte ich: ‚Er hat Chrissy-Augen.' So nannte ich alle braunen Augen, als ich noch klein war und die Namen der Farben noch nicht so gut kannte. Du hast Chrissy-Augen."

Sein Atem schien langsamer und tiefer zu gehen. Sie war sich nicht sicher, aber sie glaubte, dass sich sein Brustkorb regelmäßiger hob und senkte. Jeder Atemzug verursachte ein leises Pfeifen. Ihre Finger streichelten noch immer seinen Arm, um den Kontakt nicht zu unterbrechen, auch wenn es ihr einen Stich versetzte, ihn zu berühren.

„Ich hätte dir manchmal beinahe gesagt, dass du Chrissy-Augen hast, aber ich dachte mir, dass du es vielleicht albern finden würdest." Sie lachte. Ihr Lachen schien den kühlen Raum mit den summenden Maschinen irgendwie ein Stück wärmer zu machen. „Du warst immer so darauf bedacht, deinem Macho-Image nicht zu schaden. Ein leichtsinniger, unbekümmerter Abenteurer sollte keine Chrissy-Augen haben, stimmt's?"

Plötzlich zuckte sein Arm. Diese kleine Bewegung erschreckte Jay so sehr, dass sie bleich wurde und ihre Hand wegzog. Außer seinen Atembewegungen war das die erste Reaktion, die er zeigte, obwohl sie wusste, dass es möglicherweise nur ein unbewusstes Muskelzucken gewesen war. Sie blickte in sein Gesicht, konnte jedoch keine Veränderung sehen. Bandagen verdeckten die oberen zwei Drittel seines Kopfes, und seine geschwollenen Lippen waren noch immer regungslos. Langsam streckte sie die Hand aus und legte sie wieder auf seinen Arm. Behutsam begann sie, weitere Erinnerungen aus ihrer Kindheit hervorzukramen.

Frank Payne öffnete ganz leise die Tür und hielt inne, als er ihr Gemurmel hörte. Sie stand noch immer an seinem Bett. Vermutlich war sie nicht einen Zentimeter von seiner Seite gewichen, seit sie vor – er warf einen Blick auf seine Armbanduhr – drei Stunden angekommen war. Wenn sie seine Frau gewesen wäre, hätte er ihr Verhalten verstanden, doch sie war seine Exfrau und hatte selbst die Scheidung eingereicht. Trotzdem stand sie an seinem Bett und schenkte ihm ihre gesamte Aufmerksamkeit – so als wollte sie, dass er schnell wieder gesund wurde.

„Wie wäre es mit einem Kaffee?", fragte er behutsam, um sie nicht zu erschrecken. Doch ihr Kopf fuhr herum, und sie blickte ihn aus weit aufgerissenen Augen an. Seine plötzliche Ansprache hatte sie unsanft aus ihrer Gedankenwelt zurück auf den Boden der Tatsachen geholt.

Sie atmete tief durch und lächelte. „Das klingt gut." Zögerlich entfernte sie sich ein paar Schritte vom Bett, hielt dann inne und drehte sich noch einmal um. Stirnrunzelnd sagte sie: „Ich hasse es, ihn allein zu lassen. Wenn er überhaupt etwas versteht, muss es furchtbar für ihn sein, nur daliegen zu können – gefangen und voller Schmerzen, ohne zu wissen, warum alles wehtut – und zu denken, dass er ganz allein ist."

„Er weiß nichts", versicherte Payne und wünschte, es wäre nicht so. „Er liegt im Koma, und im Augenblick ist das auch das Beste für ihn."

„Ja", stimmte Jay zu und wusste, dass er recht hatte. Wenn Steve bei Bewusstsein gewesen wäre, hätte er grauenvolle Schmerzen aushalten müssen.

Dieses erste schwache Aufflackern von Bewusstsein war wieder verschwunden. Die warme Stimme war verschwunden und hatte ihn orientierungslos in der Dunkelheit zurückgelassen. Ohne die Stimme, die ihn führte, sank er zurück in die Finsternis, zurück ins Nichts.

Frank hing über seinem schlechten Essen der Krankenhaus-Cafeteria und einem überraschend guten Kaffee. Es war kein überragender Kaffee, aber er war immer noch besser, als erwartet. Der nächste Becher würde vielleicht noch schlechter schmecken, also wollte er diesen Kaffee bis zum letzten Schluck auskosten. Das war allerdings nicht der einzige Grund, warum er sich mit seinem Kaffee Zeit ließ: Während des gesamten Mittagessens hatte er überlegt, wie er das Thema ansprechen sollte, das ihm auf den Nägeln brannte. *The Man* hatte keinen Zweifel daran gelassen: Jay Granger *musste* bleiben. Er wollte nicht, dass sie den Patienten identifizierte und dann einfach ging. Er wollte, dass sie sich emotional so sehr verstrickte, dass sie bleiben musste. Und was *The Man* wollte, erreichte er auch.

Frank hatte geseufzt. „Was ist, wenn sie sich in ihn verliebt? Verdammt, Sie wissen doch, wie er ist. Die Frauen lieben ihn. Sie können ihm nicht widerstehen."

„Sie könnte verletzt werden", hatte *The Man* zugegeben – aber selbst bei diesen Worten hatte seine Stimme ihren harten Klang nicht verloren. „Doch sein Leben steht auf dem Spiel, deshalb haben wir keine andere Wahl. Aus welchem Grund auch immer: Steve Crossfield war da, als die Bombe hochging. Wir wissen es, und sie wissen es auch. Crossfield ist unsere einzige Hoffnung."

Mehr brauchte er gar nicht zu sagen. Wenn Crossfield ihren einzigen Ausweg darstellte, war seine Exfrau genauso wichtig für sie – denn schließlich war sie ja die Einzige, die ihn identifizieren konnte.

„Hat McCoy die Geschichte geglaubt?", fragte *The Man* unvermittelt.

„Absolut!", erwiderte Payne. Seine Stimme hatte einen scharfen Klang angenommen, als er sagte: „Sie glauben doch nicht, dass Gilbert McCoy …"

The Man unterbrach ihn. „Nein. Ich weiß, dass er es nicht ist. Aber McCoy ist ein verdammt guter Agent. Wenn er uns die Geschichte abkauft, stehen die Chancen nicht schlecht, dass es uns gelingt, die Sache so aussehen zu lassen, wie wir es wollen."

„Was geschieht, wenn sie bei ihm ist, sobald er aufwacht?"

„Das macht nichts. Die Ärzte sind der Ansicht, dass er kurz nach dem Aufwachen zu verwirrt und desorientiert sein wird, um irgendetwas Sinnvolles von sich zu geben. Sie überwachen seine Werte rund um die Uhr und werden uns Bescheid geben, wenn sie ihn aus dem künstlichen Koma holen. Wir können sie nicht einfach aus dem Zimmer schicken – das würde auffallen. Aber wir können die Lage beobachten. Wenn er beginnt, Dinge zu sagen, die Sinn ergeben, bringen wir sie schnell hinaus, um mit ihm sprechen zu können. Doch die Gefahr, dass das passiert, ist vorerst gar nicht gegeben."

Payne seufzte leise und starrte in seinen Kaffee.

„Sie rühren den Kaffee zu Tode", unterbrach Jay in diesem Augenblick seine Gedanken. Er blickte sie an und sah dann wieder in seine Kaffeetasse. Er hatte den Kaffee so lange gerührt, dass er kalt war. Missmutig zog er eine Grimasse, weil er diesen gar nicht mal so übel schmeckenden Kaffee vergeudet hatte.

„Ich habe darüber nachgedacht, wie ich Ihnen eine bestimmte Frage stellen soll", gab er zu.

Jay blickte ihn verwundert an. „Es gibt nur einen Weg: Tun Sie es. Fragen Sie mich."

„Na gut." Er atmete tief durch. „Gehen Sie morgen nicht nach New

York zurück. Würden Sie bitte bei Steve bleiben? Er braucht Sie. Und er wird Sie in der nächsten Zeit noch viel mehr brauchen."

Die Worte trafen sie. Steve hatte sie nie gebraucht. Sie war immer zu verbissen gewesen und hatte zu viel erwartet, von ihm und auch von ihrer Beziehung. Genau das war ja das Problem gewesen, dass Jay mehr erwartet hatte, als Steve zu geben bereit war. Immer hatte er darauf bestanden, eine gewisse Distanz zu wahren – mental und emotional –, weil er behauptete, sie würde ihn erdrücken, ihm keine Luft zum Atmen lassen. Sie erinnerte sich daran, wie er diese Worte geschrien hatte. Dann sah sie wieder diesen reglosen Mann in dem weißen Krankenhausbett und kämpfte gegen dieses irritierende Gefühl, dass das alles nur ein Traum war und nicht die Wirklichkeit.

Langsam schüttelte sie den Kopf. „Steve ist ein Einzelgänger. Sie sollten das anhand der Informationen, die Sie über ihn haben, eigentlich wissen. Er braucht mich jetzt nicht und er wird mich nicht brauchen, wenn er aufwacht. Ganz sicher wird ihm der Gedanke, dass sich jemand um ihn gekümmert hat oder kümmert, gar nicht gefallen – und am allerwenigsten wird ihm gefallen, dass dieser Jemand ausgerechnet seine Exfrau war!"

„Wenn er aufwacht, wird er sehr durcheinander sein. Sie wären sein Rettungsanker, das einzige Gesicht, das er kennt. Jemand, dem er vertrauen kann, jemand, der ihm Sicherheit vermittelt. Er befindet sich in einem künstlichen Koma … die Ärzte können Ihnen mehr darüber erzählen als ich. Aber sie meinen, dass er sehr verwirrt und aufgewühlt sein wird, wenn er aufwacht. Vielleicht sogar im Delirium. Es würde helfen, wenn jemand in der Nähe ist, den er kennt."

Abermals schüttelte sie den Kopf. „Es tut mir leid, Mr Payne. Ich glaube nicht, dass er mich hier bei sich haben will. Aber ich würde auch nicht bleiben, wenn es anders wäre. Gestern habe ich meinen Job verloren. Ich habe eine Kündigungsfrist von zwei Wochen. Ich kann es mir nicht leisten, diese zwei Wochen nicht zu arbeiten, und außerdem muss ich mir so schnell wie möglich einen neuen Job suchen."

Er pfiff durch die Zähne. „Sie hatten einen wirklich miesen Tag, habe ich recht?"

Sie musste lachen, obwohl ihre Lage alles andere als zum Lachen war. „Das trifft es ziemlich genau, ja." Je besser sie Frank Payne kennenlernte, desto mehr mochte sie ihn. Es gab eigentlich nichts Herausragendes, nichts Auffälliges an ihm: Er war durchschnittlich groß, durchschnittlich schwer, mit graubraunem Haar und klaren grauen

Augen. Sein Gesicht war angenehm und freundlich, aber nicht besonders einprägsam. Er strahlte jedoch eine Zuverlässigkeit aus, die sie spürte und der sie vertraute.

Nachdenklich blickte er sie an. „Möglicherweise können wir etwas an Ihrer Situation verändern. Lassen Sie mich das klären, bevor Sie Ihren Flug nach Hause buchen. Und hätten Sie nicht Lust, Ihrem Chef zu sagen, wie gern sie ihn wiedersehen würden?"

Jay schenkte ihm ein außerordentlich süßes Lächeln, und diesmal war er es, der lachte.

Es dauerte eine Zeit lang, bis sie verstand, was sein Angebot für sie bedeutete: Sie waren sich sicher, dass Steve überleben würde. Sie war zurück in Steves Zimmer und stand an seinem Bett. Zart streichelte sie seinen Arm, und eine Welle der Erleichterung durchströmte sie. „Du wirst es schaffen", flüsterte sie. Die Sonne ging schon langsam unter, und sie hatte den Großteil des Tages damit verbracht, an seinem Bett zu stehen. Ein paar Mal hatte eine Schwester oder ein Krankenpfleger sie gebeten, kurz hinauszugehen, doch abgesehen davon und abgesehen von dem Mittagessen mit Frank hatte sie die meiste Zeit bei Steve verbracht. Sie hatte geredet, bis ihr Hals ganz trocken war, geredet, bis sie nicht mehr wusste, was sie noch erzählen sollte. Schließlich war sie verstummt – doch nicht einmal in dem Moment hatte sie ihre Hand von seinem Arm genommen.

Eine Schwester trat ein und warf Jay einen seltsamen Blick zu, bat sie jedoch nicht, den Raum zu verlassen. Stattdessen kontrollierte sie die Monitore und machte sich ein paar Notizen auf einem Klemmbrett. „Es ist merkwürdig", murmelte sie. „Aber vielleicht auch nicht. Irgendwie denke ich, dass der Junge weiß, wann Sie hier sind. Sein Herzschlag ist stärker und seine Atmung tiefer und gleichmäßiger, wenn Sie bei ihm sind. Als Sie zum Mittagessen gegangen sind, haben sich seine Vitalwerte verschlechtert. Sobald sie zurück waren, haben sich die Werte wieder stabilisiert. Mir sind ähnliche Schwankungen aufgefallen, wenn Sie gebeten wurden, das Zimmer zu verlassen. Major Lunning wird an diesen Aufzeichnungen sehr interessiert sein."

Jay starrte die Schwester an und blickte dann zu Steve. „Er weiß, dass ich hier bin?"

„Sicherlich nicht bewusst", erwiderte die Schwester eilig. „Er wird nicht aufwachen und sich mit Ihnen unterhalten – jedenfalls nicht mit der Dosis an Barbituraten, die er bekommt. Aber wer weiß schon, was er wahrnimmt und spürt? Sie haben den ganzen Tag mit ihm gesprochen, stimmt's? Ein Teil dessen, was Sie gesagt haben, ist bestimmt zu ihm durchgedrungen. Sie müssen ihm wirklich wichtig sein, wenn er derart auf Sie anspricht."

Die Schwester verließ das Zimmer. Verblüfft blickte Jay Steve an. Selbst wenn er ihre Anwesenheit spürte, warum hatte es überhaupt eine Auswirkung auf ihn? Dennoch konnte sie die Theorie der Schwester nicht ganz abtun – immerhin hatte sie selbst gemerkt, dass seine Atmung sich veränderte, wenn sie bei ihm war. Es war nur so schwer, das zu glauben, denn Steve hatte sie noch nie gebraucht. Eine Zeit lang hatte er es genossen, an ihrer Seite zu sein, aber trotzdem hatte er stets darauf geachtet, sie nicht zu nahe an sich herankommen zu lassen. Weil er selbst keine Liebe geben konnte, hatte er es auch immer vermieden, zu tief in Gefühlsduseleien hineingezogen zu werden. Alles, was Steve immer gewollt hatte, war eine oberflächliche Liebelei, eine leichte, spielerische Liebe, die jederzeit ohne Reue beendet werden konnte. Und genauso hatten sie beide ihre Liebe dann ja auch beendet. Nur selten hatte Jay an Steve gedacht, nachdem sie sich getrennt hatten. Warum sollte sie plötzlich wichtig für ihn sein?

Plötzlich schoss ihr ein Gedanke durch den Kopf und sie lachte bitter auf: Steve reagierte nicht auf sie persönlich, er reagierte generell auf Berührungen und auf eine Stimme, die ihn direkt ansprach. Die routinemäßigen, wenig liebevollen Berührungen der Schwestern und Pfleger und die geschäftigen Worte der Menschen um ihn herum waren schließlich nicht direkt an ihn gerichtet, und deshalb reagierte er darauf nicht. Jay schluckte. Jeder andere konnte sie ersetzen. Frank Payne hätte an Steves Bett stehen, ihn berühren und mit ihm reden können – und er hätte denselben Effekt erzielt.

Eine Stunde später, als Major Lunning die Aufzeichnungen betrachtete, sich versonnen übers Kinn strich und ihr nachdenkliche Blicke zuwarf, erzählte sie ihm von ihrer Theorie. Frank stand etwas abseits und ließ sich nichts anmerken, während er haargenau registrierte, was gerade geschah.

Major Lunning war ein sehr angesehener Militärarzt, ein Mensch, der sich beidem verschrieben hatte: der Medizin und dem Militär. Eigentlich war er gar nicht in Bethesda stationiert. Als er jedoch den Befehl erhielt, mitten in der Nacht hierher nach Bethesda zu kommen, hatte er nicht lange nachgefragt – Befehl ist Befehl! Er und einige andere Ärzte hatten den Auftrag erhalten, das Leben dieses Mannes zu retten. Zu Beginn der Behandlung hatten sie nicht einmal seinen Namen gekannt. Mittlerweile stand ein Name auf seinem Krankenblatt, aber sie hatten noch immer nicht die leiseste Ahnung, warum er für einige einflussreiche Personen so wichtig war. Doch das war auch nicht von Bedeutung: Major Lunning tat, was immer in seiner Macht stand, um seinen Patienten zu retten. Und in diesem Moment stellte diese viel zu dünne, junge Frau mit den dunkelblauen Augen seine einzige Möglichkeit dar, dem Mann zu helfen.

„Ich denke nicht, dass wir die Tatsachen ignorieren können, Ms Granger", sagte Major Lunning. „Es ist Ihre Stimme, auf die er reagiert – nicht meine, nicht Mr Paynes, nicht die Stimme irgendeiner Schwester. Mr Crossfield befindet sich in keinem tiefen Koma. Es ist nicht völlig von der Hand zu weisen, dass er Sie hören kann. Er mag Sie vielleicht nicht verstehen, und er kann mit Sicherheit nicht antworten, aber es ist durchaus möglich, dass er Sie hört."

„Aber ich habe es so verstanden, dass er in einem künstlichen Koma ist, das durch Medikamente hervorgerufen wurde", erwiderte Jay. „Und sind Menschen unter einem derart starken Medikamenteneinfluss nicht bewusstlos?"

„Es gibt unterschiedliche Stufen des Bewusstseins. Lassen Sie mich Ihnen seine Verletzungen etwas genauer beschreiben. Beide Beine sind gebrochen. Die Frakturen sind jedoch nicht kompliziert und werden ihn nicht daran hindern, wieder normal laufen zu können. Er hat Verbrennungen zweiten Grades an Händen und Armen. Aber die schlimmsten Verbrennungen hat er an den Handinnenflächen und Fingern erlitten. Es scheint fast, als habe er ein heißes Rohr angefasst oder die Hände schützend vors Gesicht gehalten. Seine Milz ist gerissen, und wir haben sie entfernt. Ein Lungenflügel war perforiert und ist in sich zusammengefallen. Die massivsten Verletzungen hat er an Kopf und Gesicht davongetragen. Sein Schädel ist gebrochen und seine Gesichtsknochen wurden regelrecht zerschmettert. – Wir haben sofort operiert, um die Wunden zu versorgen, aber um die Schwellungen des Gehirns unter Kontrolle zu bekommen und weiteren Schaden abzuwenden, mussten wir große Dosen von Barbituraten verabreichen. Diese Medikamente halten ihn in einem künstlichen Koma. Nun, je tiefer das Koma ist, desto weniger funktioniert das Gehirn. In einem tiefen Koma ist der Patient manchmal nicht in der Lage, eigenständig zu atmen. Die Tiefe des Komas hängt davon ab, wie gut der Patient die Medikamente verträgt – das variiert von Mensch zu Mensch. Mr Crossfields Verträglichkeit scheint höher zu liegen als die der meisten anderen Patienten, und deshalb ist das Koma nicht so tief, wie es bei der Menge der Barbiturate sein könnte. Wir haben die Dosis jedoch nicht erhöht. Das war nicht nötig. Bald werden wir die Dosis langsam herunterfahren und ihn aus dem Koma holen. Er wird es allein schaffen, aber – ich sage es ganz offen – er wird es definitiv leichter haben, wenn Sie an seiner Seite sind. Es gibt noch so vieles, was wir nicht über das Hirn, den Verstand und deren Auswirkungen auf den Körper wissen, aber eines wissen wir sicher: Der Geist besitzt durchaus einen erheblichen Einfluss auf den Körper."

„Wollen Sie damit sagen, dass er schneller gesund wird, wenn ich da bin?"

Der Major lächelte. „Kurz gesagt: Ja."

Jay fühlte sich erschöpft und verwirrt, so, als hätte sie Stunden damit zugebracht, aus einem Spiegelkabinett herauszufinden. Es waren nicht nur diese fremden Menschen, die sie zum Bleiben bewegen wollten – es war auch ein Stück weit ihr eigener Wunsch. Irgendetwas war geschehen, als sie Steve berührte, irgendetwas, das sie nicht verstand. Sie war sich sicher, so etwas noch nie zuvor gespürt zu haben, nicht einmal, als sie noch verheiratet gewesen waren. Es schien, als wäre er ein anderer Mensch, als er vor dem Unfall gewesen war. Er war auf eine Art und Weise anders, die sie spüren, aber nicht definieren konnte.

Dennoch wünschte sie sich, man hätte ihr diese Verantwortung nicht aufgebürdet. Sie wollte nicht bleiben. Dieses fremde Gefühl, das sie für Steve empfand, verunsicherte sie. Wenn sie jetzt ging, hätte dieses Gefühl keine Chance, sich weiterzuentwickeln. Aber wenn sie blieb … Die Scheidung vor fünf Jahren hatte sie nicht aus der Bahn geworfen, weil ihre Liebe zueinander nie gewachsen war, nie so tief geworden war, dass die Trennung einen schmerzlichen Verlust bedeutet hätte. Am Ende war die Liebe einfach verschwunden. Aber Steve schien nun anders zu sein. In den vergangenen fünf Jahren hatte er sich offenbar verändert, er war stärker geworden. Und diese neu gewonnene Stärke konnte sie spüren, auch wenn Steve bewusstlos war. Wenn sie sich nun in ihn verlieben würde, würde sie wahrscheinlich nie mehr darüber hinwegkommen.

Doch wenn sie ging, würde sie sich schuldig fühlen, weil sie ihm nicht geholfen hatte.

Sie musste einen neuen Job finden. Sie musste zurück nach New York und ihr Leben wieder in den Griff bekommen, bevor es endgültig zu zerfallen drohte. Dabei war sie so müde. Sie fühlte sich wie eine ewig Getriebene und sie war die Kämpfe und faulen Kompromisse so leid.

Jay seufzte. Einerseits wollte sie nicht gehen, andererseits hatte sie Angst zu bleiben.

Frank erkannte die Anspannung in ihrem Gesicht und ahnte, wie sehr diese Entscheidung sie belastete. „Lassen Sie uns ins Foyer gehen", schlug er vor und ergriff ihren Arm. „Sie brauchen eine Pause. Wir sehen uns später, Major."

Major Lunning nickte. „Versuchen Sie, sie zum Bleiben zu überreden. Dieser Mann braucht sie."

Unten in der Eingangshalle murmelte Jay: „Ich hasse es, wenn die Menschen um mich herum so tun, als wäre ich nicht vorhanden. Ich bin es leid, gesteuert zu werden." Als sie das sagte, dachte sie an ihren Job, aber Frank warf ihr einen schnellen Blick zu.

„Ich wollte Sie nicht in eine derart schwierige Situation bringen", lenkte er ein. „Es ist nur so, dass wir wirklich dringend mit Ihrem Mann sprechen müssen … Entschuldigung, mit Ihrem Exmann. Ich vergesse es immer wieder. Auf jeden Fall werden wir alles tun, um seine Genesung zu unterstützen."

Jay schob die Hände in die Manteltaschen und verlangsamte ihre Schritte, als sie nachdachte. „Wird Steve verhaftet, weil er getan hat, was immer er getan hat?"

Frank zögerte nicht mit einer Antwort. „Nein", sagte er bestimmt. Dieser Mann würde nicht weniger als die beste medizinische Versorgung und den besten Schutz bekommen, den das Land bieten konnte. Frank wünschte, er hätte Jay den Grund nennen können, doch das war unmöglich. „Wir glauben, dass er nur zur falschen Zeit am falschen Ort war – ein unschuldiger Zeuge, wenn Sie so wollen. Aber wenn man seinen Hintergrund betrachtet, ist es durchaus denkbar, dass er die Situation erfasst und verstanden hat. Es ist möglich, dass er sogar helfen wollte, als alles hochging."

„Buchstäblich."

„Ja, unglücklicherweise. Jedes Detail, an das er sich erinnern kann, wird uns helfen."

Sie erreichten das Foyer, und er hielt ihr die Tür auf. Zum Glück waren sie allein. Er ging zum Kaffeeautomaten und warf einige Münzen ein. „Kaffee?"

„Nein danke", entgegnete Jay müde, während sie sich setzte. Ihr Magen war ruhig und verursachte keine Schmerzen, und sie wollte ihn mit der grässlichen Brühe, die normalerweise aus den Kaffeeautomaten kam, nicht unnötig aufregen. Sie hatte gar nicht bemerkt, wie fertig sie eigentlich war, aber in diesem Moment wurde sie von einer Welle der Müdigkeit überrollt, die sie zu überwältigen drohte. Ihr war schwindlig.

Frank ließ sich ihr gegenüber auf einen Stuhl sinken. Mit beiden Händen umfasste er den Styroporbecher mit dem heißen Kaffee. „Ich habe mit meinem Vorgesetzten gesprochen und ihm Ihre Situation erklärt", begann er. „Würden Sie bleiben, wenn Sie sich, sagen wir mal, keine Sorgen wegen der Suche nach einer neuen Arbeitsstelle machen müssten?"

Sie schloss die Augen und fuhr sich mit der Hand über die Stirn, während sie sich bemühte, die Bedeutung seiner Worte zu begreifen. Sie konnte sich nicht daran erinnern, jemals so müde gewesen zu sein wie in diesem Augenblick. Es schien, als sei alle Kraft aus ihrem Körper gewichen. Sogar ihr Verstand fühlte sich seltsam taub und dumpf an. Den ganzen Tag über hatte sie sich so sehr auf Steve konzentriert, dass alles andere ausgeblendet worden war. Und nun, da sie einen Moment der Ruhe hatte, war die Erschöpfung über sie hereingebrochen, eine tiefe Mattigkeit, die sowohl mental als auch physisch war.

„Ich verstehe nicht", murmelte sie. „Ich muss einen Job finden, um Geld zu verdienen. Und selbst wenn Sie irgendwie eine Stelle für mich organisieren könnten, wäre es doch nicht möglich, gleichzeitig zu arbeiten und hier zu sein."

„Hier zu sein wäre Ihr Job", erklärte Frank und wünschte, er müsste sie nicht derart drängen. Sie wirkte, als bräuchte sie all ihre Kraft, um sich überhaupt aufrecht zu halten. Doch vielleicht war sie in diesem Zustand auch leichter zu überzeugen. „Wir kümmern uns um Ihr Apartment und Ihre Lebenshaltungskosten. Es ist uns wirklich sehr wichtig."

Sie hob den Blick und starrte ihn ungläubig an. „Sie bezahlen mich, damit ich hierbleibe?"

„Ja."

„Ich will doch kein Geld dafür, dass ich bei ihm bleibe! Ich will ihm helfen, verstehen Sie das nicht?"

„Aber ihre finanzielle Situation hindert Sie doch daran", erwiderte Frank und nickte. „Wir bieten Ihnen an, uns darum zu kümmern. Wenn Sie finanziell unabhängig wären, würden Sie dann zögern zu bleiben?"

„Natürlich nicht! Ich würde alles tun, um ihm zu helfen, aber die Vorstellung, dafür von Ihnen Geld zu nehmen, ist scheußlich!"

„Wir bezahlen Sie nicht dafür, dass Sie bleiben – wir bezahlen Sie, damit Sie bleiben *können*. Sehen Sie denn nicht den Unterschied?"

Sie musste verrückt sein, denn sie sah die Unterschiede der beiden Hälften des Haares, das er soeben gespalten hatte. Und seine Augen wirkten so nett, dass sie ihm instinktiv vertraute, obschon sie gleichzeitig spürte, dass es eine Menge Dinge gab, die sie nicht verstand.

„Wir werden Ihnen ein Apartment in der Nähe besorgen, damit Sie möglichst viel Zeit mit ihm verbringen können", fuhr Frank fort. Seine Stimme klang beruhigend und vernünftig. „Wir werden auch die Miete für Ihr New Yorker Apartment weiterhin bezahlen, damit Sie anschließend wieder dorthin zurückkehren können. Wenn Sie einverstanden sind, können wir bis Montag ein Apartment für Sie organisieren."

Es gab bestimmt Argumente, die dagegensprachen, aber Jay fiel im Augenblick keines ein. Frank fegte alle Einwände beiseite. Es wäre gemein und engstirnig von ihr gewesen, sich seinem Bitten zu widersetzen. Vor allem angesichts der Schwierigkeiten, die Frank Payne auf sich genommen hatte. Und angesichts der Tatsache, dass die – wer immer *die* auch waren – sie inständig baten, zu bleiben. Sie brauchten ihre Unterstützung.

„Ich muss nach Hause", sagte sie hilflos. „Nach New York. Ich brauche Kleidung, und ich muss meinen Job vorzeitig kündigen." Plötzlich musste sie lachen. „Falls es überhaupt möglich ist, einen Job zu kündigen, den man gar nicht mehr hat."

„Ich werde die Flüge organisieren."

„Wie lange, denken Sie, werde ich hier sein?" Sie rechnete mit einem zwei- bis dreiwöchigen Aufenthalt, doch sie wollte eine sichere Auskunft darüber haben. Schließlich musste sie sich um ihre Post kümmern und sonstige Dinge und Kosten, die während ihrer Abwesenheit anfallen würden.

Frank sah sie ruhig an. „Bestimmt einige Monate. Vielleicht länger."

„*Monate!*"

„Er wird eine Reha brauchen."

„Aber dann ist er doch wieder bei Bewusstsein. Ich dachte, Sie wollten, dass ich bleibe, bis er das Schlimmste überstanden hat!"

Er räusperte sich. „Wir würden es begrüßen, wenn Sie wenigstens bis zu seiner Entlassung aus dem Krankenhaus bleiben würden." Er wollte ihr die Wahrheit stückchenweise und möglichst schonend beibringen. Erst musste er sie zum Bleiben überreden, dann konnte er sie davon überzeugen, dass Steve sie brauchte, und schließlich wollte er sie dazu überreden, während der gesamten Behandlung bei ihm zu bleiben. Er konnte nur hoffen, dass seine Taktik aufging.

„Aber warum?"

„Steve wird Sie brauchen. Er wird Schmerzen haben. Eine wichtige Operation an seinen Augen hat er noch vor sich. Anschließend wird es noch gut sechs bis acht Wochen dauern, bis die Bandagen von seinen Augen endgültig entfernt werden. Er wird verwirrt sein und Schmerzen haben, und die werden während der Reha eher stärker als schwächer sein. Hinzu kommt, dass er bis dahin wahrscheinlich noch nicht wieder sehen kann. Jay, Sie werden seine Rettungsleine sein."

Wie betäubt saß sie vor ihm und starrte ihn nur wortlos an. Es sah so aus, als würde Steve sie nach all der Zeit, jetzt, da es für ihre Ehe zu spät war, dringender brauchen, als sie beide jemals geglaubt hätten.

Es war seltsam, wieder in New York zu sein. Jay war am Sonntagnachmittag zurückgeflogen und hatte Stunden damit zugebracht, ihre Kleider und andere persönliche Gegenstände zu packen. Aber sogar in ihrer eigenen Wohnung hatte sie sich gefühlt, als gehörte sie nicht länger hierher. Wie in Trance raffte sie ihre Habseligkeiten zusammen, während sie mit den Gedanken im Hospital in Bethesda war. Wie es ihm wohl ging? Sie hatte den Morgen mit ihm verbracht, hatte unaufhörlich mit ihm geredet und seinen Arm gestreichelt. Bei der Vorstellung, ihn so lange allein zu lassen, war ihr ganz mulmig geworden.

Am Montagmorgen machte sie sich ein letztes Mal für die Arbeit fertig und spürte auf einmal eine tiefe Erleichterung. Bis sie ihren Job verloren hatte, war sie sich nicht darüber im Klaren gewesen, was für eine Belastung diese Arbeit für sie bedeutet hatte. Aus purer Verzweiflung hatte sie sich selbst immer wieder angetrieben, um im Job zu bestehen und sich zu behaupten. Konkurrenzkampf war eine gute Sache, aber nicht auf Kosten ihrer eigenen Gesundheit, auch wenn sie selbst an der Situation nicht ganz unschuldig gewesen war. Sie hatte all ihre Leidenschaft, ihre Interessen und ihre Energie auf diesen Job fokussiert und sich selbst keinen Raum gelassen, um sich zu erholen, auszuspannen oder abzureagieren. Sie hatte Glück gehabt, dass sie kein Magengeschwür davongetragen hatte, sondern lediglich Stresssymptome wie einen nervösen Magen, ständige Kopfschmerzen und Schlafstörungen.

Als sie ihr Büro in dem mehrgeschossigen Geschäftshaus erreichte, machte sie sich auf die Suche nach einem Karton. Schließlich fand sie ein geeignetes Behältnis und räumte ihren Schreibtisch ab, wobei sie ihre Sachen vorsichtig in den Karton legte. Sie hatte nicht viele persönliche Gegenstände an ihrem Arbeitsplatz: einen Lippenstift, eine Ersatzstrumpfhose, ein Paket Taschentücher, einen teuren goldenen Kugelschreiber, zwei kleine Fotos, die sie an die Wand gehängt hatte. Sie war gerade fertig und wollte nach dem Telefon greifen, um Farrell Wordlaw anzurufen und ihn um ein Gespräch zu bitten, als die Gegensprechanlage summte.

„Mr Clements von EchoSystems auf Leitung drei, Ms Granger."

Jay drückte den Sprechknopf. „Bitte leiten Sie alle Anrufe an Duncan Wordlaw weiter."

„Ja, Ms Granger."

Jay atmete tief durch und rief Farrell an. Zwei Minuten später betrat sie entschlossen sein Büro.

Er schmunzelte, als hätte er sie drei Tage zuvor nicht abgesägt. „Du siehst gut aus, Jay", säuselte er. „Was kann ich für dich tun?"

„Nicht viel", erwiderte sie. „Ich wollte dich nur wissen lassen, dass ich die nächsten zwei Wochen doch nicht mehr für euch arbeiten kann. Ich bin vorbeigekommen, um meinen Schreibtisch auszuräumen und habe das Sekretariat gebeten, alle Telefonanrufe an Duncan weiterzuleiten."

Mit Genugtuung sah sie, wie Farrell Wordlaw erbleichte. „Das ist unprofessionell!", stieß er hervor und sprang auf. „Wir haben auf dich gezählt und darauf gebaut, dass du die angefangenen Projekte zu Ende führst …"

„Und Duncan zeige, wie er meinen Job machen soll?", vollendete sie bitter seinen Satz.

Seine Stimme hatte einen drohenden Unterton angenommen. „Unter diesen Umständen sehe ich keine Möglichkeit, dir das hervorragende Zeugnis auszustellen, das ich dir versprochen hatte. Und ohne außerordentlich gute Referenzen wirst du im Investmentbanking-Geschäft wohl keinen Fuß mehr in die Tür bekommen."

Ihre dunkelblauen Augen wirkten entschlossen und kühl, als sie ihn anblickte und sagte: „Ich werde nicht mehr im Investment-*Business* arbeiten. Danke."

Das hörte sich an, als hätte sie bereits einen neuen Job – und das beraubte Farrell des Druckmittels, das er eigentlich gegen sie hatte verwenden wollen. Jay beobachtete ihn und konnte praktisch die Rädchen in seinem Kopf arbeiten sehen – er wägte seine Möglichkeiten ab. Sie ließ die Firma im Stich, doch das war ganz allein seine Schuld, denn schließlich hatte er sie gefeuert. „Also, vielleicht war ich ein bisschen zu voreilig", sagte er und zwang sich, seiner Stimme einen warmen väterlichen Klang zu verleihen. „Es würde dieser Firma – und dir – sicherlich nicht guttun, wenn die Angelegenheiten, die jetzt noch auf deinem Schreibtisch liegen, nicht anständig zu Ende geführt würden. Würdest du es dir noch einmal überlegen, uns doch nicht so schnell zu verlassen, wenn ich zwei Wochengehälter als Abfindung drauflege?"

Er glaubte, dass sie einknicken und seinen Vorschlag annehmen würde, wenn er nur mit genügend Geld lockte. „Danke, aber nein", erklärte sie. „Es geht nicht. Ich werde nicht in der Stadt sein."

Sie konnte deutlich die Panik in seinem Blick lesen. Wenn die Geschäfte, die sie eingefädelt hatte, nicht zustande kamen, würde es die Firma einige Millionen Dollar kosten. „Aber das kannst du doch nicht machen! Wo wirst du denn sein?"

Jay konnte sich lebhaft die panischen Anrufe von Duncan vorstellen. Sie schenkte Farrell ein kühles Lächeln. „Bethesda Naval Hospital, aber ich werde keine Anrufe entgegennehmen."

Er runzelte verwundert die Stirn. „Das … das Militärhospital?", krächzte er.

„Es ist ein Notfall in der Familie", erklärte sie, während sie zur Tür ging.

Als sie das Bürogebäude mit dem kleinen Karton unter ihrem Arm verlassen hatte, lachte sie laut auf – sie lachte, weil sie arbeitslos war, und sie lachte, weil sie Farrell Wordlaw so einfach in Panik versetzt hatte. Es war beinahe ein so gutes Gefühl, als hätte sie ihn eigenhändig erwürgt. Und nun war sie frei. Sie war frei, zu Steve zurückzukehren und dem unbändigen Drang, bei ihm zu sein, nachzugeben. Ein Drang, den sie nicht verstehen, dem sie aber auch nicht widerstehen konnte.

Sie hatte einen Pendlerflug nehmen wollen, aber wegen des Gepäcks und der vielen persönlichen Einrichtungsgegenstände, die sie unbedingt mitnehmen wollte, hatte Frank einen Charterflug organisiert. Als sie am Flughafen ankam, war sie überrascht, ihn dort zu treffen. „Ich wusste nicht, dass Sie hier sein würden!", rief sie aus.

Er konnte nicht anders, als ihr zuzulächeln. Ihre Augen funkelten wie der Ozean, und die Anspannung der letzten Tage war aus ihrem Gesicht gewichen. Sie wirkte, als sei sie erleichtert und glücklich, ihren Job hingeschmissen zu haben – und das sagte er ihr auch.

„Es war … befriedigend", gab sie zu und lächelte ihn an. „Wie geht es Steve heute?"

Frank zuckte die Schultern. „Nicht so gut wie an den Tagen, an denen Sie an seiner Seite waren." Es war merkwürdig, aber wahr. Sein Puls ging schneller und schwächer, sein Atem ging flach und stoßweise. Obwohl er bewusstlos war, brauchte dieser Mann Jay.

Ihr Blick verdüsterte sich, und sie biss sich auf die Unterlippe. Der Drang, zu Steve zu kommen, wurde immer stärker. Es war beinahe, als würden unsichtbare Fäden sie zu ihm ziehen.

Doch zuerst einmal musste sie sich in dem Apartment einrichten, das Frank für sie organisiert hatte – etwas, das viel Zeit in Anspruch nahm und an ihren Nerven zerrte. Das Apartment war ungefähr halb so groß wie ihre Wohnung in New York. Es waren eigentlich nur zwei Räume – ein Wohn- und ein Schlafzimmer. Die Küche bestand aus einer winzigen Zeile in einer Ecke des Wohnzimmers. Dann gab es noch eine überfüllte kleine Nische, in der man sich hinsetzen und essen konnte. Insgesamt war das Apartment recht gemütlich. Allerdings hatte Jay ohnehin nicht vor, allzu viel Zeit in ihrer Wohnung zu verbringen, sondern im Krankenhaus bei Steve. Die Wohnung war eigentlich nur zum Schlafen und zum gelegentlichen Kochen gedacht.

„Ich habe Ihnen auch einen Mietwagen besorgt", erklärte Frank, während er den letzten Karton ins Apartment schleppte. Als er ihren verdutzten Gesichtsausdruck sah, musste er grinsen. „Dies ist nicht New York. Sie brauchen ein Fortbewegungsmittel." Er zog die Schlüssel aus seiner Manteltasche und warf sie auf den Tisch. „Sie können ins Krankenhaus kommen und gehen, wann Sie wollen. Sie haben die Genehmigung, Steve zu sehen, wann immer Sie wollen. Ich werde nicht wie bisher die ganze Zeit da sein, aber wenn ich nicht persönlich anwesend sein kann, wird mich ein anderer Agent vertreten."

„Kommen Sie gleich mit mir ins Krankenhaus?"

„Jetzt?", fragte er und warf ihr einen überraschten Blick zu. „Wollen Sie nicht erst einmal auspacken?"

„Das kann ich auch später erledigen. Ich würde jetzt lieber nach Steve sehen."

„Gut." Insgeheim glaubte er, dass ihr Plan ein wenig zu reibungslos klappte, aber im Augenblick konnten sie nichts tun. „Sie könnten mir in Ihrem Wagen folgen, dann gewöhnen Sie sich gleich an die Straßen und lernen, wie Sie von hier aus zum Krankenhaus gelangen. Äh … Sie können doch fahren, oder?"

Lächelnd nickte sie. „Ich lebe erst seit fünf Jahren in New York. Zuvor habe ich woanders gewohnt, und da war ich auf ein Auto angewiesen. Aber ich warne Sie: Ich habe in den letzten fünf Jahren nicht sehr oft hinter dem Steuer gesessen – also geben Sie mir die Chance, mich wieder daran zu gewöhnen."

Auto zu fahren war genau wie Fahrradfahren: Wenn man es einmal konnte, verlernte man es nicht mehr. Nachdem sie sich eine Weile mit den Instrumenten vertraut gemacht hatte, folgte Jay Franks Wagen ohne Probleme. Sie war immer ein zuverlässiger und aufmerksamer Fahrer gewesen – Steve war der Draufgänger von ihnen beiden gewesen, der notorisch zu schnell fuhr und das Risiko liebte.

Erst als Jay das Krankenzimmer betrat und sich dem Bett näherte, spürte sie, wie die Anspannung, die sich in ihr aufgebaut hatte, allmählich schwand. Sie blickte auf seinen verbundenen Kopf, von dem nur die zerschundenen, geschwollenen Lippen und sein Kiefer sichtbar waren, und stellte erstaunt fest, dass ihr Herz wie wild gegen ihre Rippen pochte. Unendlich behutsam legte sie ihre Finger auf seinen Arm und begann zu erzählen.

„Ich bin hier. Gestern musste ich nach New York zurück, um meine Sachen zu packen und meinen Job zu kündigen. Erinnere mich daran, dir eines Tages davon zu erzählen. Jetzt werde ich bei dir bleiben, bis du dich besser fühlst.“

Die Stimme war zurück. Langsam, aber unermüdlich vertrieb sie die schwarzen Schatten, die seinen Geist, seinen Verstand verschleierten, und baute eine kleine, schwache Brücke zu seinem Bewusstsein auf. Er verstand noch immer nicht die Bedeutung der Worte, aber dessen war er sich nicht bewusst. Die Stimme war einfach da, wie ein Licht, dass das finstere Nichts vertrieb, das ihm zuvor Angst eingejagt hatte. Manchmal wirkte die Stimme ruhig, manchmal wirkte sie wie eine frische Brise, unter der sich die Wasseroberfläche kräuselte, vergnügt und heiter. Er war sich nicht bewusst, dass die Stimme heiter klang, er bemerkte nur die veränderte Tonlage.

Er wollte mehr. Er musste näher an die Quelle heran, und er begann, sich seinen Weg aus dem düsteren Nebel zu erkämpfen, der seinen Verstand umhüllte. Aber jedes Mal, wenn er einen Schritt aus der Dunkelheit tat, spürte er einen teuflischen, brennenden Schmerz, der seinen gesamten Körper durchdrang und an ihm zehrte, an ihm nagte. Dann wich er zurück, zurück in die Dunkelheit, die ihn beschützte. Doch die Stimme lockte ihn unablässig, und er versuchte abermals, näher zu kommen, bis ihn das Biest wieder angriff und er sich erneut zurückziehen musste.

Sein Arm zuckte, wie es schon einmal zuvor passiert war, und wieder überraschte und erschreckte die unvermutete Bewegung Jay so sehr, dass sie ihre Hand zurückzog. Sie verstummte und starrte Steve an. Nach einem kurzen Zögern legte sie ihre Hand wieder auf seinen Arm und fuhr mit ihrer Erzählung fort. Ihr Herz pochte. Es war wahrscheinlich ein unbewusstes Zucken der Muskeln gewesen, die zu lange reglos dagelegen hatten. Er war nicht imstande, ihr zu antworten, denn die Barbiturate, die sie ihm verabreichten, stellten seine Gehirnfunktionen ruhig. Die meisten, wenn auch nicht alle Funktionen, wie Major Lunning ihr erklärt hatte. Wenn Steve spürte, dass sie da war, war es dann eventuell möglich, dass er versuchte, mit ihr Kontakt aufzunehmen?

„Bist du wach?", fragte sie sanft. „Kannst du deinen Arm anspannen?"

Sein Arm lag still und bewegte sich nicht unter ihren Fingern, und mit einem Seufzer nahm sie den Faden ihrer Geschichte wieder auf. Einen Moment lang dachte sie, dass er wach wäre – trotz all der medizinischen Erklärungen, die dagegensprachen.

Am nächsten Tag saß Jay bereits im Morgengrauen wieder im Krankenhaus. Die Sonne war noch nicht einmal aufgegangen. Sie hatte schlecht geschlafen. Zum Teil hatte es an der ungewohnten Umgebung gelegen, doch sie konnte der fremden Wohnung nicht die alleinige Schuld an ihrer schlaflosen Nacht geben. Sie hatte wach in der Dunkelheit gelegen und fieberhaft versucht, ihre absurde Überzeugung loszuwerden. Doch immer wieder drängte sich ihr die Idee auf, dass Steve tatsächlich probiert hatte, zu ihr durchzudringen und mit seinen begrenzten Mitteln Kontakt zu ihr aufnehmen wollte. Doch alles Analysieren half nichts, wenn sie an das Gefühl dachte, das in dem Moment in ihr gebrannt hatte.

Stopp! Ich muss aufhören, ernsthaft darüber nachzudenken, ermahnte sie sich, während sie mit dem Lift zur Intensivstation fuhr. Ihre Fantasie ging mit ihr durch. Ihre Eigenschaft, sich vollständig in ihre Überzeugungen hineinzusteigern, war nicht gerade hilfreich bei dem Versuch, diese innere Stimme zum Schweigen zu bringen. Sie hatte nie zu den coolen, distanzierten Menschen gehört, die ihre Gefühle im Zaum hielten und dosiert einsetzten – obwohl sie sich bemüht hatte, so zu sein, und dabei beinahe ihre Gesundheit ruiniert hatte. Weil sie sich Steves Genesung so sehr wünschte, bildete sie sich Reaktionen und Antworten ein, wo keine waren.

Steves Zimmer war trotz der frühen Stunde hell erleuchtet, obwohl er Licht oder Dunkelheit in seinem Zustand nicht unterscheiden konnte. Jay vermutete, dass die Schwestern das Licht der Einfachheit halber angelassen hatten. Sie schloss die Tür hinter sich und trat an sein Bett. Sie berührte seinen Arm. „Ich bin da", sagte sie leise.

Er atmete tief durch und sein Brustkorb erzitterte leicht.

Es traf sie, zerrte an ihr wie ein Seil, das plötzlich straff gespannt wurde. Dieses besondere Verhältnis zwischen ihnen, eine Bindung, die nicht greifbar war und für die es keine Worte oder Erklärungen gab, sie war stärker als je zuvor. Steve wusste, dass sie da war. Irgendwie erkannte er sie. Und er kämpfte darum, zu ihr zu gelangen.

„Kannst du mich hören?", flüsterte sie, und ihre Stimme zitterte. Sie blickte ihn an – starr, ohne die Augen von ihm abzuwenden. „Oder spürst du meine Berührungen? Ist es das? Fühlst du es, wenn ich deinen Arm berühre? Du musst ängstlich sein und verwirrt, weil du nicht weißt, was passiert ist. Weil du vergeblich versuchst, mich zu erreichen. Du wirst wieder gesund, das verspreche ich dir – doch es wird noch einige Zeit dauern."

Die Stimme. Irgendetwas an der Stimme zog ihn an, trotz des Schmerzes, der ihn erwartete, wenn er einen Schritt aus der Dunkelheit heraus machte. Er fürchtete den Schmerz, aber es war ihm noch wichtiger, die Wärme dieser Stimme näher zu spüren. Er wollte näher an der Stimme sein ... wollte näher bei ihr sein. An einem Punkt, der zu verschwommen war, um sich an ihn erinnern oder ihn verstehen zu können, hatte er realisiert, dass es sich um die Stimme einer Frau handelte. Die Stimme war so unendlich zart und gab ihm ein Gefühl von Sicherheit in der schwarzen, wirbelnden Leere seines Verstandes. Er nahm wenig wahr, aber diese Stimme konnte er immer deutlicher hören. Ein Urinstinkt in ihm erkannte die Stimme und sehnte sich nach ihr. Sie gab ihm die Kraft, gegen die Schmerzen und die Finsternis zu kämpfen. Sie sollte merken, dass er da war.

Sein Arm zuckte. Dieses Mal war die Bewegung zu langsam, um ein unbewusstes Muskelzucken zu sein. Dieses Mal zog Jay auch nicht ihre Hand von seinem Arm. Stattdessen strich sie mit ihren Fingerspitzen über seine Haut, während sie den Blick nicht von seinem Gesicht wandte.

„Steve? Wolltest du deinen Arm anspannen? Kannst du es wieder tun?"

Seltsam. Einige Worte ergaben Sinn. Andere wiederum waren weit davon entfernt, verständlich zu sein. Aber sie war da ... näher ... die Stimme war deutlicher. Er konnte nur Dunkelheit erkennen, als würde die Welt nicht existieren, doch sie war ihm näher als zuvor. Der Schmerz durchzuckte seinen Körper wellenartig. Schweißperlen glänzten auf seiner Haut. Er wollte nicht aufgeben, nachdem er so weit gekommen war. Er wollte nicht wieder zurückgleiten in die schwarze Leere.

Sein Arm? Ja. Sie wollte, dass er seinen Arm bewegte. Er wusste nicht, ob er es könnte. Es tat so verdammt weh. Und er wusste nicht, wie lange er es noch aushalten könnte. Wusste nicht, ob er es noch weiter versuchen könnte. Würde sie gehen, wenn er seinen Arm nicht bewegte? Er konnte die Vorstellung, wieder allein gelassen zu werden, kaum ertragen. Schon der vage Gedanke an die Kälte, an die Dunkelheit und Leere, in die er zurückfallen würde, machte ihm Angst.

Steve versuchte zu schreien, aber er brachte keinen Ton heraus. Der Schmerz war unglaublich, schien ihn wie ein wildes Tier zu zerreißen und mit seinen scharfen Fängen und Zähnen zu zerfetzen.

Er bewegte seinen Arm.

Die Bewegung war kaum zu spüren. Es war eine leichte Anspannung, die sie übersehen hätte, wenn nicht ihre Hand auf seinem Arm gelegen hätte. Er war in Schweiß ausgebrochen, sein Brustkorb und seine Schultern glänzten im hellen Kunstlicht. Ihr Herz schlug schneller, als sie sich zu ihm herunterbeugte. Sie wandte den Blick nicht von seinen Lippen.

„Steve, kannst du mich hören? Ich bin es, Jay. Du kannst nicht sprechen, weil ein Beatmungsschlauch in deiner Luftröhre steckt. Aber ich bin hier. Bei dir. Ich werde dich nicht verlassen."

Langsam öffnete er seine zerschundenen Lippen, und es wirkte, als wollte er Worte formen. Doch es gelang ihm nicht. Jay stand über ihn gebeugt und wagte kaum zu atmen. Ihre Brust schmerzte. Angespannt beobachtete sie, wie er sich quälte, seine Lippen und seine Zunge zu bewegen, um zu sprechen. Sie spürte beides: die Kraft seiner Verzweiflung und seiner zähen Entschlossenheit, als er – gegen alle Logik – den Schmerz und die Medikamente bekämpfte, um ein einziges Wort zu sagen. Es schien, als könnte er nicht aufgeben, egal was es ihn kostete. Irgendetwas in ihm verbot ihm, sich selbst aufzugeben.

Wieder versuchte er es. Seine geschwollenen, verfärbten Lippen bewegten sich langsam, träge. Seine Zunge regte sich, und schließlich formte er ein Wort, das jedoch stumm blieb: „*Schmerz.*"

Das beklemmende Gefühl in ihrer Brust wurde stärker, und unvermittelt rang sie nach Luft. Sie spürte nicht, dass ihr Tränen die Wangen herunterliefen. Behutsam tätschelte sie seinen Arm. „Ich bin gleich wieder da. Sie werden dir etwas geben, damit es nicht mehr so wehtut. Ich bin nur eine Minute weg, und ich verspreche dir, gleich zurück zu sein."

Sie rannte zur Tür, riss sie auf, stolperte in den Flur. Sie schien länger in Steves Zimmer gewesen zu sein, als ihr bewusst gewesen war:

Die dritte Schicht hatte ihren Dienst beendet, und die Frühschicht hatte begonnen. Frank und Major Lunning standen beim Schwesternzimmer und unterhielten sich mit leiser, angespannter Stimme. Beide sahen auf, als sie den Flur entlangrannte, und eine ungläubige Panik stand in Franks Blick.

„Er ist wach!", stieß sie hervor. „Er sagt, dass er Schmerzen hat. Bitte, Sie müssen ihm etwas geben …"

Die beiden Männer hasteten an ihr vorbei und stießen sie unbeabsichtigt hart zur Seite. Frank sagte: „Das sollte nicht passieren." Er klang so hart und kühl, dass Jay einen Moment lang nicht sicher war, ob es überhaupt seine Stimme war, die sie gehört hatte.

Doch es war Frank, der gesprochen hatte, obwohl seine Worte keinen Sinn ergaben. Was hätte nicht passieren sollen? Hätte Steve nicht aufwachen sollen? Hatten sie sie angelogen? Hatten sie geglaubt, dass er trotz aller Hilfe sterben würde? Nein, das konnte nicht stimmen – sonst hätte Frank doch nicht alles darangesetzt, um sie zum Bleiben zu bewegen.

Die Schwestern eilten in Steves Zimmer. Als Jay den Raum betreten wollte, wurde sie umgehend wieder zurück in den Flur gebracht. Sie stand draußen vor der Tür und lauschte den gedämpften Stimmen, die aus dem Zimmer drangen. Hilflos biss sie sich auf die Unterlippe und wischte die Tränen fort, die ohne Unterlass über ihre Wangen liefen. Sie sollte bei ihm sein. Steve brauchte sie.

Im Zimmer beobachtete Frank indes, wie Major Lunning Steves Vitalfunktionen überprüfte und seine Hirnströme analysierte. „Kein Zweifel", stellte der Major fest, „er erwacht."

„Er ist vollgepumpt mit Barbituraten, verdammt noch mal!", presste Frank zwischen zusammengebissenen Zähnen hervor. „Wie kann er aus dem Koma erwachen, wenn Sie die Dosis nicht verändert haben?"

„Er kämpft sich aus dem Koma heraus. Er hat eine sehr gute Konstitution, einen außerordentlich starken Willen, und die Frau draußen im Flur spielt dabei ebenfalls eine große Rolle – sie hat einen nicht unerheblichen Einfluss auf ihn. Adrenalin ist ein machtvolles Belebungsmittel. Mit genug Adrenalin im Blut sind Menschen zu unglaublichen, übermenschlich erscheinenden Kraftanstrengungen fähig und können Unfassbares ertragen. Sein Blutdruck und seine Herzleistung sind gestiegen – beides Zeichen einer Adrenalinstimulation."

„Werden Sie die Dosis der Barbiturate erhöhen?"

„Nein. Das Koma sollte verhindern, dass sein Gehirn anschwillt und dadurch irreparable Schäden entstehen. Ich wollte ihn sowieso langsam aus dem Koma zurückholen. Er ist meiner Entscheidung einfach nur ein bisschen zuvorgekommen. Wir müssen ihm noch Medikamente gegen die Schmerzen geben, aber er wird nicht mehr im Koma bleiben. Er wird aufwachen."

„Jay glaubt, er hätte gesagt, dass er Schmerzen hat. Kann er trotz der Medikamente Schmerzen empfinden?"

„Wenn er wach genug war, um mit ihr Kontakt aufzunehmen, ist er auch wach genug, um seine Schmerzen zu spüren."

„Kann er verstehen, was wir sagen?"

„Das ist möglich. Ich bin mir sicher, dass er uns hören kann. Verstehen ist allerdings etwas ganz anderes."

„Wie lange wird es noch dauern, bis wir ihm Fragen stellen können?"

Major Lunning sah ihn ernst an. „Zuerst müssen die Schwellungen in Gesicht und Rachen genug abgeklungen sein, damit ich den Tubus entfernen kann. Erst dann könnte man ihn theoretisch befragen. Ich denke, es wird noch eine Woche dauern. Und glauben Sie nicht, dass Sie dann eine Menge Informationen aus ihm herausbekommen werden. Möglicherweise wird er sich nie mehr daran erinnern, was ihm widerfahren ist – und falls es doch gelingen sollte, wird es wahrscheinlich noch Monate dauern."

„Besteht die Gefahr, dass er geheime Informationen an Jay verraten wird?" Frank wollte nicht zu viel erzählen. Major Lunning war sich darüber im Klaren, dass Steve ein sehr wichtiger Patient war, aber auch er kannte keine näheren Details.

„Das ist unwahrscheinlich. Er wird zu benommen und verwirrt sein, vielleicht sogar im Delirium – und außerdem kann er noch nicht sprechen. Ich verspreche Ihnen, dass Sie der Erste sein werden, der ihn zu Gesicht bekommt, nachdem wir den Beatmungsschlauch entfernt haben."

Frank betrachtete die reglose Gestalt im Krankenbett. Der Mann war so lange bewusstlos gewesen, dass es schwierig war, zu glauben, dass er hören oder fühlen konnte, ja, dass er sogar einen Versuch unternommen hatte, zu kommunizieren. Aber danach zu urteilen, was Frank über ihn wusste, hätte er damit rechnen müssen. Dieser Mann gab nie auf, hörte nie auf zu kämpfen, selbst dann nicht, wenn alles gegen ihn sprach und jeder andere sich zurückgezogen hätte – und genau deshalb hatte er so viele Situationen gemeistert und überlebt, in denen so manch anderer den Kürzeren gezogen hätte. Genau wie diese Explosion. Viele Menschen blickten nicht hinter die lächelnde Fassade und erkannten nicht seine enorme, beinahe schon furchterregende Entschlossenheit.

„Wie hoch ist die Wahrscheinlichkeit, dass er einen ernsten Hirnschaden davongetragen hat?", fragte er leise. Immerhin konnte der Patient ihn hören, und man wusste nicht, wie viel er verstand.

Major Lunning seufzte. „Ich weiß es nicht. Er hat sofort exzellente Hilfe bekommen, und das war mit Sicherheit von Vorteil. Es könnte sein, dass er nur minimale Schäden davonträgt, aber ich würde nicht mein Geld darauf verwetten. Ich kann es einfach im Moment nicht genau sagen. Die Tatsache, dass er aufgewacht ist und Kontakt zu Ms Granger aufgenommen hat, ist schon außergewöhnlich. Er hat einige Stufen des erwarteten Genesungsprozesses einfach übersprungen. Ich habe so etwas noch nie zuvor miterlebt. Normalerweise gibt es unterschiedliche Grade der Genesung: Zuerst der Stupor, eine Phase, in der es starker Stimulation von außen bedarf, um den Patienten überhaupt zu einer Reaktion zu bewegen. Dann Delirium im Wechsel mit extrem gesteigerter Erregbarkeit, als wären die elektrischen Impulse in seinem Gehirn außer Kontrolle geraten. Danach wird er langsam ruhiger, ist aber immer noch sehr verwirrt. In der nächsten Phase funktioniert der Patient schließlich wie ein Automat – er ist zwar in der Lage, Fragen zu beantworten, was aber seine körperliche Reaktionsfähigkeit angeht, wird er nur die einfachsten Bewegungen machen können. Die komplexeren Gehirnfunktionen kommen erst später zurück."

„Und in welcher Phase befindet er sich nun?"

„Er war fähig, zu kommunizieren, als wäre er in der dritten Phase, also der Phase, in der er wie eine Maschine funktioniert. Doch ich fürchte, er ist nun wieder in ein früheres Stadium zurückgefallen. Es muss eine unsagbare Kraftanstrengung für ihn gewesen sein, so weit zu kommen."

„Wenn Sie die Dosierung der Barbiturate einschränken, wird er dann in der Lage sein, mit uns zu kommunizieren?"

„Vielleicht. Möglicherweise ist seine Reaktion ein einzelner Ausnahmefall und kann im Moment nicht wiederholt werden. Es kann sein, dass er in den normalen Ablauf der Genesung zurückkehrt."

Frank, der langsam ärgerlich wurde, fragte: „Gibt es irgendetwas, dessen Sie sich sicher sind?"

Major Lunning sah ihn lange und ruhig an. „Ja. Ich bin mir sicher, dass seine Genesung im Wesentlichen von Ms Granger abhängt. Bringen Sie sie dazu zu bleiben. Er wird sie brauchen."

„Könnte es denn nicht gefährlich für sie werden, bei ihm zu sein, während Sie die Medikamente absetzen?"

„Ich bestehe auf ihrer Anwesenheit. Sie kann ihn beruhigen. Ich will ganz sicher nicht, dass er mit dem Tubus in seiner Luftröhre wild um sich schlägt. Meinen Sie, dass sie den Anforderungen gewachsen ist?"

Frank hob die Augenbrauen. „Sie ist stärker, als sie aussieht." Und Jay war Steve auf eine merkwürdige Art und Weise verfallen. Damit hatte Frank nicht gerechnet und konnte es auch nicht verstehen. Es schien, als würde Steve sie magisch anziehen, obwohl es keine logische Erklärung für diese Art der Anziehungskraft gab. Vielleicht später, wenn er wieder bei Bewusstsein war – seine Wirkung auf Frauen versetzte seine Vorgesetzten meist nur in ungläubiges Kopfschütteln. Doch im Moment war er nicht mehr als eine reglose Mumie, unfähig, seinen berühmt-berüchtigten Charme spielen zu lassen. Also musste es etwas anderes sein.

Er musste *The Man* sagen, was geschehen war.

Plötzlich wurde die Tür aufgestoßen, und Jay kam herein. Sie warf ihnen einen Blick zu, der deutlich machte, dass sie sich nicht noch einmal von ihnen rauswerfen lassen würde. „Ich bleibe", sagte sie schlicht, trat an Steves Bett und legte ihre Hand auf seinen Arm. Trotzig schob sie das Kinn hervor. „Er braucht mich, und ich werde bei ihm sein."

Major Lunning sah von ihr zu Steve und schließlich zu Frank. „Sie bleibt", sagte er, und seine Stimme klang weich. Dann warf er einen Blick auf die Akte in seiner Hand. „Okay, ich werde nun damit beginnen, die Dosis der Barbiturate, also der Schlafmittel, langsam zu senken, um ihn komplett aus dem Koma zu holen. Es wird vierundzwanzig bis sechsunddreißig Stunden dauern, und ich weiß nicht, wie er reagieren wird, also möchte ich, dass er rund um die Uhr überwacht wird." Er sah Jay an. „Ms Granger – darf ich Sie Jay nennen?"

„Bitte", murmelte sie.

„Eine Schwester wird die meiste Zeit über bei ihm sein, bis er komplett ohne die Medikamente auskommt. Seine Reaktion ist unvorhersehbar. Wenn irgendetwas passiert, ist es wichtig, dass Sie vom Bett zurücktreten und uns nicht bei der Arbeit behindern. Haben Sie das verstanden?"

„Ja."

„Kann ich sicher sein, dass Sie nicht ohnmächtig werden und uns in die Quere kommen?"

„Ja."

„Also gut, ich verlasse mich auf Sie!" Er musterte sie mit einem knappen, wissenden Blick. Er schien zufrieden zu sein mit dem, was er sah, denn er nickte ihr kurz zu. „Es wird nicht einfach werden, aber ich denke, Sie stehen das durch."

Jay richtete ihre ganze Aufmerksamkeit wieder auf Steve. Sie schien alles um sich herum zu vergessen, schien die Anwesenheit der anderen im Raum nicht mehr wahrzunehmen. Sie konnte nicht anders. Er verbannte alles andere aus ihrem Bewusstsein, sodass die Menschen um sie herum nicht mehr als Abziehbilder waren, die sie zwar sah, zu denen sie aber im Augenblick keinen tieferen Bezug herstellen konnte. Nichts war mehr wichtig – außer ihm. Und seit seinem Versuch, mit ihr zu sprechen, war dieses Gefühl für ihn noch stärker geworden. Es erschütterte und beängstigte sie, weil diese Empfindung so fernab aller Erfahrungen war, die sie in ihrem bisherigen Leben gemacht hatte. Aber sie konnte sich nicht dagegen wehren. Es war seltsam. Steve schien im Moment mehr Macht über sie zu besitzen, als zu der Zeit, als er noch Herr über seine Sinne und seinen Körper war und seinen ganzen Charme einsetzen konnte. Er war zur Bewegungslosigkeit verdammt und – jedenfalls größtenteils – empfindungslos, aber etwas Tiefes und Ursprüngliches zog sie zu ihm hin. Schon allein mit ihm in einem Raum zu sein, ließ ihr Herz schneller und heftiger schlagen.

„Ich bin wieder da", murmelte sie und berührte seinen Arm. „Du kannst jetzt schlafen. Mach dir keine Sorgen, kämpfe nicht länger gegen den Schmerz an – lass einfach los. Ich bin hier bei dir, und ich werde nicht gehen. Ich werde über dich wachen, und ich werde bei dir sein, wenn du wieder aufwachst."

Allmählich normalisierte sich seine Atmung, wurde wieder gleichmäßiger und ruhiger. Auch sein Puls beruhigte sich. Sein Blutdruck sank. Luft drang aus dem Beatmungsschlauch in seinem Hals – es wirkte wie ein erleichterter Seufzer, wäre der Tubus nicht gewesen. Jay stand an seinem Bett, und ihre Finger strichen ganz sanft über seinen Arm, während er schlief.

Wo bist du? Er wurde wach. Er fühlte seinen verzweifelten stummen Schrei, als er seinen Weg aus der Dunkelheit heraus und durch den Schmerz hindurch suchte, hinein in ein noch größeres Grauen. Der

Schmerz fühlte sich an, als würde er ihn bei lebendigem Leibe auffressen. Doch er konnte diese Schrecken ertragen, denn alles war besser als die furchtbare Leere, in der er gefangen gewesen war. Gott, war er lebendig begraben? Er konnte sich nicht bewegen, konnte nicht sehen, konnte nicht reden. Es schien, als sei sein Körper gestorben und sein Geist hätte überlebt. Vollkommen verängstigt versuchte er zu schreien, doch er konnte nicht.

Wo war er? Was war geschehen?

Er wusste es nicht. Er hatte verdammt noch mal nicht die leiseste Ahnung.

„Ich bin hier", sang die Stimme leise und beruhigend. „Ich weiß, dass du Angst hast und nicht verstehst, was vor sich geht, aber ich bin hier. Ich bleibe bei dir."

Die Stimme. Sie war ihm so vertraut. Sie war schon in seinen Träumen aufgetaucht. Nein, keine Träume. Die Stimme war etwas Tieferes, als nur Teil eines Traumes. Sie war in seinen Eingeweiden, in seinen Knochen, in seinen Zellen, in seinen Genen, in seinen Chromosomen. Die Stimme war ein Teil von ihm, und er konzentrierte sich vollkommen auf sie. Ein intensives, beinahe schmerzhaftes Gefühl des Wiedererkennens durchströmte ihn. Dennoch war die Stimme seltsam fremd, mit nichts verbunden, was sein Bewusstsein hervorbringen konnte.

„Die Ärzte sagen, dass du wahrscheinlich sehr durcheinander sein wirst", fuhr die Stimme fort. Es war eine ruhige, sanfte Stimme, mit einem leicht heiseren Klang, so als hätte die Frau, zu der die Stimme gehörte, geweint. Sie. Ja. Es war definitiv eine Frau. Er hatte eine verschwommene Erinnerung an die Stimme, die ihn gerufen und ihn aus der seltsamen, erstickenden Dunkelheit geholt hatte.

Sie begann, eine Liste von Verletzungen aufzuzählen, und er hörte ihr mit höchster Konzentration zu. Erst allmählich begriff er, dass sie über ihn sprach. Er war verletzt. Nicht tot, nicht lebendig begraben.

Eine Welle der Erleichterung durchströmte und erschöpfte ihn …

Als er wieder aufwachte, war sie noch immer da. Er hatte kein Gefühl von Zeit, nur von Schmerz und Dunkelheit. Erst allmählich wurde ihm bewusst, dass es zwei Arten von Dunkelheit gab. Erstens existierte eine Finsternis in seinem Verstand, die seine Gedanken lähmte. Diese Leere konnte er jedoch bekämpfen, ganz langsam erschien sie ihm weniger bedrohlich. Dann gab es noch eine zweite Dunkelheit – die Abwesenheit von Licht, seine Unfähigkeit, zu sehen. Beinahe wäre er, als ihn die Erkenntnis traf, in Panik ausgebrochen, wenn nicht diese Stimme bei ihm gewesen wäre. Wieder und wieder erklärte sie ihm alles. Sie schien zu ahnen, dass er ihre Worte nur bruchstückweise verstand. Er war nicht blind. Es lagen Bandagen auf seinen Augen, aber er war nicht blind. Seine Beine waren gebrochen, doch er würde wieder gehen können. Irgendwann. Seine Hände waren verbrannt, aber auch sie würde er irgendwann wieder benutzen können. Dann war ein Beatmungsschlauch in seinem Hals, der ihn beim Atmen unterstützte. Bald würde der Tubus jedoch entfernt werden, und dann könnte er auch wieder reden.

Er glaubte ihr. Er kannte sie nicht, aber er vertraute ihr.

Er versuchte zu denken, doch die Worte wirbelten durch seinen Kopf und er konnte keinen Sinn herstellen. Er wusste nicht … Es gab so vieles, das er nicht einordnen konnte. Eigentlich wusste er überhaupt nichts. Und er konnte die Gedanken in seinem Kopf nicht in Worte fassen. Es ergab einfach alles keinen Sinn. Und er war zu erschöpft, um zu kämpfen …

Schließlich erwachte er wieder. Seine Gedanken waren klarer, seine Verwirrung hatte sich etwas gelegt. Die Worte, die er hörte, ergaben endlich einen Sinn, obwohl alles andere für ihn noch sehr verwirrend war. Sie war bei ihm. Er konnte ihre Hand auf seinem Arm spüren, konnte ihre leicht heisere Stimme hören. War sie die ganze Zeit über bei ihm gewesen? Wie viel Zeit war vergangen? Es schien eine Ewigkeit zu sein, und es nagte an ihm, dass er es nicht genau wusste.

Es gab so vieles, das er wissen wollte. Doch er konnte keine Fragen stellen. Er war frustriert, und sein Arm zuckte unter ihren Fingern. Gott, was würde mit ihm passieren, wenn sie plötzlich ging? Sie war die einzige Verbindung, die er zu der Welt außerhalb seines Körpers, in dem er hilflos gefangen war, hatte. Sie war die einzige Verbindung zur Vernunft, das einzige Fenster in seiner Welt der Finsternis. Und mit einem Mal verschmolz der Wille, mehr zu wissen, in ihm zu einem Gedanken, zu einem Wort: *Wer?*

Seine Lippen formten das Wort. Doch das Wort blieb ungesagt, stumm. Ja, das Wort drückte aus, was er wissen musste. Alles, was er wissen wollte, war in diesem Wort vereint.

Jay legte sanft ihre Finger auf seine geschwollenen Lippen. „Versuch nicht zu sprechen", flüsterte sie. „Lass uns ein Buchstabiersystem benutzen. Ich werde das Alphabet aufsagen, und wenn ich den Buchstaben erreiche, den du meinst, bewegst du den Arm. Ich werde das Alphabet so oft durchgehen, bis wir das Wort, das du sagen willst, buchstabiert haben. Schaffst du das? Wenn du den Arm einmal anspannst, heißt es Ja, wenn du ihn zweimal anspannst, Nein."

Sie war erschöpft. Zwei Tage waren vergangen, seit er zum ersten Mal erwacht war, und sie war seitdem beinahe ununterbrochen bei ihm gewesen. Sie hatte geredet, bis ihre Stimme fast versagte. Ihre Worte sollten seine Brücke aus dem Koma heraus in die Wirklichkeit werden. Sie wusste, wann er wach war und spürte, wie verängstigt er war. Jay konnte fühlen, wie sehr Steve darum kämpfte, zu verstehen, was mit ihm geschehen war. Aber dies war das erste Mal, dass er die Lippen bewegt hatte. Sie war jedoch zu müde und erschöpft gewesen, um zu begreifen, was er hatte sagen wollen. Das Alphabetspiel schien ihr die einzige Möglichkeit für sie beide zu sein, miteinander Kontakt aufzunehmen. Sie wusste nur nicht, ob er genug Kraft hatte, um sich darauf zu konzentrieren.

Sein Arm bewegte sich. Einmal.

Sie atmete tief durch und bemühte sich, ihre eigene Erschöpfung zu verdrängen. „Also gut. Los geht's. A … B … C … D …"

Jay wollte schon beinahe die Hoffnung aufgeben, dass ihr Plan funktionieren könnte. Sie hatte fast das ganze Alphabet aufgesagt, und sein Arm bewegte sich nicht. Es war eine weit hergeholte Vermutung von ihr gewesen, dass es klappen könnte. Major Lunning hatte ihr erklärt, dass es noch Tage dauern konnte, bis Steves Verstand so weit wiederhergestellt war, dass er verstand, was um ihn herum vor sich ging. Als sie: „W …", sagte, bewegte sich Steves Arm unter ihren Fingerspitzen.

Sie hielt inne. „W?"

Abermals bewegte er seinen Arm. Einmal. Ja.

Freude erfüllte sie. „Okay. W ist also der erste Buchstabe. Dann gehen wir jetzt einmal den zweiten an. A … B …"

Bei E bewegte er ganz leicht seinen Arm.

Und wieder bei R.

Jay war erstaunt. „*Wer?* Ist es das? Willst du wissen, wer ich bin?"

Sein Arm zuckte. *Ja.*

Er wusste es nicht, wusste es wirklich nicht. Sie konnte sich nicht daran erinnern, ihm gesagt zu haben, wer sie war. Vielleicht ganz zu Beginn ihrer Besuche. Hatte sie tatsächlich geglaubt, er würde ihre Stimme am Klang wiedererkennen? Nachdem sie fünf Jahre lang nicht miteinander gesprochen hatten?

„Ich bin Jay", sagte sie sanft. „Deine Exfrau."

*E*r war ganz ruhig. Jay hatte das Gefühl, dass er sich ihr entzog, obwohl er sich nicht bewegte. Ein überraschend starker Schmerz durchzuckte sie, und sie schalt sich selbst dafür. Was hatte sie erwartet? Er konnte nicht aufstehen und sie umarmen, er konnte nicht sprechen und er war höchstwahrscheinlich vollkommen erschöpft. Sie wusste all das, und dennoch konnte sie sich des Eindrucks nicht erwehren, dass er sich von ihr entfernte. Ob er es hasste, abhängig von ihr zu sein? Steve war manchmal auf eine sonderbare Art und Weise unnahbar gewesen, hatte Menschen nie sehr nah an sich herangelassen. Vielleicht war es ihm zuwider, dass sie hier bei ihm war und keine unpersönliche Krankenschwester. Eine gewisse Distanz blieb, wenn jemand sich um ihn kümmerte, weil es ein Job war und weil er dafür bezahlt wurde. Wenn es jedoch ein Freundschaftsdienst war, konnte man diese Hilfe nicht mit Geld aufwiegen. Vielleicht gefiel Steve dieser Gedanke nicht.

Sie verlieh ihrer Stimme eine Ruhe, die sie eigentlich nicht empfand. „Hast du noch mehr Fragen?"

Zweimal zuckte sein Arm. *Nein.*

Sie war in ihrem Leben so oft weggeschoben und abgelehnt worden, dass sie in diesem Moment – so unterschwellig und unausgesprochen seine Reaktion auch sein mochte – verstand, dass Steve sie nicht näher an sich heranlassen wollte. Das tat weh. Sie schloss die Augen und versuchte, ihre Fassung nicht zu verlieren, um weitersprechen zu können. Es dauerte einen Augenblick, bis sie sagen konnte: „Willst du, dass ich hier bei dir bleibe?"

Eine Zeit lang rührte er sich nicht. Dann bewegte er leicht seinen Arm. Und bewegte ihn noch einmal. *Nein.*

„Also gut. Ich werde dich nicht länger belästigen." Sie rang um Fassung. Ihre Stimme klang dünn und angespannt. Sie wartete nicht darauf, ob er irgendetwas darauf erwidern würde, sondern drehte sich um und verließ das Zimmer. Sie fühlte sich furchtbar. Selbst jetzt bedeutete es für sie eine Überwindung, zu gehen und ihn allein zu lassen. Sie wollte bei ihm bleiben, ihn beschützen und um ihn kämpfen. Gott, sie hätte sogar seine Schmerzen auf sich genommen, wenn sie es gekonnt hätte. Doch er wollte sie nicht. Er brauchte sie nicht. Sie hatte recht gehabt – trotzdem hatte sie dieses Band zwischen ihnen gespürt und sich deshalb, wider besseres Wissen, von Frank dazu überreden lassen, zu bleiben.

Wenigstens Frank sollte sie erklären, dass ihr vorübergehender Aufenthalt hier nun vorbei war und sie gehen würde. Ihre Probleme hatten sich nicht geändert: Sie musste noch immer einen neuen Job finden. Während sie eine Münze aus ihrer Tasche angelte, ging sie zum Telefon und wählte die Nummer, die Frank ihr gegeben hatte. In den letzten beiden Tagen war er nicht so oft im Krankenhaus gewesen wie zu Beginn – tatsächlich war er überhaupt nicht da gewesen.

Er meldete sich sofort. Seine ruhige Stimme zu hören, half Jay seltsamerweise. „Hier ist Jay. Ich wollte Ihnen nur mitteilen, dass meine Arbeit hier beendet ist. Steve will nicht, dass ich länger bei ihm bleibe."

„Was?" Er klang erstaunt. „Woher wollen Sie das wissen?"

„Er hat es mir gesagt."

„Wie um Himmels willen hat er denn das geschafft? Er kann nicht sprechen, nicht schreiben. Major Lunning sagte, er sei wahrscheinlich noch sehr verwirrt."

„Ihm geht es schon viel besser heute Morgen. Wir haben gemeinsam ein System entwickelt", erklärte sie müde. „Ich sage das Alphabet auf, und er signalisiert mir mit einer Bewegung seines Armes, wenn ich den Buchstaben genannt habe, den er meint. So kann er Worte buchstabieren und Antworten geben. Wenn er einmal mit dem Arm zuckt, bedeutet das Ja, wenn er zweimal den Arm bewegt, Nein."

„Haben Sie das Major Lunning erzählt?", fragte Frank knapp.

„Nein, ich habe ihn nicht gesehen. Ich wollte Ihnen nur sagen, dass Steve nicht möchte, dass ich länger bei ihm bin."

„Lassen Sie Lunning ausrufen. Ich will mit ihm sprechen. Jetzt."

Für einen so freundlichen Mann konnte Frank sehr dominant und bestimmt sein, wenn er wollte, fand Jay, während sie zum Schwesternzimmer ging und darum bat, dass Major Lunning gerufen wurde. Fünf Minuten später erschien er, müde und zerknittert in seinem Operationskittel. Er hörte Jay zu, ging dann wortlos zum Telefon und sprach mit Frank. Sie konnte nicht hören, was er sagte, aber als er aufgelegt hatte, rief er sofort nach einer Schwester und verschwand in Steves Zimmer.

Jay wartete im Flur und kämpfte darum, ihre Gefühle unter Kontrolle zu bringen. Obwohl sie Steve kannte und mit einer derartigen Reaktion gerechnet hatte, war sie verletzt. Es tat weh. Sie litt im Augenblick sogar mehr unter seiner ablehnenden Haltung als zur Zeit ihrer Scheidung. Sie fühlte sich seltsam … betrogen und beraubt – als hätte sie einen Teil von sich selbst verloren. Nie zuvor hatte sie so empfunden. Sie hatte auch nie zuvor ein solch starkes Band zwischen sich und Steve vermutet. Ach, es war schon wieder ein gutes Beispiel für ihre dumme Angewohnheit, etwas in Situationen und Worte hineinzuinterpretieren, was möglicherweise gar nicht vorhanden war. Warum machte sie diesen Fehler immer wieder?

Major Lunning blieb lange in Steves Zimmer und eine ganze Reihe Schwestern kam und ging wieder. Innerhalb einer halben Stunde traf auch Frank ein. Seine Miene wirkte angespannt und entschlossen. Freundlich drückte er Jays Arm, als er an ihr vorbeiging. Doch er hielt nicht an, um sich kurz mit ihr zu unterhalten. Er verschwand ebenfalls direkt in Steves Zimmer. Etwas ungemein Wichtiges musste dort vor sich gehen – aber Jay hatte keinen Anteil mehr daran.

Jay ging in den Besucherbereich, setzte sich auf eine Couch und verschränkte die Hände im Schoß. Sie dachte darüber nach, was sie als Nächstes tun würde. Wahrscheinlich würde sie nach New York zurückgehen und sich einen Job suchen. Doch die Vorstellung, sich wieder in die Geschäftswelt zu stürzen, ließ sie kalt. Eigentlich wollte sie doch gar nicht wieder zurück. Sie wollte Steve nicht verlassen. Sogar jetzt wollte sie ihn nicht verlassen.

Fast eine Stunde später fand Frank sie in der Lobby. Er warf ihr einen ernsten Blick zu, bevor er an den Kaffeeautomaten ging und zwei Becher Kaffee holte. Als er zu Jay trat, blickte sie auf und schaffte es, ihn anzulächeln. „Sehe ich wirklich so aus, als würde ich den brauchen?", fragte sie ironisch und deutete mit einem Kopfnicken auf den dampfenden Kaffee in dem Styroporbecher.

Er reichte ihr einen Becher. „Ich weiß. Er schmeckt schlimmer, als er aussieht. Trinken Sie ihn trotzdem. Auch wenn Sie glauben, den Kaffee im Augenblick nicht zu brauchen – gleich werden Sie ihn mit Sicherheit brauchen."

Sie nahm den Kaffee entgegen, nippte daran und verzog das Gesicht. Es war ein Rätsel, wie jemand simples Wasser und Kaffee nehmen und daraus eine derart widerlich schmeckende Brühe brauen konnte. „Warum werde ich ihn gleich brauchen?" Sie blickte ihn etwas erschrocken an. „Es ist vorbei, habe ich recht? Steve hat mich gebeten, zu gehen. Es ist offensichtlich, dass er mich nicht an seiner Seite haben will. Wenn ich trotzdem bleibe, wird ihn das aufregen und seine Genesung verzögern."

„Es ist nicht vorbei", sagte Frank und starrte in seinen Kaffee. Sein Tonfall ließ Jay aufhorchen. Er wirkte eingefallen, und die Sorge hatte tiefe Falten in sein Gesicht gegraben.

Ein kalter Schauer lief ihr über den Rücken, und sie straffte unwill-

kürlich die Schultern. „Was ist los?", fragte sie. „Hat er einen Rückschlag erlitten?"

„Nein."

„Was stimmt dann nicht?"

„Er erinnert sich nicht", sagte Frank schlicht. „An nichts. Er leidet an Amnesie."

Frank hatte recht gehabt: Sie brauchte den Kaffee. Sie trank den Becher aus und holte sich gleich noch einen neuen. Ihr Kopf schwirrte,
und sie fühlte sich, als hätte sie einen Schlag in den Magen bekommen. „Was kann eigentlich noch alles schiefgehen?", murmelte sie.
Die Frage hatte sie mehr an sich selbst gerichtet, doch Frank wusste,
was sie meinte.

Er seufzte. Damit hatten sie nicht gerechnet. Sie brauchten ihn
wach und frisch – er musste ihnen Rede und Antwort stehen, musste
fähig sein, zu verstehen, was zu tun war. Diese Entwicklung drohte
den gesamten Plan über den Haufen zu werfen. Er wusste nicht einmal, wer er selbst war! Wie sollte er sich schützen, wenn er nicht
einmal wusste, vor wem er sich in Acht nehmen musste? Er konnte
weder Freunde noch Feinde erkennen.

„Er hat nach Ihnen gefragt", sagte Frank und ergriff ihre Hand.
Sie wollte gerade aufstehen, doch er hielt ihre Hand immer noch
fest und zwang Jay so, sich wieder zu ihm zu setzen. „Wir haben
ihm eine Menge Fragen gestellt", fuhr er fort. „Wir haben dabei Ihr
System verwendet, obwohl es ziemlich zeitintensiv ist. Als Sie ihm
sagten, dass Sie seine Exfrau seien, war er verwirrt, verängstigt. Er
konnte sich nicht an Sie erinnern, und er wusste nicht, wie er reagieren sollte. Vergessen Sie nicht, dass er noch immer durcheinander ist.
Es ist schwierig für ihn, sich zu konzentrieren, obwohl er gute Fortschritte macht."

„Sind Sie sich sicher, dass er nach mir gefragt hat?", wollte Jay wissen. Ihr Herz schlug bis zum Hals. Sie hatte seinen Worten zwar
gelauscht, aber eigentlich hatte sie nur seinen ersten Satz wirklich
mitbekommen.

„Ja. Er hat wieder und wieder Ihren Namen buchstabiert."

Der Drang, zu ihm zu gehen, war so stark, dass er fast schon
schmerzhaft war. Sie musste sich zusammenreißen, um still zu sitzen
und zu verstehen, was Frank ihr mitteilen wollte. „Er hat eine totale
Amnesie? Er kann sich an gar nichts erinnern?"

„Er kennt nicht einmal seinen eigenen Namen." Frank seufzte wieder. „Er kann sich nicht an die Explosion erinnern oder warum er überhaupt dort war. Nichts. Totale Leere. Verdammt!" Seine ganze Frustration hatte er in das letzte Wort gelegt.

„Was denkt Major Lunning?"

„Er sagt, eine totale Amnesie sei sehr selten. Viel öfter käme eine partielle Amnesie vor, bei der der Unfall selbst sowie die direkten Ereignisse vor dem Geschehnis ausgeblendet werden. Bei den Kopfverletzungen, die Steve erlitten hat, war eine Amnesie nicht ganz unwahrscheinlich, aber das ..." Er hob hilflos die Hände.

Sie versuchte, sich daran zu erinnern, was sie über Amnesie wusste. Doch alles, was ihr einfiel, war die tragische Komponente eines Gedächtnisverlustes, die in Seifenopern häufig benutzt wurde: Immer erlangte das Opfer seine Erinnerung während eines dramatischen Höhepunktes wieder – gerade rechtzeitig, um einen Mord zu verhindern oder selbst nicht umgebracht zu werden. Es war großes Kino – aber das war auch schon alles.

„Wird er seine Erinnerung zurückerlangen?"

„Vielleicht. Wenigstens einen Teil davon. Es gibt leider keinerlei Sicherheiten. Die Erinnerung könnte sofort wiederkehren, es könnte jedoch auch noch Monate dauern, bis er sich an irgendetwas erinnert. Major Lunning sagt, dass seine Erinnerung stückweise zurückkommt, und für gewöhnlich fängt es mit den ältesten Erinnerungen an."

Könnte. Vielleicht. Für gewöhnlich. Es lief darauf hinaus, dass sie es einfach nicht wussten. In der Zwischenzeit lag Steve in seinem Bett – unfähig zu reden, unfähig zu sehen, unfähig, sich zu bewegen. Alles, was er tun konnte, war zu hören und zu denken. Wie es sich wohl anfühlen mochte, von allem losgerissen zu sein, was einem bekannt war – sogar von sich selbst? Er hatte keinerlei Anknüpfungspunkte. Der Gedanke an die Angst, die er durchleben musste, schnürte ihr die Kehle zu.

„Wollen Sie noch immer bleiben?", fragte Frank, und sie konnte in seinen Augen seine Besorgnis erkennen. „Obwohl es vielleicht Monate oder gar Jahre dauern könnte?"

„Jahre?", wiederholte sie schwach. „Aber Sie haben davon gesprochen, dass ich nur so lange bleibe, bis die Operation an seinen Augen überstanden ist."

„Da wussten wir noch nicht, dass er sich an nichts würde erinnern können. Major Lunning meint, dass vertraute Dinge und Personen sein Erinnerungsvermögen stimulieren und ihm ein Gefühl von Stabilität vermitteln könnten."

„Sie wollen, dass ich bleibe, bis seine Erinnerung zurück ist?", Jay traute ihren Ohren kaum. Diese Vorstellung machte ihr Angst. Je länger sie mit Steve zusammen war, umso stärker reagierte sie auf ihn. Was würde passieren, wenn sie sich wieder in ihn verliebte? Dann würde sie ihn abermals verlieren, wenn er in sein rastloses Leben zurückkehrte. Sie befürchtete, dass sie sich schon viel zu sehr um ihn sorgte, um einfach zu gehen. Wie sollte sie ihn verlassen, wenn er sie doch brauchte?

„Er braucht Sie", sagte Frank und sprach damit ihre Gedanken aus. „Er fragt nach Ihnen. Er reagiert so stark auf Sie, dass er Major Lunnings Prognosen schlichtweg durcheinanderbringt. Und wir brauchen Sie, Jay. Wir brauchen Sie, damit Sie ihm helfen können – denn wir müssen wissen, was er weiß."

„Wenn das Mitgefühl bei mir nicht zieht, versuchen Sie es mit Vaterlandsliebe, hab ich recht?", fragte Jay müde und lehnte ihren Kopf an den mit orangefarbenem Vinyl bezogenen Stuhl. „Das ist nicht nötig. Ich werde ihn nicht im Stich lassen. Ich weiß nicht, was passieren wird, oder wie wir reagieren sollen, wenn seine Erinnerung nicht bald zurückkehrt, aber ich werde ihn nicht verlassen."

Sie stand auf und ging hinaus. Frank blieb zurück und starrte eine Weile versonnen in den Kaffeebecher, den er noch immer in seiner Hand hielt. Aus Jays Worten schloss er, dass sie sich bewusst war, manipuliert zu werden – sie ließ es jedoch zu, weil Steve ihr wichtig war. Er musste mit *The Man* über diese Entwicklung sprechen, und er fragte sich, was geschehen würde. Sie hatten darauf gehofft, dass Steve ihnen bereitwillig weiterhelfen würde, hatten auf seine Talente und Fähigkeiten gebaut. Nun mussten sie ihn hilflos wie ein Baby in die Welt entlassen. Er konnte die Gefahren, die ihm drohten, weder erkennen, noch einschätzen. Sie konnten jedoch auch nicht riskieren, ihm die Wahrheit mitzuteilen und damit Gefahr zu laufen, dass er einen Rückschlag erlitt. Major Lunning hatte keinen Hehl daraus gemacht, dass Aufregung im Augenblick das Schlimmste für ihn wäre. Er brauchte Ruhe und Stille, ein stabiles emotionales Umfeld. Unter diesen Umständen würde sein Erinnerungsvermögen wahrscheinlich schneller zurückkehren. Egal, welche Entscheidung *The Man* auch traf – Steve war in Gefahr. Und wenn Steve in Gefahr schwebte, dann galt das auch für Jay.

Es war schwierig für Jay, in Steves Zimmer zurückzugehen, nach den emotionalen Schlägen, die sie hatte einstecken müssen. Sie brauchte Zeit, um ihre Gefühle unter Kontrolle zu bringen, doch sie spürte auf der anderen Seite wieder diese starke Anziehungskraft, die zwischen ihnen herrschte. Mittlerweile war diese Anziehung so groß, dass sie nicht einmal mehr im selben Raum mit Steve sein oder ihn berühren musste. Er brauchte sie jetzt dringender, als sie Zeit für sich selbst brauchte. Jay öffnete die Tür und spürte, dass er sie ganz genau wahrnahm, obwohl er nicht einmal den Kopf bewegte. Es schien, als würde er die Luft anhalten.

„Ich bin wieder da", sagte sie leise, ging zu seinem Bett und legte ihre Hand auf seinen Arm. „Ich kann wohl einfach nicht gehen."

Sein Arm bewegte sich unablässig, und sie verstand seine Botschaft. „Also gut", sagte sie und begann, das Alphabet zu buchstabieren.

Tut mir leid.

Was sollte sie sagen? Sollte sie abstreiten, dass sie aufgebracht gewesen war? Er wusste es sicherlich besser. Er spürte die Anziehung, genau wie sie selbst sie spürte. Er war das andere Ende des Bandes, das sie beide miteinander verband. Ganz leicht drehte er seinen Kopf in ihre Richtung und öffnete seine zerschundenen Lippen, als wartete er auf eine Antwort.

„Es ist alles gut", sagte sie. „Ich war mir nicht bewusst, wie sehr ich dich damit schockieren würde."

Ja.

Es war seltsam, wie viel Gefühl er in eine einzige kleine Bewegung legen konnte. Trotzdem spürte sie seine Unsicherheit und ahnte, dass er noch immer geschockt war. Geschockt, aber gefasst. Seine Selbstkontrolle war bewundernswert.

Sie begann wieder zu buchstabieren.

Angst.

Dieses Geständnis traf sie hart. Es war etwas, dass der alte Steve niemals zugegeben hätte. Doch der Mann, der er geworden war, war so viel stärker, dass er seine Angst eingestehen konnte, ohne etwas von seiner Kraft einzubüßen. „Ich weiß, aber ich bleibe bei dir, solange du es willst", versprach sie.

Was ist passiert? Er stellte diese Frage durch eine einfache hilflose Geste mit seinem Arm.

Mit ruhiger Stimme erzählte Jay ihm von der Explosion, ohne jedoch ins Detail zu gehen. Sie ließ ihn in dem Glauben, dass es sich um einen Unfall gehandelt hatte.

Augen?

Also hatte er doch nicht alles verstanden, was sie ihm bisher erklärt hatte. Dabei war es so wichtig für ihn, alles zu verstehen. „Du brauchst noch eine Operation an deinen Augen, aber die Prognosen stehen gut. Du wirst wieder sehen können, das verspreche ich dir."

Gelähmt?

„Nein! Deine Beine sind gebrochen und eingegipst. Darum kannst du sie nicht bewegen."

Zehen.

„Deine Zehen?", fragte sie erstaunt. „Die sind noch da."

Er verzog seine Lippen zu einem kleinen schmerzvollen Lächeln.

Berühre sie.

Sie biss sich auf die Unterlippe. „Okay." Er wollte, dass sie seine Zehen anfasste, um zu spüren, ob er noch ein Gefühl in ihnen hatte. Er brauchte die Gewissheit, dass er nicht gelähmt war. Sie ging ans Fußende des Bettes, legte ihre Hände über seine Zehen und umschloss sie. Die Wärme ihrer Handflächen durchströmte seine ausgekühlten Glieder. Sie ging zurück an die Seite des Bettes und berührte seinen Arm. „Hast du es gespürt?"

Ja. Wieder verzog er den Mund zu einem kleinen Lächeln.

„Noch etwas?"

Hände.

„Sie sind verbrannt und verbunden, aber es sind keine schweren Verbrennungen. Deine Hände werden wieder ausheilen."

Brustkorb. Tut weh.

„Dein Lungenflügel ist kollabiert, und es steckt noch immer ein Beatmungsschlauch in deinem Hals. Also wirf dich nicht zu wild hin und her."

Witzig.

Sie lachte. „Ich wusste nicht, dass jemand stumm und gleichzeitig sarkastisch sein kann."

Hals.

„Du hast einen Tubus in der Luftröhre, weil du Schwierigkeiten mit dem Atmen hattest."

Gesicht gebrochen?

Sie seufzte. Er wollte alles haargenau wissen, wollte nicht geschont werden. „Ja, einige Knochen in deinem Gesicht sind gebrochen. Du bist nicht entstellt, aber die Schwellung hat es dir schwer gemacht, zu atmen. Wenn die Schwellung zurückgeht, werden sie den Beatmungsschlauch entfernen."

Heb die Decke an und prüfe meinen …

„Das werde ich nicht tun!", unterbrach sie ihn entrüstet. Sie hatte aufgehört zu buchstabieren, als ihr klar wurde, worauf er hinaus- wollte. Ein Lächeln huschte über ihr Gesicht, als sie bemerkte, dass er tatsächlich ungeduldig aussah. „Es ist alles noch da, glaube mir!"

Funktionstüchtig?

„Das musst du schon selbst herausfinden."

Zimperlich.

„Ich bin nicht zimperlich, und jetzt benimmst du dich, oder ich hole eine Schwester, die deinen Blasenkatheter wechselt. Dann fin- dest du ganz schnell heraus, was du wissen willst." Sie spürte, dass sie bei ihren Worten rot geworden war, und es half ihr nicht, dass er schon wieder lächelte. Sie hatte nicht klingen wollen, wie sie am Ende dann doch geklungen hatte.

Die Konzentration auf ihr Zwiegespräch hatte ihn so angestrengt, dass er nach einer Weile erschöpft buchstabierte: *Schlafen.*

„Ich wollte dich nicht ermüden", murmelte sie. „Schlaf dich aus."

Bleibst du?

„Ja, ich bleibe. Ich werde nicht in mein Apartment gehen, ohne dir vorher Bescheid zu sagen." Ihr Hals fühlte sich vom vielen Reden ge- schwollen an, nachdem sie ihm wieder erklären musste, was gesche- hen war und dass alles gut werden würde. Sie stand an seinem Bett und strich mit ihrer Hand über seinen Arm, bis sein Atem ruhig und gleichmäßig ging. Er war eingeschlafen.

Sogar jetzt wagte sie es nicht, die Hand von seinem Arm zu neh- men. Lange stand sie so neben seinem Bett. Ein Lächeln umspielte ihre Mundwinkel. Seine Persönlichkeit war so stark, dass sie trotz seiner begrenzten Möglichkeiten, sich auszudrücken, deutlich wurde. Er wollte die Wahrheit über seinen Zustand wissen, keine vagen Ver- sprechungen, kein medizinisches Palaver. Vielleicht kannte er im Au- genblick seinen Namen nicht, doch das hatte seinen Charakter nicht verändert. Er war stark – viel stärker, als er es jemals zuvor gewesen war. Was immer ihm auch in den letzten fünf Jahren zugestoßen sein mochte, es hatte ihn abgehärtet, wie Stahl, der durchs Feuer gegangen war. Er war härter, stärker, entschlossener, sein Wille so fest, dass es wie ein Energiefeld wirkte, das von ihm ausging. Oh, er war ein char- manter Kerl gewesen, verteufelt sorglos und wagemutig, mit einem Feuer in den Augen, das so mancher Frau den Kopf verdreht hatte. Doch jetzt war er … gefährlich.

Dieser Ausdruck, der ihr durch den Kopf geschossen war, überraschte sie. Als sie jedoch näher darüber nachdachte, erkannte sie, dass es genau das Wort war, das den Menschen, der er geworden war, am besten beschrieb. Er war ein gefährlicher Mann. Sie fühlte sich nicht bedroht, aber Gefahr bedeutete ja nicht gleich eine direkte Bedrohung. Er war gefährlich, weil er diesen eisernen, unerbittlichen Willen besaß – wenn dieser Mann einen Entschluss gefasst hatte, war es nicht ratsam, sich ihm in den Weg zu stellen. Irgendwann in den vergangenen fünf Jahren war etwas geschehen, das ihn so drastisch verändert hatte, und sie war sich nicht sicher, ob sie wissen wollte, was es gewesen war. Es musste etwas Verhängnisvolles, etwas Furchtbares gewesen sein, das seinen Charakter und seine Entschlossenheit so geprägt hatte. Es schien, als sei er bis auf die Knochen entblößt worden, gezwungen, seine überlebenswichtigen persönlichen Charakterzüge abzulegen und neue Fähigkeiten zu erlangen. Übrig geblieben war ein harter, purer Kern, unzerbrechlich und seltsam belastbar. Dies war ein Mann, der eine Niederlage nicht hinnahm – er wusste nicht einmal, was eine Niederlage bedeutete.

Ihr Herz schlug schneller, als sie nun neben ihm stand und auf ihn herabblickte. Ihre Aufmerksamkeit war so auf ihn fokussiert, dass es schien, als seien sie die einzigen Menschen auf der Welt. Er flößte ihr Furcht ein und war gleichzeitig so anziehend, dass sie unwillkürlich ihre Hand wegzog, als der Gedanke in ihrem Kopf Gestalt annahm. Lieber Gott! Sie wäre eine Närrin, wenn sie noch einmal in dieselbe Falle treten würde. Steve war nun mehr denn je ein Einzelgänger. Seine Persönlichkeit war so ausgeprägt, dass er sich selbst genügte. Beim letzten Mal war sie relativ unversehrt von ihm losgekommen – doch was würde geschehen, wenn sie sich jetzt wieder auf ihn einließ? Sie hatte Angst. Nicht nur, weil sie Gefahr lief, dass ihr das Herz gebrochen wurde, sondern auch, weil sie es überhaupt zuließ, daran zu denken, ihm wieder so nahezukommen. Es fühlte sich an, als würde sie einen Panther in seinem Käfig beobachten – sie wusste, noch war sie sicher, aber sie ahnte bereits seine unbändige Kraft.

Mit ihm zu schlafen, hatte Spaß gemacht, früher. Es war auf eine leichte Art und Weise leidenschaftlich gewesen. Wie würde es sich nun anfühlen? Ob die alte Leichtigkeit verflogen war? Sie war sich fast sicher. Die Art, wie er liebte, würde nun kraftvoll und ursprünglich sein – genau wie er. Es würde sich anfühlen, als wäre man in einen Sturm geraten.

Plötzlich bemerkte sie, dass sie kaum mehr atmen konnte. Sie zwang sich, von seinem Bett zurückzutreten. Sie wollte nicht, dass er ihr so viel bedeutete. Und sie hatte Angst, dass es schon zu spät war …

„Was sollen wir tun?", fragte Frank leise, und seine klaren Augen trafen auf einen verschlossen wirkenden Blick.

„Wir lassen es so weiterlaufen", erwiderte *The Man* genauso verhalten. „Wir müssen es tun. Wenn wir jetzt etwas Außerplanmäßiges tun, könnten wir seine Feinde damit auf den Plan rufen – und er weiß im Augenblick nicht, wer seine Feinde sind."

„Gibt es irgendwelche Fortschritte beim Aufspüren von Piggot?"

„Wir haben ihn in Beirut verloren, aber wir wissen, dass er sich mit einigen alten Bekannten getroffen hat. Irgendwann taucht er wieder auf – dann schlagen wir zu."

„Wir müssen unseren Mann nur schützen und am Leben erhalten, bis wir Piggot aus dem Weg geräumt haben", murmelte Frank mürrisch.

„Das werden wir schaffen. Wir müssen irgendwie Piggots Handlanger von ihm fernhalten."

„Wenn er seine Erinnerung wiedergewonnen hat, wird er nicht eben begeistert sein von dem, was wir getan haben."

Ein kleines Lächeln umspielte *The Man's* ansonsten so hart, so verbissen wirkenden Mund. „Er wird ausflippen, oder? Aber ich werde das Risiko des Zeugenschutzprogramms nicht eingehen, solange er nicht auf sich aufpassen kann – und vielleicht nicht einmal dann. Er ist schon einmal aufgeflogen. Und das könnte wieder passieren. Alles hängt davon ab, Piggot endlich aufzuspüren und zu fassen."

„Haben Sie jemals das Bedürfnis verspürt, selbst wieder da draußen zu sein, um nach ihm zu jagen?"

The Man lehnte sich zurück und verschränkte die Hände hinter seinem Kopf. „Nein. Ich bin sozusagen ‚gezähmt' worden. Ich liebe es, abends nach Hause zu kommen – zu meiner Rachel und den Kindern. Es gefällt mir, mich nicht immer umschauen zu müssen."

Frank nickte und dachte an die Zeiten zurück, als der Kopf von *The Man* Zielscheibe eines jeden Killers und Terroristen des Landes gewesen war. Inzwischen war er aus der Schusslinie und damit in Sicherheit – soweit man gemeinhin wusste. Nur eine kleine Gruppe von Menschen kannte die Wahrheit über sein jetziges Leben. Offiziell existierte *The Man* nicht mehr – nicht einmal die Personen, die seine Befehle befolgten, wussten, dass die Befehle von ihm stammten. Er war so tief in den Verzweigungen der Bürokratie versteckt, durch so viele Tricks und Kniffe geschützt, dass es praktisch unmöglich war, ihn mit dem Job, den er gerade bearbeitete, in Verbindung zu bringen. Der Präsident wusste über ihn Bescheid – aber Frank bezweifelte, dass der Vizepräsident eingeweiht war oder ein Minister oder die Stabschefs oder der Leiter der Behörde, die ihn beschäftigte, von *The Man* wussten. *The Man* entschied selbst, wem er vertrauen konnte. Frank war einer dieser vertrauenswürdigen Menschen. Und auch der Mann im Bethesda Naval Hospital gehörte zu den Auserkorenen.

Zwei Tage später entfernten die Ärzte den Schlauch aus Steves Brustkorb, da seine kollabierte Lunge wieder ausgeheilt war und funktionierte. Als sie Jay nach der Prozedur wieder in sein Zimmer ließen, trat sie an sein Bett und streichelte seinen Arm und seine Schulter, bis seine Atmung sich ein wenig beruhigte und die Schweißperlen auf seinem Körper langsam trockneten.

„Es ist vorbei, es ist vorbei", murmelte sie beruhigend.

Er bewegte seinen Arm – ein Zeichen, dass er ihr etwas buchstabieren wollte –, und sie begann, das Alphabet aufzusagen.

Kein Spaß.

„Nein", bestätigte sie.

Noch mehr Schläuche?

„Es ist noch ein Schlauch in deinem Magen. Über diesen Schlauch wirst du ernährt", erklärte sie. Sie konnte spüren, wie sich seine Muskeln beim Gedanken an den Schmerz, der ihn erwartete, anspannten, und er buchstabierte einen knappen Fluch. Mitfühlend strich sie ihm mit der Hand über den Brustkorb. Sie konnte die harten Stoppeln fühlen – allmählich wuchs sein Brusthaar wieder nach. Jay streichelte ihn sanft, wobei sie die Wunde, die der Schlauch in seinem Oberkörper hinterlassen hatte, nicht berührte.

Er atmete tief ein und zwang sich dazu, sich ein bisschen zu entspannen.

Kopf heben.

Es dauerte einige Augenblicke, bis sie verstand, was er damit meinte. Es musste schmerzhaft sein, die ganze Zeit flach auf dem Rücken zu liegen, nicht fähig, die Beine zu bewegen oder die Arme zu heben. Nur wenn die Verbände gewechselt wurden, wurden auch seine Arme bewegt. Sie drückte auf den Knopf, mit dem das Kopfteil des Bettes angehoben wurde. Ganz langsam, Stück für Stück brachte sie das Kopfteil in eine aufrechtere Position. Die ganze Zeit über behielt sie ihre Hand auf seinem Arm, damit er ihr signalisieren konnte, wenn es genug war. Er musste ein paar Mal tief einatmen, da sich sein

Gewicht auf seine Hüften und den unteren Rücken verteilte. Dann gab er ihr das Zeichen, anzuhalten. Seine Lippen formten einen lautlosen Fluch, und der Schmerz ließ seine Muskeln verkrampfen, doch nach einer Weile hatte er sich auf die neue Situation eingestellt und entspannte sich wieder.

Jay beobachtete ihn. In ihren dunkelblauen Augen spiegelte sich der Schmerz wider, der ihn quälte. Doch es ging ihm von Tag zu Tag besser, und diese Fortschritte zu sehen, erfüllte sie mit tief empfundener Freude. Die Schwellungen in seinem Gesicht nahmen allmählich ab, und seine Lippen wirkten wieder normal, obwohl die dunklen Blutergüsse und Wunden noch immer deutlich sichtbar seinen Kiefer und seinen Hals bedeckten.

Sie konnte seine Ungeduld beinahe körperlich spüren. Er wollte reden, wollte sehen, wollte gehen, wollte wieder in der Lage sein, sein eigenes Gewicht ganz allein im Bett zu bewegen. Er war in seinem Körper gefangen, und das gefiel ihm ganz und gar nicht. Es musste wirklich furchtbar sein, von seiner eigenen Identität praktisch abgeschnitten zu sein. Und genauso furchtbar musste es sein, durch solch schwere Verletzungen derart körperlich eingeschränkt zu sein. Jay sah ihn an. Trotz allem gab er nicht auf. Er stellte jeden Tag unzählige Fragen und versuchte, die Lücken in seiner Erinnerung zu schließen, indem er neue Erinnerungen hinzufügte. Offenbar hoffte er darauf, dass ein Wort ihn auf magische Weise zu sich selbst zurückbringen würde. Jay unterhielt sich auch mit ihm, wenn er keine Fragen stellte, und hoffte, dass die Dinge, die sie erzählte, ihm Informationen lieferten und eine Perspektive gaben. Auch wenn ihre Worte nur die Stille durchbrachen – das war immerhin etwas. Wenn er nicht wollte, dass sie sprach, würde er es sie wissen lassen.

Eine Bewegung seines Armes riss sie aus ihren Gedanken, und sie begann, das Alphabet aufzusagen.

Wann geheiratet?

Sie hielt den Atem an. Es war die erste persönliche Frage, die er ihr stellte, das erste Mal, das er etwas über ihre Beziehung wissen wollte. „Wir waren drei Jahre lang verheiratet", sagte sie leise und ruhig. „Vor fünf Jahren wurden wir geschieden."

Warum?

„Es war keine Scheidung im Streit", erklärte sie nachdenklich. „Oder eine Ehe, in der wir oft gestritten hätten. Ich denke, wir wollten einfach unterschiedliche Dinge vom Leben. Wir haben uns auseinandergelebt, und am Ende war die Scheidung nur noch ein bürokratischer Akt und keine einschneidende Veränderung in unserem Leben."

Was wolltest du?

Also, das war die alles entscheidende Frage. Was wollte sie? Was erwartete sie vom Leben und von einer Partnerschaft? Bis letzten Freitag war sie sich sicher gewesen, was ihre Lebensplanung betraf. Doch dann war sie gefeuert worden, und Frank Payne hatte Steve in ihr Leben zurückgebracht. Jetzt war sie sich nicht mehr sicher, was sie wollte. Plötzlich hatte es viel zu viele unvorhersehbare Wendungen gegeben, und ihr Leben war in eine komplett neue Spur geraten. Sie sah Steve an und spürte, wie ungeduldig er auf ihre Antwort wartete.

„Sicherheit, denke ich. Ich wollte immer ein ruhiges Leben in geordneten Bahnen – im Gegensatz zu dir. Wir hatten Spaß, aber passten wohl einfach nicht zusammen."

Kinder?

Der Gedanke überraschte sie. Seltsamerweise hatte sie während ihrer Ehe nicht den Drang verspürt, eine Familie zu gründen. „Nein, keine Kinder." Sie hatte sich nicht einmal vorstellen können, die Mutter von Steves Kindern zu sein. Doch jetzt … oh, Gott, jetzt erschütterte die Idee sie bis ins Innerste.

Wieder verheiratet?

„Nein, ich habe nicht wieder geheiratet. Ich glaube, du auch nicht. Als Frank mir von deinem Unfall erzählte, fragte er mich, ob es irgendwelche Verwandten oder nahen Freunde gibt. Daher gehe ich davon aus, dass du Single bist."

Er hatte ihr konzentriert zugehört, aber nun wurde er offensichtlich hellhörig. Sie konnte es fühlen, beinahe wie eine direkte Berührung.

Keine Familie?

„Nein. Deine Eltern sind tot, und wenn du Verwandte hast, weiß ich nichts über sie." Sie vermied es, ihm zu erzählen, dass er schon früh Waise geworden war und in Pflegefamilien aufgewachsen war. Die Tatsache, keine Familie zu haben, schien ihn zu verwirren, obwohl er sich während ihrer Ehe niemals etwas Derartiges hatte anmerken lassen.

Mit zusammengepressten Lippen lag er ganz ruhig in seinem Bett. Jay spürte, dass es noch eine Menge gab, was er sie fragen wollte, doch die Fülle seiner Fragen hinderte ihn daran: Es war einfach alles zu viel und zu undurchschaubar. Um ihn abzulenken von all den Fragen, die er nicht stellen konnte, und den Antworten, die er nicht mögen würde, erzählte sie ihm, wie sie beide sich kennengelernt hatten, und langsam entspannte sich Steve ein wenig.

„… und weil es unser erstes Date war, war ich ein bisschen steif. Mehr als ein bisschen steif, wenn ich ehrlich sein soll. Erste Dates sind eine Qual, habe ich recht? Den ganzen Tag über hatte es wie aus Eimern geschüttet, und das Wasser stand regelrecht auf den Straßen. Du hast mich bei mir zu Hause abgeholt, um zu einer Party zu fahren. Wir wollten zum Auto gehen, und gerade, als wir die Bordsteinkante erreicht hatten, fuhr ein Lkw durch eine riesige Pfütze." Sie lachte leise. „Wir waren beide bis auf die Knochen durchnässt – vom Kopf bis zu den Zehen. Und wir standen einander gegenüber und lachten und lachten. Ich mag gar nicht darüber nachdenken, wie ich ausgesehen habe, aber dir tropfte schlammiges Wasser von der Nasenspitze."

Seine Lippen zuckten ein wenig, als ob es ihm Schmerzen bereitete, zu lächeln – doch er konnte sich ein Grinsen nicht verkneifen.

Was haben wir getan?

Sie lachte wieder. „Es gab nicht viel, was wir noch tun konnten – so wie wir aussahen. Wie gingen zurück in mein Apartment, und während unsere Klamotten in der Waschmaschine steckten, sahen wir fern und unterhielten uns. Wir sind nie auf die Party gegangen, die wir an jenem Abend eigentlich hatten besuchen wollen. – Wir trafen uns anschließend immer öfter, und fünf Monate später heirateten wir."

Er stellte eine Frage nach der anderen, wie ein Kind, das einem Märchen lauschte und immer mehr wissen wollte. Da sie wusste, dass er nach seiner Identität suchte, die durch die Leere in seiner Erinnerung verschwunden war, zählte sie unermüdlich die Orte auf, an denen sie gemeinsam waren, erzählte von Dingen, die sie getan und Menschen, die sie gekannt hatten. Sie hoffte, dass irgendein kleines Detail den Funken entzünden würde, den es brauchte, um all seine Erinnerungen zurückzubringen. Ihre Stimme wurde allmählich rau, und schließlich schüttelte er ganz leicht den Kopf.

Entschuldigung.

Verständnisvoll drückte sie seinen Arm. „Mach dir keine Sorgen", sagte sie sanft. „Es wird alles zurückkommen. Es braucht nur seine Zeit."

Aber die Tage vergingen, und seine Erinnerung kam nicht wieder – nicht einmal der Hauch einer Erinnerung. Sie konnte spüren, wie sehr er sich auf jedes Wort konzentrierte, das sie sagte. Er wollte sich offenbar zwingen, sich zu erinnern. Auch jetzt war seine Selbstkontrolle, seine Disziplin bemerkenswert. Er erlaubte sich nicht, frustriert zu sein oder die Geduld zu verlieren. Er versuchte es einfach weiter und behielt seine Gefühle unter Kontrolle, als würde er spüren, dass jeder emotionale Aufruhr seine Genesung verzögern würde. Sein Ziel war es, wieder ganz gesund zu werden, und dafür kämpfte er mit einer beharrlichen Konzentration, die unerschütterlich schien.

An dem Tag, als Steve der Beatmungsschlauch entfernt wurde, wartete Frank mit Jay zusammen im Krankenhausflur. Tröstend hielt er ihre Hand. Sie sah ihn fragend an, aber er schüttelte nur den Kopf. Einige Minuten später hörte sie einen heiseren Schmerzensschrei aus Steves Krankenzimmer dringen. Sie verkrampfte sich und wollte zu ihm, doch Frank hielt ihre Hand fest. „Sie können da nicht rein", sagte er sanft. „Sie entfernen auch noch die Magensonde."

Es war Steves Schrei gewesen. Der erste Laut, den er von sich gegeben hatte, war ein Ausdruck seines Schmerzes gewesen. Sie begann zu zittern. Mit jeder Faser ihres Körpers wollte sie zu ihm, aber Frank hielt sie zurück. Aus dem Zimmer drangen keine weiteren Geräusche, und kurz darauf öffnete sich die Tür und die Ärzte und Schwestern verließen den Raum. Major Lunning war der Letzte, der aus dem Zimmer trat, und er ging zu Jay, um mit ihr zu reden.

„Es geht ihm gut", versicherte er und lächelte beim Anblick ihrer angespannten Miene ein wenig. „Er atmet gut und regelmäßig. Und er spricht. Ich werde Ihnen allerdings nicht verraten, *was* seine ersten Worte waren. Aber ich muss Sie warnen – seine Stimme ist nicht mehr dieselbe, die Sie kennen. Sein Kehlkopf wurde verletzt, und seine Stimme wird wohl für immer heiser klingen. Es wird noch etwas besser werden, als es jetzt ist, aber er wird sich nie wieder so anhören wie vor dem Unfall."

„Ich würde gern mit ihm reden", sagte Frank und blickte Jay an. Sie verstand, dass es Dinge gab, die er Steve erzählen musste, auch wenn der sich im Augenblick nicht erinnern konnte.

„Viel Glück", sagte Major Lunning und lächelte Frank schief an. „Er will nicht Sie sehen, sondern Jay – das hat er uns mehr als deutlich wissen lassen."

Frank wusste, wie herrisch Steve sein konnte, und war nicht weiter verwundert. Trotzdem musste er Steve einige Fragen stellen, und wenn er Glück hatte, würden die richtigen Fragen vielleicht einen Teil seiner Erinnerung zurückbringen. Frank tätschelte noch einmal Jays Hand und verschwand in Steves Zimmer. Mit Nachdruck zog er die Tür hinter sich ins Schloss.

Weniger als eine Minute später öffnete er die Tür wieder und blickte Jay an – frustriert und amüsiert zugleich. „Er will Sie. Vorher besteht keine Chance auf seine Kooperation."

„Haben Sie wirklich geglaubt, ich würde kooperieren?", erklang eine raue Stimme aus dem Zimmer. „Jay, komm her."

Beim Klang dieser heiseren tiefen Stimme begann sie unwillkürlich wieder zu zittern. Seine Stimme klang tatsächlich viel rauer und dunkler als sie sie in Erinnerung hatte. Es war ein Klang, der durch und durch ging, und er gefiel ihr. Ihre Knie fühlten sich wie Gummi an, als sie durch das Zimmer zu seinem Bett ging. Dabei war sie sich nicht einmal bewusst, überhaupt zu gehen. Plötzlich war sie einfach da, an seinem Bett und hielt sich am Rahmen des Bettes fest, um nicht umzukippen. „Hier bin ich", flüsterte sie.

Einen Moment lang schwieg er. Dann sagte er: „Ich möchte etwas trinken."

Sie hätte beinahe laut aufgelacht. Da lag er, hatte ausdrücklich nach ihr verlangt und bat sie nun um etwas derartig Banales – eine Bitte, die ihm auch jeder andere hätte erfüllen können. Doch als sie sein Gesicht betrachtete, merkte sie, wie angespannt sein Kiefer, seine Lippen waren, und wusste, dass er seine Verfassung austesten wollte und dass er wollte, dass sie dabei in seiner Nähe war. Sie drehte sich zu dem Wasserkrug um, mit dem zerstoßenen Eis, das sie zum Befeuchten seiner Lippen gebraucht hatte. Das Eis war so weit geschmolzen, dass sie ein halbes Glas voll Wasser einschenken konnte. Sie steckte einen Strohhalm hinein und hielt ihm den Trinkhalm an die Lippen.

Behutsam sog er das kühle Wasser durch den Halm und behielt den Schluck in seinem Mund, als wollte er spüren, wie das Wasser seine Zunge, seine Mundhöhle, seinen Rachen benetzte. Dann, ganz langsam, schluckte er. Nach einer Minute entspannte er sich sichtlich. „Gott sei Dank", murmelte er heiser. „Meine Kehle fühlt sich noch immer geschwollen an. Ich war mir nicht sicher, ob ich überhaupt schlucken kann, und ich wollte auf keinen Fall, dass sie mir diesen Schlauch wieder einführen."

Hinter Jay verbarg Frank ein unterdrücktes Lachen hinter einem Hüsteln.

„Noch etwas?", fragte sie.

„Ja. Küss mich."

5. KAPITEL

*A*ls sie am nächsten Morgen die Tür zu Steves Zimmer öffnete, drehte er den Kopf auf dem Kissen in ihre Richtung und sagte: „Jay." Seine Stimme war harsch, beinahe kehlig, und sie fragte sich, ob er gerade erst erwacht sei.

Sie hielt inne und war irritiert, als ihr Blick auf seine bandagierten Augen fiel. „Woher wusstest du, dass ich es bin?" Die Krankenschwestern kamen und gingen – woher wusste er also, dass sie es war?

„Ich weiß nicht", sagte er langsam. „Vielleicht ist es dein Duft, oder ich spüre einfach deine Anwesenheit im Raum. Vielleicht habe ich auch den Rhythmus deiner Schritte wiedererkannt."

„Mein Duft?", fragte sie verwundert. „Ich benutze kein Parfum. Wenn du mich also von deinem Bett aus riechen kannst, dann stimmt etwas nicht!"

Er verzog den Mund zu einem Lächeln. „Er ist ein frischer, kaum wahrnehmbarer süßer Duft. Ich mag ihn. Bekomme ich einen Gutenmorgenkuss?"

Ihr Herz machte einen gigantischen Hüpfer, genau wie am Tag zuvor, als er sie gebeten hatte, ihn zu küssen. Sie hatte ihm einen leichten, zärtlichen Kuss gegeben, wobei sie kaum seine Lippen berührt hatte. Frank, der im Hintergrund gestanden hatte, war bemüht gewesen, sich unsichtbar zu machen. Nach dem Kuss hatte ihr Puls gute zehn Minuten gebraucht, bis er sich wieder beruhigt hatte. Und jetzt lief sie, obwohl ihr Verstand sie warnte, vorsichtig zu sein, zu seinem Bett und beugte sich zu Steve herunter, um ihm einen weiteren leichten Kuss zu geben. Ihre Lippen berührten sich nur für eine Sekunde. Aber als sie sich von ihm lösen wollte, verstärkte er den Druck, presste seinen Mund auf den ihren, und ihr Herz pochte wild gegen ihre Rippen. Eine heftige Erregung breitete sich in ihrem Körper aus.

„Du schmeckst nach Kaffee", brachte sie mühsam hervor, als sie sich schließlich doch noch von ihm gelöst hatte und an seinem Bett stand.

Seine Lippen waren leicht geöffnet, sinnlich und verwirrend, aber bei ihren Worten verzogen sie sich zu einem selbstgefälligen Lächeln. „Sie wollten, dass ich Tee oder Apfelsaft trinke …" Er sah aus, als hätten die Schwestern ihn vergiften wollen. „… aber ich habe sie davon überzeugt, mir Kaffee zu geben."

„Ach?", sagte sie trocken. „Wie? Indem du dich geweigert hast, irgendetwas zu trinken, bis du Kaffee bekommst?"

„Hat funktioniert", erwiderte er und klang kein bisschen reumütig. Sie konnte sich vorstellen, wie hilflos die Schwestern seinem unbändigen Willen gegenübergestanden hatten.

Obwohl sie nicht länger auf die alte Art miteinander kommunizieren mussten, legte sie ihre Hand aus einer Gewohnheit heraus auf seinen Arm. Sie war so an den Kontakt gewöhnt, dass sie es gar nicht mehr wahrnahm. „Wie fühlst du dich?", fragte sie und schämte sich im selben Moment für die Banalität ihrer Frage, doch der Kuss hatte sie vollkommen aus dem Konzept gebracht.

„Beschissen!"

„Oh."

„Wie lange bin ich schon hier?"

Zu ihrer eigenen Überraschung hatte sie aufgehört, die Tage zu zählen. Sie hatte sich so sehr auf Steve konzentriert, dass die Zeit ihre Bedeutung verloren hatte. Es war schwierig, sich zu erinnern. „Drei Wochen."

„Dann muss ich noch drei weitere Wochen mit diesen Gipsbeinen überstehen?"

„Ich denke, ja."

„Okay." Er sagte das Wort so, als würde er damit seine Einwilligung geben. Sie wusste, dass er die drei Wochen klaglos aushalten würde – aber keinen Tag länger. Und wenn er sich auf eigene Faust des Gipses würde entledigen müssen. Er hob seinen linken Arm. „Ich bin einige Nadeln los. Sie haben vor einer Stunde ein paar der Zugänge entfernt."

„Das wäre mir gar nicht aufgefallen!", brachte sie hervor und musste angesichts des Stolzes, der in seiner zerstörten Stimme zu hören war, ein bisschen lächeln. Sie fragte sich, ob sie sich jemals an die Rauheit seiner Stimme gewöhnen würde, obwohl ihr jedes Mal kleine Schauer den Rücken hinunterliefen, wenn sie sie hörte.

„Und ich habe die Schmerzmittel abgelehnt. Ich will einen klaren Kopf bekommen. Es gibt so viele Fragen, die ich stellen möchte, aber bisher war es zu anstrengend, zu aufwendig und mein Gehirn war vollkommen umnebelt, sodass ich es lassen musste. Jetzt will ich wissen, was los ist. Wo bin ich? Ich habe gehört, dass du den Arzt ‚Major' nennst, also bin ich wohl in einem Militärhospital. Die Frage ist: Warum?"

„Du bist im Bethesda."

„In einem Marinehospital?" Die Überraschung machte seine Stimme noch ein wenig rauer.

„Frank sagte, dass du aus Sicherheitsgründen hier bist. An jedem Eingang zu diesem Flügel sind Wachen aufgestellt. Und für die Chirurgen, die sie haben einfliegen lassen, war dieses zentral gelegene Krankenhaus eine gute Wahl."

„Major Lunning gehört nicht zur Navy", sagte er scharf.

„Nein." Es war erstaunlich, dass er die grundlegendsten Dinge über sich selbst nicht mehr wusste, und doch das Wissen behalten hatte, dass Bethesda ein Marinehospital war und dass „Major" kein Rang in der Marine war. Sie beobachtete seinen Mund, während er darüber nachdachte, was die Konsequenzen dessen waren, was sie ihm soeben erzählt hatte.

„Dann will jemand mit einer Menge Einfluss und Macht, dass ich genau hier bin. Langley vielleicht."

„Wer?"

„Dort befindet sich der Hauptsitz der Firma, Baby. CIA." Sie spürte Angst in sich aufsteigen, als er fortfuhr: „Vielleicht sogar das Weiße Haus, aber Langley scheint mir wahrscheinlicher zu sein. Was ist mit Frank Payne?"

„Er gehört zum FBI. Ich vertraue ihm", sagte sie mit fester Stimme.

„Verdammt, das ist eine große Sache", murmelte er. „Dass all diese Abteilungen und militärischen Zweigstellen zusammenarbeiten, ist nicht normal. Was geht hier vor? Erzähl mir von der Explosion."

„Hat Frank dir nichts darüber gesagt?"

„Ich habe weder nach Informationen gefragt noch ihm welche gegeben. Ich kannte ihn nicht."

Ja, das passte zu Steve, in dieser Hinsicht war er zurückhaltend, ein vorsichtiger Beobachter. Bevor ihr dieser besondere Charakterzug aufgefallen war, war sie schon mit ihm verheiratet gewesen. Er benutzte seinen Charme wie einen Schutzschild. Die meisten Menschen hielten ihn für extrovertiert und spontan, doch im Grunde genommen war er das genaue Gegenteil. Er hielt die Menschen auf Distanz, vertraute ihnen nicht und ließ niemanden wirklich nahe an sich herankommen. Das bemerkten die Menschen um ihn herum allerdings nicht so schnell, denn er war ein hervorragender Schauspieler. Jay spürte, dass dieser Schutzschild nun nicht mehr da war. Jeder konnte ihn nehmen, wie er war, oder ihn in Ruhe lassen. Es war ihm egal. Das war eine konsequente Haltung, und sie fand diese neue Einstellung besser. Er war ehrlich, ohne Täuschung oder Vorwand. Und zum ersten Mal ließ er sie an sich heran. Er brauchte sie, er vertraute ihr. Vielleicht lag es an den „mildernden Umständen" ... wie auch immer – es erstaunte sie auf jeden Fall.

„Jay?", fragte er auffordernd.

„Ich weiß nicht genau, was passiert ist", erklärte sie. „Ich weiß nicht, warum du überhaupt dort warst. Sie wissen es auch nicht."

„Wer sind *sie*?"

„Frank. Das FBI."

„Und diejenigen, für die er sonst noch so arbeitet", fügte er trocken hinzu. „Erzähl weiter."

„Frank sagte mir, dass du, soweit sie wissen, in keine illegalen Handlungen verstrickt warst. Möglicherweise warst du nur zufällig da – aber du hast den Ruf, zu erkennen, wenn etwas nicht mit rechten Dingen zugeht, und sie glauben, dass du vielleicht weißt oder gesehen hast, was bei ihrem Vorhaben schiefging. Es handelte sich um eine verdeckte Operation – oder wie auch immer du es nennen willst –, aber irgendjemand hatte eine Bombe am Treffpunkt installiert. Du bist der einzige Überlebende."

„Was für eine Art von verdeckter Operation?"

„Das weiß ich nicht. Frank sagte nur, dass es die nationale Sicherheit betrifft."

„Und sie haben Angst, dass die Tarnung ihres Mannes aufgedeckt wurde. Doch das wissen sie nicht mit Sicherheit, weil die Spieler der anderen Seite ebenfalls bei der Explosion draufgegangen sind", sagte er mehr zu sich selbst als zu Jay. „Es war möglicherweise eine doppelte Täuschung, und die Bombe war für die anderen gedacht. Verdammt! Kein Wunder, dass ihnen daran gelegen ist, dass ich so schnell wie möglich meine Erinnerung zurückgewinne! Aber all das erklärt eines nicht: Warum bist du darin verstrickt?"

„Sie haben mich geholt, um dich zu identifizieren", erwiderte sie und strich gedankenverloren über seinen Arm, wie schon so viele Stunden zuvor.

„Um mich zu identifizieren? Wussten sie denn nicht, wer ich bin?"

„Nicht sicher. Sie haben einen Teil deines Führerscheins gefunden, aber sie wussten nicht hundertprozentig, ob du … du bist oder der Agent. Offensichtlich ähneln sich der Agent und du in Körpergröße und Gewicht, und deine Hände waren verbrannt, sodass sie deine Fingerabdrücke zur Identifikation nicht benutzen konnten." Sie hielt inne. Etwas wollte sich ihr in Erinnerung bringen, doch sie kam nicht darauf. Es lag ihr beinahe auf der Zunge, doch dann riss Steves nächste Frage sie aus ihrer Konzentration.

„Warum haben sie dich gefragt? Gab es niemand anderen, der mich identifizieren konnte? Oder sind wir nach unserer Scheidung in Kontakt geblieben?"

„Nein, sind wir nicht. Es war das erste Mal seit fünf Jahren, dass ich dich gesehen habe. Du warst schon immer ein Einzelgänger, nicht der Typ für Busenfreundschaften. Und du hast keine Familie, also blieb nur noch ich übrig."

Unruhig bewegte er sich im Bett. Zwischen zusammengebissenen Zähnen presste er einen knappen Fluch hervor. „Ich versuche, es irgendwie zu greifen", sagte er. „Aber ich renne immer wieder gegen diese verdammte Wand. Einiges, was du mir erzählst, scheint so vertraut zu sein. Dann denke ich, ja, das bin ich. Und bei anderen Dingen habe ich das Gefühl, dass du von einem Fremden sprichst, den ich nicht wirklich kenne. Verdammt, wie soll ich es auch wissen?", schloss er frustriert.

Sie ließ ihre Finger über seinen Arm gleiten und versuchte, ihm den Trost und die Ruhe zu geben, die er im Augenblick brauchte. Offensichtlich hatten die Fragen, die er ihr gestellt hatte, ihn seine ganze Kraft gekostet, und er lag mehrere Minuten lang schwer atmend und schweigend in seinem Bett. Allmählich beruhigte sich seine Atmung wieder, und er murmelte: „Ich bin müde."

„Du hast dich überfordert. Es ist doch erst drei Wochen her."

„Jay."

„Was?"

„Bleib bei mir."

„Das werde ich. Du weißt, dass ich dich nicht im Stich lasse."

„Es ist so ... verwirrend. Ich kann mir nicht einmal dein Gesicht in Erinnerung rufen – und trotzdem habe ich das Gefühl, dich zu kennen. Vielleicht geht das Gefühl tiefer als die bloße Erinnerung."

Seine raue Stimme gab den Worten einen harschen Klang, aber Jay fühlte sich, als habe sie einen elektrischen Schlag erhalten, der ihre Haut prickeln ließ. In ihrer Vorstellung erstanden Bilder – keine Erinnerungen, sondern neue Bilder – von diesem Mann und ihr selbst. Vor ihrem inneren Auge beugte sich dieser entschlossene Mann mit seiner tiefen, rauen Stimme über sie, schloss sie in seine Arme und bewegte sich mit einem ihr bis dahin nicht gekannten Besitzanspruch zwischen ihren Schenkeln. Ihr Atem wurde heftiger, ihre Brüste fühlten sich heiß an, und ihre Brustspitzen zogen sich schmerzhaft und voller Begierde zusammen. Sie hatte das Gefühl, als würde sich ihr Innerstes verflüssigen. Wieder prickelte ihre Haut, und sie glaubte beinahe, durch seine Worte, durch den bloßen Klang seiner Stimme einen körperlichen Höhepunkt zu erreichen. Diese Macht ihrer eigenen Empfindungen, ihre Reaktion auf diesen Mann schockierten sie, ängstigten sie, und sie wich, ohne dass sie es hätte verhindern können, von seinem Bett zurück.

„Jay?" Er war besorgt, beunruhigt, als er merkte, dass sie sich von ihm entfernte.

„Schlaf jetzt", brachte Jay hervor und schaffte es, ihre Stimme unter Kontrolle zu halten. „Du brauchst Ruhe. Ich werde da sein, wenn du aufwachst."

Er hob seine verbundene Hand. „Wie wäre es, wenn du meine Hand hältst?"

„Das kann ich nicht machen. Es würde dir nur wehtun."

„Es würde sich nur mit den anderen Schmerzen vermischen", sagte er erschöpft. Seine Kraft ließ immer mehr nach. „Halte mich einfach, bis ich eingeschlafen bin, okay?"

Jay spürte, wie sein Wunsch sie direkt ins Herz traf. Dass er sie um etwas bat, verwirrte sie noch immer, doch sein Bedürfnis, von ihr berührt zu werden, raubte ihr fast den Verstand. Zögernd und unsicher legte Jay ihre Hand wieder auf seinen Arm. Sofort spürte sie, wie er sich entspannte, und bereits nach zwei Minuten war er eingeschlafen.

Sie ging nach draußen. Das Gefühl, fliehen zu müssen, war übermächtig geworden, obwohl sie nicht genau wusste, wovor sie eigentlich floh. Es war Steve, aber es war nicht nur er, sondern mehr als das – etwas in ihr, das immer stärker wurde. Es machte ihr Angst, und sie wehrte sich dagegen. Dennoch war sie nicht in der Lage, es aufzuhalten. Nie zuvor hatte sie derart heftig auf ihn reagiert, nicht einmal in den ersten wilden und berauschenden Tagen ihrer Ehe. Das alles liegt nur an der besonderen Situation, sagte sie sich und versuchte, Erleichterung in dem Gedanken zu finden. Es war lediglich ihre Art, die sie so empfinden ließ: sich mit Haut und Haar in eine Situation hineinzubegeben, sich zu sehr auf etwas zu konzentrieren – diesen Fehler hatte sie in der Vergangenheit mehr als einmal begangen. Doch Verzweiflung wuchs, denn die Analyse ihrer Empfindungen konnte nichts daran ändern: Sie war dabei, sich erneut in Steve zu verlieben – und diesmal hatte sie noch weniger Grund dazu als damals. In den letzten drei Wochen war er nicht mehr gewesen als eine reglose Mumie, nicht fähig, sich zu bewegen oder zu sprechen, und doch fühlte sie sich zu ihm hingezogen, mit ihm verbunden. Ihn jetzt zu lieben, war gefährlicher als damals. Er war ein anderer Mann, stärker, härter. Sogar als er bewusstlos gewesen war, hatte sie diese innere Kraft gespürt. Sie musste wissen, was mit ihm geschehen war, denn die Veränderung, die er durchgemacht hatte, war auch für sie so deutlich spürbar.

Eine Schwester – es war dieselbe Schwester, die auch bemerkt hatte, dass Steve im Koma auf Jays Gegenwart reagiert hatte – trat nun zu ihr. „Wie geht es ihm? Er hat sich heute Morgen geweigert, seine Schmerzmittel zu nehmen."

„Er schläft. Er wird schnell müde."

Die Schwester nickte, und ihre strahlend blauen Augen trafen Jays dunkelblaue Augen. „Ich habe noch nie jemanden mit einer derartig unglaublichen Konstitution gesehen. Er muss noch immer unsagbare Schmerzen haben, aber er scheint sie einfach zu ignorieren. Normalerweise würden wir erst in einer Woche damit beginnen, die Dosis der Schmerzmittel langsam zu reduzieren." Bewunderung schwang in ihrer Stimme mit. „Hat der Kaffee eigentlich seinem Magen geschadet?"

Jay lachte leise. „Nein. Er hat sich etwas darauf eingebildet, den Kaffee überhaupt bekommen zu haben."

„Er war ernsthaft entschlossen, seinen Willen durchzusetzen und den Kaffee zu bekommen. Vielleicht können wir schon morgen mit einer leichten Kost beginnen, damit er wieder zu Kräften kommt."

„Wissen Sie, wann er die Intensivstation verlassen kann?"

„Das kann ich Ihnen nicht sagen. Major Lunning wird diese Entscheidung treffen." Die Schwester lächelte und verließ den Raum, um zum Schwesternzimmer zu gehen.

Jay zog sich in die Besucherlounge zurück, um sich ein Erfrischungsgetränk zu kaufen. Sie genoss es, allein zu sein und sich selbst einmal die lang ersehnte Privatsphäre zu gönnen.

Eine nicht greifbare innere Unruhe erfüllte sie, und sie wusste genau, woher dieses Gefühl rührte, was der Grund dafür war. Oder besser: die Gründe. Steve war einer der Gründe und ihre eigene unbändige Reaktion auf ihn ein weiterer Grund. Sie wollte ihn nicht wieder lieben, aber sie hatte keine Ahnung, wie sie es verhindern sollte. Nur dass sie es verhindern musste, war ihr klar. Sie konnte ihn nicht wieder lieben. Es war zu gefährlich. Sie wusste es und sagte es sich immer und immer wieder, sogar noch jetzt, obwohl sie ahnte, dass es bereits zu spät war.

Ein weiterer Grund für ihre innere Unruhe war ebenfalls mit Steve verbunden, aber sie war sich nicht sicher, warum. Der schlimme Verdacht, dass sie etwas übersehen hatte, nagte an ihr – etwas, das sie hätte sehen müssen, aber nicht erkannt hatte. Möglicherweise hatte auch Steve es gespürt, denn warum sonst stellte er all diese Fragen. Er vertraute Frank nicht. Und wenn sie überlegte, in welcher Lage Steve sich befand, verstand sie sein Misstrauen. Doch Jay vertraute Frank: Sie würde bedenkenlos ihr Leben in seine Hände legen – und Steves Leben ebenso. Also warum hatte sie das Gefühl, dass sie mehr wissen sollte als bisher? Schwebte Steve in Gefahr, wegen der Dinge, die er möglicherweise gesehen hatte? War Steve vielleicht sogar in die Dinge verwickelt, die in jener Nacht geschehen waren? Es wäre naiv gewesen, zu glauben, dass sie die ganze Wahrheit kannte. Sie erwartete auch nicht von Frank, dass er ihr alles erzählen würde. Aber nein, das war es nicht, was ihr Sorgen bereitete. Da war etwas, das ihr hätte auffallen müssen, etwas Offensichtliches. Und sie hatte es übersehen. Es war ein kleines Detail, das nicht passte, und bis sie nicht wusste, was es war, würde sie diese nagende Ungewissheit nicht ablegen können.

Zwei Tage später durfte Steve die Intensivstation verlassen und wurde auf ein eigenes Zimmer verlegt. Auch die Wachen bezogen ihren neuen Posten. Steves Zimmer besaß sogar einen Fernseher – etwas, das auf der Intensivstation gefehlt hatte. Steve bestand darauf, sämtliche Nachrichtensendungen zu hören, so als hoffe er, darin einen Hinweis zu finden, der für ihn alles wieder zusammenfügte. Das Seltsame war, dass er an der weltpolitischen Lage interessiert war und über die Politik anderer Staaten genauso gut diskutieren konnte wie über die nationalen Belange. Das erstaunte Jay. Steve war politisch nie besonders interessiert gewesen, aber das Ausmaß seines Wissens machte deutlich, dass er die Politik sehr lange sehr intensiv verfolgt haben musste. Und das ließ es wahrscheinlicher werden, dass Steve doch tiefer in die Angelegenheit verstrickt gewesen war, als selbst Frank es ahnte. Doch vielleicht wusste Frank das auch. Er hatte einige sehr lange Gespräche mit Steve geführt. Dennoch blieb Steve, was Frank betraf, weiterhin auf der Hut. Nur bei Jay legte er etwas von seiner Vorsicht ab.

Seine zahlreichen Verletzungen hielten ihn länger als erwartet ans Bett gefesselt. Wegen seiner verbrannten Hände konnte er nicht mit den Krücken trainieren. Die Bewegungslosigkeit, zu der er verdammt war, zehrte an ihm, zehrte an seiner Geduld und an seiner guten Laune.

Schnell wusste er, welche TV-Shows er mochte – wobei er sämtliche Spielshows und Seifenopern ausließ. Doch auch die Sendungen, die er gern hörte, machten ihm bald keinen Spaß mehr, denn es war nicht besonders reizvoll, sie nicht sehen zu können. Es frustrierte ihn, und er entschloss sich, nur noch die Nachrichten zu hören. Jay tat alles, was in ihrer Macht stand, um ihn zu unterhalten. Er liebte es, wenn sie ihm aus der Zeitung vorlas, doch meistens wollte er nur mit ihr reden.

„Erzähl mir, wie du aussiehst", sagte er eines Morgens.

Sein Wunsch verwirrte sie. Es war seltsam peinlich, wenn man gebeten wurde, sich selbst zu beschreiben. „Also, ich habe braunes Haar", begann sie zögerlich.

„Was für ein Braun? Rotbraun? Goldbraun?"

„Goldbraun, denke ich, vielleicht etwas dunkler. Honigfarben."

„Ist es lang?"

„Nein. Es reicht mir bis zu den Schultern und ist ganz glatt."

„Welche Farbe haben deine Augen?"

„Blau."

„Ach, komm schon", grummelte er, nachdem sie eine Weile geschwiegen hatte. „Wie groß bist du?"

„Durchschnittlich groß, etwa eins siebzig."

„Und wie groß bin ich? Haben wir gut zueinandergepasst?"

Der Gedanke daran schnürte ihr die Kehle zu. „Du bist über eins achtzig groß, und: Ja, wir haben gut zusammen tanzen können."

Er wandte ihr seine bandagierten Augen zu. „Ich habe nicht gerade ans Tanzen gedacht, aber gut. Wenn ich endlich diese Gipsbeine los bin, werden wir wieder tanzen gehen. Vielleicht habe ich nicht vergessen, wie es geht."

Sie wusste nicht, ob sie es ertragen könnte, wieder in seinen Armen zu liegen – nicht, wenn sie jedes Mal so heftig auf ihn, auf seine tiefe, raue Stimme reagierte. Doch er erwartete eine Antwort, und so sagte sie betont lässig: „Das ist dann ein Date."

Er hob seine Hände. „Diese Verbände kommen morgen ab. Nächste Woche wird die letzte Operation an meinen Augen stattfinden. Und die Gipsverbände werden in zwei Wochen entfernt. Gib mir noch einen Monat, um wieder zu Kräften zu kommen. Dann werden wohl auch die Bandagen auf meinen Augen nicht mehr nötig sein, und wir werden zusammen die Stadt unsicher machen."

„Du willst dir tatsächlich nur einen Monat Zeit lassen, um wieder auf die Beine zu kommen? Ist das nicht ein bisschen zu ehrgeizig?"

„Das habe ich schon früher gemacht", sagte er und verstummte. Unwillkürlich hielt Jay den Atem an und beobachtete ihn. Nach einer Weile fluchte er unterdrückt und sagte: „Verdammt, ich weiß Dinge, aber ich kann mich nicht daran erinnern. Ich weiß, was ich gern esse, ich kenne den Namen jedes Staatsoberhauptes jeder einzelnen Nation, die in den Nachrichten erwähnt wird, ich weiß sogar, wie diese Leute aussehen, aber ich kenne nicht einmal mein eigenes Gesicht. Ich weiß, wer die letzte Baseball-Weltmeisterschaft gewonnen hat, ich kenne den Geruch der Kanäle in Venedig, doch ich kann mich nicht daran erinnern, jemals dort gewesen zu sein." Er hielt inne und sagte dann ganz leise: „Manchmal möchte ich das ganze Zimmer mit meinen bloßen Händen auseinandernehmen."

„Major Lunning hat dir gesagt, was dich erwartet", erwiderte Jay, die noch immer gerührt war von dem, was er gesagt hatte. Wie tief hatte Steve sich in die „graue, düstere Welt" verwickelt, von der Frank gesprochen hatte? Sie hatte Angst, dass Steve kein Abenteurer mehr war, sondern ein Spieler. „Hör auf, dir selbst leidzutun. Er hat gesagt, dass deine Erinnerung wahrscheinlich Stück für Stück zurückkommen wird."

Ein kleines Grinsen umspielte seine Lippen. Die Linien um seinen Mund vertieften sich. Hilflos und fasziniert betrachtete sie dieses Lächeln, dass sie unweigerlich in seinen Bann zog. Seine Lippen schienen fester, voller zu sein, als sie sie in Erinnerung hatte – vielleicht lag es daran, dass sie noch immer ein wenig geschwollen waren, oder daran, dass sein Gesicht insgesamt etwas dünner und reifer wirkte. „Entschuldige bitte", sagte er rau. „Ich werde mich beizeiten daran erinnern."

Sein trockener Humor – vor allem in Situationen, in denen Steve wirklich Grund hatte, sich selbst zu bemitleiden – erinnerte sie daran, dass er eine neue innere Stärke erlangt hatte. Und dieser Humor brachte die Mauer, die sie um ihr Herz errichtet hatte, gehörig ins Wanken. Wie schon früher, musste sie auch jetzt über ihn lachen, und trotzdem war es jetzt anders. Früher hatte Steve seinen Humor benutzt, um sich dahinter zu verstecken. Jetzt war dieser Schutzwall fort, und sie konnte sein wahres Ich erkennen.

Am nächsten Morgen war sie bei ihm, als die Verbände von seinen verbrannten Händen entfernt wurden. Sie war schon vorher beim Verbandswechseln dabei gewesen, also war sie an den Anblick der Blasen auf seinen wunden Handinnenflächen und seinen Fingern, die schon bedeutend schlimmer ausgesehen hatten, gewöhnt. Bis zum Ellbogen hinauf waren verbrannte Hautstellen zu sehen, doch seine Hände hatten bei der Explosion das meiste abbekommen. Jetzt, da die Gefahr von Infektionen überwunden war, heilte die neue zarte Haut leichter ohne die Bandagen. Doch seine Hände würden noch eine ganze Zeit lang zu empfindlich sein, um sie zu benutzen.

Wenn sie daran dachte, wie er ausgesehen hatte, als sie ihn zum ersten Mal sah – angeschlossen an all die Geräte und Monitore, mit all den Schläuchen, die in seinem Körper steckten – und wie er nun vor ihr im Bett saß, dann grenzte seine schnelle Genesung an ein Wunder. Noch vor vier Wochen hatte er vollkommen hilflos im Bett gelegen, und jetzt nahm er mit seiner starken Persönlichkeit Einfluss auf jeden, der den Raum betrat – sogar auf die Ärzte. Sein Gesicht war angeschwollen und voller Blutergüsse gewesen, doch mittlerweile war Jay fasziniert von der klaren Linie seines Kiefers und seinen wundervoll geschwungenen Lippen. Sie wusste, dass plastische Chirurgen sein zertrümmertes Gesicht wiederhergestellt hatten, und sie fragte sich, welche Veränderungen sie sehen würde, wenn die Verbände endgültig entfernt wurden. Sein Kiefer schien anders zu sein, kantiger und hagerer, aber das war kein Wunder, nachdem er so viel Gewicht verloren hatte. Sein Bart wirkte dunkler, weil er so blass war. Sie kannte seinen Kiefer und seinen Bart sehr gut, da sie ihn jeden Morgen rasieren musste. Die Schwestern hatten diese Aufgabe so lange erledigt, bis Steve wieder zu sich gekommen war und deutlich gemacht hatte, dass Jay – und nur Jay – ihn rasieren sollte.

Sein Schädel war nicht länger von dicken Mullbinden umwickelt. Eine bleiche gezackte Narbe zog sich von seiner Stirn bis zu einem Punkt über seinem rechten Ohr, von dort aus zu seinem Hinterkopf und zur linken Seite des Schädels. Doch sein Haar war schon wieder ein bisschen gewachsen und begann, die Narbe zu bedecken. Das neue Haar war dunkel und glänzend, und noch nie war es einem Sonnenstrahl ausgesetzt gewesen. Seine Augen waren noch immer von Bandagen bedeckt, und obwohl die Verbände schon deutlich kleiner und dünner waren, so verdeckten sie auch jetzt noch seine Nasenwurzel und den oberen Teil seiner Wangenknochen. Die Verbände störten sie, denn sie wollte unbedingt sein neues Gesicht sehen, wollte für sich selbst entscheiden, ob der plastische Chirurg gute Arbeit geleistet hatte. Sie wollte anhand seines Gesichtes endlich seine Identität bestätigt wissen, wollte in seine dunklen Augen blicken und dort die Erfüllung all ihrer Gefühle, Träume und Wünsche finden, nach denen sie sich in ihrer Ehe gesehnt hatte und die sie damals nicht hatte finden können.

„Ihre Hände sind noch sehr empfindlich", sagte der Arzt, der Steves

Brandverletzungen versorgt hatte, als er die restlichen Verbände entfernte und einer Schwester das Zeichen gab, die Bandagen zu entsorgen. „Seien Sie bitte vorsichtig, bis die neue Haut sich etwas festigen konnte. Die Hände werden im Moment noch etwas steif sein, aber benutzen Sie sie dennoch, trainieren Sie sie. Die Sehnen oder Bänder sind nicht verletzt worden, also werden Sie Ihre Hände schon bald wieder ganz normal benutzen können."

Langsam und unter Schmerzen krümmte Steve seine Finger. Ein leises schmerzvolles Stöhnen entrang sich seiner Brust. Er wartete, bis der Arzt und die Schwester das Zimmer verlassen hatten und sagte dann: „Jay?"

„Ich bin hier."

„Wie sehen sie aus?"

„Rot", antwortete sie ehrlich.

Er krümmte sie abermals und strich dann ganz vorsichtig mit den Fingern der rechten Hand über seine Linke – und umgekehrt. „Es fühlt sich seltsam an", sagte er und lächelte leicht. „Sie sind wirklich verdammt empfindlich, wie er schon sagte, aber die Haut fühlt sich so zart an wie ein Kinderpopo. Ich habe gar keine Schwielen mehr." Sein Lächeln erstarb und wich einem Stirnrunzeln. „Ich hatte schwielige Hände …" Wieder betastete er seine Hände, als suchte er etwas Vertrautes. Langsam rieb er die Fingerspitzen aneinander.

Sie lachte leise, als sie sich erinnerte. „In einem Sommer hast du auf einem Bolzplatz so viel Baseball gespielt, dass deine Hände beinahe so hart wie Leder waren. Du hattest sogar Schwielen auf deinen Schwielen."

Er wirkte noch immer nachdenklich. Unvermittelt sagte er: „Komm, setz dich neben mich aufs Bett."

Neugierig ließ sie sich aufs Bett sinken und blickte ihn erwartungsvoll an. Das Kopfteil seines Bettes war aufgerichtet, und er saß ganz gerade, sodass Jay und er beinahe auf Augenhöhe waren. Plötzlich fiel ihr auf, dass sie ein ganzes Stück zu ihm aufschauen musste. Seine nackten Schultern und sein Oberkörper ließen sie neben ihm ganz klein erscheinen, obwohl er doch so viel Gewicht verloren hatte. Und wieder einmal fragte sie sich, was für einer Arbeit er nachgegangen war, dass er so einen muskulösen Oberkörper entwickelt hatte.

Zögerlich streckte er seine Hand aus und berührte ihr Haar. Sie verstand, warum er sie gebeten hatte, sich aufs Bett zu setzen, und hielt still, während er seine Finger durch ihr Haar gleiten ließ. Er sagte kein Wort. Er hob auch die andere Hand und umschloss mit seinen Händen ihr Gesicht. Sanft strich er mit den Fingerspitzen über ihre Stirn und Augenbrauen, berührte ihre Nasenwurzel, streichelte über ihre Lippen und ihre Wangen und ihr Kinn, bevor er mit den Händen ganz sacht an ihrem Hals hinabglitt.

Ohne dass es ihr aufgefallen war, hatte sie den Atem angehalten. Langsam legte er seine Finger um ihren Hals, als wollte er den Umfang abmessen, und fuhr dann mit seinen Fingerspitzen über ihre Schlüsselbeine zu ihren Schultern. „Du bist zu dünn", murmelte er und hielt sie an den Schultern fest. „Isst du nicht genug?"

„Eigentlich habe ich etwas zugenommen", flüsterte sie. Seine warmen Berührungen ließen sie erzittern.

Gelassen und ganz bewusst ließ er seine Hände hinab bis zu ihren Brüsten gleiten und umschloss sie.

Jay sog hörbar Luft ein.

„Ruhig, ruhig …", murmelte er und streichelte unsagbar zärtlich über die sanften Hügel.

„Steve, nein." Doch sie schloss die Augen und spürte, wie ein warmes Gefühl sich in ihr ausbreitete, wie ihr Blut langsam und doch kraftvoll durch ihre Adern schoss. Seine Daumen strichen über ihr Knospen, und sie erschauerte, als sie sich voller Begehren zusammenzogen.

„Du bist so weich." Seine Stimme klang rauer als sonst. „Gott, wie sehr ich mir gewünscht habe, dich zu berühren. Komm her, Süße."

Er ignorierte den Schmerz in seinen Händen, als er sie zu sich heranzog, und umarmte sie, wie er es sich schon so oft erträumt hatte, seit ihre Stimme ihn aus der Finsternis gelockt hatte. Er spürte ihren schlanken Körper, ihre Zartheit, ihre Wärme und genoss das unglaubliche Gefühl, ihre Brüste an seinem harten Oberkörper zu spüren. Er nahm den süßen Duft ihrer Haut wahr, fühlte ihr dickes seidiges Haar unter seinen Händen. Und mit einem rauen unterdrückten Stöhnen suchte er ihren Mund.

Er kannte ihren Mund schon. Jeden Morgen, wenn sie kam, und jeden Abend, bevor sie ging, tat er alles, um einen Kuss von ihr zu bekommen – er bat, schmeichelte und beharrte darauf. Er wusste, dass ihr Mund breit und voll und weich war und dass ihre Lippen jedes Mal, wenn er sie küsste, zitterten. Jetzt neigte er den Kopf, um mit seinen Lippen die ihren zu umschließen. Er presste seinen Mund auf ihren Mund, bis sie die Lippen leicht öffnete und ihm den Zugang gewährte, nach dem er sich so gesehnt hatte. Er konnte fühlen, wie sie in seinen Armen erbebte, als er behutsam seine Zunge in ihren Mund schob und ihre unendliche Süße schmeckte. Verdammt, warum war er nur so ein Idiot gewesen und hatte sie vor fünf Jahren einfach gehen lassen? Sich nicht daran erinnern zu können, wie es war, sie zu lieben, machte ihn fast wahnsinnig. Er wollte wissen, was sie mochte, wollte wissen, wie es sich anfühlte, in ihr zu sein, wollte wissen, ob sie tatsächlich so gut zueinanderpassten, wie sein Gefühl es ihm prophezeite. Sie gehörte ihm – er wusste es, fühlte es, als wären sie durch ein unsichtbares Band miteinander verbunden. Er vertiefte den Kuss, wollte, dass sie ihn erwiderte. Er wusste, dass sie es konnte und er wusste, dass sie es wollte. Endlich lief ein Schauer durch ihren Körper, und ihre Zunge berührte die seine, während Jay die Arme um seinen Nacken schlang.

Er kann doch nicht so stark sein, durchfuhr es Jay, nicht nach alldem, was ihm zugestoßen ist. Aber seine Arme waren fest und kraftvoll, und er hielt sie so eng umschlungen, dass sie das Gefühl hatte, ihre Rippen würden zusammengedrückt werden. Steve war nie so forsch gewesen. Sicherlich war er kein passiver Mensch gewesen, doch jetzt küsste er sie mit nackter Begierde und brachte ihre wiedererwachte Beziehung so auf eine neue Stufe der Vertrautheit, die ihr Angst bereitete. Er wollte sie mehr, als er es während ihrer Ehe je gezeigt hatte. Doch sie war sich sicher, dass das an den Umständen lag, denn im Augenblick war seine Aufmerksamkeit ausschließlich auf sie gerichtet.

„Wir sollten das nicht tun", brachte sie mühsam hervor und wandte den Kopf ab, um seinen hungrigen Küssen auszuweichen. Sie legte ihre Hände auf seine Schultern.

„Warum nicht?", murmelte er und ergriff die Gelegenheit, um ihren Hals mit zahllosen kleinen Küssen zu bedecken. Seine Zunge berührte die empfindliche Stelle unterhalb ihres Ohrläppchens, und sie hielt sich an seinen Schultern fest, während tausend kleine Schauer der Lust über ihre Haut jagten. Dass er nichts sehen konnte, war nicht hinderlich für ihn, denn er kannte den Körper einer Frau. Der Instinkt war mächtiger als die Erinnerung.

Ihr Bewusstsein und der Drang, sich selbst zu schützen, ließen Jay innehalten. Abermals schob sie Steve von sich, und dieses Mal löste er sich tatsächlich von ihr. „Wir können nicht wieder etwas miteinander anfangen", sagte sie leise.

„Wir sind beide frei", erwiderte er.

„Soweit wir wissen. Steve, in den letzten fünf Jahren hast du vielleicht jemanden kennengelernt, der dir wirklich etwas bedeutet. Jemanden, der vielleicht darauf wartet, dass du nach Hause zurückkommst. Bis deine Erinnerung nicht zurück ist, kannst du nicht sicher sein, dass du frei bist. Und ... und ich denke, wir sollten uns nicht in eine Beziehung stürzen, bevor wir nichts Näheres wissen."

„Niemand wartet auf mich", sagte er mit rauer Bestimmtheit.

Sie war aufgewühlt und ihre Beine waren ein wenig zittrig, als sie vom Bett glitt und zum Fenster ging. Der Morgenhimmel war wolkenverhangen, und Schneeflocken tanzten ziellos im Wind. „Du kannst es nicht wissen", beharrte sie und drehte sich um, damit sie ihm ins Gesicht sehen konnte.

Er hatte ihr sein Gesicht zugewandt, obwohl er sie nicht sehen konnte. Seine zusammengepressten Lippen zeigten Jay, dass er wütend war. Die Bettdecke war um seine Taille geschlungen und ließ seine breiten Schultern und seinen Brustkorb unverhüllt. Er hatte sich geweigert, einen Pyjama oder ein Krankenhaushemd anzuziehen, doch immerhin schließlich eingewilligt, eine Pyjamahose zu tragen, deren Beine abgeschnitten und Nähte aufgetrennt worden waren, damit sie über die Gipsverbände passte. Nach allem, was er durchgemacht hatte, war er dünn, blass und schwach – und dennoch vermittelte er diesen Eindruck von Stärke. Außerdem schien er nicht so kraftlos zu sein, wie er vielleicht wirkte – dass hatte sie gerade selbst in seinen Armen erlebt. Er musste vor seinem Unfall unglaublich stark gewesen sein. Die fünf Jahre, in denen sie ihn nicht gesehen hatte, wurden immer rätselhafter.

„Also bist du die ganze Zeit nur bei mir geblieben, weil du einen Florence-Nightingale-Komplex hast?", fragte er scharf und nahm einen etwas höhnischen Bezug auf die legendäre Krankenschwester, die durch ihr leidenschaftliches Engagement für die Krankenpflege zur berühmtesten Frau Englands nach Königin Viktoria aufgestiegen war. Dies war das erste Mal gewesen, dass Jay ihm überhaupt etwas verweigert hatte, und er schien das nicht billigen zu können. Wenn er gekonnt hätte, wäre er hinter ihr hergelaufen, ob er sehen konnte oder nicht, ob er schwach war oder nicht und trotz der Schmerzen, die ihn immer noch quälten. Nichts von alledem hätte ihn aufhalten können, und zum ersten Mal war sie dankbar dafür, dass seine Beine gebrochen waren.

„Ich habe dich nie gehasst", sagte sie. Sie schuldete ihm wenigstens den Versuch einer Erklärung. „Ich denke, wir haben uns nicht genug geliebt – jedenfalls nicht genug, um unsere Ehe am Leben zu erhalten. Frank hat mich gebeten, zu bleiben, weil er glaubte, du würdest mich in deiner Lage brauchen. Sogar Major Lunning sagte, es wäre hilfreich, wenn du jemanden um dich hättest, der dir vertraut ist und den du schon vor dem Unfall kanntest. Also … blieb ich."

„Verschone mich mit dem Müll", knurrte er. Ihre Bemühungen, ihm zu vermitteln, warum sie an seiner Seite war, machten ihn nur noch wütender. Es war eine Wut, die sie so noch nicht bei ihm gesehen hatte. Er wirkte ruhig und gefasst, seine kehlige Stimme war nicht mehr als ein Flüstern. Schauer liefen ihr über den Rücken, denn sie spürte seinen Zorn, der sie fast körperlich berührte, obwohl Steve sich nicht bewegt hatte. „Glaubst du, nur weil ich nicht sehen kann, wüsste ich nicht, dass dich das gerade angemacht hat? Versuch's noch einmal, Süße."

Das harsche Fordern in seiner Stimme machte Jay allmählich wütend. „Also gut. Wenn du die Wahrheit unbedingt hören willst, hier ist sie. Ich vertraue dir nicht. Du warst schon immer zu rastlos, um dich irgendwo niederzulassen und ein gemeinsames Leben aufzubauen. Wieder und wieder hast du dich in eines deiner ‚Abenteuer' gestürzt, auf der Suche nach etwas, das ich dir nicht geben konnte. Ich will das alles einfach nicht noch einmal erleben müssen. Ich will mich nicht noch einmal auf dich einlassen. Du willst mich jetzt, und vielleicht brauchst du mich sogar ein bisschen – aber was passiert, wenn du wieder gesund bist? Tätschelst du dann meinen Kopf, gibst mir einen Kuss auf die Wange, und ich kann zusehen, wie du in den Sonnenuntergang fährst? Nein danke. Ich habe dazugelernt."

„Fängst du deshalb jedes Mal an zu zittern, wenn ich dich berühre? Du *willst* dich auf mich einlassen. Aber du hast Angst."

„Ich sagte, dass ich dir nicht traue. Ich sagte nicht, dass ich Angst vor dir habe. Warum sollte ich dir vertrauen? Du warst doch schon wieder auf der Suche nach Ärger, als die Explosion dich beinahe umgebracht hätte."

Mit einem Mal wurde ihr bewusst, dass sie ihn anschrie, während er seine Stimme nicht erhoben hatte. Sie machte auf dem Absatz kehrt und verließ das Zimmer. Draußen lehnte sie sich gegen die kühle Wand, bis die Aufregung und das Zittern langsam nachließen. Ihr war schlecht – nicht wegen des Streites, sondern weil sie einsah, dass er recht hatte. Sie *hatte* Angst. Sie war in Panik. Und es war zu spät, um etwas daran zu ändern, weil sie sich bereits in ihn verliebt hatte, trotz all der Warnungen, die ihr selbst so bewusst waren. Sie kannte ihn nicht mehr. Er hatte sich verändert. Er war härter, rauer, viel gefährlicher. Er war noch immer ein Abenteurer. Und vielleicht war er viel tiefer in die ganze Affäre verstrickt, als irgendjemand es ahnte.

Doch all das änderte nichts. Sie hatte ihn damals gegen jeden gesunden Menschenverstand geliebt, und sie liebte ihn auch jetzt, obwohl es noch weniger Sinn ergab. Bei Gott, sie lief Gefahr, tief verletzt zu werden – und sie konnte nichts dagegen tun.

6. KAPITEL

*S*teve lag ganz ruhig da und versuchte, die andauernde Trübung seiner Sinne durch die Betäubung zu bekämpfen. Instinktiv, wie ein Tier im Dschungel, gab er keinen Laut von sich, bis er so weit bei Bewusstsein war, dass er wahrnahm, was um ihn herum vor sich ging. Ihm war bewusst, dass er sein Leben aufs Spiel setzte, wenn er sich rührte, bevor er sicher wusste, wo und wer der Feind war. Wenn der Gegner glaubte, dass man tot war, hatte man das Überraschungsmoment auf seiner Seite. Steve atmete ganz ruhig weiter. Er musste sie also nur in dem Glauben lassen, dass er tot war, bis er sich genug erholt hatte, um etwas zu unternehmen. Vorsichtig versuchte er, die Augen zu öffnen, aber irgendetwas bedeckte sie. Sie hatten ihm die Augen verbunden! Doch das ergab keinen Sinn – warum verband man jemandem die Augen, von dem man annahm, dass er tot war?

Er horchte, bemühte sich, seine Kidnapper zu lokalisieren. Die Geräusche des Dschungels konnte er nicht wahrnehmen. Langsam wurde ihm bewusst, dass es kalt war – zu kalt für den Dschungel. Auch der Geruch passte nicht – es war ein scharfer, medizinischer Geruch nach Desinfektionsmittel. Dieser Ort roch wie ein Krankenhaus.

Die Erkenntnis traf ihn, und es war, als würde ein Vorhang sich öffnen. Plötzlich wusste er, wo er war und was passiert war. Und mit einem Schlag verschwand die Erinnerung an ein Dschungel-Szenario. Die letzte Operation an seinen Augen war vorüber, und er lag im Aufwachraum. „Jay!" Es kostete ihn unsagbar viel Kraft, sie zu rufen, und seine Stimme klang fremd, sogar noch schlimmer als normalerweise. Sie klang so tief und heiser, dass sein Ruf beinahe dem Schrei eines Tieres geglichen hatte. „Jay!"

„Alles ist gut, Mr Crossfield", sagte eine leise Stimme beruhigend. „Sie haben die Operation überstanden, und alles ist gut gelaufen. Bleiben Sie ganz ruhig liegen. Wir werden Sie in ein paar Minuten in Ihr Zimmer zurückbringen."

Das war nicht Jays Stimme. Es war eine nette Stimme, aber es war nicht das, was er wollte. Seine Kehle war trocken. Er schluckte und stöhnte vor Schmerz auf, denn sein Hals war wund und tat weh. Das war normal, denn sie hatten ihm für die Operation einen Beatmungsschlauch eingeführt. „Wo ist Jay?", krächzte er.

„Ist Jay Ihre Frau, Mr Crossfield?"

„Ja." Exfrau, wenn man es genau nahm. Er scherte sich nicht um die

Bezeichnung. Jay gehörte zu ihm.

„Sie wartet wahrscheinlich in Ihrem Zimmer auf Sie."

„Bringen Sie mich hin."

„Lassen Sie uns noch ein paar Minuten warten …"

„Jetzt!" Das Wort klang kehlig, der Befehl unmissverständlich. Er bemühte sich nicht erst, seinen Wunsch in nette Worte zu packen, denn er hatte nicht die Kraft dazu. Er war noch immer benommen, aber er konzentrierte sich voll auf Jay. Er tastete nach dem Geländer auf der Seite seines Bettes.

„Mr Crossfield, warten Sie! Sie werden sich noch den Tropf aus dem Arm reißen!"

„Gut", murmelte er.

„Beruhigen Sie sich, wir werden Sie in Ihr Zimmer bringen. Bitte warten Sie, bis ich einen Pfleger geholt habe."

Eine Minute später spürte er, wie das Bett sich in Bewegung setzte. Seltsamerweise beruhigte ihn dieses Gefühl, und er merkte, wie er wieder schläfrig wurde, zwang sich jedoch dazu, wachsam zu bleiben. Er konnte sich keine vollkommene Entspannung leisten – nicht, bis Jay bei ihm war. Er wusste verdammt wenig darüber, wer er war und was mit ihm geschah. Jay war die einzige Konstante in seinem Leben, der einzige Mensch, dem er vertrauen konnte. Sie war bei ihm, soweit seine Erinnerung zurückreichte – und noch länger.

„Wir sind da", sagte die Schwester fröhlich. „Er konnte es nicht erwarten, wieder in sein Zimmer zurückzukommen, Mrs Crossfield. Er hat nach Ihnen verlangt und ein Riesentheater veranstaltet."

„Ich bin hier, Steve", sagte Jay. Er glaubte, Sorge in ihrer Stimme zu hören. Und er bemerkte, dass sie die Schwester, die sie beim falschen Namen genannt hatte, nicht korrigierte. Eine unbändige Befriedigung durchströmte ihn. Der Name bedeutete ihm nicht viel, aber es war der Name, den er einst mit Jay geteilt hatte, ein Band, das sie einst miteinander verbunden hatte.

Er wurde auf sein Bett gelegt und spürte, wie sie einige Minuten lang um ihn herumwerkelten. Es wurde immer schwieriger, wach zu bleiben. „Jay!"

„Ich bin hier."

Er streckte seine linke Hand in die Richtung, aus der ihre Stimme gekommen war, und ihre schlanken, kühlen Finger berührten ihn. Ihre Hand fühlte sich in seiner so klein und zerbrechlich an.

„Der Arzt sagt, dass alles sehr gut gelaufen ist", sagte sie. Ihre Stimme drang von irgendwo über ihm aus der Dunkelheit an sein

Ohr. „Du wirst die Verbände in etwa zwei Wochen los sein."

„Und dann bin ich hier raus", murmelte er. Seine Hand schloss sich fester um die ihre, und er gab seinen Widerstand gegen die Wirkung der Betäubungsmittel auf …

Als er wieder aufwachte, spürte er nicht wie sonst die anfängliche Verwirrtheit, doch er fühlte sich noch immer angeschlagen. Ungeduldig zwang er seinen Verstand, die Lethargie abzuschütteln. Er war es mittlerweile so gewöhnt, den Schmerz in seinem abheilenden Körper zu ignorieren, dass er ihn gar nicht mehr wahrnahm. An einem ihm unbekannten Punkt in seinem Leben hatte er gelernt, dass der Mensch unbändige Kräfte freisetzen konnte, wenn das Hirn den Schmerz einfach ignorierte. Offenbar hatte er diese Lektion so verinnerlicht, dass es ihm zur zweiten Natur geworden war.

Jetzt, da er von Tag zu Tag wacher und aufmerksamer wurde, musste er nicht mehr nach Jay rufen, um zu wissen, dass sie im Zimmer war. Er konnte sie atmen hören, konnte hören, wie sie die Seiten ihres Magazins umblätterte, während sie an seinem Bett saß. Er konnte den leichten süßen Duft ihrer Haut wahrnehmen, ein Duft, an dem er sie erkannte, sobald sie den Raum betrat. Und dann gab es noch ein anderes Bewusstsein, ein körperliches Bewusstsein, das ihn wie ein elektrischer Schlag durchfuhr und seine Haut vor Freude und Aufregung zum Prickeln brachte, wann immer sie ihm nahe war oder wenn er an sie dachte.

Seit ihrem Streit in der letzten Woche hatte er sie nicht mehr geküsst. Doch er wartete nur auf den richtigen Augenblick. Sie war aufgewühlt gewesen, und er hatte sie nicht drängen wollen. Möglicherweise war er früher, als Partner, nicht gerade ein Hauptgewinn gewesen, aber sie empfand noch immer etwas für ihn, sonst wäre sie nicht hier. Und wenn es an der Zeit war, würde er genau diese Gefühle nutzen. Sie gehörte ihm. Er war sich dessen so sicher, dass dieser Besitzanspruch alles andere außer Kraft setzte.

Er wollte sie. Die Macht seines sexuellen Bedürfnisses erstaunte ihn selbst, wenn man bedachte, in welcher Lage er sich im Augenblick befand. Doch die Erregung, die er in seinen Lenden spürte, wann immer sie ihn berührte, war Beweis genug, dass gewisse Instinkte stärker waren als der Schmerz. Jeden Tag ließen die Schmerzen ein bisschen mehr nach, und jeden Tag wuchs der Wunsch in ihm, Jay zu besitzen. Es war, wie es war. So oft zwei Menschen einander anziehend fanden, überwältigte sie irgendwann der Drang, einander zu besitzen. Auf diese Weise sicherte die Natur das Fortbestehen der

Menschheit. Das intensive körperliche Begehren und häufiger heißer Sex stärkten das Band zwischen zwei Menschen. Sie wurden ein Paar, denn seit Anbeginn der Menschheit teilten sich zwei Partner die Sorge um ihren Nachwuchs. Heutzutage konnte sich auch nur ein Elternteil um die Kinder kümmern, und eine Frau konnte dank moderner Medizin selbst entscheiden, ob sie schwanger werden wollte oder nicht – doch die ursprünglichen Instinkte waren noch immer da. Nach wie vor existierte dieser sexuelle Drang, und der Mann wollte noch immer Sex mit seiner Frau, um sicherzustellen, dass sie wusste, zu wem sie gehörte. Er verstand mittlerweile die biologische Notwendigkeit, die in seinen Genen verankert war – aber das Verstehen änderte nichts an der Stärke der Begierde.

Amnesie war eine seltsame Sache. Mit emotionaler Distanz betrachtet, interessierten ihn die Eigenheiten dieser Krankheit sogar. Er hatte die bewusste Erinnerung an alles verloren, was in seinem Leben geschehen war, bevor er aus dem Koma erwacht war. Doch viele seiner unterbewussten Kenntnisse standen ihm nach wie vor zur Verfügung. Er konnte sich an die Sieger der Weltmeisterschaften oder des Super Bowls, also an ganz unterschiedliche Baseball- oder Football-Finale, erinnern, auch daran, wie die Niagarafälle aussahen. Aber das war nicht wichtig. Interessant vielleicht, aber nicht wichtig.

Auch interessant, aber weit wichtiger war sein Wissen über die Länder der Dritten Welt sowie die Industriestaaten – wobei er keine Ahnung hatte, woher dieses Wissen rührte. Jay hatte ihm erzählt, dass er 37 Jahre alt war. Er konnte sich sein eigenes Gesicht nicht vorstellen, doch das stellte nicht infrage, was er wusste. Er kannte die Wüste mit ihrer heißen, trockenen Hitze und der unbarmherzigen Sonne. Er kannte den Dschungel mit seiner stickigen Hitze und Feuchtigkeit, die Insekten und Reptilien, die Blutegel, die kreischenden Vögel sowie den durchdringenden Geruch der verrottenden Vegetation.

Wenn er die Teile seiner Erinnerung, seiner Vergangenheit, die er zurückrufen konnte, zusammennahm, dann war er in der Lage, ein Teil des Puzzles zusammenzusetzen. Und doch ergab alles nur einen logischen Schluss: Er war weit mehr in die geheimnisvollen Vorgänge verstrickt, als Jay erzählt worden war.

Er hatte sich schon gefragt, ob Skopolamin oder Pentothal, sogenannte Wahrheitsseren, bei Amnesiekranken Erfolg versprachen, oder ob die Amnesie die Erinnerung so gut abschottete, dass sogar solch starke Medikamente wirkungslos blieben. Wenn das, was er möglicherweise wusste, so wichtig war, dass ihm quasi ein roter Teppich ausgerollt wurde, hätte Frank Payne sicherlich auch veranlasst, diese Medikamente wenigstens auszuprobieren. Doch sie hatten es nicht einmal versucht – und das ließ ihn Folgendes vermuten: Payne wusste, dass Steve darauf trainiert war, jedweder chemischen Manipulation seines Gehirns zu widerstehen. Das bedeutete, dass er ein hoch spezialisierter Geheimagent sein musste.

Jay wusste nichts davon. Sie glaubte wirklich, dass er nur zur falschen Zeit am falschen Ort gewesen war. Sie hatte erzählt, dass er während ihrer Ehe ständig von einem „Abenteuer" ins nächste gesprungen sei. Er hatte sie also im Dunkeln gelassen und ihr den Eindruck vermittelt, einfach ungebunden und wild zu sein, statt sie damit zu beunruhigen, wie gefährlich seine Arbeit tatsächlich war, und dass die Chancen, gesund und munter von einer Reise zurückzukehren, fifty-fifty standen.

So viel hatte Steve inzwischen herausgefunden. Doch es gab noch immer unzählige Puzzlestücke, die nicht zusammenpassten. Dinge, die keinen Sinn ergaben. Ihm war nach dem Entfernen der Verbände an seinen Händen aufgefallen, dass seine Fingerkuppen ungewöhnlich glatt waren. Es fühlte sich aber nicht an wie Narbengewebe – die neue, frisch verheilte Haut an seinen Händen war so empfindsam, dass er den Unterschied zwischen den verbrannten Partien und seinen Fingerspitzen ertasten konnte. Er war sich sicher, dass seine Fingerkuppen nicht verbrannt waren. Vielmehr schienen seine Fingerabdrücke chirurgisch verändert worden zu sein. Vielleicht war die Haut an seinen Fingerkuppen sogar komplett entfernt worden. Und der Eingriff schien noch nicht lange her zu sein. Womöglich war es hier im Krankenhaus geschehen. Die Frage war: Warum? Vor wem versuchten sie, seine Identität zu verbergen? Sie wussten, wer er war, und er war offensichtlich einer von ihnen, sonst hätten sie nicht all die Mühen auf sich genommen, um sein Leben zu retten. Jay wusste, wer er war. Gab es da draußen jemanden, der ihm auf den Fersen war? Und wenn das der Fall war: Schwebte Jay ebenfalls in Gefahr, weil sie ihm zur Seite stand?

Zu viele Fragen, auf die er keine Antworten kannte! Er hätte Payne fragen können, aber er war sich nicht sicher, ob der Mann ihm eine ehrliche Antwort geben würde. Payne verschwieg etwas. Steve wusste nicht, was es war, doch er konnte das schlechte Gewissen in Paynes Stimme hören – besonders, wenn er mit Jay sprach. In was für eine Geschichte hatten sie Jay hineingezogen?

Er hörte, wie die Tür zu seinem Zimmer geöffnet wurde, und gab keinen Laut von sich. Er wollte wissen, wer sein Besucher war, bevor derjenige bemerkte, dass er wach war. Diese Vorsicht, die er an den Tag legte, war ihm schon vorher aufgefallen. Und sie fügte sich in das Bild, das er sich von sich selbst gemacht hatte.

„Ist er schon wach?"

Es war Frank Paynes Stimme, die diese Worte leise gesprochen hatte. Und da war auch wieder dieser beinahe reumütige Unterton – und noch etwas … Warmherzigkeit. Ja, genau das war es. Payne mochte Jay und sorgte sich um sie, aber er benutzte sie trotzdem. Diese Erkenntnis verstärkte in Steve nicht gerade die Bereitschaft, zu kooperieren. Auch das Gefühl, dass diese Menschen Jay in Gefahr brachten, machte ihn wütend.

„Er ist eingeschlafen, sobald sie ihn in sein Bett gelegt hatten, und hat sich seitdem nicht mehr gerührt. Haben Sie mit dem Arzt gesprochen?"

„Nein, noch nicht. Wie ist es gelaufen?"

„Wunderbar. Der Arzt glaubt nicht, dass Steve bleibende Schäden zurückbehält. Ein paar Tage muss er so ruhig wie möglich liegen, und seine Augen werden wahrscheinlich lichtempfindlich sein, wenn die Verbände abgenommen werden. Aber danach braucht er vermutlich nicht einmal eine Brille."

„Das ist gut. Wenn alles glattläuft, wird er in ein paar Wochen das Krankenhaus verlassen können."

„Es fällt schwer, sich vorzustellen, nicht mehr jeden Tag hierher zu kommen", überlegte Jay. „Es wird sich nicht normal anfühlen. Was passiert, wenn er entlassen wird?"

„Darüber muss ich noch mit ihm sprechen", antwortete Payne. „Das kann aber noch ein paar Tage warten, bis er sich ein bisschen erholt hat."

Steve konnte die Sorge in Jays Stimme wahrnehmen und wunderte sich ein wenig. Wusste sie doch etwas? Warum sonst sollte sie sich Gedanken machen, was nach seinem Krankenhausaufenthalt mit ihm geschah? Er jedenfalls hatte eine Überraschung für sie – wo auch immer sie hingehen würde, da wollte auch er sein. Und Frank konnte seine Ideen und Pläne nehmen und sonst was damit anstellen.

Noch zwei Wochen … Er wusste nicht, ob er das durchstehen würde. Es war schwierig für ihn, die Geduld aufzubringen, seinem Körper die Zeit zu geben, die er brauchte, um wieder zu gesunden. Und außerdem lagen noch Wochen der Rehabilitation vor ihm, bis er seine alte Stärke und Kraft wiedergewonnen hätte. Er würde sich selbst mehr antreiben müssen, als die Therapeuten es taten – er spürte seine Grenzen und wusste, dass sie weitaus dehnbarer waren, als die Therapeuten es ahnten. Das war ein weiteres Teil des Puzzles.

Er entschloss sich „aufzuwachen" und begann, sich ruhelos im Bett hin und her zu wälzen. Die Infusionsnadel in seinem Handrücken drohte herauszureißen. „Jay?", rief er schlaftrunken, räusperte sich und versuchte es noch einmal. „Jay?" Er hatte sich noch nicht an den Klang seiner eigenen Stimme gewöhnt, die sich mit einem Mal so rau, so angestrengt, so heiser anhörte. Eine weitere Besonderheit. Er konnte sich nicht an seine Stimme erinnern, doch er wusste, dass die Stimme, die er jetzt hörte, anders und nicht richtig war.

„Ich bin hier." Ihre kühlen Finger berührten seinen Arm.

Wie oft hatte er diese drei Worte schon gehört, und wie oft hatten genau diese Worte ihn ins Bewusstsein geholt? Sie schienen in seinen Geist eingeschlossen zu sein, als wären sie seine einzige Erinnerung. Zur Hölle, sie waren es. Er streckte seine freie Hand nach ihr aus. „Durst."

Er hörte das Geräusch von Wasser, das in ein Glas gegossen wurde. Dann spürte er einen Strohhalm, der seine Lippen berührte, und sog dankbar das kühle Getränk ein, das seinen trockenen Mund benetzte und seine wunde Kehle hinablief. Nach wenigen Schlucken nahm sie ihm den Strohhalm weg. „Noch nicht zu viel", sagte sie in der ihr eigenen ruhigen Art. „Durch die Betäubungsmittel könnte dir übel werden."

Er bewegte seine Hand und spürte, wie sich die Infusionsnadel in der Vene bewegte. Gereizt sagte er: „Hol eine Schwester, die dieses verdammte Ding rausnimmt."

„Du brauchst nach der Operation eine Zuckerlösung, damit du nicht in einen Schockzustand fällst", erwiderte sie. „Und vielleicht ist auch ein Antibiotikum darin …"

„Sie können mir auch Pillen geben", unterbrach er sie. „Ich mag es nicht, wenn ich auf diese Weise eingeschränkt bin." Es war schon schlimm genug, dass seine Beine noch immer eingegipst waren. Sein Gefühl sagte ihm, dass er für den Rest seines Lebens genug im Bett gelegen hatte.

Einen Moment lang schwieg sie, und er spürte, dass sie ihn verstand. Manchmal schien es, als brauchten sie keine Worte, um sich zu verstehen. So, als gäbe es eine Verbindung zwischen ihnen, die das Verbale überstieg. Sie wusste genau, wie sehr es ihn belastete, dass er Tag für Tag ans Bett gefesselt war. Es war nicht nur langweilig, sondern widersprach auch dem Überlebenswillen, der ihn beherrschte. „Also gut", sagte sie schließlich und strich mit ihren kühlen Fingern über seinen Arm. „Ich werde eine Schwester holen."

Er hörte, wie sie das Zimmer verließ, und lag dann ruhig in seinem Bett. Ob Frank Payne sich zu erkennen geben würde? Es war ein subtiles Spiel – und er wusste nicht einmal, warum er es spielte. Aber Payne verschwieg etwas, und Steve vertraute ihm nicht. Er würde alles tun, um sich einen Vorteil zu verschaffen, selbst wenn er sich dazu schlafend stellte, während er eigentlich lauschte. Bisher hatte er noch nichts herausgefunden, außer dass Payne Pläne für ihn hatte.

„Haben Sie Schmerzen?", fragte Frank.

Vorsichtig drehte Steve seinen Kopf. „Frank?" Eine weitere Strategie seines Spielchens – er tat so, als würde er die Stimme des anderen Mannes nicht erkennen.

„Ja."

„Nein, keine Schmerzen. Angeschlagen." So weit entsprach es sogar der Wahrheit. Die Narkosemittel machten ihn schlapp und schläfrig. Aber er konnte seinen Verstand in Alarmbereitschaft versetzen, und das war wichtig. Er war eher bereit, die Schmerzen zu ertragen, als so benommen zu sein, dass er nicht mehr mitbekam, was um ihn herum vorging. Das künstliche Koma war ein Albtraum ewiger Dunkelheit gewesen. Er hatte sich gefangen gefühlt im Nichts. Und das wollte er nicht noch einmal erleben. Nicht einmal in abgeschwächter Form. Sogar Amnesie war besser, als dieser totale Verlust des eigenen Ichs.

„Das war das Ende. Keine Operationen mehr, keine Schläuche, keine Nadeln. Wenn die Gipsverbände entfernt werden, können Sie beginnen, sich wieder in Form zu bringen." Frank hatte eine leise, ruhige Stimme, und oftmals hatte Steve das Gefühl, dass sie vertraut klang, so als ob sie sich sehr gut gekannt hätten.

Seine Worte brachten eine Saite in ihm zum Klingen. Steve wusste plötzlich, dass zu seiner alten Form nicht wuchtige Muskelpakete, sondern Schnelligkeit und Ausdauer gehört hatten. Er hatte eine unbändige Kraft und Stärke besessen, die ihn auch dann noch weiter vorangetrieben hatten, als andere längst hatten aufgeben müssen.

„Besteht Gefahr für Jay?", fragte er unvermittelt. Statt geschickt zu taktieren und seine Worte zu wählen, fragte er geradeheraus das, was ihn am meisten beschäftigte.

„Wegen dessen, was Sie vielleicht gesehen haben könnten?"

„Ja."

„Wir erwarten keine Gefahr", erwiderte Frank vorsichtig. „Sie sind nur wichtig für uns, weil wir wissen müssen, was genau geschehen ist. Sie könnten uns eventuell einige Antworten liefern."

Steve lächelte schief. „Ja, ich weiß. Wichtig genug, um dafür die Bürokratie zu umgehen, und zwei, vielleicht sogar drei Abteilungen aufeinander abzustimmen, und um Personen aus unterschiedlichen Zweigen des Geheimdienstes und aus dem privaten Sektor zusammenzuziehen. Ich bin nur ein unschuldiger Augenzeuge, habe ich recht? – Jay kauft Ihnen das vielleicht ab, aber ich nicht. Also lassen Sie den Mist und geben Sie mir ein Ja oder ein Nein. Schwebt Jay in Gefahr?"

„Nein", erwiderte Frank mit fester Stimme. Steve nickte leicht. Zu mehr war er im Moment nicht fähig. Egal, was Frank ihm verschwieg, er mochte Jay noch immer und wollte sie beschützen. Jay war sicher. Um den Rest konnte Steve sich später kümmern, jetzt zählte erst einmal Jay.

Seine Beine waren dünn und schwach, nachdem sie sechs Wochen lang in Gips eingepackt waren. Er strich mit den Händen über seine Beine, um sich mit der sonderbaren Leichtigkeit vertraut zu machen. Er konnte sie bewegen, aber seine Bewegungen waren ruckartig und unkontrolliert. In den letzten paar Tagen hatte er im Rollstuhl oder auf dem Besucherstuhl in seinem Zimmer gesessen, um seinen Körper an die veränderte Position zu gewöhnen. Seine Hände waren genügend verheilt, um sich damit auf einen Rollator stützen zu können, sodass er jeden Tag einige Minuten lang gehen konnte. Sein Wissensschatz wuchs stetig. Er wusste nun, dass er, selbst wenn er gebeugt auf den Gehwagen gestützt stand, einige Zentimeter größer war als Jay. Er wollte sie in seine Arme schließen und sie an sich ziehen, wollte spüren, wie ihr weicher Körper sich an ihn schmiegte, wenn er seinen Kopf neigte, um sie zu küssen. Bisher hatte er sich zurückgehalten, hatte es langsam angehen lassen – bis jetzt.

Jay beobachtete, wie er seine Schenkel und Waden massierte. Seine starken Hände kneteten mit sicherem Griff die Muskeln. An diesem Nachmittag war er für eine Therapiestunde und Massage eingetragen, doch er wartete nicht darauf, dass jemand die Arbeit für ihn erledigte. Nach der Operation an seinen Augen wirkte er wie eine gespannte Feder: aufmerksam, abwartend und doch unglaublich kontrolliert. Seit der Explosion waren eineinhalb Monate vergangen, und die meisten Menschen lägen sicherlich noch im Bett und nähmen

Medikamente gegen die Schmerzen ein, doch Steve hatte sich, seit er aus dem Koma erwacht war, keine Ruhe gegönnt und sich selbst unermüdlich vorangetrieben. Seine Hände waren sicherlich noch sehr empfindlich und wund, doch er benutzte sie einfach und jammerte nicht. Seine Rippen und Beine taten wahrscheinlich auch weh, aber er ließ sich dadurch nicht stoppen. Er beklagte sich nie über Kopfschmerzen, obwohl Major Lunning Jay erklärt hatte, dass er wahrscheinlich noch monatelang unter Kopfschmerzen leiden würde.

Sie warf einen Blick auf ihre Uhr. Er massierte seine Beine seit einer halben Stunde. „Ich denke, das reicht", sagte sie bestimmt. „Willst du dich nicht ein bisschen hinlegen?"

Er richtete sich in seinem Rollstuhl auf und grinste, wobei seine Zähne aufblitzten. „Baby, ich habe dieses Bett so satt. Du könntest mich nur dazu überreden, mich wieder hineinzulegen, wenn du dich dazulegst."

Er sah so gefährlich männlich aus, dass sie spürte, wie sie schwach wurde. Auch die Warnungen ihrer inneren Stimme, sich in Acht zu nehmen, halfen nicht mehr. Dass er in ihren Augen ein verwundeter Kämpfer war, nutzte er aus, um sie herumzubekommen – und es funktionierte. Sie konnte ihn nicht einmal anschauen, ohne wacklige Knie zu bekommen. Und manchmal spürte sie ihre Empfindungen für ihn wie eine Welle durch ihren Körper strömen – Freude und Schmerz waren so sehr miteinander verwoben, dass sie das Gefühl hatte, laut aufstöhnen zu müssen. Jeden Tag wurde er stärker. Jeden Tag eroberte er neues Territorium, gewann Macht über einen weiteren Teil seines Lebens zurück. Es war faszinierend und beängstigend zugleich, ihn zu beobachten und die Willenskraft zu spüren, mit der er dieser Situation begegnete. Er war so kontrolliert und entschlossen, dass es beinahe übermenschlich wirkte, aber zugleich ließ er sie spüren, wie menschlich er war. Er war nun mehr denn je auf sie angewiesen, mehr als sie es für möglich gehalten hätte, und die Verwundbarkeit, die er ihr offenbarte, war umso erschütternder, als sie wusste, wie selten er sie zuließ.

„Hol mir den Rollator", bat er sie und wandte ihr die verbundenen Augen zu, als warte er auf ihren Protest.

Jay schürzte die Lippen, sah ihn an, zuckte dann die Schultern und schob den Rollator vor ihn. Wenn er einen Rückfall erlitt, war es seine eigene Schuld, weil er seine Grenzen nicht akzeptierte, sondern überschritt. „Also gut", sagte sie ruhig. „Na los, mach schon. Und fall hin. Brich dir wieder die Beine und den Schädel, und verbring gern noch ein paar Monate hier drin. Ich bin mir sicher, dass es die Schwestern erfreuen wird."

Angesichts ihrer Strenge musste er lachen. Je besser es ihm ging, umso strenger schien sie zu werden. Er betrachtete es als Skala seiner Genesung. Als er krank und hilflos gewesen war, hatte sie ihm nichts verweigert. Er liebte diesen Biss. Eine passive Frau hätte nicht zu ihm gepasst. Jay hingegen passte zu ihm – jederzeit und in jeder Lage.

„Ich werde schon nicht fallen", versprach er und stemmte sich hoch, bis er stand. Zwar hielt er sein Gewicht fast ausschließlich mit den Armen, doch seine Füße bewegten sich, wenn er es wollte. Ruckartig, das stimmte – aber sie gehorchten ihm.

„Und er ist auf dem Weg und *stolpert*!", rief Jay wie ein Stadionsprecher. Ihre Wut war offensichtlich.

Er lachte auf und geriet tatsächlich ins Stolpern, konnte sich jedoch mithilfe des Rollators noch rechtzeitig abfangen. „Du solltest mich führen, und dich nicht über mich lustig machen!"

„Ich weigere mich, dir zu helfen, dich selbst zu überfordern. Wenn du fällst, ist es deine Schuld."

Ein schiefes Lächeln umspielte seine Mundwinkel, und ihr Herz machte einen Sprung. Das Lächeln gab seinem Gesicht etwas unglaublich jungenhaft Verschmitztes. „Ach, Baby", schmeichelte er. „Ich überfordere mich nicht, das verspreche ich. Ich weiß, wie viel ich mir zumuten kann. Komm schon, führe mich einmal den Flur hinunter."

„Nein", erwiderte sie mit fester Stimme.

Zwei Minuten später ging sie ganz langsam an seiner Seite den Flur hinunter, während er den Rollator vor sich her schob und seine geschwächten Beine unter Kontrolle brachte. Am Ende des Flures stand ein Marinesoldat und beobachtete die gesamte Szene haargenau. So war es jedes Mal, wenn Steve sein Zimmer verließ. Er selbst bemerkte nicht, dass er auf Schritt und Tritt überwacht wurde. Jay lief ein Schauer über den Rücken, als ihre Augen den Blick der Wache traf und dieser freundlich nickte. Egal, wie ruhig auch alles erschien, die Anwesenheit der Wachen erinnerte sie daran, dass Steve in eine hochbrisante und gefährliche Affäre verwickelt war. Würde seine Amnesie ihn nicht noch mehr in Gefahr bringen? Er wusste nicht einmal, dass er bedroht wurde und auch nicht von wem. Kein Wunder, dass die Wachen nötig waren! Doch diese Erkenntnis schockierte sie und machte ihr Angst. All das gehörte zu der Grauzone, die Frank ihr nicht erklärt hatte, von der sie aber wusste, dass sie existierte.

„Das ist weit genug", sagte Steve und drehte sich vorsichtig um. Er vollführte eine exakte Wendung um hundertachtzig Grad und machte zwei Schritte, bevor er innehielt und ihr seinen Kopf zuwandte. „Jay?"

„Entschuldige." Eilig trat sie an seine Seite. Wie hatte er wissen können, wie weit er sich umdrehen musste? Warum waren seine Bewegungen nicht viel unsicherer? Er ging langsam und stemmte den Großteil seines Gewichts noch immer mit den Armen und Händen, aber er wirkte ruhig und sicher. Seine Verletzungen hielten ihn zurück, aber sie bremsten ihn nicht aus. Er würde nicht aufgeben. Er sah seine Verletzungen nicht als etwas an, von dem er sich erholen musste, sondern als etwas, das er besiegen musste. Deshalb würde er dieser Situation auf seine Weise begegnen und gewinnen – denn etwas anderes kam für ihn nicht infrage.

In den nächsten Tagen, in denen er sich durch die Physiotherapie kämpfte, sah sie noch mehr von dieser Entschlossenheit. Der Therapeut versuchte, Steve zurückzuhalten, doch Steve bestand darauf, sein eigenes Tempo festzulegen. Er schwamm Runde um Runde, geführt von Jays Stimme und lief endlose Kilometer auf einem Laufband. Am dritten Tag seiner Therapie brauchte er den Rollator nicht mehr. Er hielt sich stattdessen an Jay fest. Grinsend legte er seinen Arm um ihre Schultern und sagte, dass sie ihn ja auffangen könne, wenn er fallen sollte.

Seit der Beatmungsschlauch aus seinem Hals entfernt worden war, hatte er binnen kürzester Zeit an Gewicht zugelegt, und jetzt gewann er genauso schnell seine Kraft zurück. Jay hatte das Gefühl, als könne sie seine Entwicklung und seine Fortschritte von Tag zu Tag beobachten. Bis auf die Bandagen über seinen Augen wirkte er vollkommen normal, obwohl sie jede Narbe kannte, die von den gemütlichen Sweatern, die Frank ihm mitgebracht hatte, verdeckt wurde. Seine Hände waren noch immer rot von den Verbrennungen, und seine ruinierte Stimme würde wohl nie mehr klingen wie früher. Auch seine Erinnerungen schienen noch nicht zurückzukehren. Es gab keine Erinnerungsfetzen, die plötzlich auftauchten, und kein Wiedererkennen, das kurz aufflackerte. Es war beinahe so, als wäre er in dem Moment geboren, als er mithilfe ihrer Stimme seinen Weg aus der Bewusstlosigkeit herausgefunden hatte – davor existierte nichts.

Manchmal, wenn sie ihn mit der ihm eigenen unbarmherzigen Härte gegen sich selbst trainieren sah, wünschte sie sich, seine Erinnerung möge niemals zurückkommen. Dann schämte sie sich für diese Gedanken. Doch im Moment war er auf sie angewiesen, und wenn seine Erinnerung zurückkehrte, würde diese Nähe zwischen ihnen verschwinden. Auch wenn sie sich noch immer gegen diese Nähe schützen wollte, genoss sie doch jeden Augenblick und wollte mehr. Sie befand sich in einer Zwickmühle und wusste nicht, wie sie sich daraus befreien konnte. Sie konnte sich selbst schützen und einfach gehen, oder sie konnte sich nehmen, was sie bekommen konnte und was sie wollte – aber auch dafür konnte sie sich nicht entscheiden. Sie konnte nichts tun, außer zu warten und über ihn zu wachen.

An dem Tag, als die Verbände von seinen Augen entfernt werden sollten, stand er im Morgengrauen auf und lief rastlos in seinem Krankenzimmer auf und ab. Jay war schon früh zu ihm gekommen und genauso besorgt und angespannt wie er. Doch sie zwang sich, still zu sitzen. Schließlich stellte er den Fernseher an und hörte sich konzentriert die Morgennachrichten an. Er runzelte die Stirn.

„Warum zur Hölle beeilt sich dieser Doktor nicht?", knurrte er.

Jay warf einen Blick auf ihre Uhr. „Es ist noch immer früh. Du hattest noch nicht einmal dein Frühstück."

Er fluchte unterdrückt und fuhr sich mit gespreizten Fingern durchs Haar. Es war noch immer zu kurz, um als modisch zu gelten, aber immerhin lang genug, um die Narbe zu verdecken, die sich über seinen Schädel zog. Das Haar war dunkel und glänzend, noch nicht durch Sonnenlicht abgestumpft, und es begann, sich ganz leicht zu wellen. Steve ging weiter auf und ab, hielt dann am Fenster inne und trommelte mit den Fingerspitzen auf das Fensterbrett. „Es ist ein sonniger Tag, stimmt's?"

Jay blickte aus dem Fenster auf den wolkenlos blauen Himmel. „Ja, und nicht sehr kalt, obwohl wir laut Wettervorhersage am Wochenende Schnee bekommen könnten."

„Der Wievielte ist heute?"

„Der 29. Januar."

Noch immer trommelte er mit den Fingern auf das Fensterbrett. „Wohin gehen wir?"

Jay blickte ihn verständnislos an. „Gehen?"

„Wenn sie mich entlassen. Wohin gehen wir dann?"

Der Schock der Erkenntnis traf sie wie ein Schlag ins Gesicht: Wenn mit seinen Augen alles in Ordnung war, würde er in wenigen Stunden entlassen werden. Das Apartment, das Frank für sie angemietet hatte, war winzig. Es gab nur ein Schlafzimmer. Doch das war es nicht, was sie beunruhigte. Was, wenn Frank vorhatte, ihr Steve wegzunehmen? Zugegeben, er hatte ihr vor einiger Zeit erklärt, dass sie bei Steve bleiben sollte, bis seine Erinnerung zurückkehrte, aber seitdem hatte er es nie wieder erwähnt. War das noch immer sein Plan? Und falls es so war, wo sollte Steve leben?

„Ich weiß nicht, wohin wir gehen werden", erwiderte sie schwach. „Vielleicht wollen sie dich irgendwohin schicken …" Sie unterbrach sich und schwieg.

„Das wäre wirklich dumm, wenn sie das täten." Er drehte sich um. Seine Bewegungen hatten etwas Einschüchterndes. Sie wirkten so graziös, so gefährlich, so kraftvoll wie die Bewegungen eines Raubtieres. Sie starrte ihn an. Vor dem hellen Fenster zeichnete sich seine Silhouette dunkel ab. Ihre Kehle war mit einem Mal wie zugeschnürt. Er war so viel stärker und härter, als er es damals gewesen war, dass es ihr Angst machte. Aber zugleich faszinierte sie alles an ihm. Sie liebte ihn so sehr, dass es tief in ihrer Brust beinahe wehtat – und es wurde immer schlimmer.

Eine Schwester brachte ihm sein Frühstück auf einem Tablett und zwinkerte Jay zu. „Ich habe gemerkt, dass Sie schon lange wach sind. Also habe ich veranlasst, dass ein zweites Tablett raufgebracht wird – ich werde niemandem etwas sagen, wenn Sie auch schweigen." Sie brachte das zweite Tablett herein und lächelte Jay zu, die sich bei ihr bedankte. „Dies ist der große Tag", sagte die Schwester fröhlich. „Sehen Sie das Frühstück als eine Art vorzeitiges Festmahl."

Steve grinste: „Sind Sie so begierig darauf, mich endlich loszuwerden?"

„Sie waren ein absoluter Engel. Wir werden Ihren Hintern vermissen – aber, hey, wie gewonnen, so zerronnen."

Steve wurde tatsächlich ein bisschen rot, und die Schwester lachte herzlich, als sie das Zimmer wieder verließ. Jay lächelte, während sie sein Besteck auswickelte und alles wie gewohnt auf dem Tablett arrangierte, damit er es finden konnte.

„Beweg deinen unvergleichlichen und prachtvollen Hintern sofort hierher, um zu frühstücken", befahl sie und lachte noch immer.

„Wenn du ihn so toll findest, schau ihn dir gut an", lud er sie ein, drehte sich um und hob die Arme, sodass sie eine wirklich gute Aussicht auf sein festes, muskulöses Gesäß hatte. „Ich würde dich sogar mal anfassen lassen."

„Danke, aber im direkten Vergleich schlägt im Moment das Essen deinen Hintern um Längen. Hast du keinen Hunger?"

„Ich sterbe vor Hunger."

Sie aßen schnell etwas, aber bald darauf lief er wieder ruhelos in dem kleinen Zimmer hin und her. Seine Ungeduld erschien ihr wie eine beinahe greifbare Kraft, die ihn umgab. Er hatte zu viele Wochen flach auf dem Rücken gelegen – hilflos, blind und nicht einmal in der Lage, selbstständig zu essen. Jetzt hatte er seine Bewegungsfreiheit zurückgewonnen, und in einigen Minuten würde er wissen, ob sein Augenlicht gerettet werden konnte. Der Arzt war sich sicher, dass die Operation erfolgreich verlaufen war. Doch bis die Bandagen nicht tatsächlich entfernt worden waren und er wirklich sehen konnte, wollte Steve der Prognose des Arztes keinen Glauben schenken. Die Warterei und die Ungewissheit zehrten an seinen Nerven. Er wollte sehen. Er wollte wissen, wie Jay aussah. Er wollte ihrer Stimme endlich ein Gesicht zuordnen können. Auch wenn er nie wieder irgendetwas sehen würde – er musste ihr Gesicht erblicken, wenigstens für einen Moment. Mit jeder Faser seines Körpers kannte er sie, konnte ihre Anwesenheit spüren. Und obwohl sie sich ihm beschrieben hatte, musste er doch ihr Gesicht sehen und in sich aufnehmen. All die Puzzleteile, die ihm verloren gegangen waren, vermisste er nicht so sehr wie die Erinnerungen an Jay, die er sich nicht ins Gedächtnis zurückrufen konnte. Es schien ihm beinahe, als hätte er einen Teil seines eigenen Ichs eingebüßt.

Er hob seinen Kopf und lauschte angespannt, als er hörte, wie die Tür geöffnet wurde und der Augenarzt hereinkam und lachte. „Ich hatte schon fast damit gerechnet, dass Sie Ihre Verbände selbst entfernen."

„Ich wollte Ihnen nicht den Wind aus den Segeln nehmen", erwiderte Steve. Er stand scheinbar ganz ruhig im Zimmer.

Jay wirkte genauso ruhig, spürte jedoch die Anspannung, als sie nach dem Chirurgen eine Schwester, Major Lunning und Frank in den Raum kommen sah. Frank hatte eine Tasche mit dem Logo eines örtlichen Kaufhauses dabei und legte sie auf das Bett. Ohne zu fragen wusste Jay, dass darin Kleider für Steve waren, und sie war ihm dankbar dafür, dass er daran gedacht hatte, denn sie hatte es glatt vergessen.

„Setzen Sie sich bitte hierher, mit dem Rücken zum Fenster", sagte der Chirurg und führte Steve zu einem Stuhl. Als Steve sich gesetzt hatte, ergriff der Arzt eine Schere, schnitt durch das Verbandsmaterial und das Klebeband an Steves Schläfen und entfernte vorsichtig die äußere Bandage, darauf bedacht, dass die Pads auf seinen Augen nicht verrutschten oder die Klebestreifen schmerzhaft an seiner Haut zogen. „Neigen Sie bitte ein wenig den Kopf", wies er ihn an.

Jays Fingernägel gruben sich in ihre Handflächen, und ihr Herz krampfte sich qualvoll zusammen. Zum ersten Mal sah sie sein Gesicht ohne Bandagen. Der relativ schmale Verband, der die Pads auf seinen Augen fixierte, hatte seine Schläfen und Augenbrauen ebenso bedeckt, wie auch die Wangenknochen und den Nasenrücken. Er war mal ein gut aussehender Mann gewesen, aber das war er jetzt nicht mehr. Seine Nase war ein bisschen krumm und sie hatten den Nasenrücken etwas höher modelliert, als er vor der Explosion gewesen war. Seine Wangenknochen wirkten markanter als früher. Alles in allem hatte sein Gesicht mehr Kanten bekommen. Es war offensichtlich, dass er einen Schaden davongetragen hatte.

Behutsam entfernte der Arzt die Mullpads und säuberte Steves Augenpartie dann mit einer Lösung. Steves Lider waren aufgrund von Blutergüssen leicht bläulich verfärbt, und seine Augen schienen tiefer in den Höhlen zu liegen als früher.

„Ziehen Sie die Vorhänge zu", sagte der Arzt leise, und die Schwester schloss die Vorhänge, um das Zimmer abzudunkeln. Dann schaltete der Arzt das schummerige Licht über dem Bett ein.

„Also gut. Sie können jetzt Ihre Augen öffnen. Langsam. Geben Sie ihnen Zeit, sich an das Licht zu gewöhnen. Und dann blinzeln Sie, bis sich die Schärfe eingestellt hat."

Steve öffnete die Augen nur einen Spaltbreit und blinzelte. Er schloss sie wieder und versuchte es noch einmal.

„Verdammt, ist das Licht hell", sagte er. Er öffnete die Augen ganz, blinzelte, bis sie sich eingestellt hatten und wandte Jay seinen Kopf zu.

Sie saß wie erstarrt auf ihrem Stuhl und hatte das Gefühl, keine Luft mehr zu bekommen. Es war, als würde sie in die Augen eines Adlers blicken, als würde sie den wilden Blick eines Raubvogels treffen. Es waren die Augen des Mannes, den sie so sehr liebte, dass es wehtat, und Schrecken erfüllte sie. Sie erinnerte sich an samtig wirkende schokoladenbraune Augen, doch diese Augen waren von einem dunklen gelblichen Braun und funkelten wie Bernstein. Die Augen eines Adlers.

Er war der Mann, den sie liebte, aber sie wusste nicht, wer er war. Sie wusste nur, wer er nicht war.

Er war nicht Steve Crossfield.

*S*ein Herz schien einen Schlag lang auszusetzen. Jay. Das Gesicht zu dem Namen und der Stimme, den sanften Berührungen, dem süßen flüchtigen Duft. Die Beschreibung, die sie ihm von sich selbst gegeben hatte, war richtig gewesen – und dennoch kam sie der Wirklichkeit nicht einmal nahe. In Wirklichkeit besaß Jay eine dichte Mähne honigbraunen Haares, Augen von tiefem Meeresblau und einen breiten, weichen und verletzlich wirkenden Mund. Gott, ihr Mund. Er war rot und voll, so köstlich und üppig wie eine reife Pflaume. Es war der leidenschaftlichste Mund, den er je gesehen hatte, und wenn er daran dachte, wie er diesen Mund geküsst hatte, wie diese Lippen seinen Körper berührt hatten, dann spürte er, wie ein warmes Gefühl in seine Lenden schoss. Sie war wie gelähmt, und ihr Gesicht war bleich, bis auf die dunklen Augen und diesen wundervollen, exotischen Mund. Sie starrte ihn wie hypnotisiert an, scheinbar unfähig, den Blick von ihm abzuwenden.

„Wie sieht es aus?", fragte der Chirurg. „Sehen Sie Lichthöfe oder sind die Kanten der Dinge, die Sie sehen, ausgefranst und verschwommen?"

Er ignorierte den Arzt, stand einfach nur da und konnte seine Augen nicht von Jay wenden. Er würde nie genug davon bekommen, Jay anzusehen. Vier Schritte, dann war er bei ihr, und ihre Augen wurden nur noch größer in ihrem vollkommen bleichen Gesicht, als sie zu ihm aufsah. Er bemühte sich, sie ganz behutsam zu behandeln, als er ihre Arme ergriff und sie auf die Beine zog, doch seine Vorfreude und seine Erregung setzten ihm zu, und er merkte, dass er sie ein wenig zu fest anfasste. Sie gab einen unbestimmten Laut von sich. Dann verschloss er ihren Mund mit seinen Lippen. Das sinnliche Gefühl, ihre vollen Lippen zu spüren, ließ ihn erschauern. Er musste sich zusammennehmen, um nicht aufzustöhnen. Er wollte mit ihr allein sein. Sie zitterte in seinen Armen, mit ihren Händen hatte sie sich an sein Shirt geklammert, und sie lehnte sich an ihn, als hätte sie Angst, zu fallen.

„Also, Ihr Orientierungssinn ist beeindruckend", bemerkte Frank trocken, und Steve wandte ihm sein Gesicht zu, wobei er Jay jedoch nicht losließ. Er hielt ihren Kopf an seine Schulter gedrückt. Sie zitterte noch immer.

„Ich würde sagen, er hat auch seine Prioritäten festgelegt", fügte Major Lunning hinzu, während er seinen Patienten grinsend und hochzufrieden anblickte. Noch vor ein paar Wochen hatte er bezweifelt, dass Steve überhaupt überleben würde. Ihn so zu sehen, grenzte beinahe an ein Wunder. Zwar hatte er seine Kraft noch nicht vollständig zurückerlangt, und auch seine Erinnerung war bisher nicht wiedergekommen, doch er lebte und war auf dem Wege der Besserung.

„Ich kann alles sehr gut sehen", sagte Steve. Seine Stimme klang heiserer als sonst, während er seinen Blick durch das Krankenzimmer schweifen ließ, das so lange sein Zuhause gewesen war. Sogar dieser Raum sah gut aus. Er hatte sich alles in seinem Geist vorgestellt, um einen Eindruck der räumlichen Entfernungen zu haben, damit er wusste, wo genau er sich im Zimmer befand. Und dieses mentale Bild seines Zimmers war bemerkenswert nahe an der Realität. Die Farben wirkten seltsam grell, denn vor seinem geistigen Auge hatte er sich keine Farben ausgemalt, sondern nur die reinen Gegenstände.

Der Chirurg räusperte sich. „Ähm … wenn Sie sich vielleicht einen Moment setzen könnten, Mr Crossfield?"

Steve löste sich von Jay, und sie setzte sich leicht schwankend zurück auf ihren Stuhl. Dabei umklammerte sie die Stuhllehnen so fest, dass ihre Fingerknöchel weiß hervortraten. Sie hatten unrecht! Er war nicht Steve Crossfield! Der Schock hatte sie verstummen lassen, aber als sie nun den Chirurgen sah, der Steve – nein, nicht Steve! – untersuchte, kehrte ihre Selbstkontrolle zurück, und sie wollte den Mund aufmachen, um ihnen zu sagen, was für ein furchtbarer Fehler gemacht worden war!

Plötzlich rührte sich Frank, neigte seinen Kopf, um dem Chirurgen über die Schulter zu blicken, und diese Bewegung fesselte Jays Aufmerksamkeit. Ein eisiges Gefühl schoss durch ihren Körper, ließ sie erstarren, aber dennoch nahm ein Gedanke Gestalt an: Wenn sie ihnen sagte, dass sie einen Fehler begangen hatte, dass dieser Mann nicht ihr Exehemann war, dann hatten sie keine weitere Verwendung für sie. Er würde ihr weggenommen werden, und sie würde ihn nie mehr wiedersehen.

Sie begann, heftig zu zittern. Sie liebte ihn. Sie wusste nicht, wer er war, aber sie liebte ihn trotzdem und sie konnte ihn nicht aufgeben. Sie musste sich ihre Entscheidung gut überlegen – aber im Augenblick war sie dazu nicht imstande. Sie musste allein sein, geschützt vor den Blicken der anderen, damit sie den Schock, dass Steve … Gott, Steve war tot! Und dieser Mann hier, der seinen Platz einnahm, war ein Fremder.

Sie erhob sich so abrupt, dass ihr Stuhl sich bedrohlich nach hinten neigte, bevor er wieder nach vorn kippte und stehen blieb. Fünf überraschte Gesichter wandten sich ihr zu, als sie wie ein Gefangener auf der Flucht zur Tür stürzte. „Ich ... ich brauche einen Kaffee", stieß sie mit angespannter Stimme hervor. Damit stürmte sie aus dem Zimmer, ohne auf Steves heiseren Ruf zu achten.

Er war nicht Steve. Er war nicht Steve. Diese Einsicht war katastrophal, verheerend und erschütterte sie bis in ihr Innerstes.

Sie rannte den Flur entlang in die Besucherlounge und hockte sich auf einen der ungemütlichen Besucherstühle. Sie fröstelte und fühlte sich dumpf, ihr war leicht übel, und sie hatte das Gefühl, sich gleich übergeben zu müssen.

Wer war er? Während sie tief durchatmete, versuchte sie, einen klaren Gedanken zu fassen. Er war nicht Steve, also musste er der amerikanische Agent sein, um den Frank sich solche Sorgen gemacht hatte. Das bedeutete, dass er tief in die Angelegenheit verstrickt war, dass er der einzige Mensch auf der Welt war, der sagen konnte, was genau geschehen war – falls er sich jemals erinnern sollte. War er vielleicht in Gefahr, wenn jemand – möglicherweise die Person oder die Personen, die die Explosion zu verantworten hatten, bei der er beinahe gestorben wäre – wusste, dass er noch am Leben war? Solange er seine Erinnerung nicht wiedergefunden hatte, war er nicht in der Lage, seine Feinde zu erkennen. Der effektivste Schutz war die falsche Identität, unter der er lebte. Sie konnte und durfte ihn nicht in noch größere Gefahr bringen – und sie konnte ihn nicht aufgeben.

Es war falsch, so zu tun, als wäre er jemand, der er nicht war. Wenn sie dieses Geheimnis aufrechterhielt, betrog sie Frank, denn sie mochte ihn – aber noch mehr betrog sie Steve ... *verdammt*, sie hasste es, ihn so nennen zu müssen, aber wie sonst sollte sie ihn nennen? Sie musste weiterhin glauben, dass er Steve war. Sie betrog ihn, weil sie ihn in ein Leben zwängte, das nicht seines war. Damit verhinderte sie möglicherweise sogar seine vollständige Genesung. Wenn er es jemals herausfinden sollte, wenn er jemals seine Erinnerung zurückgewann, würde er ihr die Lüge niemals verzeihen. Er würde wissen, dass sie ihn belogen hatte, dass sie ihn gezwungen hatte, eine Lüge zu leben, weil sie ihn in die Rolle ihres Exmannes gedrängt hatte. Aber sie konnte ihn nicht der Gefahr aussetzen. Sie konnte es einfach nicht. Sie liebte ihn zu sehr. Egal, was es sie kosten mochte, sie musste lügen, um ihn zu schützen.

„Jay."

Es war *seine* Stimme, diese raue, heisere Stimme, die sie in ihren süßesten Träumen verfolgte. Wie betäubt wandte sie den Kopf und blickte ihn an, noch immer schockiert und nicht fähig, es zu verbergen. Sie liebte ihn. Steve zu lieben, diesen Mann, der das Abenteuer, das er bei ihr nicht finden konnte, so sehr brauchte, war schlimm genug gewesen. Was hatte sie getan, dass sie sich in einen Mann verlieben musste, dessen Leben aus nichts anderem als Gefahr bestand? Sie war über eine emotionale Klippe getreten und befand sich nun im freien Fall – und sie konnte sich selbst nicht retten.

„Jay". Er stand in der Tür zur Besucherecke. Jetzt, da sie die Wahrheit kannte, fielen ihr die Unterschiede auf. Er war etwas größer, als Steve es gewesen war, hatte breitere Schultern und einen mächtigeren Brustkorb, war muskulöser. Sein Kiefer war kantiger, seine Lippen voller. Sie hätte es an seinem Mund erkennen müssen, denn die Form der Lippen war bei der Operation nicht verändert worden. Ein unerklärlicher Schmerz erfüllte sie, als ihr bewusst wurde, dass sie nicht wusste, wie er vorher ausgesehen hatte. Waren seine Wangenknochen so hoch und ausgeprägt gewesen? Hatten seine Augen so tief in den Höhlen gelegen? War seine Nase ein wenig krumm gewesen? Sein Gesicht war arg mitgenommen und wirkte grob, aber war es drastisch verändert worden?

„Was ist los, Baby?", fragte er leise, ging vor ihr in die Knie und ergriff ihre Hände. Besorgt zog er seine dichten geraden Augenbrauen zusammen, als er über ihre eiskalten Finger streichelte.

Sie schluckte und zitterte ein wenig. Sogar jetzt, da er auf dem Boden vor ihr hockte, war er auf gleicher Ebene mit ihr. Das Gefühl von Stärke und die Gefahr, die von ihm ausging, waren einfach überwältigend. Als seine Augen noch von Bandagen bedeckt gewesen waren, war es ihr nicht aufgefallen, weil der größte Teil seines Gesichts versteckt gewesen war. Doch nun, da seine Entschlossenheit in diesen gelbbraunen Augen funkelte, konnte sie seine Persönlichkeit spüren.

„Mir geht es gut", brachte sie hervor. „Es war nur ein bisschen zu viel für mich. Ich habe mir solche Sorgen gemacht …"

Er ließ sie los und strich mit seinen Händen über ihre Arme. „Ich wollte dich so unbedingt sehen, dass mir keine Zeit blieb, mir Sorgen zu machen", murmelte er. Die Berührungen durch seine starken Hände wärmten ihre Arme, und sie spürte die Hitze, die von seinen Beinen ausging, mit denen er sie berührte. „Du hast mir von deinen blauen Augen erzählt, aber du hast nichts von deinem Mund gesagt."

Er blickte ihren Mund an. Sie bemerkte, dass ihre Lippen zu zittern begannen. „Was ist denn mit meinem Mund?"

„Wie sinnlich er ist", presste er hervor und beugte sich vor. Und diesmal war sein Kuss fest, fordernd, suchend. Sie musste sich seinem Angriff beugen und öffnete ihre Lippen für seine Zunge. Freude durchflutete sie, obwohl sie auch den leisen Warnruf vernahm, den ihr Verstand ihr sendete. Während er sich erholen musste und auf ihre Unterstützung angewiesen gewesen war, hatte er sie um ihre Küsse und die Intimität ihrer Berührung gebeten. Jetzt fragte er nicht mehr, und sie spürte, dass er sich die ganze Zeit zurückgehalten hatte. Er wollte sie, und er war ihr nur nachgegangen, um zu bekommen, was er wollte.

Er stand auf und zog sie mit sich, ohne dabei den Kuss zu unterbrechen. Er küsste sie mit der kraftvollen Innigkeit eines Mannes, der die Frau in seinen Armen lieben wollte. Er lockerte die Zügel, ließ sich gehen, wollte mehr. Jay klammerte sich an seine Schultern, ihre Sinne schwanden, als sie seinen muskulösen, durchtrainierten Körper an ihrem spürte. Ganz sanft bewegte er seine Hüften, suchte ihren Schoß und stöhnte heiser auf, als seine Männlichkeit die Wärme zwischen ihren Oberschenkeln fand. Sie hätte wahrscheinlich auch aufgestöhnt, wenn sie nicht vollkommen atemlos gewesen wäre. Wilder, heißer Wahnsinn schoss durch ihren Körper und wollte sie in Versuchung führen, einfach alles um sich herum zu vergessen, um das Verlangen, das er in ihr ausgelöst hatte, zu befriedigen.

Ein Mann und eine Frau kamen in die Besucherlounge. Der Mann ging an ihnen vorbei und warf ihnen lediglich einen kurzen Seitenblick zu, während die Frau innehielt, rot wurde und wegsah, bevor sie an den beiden vorbeieilte. Steve hob den Kopf und ließ Jay los. Ein schiefes Lächeln umspielte seine Mundwinkel. „Ich denke, wir sollten nach Hause gehen", sagte er.

Wieder verfiel sie in Panik. Nach Hause? Erwarteten sie von ihr, dass sie ihn mit in ihr kleines Apartment nahm, in dem sie seit zwei Monaten wohnte? Oder würden sie ihn woandershin bringen, damit er sich an einem unbekannten Ort gänzlich erholen konnte?

Sie verließen die Besucherlounge in der Eingangshalle und fanden Frank, der an der Wand lehnte und geduldig auf sie wartete. Er straffte die Schultern und lächelte, aber seine Augen waren voller Mitgefühl, als er Jay anblickte. „Fühlen Sie sich besser?"

Sie atmete tief durch. „Ich weiß nicht. Erzählen Sie mir, was nun geschehen wird, und dann kann ich Ihnen sagen, wie es mir geht."

Steve legte seinen Arm um ihre Taille. „Mache dir keine Sorgen, Süße. Sie werden mich nicht ohne dich fortschicken. Habe ich nicht recht, Frank?" Zwar klang seine Stimme freundlich, doch es lag auch eine unausgesprochene Drohung in diesen Worten, bei denen Steve seine gelbbraunen Augen ganz leicht verengt hatte.

Frank sah ihn an und sagte in einem trockenen Tonfall: „Das wäre mir niemals in den Sinn gekommen. Lassen Sie uns zurück ins Zimmer gehen, damit wir uns unterhalten können."

Als sie allein hinter verschlossenen Türen waren, ging Frank zum Fenster, öffnete die Vorhänge und sah hinaus. Er blinzelte ein wenig in das helle Licht der Wintersonne. „Zuerst einmal müssen Sie den Arzt seine Untersuchung Ihrer Augen zu Ende bringen lassen", sagte er an Steve gewandt. „Und dann brauchen Sie noch eine Nachuntersuchung in der nächsten Woche, aber darum werde ich mich kümmern."

Steve machte eine ungeduldige Handbewegung, die Frank sehr wohl zu deuten wusste. Beschwichtigend hob Frank die Hände. „Ich komme gleich zum Punkt. Wir wollen, dass Sie in Sicherheit sind, doch für uns jederzeit erreichbar. Wenn Sie damit einverstanden sind, würden wir Sie gern in ein sicheres Haus in Colorado bringen."

Jays Kopf schoss hoch. Sie ließ sich auf einen der Stühle fallen. Colorado? In den letzten zwei Monaten war ihr Leben komplett auf den Kopf gestellt worden. Insofern war sie erstaunt, dass so eine drastische Veränderung sie überhaupt noch aus der Bahn werfen konnte – doch genau das tat sie. Wie konnte sie nach Colorado gehen? Dann sah sie Steve an und wusste, dass sie überall hingehen würde, solange sie nur mit ihm zusammen sein konnte. Es war seltsam. Während ihrer Ehe war es für sie das Wichtigste gewesen, eine Art Stabilität zu schaffen, auf der sie die Beziehung mit Steve aufbauen wollte – aber diese Ehe war gescheitert. Jetzt musste sie so tun, als sei dieser Mann Steve, und dennoch war sie bereit, alles und jeden zurückzulassen, um mit ihm zusammen zu sein. Schmerzvolle Traurigkeit erfüllte sie, denn in diesem Moment wurde ihr bewusst, dass sie den richtigen Steve Crossfield, obwohl sie es gewollt und versucht hatte, niemals geliebt hatte. Er hatte sie auf Distanz gehalten, war seinen Weg allein gegangen und war einsam gestorben, ohne einen Menschen an seiner Seite, der ihm wirklich nahestand.

„Denver?", überlegte Steve.

„Nein. Die nächstgelegene Stadt ist fünfundsechzig Kilometer von der Hütte entfernt – Luftlinie ungefähr fünfundzwanzig Kilometer. Es ist ein ruhiger, friedlicher Ort. Niemand wird Sie dort unter Druck setzen."

„Es ist wirklich nett von Ihnen und Ihren Leuten, dass Sie all das tun, nur um die Chance zu haben, mit mir zu reden, wenn ich meine Erinnerung wiederhabe", sagte er gedehnt und beobachtete Frank mit einem Funkeln in den Augen.

Frank lachte und dachte, dass sich einige Dinge wohl nie ändern würden. Sogar ohne seine Erinnerungen war er so scharfsinnig, dass er die Teile des Puzzles bereits zusammengefügt hatte. „Warum gehen Sie nicht in Ihr Apartment und beginnen zu packen?", schlug Frank Jay vor und hob fragend die Augenbrauen. „Falls Sie überhaupt mitgehen wollen."

„Sie kommt mit", erklärte Steve schlicht, verschränkte die Arme vor der Brust und lehnte sich gegen das Bett. „Oder ich gehe auch nicht."

Da sie ganz dringend allein sein musste, um nachzudenken, willigte Jay also ein. Sie schlüpfte aus dem Zimmer, ohne einem der Männer noch einen Blick zu schenken. Denn sie fürchtete, dass sie dann die Angst in ihren Augen sehen würden.

Schweigend musterte Steve Frank, bevor er schließlich knurrte: „Sie haben mir gesagt, dass ich nicht in Gefahr bin. Warum also dann das abgesicherte Haus?"

„Soweit wir wissen, befinden Sie sich nicht in Gefahr …"

„Hören Sie, Sie können sich den Müll sparen", unterbrach er ihn. „Ich war ein Agent. Ich weiß, dass all das …", er machte eine ausholende Handbewegung und sah sich im Krankenzimmer um, „… von der Regierung nicht aus purer Nächstenliebe veranlasst wurde. Ich weiß, dass die Wachen da draußen nicht nur zum Vergnügen dort stehen. Und ich weiß, dass Sie die Kosten, mich in einem abgeschotteten Haus unterzubringen, nicht auf sich nehmen würden, wenn nicht eine Gefahr für mich bestehen würde und wenn Sie sich nicht wichtige Informationen von mir erhoffen würden."

Frank blickte ihn interessiert an. „Wie konnten Sie wissen, dass Wachen postiert waren?"

„Ich habe sie gehört", erwiderte Steve knapp.

Was nun? Frank blickte den Mann an, den er seit über einem Jahrzehnt kannte und der beinahe so etwas wie sein Freund war und fragte sich, wie viel er ihm erzählen durfte. Nicht alles, so viel stand fest. Solange *The Man* Piggot nicht dingfest gemacht hatte, musste diese Inszenierung weitergehen, weil es für Steve die beste Versicherung gegen weitere Anschläge auf sein Leben war. Er wusste zu viel, um seine Sicherheit einfach dem Schicksal zu überlassen. Und um die Inszenierung perfekt zu machen, brauchten sie Jay. *The Man* ging kein Risiko ein, wenn es um seine Agenten oder seine Freunde ging – und Steve war beides.

„Sie haben recht", sagte Frank nun. „Sie sind ein Agent. Eine hoch spezialisierter Agent, und wir glauben, dass die Informationen, die Sie bei Ihrem letzten Einsatz bekommen haben, äußerst brisant sind."

„Warum das sichere Haus?", fragte Steve, der offensichtlich nicht gewillt war lockerzulassen.

„Weil der Typ, der Sie mit der Explosion ins Jenseits befördern wollte, untergetaucht ist, und sich bisher nicht wieder gezeigt hat. Bis wir ihn haben, wollen wir sichergehen, dass Sie in Sicherheit sind."

Wie ein Blitz schoss Zorn durch Steves Körper und ließ seine Augen noch heller erscheinen. „Und Sie haben Jay da mit hineingezogen?"

Aufmerksam betrachtete Frank ihn, denn er wusste, wie schnell Steve sich bewegen konnte. „Piggot ahnt nicht, dass jemand diese Explosion überlebt hat. Wir wollen einfach kein Risiko eingehen."

Die gelbbraunen Augen flackerten bei der Erwähnung des Namens. „Piggot. Wie lautet sein Vorname?"

„Geoffrey."

Wieder flackerte Steves Blick, und Frank beobachtete ihn genau – vielleicht löste der Name etwas in ihm aus und brachte seine Erinnerung zurück. Doch wenn es so war, behielt Steve es für sich. „Ich will die Akte sehen, die Sie über ihn haben", sagte er.

„Ich werde sehen, ob ich die Genehmigung dazu bekomme."

„Doch Sie rechnen nicht damit, stimmt's? Ich bin jetzt ein Sicherheitsrisiko."

„So ist das Spiel."

„Ja, klar. Jetzt erklären Sie mir, warum Sie Jay mit in das Spiel hineinziehen mussten. Sie weiß nicht, dass ich ein Agent bin, habe ich recht?"

„Nein. Wir brachten sie her, damit sie Sie identifiziert. So einfach ist das. Und da sie schon einmal hier war … Sie haben so intensiv auf ihre Stimme reagiert, dass die Ärzte meinten, es wäre gut, wenn Sie Jay um sich hätten. Also blieb sie." Das war soweit die Wahrheit. Frank hoffte nur, dass Steve nicht noch mehr Fragen stellen würde. Er hatte ihm alles erzählt, was er ohne die Genehmigung von *The Man* verantworten konnte.

Steve rieb sich das Kinn, während er versuchte einzuordnen, was Frank ihm gerade erzählt hatte. Wenn er gefühlt hätte, dass seine Anwesenheit Jay in Gefahr brachte, hätte er sofort die Konsequenzen gezogen, sich von ihr getrennt und wäre verschwunden, doch er spürte, dass Frank die Wahrheit sagte. Frank glaubte, dass sie in Sicherheit waren. Der ausschlaggebende Faktor war der Gedanke daran, mit Jay zusammen in einem abgelegenen Haus zu leben – nur sie beide. Er bekäme so noch eine Chance. Er würde lernen, was ihr gefiel und was sie in Rage brachte. Sie würden noch einmal gemeinsam von vorne beginnen, sich noch einmal kennenlernen. Wenn er seine Kraft und Ausdauer dann wiedererlangt hätte, würden sie an kalten Wintermorgen zusammen im Bett liegen und sich lieben, bis ihre Körper vor Hitze in der kühlen Luft dampfen, und sie würde ihm all die leidenschaftliche Liebe schenken, die er in ihr spürte. Sie wirkte nach außen hin ruhig und kontrolliert, aber er sah mehr, sah die tiefen Gefühle und Emotionen, die sie hinter der kühlen Fassade verbarg. Möglicherweise lag es daran, dass er nicht hatte sehen können und so auf seine anderen Sinne angewiesen gewesen war. Vielleicht war er damals so dumm gewesen, sie gehen zu lassen – doch das würde ihm nicht noch einmal passieren.

„Okay", sagte er und atmete aus. „Also werden wir in dieses sichere Haus ziehen. Welche Sicherheitsvorkehrungen werden getroffen und welche Kommunikationsmittel stehen uns zur Verfügung?"

„Schussichere Fensterscheiben, verstärkte Stahltüren. Die Hütte liegt sehr abgelegen, auf einer hohen Wiese gebaut. Es führen keine Straßen hinaus, also werden Sie einen Wagen mit Allradantrieb gestellt bekommen. Die Hütte besitzt einen eigenen Generator, also gibt es keine öffentlichen Aufzeichnungen über Heizkosten, Wasser und so weiter. Eine Satellitenschüssel ist vor Ort, damit Sie nach draußen kommunizieren können. Mit der Schüssel ist es auch möglich fernzusehen. Und außerdem sind ein Computer und ein Funkgerät angeschlossen."

Steve wirkte abwesend, während er über die Möglichkeiten nachdachte. „Gibt es aktive Sicherheitssysteme oder nur passive Vorkehrungen?"

„Nur die passiven."

„Warum sind keine Wärme- oder Bewegungsmelder installiert?"

„Erstens ist die Hütte so sicher, dass nicht einmal eine Akte darüber existiert. Und zweitens gibt es in der Gegend so viele Wildtiere, dass der Alarm wahrscheinlich dauernd ausgelöst würde. Wir könnten im Umkreis natürlich Wärmesensoren anbringen und das System so programmieren, dass es nur auf größere Wärmequellen anspricht, doch ein Reh würde den Alarm trotzdem auslösen."

„Wie unzugänglich ist der Ort?"

„Es gibt nur einen Weg, der hinaufführt, und es ist geschmeichelt, dabei überhaupt von einem Weg zu sprechen. Der Pfad windet sich von der Hütte über die Wiese und den Berg hinab, bevor er auf einen unbefestigten Weg trifft. Dann sind es noch über dreißig Kilometer, bevor dieser Weg zu einer gepflasterten Nebenstraße wird."

„Ein Lasergerät am Pfad könnte uns alle Besucher melden. Wenn es nur einen schmalen Bereich des Weges erfasst, wäre so auch die Gefahr minimiert, dass der Alarm durch Wildtiere ausgelöst wird."

Frank grinste. „Sie wissen schon, dass in dem Falle ein kleines Kaninchen durch den Laserstrahl hoppeln könnte und den Alarm auslöst? Also gut, ich werde veranlassen, dass das Lasergerät installiert wird. Möchten Sie einen Signalton oder einen visuellen Alarm?"

„Einen Signalton, aber nicht zu laut. Und ich will einen Pieper, den ich immer bei mir tragen kann, wenn ich das Haus verlasse."

„Für jemanden, der an Amnesie leidet, erinnern Sie sich wirklich an eine ganze Menge", murmelte Frank und zog einen kleinen Block aus der Innentasche seines Mantels, um sich Notizen zu machen.

„Ich erinnere mich sogar an die Staatsoberhäupter der meisten Nationen dieser Erde", erwiderte Steve. „Ich hatte eine Menge Zeit, um mir Gedanken zu machen und die Teile des Puzzles zusammenzusetzen. Ich habe so ziemlich sämtliche persönlichen Erinnerungen verloren, aber ich weiß noch eine ganze Menge Dinge, die mit dem Job zu tun haben."

„Ihr Job hat Ihnen viel bedeutet. Manchmal nimmt der Job eine so wichtige Position im Leben ein, dass der persönliche Teil dahinter zurücktritt."

„Ist das bei Ihnen so gewesen?"

„Das war früher so. Doch das ist lange her. Heute nicht mehr."

„Wie sind Sie in diesen Fall hineingeraten? Sie sind vom FBI und das hier ist ganz sicher kein Fall fürs FBI."

„Sie haben recht. Es sind eine Menge Fäden gezogen worden – und nur wenige Leute haben die Fähigkeiten, mit der Situation umgehen zu können."

„Sehr wenige. Also gehöre ich zum CIA?"

Frank lächelte. „Nein", sagte er ruhig. „Nicht wirklich."

„Was zur Hölle soll das bedeuten? Nicht wirklich? Entweder gehöre ich zum CIA oder nicht. Da gibt es nicht so viele Möglichkeiten."

„Sie sind angegliedert. Mehr kann ich dazu nicht sagen – außer dass ich Ihnen versichern kann, dass alles vollkommen legal ist. Wenn Sie Ihre Erinnerung zurückhaben, werden Sie verstehen, warum ich Ihnen nicht mehr sagen konnte."

„Also gut." Steve zuckte die Schultern. Er musste es akzeptieren, und eigentlich war es egal. Bis er sein Gedächtnis wiederfand, würde ihm zu viel Wissen nur schaden.

Frank machte ihn auf die Tasche aufmerksam, die er mitgebracht hatte. „Ich habe Ihnen Straßenkleidung besorgt, die Sie anziehen können. Aber lassen Sie mich zuerst den Chirurgen zurückholen, damit er seine Untersuchung beenden kann. Danach sind Sie entlassen, denke ich."

„Ich brauche noch mehr Kleidung, bevor wir nach Colorado aufbrechen. Dabei fällt mir ein: Wo habe ich überhaupt gelebt?"

„Sie besitzen ein Apartment in Maryland. Ich habe veranlasst, dass Ihre Kleidung gepackt und zum Flugzeug gebracht wird, aber die Kleider werden vermutlich nicht passen, bis Sie wieder an Gewicht zugelegt haben. Sie werden bis dahin neue Klamotten brauchen."

Steve grinste und fühlte sich mit einem Mal übermütig. „Jay und ich werden beide neue Kleidung brauchen. Der Schnee in Colorado ist wahrscheinlich so hoch, dass er einer Giraffe an den Hintern reicht."

Frank warf den Kopf zurück und lachte laut.

Jay saß auf dem Bett in dem engen Apartment, in dem sie die letzten zwei Monate gewohnt hatte. Ihr Herz pochte heftig, und Schauer liefen ihr über den Rücken. Die Folgen und die Komplikationen der ganzen Situation machten ihr Angst.

Jetzt wusste sie, was sie die letzten zwei Monate über gequält hatte und was sie bisher nicht begreifen konnte. Als sie hergebracht wurde, um den Mann in dem Krankenbett zu identifizieren, war sie nicht in der Lage gewesen, in ihm mit hundertprozentiger Sicherheit Steve Crossfield zu erkennen. Dann hatte Frank erwähnt, dass der Mann braune Augen hatte, und sie hatte sich darauf gestützt. Steve hatte dunkle Augen und einen samtigen Blick gehabt, „Chrissy-Augen". Für einen Mann oder auf einem Papier, das die Maße eines Menschen enthielt, waren braune Augen eben nur braune Augen. Es gab keine Abstufungen von Schokoladenbraun über Haselnussbraun oder wildem Gelbbraun.

Doch Frank hatte gewusst, dass der Mann braune Augen hatte!
Sie presste ihre Handflächen gegen ihre Schläfen und schloss die

Augen. Frank hatte gewusst, dass die Augen des Agenten braun waren, und er hatte gewusst, dass auch Steves Augen braun waren – daraus folgte, dass er es eigentlich nicht hätte zulassen dürfen, dass sie die Identifizierung lediglich auf die braunen Augen stützte. Und doch hatte er genau das getan! Ihr wurde bewusst, wie er sie vorsichtig gelenkt hatte, bis sie schließlich erklärte hatte, dass der Mann in dem Krankenbett Steve Crossfield war. Er hatte mit Sicherheit gewusst, dass es eine fünfzigprozentige Chance gab, dass dieser Mann nicht Steve war – warum also hatte er das zugelassen?

Die einzige Antwort, die sie auf diese Frage finden konnte – eine Antwort, die ihr Angst machte –, war, dass Frank von vornherein gewusst hatte, dass der Mann der amerikanische Agent war und nicht Steve! Er hatte dem Agenten Steves Identität aufgepfropft und dieser Lüge dadurch Hand und Fuß verpasst, dass er Steve Crossfields Exfrau herbrachte und sie diese Identität bestätigen ließ. Dann hatte er sie an der Seite des Kranken Wache halten lassen, sodass jedermann davon überzeugt war, dass es niemand anders als Steve Crossfield war, der in diesem Bett lag.

Also war Steve – der richtige Steve – tot, und der Agent war in seine Rolle geschlüpft, hatte seine Identität angenommen, um … geschützt zu werden?

Es passte alles zusammen. Die plastische Operation, durch die sein Äußeres verändert worden war, die Verbände an seinen Händen, die verhinderten, dass jemand Fingerabdrücke nehmen konnte. Hatten sie am Ende eine Operation veranlasst, um die Fingerabdrücke für immer zu verändern? Eine furchtbare Vorstellung: Hatten sie möglicherweise sogar den Kehlkopf absichtlich zerstört, um seine Stimme zu verändern? Nein, ganz bestimmt nicht. Sie konnte das nicht glauben. All die Ärzte hatten so hart um sein Leben gekämpft, und Frank war so besorgt gewesen. Kein Wunder. Der Mann war vielleicht sogar ein Freund von Frank!

Aber war die Amnesie real? Oder spielte der Mann sie nur, um sich nicht an Details aus ihrer gemeinsamen Zeit „erinnern" zu müssen? Amnesie wäre ein triftiger Grund.

Sie musste glauben, dass die Amnesie real war – sonst würde sie durchdrehen. Sie musste daran glauben, dass „Steve" genauso im Dunkeln tappte, wie sie selbst auch – vielleicht sogar noch mehr als sie. Und Frank hatte sich ernsthafte Sorgen gemacht, als Major Lunning ihnen von der Amnesie erzählt hatte.

Also stand sie wieder am Anfang. Wenn sie Frank sagte, dass Steve nicht der richtige Steve war, würde alles auffliegen, und sie hätten keine Verwendung mehr für sie. Sie war eine Art Schutzschild, diente als unumstößlicher Beweis, dass der Mann, der die Explosion überlebt hatte, Steve Crossfield war.

Und so musste sie die Täuschung mitmachen, musste weiterhin so tun, als sei der Mann Steve, weil sie ihn liebte. Sie hatte sich in ihn verliebt, bevor sie überhaupt wusste, wie er aussah. Sie hatte sich in seinen unbändigen Willen verliebt, seine Weigerung, den Schmerz zuzulassen oder aufzugeben. Sie liebte seine Art, die Therapien und die Rehamaßnahmen durchzustehen, ohne sich zu beklagen. Bis auf ein paar Phasen, in denen es ihm zugesetzt hatte, sich an nichts erinnern zu können, hatte er sich durch nichts unterkriegen lassen. Sie hatte sich in den Mann verliebt, als er ganz nackt und hilflos gewesen war – er selbst, ohne die Merkmale und Attribute, die jedem Menschen durch die Gesellschaft aufgedrückt wurden.

Sie konnte ihn nicht einfach aufgeben. Doch sie konnte ihn auch nicht als ihren Mann annehmen. Sie war – genau wie er – eine Gefangene der Umstände. Er vertraute ihr, doch sie war gezwungen, ihn über etwas derart Existenzielles wie seine Identität anzulügen. Sie kannte den Mann, aber sie wusste nichts über sein Leben. Was war, wenn er verheiratet war?

Nein, das konnte er nicht sein. Was auch immer sie für ein Spiel spielten – sie würden niemals einer Frau erklären, dass sie nun Witwe war, und ihrem Mann eine neue Identität geben. Jay traute Frank so etwas einfach nicht zu. Dennoch war es möglich, dass es eine Frau in Steves Leben gab. Jemanden, den er mochte, jemanden, der ihn mochte, auch wenn sie nicht verheiratet waren. Wartete vielleicht in diesem Moment irgendwo eine Frau auf ihn und weinte, weil er schon so lange fort war? Und hatte sie Angst, dass er vielleicht nie mehr zurückkommen würde?

Jay war übel. Egal, wie sie sich entschied – sie hatte die Wahl zwischen Pest und Cholera. Ihre Entscheidung bedeutete Qualen. Sie konnte ihm entweder die Wahrheit sagen und ihn verlieren, wobei sie ihn höchstwahrscheinlich auch noch in Gefahr brachte, oder sie konnte ihn weiterhin belügen und somit schützen. Zum ersten Mal in ihrem Leben liebte sie einen Menschen bedingungslos und aus tiefstem Herzen – sie wollte nichts zurückhalten, alles geben und sich ihm total öffnen. Und in dieser Situation trieben ihre Gefühle sie dazu, die einzige Entscheidung zu treffen, die sie treffen konnte. Weil sie ihn liebte, musste sie ihn unbedingt beschützen – egal, was es für sie bedeutete und was es sie kosten mochte.

Schließlich stand sie auf und warf wahllos ihre Kleidungsstücke in ihren Koffer, ohne darauf zu achten, dass die Kleider zerknittern könnten. Sie hatte das Gefühl, vor zwei Monaten in ein Spiegelkabinett getreten zu sein. Inzwischen konnte sie nicht mehr unterscheiden, ob die Reflexionen, die sie sah, Wirklichkeit waren oder nur konstruierte Illusionen. Sie dachte an ihr schickes Apartment in New York und dass sie befürchtet hatte, es zu verlieren, als sie arbeitslos geworden war. Jetzt konnte sie nicht einmal mehr nachvollziehen, warum es ihr jemals so wichtig gewesen war. Ihr gesamtes Leben war aus dem Gleichgewicht geraten. Ihre Welt drehte sich mittlerweile um eine neue Achse. Steve war der Mittelpunkt ihres Lebens geworden – kein Apartment oder Job oder die Sicherheit, um die sie früher sosehr gekämpft hatte. Nach Jahren des Kampfes warf sie nun all das über Bord, nur um mit ihm zusammen sein zu können, und sie vermisste ihr altes Leben keine Sekunde. Sie liebte ihn. Steve – und doch nicht Steve. Der gleiche Name – aber ein ganz anderer Mann. Wer auch immer er war, was auch immer er war, sie liebte ihn.

Sie fand einen Karton und warf ein paar persönliche Dinge wie Bücher und Bilder hinein, die sie mit nach Washington genommen hatte. Es hatte sie weniger als eine Stunde gekostet, bis sie bereit gewesen war, für immer zu gehen.

Während sie hin und her lief, um ihre Sachen ins Auto zu packen, blickte sie sich unauffällig um und fragte sich, ob die Menschen, die sie sah und die sich scheinbar um ihre eigenen Angelegenheiten kümmerten, sie in Wirklichkeit beobachteten. Wahrscheinlich wurde sie allmählich verrückt, doch es war einfach zu viel geschehen, als dass sie noch irgendetwas als gegeben hingenommen hätte – nicht einmal das scheinbar Normale. An diesem Morgen hatte sie in seine wilden goldenen Augen geblickt und festgestellt, dass alles, was in den vergangenen zwei Monaten geschehen war, nur Lüge war. Die Scheuklappen waren ihr von einem Moment auf den nächsten entrissen worden. Von jetzt an würde sie wachsamer sein.

Plötzlich spürte sie in sich das unbändige Bedürfnis, wieder bei ihm zu sein. Sie fühlte sich unsicher und sie brauchte ihn und seine Stärke. Er war nicht länger ein Patient, der Pflege und Aufmerksamkeit brauchte. Er war ein Mann, der sich in dieser Welt der sich ständig verschiebenden Wahrheiten trotz seines Gedächtnisverlustes sicher bewegte. Sicherer, als sie es konnte. Der untrügliche Instinkt und das Reaktionsvermögen, die sie stutzig gemacht hatten, waren, genau wie sein umfangreiches Wissen über die Weltpolitik, erklärt worden. Er hatte seine Identität verloren, aber seine antrainierten Fähigkeiten waren geblieben.

Frank und er saßen in seinem Krankenzimmer und warteten geduldig auf sie. Jay schaffte es nur unter Mühen, sie zu begrüßen. Sie konnte ihre Augen nicht von Steve lassen. Er trug inzwischen Kakihosen und ein Shirt, dessen Ärmel er bis zu den Ellbogen aufgekrempelt hatte. So abgemagert er auch war, verströmte er noch immer den Eindruck von Kraft. Seine Schultern und sein Brustkorb zeichneten sich deutlich unter dem Baumwollhemd ab. Nun, da die Verbände von seinen Augen verschwunden waren, erweckte er nicht mehr den Anschein, auf Hilfe angewiesen zu sein. Er musterte sie von Kopf bis Fuß, und die Begierde, die so alt war wie die Menschheit selbst, sprach aus seinen Augen. Jay hatte das Gefühl, diesen Blick wie ein Streicheln auf ihrer Haut zu spüren. Ihr wurde warm, und doch beunruhigten ihre Empfindungen sie auch.

Aufreizend langsam stand er auf, ging zu ihr und legte seinen Arm um ihre Taille. Es wirkte beinahe so, als wollte er seine Besitzansprüche geltend machen. „Das ging schnell. Du hast wohl nicht viel eingepackt?"

„Es war nicht sosehr ein Packen", erklärte sie, und ihre Stimme klang kläglich. „Es war mehr ein Füllen und Stopfen."

„Du hättest dich nicht dermaßen beeilen müssen. Ich wäre ohne dich nirgendwohin gegangen", sagte er gedehnt.

„Sie beide müssen sowieso noch einkaufen gehen", fügte Frank hinzu. „Ich habe gar nicht mehr daran gedacht, aber Steve hat mich daran erinnert, dass Sie beide keine Kleidung besitzen, die für einen strengen Winter in Colorado geeignet wäre."

Jay sah Frank an, blickte in seine klaren ruhigen Augen und sein freundliches Gesicht. In den letzten zwei Monaten war er ihr Fels gewesen, jemand, an dessen Schulter sie sich hatte anlehnen können, der ihr den Weg geebnet und alles dafür getan hatte, damit es ihr gut ging – und doch hatte er sie die ganze Zeit über angelogen. Und obwohl sie das nun wusste, wollte sie nicht glauben, dass er es aus einem anderen Grund getan hätte, als Steve zu beschützen. Deshalb konnte sie ihm verzeihen. Mehr noch: Sie war bereit, dasselbe zu tun und aus demselben Grund zu lügen – wie also konnte sie Frank sein Verhalten zum Vorwurf machen?

„Ich denke, es wäre keine gute Idee, hier die Winterkleidung zu besorgen", sagte Steve. „Oder in Denver. Wenn wir in einer größeren Stadt einkaufen gehen, müssen wir Kleidung nehmen, die irgendein Verkäufer für modisch und geeignet genug hält, um damit in den Winterurlaub zu fahren. Ich bin dafür, dass wir in einem Warenhaus in einem kleinen Ort auf dem Weg einkaufen und das nehmen, was auch die Einheimischen bevorzugen. Dabei sollten wir aber nicht in der Stadt, die der Hütte am nächsten liegt, einkaufen, sondern vielleicht hundertfünfzig Kilometer davon entfernt."

Angesichts dieser logischen Erklärung konnte Frank nur zustimmend nicken. Außerdem ließ der Unterton in Steves Stimme keinen Zweifel daran, dass er keinen Widerspruch duldete. Er nahm die Zügel in die Hand. Mit nichts anderem hatten sie gerechnet, denn eine Amnesie veränderte nicht den Charakter eines Menschen, und Steve war ein Fachmann auf dem Gebiet der Organisation. Er wusste genau, was zu tun war, und wie es getan werden musste.

Jay schien von den Sicherheitsvorkehrungen nicht überrascht zu sein. Ihre dunkelblauen Augen wirkten ruhig. Sie hatte ihre Entscheidung getroffen und war bereit – was auch immer geschehen mochte. „Werden wir irgendwelche Waffen brauchen?", fragte sie. „Immerhin sind wir ziemlich abgeschieden." Sie hatte dieselbe Abneigung gegen Waffen, die den meisten Stadtbewohnern zu eigen war, doch die Aussicht, einsam auf einem entlegenen Berg zu leben, ließ die Dinge in einem anderen Licht erscheinen. Es gab Augenblicke, in denen Waffen durchaus angebracht waren.

Steve sah sie an und zog sie noch ein wenig enger an sich heran. Das Thema Waffen hatte er bereits mit Frank besprochen. „Ein Gewehr wäre keine schlechte Idee."

„Du wirst mir zeigen müssen, wie man damit schießt. Ich habe noch nie eine Waffe in der Hand gehabt."

Frank warf einen Blick auf seine Uhr. „Ich muss noch ein Telefonat führen, und dann können wir los. Wenn wir am Flughafen ankommen, wird eine Maschine bereitstehen."

„Welchen Flughafen nehmen wir?"

„National Airport. Wir werden nach Colorado Springs fliegen und den Rest des Weges im Auto zurücklegen." Frank war zufrieden damit, wie sich die Dinge entwickelten, und zog sich zurück, um zu telefonieren. Tatsächlich musste er zwei Gespräche führen: Eines mit dem Flughafen, um die Maschine startklar zu machen, und das zweite mit *The Man*, um ihn auf den neuesten Stand der Dinge zu bringen.

8. KAPITEL

*N*ach einer Reihe kleinerer Verzögerungen war es Nachmittag, als die Privatmaschine schließlich vom Washington National Airport startete. Die Sonne stand schon tief am blassblauen Winterhimmel. Es war an diesem Tag nicht mehr zu schaffen, die Hütte zu erreichen, und so hatte Frank eine Übernachtung in Colorado Springs organisiert. Jay saß im Flugzeug am Fenster und betrachtete angespannt die eintönige Szenerie, ohne sie jedoch wirklich wahrzunehmen. Sie hatte das Gefühl, ihr bisheriges Leben hinter sich zu lassen und etwas ganz Neues zu beginnen. Sie hatte nicht einmal ihrer Familie Bescheid gesagt, wohin sie ging. Zwar hatten sie keine besonders enge Bindung zueinander, doch normalerweise wussten sie, wo sich jeder aufhielt. Nicht einmal Weihnachten hatte sie ihre Familie gesehen, weil sie bei Steve im Krankenhaus gewesen war. In diesem Moment fühlte sie sich, als würde sie sämtliche Verbindungen zu ihrem alten Leben kappen.

Steve saß neben ihr. Er hatte seine langen Beine ausgestreckt, saß in dem gemütlichen Sessel und studierte einige neue Magazine. Er schien total versunken zu sein, so als hungerte er danach, endlich wieder lesen zu können. Unvermittelt schnaubte er verächtlich und warf das Magazin zur Seite. „Ich habe vergessen, wie einseitig die Berichterstattung sein kann", murmelte er und lachte leise auf. „Genau wie alles andere."

Sein trockener Tonfall riss sie aus ihren trüben Gedanken, und sie musste ebenfalls lachen. Lächelnd wandte er seinen Kopf und blickte sie an. Mit dem Handrücken fuhr er sich über die Augen und blinzelte, bis sie sich eingestellt hatten. „Bis meine Sehkraft wieder völlig hergestellt ist, werde ich wohl eine Brille zum Lesen brauchen."

„Machst du dir Sorgen um deine Augen?", fragte sie und klang ein wenig beunruhigt. Seit er aus dem Krankenhaus gekommen war, hatte er eine Sonnenbrille getragen, die er erst abgenommen hatte, als sie ins Flugzeug gestiegen waren.

„Sie sind müde, und das Licht ist immer noch zu hell. Es ist ein bisschen schwierig, Dinge, die nahe vor meinen Augen sind, scharf zu sehen, aber der Chirurg hat gemeint, dass sich das in einigen Tagen normalisieren könnte."

„Könnte?"

„Es besteht eine fünfzigprozentige Möglichkeit, dass ich in Zukunft eine Lesebrille brauchen werde." Er streckte seinen Arm aus und ergriff ihre Hand. Mit seinem Daumen strich er über ihren Handrücken. „Wirst du mich auch dann noch lieben, wenn ich eine Brille tragen muss?"

Unwillkürlich stockte ihr der Atem, und sie wandte den Kopf ab. Schweigen hing zwischen ihnen. Schließlich drückte er ihre Hand und flüsterte heiser: „Also gut, ich werde dich nicht bedrängen. Nicht jetzt. Wir haben Zeit, bis sich alles finden wird."

Also hatte er vor, sie später zu drängen, wenn sie allein in der Hütte waren. Sie fragte sich, was genau er von ihr wollte: eine emotionale Bindung oder nur das körperliche Vergnügen? Schließlich waren mindestens zwei Monate vergangen, seit er zum letzten Mal Sex gehabt hatte. Dann fragte sie sich, wer wohl die letzte Frau gewesen sein mochte, mit der er im Bett gewesen war, und ein Gefühl von Eifersucht und Schmerz erfüllte sie. Hatte die Frau ihm etwas bedeutet? Wartete sie jetzt auf ihn und weinte sich nachts vielleicht in den Schlaf, weil er sich nicht meldete?

Sie verbrachten die Nacht in einem Motel in Colorado Springs. Jay war erstaunt, dass nur eine dünne Schneeschicht den Boden bedeckte und keine meterhohen Schneeverwehungen, wie sie erwartet hatte. Vereinzelte Schneeflocken fielen aus dem schwarzen Himmel sacht zu Boden und verkündeten noch mehr Schnee für den nächsten Morgen. Die Kälte drang durch ihren Mantel, und sie zitterte, als sie den Kragen bis zu ihren Ohren hochschlug. Sie freute sich darauf, bald dem Wetter angemessenere Kleidung zu bekommen.

Der erste Tag außerhalb des Krankenhauses hatte Steve erschöpft, und auch Jay war müde. Es war für beide ein anstrengender Tag gewesen. Sie legte sich quer auf das Bett in ihrem Zimmer und döste, während Frank losging, um Hamburger zum Abendessen zu besorgen. Sie aßen in Franks Zimmer, und gleich nach dem Essen entschuldigte sie sich. Sie wünschte sich im Moment nichts sehnlicher, als sich zu entspannen und ihre Gedanken zu ordnen. Dazu nahm sie eine lange heiße Dusche. Das warme Wasser entspannte ihre Muskeln, doch es gelang ihr noch immer nicht, einen klaren Gedanken zu fassen. Das Risiko, das sie einging, machte ihr Angst, aber gleichzeitig war ihr bewusst, dass sie nicht zurückkonnte. Nicht konnte – und nicht wollte.

Sie zog den Gürtel ihres Bademantels eng um ihre Taille, öffnete die Badezimmertür und erstarrte. Steve lag ausgestreckt auf ihrem Bett, hatte die Arme hinter dem Kopf verschränkt und sah fern. Der Ton des Fernsehers war ausgeschaltet. Sie sah ihn an, warf dann einen Blick zur Tür ihres Zimmers und runzelte verwirrt die Stirn. „Ich dachte, ich hätte abgeschlossen."

„Hast du auch. Ich habe das Schloss geknackt."

Sie rührte sich nicht vom Fleck. „Wieder eine Kleinigkeit, an die du dich erinnerst?"

Er blickte sie an, schwang die Beine über die Bettkante und stand auf. „Nein, ich habe mich nicht erinnert. Ich wusste einfach, wie es geht."

Um Himmels willen – welche anderen fragwürdigen Talente hatte er noch? Er sah schlank und gefährlich aus, seine Miene wirkte hart und undurchdringlich, seine gelbbraunen Augen schmal und schimmernd. Möglicherweise besaß er Fähigkeiten, die ihr Albträume bereiteten, doch sie hatte keine Angst vor ihm. Sie liebte ihn zu sehr. Sie hatte ihn von dem Moment an geliebt, als sie zum ersten Mal ihre Hand auf seinen Arm gelegt und den unbändigen Lebenswillen gespürt hatte, der in ihm brannte. Zu sehen, wie er nun aufstand und die paar Schritte machte, die er brauchte, um sie zu erreichen, ging ihr durch Mark und Bein. Er stand so nahe bei ihr, dass sie den Kopf heben musste, um ihm ins Gesicht zu sehen. Sie konnte die Hitze spüren, die von seinem Körper ausging, und nahm den warmen, herben Duft wahr, den seine Haut verströmte.

Mit seiner Hand berührte er ganz sanft ihre Wange und strich mit dem Daumen sachte über die dunklen Ringe unter ihren Augen, die das Blau ihrer Iris nur noch mehr zum Strahlen brachten. Sie wirkte blass und überspannt und zitterte am ganzen Leib. Monatelang hatte sie sich um ihn gekümmert, hatte Tage – beinahe sogar jeden Tag – an seinem Bett verbracht. Sie hatte gewollt, dass er lebte, und sie hatte ihn aus der Dunkelheit herausgeholt. Sie hatte sein Leben wieder mit Sinn erfüllt und ihm Kraft gegeben, sodass sogar der Schock, an Amnesie zu leiden, in der Erinnerung verblasste. Sie hatte ihn aus dem Verderben gerettet. Jetzt schien sie am Ende ihrer Kräfte zu sein, und er war der Stärkere. Er konnte ihre Anspannung deutlich spüren, merkte, dass ihre Nerven zum Zerreißen gespannt waren. Er legte seinen Arm um ihre Taille und zog sie an sich, bis sich ihre Körper berührten. Seine andere Hand glitt von der Wange durch ihr dichtes braunes Haar. Ganz sanft drückte er ihren Kopf gegen seine Schulter.

„Ich denke nicht, dass das hier eine gute Idee ist", flüsterte sie, und ihre Stimme wurde durch den Stoff seines Shirts gedämpft.

„Es fühlt sich aber wie eine verdammt gute Idee an", murmelte er. Jeder Muskel seines Körpers war angespannt und in seinen Lenden spürte er die Begierde. Gott, er wollte sie. Er strich mit seinen Händen über ihren schlanken Körper. „Jay", flüsterte er heiser und neigte seinen Kopf.

Sein heißer, fordernder Kuss verursachte bei Jay ein Schwindelgefühl. Seine Zunge in ihrem Mund zu spüren, erfüllte sie mit einer freudigen Erregung, die sie kaum ertragen konnte. Sie schlang ihre Arme um seinen Nacken und hielt sich an ihm fest, da sie das Gefühl hatte, ihre Beine würden ihr jeden Moment ihren Dienst versagen. Sie nahm kaum wahr, dass er sich mit ihr im Arm umdrehte und sie rückwärts drängte, bis ihre Beine sacht gegen das Bett stießen. Sie verlor die Balance, doch er hielt sie fest in seinen Armen, als sie aufs Bett sank. Behutsam legte er sich mit seinem ganzen Gewicht auf sie.

Sie hatte schon beinahe vergessen, wie es sich anfühlte, den Körper eines Mannes auf sich zu spüren. Jay atmete hörbar ein, als das Blut, heiß wie Lava, durch ihre Adern schoss. Sein Brustkorb lag auf ihren Brüsten, und sie spürte seine harte Männlichkeit in ihrem Schoß. Mit seinen Schenkeln hielt er ihre Beine unter Kontrolle. Unfähig sich zu bewegen, lag sie unter ihm. Er küsste sie wieder und ließ ihr kaum Zeit, Luft zu holen, bevor er sie abermals küsste und ihr den Atem raubte. Wie im Rausch pressten sie sich aneinander, wollten mehr. Ungeduldig zerrte er an dem Gürtel ihres Bademantels, bis der Knoten sich schließlich löste, der Mantel sich öffnete und den Blick freigab, auf den dünnen seidigen Stoff ihres Nachthemds. Ein rauer Laut drang aus seiner Brust, als er ihr Negligé erblickte – nur ein weiteres Hindernis auf dem Weg, sie ganz zu besitzen. Doch im Moment war er zu ungeduldig, um sich mit dem Nachthemd aufzuhalten. Er schob seine Hand unter den Stoff und legte sie auf ihre Brust. Zärtlich berührte er die weiche Haut und strich mit dem Daumen über ihre Brustspitzen, die sich vor sehnsüchtiger Begierde zusammenzogen.

Sie stöhnte leise auf, ohne ihre Lippen von ihm zu lösen. „Wir können das nicht tun", wisperte sie. Verzweiflung und Begehren schienen sie zu zerreißen.

„Und ob wir können", stieß er heiser hervor, ergriff ihre Hand und führte sie zwischen seine Beine, wo seine Männlichkeit hart gegen ihre Schenkel drückte. Unwillkürlich wollte sie ihre Finger zurückziehen. Doch dann huschte ein Ausdruck bittersüßen Schmerzes über ihr Gesicht, und sie ließ ihre Hand, wo sie war. Mit geschlossenen Augen spürte sie seine unbändige Erregung und strich über seine Hose. Er hielt die Luft an. „Jay, Baby. Bitte, hör nicht auf. Lass es geschehen!"

Sie war erstaunt, wie schnell die Leidenschaft sie beide übermannt hatte. Ein Kuss hatte gereicht, und sie waren auf ihr Bett gesunken. Ihre Lippen zitterten, als sie ihn anblickte. Sie kannte nicht einmal seinen Namen! Tränen brannten in ihren Augen, doch sie schluckte sie herunter.

Als er die Tränen in ihren Augen bemerkte, stöhnte er leise auf und küsste sie voller Leidenschaft. „Weine nicht. Ich weiß, dass es sehr schnell geht, aber alles wird gut. Wir werden so bald wie möglich heiraten – und dieses Mal werden wir es schaffen.“

Erschrocken schluckte sie und war kaum fähig, etwas zu erwidern. „Heiraten? Ist das dein Ernst?“

„Mein vollster Ernst“, erwiderte er und grinste verschmitzt.

Wieder schossen ihr Tränen in die Augen, und wieder drängte sie sie mit aller Macht zurück. Sie hatte keinen größeren Wunsch, als diesen Mann zu heiraten, doch sie konnte es nicht. Sie würde ihn unter falschen Voraussetzungen heiraten. Sie würde so tun, als sei er jemand, der er nicht war. Solch eine Ehe wäre möglicherweise nicht einmal legal. „Es geht nicht“, flüsterte sie, und eine Träne rann über ihre Wange, ohne dass sie es hätte verhindern können.

Mit seinem Daumen wischte er die Träne fort. „Warum geht es nicht?“, fragte er mit rauer Zärtlichkeit in der Stimme. „Wir haben es schon einmal getan. Dieses Mal bekommen wir es besser hin.“

„Was ist denn, wenn du wieder geheiratet hast?“ Sie hielt mühsam ein Schluchzen zurück, während sie fieberhaft nach einer Ausrede suchte. „Und auch wenn du nicht geheiratet hast – was ist, wenn es in deinem Leben eine andere Frau gibt? Solange deine Erinnerung nicht zurückgekehrt ist, werden wir es nicht wissen!“

Er erstarrte. Mit einem tiefen Seufzen rollte er von ihr herunter, blieb auf dem Rücken neben ihr liegen und blickte an die Decke. Er fluchte mit einer unverhohlenen Deutlichkeit, die so gar nicht zu der Kontrolliertheit seiner Stimme passen wollte. „Wir werden einfach Frank damit beauftragen, es herauszufinden. – Verdammt, Jay, er hat es doch schon überprüft! Haben sie aus dem Grund nicht dich hergeholt, um mich zu identifizieren?“

Zu spät hatte sie die Falle erkannt. Und zu spät hatte sie erkannt, dass er nicht aufgeben würde. Mit der ihm eigenen Entschlossenheit und ohne Rücksicht auf Verluste räumte er sämtliche Hindernisse aus dem Weg. „Du könntest trotzdem jem… jemanden haben, der dich liebt und der auf dich wartet.“

„Ich kann dir nicht versprechen, dass es nicht so ist“, erwiderte er und wandte ihr sein Gesicht zu, um sie mit seinen raubvogelartigen goldenen Augen zu betrachten. „Aber das schreckt mich nicht ab. Ich werde dich jedenfalls nicht einfach so gehen lassen, nur weil irgendwo da draußen vielleicht irgendeine fremde Frau in mich verliebt ist."

„Solange du dich nicht erinnern kannst, weißt du nicht, ob *du* nicht in jemand anders verliebt bist!"

„Ich *weiß* es aber", entgegnete er schlicht, stützte sich auf seinen Ellbogen und beugte sich zu ihr herüber. „Du erfindest eine Ausrede nach der anderen, doch die Wahrheit ist, dass du Angst vor mir hast, habe ich recht? Warum? Verdammt, ich weiß, dass du mich liebst, also wo ist das Problem?"

Er war sich ihrer Liebe so sicher, dass Wut in ihr aufflackerte – aber nur für einen kurzen Moment. Es stimmte. Sie hatte es auf unzählige Arten bewiesen. Zitternd gestand sie: „Ich liebe dich wirklich." Es zu leugnen, brachte nichts, und die Worte auszusprechen, löste einen bittersüßen Schmerz in ihr aus.

Mit einem Mal wirkte er weicher, milder. Behutsam legte er seine Hand auf ihre weiche Brust. „Warum sollten wir dann nicht heiraten?"

Es war nicht einfach, einen klaren Gedanken zu fassen, wenn seine Hand durch den dünnen Stoff ihres Negligés hindurch auf ihrem Körper brannte, und unwillkürlich erwachte wieder die Begierde in ihr. Sie wollte ihn, genauso wie er sie wollte, und ihn zurückzuweisen, war das Schwierigste, was sie jemals getan hatte. Doch ihr blieb keine andere Wahl. Bis seine Erinnerung zurückkehrte, würde sie seinem Drängen nicht nachgeben. Sie konnte ihn in dieser Situation nicht missbrauchen und ihn unter falschen Voraussetzungen heiraten.

„Also?", fragte er ungeduldig.

„Ich liebe dich", wiederholte sie. Ihre Lippen bebten. „Frage mich noch einmal, wenn dein Gedächtnis wieder da ist, und ich werde Ja sagen. Bis dahin, bis wir beide sicher sein können, dass es das ist, was du willst, kann ich … kann ich nicht."

Seine Miene verdüsterte sich. „Verdammt, Jay, ich weiß, was ich will."

„Die Umstände haben uns zusammengeführt! Wir kennen einander nicht im Alltag. Du bist nicht mehr der Mann, den ich damals geheiratet habe …" – wie wahr das doch war – „… und ich bin nicht mehr dieselbe Frau. Wir brauchen Zeit! Wenn du dein Gedächtnis zurück…"

„Dafür gibt es keine Garantie!", unterbrach er sie und klang frustriert. „Was ist denn, wenn meine Erinnerung nie mehr zurückkommt? Wenn mein Gehirn dauerhaft beschädigt wurde? Was dann? Wirst du in einem Jahr noch immer dasselbe sagen? Oder in fünf Jahren?"

„Ich glaube nicht, dass dein Gehirn einen dauerhaften Schaden davongetragen hat", sagte sie und konnte das Zittern in ihrer Stimme nicht verbergen. „Dafür sind deine Sprache und deine motorischen Fähigkeiten viel zu schnell wieder zurückgekommen."

„Das gehört nicht zur Sache!" Er war wütend. Bevor sie irgendetwas tun konnte, lag er wieder auf ihr und hielt ihre Handgelenke fest. Sein Gesicht war so nah, dass sie die gelben Flecke in seiner Iris, seine geschwungenen dunklen Wimpern und eine winzige Narbe in seiner linken Augenbraue, die ihr vorher nicht aufgefallen war, erkennen konnte. Er atmete tief ein und entspannte sich langsam wieder. Seine Wut verrauchte. Ganz langsam bewegte er sich auf ihrem Körper und ließ sie seine Männlichkeit spüren. „Ich werde nicht ewig warten", sagte er mit einer sanften Drohung. „Ich werde dich bekommen. Wenn nicht jetzt, dann eben später."

Damit löste er sich von ihr, erhob sich und verließ das Zimmer. Er bewegte sich mit dieser lautlosen Anmut, die, seitdem die Verbände von seinen Augen entfernt worden waren, immer sicherer geworden war. Schon vorher hatte Jay diese Geschmeidigkeit seiner Bewegungen erahnt. Doch als sie seine vollkommene Körperbeherrschung jetzt so hautnah vor sich sah, empfand Jay sie als beeindruckend. Er ging nicht nur, nein, es waren fließende Bewegungen, und das Spiel seiner Muskeln war faszinierend. Jay lag ruhig auf ihrem Bett. In ihrem Innersten brannten die Frustration und das Gefühl, das seine Berührungen in ihr ausgelöst hatten. Sie starrte auf die Tür, die hinter ihm ins Schloss gefallen war.

Wer war er? Angst erfüllte sie – doch es war Angst um ihn. Er war ein Agent. So viel stand fest. Aber er war nicht irgendein Agent. Offensichtlich hatte er ein intensives Training genossen, und er war wertvoll genug, dass die Regierung bereit war, ein Vermögen zu investieren, um seine Sicherheit zu garantieren, und sogar dieses raffinierte Theater mit ihr als nichts ahnender Partnerin ins Leben rief und unterstützte. Wäre da nicht die Sache mit seinen Augen gewesen, dann hätte sie nichts bemerkt. Doch wenn er für seine Regierung so wertvoll war, dann war er es gewiss auch für seine Feinde. Alles stand miteinander in Verbindung, alles stand in einem gewissen Verhältnis zueinander. Was auch immer unternommen wurde, um ihn zu beschützen – seine Feinde würden ebenfalls alles daransetzen, um ihn zu finden und zu vernichten.

Je mehr von seinem Leben aufgedeckt wurde, umso mehr stand auf dem Spiel. Jetzt wusste sie, dass er dazu ausgebildet war, sich unbemerkt Zutritt zu abgeschlossenen Räumen zu verschaffen. Sie hatte einige Worte aus dem Fachjargon im Bethesda Krankenhaus aufgeschnappt. Wie hatten sie es genannt? Einen „leichten Zutritt"? Nein, einen „sanften Zutritt". Sie hatten es einen „sanften Zutritt" genannt. Ein „harter Zutritt" bedeutete, dass man sich mit Waffengewalt Zugang verschaffte. Vielleicht war das Schloss der Zimmertür im Motel nicht das robusteste, doch sie wusste, dass nicht jeder ein solches Schloss einfach knacken konnte. Ein geschickter Einbrecher hätte wahrscheinlich keine Probleme damit – oder ein guter Agent.

Und dann die Art, wie er sich bewegte. Er war so beherrscht, so kontrolliert und anmutig wie ein Tänzer. Doch die Bewegungen eines Tänzers drückten Poesie aus, während Steves Bewegungen den Eindruck von unausgesprochener Gefahr vermittelten.

Sein Verstand. Kein Detail blieb unentdeckt. Er war darauf trainiert, alles zu bemerken und für sich zu nutzen. Sogar Frank überließ ihm den Vortritt – und das zeugte ebenfalls von Steves Bedeutung.

Und er befand sich in Gefahr. Vielleicht nicht unmittelbar, aber Jay wusste, dass Gefahr auf ihn lauerte.

Gegen zwei Uhr in der Nacht klingelte in Franks Zimmer das Telefon. Er fluchte unterdrückt, während er schlaftrunken nach dem Hörer tastete. Es war ihm in Fleisch und Blut übergegangen, das Licht nicht einzuschalten, um eventuellen Beobachtern nicht zu verraten, dass er wach war. Er musste nicht fragen, wer am anderen Ende der Leitung war, denn nur ein Mensch auf der Welt wusste, wo sie sich gerade aufhielten.

„Ja", sagte er und gähnte.

„Piggot ist aufgetaucht", sagte *The Man*. „In Berlin. Wir waren leider nicht schnell genug, aber wir haben etwas herausgefunden: Er weiß, dass jemand die Explosion überlebt hat, und er hat Nachforschungen angestellt."

„Steht die Tarnung noch?"

„Wenn Piggot überhaupt danach fragt, müssen wohl Zweifel bestehen. Stellen Sie sicher, dass Sie Ihre Spuren verwischen. Ich will nicht, dass irgendjemand – außer uns beiden – weiß, wo Sie sich befinden. Wie geht es ihm?"

„Besser, als es mir gehen würde, an meinem ersten Tag in ‚Freiheit‘ nach zwei Monaten Krankenhausaufenthalt. Er ist stärker, als ich angenommen habe. Und noch etwas: Ich hätte nicht damit gerechnet, aber ich glaube, er verliebt sich gerade in sie. Es scheint nicht aus dem Gefühl heraus zu sein, dass er abhängig von ihr war – ich denke, dass es wirklich ernst ist."

„Grundgütiger!", stieß *The Man* überrascht hervor. Er lachte. „Nun, das passiert den besten von uns. Ich habe hier seinen abschließenden Krankenbericht. Falls sein Gehirn überhaupt Schäden davongetragen haben sollte, sind diese gering. Er scheint ein wandelndes Wunder zu sein. Vor allem die Geschwindigkeit, mit der er sich erholt hat. Seine Erinnerung wird wahrscheinlich vollständig zurückkehren, doch es wird wohl eines Auslösers bedürfen, damit das geschieht. Wir müssen eventuell seine Familie ins Spiel bringen oder ihn nach Hause schicken – aber nicht, bevor wir Piggot gefunden haben. Bis dahin bleibt er versteckt."

„Wenn wir Piggot haben, werden wir ihm – und Jay – dann sagen, was los ist?"

The Man seufzte. Er klang müde. „Ich hoffe, dass er bis dahin sein Gedächtnis wiedergefunden hat. Verdammt, wir müssen wissen, was passiert ist und was er herausgefunden hat. Doch mit oder ohne seine Erinnerung – er muss erst einmal im Versteck bleiben, bis wir Piggot haben. Er muss Steve Crossfield bleiben."

Früh am Morgen wachte Steve auf. Die Müdigkeit steckte ihm noch immer in den Knochen – genau wie die sexuelle Frustration, die ihm seit Wochen zu schaffen machte. Er hatte alles darangesetzt, doch selbst das harte körperliche Training hatte ihn noch nicht so fit und stark gemacht, wie er es sich wünschte. Der gestrige Tag hatte ihn viel Kraft gekostet. Er lächelte bitter, als er daran dachte, dass es wahrscheinlich gut gewesen war, dass Jay ihn zurückgewiesen hatte, weil er wahrscheinlich mitten im Liebesakt über ihr kollabiert wäre. Verdammt.

Er wollte sich durch ihre momentane Weigerung nicht abschrecken lassen, doch seine körperliche Schwäche war etwas anderes. Er musste so schnell wie möglich wieder in Form kommen. Es war nicht nur so, dass er mit seiner mangelnden Kraft und seinen körperlichen Einschränkungen unzufrieden war – er hatte vielmehr das Gefühl, dass es wichtig war, in Topkondition zu sein, falls … *ja, falls was?* Er wusste nicht, was ihn erwartete, doch er hatte ein ungutes Gefühl.

Wenn irgendetwas passieren sollte, musste er in Form sein, um Jay beschützen und die Situation bewältigen zu können.

Nachdem er aufgestanden war, ergriff er als Erstes die Pistole, die auf seinem Nachttisch gelegen hatte und platzierte sie in Reichweite auf dem Fußboden. Dann legte er sich hin und begann, Liegestütze zu machen. Schweigend zählte er die Wiederholungen. Dreißig musste er wenigstens schaffen. Schon vollkommen außer Atem drehte er sich auf den Rücken, schob seine Beine unters Bett, verschränkte die Arme hinter dem Kopf und machte Sit-ups. Die frischen Narben auf seinem Bauch spannten bei der Belastung und der Schweiß trat ihm auf die Stirn. Nach siebzehn Wiederholungen musste er aufhören. Enttäuscht fluchte er und sah an sich herab. Er war in einer miserablen, bemitleidenswerten Form. Früher hatte er hundert Liegestütze und Sit-ups geschafft, ohne überhaupt außer Atem zu geraten …

Abrupt hielt er inne, wartete darauf, dass diese Erinnerungsfetzen sich zusammenfügten und er sich entsinnen konnte. Doch nichts geschah. Nur für den Bruchteil einer Sekunde hatte er erahnt, wie sein früheres Leben ausgesehen hatte – aber dann war die Tür, durch die er einen flüchtigen Blick darauf erhascht hatte, wieder ins Schloss gefallen. Der Arzt hatte ihn ermahnt, es nicht zu forcieren, doch diese geheimnisvolle Tür, hinter der seine Erinnerungen verschlossen waren, schien ihn zu verhöhnen. Es gab etwas, das er unbedingt wissen musste, und er spürte Wut in sich hochkochen, weil es einfach nicht schaffte, diese Sperre zu durchbrechen.

Plötzlich hörte er Schritte auf dem Flur. Er rollte sich auf den Bauch und griff noch in der Bewegung nach der Pistole. Auf die Ellbogen gestützt, lag er auf dem Teppich und richtete die Mündung der Pistole auf die Tür. Die Schritte stoppten und eine mürrische Stimme erklang: „Komm schon, June. Wir müssen los, und du hast schon genug Zeit vertrödelt.“

„Wieso? Ist die Stadt weg, wenn wir erst um vier Uhr statt um drei ankommen?“, erwiderte eine ebenso mürrische Frauenstimme.

Steve atmete aus und kam auf die Beine. Er starrte auf die Pistole. Sie lag in seiner Hand, als wäre er dazu geboren, eine Waffe zu tragen. Es war eine Browning Automatic, großkalibrig, geladen mit Hohlspitzgeschossen, die beim Eintritt in einen Körper ein riesiges Loch hinterließen – und beim Austritt ein noch viel größeres. Frank hatte ihm die Waffe im Krankenhaus gegeben, als sie gemeinsam auf Jay gewartet hatten, und ihm den Rat gegeben, die Pistole bei sich zu tragen – als eine Art Sicherheitsvorkehrung. Als Steve die Hand danach ausgestreckt und sie an sich genommen hatte, war es ein Gefühl gewesen, als sei etwas in ihm wieder ins Lot geraten. Es war ihm nicht aufgefallen, wie unnormal es sich angefühlt hatte, unbewaffnet zu sein, bis diese Pistole in seiner Hand gelegen hatte.

Seine eigene Reaktion sagte viel aus über das Leben, das er vor der Explosion geführt hatte. Es schien für ihn ganz natürlich zu sein, die Pistole immer in Reichweite zu haben – sogar wenn er Sport machte. Und es schien ebenso natürlich für ihn zu sein, nahende Schritte als potenzielle Gefahr zu deuten. Vielleicht war es eine kluge Entscheidung von Jay gewesen, sich von ihm scheiden zu lassen. Wahrscheinlich tat er ihr keinen Gefallen damit, sich wieder in ihr Leben zu drängen – wenn er so über die Gefahren in seinem Leben nachdachte.

Die Pistole in seiner Hand fühlte sich gut an. Aber es war nichts im Vergleich zu dem Gefühl, Jays Körper zu spüren. Wenn er hätte wählen müssen zwischen seiner Arbeit und Jay, hätte sein Job garantiert den Kürzeren gezogen. Er war ein verdammter Idiot gewesen, als er sie beim ersten Mal hatte gehen lassen. Aber er würde den gleichen Fehler kein zweites Mal machen, und diese Chance vermasseln. Wer auch immer sein Auftraggeber war, er würde ihn neu zuweisen oder anderweitig einsetzen müssen, oder er würde komplett aussteigen. Keine geheimen Treffen mehr, keine Auftragskiller mehr, die ihn verfolgten. Es war an der Zeit, sesshaft zu werden und den jungen Leuten ihre Chance zu geben. Er war siebenunddreißig und damit schon über das Alter hinaus, in dem die meisten anderen Männer eine Familie gründeten.

Aber er würde es ihm nicht sagen, bis er sein Gedächtnis wiedergefunden hatte, dachte er bitter, als er duschte. Bis dahin konnte er es sich nicht leisten, irgendjemandem außer Jay zu vertrauen.

In Colorado Springs kauften sie Stiefel, Socken und wärmende Unterwäsche, Jeans und Flanellhemden in einer anderen Stadt, Kopfbedeckungen und warme Lammfellmäntel in einer weiteren Stadt. Jay kaufte sich außerdem noch eine dicke Daunenjacke mit Kapuze und einen Vorrat an langen Flanellnachthemden. Die zwei Fahrzeuge, die Frank beschafft hatte, waren Jeeps. Sie waren mit Allradantrieb und Winterreifen ausgestattet, sodass sie gut vorankamen, obwohl der Schnee, je weiter sie nach Westen kamen, immer höher wurde.

Frank fuhr in dem einen Jeep vorneweg, und Jay und Steve folgten ihm in dem zweiten Wagen. Jay hatte noch nie ein Auto mit Schaltgetriebe bedient, also musste Steve ans Steuer. Zuerst hatte sich Jay

Sorgen um seine Beine gemacht, doch er schien mit dem Kuppeln und Bremsen keinerlei Schwierigkeiten zu haben, und so entspannte sie sich nach einer Weile und richtete ihre Aufmerksamkeit auf die herrliche Landschaft, die auf ihrer Fahrt Richtung Westen an ihnen vorbeizog. Am Himmel, der bisher wolkenlos und klar gewesen war, zogen immer mehr dicke graue Wolken auf. Ab und zu fielen ein paar Schneeflocken zu Boden. Ansonsten blieb das Wetter jedoch stabil, und sie kamen gut voran.

Sie bogen von der Bundesstraße ab, um eine der kleineren Nebenstraße zu nehmen. Dort herrschte zwar weniger Verkehr, aber es lag auch viel mehr Schnee, sodass sie gezwungen waren, langsamer zu fahren. Danach bog Frank auf eine unbefestigte Straße, die sich in die Berge hinaufschlängelte. Sie hatte das Gefühl, schon stundenlang gefahren zu sein, als er ein letztes Mal abbog. Jay konnte weder eine Straße noch irgendeinen Pfad erkennen – sie versuchten einfach, möglichst reibungslos den Berg hinaufzugelangen.

„Ich frage mich, ob er wirklich weiß, was er tut", murmelte sie und klammerte sich an ihren Sitz, als der Jeep sich bedrohlich zur Seite neigte.

„Er weiß es. Frank ist ein guter Agent", erwiderte Steve abwesend, während er einen kleinen Abhang hinabfuhr, um gleich darauf eine ebenso steile Anhöhe emporzufahren. Als sie die Spitze des Hügels erreicht hatten, schienen sie auf einer hohen weiten Wiese zu sein, die sich kilometerweit vor ihnen erstreckte. Im Schutz der Bäume, die am Rand der Wiese standen, fuhren sie so lange, bis die Wiese abrupt endete. In den Jeeps rumpelten sie einen steilen Abhang hinunter. Gleich darauf erklommen sie in den Wagen einen weiteren Berg, auf dem sich ein schmaler Pfad befand, gerade breit genug für die Jeeps. Auf der einen Seite des Pfades war die nackte Felswand, und auf der anderen Seite klaffte der gähnende Abgrund, der immer tiefer wurde, je höher sie kamen. Nachdem sie auch den Gipfel bezwungen hatten, trafen sie auf eine weitere sanft geschwungene Wiese, die sich vor ihnen ausdehnte. Während die Sonne schon hinter den Gipfeln im Westen versank, kniff Steve die Augen zusammen und starrte auf den kleinen Wald zu ihrer Linken am Rande der Wiese. „Das muss die Hütte sein."

„Wo?", fragte Jay und setzte sich neugierig auf. Der bloße Gedanke daran, endlich aus dem Jeep aussteigen und die Beine ausstrecken zu können, war schon himmlisch.

„Zwischen den Kiefern, auf der linken Seite."

Endlich sah sie die Hütte und war erleichtert. Es war zwar nur eine einfache Holzhütte, doch in diesem Moment freute sie sich darüber wie über ein Luxushotel. Das kleine Häuschen lag versteckt unter den Bäumen und war nur von vorn überhaupt zu erkennen. Weil es auf einer kleinen Anhöhe lag, schien der vordere Teil etwas höher zu sein als der hintere. Sechs Holzstufen führten zur Veranda hinauf, die sich über die gesamte Front erstreckte. Hinter der Hütte befand sich ein Anbau für die Jeeps, und weitere dreißig Meter entfernt stand ein kleiner Schuppen.

Sie parkten die Wagen unter dem Dach des Anbaus. Vollkommen steif von der langen Autofahrt stiegen sie aus, beugten erst einmal den Rücken und dehnten die schmerzenden Muskeln. Die Luft war so klirrend kalt, dass das Atmen beinahe wehtat. Doch die untergehende Sonne ließ die schneebedeckten Gipfel und Bergrücken in roten, goldenen und purpurnen Farben erstrahlen. Verzaubert von diesem prächtigen Schauspiel, stand Jay reglos vor der Hütte, bis Steve sie schließlich leicht anstupste, um sie zum Gehen zu bewegen.

Erst nach einigen Gängen vom Auto in die Hütte und wieder zurück hatten sie das gesamte Gepäck in ihr neues Zuhause gebracht. Frank ging mit Steve zu dem kleinen Schuppen, um ihm zu zeigen, wie der Generator funktionierte. Offensichtlich war schon jemand hier oben gewesen, um ihn einzuschalten, denn die elektrische Beleuchtung funktionierte, und der Kühlschrank summte. Jay inspizierte die kleine Speisekammer und den Kühlschrank und stellte fest, dass sie angefüllt waren mit Konservenbüchsen und tiefgefrorenem Fleisch.

Sie sah sich kurz in der Hütte um. Neben der Küche war eine kleine Waschküche mit einer Waschmaschine und einem Trockner. Es gab kein Esszimmer, aber in einer Ecke der Küche standen ein runder Holztisch und vier Stühle. Das Wohnzimmer war gemütlich eingerichtet, mit einfachen, aber robusten Möbeln, die mit braunem Cordstoff bezogen waren. Ein braun und blau gemusterter Teppich lag auf dem Holzfußboden, und eine Wand wurde beinahe komplett von einem riesigen Steinkamin eingenommen. Es gab zwei Schlafzimmer, die gleich groß waren und durch das einzige Badezimmer miteinander verbunden wurden. Jay starrte auf die Verbindungstür, und ihr Herz schlug ein bisschen schneller, wenn sie daran dachte, dass sie das Badezimmer mit ihm teilen würde. Sie kannte die Vertrautheit, die entstand, wenn zwei feuchte Handtücher Seite an Seite auf einem Halter hingen, wenn Toilettenartikel sich vermischten, wenn eine

Zahnpastatube gemeinsam benutzt wurde. Seine Bartstoppeln würden im Waschbecken liegen, sein Rasierapparat auf der Ablage. Die kleinen Dinge des Zusammenlebens, die ihr Leben miteinander verbinden würden, erschienen ihr beinahe so verlockend wie körperliche Intimität.

Die Hintertür flog ins Schloss, und Steve rief: „Wo bist du?" Durch die eisige Kälte, die draußen herrschte, klang seine raue Stimme noch heiserer als sonst.

„Ich erkunde die Hütte", erwiderte sie, verließ das Badezimmer und ging zur Schlafzimmertür. „Macht es dir etwas aus, wenn ich das vordere Schlafzimmer nehme? Das hat eine tolle Aussicht."

Im Kamin war bereits Holz für ein Feuer vorbereitet worden. Steve beugte sich herunter, strich mit einem Zündholz über den Stein und hielt das brennende Streichholz an das Papier und die trockenen Holzspäne unter den Scheiten. Erst als das Feuer brannte und er sich aufrichtete, antwortete er: „Ich will sie mir erst ansehen."

Ein bisschen verwundert trat Jay zur Seite und ließ ihn einen Blick in das Schlafzimmer werfen. Er ging hinein und inspizierte die Lage der Fenster, ihre Schlösser, öffnete den Schrank, sah hinein und trat schließlich in das angrenzende Badezimmer.

„Es ist ein Verbindungszimmer", erklärte sie.

Er murmelte etwas Unverständliches und öffnete die Tür zum zweiten Schlafzimmer. Die Fenster beider Zimmer gingen zur Seite raus, doch weil der hintere Teil der Hütte tiefer lag als die Vorderfront, waren die Fenster im zweiten Schlafzimmer von außen leichter zu erreichen. „Also gut", sagte er und prüfte auch die Schlösser an seinen Fenstern. „Aber ich möchte, dass eines klar ist: Wenn du nachts irgendein verdächtiges Geräusch hörst, weckst du mich auf. Okay?"

„Ja", versprach sie und spürte einen Kloß im Hals aufsteigen. All das war für ihn vollkommen natürlich, es war ein Teil von ihm. Er glaubte offenbar, dass auch hier draußen Gefahr lauerte – trotz der Vorsichtsmaßnahmen, für die Frank gesorgt hatte. Sie hatte geglaubt, dass sie in dieser entlegenen Hütte sicher waren. Doch vielleicht waren sie es nicht. Das Beste, was sie tun konnte, war wahrscheinlich, sich nicht mit ihm zu streiten.

Er sah sie an, und seine finstere, ernste Miene entspannte sich ein wenig. „Es tut mir leid. Möglicherweise reagiere ich ein bisschen über. Ich wollte dir keine Angst machen." Da die Spannung jedoch nicht aus ihrem Blick wich, ging er zu ihr, nahm ihr Gesicht in seine Hände und küsste sie. Sie öffnete ihren wunderbar vollen, sinnlichen Mund,

und er berührte mit seiner Zunge die ihre. Jay legte ihre Hände auf seine Schultern und genoss die Wärme auf ihrer Haut, als er sich eng an sie schmiegte.

Er hielt sie eine Weile in seinen Armen und löste sich dann nur zögerlich von ihr. „Lass uns schauen, was wir zu essen auftreiben können. Wenn ich nicht sofort etwas zwischen die Zähne bekomme, breche ich zusammen." Offensichtlich übertrieb er nicht. Sie konnte fühlen, dass seine Muskeln leicht zitterten. Es war ein Zeichen dafür, welchen enormen Anstrengungen er seinen Körper an diesem Tag ausgesetzt hatte.

Betont beiläufig schlang sie ihren Arm um seine Taille, als sie nun gemeinsam ins Wohnzimmer gingen. „Ich habe schon geguckt, was zu essen im Haus ist. Du kannst alles bekommen, was dein Herz begehrt – solange dein Herz sich nach einfacher Hausmannskost verzehrt. Wenn dir der Sinn nach Hummer oder Trüffeln steht, wirst du kein Glück haben."

„Ich würde mich schon mit einem Teller Suppe zufriedengeben", sagte er müde und seufzte leise auf, als er sich auf einen der gemütlichen Stühle sinken ließ. Er streckte die Beine aus und massierte geistesabwesend seine Schenkel.

„Da findet sich bestimmt etwas Besseres", erwiderte Frank, der mit einem Arm voll Holz ins Zimmer trat. Er hatte Steves letzte Worte gehört. Er stapelte die Holzscheite neben dem Kamin auf und wischte sich die Hände ab. „Denke ich … Ich bin kein großartiger Koch." Er warf Jay einen hoffnungsvollen Blick zu, und sie lachte.

„Ich werde mal sehen, was ich tun kann. Ich bin ein Genie, wenn es um Mikrowellengerichte geht, aber ich kann hier keine Mikrowelle entdecken, also stehe ich auch ein wenig auf dem Schlauch."

Sie war zu erschöpft, um etwas Aufwendiges zu kochen, doch es kostete nicht viel Mühe, zwei große Konserven mit einem Rindfleischeintopf zu öffnen, zu erhitzen und gebutterte Brötchen im Gasofen zu bräunen. Während sie aßen, sagte kaum jemand ein Wort, und nachdem Frank ihr geholfen hatte, das Geschirr zu spülen, nahmen sie nacheinander eine wohltuende Dusche. Gegen acht Uhr waren sie schließlich eingeschlafen – Jay und Steve in ihren getrennten Schlafzimmern, und Frank in eine Decke gehüllt auf der Couch im Wohnzimmer.

Am nächsten Morgen erwachten sie früh. Nach einem herzhaften Frühstück gingen Steve und Frank hinaus in den Schnee. Der Gasofen und der Heißwasserboiler wurden mit Butangas betrieben, und der große Gastank war aufgefüllt worden. Bis zum Frühling würde es nicht nötig sein, ihn nachzufüllen. Die Benzinvorräte für den Generator hingegen würden irgendwann zur Neige gehen, aber Steve brauchte Frank nur eine E-Mail zu schicken, dann würde ein Hubschrauber neues Benzin bringen. Sie wollten die Hütte nicht von irgendwelchen ortsansässigen Firmen oder Versorgungsbetrieben beliefern lassen. Außerdem war die Hütte mit einem herkömmlichen Tankwagen sowieso nicht zu erreichen. Es war zwar ein logistisch kompliziertes Unterfangen, doch es war eine ultrasichere Unterkunft, über die es keinerlei Unterlagen gab – und so sollte es auch bleiben. Alles in allem war die Hütte für einen längeren Aufenthalt präpariert, obwohl Frank sich natürlich wünschte, dass Steve seine Erinnerung so bald wie möglich wiedererlangte oder dass Piggot geschnappt wurde, damit diese ganze Geschichte schnell zu Ende wäre.

„Die nächste Stadt ist Black Bull. Dort leben einhundertdreiunddreißig Menschen", erzählte Frank. „Geh runter zu der unbefestigten Straße, biege links ab und irgendwann kommst du in das Dorf. Dort gibt es einen Laden, in dem es Nahrungsmittel gibt und alles, was man sonst noch so braucht. Wenn du etwas Ausgefalleneres suchst, musst du in die nächstgrößere Stadt fahren – aber halte dich bedeckt. Ihr solltet für die nächsten paar Monate genügend Geld zur Verfügung haben. Falls ihr noch etwas brauchen solltet, könnt ihr mir jederzeit Bescheid geben."

Steve ließ seinen Blick über die verschneite Wiese gleiten. Die Luft war so klar und die Morgensonne so gleißend auf dem Schnee, dass seine Augen schmerzten. Die Kälte brannte in seinen Lungen. Die Gegend war so verdammt verlassen, dass ihm der Gedanke einen Schauer über den Rücken jagte – doch gleichzeitig war er auch erleichtert. Ungeduldig wartete er darauf, dass Frank wieder abfuhr, damit er endlich mit Jay allein war. Ganz allein.

„Ihr seid hier in Sicherheit", sagte Frank. „*The Man* benutzt die Hütte selbst manchmal." Er warf einen Blick zur Hütte. „Ich hätte Jay niemals hergebracht, wenn es nicht sicher wäre. Sie ist eine Zivilperson, also passen Sie gut auf sie auf, mein Freund."

Ein Prickeln, eine erhöhte Aufmerksamkeit erfüllte Steve, als Frank *The Man* erwähnte. Es war kein Gefühl von Angst, sondern vielmehr von Aufregung. Die Erinnerung war da – doch sie war durch die Auswirkungen der Explosion in seinem Unterbewusstsein eingeschlossen. *The Man* war ein weiteres Teil des Puzzles.

Er schüttelte Frank die Hand, und ihre Blicke trafen sich. Aus ihren Augen sprach die Kameradschaft von Männern, die gemeinsame Gefahren durchgestanden hatten. „Sie werden mich wahrscheinlich nicht wiedersehen, bis all dies vorüber ist, aber ich werde mit Ihnen in Verbindung bleiben", sagte Frank. „Ich denke, ich sollte mich auf den Weg machen. Es soll heute Nachmittag wieder anfangen zu schneien."

Sie gingen in die Hütte. Frank packte seine Sachen und verabschiedete sich von Jay. Sie umarmte ihn, und ihre Augen glänzten verräterisch. In den vergangenen zwei Monaten war Frank ihr Fels in der Brandung gewesen, und sie würde ihn ganz sicher vermissen. Er war auch der Prellbock zwischen ihr und Steve gewesen. Wenn er jetzt ging, gab es nur noch sie beide.

Sie sah Steve an und bemerkte, dass er sie beobachtete. Seine goldbraunen Augen glühten förmlich. Diese Augen erinnerten sie zum wiederholten Male an die Augen eines Raubvogels. Eines Raubvogels, der seine Beute erspäht hatte.

9. KAPITEL

*J*ay hatte damit gerechnet, dass Steve sich auf sie stürzen würde, sobald sie allein waren, doch zu ihrer großen Erleichterung beschäftigten ihn ganz andere Dinge. Die nächste Woche verbrachte er damit, tagsüber um die Hütte und den Schuppen herumzustreifen und die Wiese zu erkunden. Dabei wirkte er so angespannt und vorsichtig wie eine Katze, die unbekanntes Territorium entdeckte. Es ermüdete ihn, stundenlang durch den Schnee zu stapfen, und oft legte er sich nach einem frühen Abendessen gleich schlafen. Jay machte sich Sorgen um ihn, doch nach einer Weile erkannte sie, dass dieses Verhalten zu seiner Gesundung beitrug. Die Rehamaßnahmen in der Klinik waren ein Anfang gewesen, doch er war noch weit von seiner eigentlichen Stärke entfernt. Die stundenlangen Spaziergänge durch den tiefen Schnee hatten zwei Gründe: Zum einen machte Steve sich so mit der Umgebung vertraut, und zum anderen trainierte er seine Ausdauer. Erst gegen Ende der Woche entspannte er sich langsam etwas. Dennoch lief er weiterhin jeden Tag in einem bestimmten Umkreis um die Hütte, erfasste das Gelände und suchte nach Spuren von möglichen Eindringlingen.

Jay kam der Ort dermaßen abgelegen von jeglicher Zivilisation vor, dass sie seine Vorsicht nicht ganz nachvollziehen konnte. Doch offenbar war dieses Verhalten ein Teil seiner Persönlichkeit. Während sie ihn bei all seinen Aktivitäten und Reaktionen scharf beobachtete, gewann sie einen viel detaillierteren Eindruck davon, was für ein Mensch er war. Er ging vollkommen in seiner Aufgabe auf! Instinktiv wusste er, was zu tun war, ohne dabei von Erinnerungen abhängig zu sein.

Als er sich ein bisschen erholt und Kraft geschöpft hatte, begann er, Holz für den Kamin zu hacken. Um Benzin zu sparen, benutzten sie zum Heizen vorwiegend den Kamin. Die Holzhütte war so behaglich klein und gut isoliert, dass sie die Hitze sehr gut speicherte. Ein schönes Kaminfeuer reichte also aus, um die Hütte kuschelig warm zu halten. Zuerst waren seine Hände trotz der Handschuhe, die er trug, noch wund und voller Blasen, doch langsam, aber sicher wurden sie immer belastbarer. Nach einer Weile nahm er in die Reihe seiner sportlichen Aktivitäten auch noch das Joggen auf. Doch er joggte nicht über die sanft geschwungene Wiese. Nein, er rannte zwischen den Bäumen hindurch, die Hügel hinauf und hinab – der schwierigste Weg war gerade Herausforderung genug. Von Tag zu Tag wurden seine Beine ein bisschen stärker, ging sein Atem ein bisschen leichter. Das motivierte ihn, und er wurde nicht müde, sich selbst zu immer neuen Höchstleistungen anzutreiben.

Jay genoss diese ersten Tage in der Holzhütte, hoch auf der weiten, stillen Bergwiese. Manchmal war das einzige Geräusch der Wind, der durch die Zweige der Bäume wehte. Jay, die bisher nur die Geräusche der Großstadt kannte, fühlte sich in der Weite und der absoluten Ruhe der Berge wie neu geboren. Die letzten Reste von Anspannung, die sie aus ihrem alten Leben noch spürte, fielen von ihr ab und verschwanden. Sie war mit dem Mann, den sie liebte, allein in den Bergen, und sie waren in Sicherheit.

Steve brachte ihr bei, wie man einen Wagen mit Schaltgetriebe fuhr. Für Jay war es der pure Spaß, mit dem Jeep über die Wiese zu fahren. Für Steve hingegen bedeutete es eine weitere Sicherheitsvorkehrung – denn wenn ihm etwas passierte, musste Jay in der Lage sein, den Wagen zu fahren. Vielleicht würde ihnen das im Ernstfall einmal das Leben retten.

In der dritten Woche in der Hütte setzte heftiges Schneetreiben ein. Früh am Morgen wachte Jay in einer verschneiten Welt auf, in der jedes Geräusch nur gedämpft wahrzunehmen war. Sie stand auf, um aus dem Fenster zu blicken und die tiefen Schneeverwehungen zu betrachten. Dann ließ sie sich in ihr warmes Bett zurückfallen und schlief sofort wieder ein. Als sie einige Zeit später aufwachte, war es bereits zehn Uhr, und sie fühlte sich wundervoll ausgeschlafen. Und hungrig.

Eilig zog sie sich an und bürstete sich die Haare. Sie fragte sich, warum es in der Hütte so ruhig war. Wo war Steve? Sie warf einen Blick in sein Zimmer, doch es war leer. In der Küche stand eine Kanne mit Kaffee. Sie schenkte sich eine Tasse ein, stellte sich ans Fenster und nahm versonnen einen Schluck, während sie den nahen Waldrand nach einem Zeichen von ihm absuchte. Nichts.

Gespannt trank sie ihren Kaffee aus und ging in ihr Zimmer, um sich warme Stiefel überzustreifen. Dann schlüpfte sie in ihren Lammfellmantel und zog eine dicke Strickmütze über ihr Haar. Es war ungewöhnlich für Steve einfach zu verschwinden, ohne ihr zu sagen, wohin er ging und wie lange er fortbleiben würde. Sie fragte sich, was er wohl tat und warum er sie nicht geweckt hatte. Hatte er sich möglicherweise verletzt?

Besorgt ging sie die Treppenstufen hinunter, die aus der Hintertür der Hütte führten. „Steve?", rief sie gedämpft. Sie hatte ein bisschen

Angst, ihre Stimme zu erheben. Es war so still hier draußen. Zum ersten Mal seit ihrer Ankunft empfand sie die Einsamkeit als bedrohlich. War vielleicht noch jemand anders hier draußen?

Seine Fußspuren waren im frisch gefallenen Schnee deutlich zu sehen. Offensichtlich war er ein paar Mal vom Holzhaufen zum Haus gegangen, um den Vorrat an Brennholz in der Hütte aufzufüllen – seine Spuren im Schnee ließen daran keinen Zweifel. Dann war er wohl die Böschung hinauf in den Wald gegangen. Jay nahm ihre Handschuhe aus der Manteltasche und zog sie an. Sie wünschte, sie hätte sich einen Schal um Nase und Mund gebunden. Es war so kalt, dass die Luft sich beinahe ein bisschen spröde anfühlte. Sie schlug den Mantelkragen hoch und begann, Steves Fußspuren zu folgen. Dabei achtete sie darauf, in seine Fußstapfen zu treten, da es so einfacher war, durch den tiefen Schnee zu stapfen.

Der Schnee war unter den Bäumen nicht so tief, und es war leichter, voranzukommen. Dennoch trat Jay weiterhin in die Spuren, die Steve hinterlassen hatte. Die dichten immergrünen Pflanzen und ihre Zweige, die sich unter der Last des Schnees bogen, verschluckten jedes Geräusch, so, als würde kein einziger Laut auf dieser Welt existieren. Sie konnte sich kaum selbst atmen hören und nahm auch nicht den knirschenden Schnee unter ihren Füßen wahr. Eigentlich wollte sie Steves Namen rufen, doch irgendetwas hielt sie davon ab – es fühlte sich falsch an, als sei es ein Sakrileg, in dieser stillen, nur von einigen schwarzen und grünen Farbtupfern durchbrochenen, verschneiten Kathedrale ein lautes Geräusch zu verursachen.

Wenn überhaupt bemühte sie sich, noch leiser zu sein. Vorsichtig ging sie, sorgfältig den Fußspuren folgend, von Baum zu Baum und versuchte, Teil des Waldes zu werden. Dann, plötzlich, verlor sie Steves Spur. Sie stand unter den tief herabhängenden Ästen einer Fichte und sah sich um, doch es gab keine Fußspuren, denen sie weiter hätte folgen können. Scheinbar war er wie vom Erdboden verschluckt. Es war nicht möglich, durch den Schnee zu laufen, ohne Spuren zu hinterlassen! Doch unter den Bäumen waren definitiv keine Spuren zu erkennen. Sie sah auf und fragte sich, ob er vielleicht in einen der Bäume geklettert war, sie nun aus der Baumkrone beobachtete und sich kaputtlachte. Nichts.

Der gesunde Menschenverstand sagte ihr, dass er einen Trick angewendet hatte. Irgendwo mussten seine Spuren wieder auftauchen. Sie dachte einen Augenblick lang nach und begann dann, sich langsam und in immer größer werdenden Kreisen weiterzubewegen und dabei den Waldboden abzusuchen. Irgendwo musste sie seinen Weg wieder kreuzen.

Fünfzehn Minuten später hatte sie die Nase voll und war wütend. Sollte ihn doch der Teufel holen! Er spielte Spielchen mit ihr, unfaire Spielchen, die er durch seine Ausbildung perfekt beherrschte. Ihr war kalt, und sie hatte einen Bärenhunger. Sollte er doch ruhig Verstecken mit ihr spielen. Sie würde jetzt in die Hütte zurückgehen und ein Frühstück machen – für *eine* Person!

Um sein Spielchen auf die Spitze zu treiben, ging sie genauso vorsichtig zurück, wie sie gekommen war – in seinen Fußspuren. Vielleicht würde er hierbleiben, und weiterhin herumschleichen und sich vor ihr verstecken, während sie schon längst zurück in der behaglichen, kuscheligen Hütte war, und ein stärkendes Frühstück verspeiste. Er würde sicher nach einer Weile auftauchen und ganz unschuldig tun. Sollte er doch! Sein Frühstück könnte er sich jedenfalls schön selbst machen! Der Angeber!

Im Schutz der Bäume schlich sie zurück zur Hütte. Einige Male hielt sie an, um nach verdächtigen Geräuschen zu lauschen und blickte sich suchend um, bevor sie weiterging. Ihre Empörung wuchs, und sie begann, darüber nachzudenken, wie sie sich an ihm rächen konnte. Doch die meisten Ideen, die ihr in den Sinn kamen, waren kleinlich und gemein. Sie wollte etwas anderes: Sie wollte ihn schlagen. Hart. Zweimal.

Gerade wollte sie um einen Baum herumgehen, als sie spürte, wie sich die kleinen Härchen in ihrem Nacken aufrichteten. Sie erstarrte, und ihr Herz schlug schneller. Es war, als könnte sie die Gefahr förmlich riechen. Sie konnte nichts hören oder sehen, aber sie konnte jemanden oder etwas fühlen. Ganz in ihrer Nähe. Gab es Wölfe in den Bergen? Oder Bären? Wie versteinert stand sie neben dem Baum und suchte mit den Augen fieberhaft nach etwas, das sie notfalls als Waffe einsetzen konnte. Endlich entdeckte sie unter der Schneeschicht die Umrisse eines stabil wirkenden Astes. Langsam und vorsichtig beugte sie sich hinunter, um nach dem Stock zu greifen. Ihre Sinne waren hellwach, ihre Nerven zum Zerreißen gespannt.

Unvermittelt traf sie etwas Hartes und Schweres direkt im Kreuz. Ein weiterer Schlag krachte gegen ihren Unterarm. Sie fiel kopfüber in den Schnee, rang nach Luft, ihr Arm hing taub herab. Sie konnte nicht einmal schreien. Grob wurde sie auf den Rücken geworfen. Der Stahl einer Messerklinge, die ihr nun an die Kehle gelegt wurde, blitzte in der Sonne auf.

Überrascht, verängstigt, unfähig zu atmen, starrte sie in die zu Schlitzen verengten, gefährlich blitzenden Augen, die so golden waren wie die eines Adlers.

Er riss die Augen auf, als er sie erkannte – doch vor Wut verengte er sie gleich wieder. Er stieß die gefährlich aussehende Klinge zurück in die Scheide und nahm sein Knie von ihrem Brustkorb. „Verdammt, Mädchen, ich hätte dich töten können!", brüllte er, und seine Stimme klang wie rostiges Metall. „Was zur Hölle machst du hier?"

Jay rang nach Atem, krümmte sich auf dem Boden und fragte sich verzweifelt, ob sie an Luftmangel sterben würde. Ihr Brustkorb brannte, und vor ihren Augen verschwamm alles.

Steve zerrte sie hoch, damit sie aufrecht saß, und schlug ihr ein paar Mal auf den Rücken. Es tat weh, doch wenigstens bekam sie allmählich wieder Luft. Sie verschluckte sich beinahe, als ihre Lungen sich mit der kühlen Luft füllten, und Tränen schossen ihr in die Augen. Sie würgte und hustete. Steve strich ihr über den Rücken, doch als er sprach, klang seine Stimme hart. „Alles wird gut. Obwohl du das nicht verdient hast! Was alles hätte passieren können …"

Was nun geschah, hatte sie nicht geplant. Aus dem Augenwinkel sah sie den Stock, nach dem sie sich gebückt hatte, als er über sie hergefallen war, und im nächsten Moment stand sie aufrecht und hielt den Knüppel in der Hand. Roter Nebel verschleierte ihren Blick, als sie mit aller Kraft, die der Zorn ihr verlieh, mit dem Stock nach ihm schlug. Er wich dem ersten Schlag aus, fluchte und machte einen Satz zurück, um auch dem zweiten Schwinger zu entgehen. Sie ging nach links, versuchte, ihn gegen einen Baum zu drängen, damit er nicht so leicht entkommen konnte, und holte abermals aus. Er wollte ihr den Stock entreißen. In dem Augenblick traf sie ihn mit einem satten Krachen am Handgelenk und holte zum nächsten Schlag aus. Wieder fluchte er, duckte sich und stürzte auf sie zu. Sie traf ihn noch am Rücken, während er ihr die Schulter so hart in den Magen rammte, dass sie hinfiel.

„Verdammt!", brüllte er, hockte sich rittlings auf sie und drückte ihre Handgelenke auf den Boden. „Beruhige dich! Verdammt, Jay! Was ist nur in dich gefahren?"

Sie wand sich unter ihm und versuchte, ihn abzuwerfen. Er verstärkte mit seinen Knien den Druck auf ihre Seiten, um sie ruhigzustellen, und hielt mit seinen Händen ihre Arme so fest umklammert, dass es ihr unmöglich war, sich aus seinem Griff zu befreien. Endlich gab sie ihren Kampf auf und starrte ihn hilflos an. Ihre blauen Augen sprühten Funken. „Geh runter von mir!"

„Damit du mir mit dem Knüppel den Schädel einschlagen kannst? Das hast du dir so gedacht!"

Sie machte eine tiefen, zitternden Atemzug und zwang sich, möglichst ruhig zu erwidern: „Ich werde dich nicht mit dem Stock schlagen!"

„Ganz sicher wirst du das nicht tun", knurrte er, ließ kurz ihre Hand los, ergriff den Stock und schleuderte ihn weit weg.

Jay benutzte ihre freie Hand, um sich den Schnee vom Gesicht zu wischen. Langsam erhob sich Steve von ihrem Brustkorb. Sie setzte sich auf und zog ihre Strickmütze vom Kopf, um den Schnee abzuklopfen.

Steve hockte, auf ein Knie gestützt, neben ihr und befreite ihren Rücken vom Schnee. „Jetzt erkläre doch bitte einmal, was du dir dabei gedacht hast."

Wieder flackerte der Zorn in ihr auf, und sie schlug nach ihm. Gerade noch rechtzeitig nahm er seinen Kopf zurück, um ihrer Faust auszuweichen, doch die nasse Mütze, die sie noch in der Hand hielt, erwischte ihn mit genug Kraft, um wehzutun. Ehe sie sich's versah, lag sie wieder flach auf dem Rücken. Zwischen zusammengebissenen Zähnen presste er hervor: „Noch einmal, und du isst den nächsten Monat über im Stehen!"

Sie funkelte ihn an. „Versuche es nur! Als ich aufwachte und dich nicht finden konnte, habe ich mir Sorgen gemacht. Ich hatte Angst, dass dir etwas passiert sein könnte. Also bin ich losgegangen, um dich zu suchen. Doch dank deiner Super-Spion-Tricks konnte ich dich nicht finden, habe aufgegeben und wollte zurück zur Hütte. *Dann* hast du mich niedergeschlagen und mir ein Messer an die Kehle gehalten *und* mich angebrüllt! Du hast es verdient, mit dem Knüppel verprügelt zu werden!"

Er blickte sie an, bemerkte ihr zerzaustes Haar, ihre wilden blauen Augen und den sturen Zug um diese verführerischen Lippen. Er fluchte unterdrückt, schob seine Finger in ihr dichtes honigbraunes Haar und hielt sie fest, während er seinen Mund auf ihre Lippen presste. Sein Kuss war halb zornig, halb hungrig. In diesem Augenblick wünschte er sich nichts sehnlicher, als ihre Lippen zu schmecken, mit seiner Zunge ihren Mund zu erforschen und sie ganz nah zu spüren. Sie wollte nach ihm treten, doch mit einer schnellen Bewegung schob er mit seinem Knie ihre Beine auseinander und legte sich zwischen ihre Schenkel. Sein Gewicht drückte sie tief in den Schnee.

Jay stöhnte auf, als er mit seiner Zunge in ihren Mund eindrang. Mit einem Mal hatte auch sie das Gefühl zu brennen. Ihre Wut, ihr Zorn verwandelten sich in heiße Leidenschaft. Mit ihren Fingern griff sie in sein Haar und erwiderte seinen Kuss mit derselben rauschhaften Begierde, die auch Steve empfand. Lustvoll bewegte er seine Hüften an den ihren, immer drängender, hungriger, fordernder, nur der Jeansstoff seiner Hosen trennte sie noch von einander. Ihr Blut fühlte sich an wie heiße Lava.

Gierig öffnete er ihren Mantel und schob ihn auseinander. Mit seinen Händen umfasste er ihre Brüste. Doch noch immer waren sie durch eine Bluse und ihren Büstenhalter von ihm getrennt. Es reichte ihm nicht, ihre Brüste durch den Stoff hindurch zu spüren. Ungeduldig riss er an den Knöpfen der Bluse. Drei der Knöpfe sprangen ab und fielen in den Schnee, aber das kümmerte ihn nicht. Endlich konnte er die Bluse öffnen und den Stoff zur Seite schieben. Die eisige Luft erfasste ihre nackte Haut, und sie schrie unwillkürlich auf. Doch ihr Schrei wurde durch seinen Kuss gedämpft. Ihr Büstenhalter hatte auf der Vorderseite einen Verschluss. Es bereitete ihm keine Probleme, die Haken zu öffnen, und erregt strich er die dünnen Cups von ihren weißen, festen Brüsten. Ihre Knospen waren hart, hatten sich in der Kälte aufgerichtet, und er konnte sie spüren, als er mit seinen Händen ihre Brüste umfasste.

Er hob den Kopf. „Ich will dich", flüsterte er heiser. „Jetzt." Der Wunsch ging tief – und genauso tief wollte er in ihr sein. Mit seinen Lippen umschloss er ihre Brustspitze, umspielte sie mit seiner Zunge, saugte daran und lauschte Jays unterdrücktem Stöhnen.

Jay glaubte beinahe, sterben zu müssen, so sehr wollte sie ihn. Obwohl er ihr Angst gemacht und ihr wehgetan hatte. Obwohl er sie wütender gemacht hatte, als je zuvor ein Mensch in ihrem Leben. Er hatte die Leidenschaft entfesselt, die schon so lange in ihr schlummerte und darauf gewartet hatte, entdeckt zu werden. Jetzt, so kurz vor dieser Erfüllung, hatte Jay die Kontrolle über ihre Empfindungen vollkommen verloren. Ihre Hände zitterten, ihr Körper bebte – und sie wollte mehr.

Er löste seine Lippen von ihrer Brust. Die eisige Luft auf ihrer feuchten Haut war so schmerzhaft, dass sie unwillkürlich tief einatmete. Ihre Blicke trafen sich. Ihre Augen waren weit aufgerissen, sie wirkte beinahe benommen durch die plötzliche Heftigkeit der Empfindungen, seine Augen dagegen waren zu Schlitzen verengt, sein Blick wild und brennend. Sie wusste, was er wollte, wusste, dass er schweigend darauf wartete, dass sie ihm die Erlaubnis erteilte. Und sie wusste, dass er sie beim geringsten Anzeichen von Einverständnis gleich hier, in der Kälte, im Schnee nehmen würde – und ihr Körper schrie förmlich danach, dass er genau das tat. Sie wollte seinen Namen flüstern … Und plötzlich war sie wieder da – ihre Angst. Sie blickte in seine unbewegliche Miene, mit der er ihre Antwort erwartete. *Sie kannte seinen Namen nicht!* Sie konnte ihn Steve nennen, aber er war nicht Steve. Dies war nicht das Gesicht von Steve. Sie kannte ihn und liebte ihn, aber er war dennoch ein Fremder.

Als er spürte, wie sich ihr Körper unter ihm unvermittelt anspannte, kannte er die Antwort. Fluchend erhob er sich. Mit der Hand rieb er sich den Nacken, so, als könnte diese Geste seine Anspannung lösen. Jay zupfte an ihrer Bluse und versuchte, sie zu schließen, doch die Knöpfe lagen irgendwo im Schnee und ihre Hände zitterten furchtbar. So schloss sie lediglich ihren Mantel und stand auf. Noch vor wenigen Minuten hatte sie das Gefühl gehabt, innerlich zu verbrennen – und jetzt fror sie erbärmlich. Sie war voller Schnee. Sie schüttelte ihn aus ihren Haaren und klopfte ihn von ihrer Jeans und ihrem Mantel ab, so gut es ging. Dann griff sie nach ihrer Strickmütze, doch die war mittlerweile von der Außen- und Innenseite voller Schnee. Angesichts der kleinen Schneeklumpen in der Wolle war es besser, keine Kopfbedeckung zu tragen, als diese Mütze. Ohne ein Wort zu sagen und unfähig, ihn anzusehen, wollte sie sich auf den Weg zur Hütte machen.

Doch er fasste sie grob an der Schulter und drehte sie zu sich herum. „Sag mir, warum, verdammt noch mal", knurrte er.

Jay schluckte. Eigentlich hatte sie ihn gar nicht stoppen wollen. Aber sie konnte ihm nicht von der furchtbaren Angst erzählen, mit der sie jeden Moment, jeden Tag leben musste. „Ich habe es dir schon einmal gesagt", erwiderte sie schließlich. „Es gibt gute Gründe." Eine einzelne Träne rann ihr über die Wange und wurde zu einem salzigen Eiskristall, bevor sie ihr Kinn erreichte.

Seine Miene veränderte sich – die wütende Enttäuschung schien zu weichen –, und er wischte die Träne mit seiner Hand, die in einem dicken Handschuh steckte, fort. „Gibt es die wirklich? Deine Gründe ergeben in meinen Augen nicht viel Sinn. Es ist doch nur natürlich, wenn man sich nacheinander verzehrt. Wie lange, glaubst du, kann ich noch wie ein Mönch leben? Wie lange kannst du noch wie eine Nonne leben? Das bin nicht ich, Baby. Und, verdammt noch mal, es ist nicht so, als ob es das erste Mal wäre!"

Sie glaubte, schreien zu müssen. Sie wollte weinen und sie wollte lachen – doch beides würde keinen Sinn ergeben. Sie wollte ihm die Wahrheit sage, aber ihre größte Angst war es, ihn zu verlieren. Also erzählte sie ihm schließlich die Wahrheit – wenn auch nur einen kleinen Teil. „Es *wird* das erste Mal sein", brachte sie mühsam hervor und suchte nach Worten. „Dieses Mal. Und das macht mir Angst."

Damit stapfte sie davon, und er ließ sie gehen. Als sie in der Hütte ankam, war sie vollkommen durchgefroren. Sie nahm eine heiße Dusche und zog sich anschließend trockene Kleider an. Aus der Küche drang der Geruch von frisch aufgebrühtem Kaffee, und sie folgte dem herrlichen Duft. Als sie den Raum betrat, fand sie Steve am Herd, wo er Bacon briet und in einer Schüssel Eier anrührte. Auch er hatte sich umgezogen, und sie zögerte, als sie sich seiner körperlichen Wirkung bewusst wurde. Er war groß und muskulös, kraftvoll wie ein Puma, und seine Schultern und sein Brustkorb zeichneten sich deutlich unter seinem Shirt ab. In den vergangenen Wochen in der Hütte hatte er an Gewicht zugelegt, seine Muskeln trainiert, und sein Haar war mittlerweile auch ein wenig gewachsen. Er wirkte unzivilisiert und gefährlich und so durch und durch männlich, dass ihr ein Schauer der Erregung über den Rücken lief. Schlagartig wurde Jay klar, dass Steve kein Patient mehr war. Er benötigte keine Hilfe mehr, sondern hatte seine Gesundheit und seine Kraft zurückgewonnen. Sie war ihm gefolgt, weil sie sich Sorgen gemacht hatte, denn in ihren Augen war er noch immer ein verwundeter Kämpfer. Jetzt wusste sie, dass sich die Situation geändert hatte. Unterbewusst hatte sie es schon geahnt, als sie sich gegen ihn gewehrt hatte, das war sonst gar nicht ihre Art. Doch jetzt hatte sie Gewissheit.

Er sah zu ihr auf, sein Blick war abschätzend. „Ich habe frischen Kaffee gemacht. Trink doch eine Tasse. – Du zitterst noch immer. Macht dir der Gedanke, mit mir zu schlafen, so viel Angst?"

„*Du* machst mir Angst!" Sie konnte diese Worte nicht zurückhalten. „Wer du bist. Was du bist."

Steve erstarrte, als er erkannte, was sie vermutete. „Du hast gesagt, ich hätte ‚Super-Spion-Tricks' verwendet."

„Ja", flüsterte sie und entschloss sich, doch eine Tasse Kaffee zu trinken. Sie schenkte sich ein und beobachtete einen Moment lang, wie der Dampf aufstieg, bevor sie einen Schluck nahm. Warum hatte sie das gesagt? Das hatte sie nicht gewollt. Sie litt, hatte Angst, dass ihr Äußerung seine Erinnerung zurückbringen könnte – und sie hatte gleichzeitig Angst, dass er sich nie würde erinnern können. Sie fühlte sich ertappt und hilflos gefangen, weil sie ihn nicht haben konnte, bis er sich erinnerte und sich für sie entschied. Wenn er das tat. Es war genauso gut möglich, dass er einfach fortging – zurück in sein altes Leben.

„Ich hätte nicht gedacht, dass du es weißt", sagte er schlicht.

Abrupt sah sie auf. „Meinst du, du wusstest es?"

„Da muss noch mehr sein, als die vage Möglichkeit, dass ich vor der Explosion etwas gesehen haben könnte. Die Regierung arbeitet nicht so. Ich habe es vermutet, und Frank hat es mir bestätigt."

„Was hat er gesagt?" Ihre Stimme klang mit einem Mal dünn.

Sein Lächeln wirkte genauso dünn und ein bisschen bitter. „Das war so ziemlich alles. Er kann mir aufgrund der heiklen Umstände nicht mehr verraten. Ich bin ein Sicherheitsrisiko. – Wie bist du darauf gekommen?"

„Genau so. Es muss einfach noch mehr hinter der Sache stecken."

„Hast du mich aus diesem Grund zurückgewiesen? Weil ich bin, was ich bin?"

„Nein", flüsterte sie, und in ihren Augen stand ein schmerzvoller, begehrlicher Ausdruck, als sie ihn ansah. Wieso tat es so weh, einen Mann zu lieben? Doch vielleicht tat es auch nur weh, ihn zu lieben.

Sein Körper war angespannt, seine Lippen zusammengepresst. Seine Stimme klang rau. „Schau mich nicht so an. Ich muss mich zusammennehmen, um dir nicht hier auf der Stelle die Kleider vom Leibe zu reißen, dich auf den Tisch zu werfen und zu nehmen – und das ist nicht gerade meine Vorstellung davon, dich zu besitzen. Nicht jetzt. Also schau mich nicht so an, als würdest du dahinschmelzen, sobald ich dich anfasse."

Aber genau das würde ich, dachte sie, obwohl sie den Blick von ihm wandte. Seine Worte und die Vorstellung, wie er sie nahm, jagten ihr heiße Schauer über den Rücken. Sie konnte es vor sich sehen. Seine Liebe wäre roh und heiß, absolut körperlich. Jay war sich sicher: Wenn er sie berührte, würden sie beide verbrennen.

Den Großteil des Tages verbrachte er draußen. Doch die Spannung zwischen ihnen löste sich nicht. Sie hing zwischen ihnen wie dichter Nebel. Als die hereinbrechende Dunkelheit ihn schließlich ins Haus trieb, konnte sie das Feuer in seinen Augen sehen, wann immer er sie anblickte. Empfindungen, von denen sie nichts ahnte, wollten sie in seine Arme drängen und ließen sie sämtliche Warnungen in den Wind schlagen. In dieser Nacht lag sie allein in ihrem Bett und wünschte sich nichts sehnlicher, als zu ihm zu gehen und die langen dunklen Stunden in seinen Armen zu verbringen. Er hatte recht. Was hielt sie davon ab? Es war sowieso schon längst zu spät. Sie liebte ihn, für immer und ewig. Das war die eigentliche Gefahr. Doch es war schon längst um Jay geschehen. Auch ihre Zurückhaltung könnte den Schmerz nicht lindern, der sie mit sich reißen würde – wenn er ging, wenn er sie doch verlassen würde.

Auch in dieser Nacht ging Jay nicht zu ihm. Bei Tageslicht betrachtet sahen die Dinge oft anders aus, als wenn man nachts allein in seinem Bett lag. Doch es war nicht die Vorsicht, die sie davon abhielt, zu ihm zu gehen. Die Umstände waren kompliziert genug: Sie musste einen Namen benutzen, der nicht ihm gehörte, sie musste sogar so tun, als sei er ein anderer Mann. Wenn sie sich zum ersten Mal liebten, sollte es nicht im Dunkel der Nacht passieren. Jay wollte ihm dabei in die Augen sehen. Mehr als alles andere wünschte sie sich, seinen wirklichen, seinen echten Namen zu kennen, um ihn wenigstens tief in ihrem Inneren stumm flüstern zu können, wenn sie sich liebten. Wenn das schon nicht möglich war, wollte sie ihm zumindest in die Augen sehen können, denn es waren *seine* Augen.

Und weil das nicht möglich war, ging sie nicht zu ihm.

Über Nacht war der Chinook aufgekommen, ein warmer Fallwind, der die Kälte vertrieb, die sie bisher mit Neuschnee versorgt hatte. Mutter Natur lachte sich bestimmt ins Fäustchen, als sie nun ganz plötzlich und unerwartet den Schnee schmelzen ließ und die Menschen mit einem Hauch von Frühling lockte, der erst in einem guten Monat Einzug halten würde. Der schmelzende Schnee tropfte von den Bäumen und verursachte ein Geräusch wie stetiger Regen. In der Nacht hatte es ein paar Mal laut gekracht, wenn der schwere Schnee von den Ästen der Bäume gefallen war.

Die steigenden Temperaturen machten Jay noch unruhiger, und sie war bereits im Morgengrauen auf den Beinen. Sie konnte kaum glauben, was sie sah, als sie einen Blick aus dem Fenster warf. Die heißen Winde hatten ihr Winterwunderland in eine matschige braune Wiese verwandelt, auf der einzelne Schneeinseln vor sich hinschmolzen. Es tropfte noch immer vom Dach der Hütte, und der warme Wind prickelte auf ihrer Haut. Wie war das alles so schnell möglich gewesen?

„Der Chinook", sagte Steve, der unvermittelt hinter ihr aufgetaucht war. Sie fuhr herum, und ihr Herz machte einen Sprung. Sie hatte ihn nicht kommen hören. Er bewegte sich lautlos wie eine Katze. Im Augenblick sah er so schlecht gelaunt aus, dass sie beinahe einen Schritt zurückgewichen wäre. Seine Augen waren hart und kalt, ein Blauschatten schimmerte auf seinem unrasierten Kinn. Er wandte seinen Blick von ihr zum Fenster. „Genieße es, solange du kannst. Es wird sich wie Frühling anfühlen, doch wenn der Chinook vorüber ist, wird der Schnee zurückkehren."

Schweigend nahmen sie ihr Frühstück zu sich, und er verließ die Hütte gleich danach. Später am Vormittag hörte Jay, wie er mit der Axt Holz schlug. Sie beobachtete ihn vom Küchenfenster aus. Er hatte seinen Mantel ausgezogen und die Ärmel seines Hemdes aufgerollt. Es war kaum zu glauben, aber sie konnte Schweißflecke unter seinen Armen und auf seinem Rücken erkennen. War es wirklich so warm?

Sie trat auf die Veranda hinaus und hob ihr Gesicht dem warmen süßlich duftenden Wind entgegen. Es war wirklich unglaublich! Ihre Haut prickelte. Im Vergleich zu den vergangenen Tagen war die Temperatur spürbar gestiegen und die Sonne strahlte von einem wolkenlos blauen Himmel. Ihre Jeans und das Flanellhemd waren ihr viel zu warm, kleine Schweißperlen bildeten sich bereits auf ihrer Haut.

Ausgelassen wie ein Kind rannte sie in ihr Schlafzimmer und entledigte sich ihrer viel zu dicken und schweren Kleidungsstücke. Sie konnte sie nicht eine Minute länger auf ihrem Körper ertragen. Sie wollte die Luft auf ihren nackten Armen spüren, wollte sich frisch und frei fühlen wie der Chinook. Auch wenn der Winter jeden Augenblick zurückkehren konnte … Und wenn schon – im Moment regierte der Frühling!

Sie zog ihr Lieblingskleid aus dem Schrank und schlüpfte hinein. Es war aus weißer Baumwolle, ärmellos, mit einem tiefen Ausschnitt und viel zu dünn für die Temperaturen hier oben, doch es passte genau zu ihrer Stimmung. Manche Dinge musste man einfach zelebrieren – und dieser Chinook gehörte dazu.

Sie summte, während sie das Mittagessen vorbereitete. Es dauerte eine Zeit lang, bis sie bemerkte, dass Steve aufgehört hatte, Holz zu hacken. Wenn er rechtzeitig zum Mittagessen einfach gegangen war, würde sie allein essen. Dann musste er eben darauf verzichten! Noch immer hatte sie ihm den Angriff vom Vortag nicht verziehen.

Plötzlich hörte sie ein leises Geräusch vor der Hütte. Sie nahm die Suppe vom Herd und trat aus der Vordertür nach draußen. Er hatte den Jeep vor der Hütte abgestellt und wusch ihn. Es war eine so „normale" Szene, dass Jay auf die Veranda hinaustrat, zur Treppe ging und sich auf die oberste Stufe setzte, um ihn zu beobachten.

Er sah zu ihr herüber, und sein Blick glitt über ihr Kleid. „Übertreibst du es nicht ein bisschen?"

„Ich fühle mich wohl so", erwiderte sie und meinte es auch so. Die Luft war kühl und warm zugleich. Es war ein herrliches Gefühl, die Sonne auf der Haut zu spüren. Auch Steve hatte sich den wärmeren Temperaturen angepasst, sein Hemd aufgeknöpft und aus der Jeans gezogen.

Sie betrachtete ihn, während er abwechselnd den Wagen einseifte und abwusch. Jedes Mal musste er den Schwamm zur Seite legen, um den Schlauch zu holen und den Schaum abzuwaschen. Schließlich stand sie auf, ging zu ihm hin und nahm ihm den Schlauch ab. „Du shampoonierst, ich spüle nach."

„Erwartest du jetzt, dass wir es mit dem Geschirr genauso machen?", knurrte er.

„Das wäre nur fair. Immerhin habe ich schon das Kochen übernommen."

„Ja, aber ich muss all das Zeug essen, das du kochst, damit nichts verdirbt."

Sie sah ihn übertrieben mitleidig an. „Armer schwarzer Kater. Ich werde sehen, was ich tun kann, um dich ein bisschen zu entlasten."

„Frauen. Ärgere sie ein bisschen, und sie werden gehässig. Manche Menschen können einfach keinen Spaß vertragen."

Jay richtete den Schlauch auf die Stelle am Wagen, die er gerade gewaschen hatte. Er hatte keine Zeit mehr zurückzutreten, und so traf der Wasserstrahl den Wagen mit voller Wucht und spritzte Steve mitten ins Gesicht und auf die Kleider. Er wich zurück und fluchte. „Verdammt, pass doch auf, was du tust!"

„Manche Menschen können einfach keinen Spaß vertragen", flötete Jay und richtete den Schlauch direkt auf ihn.

Er schrie auf, als das kalte Wasser ihn traf. Er hob die Hände schützend vor die Augen und versuchte sie zu packen. Jay gluckste ausgelassen und rannte um den Jeep herum. Als er sich zu ihr umdrehte, erwischte sie ihn wieder.

Er fuhr sich mit gespreizten Fingern durch das nasse Haar, und seine hellen braunen Augen nahmen wieder einmal dieses unheilvolle gelbe Flackern an. „Jetzt kannst du was erleben", sagte er grinsend und sprang mit einem Satz auf die Kühlerhaube des Jeeps. Jay schrie auf und rannte zum Heck des Wagens. Doch der Schlauch, den sie hinter sich herzog, hing an den Reifen fest. Wie eine Wahnsinnige zerrte sie daran, während Steve auf den Boden sprang. Er lachte so hinterhältig, dass sie unwillkürlich wieder aufschrie, den Schlauch fallen ließ und sich in Sicherheit brachte.

Schnell griff Steve nach dem Schlauch, änderte abrupt seine Richtung und rannte zur Kühlerhaube zurück, um ihn freizubekommen. Im nächsten Moment stand er direkt vor Jay.

„Warte", rief sie lachend und hob abwehrend die Hände. „Es ist Mittag. Ich bin rausgekommen, um dir Bescheid zu sagen. Die Suppe ist fertig …" Ein Schwall kalten Wassers traf sie mitten ins Gesicht.

Der Strahl war unfassbar kalt. Sie kreischte und versuchte, sich in Sicherheit zu bringen, doch immer, wenn sie sich umdrehte, stand er schon vor ihr. Von Kopf bis Fuß war sie vollkommen durchnässt. Schließlich erkannte sie, dass ihre einzige Chance ein Angriff war, und sie rannte auf ihn zu. Er lachte laut auf – doch das Lachen wurde erstickt, als sie die Düse zu fassen bekam und sie direkt auf sein Gesicht richtete, sodass der Wasserstrahl in seinen Mund schoss. Sie kämpften um die Düse, lachend und kreischend, wenn das eiskalte Wasser sie traf.

„Waffenstillstand, Waffenstillstand!", schrie sie und wich zurück. Nasser konnte sie nicht mehr werden – und bei ihm sah die Sache nicht anders aus. Beinahe zufrieden stellte sie fest, dass ihr kleiner Kampf fast unentschieden ausgegangen war.

„Gibst du auf?", fragte er.

„Wieso aufgeben?", rief sie. „Wir sind beide klatschnass."

Einen Moment lang dachte er darüber nach und nickte dann. Er ging zum Wasserhahn, drehte ihn zu und wickelte den Schlauch auf. „Du kämpfst mit allen Mitteln. Ich mag das bei Frauen."

„Alles klar. Schmier mir ruhig Honig ums Maul. Du willst bloß sichergehen, dass ich nicht aufhöre zu kochen."

„In dieser Situation würde ich alles von dir nehmen, was ich kriegen kann."

Auf einen Schlag war die Ausgelassenheit verschwunden. Er ließ den Schlauch fallen und straffte die Schultern. Seine Miene wirkte undurchdringlich, als er sie nun ansah.

Jay stockte der Atem. Nie zuvor hatte er schöner ausgesehen, als in diesem Augenblick – seine Kleider vollkommen durchnässt, mit nassem Haar und unrasiert stand er vor ihr. Ein begehrlicher Ausdruck funkelte in seinen Augen. Langsam ließ er seinen Blick über ihr Gesicht schweifen, über ihren Körper. Er ließ sich Zeit, ihre Formen zu betrachten.

Plötzlich wurde ihr klar, dass er mehr sehen konnte, als nur ihren Umriss, nur ihre Kurven. Ihr weißes Baumwollkleid war so gut wie durchsichtig und klebte nass an ihrem Körper. Sie konnte nicht anders, als ebenfalls an sich hinabzuschauen. Ihre Brüste zeichneten sich deutlich unter dem feuchten Stoff ab, und der Stoff schmiegte sich an ihre Hüften und Schenkel. Mit den Sonnenstrahlen, die durch den Stoff schienen, hätte sie ebenso gut nackt vor ihm stehen können.

Sie blickte zu ihm auf und erstarrte, als sie den Ausdruck in seinem Gesicht bemerkte. Er sah sie mit einer so unverhohlenen Begierde an, dass ihr Herz einen Sprung machte. Das Blut schoss durch ihre Adern. Ihre Beine zitterten, und sie spürte, wie sie heiß und feucht wurde. Scharf sog sie die Luft ein.

Er blickte auf. Für einen weiteren Moment verharrte er reglos. Ihre Lippen waren leicht geöffnet und zitterten ein wenig. Sie wandte die Augen nicht von ihm. Ihre Knospen waren hart und unter dem nassen Stoff deutlich sichtbar. Sie ließ ihre Arme hängen und erlaubte ihm, sie ganz genau zu betrachten. Er erschauerte – und plötzlich versagte seine eiserne Selbstkontrolle.

Sie war unfähig, sich zu bewegen. Er ging auf sie zu, ohne seinen Blick von ihr abzuwenden, ohne etwas anderes zu sehen oder zu hören. In diesem Moment wirkte er wie ein Tier, das von seinen Instinkten gesteuert wurde. Er atmete schwer, und seine Nasenflügel erzitterten. Wassertropfen rannen über seine Haut. Sie erwartete ihn, bebend vor Begierde und Angst – denn er war außer Kontrolle und wollte sie, und sie wusste es. Es war eine berauschende Angst, die einerseits lähmte und andererseits mit Vorfreude erfüllte, die so heftig war, dass es beinahe wehtat.

Endlich legte er seine Hände auf ihren Körper, und sie stöhnte auf. Seine Berührung war wie eine Erlösung, die ihre Spannung schlagartig lockerte.

Es blieb ihr keine Zeit zu reagieren. Sie hatte erwartet, dass er sie auf seinen starken Armen ins Bett trug, doch er war weit davon entfernt, auch nur einen Gedanken an Feingefühl zu verschwenden. Nichts wollte er im Augenblick mehr, als sie zu besitzen – jetzt und hier. Er drückte sie auf den kalten nassen Boden, der trotz des Chinooks noch gefroren war. Jay schrie unwillkürlich auf, als sie die eisige Kälte an ihrem Rücken spürte. Spontan wollte sie sich aufrichten, um der Kälte zu entfliehen. Doch Steves Hände drückten sie zurück. Er legte sich auf sie, hielt sie mit seinem Gewicht am Boden. Ungeduldig zerrte er an ihrem Kleid und schob den Rock bis zu ihrer Taille hoch. „Spreiz deine Beine", flüsterte er, und seine Stimme klang kehlig. Mit seinen Knien drückte er ihre Schenkel bereits auseinander.

Erregung durchströmte sie. „Ja", wisperte sie und klammerte sich mit ihren Händen an seinen Schultern fest. Sie wollte ihn so sehr, dass es ihr egal war, wo sie waren oder wie ungeduldig und drängend er war. Später würde noch genug Zeit sein für eine Verführung – und für Reue. Im Augenblick zählte nur der schnelle harte Akt.

Es gab kein Vorspiel, kein Küssen, kein Liebkosen oder Streicheln. In den vergangenen Monaten hatte sich zwischen ihnen eine extreme Spannung aufgebaut – der letzte Schritt war jedoch nicht vollzogen worden. Und jetzt konnten und wollten sie sich nicht länger zurück- halten. Ungeduldig riss er ihr das Höschen einfach vom Leibe und öffnete seine Hose, die er nur so weit, wie es nötig war, nach unten schob. Dann drückte er ihre Schenkel noch weiter auseinander und legte sich auf sie.

Sie stieß einen kleinen Schmerzensschrei aus, als er versuchte, in sie einzudringen, es jedoch nicht schaffte. Vorsichtig änderte er seine Position und versuchte es noch einmal. Dieses Mal glitt er tief in sie hinein. Ein kleiner Schreck durchfuhr ihren Körper, sie musste sich erst an ihn gewöhnen. Sie stöhnte auf.

Er stützte sich auf seine Ellbogen, und Jay blickte benommen zu ihm auf. Seine goldenen Augen hatten einen wilden Ausdruck an- genommen, seine Miene wirkte undurchdringlich und entschlossen, und er beugte sich über sie, während er in sie eindrang. Sie bog sich ihm entgegen, um ihn ganz in sich aufzunehmen. Ihr Herz schien vor Liebe beinahe zerspringen zu müssen. Das hatte sie sich gewünscht. Sie hatte sein Gesicht sehen wollen, seine raubtierhaften Augen, hatte sich sein Bild in ihrem Kopf und ihrem Herzen einprägen wollen, ge- nau wie er sich ihren Körper durch seine Berührungen einprägte. Mit der eisigen Erde unter sich, dem strahlend blauen Himmel über sich und mit der hellen Sonne auf seinem Gesicht waren sie rein und ur- sprünglich und vollkommen eins mit ihrer Umgebung. Jay wusste: Egal wie sein Name war oder was er tat, er war ihre große Liebe, er war ihr Mann.

Sie hob ihre Hüften, um seinen Druck, sein drängendes Verlan- gen entgegenzunehmen. Ihr Körper erbebte unter seinen kraftvollen Stößen. Er stöhnte auf und schob seine Arme unter sie, um sie noch mehr anzuheben, um ihre Körper so eng aneinanderzupressen, dass sie beinahe zu verschmelzen schienen. Plötzlich bäumte er sich auf und erzitterte erlöst.

Sie hielt ihn ganz fest. Ihre Beine hatte sie noch immer um seine Hüften geschlungen, und mit ihren Armen umklammerte sie seine

Schultern, während er sie erfüllte, keuchend und zitternd. „Ich liebe dich", sagte sie immer und immer wieder, aber ihre Lippen bewegten sich tonlos. Sie schloss die Augen, spürte den warmen Wind auf ihren Wangen und sein Gewicht auf ihr und in ihr. Und sie wusste, dass er sie durch diesen harten schnellen Akt für immer besitzen würde – egal, was geschah, wenn seine Erinnerungen zurückkamen.

*R*eglos lagen sie beieinander. Die einzige Bewegung verursachte der Wind, der sacht durch ihr Haar strich. Der einzige Laut kam von den Bäumen, die leise raschelten, seufzend. Jay fühlte sich benommen. Was war gerade geschehen? Ihre Sinne waren in Aufruhr, als hätte sie einen Sturm überstanden. Sie war unfähig, sich zu rühren, unfähig, irgendetwas zu tun.

Er stützte sich auf seinen Händen ab und sah mit einer so düsteren Miene auf sie hinunter, dass sie unwillkürlich zusammenzuckte. Er fluchte – seine Stimme klang tief und rau –, während er sich von ihr löste und sich über sie kniete. Die Unsicherheit lähmte sie, als ihr träger Verstand versuchte, sich seine Wut zu erklären.

Er zog seine Hose hoch, hielt sich jedoch nicht damit auf, sie zuzuknöpfen. Stattdessen reichte er Jay die Hand, hob sie auf seine Arme und stand mit ihr zusammen auf. Die Leichtigkeit, mit der er das tat, verriet nichts über die Kraft, die dazu vonnöten war. Ohne auch nur ein Wort zu sagen, stieg er mit ihr auf dem Arm die Treppe hinauf und ging ins Haus. Dann trug er sie ins Badezimmer. Nachdem er sie vorsichtig auf dem kleinen Teppich abgesetzt hatte, beugte er sich vor, um das Wasser in der Dusche anzustellen. Wortlos richtete er sich wieder auf und drehte sich zu ihr um. Er öffnete ihr Kleid und zog es ihr behutsam über den Kopf. Sie stand nackt und zitternd vor ihm. Es war nicht nur die Kälte, die sie erschauern ließ – es waren auch die Nachwirkungen. Ruhig, mit wachem Blick sah sie ihn an, ließ ihre Arme hängen – und spürte plötzlich Angst in sich aufsteigen. *Was war los?*

Eilig streifte er seine Kleider ab, hob Jay in die Duschwanne, stellte sich neben sie und schloss die Tür der Duschkabine hinter ihnen. Unbeabsichtigt wich Jay ein Stück zurück, ein wenig verwirrt, wie viel Raum er einnahm. Stumm beobachtete sie das Spiel seiner Rückenmuskeln, während er das Wasser einstellte. Warmes Wasser strömte aus dem Duschkopf, und in kürzester Zeit waren die Wände der Kabine beschlagen. Steve schob Jay unter das warme Wasser und zwang sie, dort stehen zu bleiben, obwohl sie protestierte, weil das heiße Wasser auf ihrer eiskalten Haut stach wie tausend kleine Nadeln.

„Nein, du musst dich aufwärmen", sagte er schroff und rieb mit seinen Händen über ihre Arme und Schultern. „Dreh dich um und lass mich dir die Haare waschen."

Wie in Trance tat sie, was er wollte. Ihr wurde bewusst, dass ihr

Kopf wahrscheinlich über und über mit Matsch bedeckt war. Er bewegte seine Hände ganz sanft, als er ihre Haare einseifte und dann ausspülte. Schließlich wusch er ihren Körper. Das warme Wasser und die sanfte Hitze seiner Berührungen fühlten sich so gut an. Zuerst wusch er ihre Brüste und ihren Bauch, dann ihre Beine und ihren Po und schließlich ließ er seine Hände zwischen ihre Schenkel gleiten. Ihr Atem wurde heftiger, und sie spürte die Hitze in sich aufwallen.

Seine Bewegungen wurden langsamer, und er presste die Kiefer aufeinander. Jay stockte der Atem, als er ihre empfindlichste Stelle sanft streichelte. Seine Fingerspitzen berührten sie kaum. Dann drang er mit einem Finger ganz vorsichtig in sie ein. Sie hielt sich an seinen Schultern fest, grub ihre Fingernägel in seine glatte, nasse Haut. Ihre Brustspitzen waren hart vor Verlangen. Sie schmiegte sich an ihn, in lustvoller Erwartung seiner Berührungen. Und sie wollte so viel mehr. Sie spürte seine Männlichkeit an ihren Hüften, spürte seine Erregung, und eine elektrisierende Vorfreude durchzuckte sie.

Er murmelte etwas, doch seine Stimme klang so heiser, dass sie seine Worte nicht verstehen konnte. Dann zog er sie an sich und bedeckte ihren Mund mit Küssen. Sie ergab sich seinem Drängen und umschlang mit ihren Händen seinen Nacken. Ihre nassen Körper schmiegten sich aneinander. Sie fühlte seine Brusthaare an ihren Brüsten, fühlte seine harten Bauchmuskeln an ihrem weichen Bauch, fühlte seine Männlichkeit. „Ja", wisperte sie.

„Es tut mir leid, Baby", sagte er. Seine Worte klangen rau, stürmisch und drängend. Mit seinen Lippen glitt er an ihrem zarten Hals entlang, küsste sie, biss sachte in die kleine Wölbung zwischen Schulter und Hals, wo ihr Puls pochte. „Ich wollte nicht so roh und brutal sein."

Darum also war er so wütend – nicht auf sie, sondern auf sich selbst. Doch das hielt ihn nicht davon ab, sie noch einmal zu nehmen, noch einmal ganz zu besitzen. Sie konnte den Hunger in seinem starken, muskulösen Körper spüren, und wieder reizte es sie, dass er seine eiserne Selbstbeherrschung verlor und nur seinem Instinkt folgte. Ihr Liebesakt war so anders, als der, den sie in ihrer Ehe mit Steve kennengelernt hatte. Steve hatte immer seine kühle Fassade aufrechterhalten, hatte immer einen Teil von sich vor ihr verschlossen. Und das hatte sie, hatte ihre leidenschaftliche Seite verletzt, denn sie brauchte so viel mehr. Der Mann, der sie nun in seinen Armen hielt, ergab sich seiner Begierde, war außer sich in seinem Wunsch, sie zu besitzen – und diese Wildheit passte zu der Leidenschaft, die in ihr loderte. Ihr ganzes Leben lang hatte sie auf diesen einen Menschen gewartet. Auf diesen Mann, dem sie sich ganz hingeben konnte und der die Abgründe ihrer tiefen Leidenschaft teilen konnte. Er war ihr Gegenstück, ohne dass sie sich hinter einer Mauer unnachgiebiger Selbstkontrolle verschanzt hatte. Erst jetzt, erst dieser Mann hatte sie aus ihrer unfreiwilligen Rolle erlöst.

Sie klammerte sich an ihn wie eine Ertrinkende und bog sich seinem Körper entgegen. „Ich liebe dich", hauchte sie, denn das waren die einzigen Worte, die ihr in diesem Moment über die Lippen kamen, die einzigen wahren Worte in diesem Sumpf aus Lügen und Täuschungen.

Er löste sich von ihrem Hals und sah sie an. Sein Gesicht war so nahe, dass sie nichts außer seinen brennenden Augen wahrnahm. „Ich habe dir wehgetan", flüsterte er.

Das konnte sie nicht bestreiten. „Ja", erwiderte sie und küsste ihn voller Leidenschaft. Er umschloss sie mit seinen Armen und zog sie so fest an sich, dass sie das Gefühl hatte, nicht mehr richtig atmen zu können – doch das war ihr egal. Sie wollte ihn nur küssen. Sie wollte ihn nur lieben.

Doch schließlich gewann er einen Rest an Kontrolle zurück, drehte das Wasser ab und hob sie aus der Dusche. Auch während er kurz das Wasser von ihrem Körper strich und sie dann – nass wie sie waren – in sein Bett trug, nahm sie nicht ihre Arme von seinem Nacken. Die Laken waren ihr egal. Alles, was sie interessierte, war sein warmer Mund auf ihren Brüsten, das Gefühl seiner rauen Fingerspitzen auf ihrer weichen Haut und schließlich das kraftvolle Eindringen in ihren Körper. Es war noch immer so überraschend, so neu für sie, dass sie aufschrie und instinktiv versuchte, ihre Schenkel zusammenzupressen. Doch dadurch umschloss sie mit ihren Beinen seine Hüften nur noch fester, und durch ihre Bewegung nahm sie ihn noch tiefer in sich auf.

Er biss die Zähne zusammen und zwang sich, reglos zu verharren, obwohl ihm jede Faser seines Körpers entgegenschrie, sich zu bewegen. Der Drang war so übermächtig, dass Steve um sich herum nichts mehr wahrnahm – nur noch diese Frau in seinen Armen, diese Frau, deren schlanker Körper ihn umschloss und die ihn beinahe wahnsinnig machte. Aber um ihretwillen schaffte er es, sich nicht zu bewegen, bis sie sich an ihn gewöhnt hatte und sich ein wenig entspannte. Auf seine Ellbogen gestützt, damit sein Gewicht sie nicht erdrückte, lag er auf ihr und betrachtete sie. Er genoss den intensiven, vollkommen in sich versunkenen Ausdruck in ihren Augen, als sie ganz leicht und beinahe zögerlich ihre Hüften anhob, um ihn ganz in sich aufzunehmen. Ein tiefer Seufzer entrang sich seiner Brust. Er wusste, dass er beim ersten Mal zu brutal, zu drängend gewesen war, um ihr Zeit zu geben, das Liebesspiel zu genießen – doch dieses Mal zelebrierten sie es gemeinsam.

Ihre Lippen verzogen sich ganz sacht zu einem Lächeln, das so weiblich, so verführerisch war, dass es ihm fast den Atem raubte. Ihre tiefblauen Augen lockten ihn, forderten ihn heraus. Wieder hob sie ihre Hüften. „Worauf wartest du?", hauchte sie.

„Auf dich", antwortete er. Und sogar als er sich in der unbekümmerten Verzückung verlor, sie zu lieben, blieben seine Worte doch wahr. Er hatte sein ganzes Leben auf sie gewartet.

Er hatte einen leichten Schlaf. Obwohl er nach dem Liebesspiel erschöpft war, störten ihn doch die feuchten Laken. Zuvor war ihnen das gar nicht aufgefallen. Jay lag in seinen Armen, ermattet und schlafend. Er wollte sie nicht wecken, doch er wollte auch nicht, dass sie sich in den nassen Betttüchern verkühlten. Vorsichtig erhob er sich mit Jay im Arm aus dem Bett und trug sie hinüber in ihr Schlafzimmer, wo er sie in ihr trockenes Bett legte. Sie gab einen verärgerten Laut von sich, als er sie ablegte, entspannte sich jedoch gleich wieder, und ihr Atem ging ruhig und gleichmäßig, als er ihren Rücken streichelte. Dann legte er sich zu ihr ins Bett, und sie schmiegte sich an ihn, ergab sich seiner festen, besitzergreifenden Umarmung.

Seine Empfindungen für sie waren so tief, so intensiv, dass es beinahe wehtat. Obwohl er seine Erinnerungen noch nicht wiedererlangt hatte, spürte er, dass ihn noch keine Frau so sehr um den Verstand gebracht hatte wie Jay. Nie hatte er eine andere Frau so sehr begehrt wie sie, nie so lange auf eine Frau gewartet wie auf sie. Sie zerschlug alle Zweifel. Ihretwegen hatte er nicht weiter über den Verlust seiner Erinnerungen nachgedacht. Zwar empfand er Groll und eine gewisse Neugierde, wenn er an sein Wissen dachte, an das er im Augenblick nicht herankam, doch er verspürte auch nicht das Bedürfnis, sich weiter mit dem Thema zu beschäftigen. Sein vergangenes Leben interessierte ihn nicht mehr, weil Jay jetzt und hier bei ihm war. Sie waren auf eine Art miteinander verbunden, die über die bloße Erinnerung hinausging.

Doch etwas machte ihn stutzig, als er nun neben ihr lag und seine raue Hand von ihren Hüften zu ihren warmen festen Brüsten gleiten ließ. Von all den Erinnerungen, die er behalten hatte, war keine in irgendeiner Form mit Jay verbunden. Er ärgerte sich darüber, dass er an die Zeit mit Jay keine Erinnerung mehr besaß. Er wollte sich jeder Minute, die er mit ihr verbracht hatte, entsinnen, und er wollte wissen, warum er sie schließlich verloren hatte. Er wollte sich an ihre Hochzeit erinnern, wollte sich daran erinnern, wie es sich angefühlt hatte, zum ersten Mal mit ihr zu schlafen. Der Verlust dieser Bilder, dieser Empfindungen nagte an ihm. Sie war der Mittelpunkt seines Lebens – warum war ihm nicht *irgendetwas* vertraut gewesen? Warum hatte er tief in seinem Inneren kein vertrautes Gefühl empfunden, als er ihre weiche Haut berührt hatte, warum waren ihm ihre festen Brüste oder ihre rosigen Knospen nicht bekannt vorgekommen? Warum hatte er das Gefühl nicht wiedererkannt, als er in die heiße Enge ihres Körpers gedrungen war?

Alles war neu gewesen.

Sie bewegte sich sacht an seiner Seite, und er hörte auf, sie zu streicheln und genoss das Gefühl, sie einfach nur zu berühren, zu spüren. Sie würden heiraten, sobald er sie überredet hatte – und nun hatte er eine überzeugende Waffe zur Verfügung.

Plötzlich tauchte wie aus dem Nichts ein Bild vor seinem inneren Auge auf. Eine lachende Braut und ein Bräutigam standen vor ihm. Sie wirkten aufgeregt, stolz, behutsam und ungeduldig zugleich. Der Bräutigam schüttelte den Kopf. Sie strahlte ihn an. Die Braut umarmte ihn stürmisch. „Du hast es geschafft!", jubelte sie. „Ich wusste, dass du es kannst."

Eine ältere Frau und ein Mann umarmten ihn ebenso fest. „Ich bin froh, dass du wieder da bist, Sohn", sagte der Mann, und die Frau weinte ein wenig, obwohl sie ihm zulächelte. Ihr Lächeln war voller Liebe. Eine Menge anderer Leute kamen, um ihm die Hand zu schütteln, ihn zu umarmen, ihm auf den Rücken zu klopfen. Dann verschwamm die Szene vor seinen Augen, und er konnte nur noch ein Stimmenmeer hören.

Reglos lag er neben Jay, hatte die Kiefer zusammengepresst und musste sich zusammenreißen, um nicht aus dem Bett zu springen. Woher um alles in der Welt war diese Erinnerung gekommen? Der Mann hatte ihn „Sohn" genannt, doch das konnte sowohl ein Ausdruck von Zuneigung sein als auch ein Ausdruck einer verwandtschaftlichen Beziehung. Er hatte keine Familie, also waren diese Menschen wohl enge Freunde gewesen. Dabei hatte Jay gesagt, dass er immer ein Einzelgänger war. Wer also konnten diese Leute sein?

Machten sie sich Sorgen um ihn? Wusste Jay etwas über sie?

Verdammt – war es eine Begebenheit gewesen, die sich tatsächlich zugetragen hatte, oder war es eine Szene aus einem Film, den er früher einmal gesehen hatte?

Film. Der bloße Gedanke an dieses Wort löste eine weitere Erinnerung in ihm aus. Diesmal sogar mit Untertiteln. Es war eine Fernsehsendung über Afghanistan gewesen. Unvermittelt veränderten sich die Bilder. Er sah einen anderen Film, in dem ein bekannter, gefeierter Schauspieler die Hauptrolle spielte. Es war ein guter Film. Dann, wie in Zeitlupe, veränderte sich die Szene ein weiteres Mal. Er stand mit dem Schauspieler auf einem Dach, als der Mann plötzlich eine 45er Automatik aus seiner Tasche zog und diese bedrohliche Waffe auf ihn richtete. Mit einer 45er Automatik war nicht zu spaßen. Damit konnte man die Zukunft eines Mannes erheblich beeinflussen. Doch der Typ stand zu nah bei ihm und war zu durcheinander und unkonzentriert. Steve sah, wie er selbst mit seinem Fuß ausholte und den Kerl vom Dach stieß. Der Schauspieler taumelte zurück, stolperte, fiel über die niedrige Kante und schrie, als er die sieben Stockwerke zu Boden fiel.

Steve starrte an die Schlafzimmerdecke und spürte, wie ihm der Schweiß den Körper herunterlief. War das auch eine Szene aus einem Film gewesen? Warum konnte er sich ausgerechnet an Filme erinnern? Und warum waren sie so realistisch, als sei er selbst ein Teil von ihnen gewesen? Er musste seinen Arzt danach fragen. Doch immerhin war das ein Zeichen, dass seine Erinnerung zurückkehrte, so wie sie es ihm vorausgesagt hatten. Er musste sowieso zum Arzt, um seine Augen untersuchen zu lassen. Es war noch immer eine unglaubliche Strapaze, etwas zu lesen, und dieses Gefühl der Anstrengung war nicht weniger geworden. Er brauchte eine Brille. Brille …

Ein älterer Mann lächelte ihn gutmütig an und nahm seine Brille ab, die er auf den Schreibtisch legte. „Herzlichen Glückwunsch, Mr Stone", sagte er.

Er fluchte unterdrückt, als die Szene wieder verschwamm. Das war wirklich merkwürdig. Warum sollte der Mann ihn „Mr Stone" nennen? Hatte er vielleicht einen falschen Namen benutzt? Ja, das ergab Sinn – falls diese Szene nicht wieder ein Stück aus irgendeinem Film war. Vielleicht war es wieder nur etwas, das er im Kino oder im Fernsehen gesehen und gar nicht selbst erlebt hatte.

Jay regte sich in seinen Armen und wachte auf. Sie hob ihren Kopf und blickte ihn beunruhigt an. „Was ist los?"

Selbst mitten im Schlaf hatte sie seine Anspannung gespürt – seit ihrer ersten Begegnung hatte sie diesen Feinsinn bewiesen. Er schaffte es, zu lächeln, und strich mit der Rückseite seiner Finger über ihre Wange. „Nichts", versicherte er. Sie wirkte müde und sinnlich, ihre Augen waren leicht verengt, ihr verführerischer Mund war noch geschwollen von seinen harten begierigen Küssen.

Sie blickte sich um. „Wir sind in meinem Zimmer", stellte sie verwirrt fest.

„Hm. Die Laken in meinem Bett waren nass, also habe ich dich hierher gebracht."

Eine sanfte Röte überzog ihre Wangen, als sie daran dachte, wieso das Betttuch so feucht geworden war, doch ihr Lächeln war verschwiegen und zufrieden. Sie hob ihre Hand und berührte sein Gesicht, so wie er ihr Gesicht berührt hatte. Mit ihren tiefblauen Augen betrachtete sie seine Züge, sanft und aufmerksam, musterte jede Linie, jede Falte, um den Hunger in ihrem Herzen zu stillen. Sie war sich dessen nicht bewusst, doch er nahm den Ausdruck in ihren Augen wahr, und seine Brust zog sich schmerzvoll zusammen. Er wollte sagen: „Liebe mich nicht zu sehr." Doch er konnte nicht, denn es war lebenswichtig für ihn, dass sie ihn genau *so* liebte.

Er räusperte sich. „Wir haben die Wahl."

„Haben wir? – Natürlich haben wir die Wahl. Inwiefern?"

„Wir könnten aufstehen und essen, was du …", er unterbrach sich, um einen Blick auf die Uhr zu werfen, „… vor drei Stunden gekocht hast, oder wir könnten versuchen, auch dieses Bett zu verwüsten."

Sie dachte einen Moment lang darüber nach. „Ich denke, wir sollten etwas essen, weil ich nämlich ansonsten nicht die Kraft habe, dir beim Verwüsten dieses Bettes zu helfen."

„Sehr klug gedacht." Er umarmte sie und zögerte, aufzustehen, obwohl er Hunger hatte. Stattdessen genoss er es, mit seinen Händen über die Wölbungen ihres Körpers zu streichen. Er hielt kurz inne und legte dann seine Hand auf ihren Bauch. „Falls du nicht dieses Wochenende heiraten willst, sollten wir auch etwas in Sachen Verhütung unternehmen."

Jay fühlte sich, als könnte sie nicht mehr richtig durchatmen. Ein paar herrliche Stunden lang hatte sie vergessen, wie eingeengt, wie gefangen sie sich in diesem Labyrinth der Lügen fühlte. Sie wünschte sich nichts mehr, als einfach zu sagen: „Ja, lass uns heiraten." Aber sie wagte es nicht. Nicht, bis er wusste, wer er war – und bis auch sie selbst herausgefunden hatte, wer er war. Also ignorierte sie den ersten Teil seiner Äußerung und antwortete: „Wir müssen uns über die Verhütung keine Gedanken machen. Ich nehme die Pille. Mein Arzt hat sie mir vor sieben Monaten verschrieben, weil meine Periode so unregelmäßig kam."

Er kniff die Augen ein wenig zusammen und drückte ganz sanft auf ihren Bauch. „Fehlt dir etwas?"

„Nein. Es war nur der Stress bei der Arbeit. Mittlerweile würde ich bestimmt wieder ohne die Pille auskommen." Dann lächelte sie und legte ihren Kopf an seine Schulter. „Obwohl sich die Situation jetzt plötzlich ganz anders entwickelt hat."

„*Plötzlich.* Ja, verdammt. Ich war wohl in den vergangenen zwei Monaten nicht immer ganz einfach … Trotzdem könnten wir noch dieses Wochenende heiraten."

Sie löste sich aus seiner Umarmung und stand auf. Ihre Miene wirkte beunruhigt, als Jay sich frische Unterwäsche anzog und einen Pullover aus dem Schrank nahm, den sie anzog.

Er beobachtete sie vom Bett aus. Als er sprach, klang seine Stimme sanft und rau. „Ich will eine Antwort."

Gequält strich sie sich das Haar aus den Augen. „Steve …" Sie verstummte und zuckte unwillkürlich zusammen, weil sie ihn bei einem falschen Namen nennen musste. Mehr als je zuvor wollte, *musste* sie den richtigen Namen ihres Geliebten kennen. „Ich kann dich nicht heiraten, solange du dich nicht erinnern kannst."

Er schob die Bettdecke zurück und erhob sich. In seiner Nacktheit wirkte er unglaublich beeindruckend. Jays Pulsschlag raste, als sie ihn betrachtete. All die Kilometer, die er durch die Wälder und Felder gejoggt war, und all die Holzscheite, die er mit der Axt geschlagen hatte, hatten seine Muskeln gestählt. Er sah nicht so aus, als wäre er jemals verwundet gewesen. Nur seine Narben verrieten die Wahrheit. Ihr Herzschlag normalisierte sich allmählich wieder. Sie hatte sein Gewicht auf sich gespürt, hatte ihn in sich aufgenommen und seine Leidenschaft mit ihrer eigenen Leidenschaft beantwortet. Und sie spürte, wie bei seinem Anblick das Blut wieder heiß durch ihren Körper schoss.

„Was ändern meine Erinnerungen an der Sache?", fragte er scharf. Sie blickte abrupt auf und bemerkte, dass er wütend war. „Es gibt keine andere Frau in meinem Leben, und das weißt du. Also fang nicht wieder mit diesem Müll an. Warum sollten wir warten?"

„Ich will sichergehen", erwiderte sie aufgewühlt.

„Verdammt – ich bin sicher!"

„Wie kannst du das sein, wenn du nicht einmal weißt, was geschehen ist? Ich will doch nur, dass du nicht bereust, mich geheiratet zu haben, wenn deine Erinnerung zurückkommt." Sie versuchte ein Lächeln, und ihre Lippen zitterten dabei nur ein bisschen. „Wir sind zusammen, und wir haben Zeit. Das muss im Augenblick reichen."

Steve musste sich zwingen, sich damit zufriedenzugeben. Und im Großen und Ganzen hatten die beiden eine ganze Menge. Sie lebten *zusammen* – im wahrsten Sinne des Wortes: Sie waren Partner, Freunde und Geliebte.

Eine Woche später kam der Schnee zurück. Aber in dieser Woche hatten sie jeden Winkel ihrer Bergwiese erkundet. Er zeigte ihr den Bewegungsmelder, den er am Weg installiert hatte, und brachte ihr bei, wie das Funkgerät und der Computer bedient wurden. Es war eine Erlösung für ihn, nicht länger verbergen zu müssen, wie tief er in das Spionage- und Agentenmilieu verstrickt gewesen war, obwohl sie ein wenig eingeschnappt reagierte, als sie feststellte, dass das umfangreiche Equipment vor ihr im Schuppen versteckt gewesen war und dass er erst jetzt mit ihr darüber sprach.

Er liebte es, sie zu ärgern, bis sie die Geduld verlor. Es war auf eine seltsame Art aufregend, zu beobachten, wie sie ihre blauen Augen katzenhaft verengte, wenn sie wütend wurde. Es war das sichere Zeichen, dass er sie bis aufs Blut gereizt hatte. An dem Tag, als er sie für einen Eindringling gehalten, sie im Schnee verfolgt und sie angegriffen hatte, hatte ihr Zorn ihn überrascht, ihn auf dem falschen Fuß erwischt, ihn jedoch auch erregt. Die meisten Menschen, die Jay kannten, glaubten wahrscheinlich nicht, dass sie zu so einer Wut fähig war oder dass sie sogar jemanden angreifen konnte. Das verriet ihm eine Menge über sie, über die leidenschaftliche, unberechenbare Seite ihrer Persönlichkeit und darüber, was nötig war, um diese Saite in ihr zum Klingen zu bringen. Möglicherweise konnten nur wenige Menschen sie so wütend machen – doch weil sie ihn liebte, gehörte er dazu. Und nachdem er sie zornig gemacht hatte, genoss er es, mit ihr zu streiten und sie schließlich voller Leidenschaft und wie im Rausch zu lieben.

Auch äußerlich reizte sie ihn. Sie war noch immer zu dünn, obwohl sie gut aß. Aber er liebte den Anblick ihrer wohlgeformten Hüften und ihres kleinen, festen Pos in ihren engen Jeans zu sehr, um sich zu beklagen. Ihre Haut war seidig, ihre Brüste fest und rund, ihr sinnlicher Mund voll und verführerisch. Egal, was sie am Leibe trug – es machte ihn an, denn er wusste, was sich unter ihren Kleidern verbarg. Und er wusste, dass er nur seine Arme nach ihr ausstrecken musste, und sie schmiegte sich an ihn, warm und willig. Ihre Reaktion auf ihn verzauberte ihn. Es war so neu, so frisch, dass es ihm schien, als habe er es nie zuvor erlebt, nie zuvor erfahren.

Eines Morgens wachten sie auf und bemerkten, dass es in der Nacht geschneit hatte. Es schneite auch noch den ganzen Tag weiter – nicht sehr heftig, doch zarte Schneeflocken fielen unentwegt zu Boden und bedeckten die Wiese. Bis auf gelegentliche Gänge nach draußen, um Feuerholz zu holen, verbrachten Jay und Steve den Tag in der Hütte und sahen sich alte Filme an. Das war ein weiterer Vorteil der Satellitenschüssel. Sie fanden immer einen interessanten Fernsehkanal, wenn sie Lust hatten fernzusehen. Das war die perfekte Beschäftigung für einen faulen Tag, an dem es nichts anderes zu tun gab, als den tanzenden Schneeflocken hinterherzublicken.

In der Dämmerung machte Steve sich auf den Weg, um die Umgebung zu überprüfen. Das war etwas, das er jeden Tag tat. Während er unterwegs war, begann Jay, das Abendessen zu kochen. Sie summte leise vor sich hin, denn im Moment war sie einfach nur glücklich. Dieses Fleckchen Erde schien das Paradies zu sein. Sie wusste, dass es nicht ewig so weitergehen würde – Steve würde seine Erinnerung zurückerlangen, und auch wenn er sie dann noch heiraten wollte, würde sich ihr Leben von Grund auf ändern. Sie würden die Hütte verlassen und sich ein anderes Zuhause suchen müssen. Sie würde sich einen neuen Job suchen müssen. Und auch andere Dinge, alltägliche Kleinigkeiten würden Zeit in Anspruch nehmen. Hier oben waren sie in einem zeitlosen Raum, dieses Leben hatte mit der Realität in der richtigen Welt nicht viel zu tun. Trotzdem hatte sie sich vorgenommen, jede Minute zu genießen. Denn allmählich zog ein dunkler Gedanke herauf: Vielleicht war dies alles, was sie haben würden. Vielleicht hatten sie nur diese kurze Zeit. Vielleicht war es so. Und wenn es so war, waren diese Tage in der Hütte noch viel wertvoller …

Steve kam durch die Hintertür herein. Er klopfte sich den Schnee von den Schultern und schüttelte ihn aus seinem Haar, bevor er den dicken Mantel auszog. „Nichts außer ein paar Hasenspuren." Nachdenklich blickte er sie an. „Magst du Hasen?"

Jay, die gerade Parmesan für die Spaghetti hobelte, drehte sich um. „Wenn du den Osterhasen erschießt …", begann sie mit drohendem Unterton.

„Es war nur eine Frage", sagte er. Er trat zu ihr und zog sie in seine Arme, um sie zu küssen. Er rieb seine kalte, unrasierte Wange an ihrer Wange. „Du riechst gut. Nach Zwiebeln, Knoblauch und Tomatensoße." Tatsächlich duftete sie wie immer nach diesem süßen, warmen, weiblichen Duft, den er mit ihr und niemandem sonst verband. Er vergrub seine kalte Nase an ihrem Hals und sog ihren Duft ein. Und wieder spürte er das vertraute Ziehen in seinen Lenden.

„Du gewinnst sicher keinen Blumentopf, wenn du mir sagst, dass ich nach Zwiebeln und Knoblauch rieche", sagte sie und wandte sich wieder ihrer Arbeit zu, obwohl er noch immer ihre Taille umschlossen hielt.

„Auch nicht, wenn ich sage, dass ich ganz verrückt nach Zwiebeln und Knoblauch bin?"

„Hm. Du bist wie alle Männer. Du sagst alles, wenn du hungrig bist."

Lachend löste er sich von ihr, um den Tisch zu decken, und begann dann, die Brötchen zu schmieren. „Was würdest du von einem kleinen Ausflug halten?"

„Ich würde wahnsinnig gern mal Hawaii sehen."

„Ich dachte da mehr an Colorado Springs. Oder vielleicht Denver."

„Ich war schon in Colorado Springs", sagte sie und sah ihn über die Schulter hinweg an. „Warum sollten wir nach Colorado Springs fahren?"

„Ich denke, Frank möchte nicht, dass wir nach Washington zurückkehren – auch wenn es nur kurz wäre. Also wird er den Arzt, der meine Augen untersuchen soll, ausfliegen. Und zwar entweder nach Colorado Springs oder Denver, und ich denke, dass es auf Colorado Springs hinauslaufen wird. Außerdem glaube ich, dass Frank verhindern will, dass der Arzt weiß, wo die Hütte liegt, und wir uns somit mit dem Doktor in Colorado Springs treffen werden."

Sie hatte gewusst, dass seine Augen noch einmal untersucht werden mussten, doch das bloße Gespräch darüber vermittelte ihr mit einem Mal das Gefühl, dass die reale Welt in ihr privates Paradies eindrang. Es würde sicherlich ein seltsames Gefühl sein, andere Menschen zu sehen und mit ihnen zu reden. Aber das Lesen strengte seine Augen immer noch stark an. Mittlerweile war genug Zeit vergangen, um einzusehen, dass sich sein Sehvermögen nicht mehr bessern würde. Sie dachte darüber nach, wie er mit einer Brille aussehen würde, und in ihrem Magen breitete sich ein warmes Gefühl aus. Sexy. Sie lächelte ihn an. „Ja, ich denke, ich würde gern einen kleinen Ausflug machen. Ich habe mein selbst gekochtes Essen lang genug gegessen."

„Nach dem Essen werde ich mich mit Frank in Verbindung setzen." Er hätte es auch gleich tun können, doch es erschien ihm im Augenblick wichtiger, seinen Hunger zu stillen. Jay machte großartige Spaghetti, und sich mit Frank zu unterhalten, war meist sehr zeitaufwendig. Eins nach dem anderen.

Nachdem sie das benutzte Geschirr gespült hatten und Steve in dem kleinen Schuppen verschwunden war, um mit Frank Kontakt aufzunehmen, streckte Jay sich auf dem Teppich vor dem Kaminfeuer aus und dachte zum ersten Mal über ihr schickes Apartment in New York nach, um das Frank sich für sie gekümmert hatte. Es war das genaue Gegenteil von dieser rustikalen Hütte. Dennoch zog sie die Hütte dem Apartment vor. Es würde ihr nicht leichtfallen, zu gehen. Im Sommer wäre es hier sicher wunderschön, und sie fragte sich, wie lange sie wohl noch bleiben könnten. Ganz bestimmt kehrte Steves Erinnerung bald zurück, und falls nicht, würde Frank ihm sicherlich die Wahrheit sagen. Sie konnten es nicht zulassen, dass er noch länger das Leben eines anderen Mannes führte. Oder konnten sie es doch? War das ihr Plan? Hoffte sie vielleicht, dass er seine Erinnerung niemals zurückbekommen würde?

Vor ihrem inneren Auge spiegelten sich unterschiedliche Antworten wider, unterschiedliche Teile des Puzzles, unterschiedliche Lösungen. Aber nichts davon passte zusammen, nichts ergab ein vollständiges Bild.

„Schläfst du?", fragte er sanft.

Erschrocken rang sie nach Luft und drehte sich um. Ihr Herz hüpfte. „Ich habe nicht gehört, dass du hereingekommen bist. Du hast offensichtlich überhaupt kein Geräusch verursacht." Er bewegte sich immer lautlos, wie eine Katze, doch sie hätte wenigstens die Hintertür hören müssen. Sie war so versunken gewesen, dass sie die Geräusche nicht wahrgenommen hatte.

„Damit ich mich besser an dich heranschleichen kann", knurrte er in seiner besten Großer-böser-Wolf-Stimme. Er legte sich neben sie auf den Teppich, vergrub seine Finger in ihrem Haar und hob sacht ihren Kopf an, damit er sie küssen konnte. Und er küsste sie langsam, tief, intensiv. Mit seiner Zunge erkundete er ihren Mund. Ihr Atem veränderte sich, ihre Augen verengten sich. Die Begierde breitete sich warm in ihrem Inneren aus, allmählich, bis sie ganz von diesem Gefühl erfüllt war.

Sie hatten alle Zeit der Welt. Es fühlte sich so gut an, in der Wärme des prasselnden Feuers zu liegen und ihre Küsse zu kosten. Doch schließlich wurde die Hitze zu groß, und sie stöhnte leise auf, als er ihr Flanellhemd öffnete und zur Seite schob, um seine Lippen auf ihre harten Brustspitzen zu legen. Er lag auf ihr und hielt sie mit seinen Beinen im Zaum, auch wenn sie sich ungeduldig unter ihm wand. Sie wollte mehr. Wieder stöhnte sie auf. Ihre Stimme klang scharf vor Verlangen. Sie bäumte sich unter ihm auf, bis ihre Brustspitze seine Lippen berührte. Träge streckte er seine Zunge ein Stück heraus, um an ihr zu lecken. Und dann umschloss er sie mit seinem Mund und saugte daran. Das war es, was Jay brauchte.

Das Kaminfeuer ließ ihr Haar golden glänzen und verlieh ihrer Haut einen rosigen Schimmer. Behutsam öffnete er ihre Jeans und streifte sie ihr vom Körper. Ihr Mund war rot, ihre Lippen benetzt von seinen Küssen. Plötzlich konnte er nicht länger warten und entledigte sich ungeduldig seiner Kleider. Das Flanellhemd hing noch über ihren Schultern, doch selbst das war noch zu viel Stoff an dieser wunderbaren Frau. Er ergriff es und legte es zur Seite. Dann kniete er sich zwischen ihre Beine und legte ihre Schenkel auf die seinen, um in Jay eindringen zu können. Er beugte sich vor, und ihre Körper verschmolzen zu einer Einheit, so wie schon ihr Leben eine Einheit geworden war …

Später lagen sie noch eine ganze Weile beieinander, zu glücklich, um sich bewegen zu wollen. Schließlich legte er noch einen Holzscheit auf das Feuer und zog sich seine Jeans an. Vorsichtig legte er sein Hemd um ihre Schultern, damit sie nicht fror. Dort saß sie auf dem Boden, in seinen Armen, den Kopf an seine starken Schultern gelehnt, und hoffte, dass nie irgendetwas dieses Glück stören würde.

Er beobachtete die kleinen gelben Flammen, die an dem Holzscheit leckten, und rieb versonnen sein raues Kinn an ihrem Haar. „Willst du Kinder haben?", fragte er gedankenverloren.

Die Frage überraschte sie so, dass sie den Kopf von seiner Schulter hob. „Ich … denke, ich will", erwiderte sie stockend. „Ich habe nie ernsthaft darüber nachgedacht, weil es für mich nie zur Debatte stand, aber jetzt …" Ihre Stimme erstarb.

„Früher lief unsere Ehe nicht besonders gut. Ich will nicht, dass es wieder so wird. Ich will jeden Abend nach Hause kommen, ein normales Leben führen." Er umschloss Jay noch ein bisschen fester. „Ich will einmal eine ganze Horde Kinder haben, aber das sollten wir gemeinsam entscheiden. Ich wusste nicht, wie du darüber denkst."

„Ich liebe Kinder", sagte sie sanft, doch sie spürte ihr schlechtes Gewissen. Sie hatten überhaupt keine Ehe geführt! Er fühlte sich schuldig für etwas, das ein anderer Mann getan hatte.

„Ja, ich liebe sie auch." Er lächelte und betrachtete weiterhin das Feuer. „Es macht mir großen Spaß, Amy zu beobachten ..."

Unwillkürlich löste Jay sich aus seinen Armen und starrte ihn mit angstvoll aufgerissenen Augen an. „Wer ist Amy?"

Steves Miene wirkte undurchdringlich, seine Lippen waren zusammengepresst. „Ich weiß es nicht", stieß er hervor. „Ich fühle mich, als sei ich gegen eine Steinmauer gerannt. Die Worte kamen einfach so aus meinem Mund, und dann ... bumm! Ich traf auf die Wand – und nichts."

Jay war übel. Hatte sie zu leichtgläubig angenommen, dass Frank das alles hier nicht inszeniert hätte, wenn Steve verheiratet gewesen wäre? War er etwa Vater und Ehemann?

Steve musterte sie. Wenn er auch nicht genau wusste, was sie dachte, so ahnte er doch, in welche Richtung ihre Gedanken gingen. „Nein, ich bin nicht verheiratet, und ich habe auch keine Kinder", knurrte er und zog Jay wieder an sich. „Es ist vielleicht nur die Tochter eines Freundes. Kennst du jemanden, der ein Kind namens Amy hat?"

Sie schüttelte den Kopf, ohne Steve anzusehen. Die Panik war zurückgekehrt. Sie hatte das Gefühl, nicht mehr richtig atmen zu können. Kam seine Erinnerung wieder? Und falls es so war, würde er sie verlassen? Die paradiesischen Zeiten konnten jeden Augenblick zu Ende sein.

In dieser Nacht lag Steve noch lange, nachdem sie ins Bett gegangen waren, wach. Jay schlief in seinen Armen, wie sie es in jeder Nacht tat, seit der Chinook geweht hatte. Ihr Haar lag auf seiner linken Schulter, und er spürte ihren warmen Atem an seinem Hals. Ihr nackter, seidiger Körper schmiegte sich an seine linke Seite, und ihr schlanker Arm lag auf seinem Brustkorb. Für einen Moment hatte sie verängstigt ausgesehen, als er Amys Namen genannt hatte – wer auch immer Amy war. Er zog sie noch ein Stück näher an sich, um sie auch im Schlaf vor dieser Angst zu bewahren.

Es würde vermutlich noch öfter geschehen, dass eine beiläufige Bemerkung bei ihm Erinnerungen auslöste. Er hoffte nur, dass nicht alle Erinnerungen sie so schockieren würden. Hatte sie tatsächlich Angst, dass er sie verlassen würde, wenn sein Gedächtnis zurückgekehrt war? Gott, konnte sie denn nicht spüren, wie sehr er sie liebte?

Das ging über die Erinnerungen hinaus. Dieses Gefühl kam tief aus seinem Innersten, war ein Teil seiner selbst.

Amy. *Amy.*

Der Name zuckte wie ein Blitz durch seinen Kopf, und plötzlich sah er ein kleines Mädchen vor seinem inneren Auge mit glänzendem dunklem Haar, und die Kleine glückste vergnügt vor sich hin, während sie versuchte, ihre kleine Faust, auf der sich winzige Grübchen abzeichneten, in ihren Mund zu schieben. *Amy.*

Sein Herz pochte. Seine Erinnerung hatte ihm gerade ein Gesicht zu dem Namen präsentiert. Er wusste nicht, wer sie war, doch er kannte ihren Namen und ihr Gesicht. Das Bild verblasste, aber er konnte es in sein Gedächtnis zurückrufen, wenn er sich konzentrierte. Es war wie eine richtige Erinnerung. Wie er Jay erzählt hatte, musste Amy die Tochter eines Freundes sein, eines Menschen, den er erst nach ihrer Scheidung kennengelernt hatte.

Er entspannte sich und war zufrieden, dass die Erinnerung sich gefestigt hatte. Die körperliche Befriedigung, die er verspürte, nachdem er Jay geliebt hatte, machte ihn müde. Und schließlich hob und senkte sich sein Brustkorb ganz regelmäßig. Er war eingeschlafen.

„Onkel Luke, Onkel Luke!"

Die kindlichen Stimmen hallten in seinem Kopf wider, und vor seinem inneren Auge begann sich ein Film abzuspielen. Zwei Kinder. Zwei Jungen, die über den grünen Rasen rannten. Sie hüpften und schrien: „Onkel Luke!", während sie über das Gras jagten.

Eine andere Szene. Nordirland. Belfast. Er erkannte es sofort. Eine Gänsehaut lief ihm über den Rücken. Zwei kleine Jungen spielten auf der Straße. Plötzlich blickten sie auf, zögerten kurz und rannten dann davon.

Flash. Einer der beiden kleinen Jungen, die er in seiner zweiten Erinnerung gesehen hatte, blickte mit zitternder Unterlippe und Tränen in den Augen auf und sagte: „Bitte, Onkel Dan."

Flash. Das Bild eines bekannten Nachrichtensprechers – der die Papiere auf seinem Tisch zusammenpackte, während auf den Monitoren der Abspann lief.

Flash. Ein Aufkleber auf einem Bahnwaggon mit der Aufschrift: „Ich wäre jetzt gern in Disney World."

Eine tanzende Mickey Mouse … *Flash* … eine Maus, die durch den Abfall in einer Seitenstraße strich … *Flash* … eine Handgranate, die wie in Zeitlupe durch die Luft flog und dann mit einem lauten Knall eine Mülltonne traf … anschließend ein noch lauterer Knall, als die

gesamte Tonne explodierte und in die Luft geschleudert wurde ...
Flash ... eine strahlend weiße Jacht mit frechen rot-weiß gestreiften
Segeln glitt langsam auf den Strand zu und ein sonnengebräunter jun-
ger Mann winkte ... *Flash* ... *Flash* ... *Flash* ...

Die Szenen rasten durch seinen Kopf. Es waren nur kurze Gedan-
kenfetzen, die einander ablösten – beinahe wie die Seiten eines Bu-
ches, das vor seinen Augen durchgeblättert wurde.

Wieder geriet er ins Schwitzen. Verdammt, diese Erinnerungsfetzen waren die Hölle. Was bedeuteten sie? War das alles wirklich geschehen? Es wäre ihm lieber gewesen, er hätte gewusst, welche der
Szenen real waren und welche er aus dem Fernsehen oder einem Film
kannte oder sich nur aufgrund einer Buchpassage vorgestellt hatte.
Okay, einige der Bilder erklärten sich von selbst: zum Beispiel die
Erinnerung an den Nachrichtensprecher, der im Studio saß, während
der Abspann über sein Gesicht flackerte. Aber er hatte schon so oft
Nachrichten gesehen, seit die Verbände von seinen Augen entfernt
worden waren, also war es durchaus möglich, dass es eine ganz frische Erinnerung war.

Aber ... Onkel Luke. Onkel Dan. Irgendetwas an den Jungen, an
den Namen kam ihm bekannt, vertraut vor – genau wie Amy.

Vorsichtig, um Jay nicht zu wecken, schlüpfte er aus dem Bett und
ging ins Wohnzimmer, wo er eine ganze Weile vor dem langsam er-
löschenden Kaminfeuer stand und die glimmende Asche betrachtete.
Es würde nicht mehr lange dauern, bis er sein Gedächtnis wiederhatte.
Er hatte das Gefühl, dass sich seine Erinnerungen hinter der nächsten
Ecke verbargen. Doch um diese Ecke zu gehen, war leichter gesagt
als getan. In den Monaten, die seit der Explosion vergangen waren,
war er ein anderer Mensch geworden. Er versuchte, diese beiden Cha-
raktere miteinander zu einer, zu *seiner* Persönlichkeit zu verbinden.

Gedankenverloren hatte er seine Fingerspitzen aneinandergerie-
ben. Als ihm auffiel, was er da tat, hob er seine Hand und betrachtete
sie. Die Schwielen waren – dank des Holzhackens – wieder da, doch
seine Fingerkuppen waren noch immer glatt. Wie viel von ihm war
noch übrig, oder war seine Persönlichkeit genauso ausgelöscht worden wie seine Fingerabdrücke? Wenn er in den Spiegel schaute: Wie
viel von dem, was er dort sah, war Steve Crossfield und wie viel war
der plastischen Wiederherstellungschirurgie zu verdanken? Sein Gesicht hatte sich verändert, seine Stimme hatte sich verändert, seine
Fingerabdrücke waren verloren.

Er war ganz neu. Er war aus der Dunkelheit wiedergeboren worden, und Jays Stimme hatte ihn ins Licht gerufen.

Egal, an was er sich erinnerte oder was er für immer vergessen hatte – er hatte Jay. Sie war ein Teil von ihm. Und daran konnte auch ein chirurgischer Eingriff nichts ändern.

Das Kaminfeuer war inzwischen vollends erloschen, und im Zimmer wurde es langsam kalt. Er bemerkte die Kälte, die seinen nackten Körper umschloss. Leise ging er zurück ins Schlafzimmer und schlüpfte unter die Bettdecke, wo Jays Wärme ihn willkommen hieß. Sie murmelte etwas im Schlaf, rückte näher an ihn heran und suchte unbewusst ihre übliche Schlafposition in seinen Armen.

Augenblicklich schoss die Begierde durch seinen Körper – so drängend, als sei sein Hunger nach Jay nicht erst vor einer Stunde gestillt worden. „Jay", sagte er mit seiner tiefen rauen Stimme und legte sich behutsam auf sie. Sie erwachte und schlang ihre Arme um seinen Nacken. In der Dunkelheit liebten sie einander, bis in seinem Kopf kein Platz mehr war – außer für Erinnerungen, die sie gemeinsam geschaffen hatten.

rüh am nächsten Morgen verließen sie die Hütte, um sich am Nachmittag mit Frank in Colorado Springs zu treffen. Es versetzte Jay einen Stich, fortzugehen. Für eine lange Zeit war dies ihre kleine heile Welt gewesen. Außerhalb dieser Welt fühlte Jay sich nackt und schutzlos. Nur der Gedanke daran, dass sie am nächsten Tag hierher zurückkehren würden, gab ihr die Kraft und den Mut, die Hütte überhaupt zu verlassen. Sie wusste, dass sie eines Tages für immer gehen würde, doch im Augenblick lag dieser Tag noch fern. Sie wollte noch mehr Zeit mit dem Mann verbringen, den sie liebte.

Sie nahm sich vor, Frank nach dem Namen des amerikanischen Agenten zu fragen, der „getötet" worden war. Vermutlich würde er es ihr nicht verraten, aber sie musste ihn einfach fragen. Auch wenn sie den Namen nicht laut aussprechen konnte, so musste sie wissen, wie er wirklich hieß. Sie wollte ihre große Liebe endlich beim Namen nennen können. Jay betrachtete ihn, während er geschickt den Jeep durch die Landschaft lenkte, das Steuer auch auf dem eisigen Schnee fest in der Hand, und ihr Herz drohte überzusprudeln vor Glück. Er war groß und sah beinahe ein bisschen brutal aus. Sein neu gestaltetes, operiertes Gesicht war nicht hübsch, aber nur ein Blick aus diesen golden schimmernden Augen genügte, um sie schwindlig vor Freude zu machen. Wie um alles in der Welt hatten sie jemals glauben können, diesen Mann als Steve Crossfield ausgeben zu können?

Ihr Lügengebäude war löchrig, voller Ungereimtheiten, doch seit sie ihn liebte, hatte sie gelernt, diese Unstimmigkeiten zur Seite zu schieben. Sie waren ihr egal. Payne und seine Leute hatten sich auf den Schock und den Druck verlassen, unter dem sie stand. Sie hatten gehofft, dass ihre Unsicherheit sie daran hindern würde, die richtigen Fragen zu stellen. Zum Beispiel, warum sie keinen Bluttest gemacht hatten, oder warum sie nicht auf die zahnärztlichen Unterlagen ihres Agenten zurückgegriffen hatten, um den Patienten zu identifizieren. Die ganze Zeit über hatte Jay gewusst, dass Frank etwas vor ihr verheimlichte, aber sie hatte ihre Aufmerksamkeit zu sehr auf „Steve" gerichtet und einfach angenommen, dass die Einzelheiten einer Geheimaktion zum Schutz des Opfers verschwiegen wurden. Die Wahrheit war, dass sie so leicht an der Nase herumzuführen gewesen war, weil sie es so gewollt hatte. Schon als sie ihn das erste Mal im Krankenhaus liegen sah, schwer verletzt und doch mit diesem unbändigen

Willen um sein Leben kämpfend, der sogar aus der Bewusstlosigkeit heraus zu spüren gewesen war, schon damals hatte sie sich nichts sehnlicher gewünscht, als an seiner Seite zu sein und ihn bei seinem Überlebenskampf zu unterstützen.

Sie sollten in einem anderen Motel übernachten als auf der Hinreise zur Hütte, denn Frank wollte verhindern, dass der Angestellte an der Rezeption sie vielleicht wiedererkannte. Sie benutzten sogar andere Namen. Als sie im Motel ankamen, war Frank bereits eingetroffen und hatte Zimmer auf die Namen Michael Carter und Faye Wheeler für sie reserviert. Getrennte Zimmer. Steve wirkte nicht eben erfreut, stellte Jays kleinen Koffer jedoch wortlos in ihr Zimmer und ging auf seines. Kurz darauf untersuchte der Augenarzt Steves Augen. Dann wurde Steve zu einem Augenoptiker gebracht, der ihm eine Brille anpasste, die am nächsten Morgen für ihn bereitliegen würde. Jay blieb derweil im Motel und fragte sich, welche Fäden Frank gezogen und wen er „überredet" hatte, damit alles so schnell ging.

Sie kehrten nach Sonnenuntergang ins Motel zurück, und Steve ging direkt in Jays Zimmer. „Hi, Baby", sagte er, kam herein und schloss die Tür hinter sich. Bevor sie irgendetwas erwidern konnte, hatte er sie bereits in seine Arme gezogen und küsste sie. Er hielt sie fest, und sein Kuss war hart und fordernd.

Die Erregung ließ sie erzittern. Sie schmiegte sich an ihn und vergrub ihre Finger in seinem kalten Haar. Er roch nach Wind und Schnee, und seine Haut war kühl, doch seine Zunge war warm und erforschte gierig ihren Mund. Schließlich hob er seinen Kopf, und ein sehr männlich markanter Ausdruck erschien auf seinem Gesicht. Er strich mit seinem Daumen über ihre geröteten vollen Lippen. „Süße, ich mag mir den nackten Hintern abfrieren, wenn ich mich heute Nacht in dein Zimmer schleiche, aber ich werde nicht allein schlafen!"

„Ich habe einen Vorschlag", schnurrte sie.

„Lass hören."

„Lass einfach deine Klamotten an, wenn du zu mir rüberkommst."

Er lachte und küsste sie abermals. Ihr Mund, ihre vollen sinnlichen Lippen machten ihn verrückt. Sie zu küssen war erregender als so manches Liebesabenteuer mit einer anderen Frau – und für einen kurzen Augenblick, bevor sie wieder verblassten, konnte er einige dieser Frauen vor seinem inneren Auge sehen.

„Der Arzt ist schon wieder auf dem Weg nach Washington zurück. Frank bleibt bis morgen früh, also sind wir drei wieder zusammen.

Hast du Hunger? Franks Magen ist noch immer auf Washingtoner Zeit eingestellt."

„Tatsächlich habe ich Hunger. Wir gehen übrigens auch nie spät ins Bett, wenn ich dich daran erinnern darf."

Er warf einen vielsagenden Blick auf das Bett. „Ich weiß."

Jay hoffte auf die Gelegenheit, mit Frank über den Namen des Agenten zu sprechen. Sie konnte das Risiko nicht eingehen, Frank in Steves Gegenwart danach zu fragen, denn schon der Klang seines eigenen Namens könnte ihm die Erinnerung zurückbringen. Und daran mochte sie im Augenblick nicht denken. Sie wollte, dass er sein Gedächtnis zurückerlangte. Aber sie wünschte sich, dass es geschah, wenn sie allein waren, allein in ihrer Hütte auf der Bergwiese. Wenn sich die Chance, mit Frank zu sprechen, nicht beim Essen ergab, konnte sie ihn noch immer anrufen, wenn sie auf ihre Zimmer gegangen waren. Es sei denn, Steve kam direkt mit auf ihr Zimmer – aber davon ging sie nicht aus. Er würde wahrscheinlich zuerst eine Dusche nehmen und sich umziehen wollen. Sie seufzte. Es erschöpfte sie, immer darüber nachdenken zu müssen, was rein theoretisch alles geschehen könnte. Dafür war sie einfach nicht geschaffen.

Steve bemerkte ihr Seufzen und die leichte Verzweiflung in ihrem Blick. Sie hatte nichts gesagt, doch dieser Ausdruck in ihren Augen war seit seinem ersten Erinnerungsfetzen am Tag zuvor nicht gewichen. Es erstaunte ihn. Er konnte sich nicht erklären, warum seine langsam wiederkehrende Erinnerung ihr Angst machen sollte. Weil es ihn überraschte und weil es keine logische Erklärung für ihr Verhalten gab, konnte er diesen Gedanken auch nicht so leicht beiseiteschieben. Das passte nicht zu seiner Persönlichkeit. Wenn ihn etwas beschäftigte, machte er sich so lange Gedanken darüber, bis er den Sinn erkannte. Er gab nie auf, wich keinem Konflikt aus und er verwarf einen wichtigen Gedanken nicht einfach. Steve war so stur, dass seine Schwester oft gemutmaßt hatte, dass er mindestens zur Hälfte Bulldogge sei …

Schwester?

Steve verhielt sich ausgesprochen still, als die drei in einem italienischen Restaurant gemeinsam zu Abend aßen. Ein Teil von ihm genoss das würzige Essen und nahm die lockeren Unterhaltungen an den Tischen um sie herum sehr deutlich wahr. Doch ein anderer Teil von ihm betrachtete seinen letzten Erinnerungsfetzen von allen Seiten, untersuchte ihn genau. Wenn er eine Schwester hatte, warum hatte er Jay dann damals erzählt, dass er verwaist sei? Warum hatte

Frank keine Unterlagen über seine Verwandten? Das war das eigentlich Merkwürdige. Er konnte akzeptieren, dass er Jay möglicherweise vor Jahren, zu Beginn ihrer Beziehung, eine kleine Lüge über sein Leben erzählt hatte – an die Umstände von damals erinnerte er sich aber nicht. Doch es war unmöglich, dass Frank keine Liste seiner nächsten Verwandten besaß. Falls es überhaupt eine „reale" Erinnerung war.

Eine Schwester. Sein Verstand sagte ihm, dass das nicht möglich war. Sein Bauchgefühl sagte ihm etwas anderes. Eine Schwester. Amy. *Onkel Luke! Onkel Luke!* Die Kinderstimmen hallten in seinem Kopf wider, sogar als er über eine Bemerkung Franks lachte. *Onkel Dan!* Onkel Luke. Onkel Luke. Onkel Luke … Luke … Luke …

„Ist alles in Ordnung mit dir?", fragte Jay. Ihre Augen wirkten dunkel vor Sorge, als sie ihre Hand auf sein Handgelenk legte. Sie konnte seine Anspannung spüren und war erstaunt, dass Frank anscheinend nichts Außergewöhnliches bemerkt hatte.

Das dröhnende Hämmern in seinem Kopf erstarb langsam, als er sie ansah und lächelte. Er sah seine Vergangenheit gern als verloren an und konnte darauf verzichten, solange Jay nur an seiner Seite war. Das unsichtbare Band, das sie beide vereinte, war so empfindlich wie die präzise gestimmten Saiten einer Stradivari. „Ich habe nur Kopfschmerzen", sagte er. „Die Fahrt hat meine Augen angestrengt." Beide Aussagen stimmten, nur mit ihrem Zusammenhang hatte er leicht gemogelt. Außerdem war die Anstrengung nicht so groß gewesen. Sein Problem war die präzise Naheinstellung der Augen, die er zum Beispiel beim Lesen brauchte. In die Ferne sah er noch genauso gut wie früher – der Augenarzt hatte ihm sein uneingeschränktes Sehvermögen bescheinigt. Er hatte die Sehkraft eines Jetpiloten.

Jay widmete sich wieder dem Gespräch mit Frank, aber sie nahm Steves leichte Entspannung genauso wahr, wie sie auch mitbekommen hatte, dass er plötzlich überaus nervös gewirkt hatte. War an diesem Nachmittag etwas geschehen, über das er nicht mit ihr gesprochen hatte? Die Angst stieg immer heftiger in ihr hoch und sie wünschte sich nichts mehr, als wieder in ihrer Hütte zu sein.

Als sie ins Motel zurückkamen, bemerkte sie erleichtert, dass Steve in seinem eigenen Zimmer verschwand, statt sich noch mit Frank zu unterhalten oder ihr direkt ins Zimmer zu folgen. Sie ging sofort zum Telefon und rief Frank an. Er nahm schon nach dem ersten Klingeln ab.

„Hier ist Jay", meldete sie sich.

„Stimmt etwas nicht?", fragte er besorgt.

„Nein, es ist alles in Ordnung. Es gibt nur etwas, das mich beschäftigt, und ich wollte Sie nicht vor Steve danach fragen."

In seinem Zimmer verspannte Frank sich augenblicklich. Drohte sein Plan aufzufliegen? Was wollte sie wissen – und was wusste sie schon? „Geht es um Steve?"

„Also, nein, nicht wirklich. Der Agent, der starb ... wie war sein Name? In der letzten Zeit musste ich viel darüber nachdenken, dass er gestorben ist, und ich kenne nicht einmal seinen Namen."

„Es gibt keinen Grund, warum Sie den Namen kennen müssen. Sie sind ihm niemals begegnet."

„Ich weiß", sagte sie sanft. „Ich wollte nur ein wenig über ihn erfahren. Es hätte Steve sein können. Jetzt, da er tot ist, gibt es doch keinen Grund mehr, seinen Namen zu verheimlichen, oder?"

Frank dachte nach. Er hätte ihr einen falschen Namen nennen können, doch er entschloss sich, ihr wenigstens einen kleinen Teil der Wahrheit zu offenbaren. Irgendwann einmal würde sie seinen richtigen Namen sowieso erfahren – und vielleicht wäre es am Ende leichter für sie zu ertragen, wenn sie glaubte, dass einfach ein bedaulicher Fehler geschehen sei. Der richtige Name war ein Anhaltspunkt, auf den sie sich beziehen konnte. „Sein Name war Lucas Stone."

„Lucas Stone." Ihre Stimme klang weich, als sie den Namen wiederholte. „War er verheiratet? Hatte er eine Familie?"

„Nein, er war nicht verheiratet." Ganz bewusst beantwortete er ihre zweite Frage nicht.

„Danke, dass Sie es mir gesagt haben. Es hat mir zugesetzt, dass ich es nicht wusste." Er würde nie erfahren, wie sehr, dachte sie, während sie behutsam auflegte. Lucas Stone. Sie wiederholte den Namen wieder und wieder in ihrem Kopf und brachte ihn mit dem zerschundenen Gesicht in Verbindung. Ihr Herz begann zu pochen. Lucas Stone. Ja.

Dann aber beschlich sie das drängende Gefühl, dass es falsch gewesen war, nach seinem Namen zu fragen. Schon in den letzten Wochen war es schwierig genug gewesen, in diesem Mann Steve zu sehen. Jetzt aber kam es ihr schlicht unmöglich vor. Steve war der falsche Name gewesen, aber sie hatte ihn benutzt, weil es die einzige Alternative war. Was würde geschehen, wenn ihr der Name Lucas einmal rausrutschte?

Eine ganze Weile saß sie auf ihrem Bett und versuchte, sich innerlich in dem Spiegelkabinett zurechtzufinden, in dem sie sich gefangen fühlte und das sie durch falsche Reflexionen in die Irre führen wollte.

Die Dinge, die sie nicht wusste, machten ihr genauso zu schaffen, wie die Dinge, die sie wusste – schließlich war sie so verunsichert, dass sie ihren eigenen Instinkten nicht mehr zu trauen wagte. Täuschung und Betrug lagen ihr nicht. Sie war geradeheraus, und genau das war einer der Gründe gewesen, warum sie nicht in die Welt des Investmentbankings gepasst hatte – eine Welt, in der sowohl ein gewisses Maß an Begabung als auch Niedertracht erforderlich waren.

Irgendwann war sie zu müde, um noch weitere Türen in dieser rätselhaften Lügenwelt aufzustoßen. Sie nahm eine Dusche und machte sich fertig fürs Bett. Als sie aus dem Badezimmer trat, lag Lucas – *Steve!* ermahnte sie sich selbst – ausgestreckt und halb nackt auf ihrem Bett.

Sie warf einen Blick auf die verschlossene Tür. „Hatten wir das nicht schon einmal?"

Er rollte auf die Seite, erhob sich und ergriff ihre Arme, um sie an sich heranzuziehen. „Mit einem Unterschied. Einem großen Unterschied." Sie wusste, was er wollte – und bekommen würde …

Er duftete nach Seife, Aftershave und dem moschusartigen Geruch eines Mannes. Sie umarmte ihn und presste ihren Kopf in seine Halsbeuge, um seinen einzigartigen Duft tief einzuatmen. Was würde sie tun, wenn er sie verließ? Es wäre ein Leben ohne Farben, für immer unvollständig. Langsam streichelte sie mit ihren Händen über seinen muskulösen Brustkorb, strich mit ihren Fingern durch das kurze lockige Brusthaar, spürte die Wärme seiner Haut und die harten Muskeln darunter. Er war so durchtrainiert, dass sie mit ihren Fingern kaum einen Abdruck hinterlassen konnte. Verwirrt griff sie nach seinem Oberarm, um ihn versuchsweise zu drücken, und sah dabei zu, wie ihre Fingerspitzen sich durch den Druck weiß verfärbten, auf seinen muskulösen Arm jedoch keinen Eindruck machten – die stahlharten Muskeln gaben nicht nach.

„Was tust du da?", fragte er neugierig.

„Ich will sehen, wie hart du bist."

„Süße, das ist die falsche Körperpartie, um das auszutesten."

Ein Lachen ließ ihr Gesicht erstrahlen, als sie zu ihm aufsah. „Ich glaube, ich kenne alle anderen Stellen."

„Ist das so? Es gibt solche und solche Stellen. Manche Körperteile brauchen einfach etwas mehr Aufmerksamkeit als andere." Während er sprach, bewegte er sich mit Jay im Arm langsam auf das Bett zu. Sie konnte seine Erregung spüren. Jay strich mit ihrer Hand über seinen Körper und berührte schließlich seine harte Männlichkeit, die sich deutlich unter seiner Jeans abzeichnete.

„Ist das so eine Stelle, die besonderer Aufmerksamkeit bedarf?"

„Ganz viel Aufmerksamkeit sogar", versicherte er, während er mit ihr auf das Bett sank. Er spürte, wie sie ihre Beine bewegte, wie sie ihre Hüften hob, um ihn in sich aufzunehmen, und die Lockerheit, die er eben noch verspürt hatte, wich aus seinem Blick. Der Ausdruck in seinen leicht verengten Augen war mit einem Mal wild und hungrig. Es war ein Blick, der Jay vor Erregung erschauern ließ.

Sie sah ihn an, und ihr Gesicht wirkte weich und strahlend, während er begann, mit seinen Händen ihren Körper zu erkunden. „Ich liebe dich", sagte sie, und ihr Herz fügte hinzu: *Lucas.*

Am nächsten Morgen war alles irgendwie anders. Es war so, als hätte sich die Welt über Nacht verändert, doch er konnte nicht sagen, *was* genau anders war. Es war ein seltsam vertrautes Gefühl, als wäre er mehr *bei sich*. Jay lag in seinen Armen, ihr glattes goldbraunes Haar lag zerzaust auf seiner Schulter. Wenn sie in der Hütte gewesen wären, hätte er sich jetzt erhoben, um das Feuer wieder anzumachen, und wäre anschließend zurück ins Bett gekrochen, um Jay zu lieben. Stattdessen musste er zurück in sein eigenes Zimmer, um sich zu rasieren und anzuziehen. Dieser verdammte Frank. Er hatte separate Zimmer gebucht, obwohl er genau wusste, dass sie nur ein Zimmer benötigten. Doch Jay war nicht wie die anderen Frauen – Jay war etwas Besonderes, und vielleicht war das Franks Tribut an ihre Einzigartigkeit gewesen.

Andere Frauen. Der Gedanke nagte an ihm, nachdem er Jay in aller Herrgottsfrühe verlassen hatte und in sein Zimmer zurückgekehrt war. Sein Gedächtnis kehrte zurück – nicht mit einem einzigen dramatischen Paukenschlag oder so, als würde man ein Licht einschalten, sondern in zusammenhanglosen Stücken. Gesichter und Namen tauchten auf. Statt sich zu freuen, spürte er, dass er vorsichtig sein musste. Er hatte Frank nicht gesagt, dass sein Erinnerungsvermögen langsam zurückkehrte. Er würde warten, bis sein Gedächtnis wieder vollständig da war, und die Situation erst einmal analysieren, bevor er Frank davon erzählte. Vorsicht lag in seiner Natur, so wie er ganz automatisch sein Zimmer untersuchte, um sicherzugehen, dass in der Zwischenzeit niemand dort gewesen war.

Er duschte und rasierte sich. Doch während er sich rasierte, bemerkte er, wie er in den Spiegel starrte und versuchte, in der Reflexion seines Gesichtes seine Vergangenheit zu erkennen. Wie sollte er sich erkennen, wenn sein Gesicht operiert worden war? Wie hatte er vor der Explosion ausgesehen? Er fragte sich, ob Jay ein Bild von ihm besaß. Es wäre ein altes Bild, wenn sie überhaupt eines aufbewahrt hatte. Aber Frauen tendierten dazu, alte Erinnerungsstücke aufzuheben, und ihre Scheidung war friedlich abgelaufen. Also hatte sie möglicherweise nicht alle Bilder zerstört, die sie von ihm besaß. Wenn er eines sah, konnte er vielleicht die Verbindung zu seiner Vergangenheit herstellen.

Verdammt, warum sollte das funktionieren? Verächtlich blickte er sein Spiegelbild an. Er hatte Frank und Jay nicht erkannt – also warum sollte er dann sein altes Gesicht wiedererkennen? Das einzige Gesicht, das er kannte, war jenes, das ihn aus dem Spiegel anstarrte. Und es gefiel ihm noch nicht einmal sonderlich gut. Er sah aus, als hätte er zu viel Football ohne Helm gespielt.

Trotzdem. Das Gefühl, dass er an der Schwelle zu … irgendetwas stand, blieb. Es war da, aber er konnte es nicht greifen.

Das Gefühl manifestierte sich in Kleinigkeiten – wie zum Beispiel in der Leichtigkeit, mit der er in sein Holster schlüpfte oder dem vertrauten Gefühl, das die Waffe in seiner Hand auslöste, als er sie nun prüfte und dann in die Pistolentasche schob. Die Leichtigkeit und Vertrautheit waren schon vorher da gewesen, aber jetzt nahm er diese Empfindungen anders wahr – so, als würde die Verbindung zwischen Vergangenheit und Gegenwart allmählich zurückkehren. Bald. Es würde bald so weit sein.

Der Tag verlief unspektakulär, doch das Gefühl seiner Vorahnung wich nicht von ihm. Sie trafen sich zu einem zeitigen Frühstück. Anschließend fuhren Frank und er zum Augenoptiker und holten seine Brille ab. Auf dem Rückweg fragte er: „Haben Sie eigentlich schon diesen Piggot gefunden?"

„Noch nicht. Vor einem Monat ist er aufgetaucht, doch bevor wir ihn dingfest machen konnten, war er schon wieder entwischt."

„Ist er gut?"

Frank zögerte. „Verdammt gut. Einer der besten. In seinem psychologischen Profil steht, dass er ein Psychopath ist, dabei jedoch sehr kontrolliert, sehr professionell. Seine Jobs sind für ihn eine Frage der Ehre. Darum will er Sie. Sie haben ihm die Tour vermasselt wie kein anderer zuvor. Sie haben seinen Job verdorben, seine ‚Leute' getötet und ihn damit gezwungen, für Monate im Untergrund zu verschwinden, um sich von diesem Schlag zu erholen."

„Ich habe ihn vielleicht hart getroffen, aber es war nicht hart genug", sagte Steve abwesend. „Haben Sie ein Bild von ihm?"

„Ich habe es nicht bei mir. Es gibt nur eine einzige Aufnahme. Wir haben ihn mit einem Teleobjektiv erwischt. Das Bild ist ziemlich körnig und unscharf. Er ist zirka eins sechzig groß, wiegt ungefähr fünfundsechzig Kilo, ist blond, zweiundvierzig Jahre alt. Ihm fehlt das linke Ohrläppchen – auch das haben Sie auf dem Gewissen. Sein Ruf hat gelitten."

„Ja, also, an manchen Tagen bin ich ein wenig reizbar."

Das war typisch Lucas Stone. Frank spürte den Schock, der ihn wie ein Schlag traf, doch er lockerte seinen festen Griff um das Lenkrad nicht. „Kommt Ihre Erinnerung zurück?"

„Bisher nicht", log Steve. Er konnte Geoffrey Piggot vor sich sehen – hager, bösartig, kalt. Ein weiteres Gesicht, das zu einem Namen erschien. Ein weiteres Puzzlestück, mit dem er das große Ganze zusammensetzen konnte – irgendwann einmal.

Auf der Fahrt zurück zur Hütte war Steve sehr still. Jay warf ihm einen Blick zu, doch eine Sonnenbrille verdeckte seine Augen, und an seiner Miene konnte sie nichts ablesen. Noch immer spürte sie seine Anspannung, wie am Abend zuvor beim Dinner. „Hast du wieder Kopfschmerzen?", fragte sie schließlich.

„Nein." Um seinen schroffen Tonfall ein bisschen abzumildern, streckte er seinen Arm aus und strich mit der Rückseite seiner Finger über ihre Wange. „Mir geht es gut."

„Hat Frank irgendetwas gesagt, das dir zu schaffen macht?"

Für einen kurzen Moment sann er über die Nachteile nach, die es mit sich brachte, wenn man einen Menschen so nah an sich heranließ, dass er jede Gefühlsregung spüren konnte. Doch in Jays Fall hatte es keinen Zweck, sich dagegen zu wehren – für seinen Geschmack konnte sie ihm nicht nah genug kommen. Und er hatte sie nicht einmal an sich heranlassen müssen – es war einfach geschehen.

„Nein. Er hat mir ein paar Details über den Mann verraten, der gern Hackfleisch aus mir machen würde ..."

„Oh, wie ekelhaft!", stieß sie hervor, schlug seine Hand weg, und er lachte.

„Ich habe nur gerade an ihn denken müssen, das ist alles."

Kurz darauf machte sie es sich auf ihrem Sitz bequem und legte ihren Kopf an die Nackenstütze. „Ich bin froh, nach Hause zu kommen."

Er empfand genauso. Sie waren so lange allein in der Hütte gewesen, dass dieser Ausflug beinahe wie ein Kulturschock auf sie beide gewirkt hatte. Die Neonlichter und der Verkehrslärm bildeten den totalen Gegensatz zu ihrer friedlichen, harmonischen Welt voller Tannen, Schnee und einer tiefen, tiefen Stille. Im Augenblick kam ein Trip in die Zivilisation für ihn nur infrage, wenn er und Jay zum erforderlichen Bluttest gingen und sich schließlich die Heiratsurkunde abholten.

Bluttest.

Plötzlich spürte er, dass etwas nicht stimmte – wie schon so oft, wenn sein Leben in der Schwebe war. Adrenalin schoss durch seine Adern, und sein Herz begann zu rasen. Doch nicht so schnell wie die Gedanken, die sich in seinem Kopf überschlugen. Ein Bluttest. Verdammt, es passte nicht. Warum hatten sie Jay gebraucht, um ihn zu identifizieren, wenn sie doch alle Möglichkeiten gehabt hatten? Er war ihr Agent. Sicher, seine Fingerabdrücke waren verloren, er war bewusstlos gewesen und seine Stimme war zerstört, doch sie hatten noch immer seine Blutgruppe und seine zahnärztlichen Unterlagen. Es hätte kein Problem sein dürfen, seine Identität zweifelsfrei festzustellen. Daraus folgte, dass sie Jay eigentlich nicht gebraucht hätten, sie aber trotzdem aus irgendeinem Grund geholt hatten.

Er dachte darüber nach, was Jay ihm erzählt hatte. Sie hatten sie geholt, um ihn zu identifizieren, weil es ihnen selbst angeblich nicht gelungen war. Und sie mussten wissen, ob ihr Agent ums Leben gekommen war, da Steve und der andere Mann in die Explosion verwickelt gewesen waren und einer von ihnen tot war. Das bedeutete, dass *zwei* Agenten vor Ort gewesen waren – nämlich er, Steve Crossfield selbst, und dieser andere Kerl –, aber das hätte auch nichts an der Tatsache geändert, dass Frank im Besitz von Unterlagen war, um sie beide zu identifizieren. Der Agent und er hatten sich körperlich sehr geähnelt, waren in etwa gleich groß und gleich schwer gewesen und hatten dieselbe Haarfarbe gehabt. Dennoch hätte es keine Probleme bei der Identifikation geben dürfen, selbst wenn er die Ähnlichkeiten in Betracht zog und davon ausging, dass sie vielleicht sogar dieselbe Blutgruppe gehabt hatten – es gab immer noch die zahnärztlichen Berichte.

Verdammt, er fühlte sich wie ein Idiot. Warum war ihm das nicht schon längst alles aufgefallen? Sie wollten Jay unbedingt in diese Angelegenheit verwickeln – und seine Identifikation war offensichtlich nicht der Grund. Was für ein Spiel spielte Frank also?

Denken. Er musste nachdenken. Er fühlte sich, als würde er versuchen, ein Puzzle zusammenzusetzen, bei dem einige Teile fehlten. Und wie er es auch drehte und wendete, es wollte nicht passen. Wenn er sich doch nur erinnern könnte, verdammt!

Warum sollte Frank Jay anlügen? Warum diese ganze Geschichte mit der angeblich so frappierenden Ähnlichkeit? Warum hatte er überhaupt einen so großen Wert auf Jays Hilfe gelegt?

Warum brauchten sie Jay?

Stimmen hallten in seinem Kopf wider. *„Glückwunsch, Mr Stone."* ... *„Ich bin glücklich, dass du wieder da bist, Sohn!"* ... *„Onkel Luke! Onkel Luke!"* Stone ... Sohn ... Onkel Luke ... Sohn ... Luke ... Stone ...

Luke Stone.

Seine Hände umklammerten das Lenkrad. Er fühlte sich, als habe er einen Schlag in die Magengrube bekommen. Luke Stone. Lucas Stone. *Zur Hölle mit Frank Payne! Sein Name war Lucas Stone!*

Als ihm das nun klar wurde, kamen sämtliche Erinnerungen wie eine riesige Flutwelle über ihn und wirbelten durch seinen Kopf, sodass er kaum in der Lage war, sich weiterhin auf den Verkehr zu konzentrieren. Er wagte es jedoch nicht, anzuhalten, wagte nicht, Jay zu erzählen, was er im Augenblick empfand. Er empfand ... Gott, er wusste nicht, was er empfand, wie er sich fühlte. Erschlagen. Sein Kopf schmerzte, doch gleichzeitig durchströmte ihn ein Gefühl unendlicher Erleichterung. Er hatte seine Identität wieder, konnte sein Selbst spüren. Endlich kannte er sich selbst.

Er war Lucas Stone. Er hatte eine Familie und Freunde, eine Vergangenheit.

Doch er war nicht Jays Exehemann. Er war nicht Steve Crossfield. Er war nicht der Mann, in den sie glaubte verliebt zu sein.

Darum also war sie in die Geschichte hineingezogen worden. Nur ein Agent war bei der Explosion vor Ort gewesen – und dieser Agent war er selbst. Steve Crossfield war aus einem anderen Grund dort gewesen und getötet worden. Lucas versuchte, sich an das Treffen zu erinnern, doch er konnte sich nur verschwommen und bruchstückhaft entsinnen. Vielleicht würden die Erinnerungen an die Stunden vor der Explosion für immer im Dunkeln bleiben. Aber er entsann sich, einen großen schlanken Mann gesehen zu haben, der die Straße heraufkam. Seine Umrisse hatten sich auf dem nassen Asphalt unter einer Straßenlaterne gespiegelt. Das war wahrscheinlich Steve Crossfield gewesen. An alles, was danach geschah, konnte er sich nicht erinnern, obwohl ihm nun wieder einfiel, dass er Kontakt aufgenommen, das Treffen mit Minyard vereinbart hatte und zu dem vereinbarten Treffpunkt gekommen war. Er hatte aufgeblickt, den Mann gesehen ... und dann nichts mehr. Danach hatte nur noch Leere geherrscht, bis Jays Stimme ihn aus der Finsternis geholt hatte.

Seine Tarnung war offensichtlich aufgeflogen. Piggot war hinter ihm her gewesen, und das war der Grund für dieses umfangreiche Täuschungsmanöver. Jay in diese Angelegenheit zu ziehen, ihr weiszumachen, dass er ihr Exmann war, sie dazu zu bringen, ihn als Steve Crossfield zu identifizieren, war ein äußerst kluger Schachzug von *The Man* gewesen, um ihn aus der Schusslinie zu nehmen und zu schützen, bis sie Piggot dingfest gemacht hatten. *The Man* unterschätzte seine Feinde niemals, und Piggot war, wie Frank bestätigt hatte, sehr gut. Die Ausmaße von *The Mans* Sicherheitsvorkehrungen deuteten darauf hin, dass er einen Maulwurf in den eigenen Reihen vermutete. Er traute den offiziellen Kanälen offensichtlich nicht.

Also hatten sie ihn „beerdigt", und er war mit einem neuen Namen, einem neuen Gesicht, einem neuen Leben und eines anderen Mannes Frau an seiner Seite wieder aufgewacht.

Nein, verdammt! Wut und Entschlossenheit durchfluteten ihn, und er umklammerte das Lenkrad so fest, dass seine Fingerknöchel weiß hervortraten, während er die vereisten Pfützen, die sich auf der Straße gebildet hatten, umfuhr. Vielleicht war er nicht Steve Crossfield, aber Jay gehörte zu ihm. *Zu ihm.* Sie war Lucas Stones Frau.

Stumm, aber in aller Ausführlichkeit verfluchte er *The Man* und Frank für alles, was ihm einfiel, und ihre Ahnen gleich dazu. Dies war eindeutig *The Mans* Handschrift, die Lucas erkennen konnte. Keiner hatte einen so scharfen Verstand wie Kell Sabin – und genau deshalb war er *The Man*, der Boss, geworden. Vermutlich – nein, ganz sicher sogar – hatten sie ihm das Leben gerettet, indem sie angenommen hatten, dass es einen Maulwurf gab, der Piggot mit Informationen versorgte. Doch sie waren in diesem Moment nicht diejenigen, die Jay erklären mussten, dass er nicht ihr Exmann war. Sie mussten ihr nicht erklären, dass der Mann, den sie liebte, tot war, und dass sie mit einem Fremden geschlafen hatte.

Was würde sie sagen? Und – noch viel wichtiger: Wie würde sie reagieren?

Er durfte sie nicht verlieren. Er konnte alles ertragen – nur das nicht. Mit Schock, Wut, sogar Angst konnte er umgehen, ja, er erwartete solche Reaktionen von ihr. Aber er würde es nicht aushalten, wenn sie ihn mit Hass in ihren tiefblauen Augen ansehen würde. Er konnte sie nicht einfach gehen lassen.

Sofort begann er, die Situation von allen Seiten zu beleuchten, nach einer Lösung zu suchen. Doch so sehr er auch grübelte, er fand keine Lösung. Er konnte sie nicht unter Crossfields Namen heiraten, denn eine solche Eheschließung wäre nicht legal, und außerdem würde er es unter keinen Umständen zulassen, dass sie den Namen eines anderen Mannes trug. Er würde ihr die Wahrheit sagen müssen.

Seine Familie glaubte wahrscheinlich, dass er tot war, und er konnte sie nicht wissen lassen, dass es ihm gut ging, ohne sie in Gefahr zu bringen. Wenn seine Tarnung aufflog und Piggot herausfand, dass er nicht wie geplant getötet worden war, war auch seine Familie in Gefahr. So wie die Lage im Augenblick war, würde er es sowieso schwer haben, seine Familie von seiner Identität zu überzeugen – immerhin sah er weder so aus wie früher noch hörte er sich so an. Ihm waren die Hände gebunden, bis Piggot gefasst war. Anschließend würde Sabin ihnen vermutlich einen Brief zukommen lassen, in dem geschrieben stand, dass bei der Identifikation der Opfer ein bedauerlicher „Irrtum" geschehen sei und dass der Fehler aufgrund unglücklicher Umstände und so weiter und so fort erst jetzt korrigiert werden konnte. *The Man* hatte das Telegramm wahrscheinlich schon fertig formuliert in seinem Kopf.

Um seine Familie würde man sich kümmern. Sie würde sehr glücklich sein, ihn wiederzubekommen – egal, wie er aussah und dass seine Stimme zerstört war.

Jay war das eigentliche Opfer. Sie hatten sie als die ultimative Tarnung missbraucht. Wie zum Teufel sollte sie ihnen das jemals verzeihen?

Jay döste. Als sie auf den Weg zur Wiese fuhren, wachte sie schließlich auf. „Wir sind zu Hause", murmelte sie und strich sich das Haar zurück. Sie drehte den Kopf und lächelte ihm zu. „Endlich."

Wieder war er angespannt und beobachtete jede Kleinigkeit an und auf der Strecke. Es lag frischer Schnee auf dem Boden, und die Reifenspuren, die sie am Vortag auf dem Weg hinterlassen hatten, waren ebenso verwischt, wie eventuell andere Spuren, die entstanden waren, nachdem sie abgefahren waren. Sein Training und seine Erfahrung machten sich in diesem Moment bezahlt, und Lucas Stone ging kein Risiko ein. Jedenfalls kein unnötiges Risiko. Mehr als einmal hatte er sein Leben aufs Spiel gesetzt – aber nur, wenn es keinen anderen Ausweg gegeben hatte. Jays Leben zu gefährden, stand jedoch auf einem anderen Blatt.

Wie immer spürte Jay seine plötzliche Anspannung. Sie runzelte die Stirn, schwieg aber.

Der Schnee, der um die Hütte herum den Boden bedeckte, war unberührt, doch als Lucas den Jeep abstellte, legte er Jay trotzdem die Hand auf den Arm und hielt sie zurück. „Bleib im Wagen, bis ich die Hütte überprüft habe", sagte er knapp, zog die Pistole aus dem Holster und stieg aus dem Auto, ohne sie noch einmal anzusehen. Seine Augen waren ständig in Bewegung, blickten von einem Fenster zum andern, untersuchten jeden Zentimeter des Bodens, suchten nach einem verräterischen Flattern eines Vorhangs.

Jay war wie erstarrt. Dieser Mann, der sich geschmeidig wie eine Katze auf die Hintertür zubewegte, war der Mann, den sie liebte, und er war ein Raubtier, ein Jäger. Er war unglaublich aufmerksam und vorsichtig, bewegte sich so sanft wie der Wind, als er nun mit dem Rücken zur Wand an der Hütte entlangging und behutsam seine linke Hand hob, um den Türknauf zu ergreifen, während er die Pistole fest in seiner Rechten hielt. Ohne einen Laut zu verursachen, öffnete er die Tür und verschwand im Inneren der Hütte. Zwei Minuten später tauchte er – sichtlich entspannt – wieder an der Hintertür auf. „Komm herein", sagte er und ging zum Jeep, um ihre Taschen zu holen.

Es machte sie wütend, dass er sie umsonst geängstigt hatte. Das erinnerte sie an den Morgen, als er sie im Schnee überwältigt hatte. „Mach das nicht mit mir", zischte sie, als sie die Wagentür öffnete und ausstieg. Der Schnee unter ihren Sohlen knirschte.

„Was machen?"

„Mich ängstigen."

„Dich zu ängstigen ist allemal besser, als schnurstracks in einen Hinterhalt zu laufen", erwiderte er ruhig.

„Wie sollte irgendjemand wissen, dass wir hier oben sind? Und wieso sollte es überhaupt jemanden interessieren?"

„Frank glaubt, dass es sehr wohl jemanden interessiert – warum sonst hätten sie all die Mühen auf sich genommen, um uns zu verstecken?"

Sie erklomm die Treppenstufen und klopfte den Schnee von ihren Stiefeln, bevor sie die Hütte betrat. Es war kühl, aber nicht eiskalt, weil sie einen kleinen Hilfsgenerator zur Wärmeerzeugung eingeschaltet hatten. Sie nahm ihm die Taschen ab und trug sie in das

Schlafzimmer, um sie auszupacken, während er ein Feuer im Wohnzimmer entfachte.

Lucas sah zu, wie die gelblichen Flammen an den Holzscheiten leckten, die er auf den Feuerrost gestapelt hatte. Langsam fraßen sie sich an dem trockenen Holz entlang und verschlangen es nach und nach. Er konnte es ihr nicht sagen – nicht jetzt. Dies waren vielleicht die letzten Tage oder Stunden, die er noch mit ihr hatte. Eine ungewisse Schonfrist, in der Sabins Männer Piggot jagten. Er würde diese kostbare Zeit nutzen, um sie so eng an sich zu binden, dass er sie auch noch würde halten können, wenn sie seinen richtigen Namen herausfand und erfuhr, dass Steve Crossfield tot war. Sie hatte ihm gesagt, dass sie ihn liebte, doch sie hatte diese Worte zu Steve Crossfield gesagt – und seltsamerweise war es auch Steve Crossfield gewesen, der diese Worte gehört hatte. Er war Lucas Stone, und er wollte sie für sich allein haben.

Sein Hunger nach ihr kam plötzlich, schnell und drängend, wie ein Feuer, das tief in seinem Inneren brannte. Er ging ins Schlafzimmer und betrachtete sie einen Moment lang, während sie sich bückte, um ihre Stiefel und Strümpfe auszuziehen. Sie war schlank, und ihre Haut seidig glatt. Er fasste sie um die Taille und warf sie aufs Bett, um sich gleich auf sie zu legen und sie mit seinem Gewicht auf die Matratze zu drücken.

Sie lachte, und in ihren Augen war keine Spur von Ärger. „Sich einer Frau wie der erste Mensch zu nähern, scheint dieses Jahr in zu sein", zog sie ihn auf.

Er konnte ihr Lächeln nicht erwidern. Er wollte sie zu sehr, wollte hören, wie sie die drei Worte zu ihm sagte, nicht zu einem Geist. Wieder war das gefährliche goldgelbe Flackern in seinen Augen, als er ihr die Kleider vom Leib streifte und sie in ihrer Nacktheit betrachtete. Ihre Brustspitzen hatten sich in der kühlen Luft zusammengezogen, ihre Brüste waren rund und fest. Er berührte ihre Brüste mit seinen Händen, streichelte sie und näherte sich ihren Brustspitzen mit seinem Mund. Zärtlich saugte er an ihnen. Sie schnappte nach Luft und bog sich ihm entgegen. Ihre Lust, ihr Verlangen machten ihn jedes Mal an, brachten ihn um den Verstand, machten ihn heiß und hungrig nach ihr wie einen Teenager. Er konnte es kaum ertragen, seine Hände von ihr nehmen zu müssen, um selbst aus seinen Klamotten herauszukommen.

„Sag mir, dass du mich liebst", sagte er, ergriff ihre schlanken Schenkel und legte sie sich um die Hüften. Dann drang er in sie ein.

Voller Lust wand Jay sich unter ihm, berührte mit ihren Brüsten seinen behaarten Oberkörper. „Ich liebe dich." Sie vergrub ihre Fingernägel in seinem Rücken und spürte, wie seine Muskeln sich anspannten. „Ich liebe dich." Langsam glitt er tiefer in sie hinein, und sie drängte sich ihm entgegen. Sie wollte ihn, war wie von Sinnen. Ihr Körper hatte sich schon so sehr an ihn gewöhnt, dass ihre begehrliche Anspannung unter dem Rhythmus seiner kraftvollen Bewegungen schnell zu einem Höhepunkt anschwoll. Wie im Fieber erklomm sie den Gipfel ihrer Lust. Er hielt sie in seinen Armen, bis ihr Zittern langsam abnahm, und fand dann seinen Rhythmus wieder.

„Noch einmal", flüsterte er.

Sie wollte seinen Namen schreien, doch sie konnte es nicht. Sie konnte ihn nicht Steve nennen, und sie wagte es nicht, ihn Lucas zu nennen. Sie musste sich auf die Lippen beißen, um seinen Namen unausgesprochen zu lassen, und ein Stöhnen entrang sich ihrer Brust. Er hatte sie in der Hand, kontrollierte ihre Lust. Seine langsamen, tiefen Stöße brachten sie beinahe um den Verstand. Sie hatte das Gefühl zu brennen, hatte das Gefühl, ihre Nervenenden würden vor Glück und Lust explodieren.

„Sag mir, dass du mich liebst." Seine Stimme klang tief und rau. Die Anstrengung war seinem Gesicht deutlich anzusehen – dennoch bewegte er sich aufreizend langsam in ihr.

„Ich liebe dich."

„Noch einmal."

„Ich liebe dich."

Er wollte hören, wie sie seinen Namen aussprach, aber dieser Wunsch blieb ihm verwehrt. Irgendwann in der Zukunft – das versprach er sich – würde er sie nehmen, wie er sie jetzt nahm, und dann würde sie seinen Namen schreien, seinen richtigen Namen. Im Augenblick musste er sich damit zufriedengeben, dass nur er die Wahrheit kannte. Wieder und wieder flüsterte Jay diese Worte, bis er seine Beherrschung verlor, und der süße Wahnsinn sie beide erfasste.

Er konnte nicht genug von ihr bekommen – niemals. Und darum zu bangen, dass er sie vielleicht verlieren würde, war unerträglich. Körperliche Bande waren die wichtigsten, und so benutzte er sie, um die Verbindung zwischen ihnen zu stärken. Er würde sich selbst zu einem Teil von ihr machen – bis sein Name nicht mehr wichtig war.

Zwei Nächte später war Frank gerade zu Bett gegangen, als das Telefon klingelte. „Payne."

„Piggot ist in Mexico City", sagte *The Man.*

Sofort vergaß Frank den erholsamen Schlaf, auf den er sich schon gefreut hatte, und setzte sich alarmiert auf.

„Haben Sie einen Mann auf ihn angesetzt?"

„Im Augenblick nicht. Er ist wieder abgetaucht. Wir stehen kurz vor der Lösung des Rätsels, und dieser Schritt zeigt mir, wer die Fäden zieht. Ich werde mich darum kümmern, doch Sie müssen Luke da herausholen. Die Hütte ist lokalisiert worden."

„Wie viel darf ich ihm erzählen?"

„Alles. Es ist mittlerweile egal. In den nächsten vierundzwanzig Stunden wird alles vorbei sein. Achten Sie nur darauf, dass die beiden in Sicherheit sind." Kell Sabin legte auf und fragte sich, ob er ein zu hohes Risiko eingegangen war und damit einen guten Freund und eine unschuldige Frau in Gefahr gebracht hatte.

12. KAPITEL

Beim ersten Klingeln des Pagers auf seinem Nachttisch sprang Lucas aus dem Bett und griff nach seinen Hosen. Am Ton konnte er erkennen, dass Frank ihn angepiept hatte, um mit ihm zu reden, denn das Alarmsignal des Bewegungsmelders klang anders. Doch die Tatsache, dass Payne ihn mitten in der Nacht sprechen wollte, war alarmierend genug. Jay wachte auf und wollte die Lampe anknipsen, aber Lucas hielt sie davon ab.

„Kein Licht."

„Was ist denn los?" Jay blickte ihn stumm an.

„Ich gehe raus zum Schuppen. Das war der Pieper. Frank versucht, mit uns in Kontakt zu treten."

„Und warum soll ich das Licht nicht anmachen?"

„Er würde uns nicht mitten in der Nacht anrufen, wenn es sich nicht um einen Notfall handeln würde. Es könnte schon zu spät sein. Vielleicht ist Piggot schon ganz in der Nähe, und ein Licht würde ihn warnen."

„Piggot?"

„Der Kerl, der versucht hat, mich zu Hackfleisch zu verarbeiten, erinnerst du dich?"

„Ich werde mit dir gehen." Sie sprang aus dem Bett und bemühte sich, in der Dunkelheit möglichst schnell in ihre Kleider zu schlüpfen. Lucas wollte sie aufhalten, damit sie die Sicherheit der Hütte nicht verließ. Aber wenn Piggot sie tatsächlich gefunden haben sollte, war auch die Hütte kein sicherer Ort mehr. Ein tragbarer Raketenwerfer in der Hand eines Profis, wie Piggot einer war, konnte die Hütte in Sekundenschnelle in ein brennendes Inferno verwandeln.

Er zog sich eilig seine Stiefel an und nahm die Pistole aus dem Holster, das er immer in seiner Reichweite aufbewahrte. Als er das Zimmer verließ, griff er sich noch seine Jacke vom Haken neben der Tür und streifte sie sich über, während er durch die dunkle Hütte zum Hinterausgang hastete. Jay befand sich direkt hinter ihm. Sie hatte ihre Jeans an, trug sein Flanellhemd, und ihre bloßen Füße steckten in ihren Stiefeln.

Sie liefen und schlitterten über den Schnee bis zu dem kleinen Schuppen, wobei sie sich, so gut es ging, im Schatten der Bäume und Sträucher hielten. Die marode Bude war eine Offenbarung. Schon als Lucas ihr zum ersten Mal gezeigt hatte, was sich unterhalb des Schuppens in einem kellerartigen Raum befand, war Jay erstaunt gewesen. Jetzt schob er einen Heuballen zur Seite. Darunter kam eine Falltür zum Vorschein, gerade breit genug, dass seine Schultern hindurchpassten. Er drückte einen Knopf auf seinem Pager und ein elektrisch gesichertes Schloss sprang auf. Die Tür glitt lautlos auf. Eine schmale Leiter führte hinunter. Die Sprossen wurden nur von kleinen roten Lichtern an den Seitenverstrebungen beleuchtet. Lucas drängte sie, hinabzusteigen. Sofort folgte er ihr, schloss die Tür hinter ihnen und verschloss den unterirdischen Computerraum noch einmal. Erst dann schaltete er die Lichter ein.

Der Raum war klein, nicht mehr als ein Meter achtzig mal zwei Meter vierzig, und er war vollgestopft mit technischem Equipment. Es gab eine Computer- und Bildschirmstation, einen Drucker an der einen Wand und ein kompliziertes Funkgerät auf der anderen Seite. Es blieben noch etwa fünfundsiebzig Zentimeter Raum auf der linken Seite, um sich zu bewegen. Davon wurde ein großer Teil schon von dem Stuhl eingenommen. Lucas setzte sich und legte einige Schalter am Funkgerät um. „Auf Sendung."

„Packt eure Sachen. Piggot ist in Mexico City gesehen worden, und wir haben herausgefunden, dass die Hütte nicht länger sicher ist." Franks Stimme erfüllte den kleinen Raum. Es war unheimlich, denn es gab nicht den typisch blechernen Klang, den man normalerweise von Funkgeräten kannte – die Worte wirkten glasklar, so, als stünde Frank direkt neben ihnen. Die körperlose Stimme im Raum machte deutlich, wie hoch die Qualität dieses technischen Geräts war.

„Wie viel Zeit bleibt uns noch?"

„*The Man* glaubt, dass es höchstens noch vier Stunden sind. Vielleicht weniger, wenn es Piggot schon gelungen ist, Komplizen in eure Gegend zu entsenden."

„Es ist seine Art, Leute vor Ort zu haben, die sich allerdings im Hintergrund halten, bis er eingetroffen ist. Er liebt es, selbst zu dirigieren." Lucas' Stimme klang abwesend, die Gedanken in seinem Kopf rasten.

Schweigen hing im Raum. Plötzlich fragte Frank leise: „Luke?"

„Ja", antwortete Lucas und bemerkte Jays Bewegung hinter sich. Dann herrschte Totenstille. Er hatte es ihr nicht sagen wollen, doch schon bald würde hier die Hölle los sein. Vier Stunden waren nicht viel Zeit, und was auch immer passieren mochte, er wollte, dass sie seinen Namen kannte. Für vier Stunden würde sie wissen, wessen Frau sie war.

„Wann?"

„Vor einigen Tagen. – Besteht die Chance, Piggot abzufangen, bevor er hier eintrifft?" Das wäre die einfachste Lösung.

„Die Chance ist sehr gering. Ihn dort festzunageln, wäre das Beste für uns. Wir wissen nicht, wo er ist, aber wir wissen, wohin er geht."

„Er wird es nicht durch die Flughafenabfertigung schaffen. Also sitzt er womöglich längst in einer kleinen Maschine und wird auf einem privaten Gelände in unserer Nähe landen. Gibt es Aufzeichnungen darüber?"

„Wir lassen es gerade durch den Computer laufen. Wir haben überall Männer postiert."

„Wo kann ich Jay verstecken?"

Frank erwiderte eindringlich: „Luke, Sie sind raus. Spielen Sie nicht den Lockvogel. Steigen Sie in den Jeep und fahren Sie – und melden Sie sich in fünf Stunden."

„Piggot gehört mir. Und ich werde mit ihm abrechnen", sagte Lucas in einem erschreckend kühlen, ruhigen Ton. „Wenn ich letztes Jahr besser aufgepasst hätte, würde das alles hier gar nicht passieren."

„Was ist mit Jay?"

„Ich bringe sie in Sicherheit. Aber ich komme zurück, um mich um Piggot zu kümmern."

Da Frank einsah, wie sinnlos es war, quer über den Kontinent mit einem Sturkopf wie Lucas zu streiten, sagte er: „Also gut. Nehmen Sie auf dieser Frequenz Kontakt mit Veasey auf und verschlüsseln Sie die Nachricht." Er gab die Nummer der Frequenz nur einmal durch.

„Roger", sagte Lucas und betätigte den Schalter, der die Verbindung unterbrach. Dann schob er seinen Stuhl zurück und erhob sich, um sich Jay zuzuwenden.

Ihr ganzer Körper fühlte sich taub an, als sie ihn nun ansah. Er wusste es. Sein Gedächtnis war wieder da. Ihre Schonfrist war vorbei, die Spiegel waren zerbrochen, die Scharade war zu Ende. Genauso schnell wie er in ihr Leben getreten war, würde er jetzt wieder verschwinden.

Mit der Rückkehr seiner Erinnerungen war er wieder zu Lucas Stone geworden. Sie konnte es in seinen gelblichen funkelnden Augen sehen, den Augen eines Raubvogels. Seine Miene war undurchdringlich. „Ich bin nicht Steve Crossfield", sagte er ganz offen. „Mein Name ist Lucas Stone. Dein Exmann ist tot."

Sie wirkte bleich, war wie gelähmt. „Ich weiß", flüsterte sie.

Von allen Dingen, die sie hätte sagen können, waren das die Worte, mit denen er am allerwenigsten gerechnet hätte. Es erstaunte ihn, verwirrte ihn, verärgerte ihn. Tagelang hatte er sich den Kopf darüber zerbrochen, wie er es ihr beibringen konnte, und sie wusste es? „Wie lange weißt du es schon?", fragte er knapp.

Sogar ihre Lippen fühlten sich taub an. „Seit einer Weile."

Er ergriff ihren Arm, und seine Finger bohrten sich in ihr Fleisch. „Wie lange ist ‚eine Weile'?"

Sie versuchte nachzudenken. Sie war schon so lange in diesem Netz aus Lügen gefangen, dass es nicht einfach war, sich zu erinnern. „Du ... du warst noch im Krankenhaus."

Die unterschiedlichsten Szenarien schossen ihm durch den Kopf. Er war darauf trainiert worden, auch abwegige Gedanken zuzulassen und so lange über etwas nachzudenken, bis es einen Sinn ergab. Und ihm gefiel keine der Situationen, der Erklärungen, die ihm in den Sinn kamen. Von Anfang an hatte er angenommen, dass sie eine unwissende Außenstehende gewesen war, die von Sabin und Frank Payne benutzt worden war, um ihn zu schützen, doch inzwischen glaubte er, dass es wahrscheinlicher war, dass sie für den Job engagiert worden war. Zorn kochte in ihm hoch, und er musste sich sehr zusammenreißen, um nicht die Beherrschung zu verlieren. „Warum hast du mir nichts gesagt?" Gott, eine Zeit lang hatte er geglaubt, langsam verrückt zu werden, denn die Erinnerungen, die ihm durch den Kopf geschossen waren, hatten so gar nicht zu dem gepasst, was sie ihm erzählt hatte. Vermutlich hätte er sein Gedächtnis sogar viel schneller zurückgewonnen, wenn er nur einen einzigen echten, verlässlichen Baustein gehabt hätte, auf den er hätte aufbauen können, und nicht die Märchen, die sie zusammengesponnen hatte.

Er tat ihr weh. Sein Griff würde ganz sicher blaue Flecke auf ihrem Arm hinterlassen. Vergeblich versuchte sie, sich von ihm zu lösen, und sog hörbar die Luft ein, als er seinen Griff noch verstärkte. „Ich hatte Angst!"

„Wovor hattest du Angst?"

„Ich dachte, Frank würde mich wegschicken, wenn er erführe, dass ich herausgefunden habe, dass du nicht Steve bist! Lucas, bitte, du tust mir weh!" Endlich konnte sie ihn beim Namen nennen, auch wenn sie dabei Schmerzen verspürte – ihr Herz genoss den Klang.

Er lockerte den Griff, packte nun aber auch ihren anderen Arm und hielt sie fest. „Also hat Frank dich nicht engagiert, um zu behaupten, dass ich Steve Crossfield bin?"

„N... nein", stammelte sie. „Zuerst glaubte ich ja, dass du es bist."

„Warum hast du dann irgendwann deine Meinung geändert?"

„Als ich deine Augen zum ersten Mal sah, wusste ich Bescheid."

Die Erinnerung daran war auch bei Lucas noch ganz frisch. Als der Arzt die Verbände von seinen Augen entfernt hatte und er sie zum ersten Mal angesehen hatte, war sie so bleich geworden, wie sie es im Augenblick auch war. Das war merkwürdig, denn er wusste, dass Sabin niemals ein so wichtiges Detail wie die Augenfarbe übersehen hätte.

„Hatte dein Ehemann denn keine braunen Augen?"

„Exehemann", flüsterte sie. „Doch, hatte er – aber seine Augen waren dunkelbraun. Deine sind eher gelblich braun."

Also besaßen seine Iris einen anderen Braunton als die Augen ihres Ehemannes. Es war lächerlich, dass Sabins ausgeklügeltes Täuschungsmanöver durch eine derartige Kleinigkeit beinahe aufgeflogen war. Doch sie hatte ihnen nicht erzählt, dass er der falsche Mann war – und das war wahrscheinlich eine kluge Entscheidung gewesen. Sie hatte nicht einmal *ihm* erzählt, was sie wusste – nicht damals und auch nicht in den Wochen, in denen sie allein in der Hütte gelebt hatten. Wütende Frustration klang aus seiner tiefen und rauen Stimme. „Warum hast du *mir* nichts gesagt? Hast du nicht geglaubt, dass ich vielleicht daran interessiert sein könnte, wer ich wirklich bin?"

„Ich konnte das Risiko nicht eingehen. Ich hatte Angst …", begann sie und blickte ihn flehentlich an.

„Ja, genau, du hattest Angst, dass deine Geldquelle versiegen könnte. Frank hat dich dafür bezahlt, damit du bei mir bleibst, stimmt's? Immerhin warst du ja jeden Tag bei mir und hattest keine Zeit, einer geregelten Arbeit nachzugehen."

„Nein! So war das nicht …"

„Wie war es dann? Bist du so reich, dass du unabhängig bist?"

„Lucas, bitte. Nein, ich bin nicht reich …"

„Wovon hast du dann während der Monate im Hospital gelebt?"

„Frank hat die Rechnungen bezahlt", sagte sie frustriert. „Würdest du mir bitte mal zuhören?"

„Ich höre dir zu, Süße. Du hast mir gerade erzählt, dass Frank dich dafür bezahlt hat, um auf mich aufzupassen."

„Er hat es mir ermöglicht, bei dir zu bleiben! Ich hatte meinen Job verloren …" Zu spät erkannte sie, wie die Worte, die sie soeben gesagt hatte, bei ihm ankommen würden.

Er hatte seine gelb blitzenden Augen zu bedrohlichen Schlitzen verengt und die Lippen grimmig aufeinandergepresst. „Also hast du dir die Gelegenheit nicht durch die Lappen gehen lassen, dir ganz leicht ein bisschen Geld zu verdienen. Alles, was du zu tun hattest, war, neben mir zu sitzen. Und alles, was du wolltest, hast du bekommen – Frank hat ja die Rechnungen bezahlt. Das erklärt, warum du mich nicht heiraten wolltest, habe ich recht? Du warst zufrieden mit deinem ‚Gehalt‘, aber einen Fremden zu heiraten, war ein bisschen zu viel des Guten. Ganz zu schweigen von der Tatsache, dass die Ehe nicht legal gewesen wäre. Du hast dir mit deinen Ausreden ein paar echte Unannehmlichkeiten erspart.“

„Das waren keine Ausreden. Ich war mir einfach nicht sicher, ob du nicht jemanden hast, der sich um dich sorgt …“

„Das habe ich!“, unterbrach er sie laut und funkelte sie an. „Meine Familie! Sie alle glauben, dass ich tot bin!“

Jay rang nach Fassung und schaffte es, ihrer Stimme einen halbwegs ruhigen Klang zu verleihen. „Ich konnte dich nicht heiraten, solange du dein Gedächtnis nicht wiederhattest. Du solltest dir sicher sein, mich wirklich heiraten zu wollen. Ich konnte dich doch nicht so ausnutzen.“

„Das kam dir sehr gelegen, habe ich recht? Diese Bedenken lassen dich direkt nobel erscheinen. So ein Pech. Wenn du weiterhin hättest absahnen wollen, hättest du mich heiraten müssen, als du die Chance dazu hattest. Du hättest einfach weiterhin behaupten müssen, dass ich Crossfield bin. Wenn ich dann mein Gedächtnis wiedererlangt hätte, wärst du das arme Opfer gewesen, und ich wäre vielleicht aus Mitleid mit dir zusammengeblieben.“

Unwillkürlich wich sie vor ihm zurück und starrte ihn mit leerem Blick an. Irgendwie hatte sie in den letzten Monaten, die sie mit ihm verbracht hatte, zu glauben begonnen, dass er sie liebte, obwohl er diese Worte nie gesagt hatte. Er war so besitzergreifend gewesen, so empfindsam und leidenschaftlich. Doch nun hatte er seine Erinnerung wiedergewonnen, und er hätte ihr kaum deutlicher zeigen können, dass sein Verzehren nach ihr schlagartig vorüber war. Er brauchte sie nicht länger, und er würde seinen Heiratsantrag garantiert nicht wiederholen. Es war vorbei, und sie würden nicht einmal als Freunde auseinandergehen. Das Schlimmste war geschehen: Sie hatte ihn belogen, ihm seine wahre Identität vorenthalten, und er konnte ihr das nicht verzeihen. Er glaubte, dass sie das alles nur getan hatte, weil die Regierung bereit gewesen war, sie zu unterstützen, solange dieses Versteckspiel andauerte.

Plötzlich ließ er seine Arme sinken und löste sich von ihr, als könnte er es nicht länger ertragen, sie zu berühren. Unwillkürlich taumelte sie zurück. Sie fand ihr Gleichgewicht wieder und wandte sich zur Leiter um. „Öffne die Tür", sagte sie dumpf.

Er ballte die Hände zu Fäusten, denn für ihn war der Streit noch nicht vorüber. Er hatte noch längst nicht alle Antworten auf seine Fragen bekommen. Doch in diesem Augenblick hatte er keine Zeit für noch mehr Fragen – er erinnerte sich daran, dass ihnen nur noch wenige Stunden blieben. Er musste sie in Sicherheit bringen, bevor Piggot sie fand. Das Letzte was er wollte, war, dass Jay bei einer direkten Auseinandersetzung zwischen die Fronten geriet.

„Ich gehe zuerst", sagte er und drängte sich an ihr vorbei. Er öffnete das elektrische Schloss und die Tür glitt auf. Mit der Pistole in der Hand kletterte er auf der Leiter nach oben. Sobald er oben angekommen war, sah er sich aufmerksam nach allen Seiten um, verließ dann den unterirdischen Raum und kniete sich neben die Türöffnung, um Jay herauszuhelfen. „Alles in Ordnung. Komm."

Sie sah ihn nicht an, als sie herauskletterte, und ergriff auch nicht die Hand, die er ihr anbot. Er schloss die Falltür und schob den Heuballen wieder darüber. Sie wollte gerade aus dem Schuppen treten, als er sie zurückhielt. „Pass auf!", flüsterte er aufgebracht. „Wir gehen denselben Weg zurück, den wir gekommen sind. Halte dich im Schatten." Er führte sie den Pfad entlang zur Hütte zurück, und Jay folgte ihm schweigend.

Es war ihm sicher noch immer nicht recht, in der Hütte das Licht anzumachen, also stolperte Jay im Dunkeln in das Schlafzimmer und raffte ihre Sachen zusammen. Sie zog gerade sein Hemd aus, um sich ihre eigenen Kleider anzuziehen, als er das Schlafzimmer betrat. Einen Augenblick lang starrte sie ihn peinlich berührt an, wandte ihm dann den Rücken zu und kämpfte weiter mit ihrem BH. Ihre Hände waren kalt und klamm, und in der Finsternis des Raumes schaffte sie es nicht, die Träger zu ordnen. Genervt warf sie den Büstenhalter schließlich aufs Bett und zog ihren Pullover über den Kopf.

Lucas betrachtete sie. Im silbrigen Mondlicht, das durch das Fenster fiel, sah er ihre blassen Brüste. Und trotz seiner Wut, seiner Enttäuschung und dem Zeitdruck, unter dem sie standen, wollte er zu ihr gehen und sie an sich ziehen. Erst vor ein paar Stunden hatte er ihre Brüste mit seinen Händen berührt und gierig liebkost. Er hatte sie geliebt, bis die immer weiter anschwellende Spannung in einen bittersüßen Schmerz gemündet war, und sie schließlich gemeinsam den erlösenden Höhepunkt erlebt hatten. Sie hatte ihm gesagt, dass sie ihn liebte – immer und immer wieder. Und jetzt wandte sie ihm den Rücken zu, als wollte sie nicht, dass er ihren Körper sah.

Es traf ihn, schockierte ihn. Offenbar steckte mehr dahinter, als sie ihm erzählt hatte, mehr als das Motiv der Geldgier, das er ihr vorgeworfen hatte. Er musste genau wissen, woran er war – doch der Moment war alles andere als günstig, um dieser Frage auf den Grund zu gehen. Verdammt. Wenn sie nur nicht so verletzt und abwesend gewirkt hätte, so, als hätte sie sich in sich selbst zurückgezogen. Er musste gegen den Drang ankämpfen, zu ihr zu gehen, sie in seine Arme zu schließen und ihr den Kummer fortzuküssen. Warum zur Hölle war es wichtig, zu wissen, warum sie es getan hatte? Vielleicht war das Geld im ersten Moment ein Motiv gewesen, doch er war sich verdammt sicher, dass es jetzt nicht mehr der Grund war – oder jedenfalls nicht ausschließlich. Selbst wenn das Geld der einzige Grund wäre – er würde sie nicht gehen lassen. Sobald er mit Piggot fertig war, würde er die Sache zwischen ihnen klären. Doch jetzt war es wichtig, dass er Jay in Sicherheit brachte.

„Beeil dich", knurrte er.

Sie setzte sich auf die Bettkante, zog die Stiefel aus, schlüpfte in ein paar dicke Socken und zog die Stiefel wieder an. Dann schnappte sie sich ihre Umhängetasche und den Lammfellmantel und sagte: „Ich bin fertig."

Er sah keinen Grund, warum sie noch mehr Sachen mitnehmen sollte, denn sie würden sowieso wieder zur Hütte kommen, um den Rest zu holen, sobald er Piggot erledigt hatte. Lucas war ihr dankbar, dass sie nicht unnötig Zeit verschwendete. Jay war ein guter Partner, obwohl sie der ganzen Situation eigentlich nicht gewachsen war.

Er musste einen sicheren Ort für sie finden. Zwar bezweifelte er, dass es in Black Bull, der nächstgrößeren Stadt, ein Motel gab, doch er hatte im Augenblick keine Zeit, um noch weiter zu fahren. In halsbrecherischer Geschwindigkeit lenkte er den Jeep über die Wiese. Das Risiko, die Scheinwerfer einzuschalten, ging er bewusst nicht ein. Doch er war vorbereitet, hatte damit gerechnet, eines Tages in genau diese Situation zu geraten und war die Wiese immer und immer wieder abgeschritten. Er hatte sich überlegt, welche Route er nehmen und wie schnell er fahren konnte und hatte sich alle Steine und Furchen auf dem Weg eingeprägt. Er fuhr so nah an der Baumlinie, dass die Zweige die Seite des Jeeps berührten.

„Ich kann nichts sehen", sagte Jay, und ihre Stimme klang angespannt.

„Ich aber." Er konnte nicht viel erkennen, aber es reichte. Auch in der Nacht konnte er erstaunlich gut sehen.

Sie hielt sich an der Tür fest, als er über einen kleinen Erdhügel fuhr, und ihre Zähne schlugen aufeinander. Er muss die Scheinwerfer spätestens dann einschalten, wenn wir den Berg hinunterfahren, dachte sie. Denn der Pfad am Berg war gerade breit genug für den Jeep. Auf der einen Seite war ein steiler Abhang und auf der anderen Seite ein hoch aufragender Berg. Sogar bei Tageslicht hatte Jay jedes Mal unwillkürlich den Atem angehalten, bis sie diese Stelle unfallfrei passiert hatten. Doch als sie nun auf diesen Pfad bogen, nahm Lucas die Hände nicht vom Steuer. Die Dunkelheit um sie herum war tintenschwarz.

Jay schloss die Augen. Ihr eigener Herzschlag hämmerte so laut in ihren Ohren, dass sie nichts anderes mehr hören konnte. Sie konnte nichts tun. Er hatte sich dazu entschieden, die Scheinwerfer nicht einzuschalten. Er wollte lieber das Wagnis eingehen, in der absoluten Dunkelheit den Berg hinunterzufahren. Und Jay wusste, dass nichts, was sie hätte sagen können, ihn daran gehindert hätte. Sein anmaßendes Selbstvertrauen in seine eigenen Fähigkeiten machte sie zwar einerseits wütend, imponierte ihr auf der anderen Seite aber auch. Sie hätte sich lieber durch drei Meter tiefen Schnee gekämpft, um den Berg hinunterzukommen, als dieses haarsträubende Risiko einzugehen, im Dunkeln zu fahren – aber er hatte diese Entscheidung getroffen und zog sie jetzt auch durch.

Sie konnte nicht einschätzen, wie lange die Fahrt dauerte. Es fühlte sich an, als seien sie viele Stunden lang unterwegs gewesen. Irgendwann konnten ihre Nerven die Anspannung nicht mehr aushalten, und eine gewisse Benommenheit setzte ein. Sie öffnete vorsichtig ihre Augen. Es spielte ohnehin keine Rolle mehr, ob sie mit offenen oder geschlossenen Augen starb, wenn sie den Abhang hinabstürzten.

Doch sie hatten den schmalen Weg bereits hinter sich gelassen und rumpelten über die zweite Wiese. Plötzlich trat Lucas hart in die Bremsen und fluchte laut. Jay sah, was er gesehen hatte: Ein Paar Scheinwerfer durchschnitten am anderen Ende der Wiese die Dunkelheit. Noch waren sie in Sicherheit, denn ihr Wagen war nicht in Reichweite der Scheinwerfer, aber sie wusste so gut wie er, was das bedeutete. Piggots Männer kamen näher, zogen das Netz enger – und warteten auf Piggots Ankunft.

Lucas legte den Rückwärtsgang ein und fuhr den gleichen Weg zurück, den sie gekommen waren. Er hielt sich im Schatten der Bäume. Als er das Ende der Wiese erreicht hatte, wendete er und fuhr den Wagen am Nordrand entlang. Die Winterreifen gruben sich tief in den Schnee und hinterließen eine Schneise.

„Fahren wir hier weiter?"

„Nein. Das schaffen wir nicht. Der Schnee ist zu tief." Er fuhr den Jeep unter einige Bäume, hielt an und stieg aus. „Bleib hier", zischte er und ging zurück zu dem Weg, den sie genommen hatten.

Jay wandte sich auf ihrem Sitz um und starrte in die Nacht hinaus, um zu sehen, was er tat. Sie konnte ihn kaum erkennen. Ganz leicht hob sich sein dunkler Umriss gegen den Schnee ab. Doch schon einen Moment später hatte die Dunkelheit ihn verschluckt.

Keine zwei Minuten später war er wieder zurück. Er sprang in den Jeep, zog die Tür hinter sich ins Schloss und kurbelte das Fenster runter. „Hör zu", flüsterte er.

„Was hast du getan?"

„Ich habe unsere Spuren verwischt. Es ist nur ein einziger Wagen. Sobald er uns passiert hat, nehmen wir den Weg zurück auf den Highway."

Angespannt lauschten sie. In der Stille der Nacht kam das Geräusch des anderen Wagens immer näher. Das Fahrzeug fuhr sehr langsam. Der Motor lief in einem niedrigen Gang, während sich der Fahrer vorsichtig den unbekannten rutschigen und schneebedeckten Pfad entlangtastete. Die Scheinwerfer durchschnitten die Dunkelheit. Der Wagen schien direkt auf sie zuzukommen.

„Keine Angst", flüsterte Lucas. „Sie können uns vom Weg aus nicht sehen. Wenn sie nur nicht bemerken, wo wir abgebogen sind, und einfach weiterfahren, sind wir in Sicherheit."

Zwei Wenns. Zwei große Wenns. Jay vergrub ihre Fingernägel in ihren Handflächen. Das Licht der Scheinwerfer war mittlerweile so nah, dass die Reflexionen auf dem Schnee das Innere des Jeeps erhellten. Zum ersten Mal bemerkte sie, dass Lucas nur seine dicke Lammfelljacke trug, doch kein Hemd darunter. Dieses merkwürdige Detail erstaunte und beschäftigte sie, und sie fragte sich, ob sie vielleicht gerade dabei war, verrückt zu werden.

„Fahr weiter", stieß er unterdrückt hervor. „Fahr weiter."

Einen Moment lang schien es so, als ob das Fahrzeug seine Geschwindigkeit drosseln würde. Als der Wagen über einen Hügel fuhr, fiel das grelle Licht direkt in ihre Richtung. Dann jedoch wanderten die Lichter weiter, und das Motorengeräusch wurde allmählich leiser.

Jay atmete aus. Lucas startete den Motor. Er wusste, dass das Geräusch von dem anderen Wagen übertönt werden würde. Er legte den

Gang ein, wendete und betete, dass sie hinter den Bäumen so gut verborgen waren, dass die aufleuchtenden Bremslichter sie nicht verrieten. Doch wenigstens waren sie nun hinter dem anderen Fahrzeug. Notfalls würde er sich eben auf ein Wettrennen zur Straße einlassen müssen. So uneben wie der Weg war, war es unwahrscheinlich, dass sie von Kugeln getroffen würden, falls ihr Verfolger auf sie schießen sollte.

Der Jeep schlingerte durch den Schnee, und schnell waren sie wieder auf dem Weg. Keine weiteren Scheinwerfer durchdrangen die nächtliche Dunkelheit, und von dem anderen Wagen, der sich den Berg hinaufquälte, konnten sie durch die Bäume hindurch nur noch ab und zu einen flüchtigen Blick erhaschen.

Schweigend saß Jay auf dem Beifahrersitz. Auch als sie auf die Straße bogen, und Lucas endlich die Scheinwerfer einschaltete, sagte sie kein Wort. Sie fühlte sich benommen.

Gegen zwei Uhr nachts erreichten sie schließlich Black Bull. Alle einhundertdreiunddreißig Bewohner des Ortes lagen im Bett. Es gab nicht einmal einen Lebensmittelladen, der rund um die Uhr geöffnet hatte. Selbst die einzige Tankstelle des Ortes war bereits seit Stunden geschlossen. Der Wagen des Bezirkssheriffs stand auf dem Gelände der Tankstelle.

Lucas hielt den Jeep an. „Kannst du mit dem Wagen gut genug umgehen, um allein weiterzufahren?", fragte er schroff.

Sie betrachtete den Schalthebel und würdigte Lucas keines Blickes. „Ja."

„Fahr bis zur nächsten Stadt, die ein Motel hat. Von dort aus rufst du Frank an. Er wird dich dann abholen lassen. Hast du seine Nummer?"

Das war es dann also. Es war vorbei. „Nein."

„Gib mir einen Kugelschreiber. Ich werde sie dir aufschreiben."

Jay suchte in ihrer Tasche nach einem Stift, doch sie fand kein Stück Papier, auf dem er die Nummer hätte notieren können. Schließlich ergriff er ihre Hand, drehte ihre Handinnenfläche nach oben und schrieb die Nummer einfach hinein.

„Wohin gehst du?", fragte sie. Ihre Stimme klang angespannt, aber ruhig.

„Ich werde mir den Wagen des Sheriffs ausleihen und Veasey anfunken. Dann werden wir Piggot dingfest machen und den ganzen Spuk ein für alle Mal beenden."

Sie starrte aus dem Fenster. Ihre Hand hatte sie zu einer Faust geballt, als hätte sie Angst, die Telefonnummer könnte sonst aus ihrer Handinnenfläche verschwinden. „Sei vorsichtig", brachte sie hervor. Diese Worte klangen vielleicht banal, doch sie kamen von Herzen. Sie fragte sich, ob Frank ihr jemals erzählen würde, wie alles ausgegangen war, ob sie jemals erfahren würde, was aus Lucas geworden war.

„Er hat mich einmal in einen Hinterhalt gelockt. Ein zweites Mal wird ihm das nicht gelingen."

Lucas stieg aus dem Jeep und ging zu dem Wagen des Sheriffs. Er war abgeschlossen, doch das schreckte Lucas nicht ab. In weniger als zehn Sekunden hatte er das Schloss geknackt und die Tür geöffnet. Noch einmal sah er zum Jeep hinüber und erblickte Jay hinter der Windschutzscheibe. Ihr Gesicht schimmerte gespenstisch bleich. Er wünschte sich nichts mehr, als sie einfach in seine Arme zu nehmen und so begierig zu küssen, dass sie diesen ganzen Schlamassel einfach vergaßen. Aber wenn er sie jetzt küsste, würde er wahrscheinlich nicht aufhören können – und im Moment musste er sich um Piggot kümmern. Trotzdem wollte er sie. Er wollte ihr durch die körperliche Nähe und Bindung klarmachen, dass sie zu ihm gehörte – für immer. Im Augenblick fühlte er sich seltsam unvollkommen, weil sie den Streit zwischen sich nicht ausgefochten hatten. Doch das musste erst einmal warten, auch wenn es an ihm nagte. Vielleicht war es auch besser so. In wenigen Stunden würde er sich keine Gedanken mehr um Piggot machen müssen. Dann konnte er wieder klar und vernünftig denken und würde sie nicht so behandeln, als hätte sie ihn betrogen. Bis jetzt konnte er ihre Beweggründe noch nicht nachvollziehen, aber trotz allem wusste er, dass sie ihn liebte.

Statt auf den Fahrersitz zu klettern, öffnete Jay die Beifahrertür und schlich um den Wagen herum. Sie hielt vor der Kühlerhaube inne. Ihr schlanker Körper wurde von den Scheinwerfern angestrahlt. Sie sah Lucas an, der neben dem Wagen stand, und ihre Blicke trafen sich. „Es war für mich die einzig denkbare Möglichkeit, um dich zu beschützen", sagte sie. Dann stieg sie in den Jeep, legte den Gang ein und fuhr los.

Lucas betrachtete die Schlusslichter des Wagens, als sie vom Hof der Tankstelle fuhr und auf den Highway bog. Er fühlte sich wie betäubt. Sie hatte ihn beschützen wollen? Er war so sehr daran gewöhnt, ganz allein zu sein, auf sich selbst gestellt, dass er den Gedanken, dass jemand ihn hatte beschützen wollen, befremdlich fand. Was hatte sie geglaubt, tun zu können?

Er schluckte. Ihr war nur eine einzige Chance geblieben: die Scharade weiterzuspielen. Sie hatte recht gehabt. Frank hätte sie schnell und heimlich fortgeschickt, wenn sie ihm von dem Irrtum erzählt hätte. Zwar besaß sie nicht die Fähigkeit, mit Waffen umzugehen oder zu kämpfen, doch das hatte sie nicht davon abgehalten, die Rolle seines Bodyguards zu übernehmen. In Wirklichkeit war sie diejenige gewesen, die die Fäden in der Hand gehalten hatte – deshalb hatte sie den Mund gehalten und ihn durch ihre Anwesenheit beschützt.

Weil sie ihn liebte. Er fluchte laut, und sein Atem bildete kleine weiße Wölkchen in der eiskalten Nachtluft. Seine verdammte Ausbildung war ihm diesmal im Weg gewesen, hatte ihn dazu gebracht, Betrug zu sehen, wo keiner war, und automatisch das Schlimmste anzunehmen. Er brauchte sich nur sein eigenes Verhalten vor Augen zu führen, um zu sehen, warum sie nichts gesagt hatte. Hatte er in den vergangenen zwei Tagen nicht auch den Mund gehalten, aus Angst, sie zu verlieren, wenn sie die Wahrheit kannte? Er liebte sie zu sehr, um ihre Beziehung aufs Spiel setzen zu können – doch nun hatte Piggot ihn in Zugzwang gebracht.

Wieder fluchte er. Dann stieg er in den Wagen des Sheriffs und schloss den Motor kurz.

Die Morgendämmerung streckte ihre rosigen Finger nach dem weißen Schnee aus, der die Hügel bedeckte. Seit er mit Jay in die Hütte gekommen war, hatte Lucas dieses Schauspiel oft betrachtet. Doch als er an diesem Morgen zurückkam, war alles verändert. Auf der Wiese standen jede Menge Menschen und Fahrzeuge. Der Schnee war niedergetreten und durchzogen von Fuß- und Reifenspuren. Hier und da störten rötlich braune Flecken das strahlende Weiß des Schnees. Ein Helikopter stand auf der linken Seite, seine Rotorenblätter drehten sich noch leicht. Der *Showdown* war vorüber. Doch die Spannung lag noch immer in der Luft, wie das Schwarzpulver, das Lucas in der Nase brannte. Zum Glück war er mit einem Streifschuss davongekommen.

Zehn Pistolen wurden auf ihn gerichtet, als er nun hinter den Bäumen hervortrat. Als die Männer ihn erkannten, ließen sie ihre Waffen sinken. Er ging auf sie zu. In seiner blutverschmierten Hand, die an seiner Seite herabhing, hielt er noch immer seine Pistole. Der Geruch von Sprengstoff in der kalten Luft stieg ihm in die Nase. Grauer Dunst hing wie eine Glocke über der Wiese und ließ sich auch durch den leichten Luftzug nicht vertreiben.

Ein großer schwarzhaariger Mann stand neben dem Helikopter und überblickte die ganze Situation mit finsterer Miene. Lucas ging geradewegs auf ihn zu. „Sie sind ein unverantwortliches Risiko eingegangen, uns in Ihre eigene Hütte zu schaffen", knurrte er.

Kell Sabin ließ seinen Blick über die Wiese schweifen. „Es war ein kalkuliertes Risiko. Ich musste den Maulwurf finden. Als der Standort durchgesickert war, wusste ich, wer dahintersteckte, denn von dieser Hütte wussten nur wenige Personen." Er zuckte die Schultern. „Jetzt muss ich mir für meine Ferien wohl einen anderen Platz suchen."

„Hat der Maulwurf mich auffliegen lassen?"

„Ja. Bis dahin hatte ich keine Ahnung, dass es ihn gab." Sabins Stimme war kalt wie Eis, und seine Augen flackerten wie schwarzes Feuer.

„Warum dann die Maskerade? Warum wurde Jay in die Sache verwickelt?"

„Um Piggot glauben zu machen, Sie hätten die Explosion nicht überlebt. Ihre Tarnung war aufgeflogen. Er wusste von Ihrer Familie, und schon in der Vergangenheit schreckte er nicht davor zurück, die Angehörigen zu benutzen, um zu bekommen, was er wollte. Ich habe versucht, Zeit zu gewinnen, bis Piggot wieder auftauchte und wir ihn schnappen konnten." Sabin sah in die Wipfel der Bäume, die hinter der Hütte aufragten. „Ich denke, er wird uns keine Probleme mehr bereiten."

„Uns nicht und auch keinem anderen mehr."

„Das war Ihr letzter Auftrag. Sie können gehen."

„Oh ja", stimmte Lucas zu. „Ich habe bessere Dinge zu tun, wie zum Beispiel zu heiraten und eine Familie zu gründen."

Plötzlich grinste Sabin, und die Kälte wich aus seinem Blick. Nur wenige Menschen bekamen Sabin jemals so zu sehen. „Wer hoch steigt …", begann er, ließ den Rest der alten Redensart jedoch unausgesprochen. „Haben Sie ihr die Wahrheit eigentlich schon gesagt?"

„Sie ist längst von selbst darauf gekommen. Sie wusste es schon, als ich noch im Krankenhaus lag."

Sabin runzelte die Stirn. „Was? Sie hat nichts gesagt. Wie ist sie darauf gekommen?"

„Meine Augen. Sie haben einen anderen Braunton als Crossfields Augen."

„Verdammt. So eine Kleinigkeit. Und sie hat trotzdem weiter mitgespielt?"

„Sie glaubte anscheinend, es sei alles zu meinem Schutz."

Lucas rieb sich das Kinn. „Nicht einmal diese hässliche Visage scheint sie zu stören."

„Die Chirurgen haben getan, was sie konnten. Ihr Gesicht war vollkommen zerschmettert." Wieder grinste Sabin. „Sie waren ohnehin viel zu attraktiv."

Die beiden Männer standen Seite an Seite und beobachteten nachdenklich die Aufräumarbeiten. Drei Männer waren auf dieser Wiese gestorben – unter ihnen Piggot – und vier weitere konnten verhaftet werden. „Ich werde Ihre Familie darüber informieren, dass Sie am Leben sind", sagte Sabin schließlich. „Es tut mir leid, dass sie all das durchmachen mussten, aber solange Piggot frei herumlief, war es sicherer für Sie und für Ihre Familie, dieses Spiel durchzuziehen. Jetzt ist es vorbei. Holen Sie Jay aus dem Versteck, und dann bringen wir Sie beide hier raus."

Lucas sah ihn entgeistert an. Langsam wich die Farbe aus seinem Gesicht: „Hat sie Frank denn nicht angerufen?", fragte er heiser.

Sabin verstummte augenblicklich. „Nein", sagte er schließlich. „Wo ist sie?"

„Sie sollte in die nächstgrößere Stadt fahren, in ein Motel einchecken und Frank anrufen. Verdammt noch mal!" Lucas drehte sich um und rannte zum Schuppen. Ganz plötzlich umklammerte eine eisige Kälte sein Herz. Sabin folgte ihm. Hatte Piggot Jay in die Finger bekommen, bevor er hierher zur Hütte gekommen war? Oder hatte sie vielleicht einen Unfall? Herr im Himmel, wo steckte sie?

Nachdem sie Lucas verlassen hatte, war Jay einfach nur weitergefahren. Wie in Trance war sie den Highwayschildern gefolgt, die im Licht der Scheinwerfer aufleuchteten. Irgendwann war sie auf den Highway 24 abgebogen, den sie auch auf ihrem Weg nach Colorado Springs genommen hatten. Sie fuhr in die andere Richtung. Die Zeit war ihr egal. Sie fuhr immer weiter. Der Highway 24 brachte sie nach Leadville, und schließlich stieß sie auf die I-70. Von dort aus fuhr sie in Richtung Denver.

Die Sonne ging auf und blendete sie. Sie hatte fast kein Benzin mehr. Also fuhr sie an der nächsten Ausfahrt ab und tankte.

Bestimmt war mittlerweile alles vorbei.

Erschöpfung durchflutete sie, doch sie konnte nicht anhalten. Wenn sie anhielt und sich ausruhte, würde sie nachdenken müssen, und das konnte sie im Augenblick nicht ertragen. Sie zählte ihr Geld nach. Viel hatte sie nicht mehr – knapp über sechzig Dollar –, aber sie hatte ihre Kreditkarten bei sich. Damit würde sie bis nach New York kommen – ihrer einzigen Heimat, ihrem Zufluchtsort.

Die I-70 führte sie über den Pena Boulevard bis zum Denver International Airport. Jay stellte den Jeep ab und betrat den Terminal. Sie merkte sich genau, wo sie geparkt hatte, um Frank später mitteilen zu können, wo er den Wagen abholen konnte. Zuerst besorgte sie sich ein Ticket – sie hatte Glück, denn sie erwischte einen Flug, der in der nächsten Stunde gehen würde. Dann suchte sie ein Telefon und rief Frank an.

Er meldete sich schon beim ersten Klingeln. „Frank, hier ist Jay", sagte sie dumpf in den Hörer. „Ist es vorbei?"

„Wo zur Hölle stecken Sie?", rief er.

„Denver."

„Denver! Was machen Sie da? Sie sollten sich schon vor Stunden bei mir melden! Luke nimmt vor Sorge das Mobiliar auseinander, und wir haben jeden Cop in Colorado losgeschickt, um die Highways nach Ihnen abzusuchen."

Ihr Herz machte einen Hüpfer, und sie fühlte sich unsagbar erleichtert. „Er ist gesund? Ihm ist nichts geschehen?"

„Ihm geht es gut. Er hat einen kleinen Streifschuss am Arm davongetragen – nichts, was man mit einem Pflaster nicht beheben könnte. Wo genau sind Sie jetzt? Ich werde Sie abholen lassen …"

„Es ist vorbei?", unterbrach sie ihn. „Es ist wirklich vorbei?"

„Die Geschichte mit Piggot? Ja, das ist vorbei. Luke hat ihn erwischt. Jetzt sagen Sie mir, wo Sie sind …"

„Ich bin so froh." Ihre Beine drohten, ihr den Dienst zu versagen. Sie musste sich gegen eine Wand lehnen. „Kümmern … kümmern Sie sich gut um ihn."

„Mein Gott, hängen Sie bloß nicht auf!", schrie Frank, und seine Worte hallten in ihren Ohren wider. „Wo sind Sie?"

„Machen Sie sich keine Sorgen", brachte sie hervor. „Ich komme schon allein nach Hause." Ohne den Jeep erwähnt zu haben, hängte sie ein, ging zur Damentoilette und spritzte sich kaltes Wasser ins Gesicht. Als sie sich mit ihrer Bürste das Haar kämmte, stellte sie fest, wie blass sie war und wie dunkel die Ringe unter ihren Augen wirkten. „Ihr Kerle versteht es wirklich, eine Frau gut zu unterhalten", murmelte sie beim Anblick ihres Gesichts und zog damit den verständnislosen Blick einer Frau auf sich, die neben ihr am Waschbecken stand und sich die Hände wusch.

Die ganze Geschichte war definitiv aus, vorbei und damit auch überstanden. Trotz der Erschöpfung, die sie lähmte, konnte Jay auf dem Rückflug nicht schlafen. Und obwohl ihr Magen leer war, brachte sie keinen Bissen herunter. Sie schaffte es gerade, eine Cola zu trinken, aber das war schon alles.

Nach der Einsamkeit in den Bergen wirkte der J. F. K.-Flughafen in New York so beängstigend auf sie wie das reinste Tollhaus. Sie wollte sich an eine Wand lehnen, und all den Menschen, die hektisch hin und her rannten, zurufen, sie sollten verschwinden. Doch sie riss sich zusammen, stieg in einen Bus und schloss eineinhalb Stunden später ihr kleines Apartment auf.

Monatelang war sie nicht hier gewesen. Und jetzt fühlte es sich nicht mehr an wie ihr Zuhause. Während ihrer Abwesenheit hatte man sich gut um die Wohnung gekümmert – wie Frank es versprochen hatte. Doch das Apartment war so leer, wie sie selbst sich fühlte. Sie hatte nicht einmal ihre Kleidung hier. Sie lachte bitter auf. Kleidung war nun wirklich ihr kleinstes Problem. Frank würde sicherstellen, dass ihr ihre Habseligkeiten zugestellt würden.

Wenigstens gab es frische Bettwäsche und Handtücher für das Badezimmer. Sie nahm eine heiße Dusche und brachte dann noch die Energie auf, ihr Bett zu beziehen. Die Sonne ging langsam unter, als sie sich schließlich nackt zwischen den sauberen Laken ausstreckte. Unwillkürlich drehte sie sich auf die Seite, um Lucas' Wärme zu suchen, doch er war nicht da. Es war vorbei, und er wollte sie nicht mehr. Tränen brannten in ihren Augen. Irgendwann schloss sie die Augen und schlief ein.

„Janet Jean. Janet Jean, wach auf."

Eine eindringliche Stimme riss sie aus ihren Träumen und versuchte, sie wieder in die Wirklichkeit zurückzuholen. Sie wollte nicht aufwachen. Solange sie schlief, musste sie sich ein Leben ohne Lucas nicht stellen. Doch diese Stimme kam ihr so bekannt vor – sie hörte sich beinahe an wie seine. Noch im Halbschlaf runzelte sie die Stirn.

„Janet Jean. Jay. Wach auf, Baby." Eine starke, warme Hand rüttelte an ihrer nackten Schulter.

Langsam und widerstrebend öffnete sie die Augen. Es *war* Lucas. Er saß auf der Bettkante und starrte sie finster an. Seine gelblich braunen Augen funkelten gefährlich, obwohl seine Stimme so sanft geklungen hatte, wie seine ruinierten Stimmbänder es zuließen. Er sah mitgenommen aus: Er brauchte dringend eine Rasur, sein Haar war zerzaust und ein Verband, durch den das Blut seiner Wunde gesickert war, bedeckte seinen linken Unterarm. Wenigstens trug er inzwischen ein Hemd, und seine Kleidung war sauber.

„Ich weiß, dass ich die Tür abgeschlossen habe." Sie war noch immer schlaftrunken, doch sie erinnerte sich genau daran, sie abgeschlossen zu haben. Darauf achtete man in New York peinlich genau.

Er zuckte die Achseln. „Na und? Komm schon, Süße, geh ins Bad und nimm eine kalte Dusche, damit du wach wirst. Ich mache inzwischen Kaffee."

Was wollte er hier? Sie wusste es nicht – und obwohl sich ein Teil von ihr darüber freute, ihn einfach nur zu sehen, zuckte ein anderer Teil von ihr unwillkürlich zusammen, bei dem Gedanken, ihn wieder gehen lassen zu müssen. Bei ihrem letzten Gespräch war sie so benommen gewesen, dass sie die Trennung gar nicht wirklich realisiert hatte. Doch dieses Mal würde sie es vielleicht nicht mehr verkraften.

„Wie spät ist es?", fragte sie.

„Beinahe neun Uhr."

„Das kann nicht sein. Es ist noch immer hell."

„Neun Uhr morgens", erklärte er geduldig. „Komm schon, steh auf." Er zog sie in eine sitzende Position, wobei das Laken herunterrutschte und ihren nackten Oberkörper entblößte. Schnell griff Jay nach dem Laken und zog es über ihre Brüste. Sie konnte ihm nicht in die Augen sehen, und eine leichte Röte vertrieb die Blässe aus ihrem Gesicht.

Seine Miene war undurchdringlich, während er sich erhob und sein Shirt aufknöpfte. „Hier, zieh das an. Ich habe deine Sachen zusammengepackt und sie mitgebracht, aber sie sind alle einfach in den Koffer gestopft."

Sie nahm sein Shirt, das noch immer warm war, und legte es sich um die Schultern. Ohne ein weiteres Wort stand sie auf und ging ins Badezimmer, wo sie die Tür hinter sich ins Schloss zog. Sie wollte die Tür abschließen, entschied sich dann aber dagegen – das war sowieso reine Zeitverschwendung, denn dass Türschlösser ihn nicht abschreckten, hatte er ja inzwischen mehrfach demonstriert.

Fünf Minuten später fühlte sie sich schon viel munterer, nachdem sie seinen Rat befolgt und sich kalt abgeduscht hatte. Da sie so lange nichts getrunken hatte, war sie durstig und trank gierig einige Tassen Wasser. Sie hätte sich sicherer gefühlt, wenn sie mehr angehabt hätte als nur sein Hemd, in dem sie beinahe versank. Sein Duft hing noch in dem Stoff. Versonnen hob sie einen Zipfel an und roch daran.

Schließlich strich sie das Hemd wieder glatt und verließ die Sicherheit des Badezimmers.

Er lag auf ihrem Bett. Abrupt hielt sie inne. „Ich dachte, du wolltest Kaffee machen."

„Du hast keinen." Er stand auf, legte seine Hände auf ihre Schultern und schüttelte sie. „Verdammt, Jay", sagte er mit zitternder Stimme. „Ich bin durch die Hölle gegangen, als ich hörte, dass du Frank nicht angerufen hast. Warum bist du abgehauen? Warum bist du hierher zurückgekehrt?"

Ihr Haar war ihr in die Stirn gefallen. „Ich wusste nicht, wohin ich sonst hätte gehen sollen", erwiderte sie, und versuchte den aufsteigenden Kloß in ihrem Hals wieder herunterzuschlucken.

Er schloss sie in seine Arme, griff in ihr Haar und zog ihren Kopf sanft zurück. „Hast du wirklich geglaubt, dass ich dich so einfach gehen lassen würde?", knurrte er.

„War das, was ich getan habe, denn so schlimm?", fragte sie. „Ich wusste doch nicht, wie ich dich sonst hätte beschützen können! Als ich in deine Augen blickte, wusste ich, dass du der Agent sein musstest, von dem Frank gesagt hatte, dass er getötet worden sei. Und ich wusste, dass er eine Menge Unannehmlichkeiten auf sich genommen hatte, um dich zu verstecken, also musstest du in großer Gefahr sein. Du hattest dein Gedächtnis verloren. Du wusstest nicht einmal, *wer* hinter dir her war! Die Lügengeschichte durchzuziehen, schien mir der einzige Weg zu sein, dich zu schützen!"

Seine gelblichen Augen funkelten. „Wieso hat dich das überhaupt interessiert?"

„Weil ich mich in dich verliebt hatte! Oder glaubst du, dass das auch eine Lüge war?"

Seine Berührung wurde mit einem Mal ganz zart. „Nein", flüsterte er. „Ich habe von Anfang an gewusst, dass du mich liebst."

Tränen rannen ihr über die Wangen. „Als ich dich zum ersten Mal berührte", wisperte sie, „spürte ich deine Wärme und den unbändigen Willen, mit dem du um dein Leben gekämpft hast. In dem Moment habe ich mich in dich verliebt."

„Warum bist du dann abgehauen?"

Er war unerbittlich. „Weil es vorbei war. Du wolltest mich nicht mehr. Ich hatte schon die ganze Zeit über Angst davor, was du tun würdest, wenn du die Wahrheit herausfinden würdest. Ich hatte Angst, dass du mich wegschicken würdest – und genau das hast du getan. Also bin ich gegangen."

„Ich wollte dich nur aus der Schusslinie haben, verdammt! Ich wollte nicht, dass du gleich dreitausend Kilometer zwischen uns legst!" Er hob sie hoch, legte sie aufs Bett und ließ sich neben sie sinken. „Keine Entschuldigungen mehr. Wir werden so schnell wie irgendwie möglich heiraten!"

Sie war so verblüfft wie beim ersten Mal, als er das Thema Ehe angesprochen hatte. „W... wie bitte?", stammelte sie.

„Du hast mich gebeten, dich noch einmal zu fragen, wenn ich mein Gedächtnis wiederhabe. Also, jetzt habe ich mein Gedächtnis wieder. Wir werden heiraten."

Alles, was sie sagen konnte, war: „Das war keine Frage. Das war ein Befehl."

„Das wird reichen." Damit knöpfte er sein Hemd auf, das sie trug, schob es zur Seite und betrachtete ihre Brüste.

„Das sagst du doch jetzt nur, weil du denkst, du schuldest mir etwas ..."

Er hob den Kopf und sein Blick wirkte leidenschaftlich und wild. „Ich liebe dich so sehr, dass ich das Gefühl habe, den Verstand zu verlieren."

Wieder war sie verblüfft. „Das hast du mir nie gesagt. Ich dachte ... aber dann hast du mich weggeschickt ..."

„Ich dachte, ich hätte deutlich gemacht, wie ich empfinde", brummte er.

Sie erwiderte schlicht: „Willst du es hören?"

Er hielt inne. „Ich will es unbedingt hören."

„Ich auch."

Er beugte sich vor und küsste sie. Mit seiner Hand strich er über ihren nackten Körper. Er presste seine muskulösen Beine gegen ihre, und sie spürte seine harte, drängende Männlichkeit an ihrem Schenkel. „Ich liebe dich, Jay Granger."

Sie hatte das Gefühl, als würde die Sonne in ihrem Inneren explodieren und ihre Augen zum Leuchten bringen. „Ich liebe dich, Lucas Stone."

Endlich konnte sie mit all der Liebe, die sie für ihn empfand, seinen Namen aussprechen.

*I*st Piggot wirklich tot?"
„Er ist wirklich tot." Lucas betrachtete ihr Gesicht über den Frühstückstisch hinweg. Er war losgegangen, um die nötigen Lebensmittel einzukaufen, und sie hatten beide gegessen, als hätten sie kurz vor dem Verhungern gestanden – was der Wahrheit ziemlich nahekam. Auch Lucas hatte bis jetzt keinen Hunger verspürt. Jay zu finden und sie wieder zu sich zurückzuholen, war ihm wichtiger gewesen. „Ich habe den Job zu Ende gebracht." Die Wahrheit war nicht schön, doch sie hatte das Recht, alles über den Mann zu erfahren, den sie heiraten würde.

Sie nippte an dem heißen Kaffee und hob ihren Kopf, um ihm einen Blick aus ihren tiefblauen Augen zuzuwerfen. „Ich bin erleichtert, dass er tot ist", sagte sie entschieden. „Er hat versucht, dich umzubringen."

„Und beinahe hätte er das auch geschafft."

Sie erschauderte, als sie sich an die Tage erinnerte, an denen sein Leben am seidenen Faden gehangen hatte. Er ergriff ihre Hand. „Hey, Süße. Es ist vorbei. Die ganze verdammte Geschichte ist wirklich vorbei. *Unsere* Geschichte jedoch …", er drückte vielsagend ihre Hand, „… fängt gerade erst an – wenn du glaubst, es ertragen zu können, jeden Morgen am Frühstückstisch in dieses Gesicht gucken zu müssen."

Ein Lächeln leuchtete wie ein Sonnenstrahl auf ihrem Gesicht. „Gut, du bist vielleicht nicht gut aussehend, aber du bist mit Sicherheit sexy."

Mit einem Brummen ergriff er ihre Hand fester, zog Jay zu sich heran auf seinen Schoß. Sie schlang ihre Arme um seinen Nacken, und er neigte den Kopf, um sie zu küssen. „Übrigens bin ich kein Agent."

Erstaunt wich sie zurück. „Wie bitte?"

„Nicht mehr. Gestern bin ich offiziell aus dem Dienst ausgeschieden. Sabin hat mich rausgenommen. Da meine Tarnung aufgeflogen ist, kann ich nicht mehr in den Dienst zurückkehren, ohne meine Familie in Gefahr zu bringen. Eigentlich bin ich schon seit der Explosion raus, doch Sabin hat es erst nach Piggots Tod offiziell gemacht."

„Dann müssen wir uns wohl beide nach einem neuen Job umsehen." Er war aus dem Dienst ausgeschieden! Sie musste sich zusammenreißen, um nicht laut zu jubeln. Nun müsste sie sich nicht jedes Mal, wenn er aus der Tür ging, Sorgen darum machen, ob sie ihn lebendig wiedersehen würde.

Er strich mit seinem Daumen über ihre Unterlippe. „Ich habe schon einen Job, Baby. Ich bin Geschäftsmann. Mein Bruder und ich haben ein Ingenieurbüro. Ich habe überall auf der Welt gearbeitet. Es war die perfekte Tarnung für die Jobs, die ich für Sabin erledigte. Da wir gerade von meinem Bruder reden – Sabin wird meiner Familie mittlerweile die Nachricht überbracht haben, dass es bei der Identifikation der Explosionsopfer zu einem bedauerlichen Irrtum gekommen ist und dass ich noch am Leben bin. Das wird ein furchtbarer Schock für alle, besonders für meine Eltern."

„Aber im Endeffekt doch ein freudiger Schock."

„Es wird ein Schock. Und angesichts der Schäden in meinem Gesicht und an meiner Stimme werden sie es nicht leicht haben, sich daran zu gewöhnen."

„Und außerdem bringst du eine fremde Frau mit in die Familie", fügte sie hinzu, und er konnte die Sorge in ihrem Blick lesen.

„Ach, das. Mach dir darüber keine Sorgen. Mom will schon seit Jahren, dass ich sesshaft werde. Früher war das für mich kein besonders reizvoller Gedanke, doch das hat sich inzwischen geändert." Er warf ihr ein anzügliches Grinsen zu. „Ich habe mir selbst schon überlegt, aus dem Dienst auszuscheiden, um mich voll und ganz deiner Befriedigung widmen zu können."

Jay legte ihre Hand auf seine Schulter. Sie spürte die Wärme, die von ihm ausging und genoss seine Nähe. Er verstärkte seine Umarmung. „Ich liebe dich", sagte er und blickte sie eindringlich an.

„Ich liebe dich auch, Lucas Stone." Sie wurde nicht müde, diese Worte wieder und wieder zu sagen. Und er konnte sie gar nicht oft genug aus Jays Mund hören.

Er stand auf und hob sie in seine Arme. „Lass uns meine Familie anrufen. Ich möchte meinen Eltern erzählen, dass sie eine Schwiegertochter bekommen."

Sie machten den Telefonanruf – später.

Zuerst küsste er sie. Und als er seinen Kopf hob, nahm sie den ernsten, leidenschaftlichen Ausdruck in seinen Augen wahr. Behutsam trug er sie ins Schlafzimmer. Und der Spiegel an der Wand zeigte das Bild von zwei Menschen, die einander voller Hingabe liebten.

– ENDE –

5 Romane nur 14,99 €

Linda Howard
Die MacKenzie-Saga

Das Land der MacKenzies
Mary hat ein Anliegen: Wolf
MacKenzie soll seinen Sohn
unbedingt zurück auf die Schule
schicken. Doch auf seiner
Bergranch begegnet sie ihrem
Schicksal …

Das Geheimnis der MacKenzies
Dr. Caroline Evans ist klug,
schön – und unerfahren. Damit
sie nicht seinem ganzen Team
den Kopf verdreht, kümmert
sich Lieutenant-Colonel Joe
MacKenzie persönlich um sie …

Band-Nr. 95032
14,99 € (D)
ISBN: 978-3-86278-306-9
880 Seiten

Die Ehre der MacKenzies
Als Navy SEAL ist es ein Leichtes für Zane MacKenzie, die
gekidnappte Barrie Lovejoy zu befreien. Die wahre Herausforderung ist aber, sein Herz nicht an sie zu verlieren …

Der Traum der MacKenzies
Maris MacKenzies Gespür sagt ihr: Das ist der Mann fürs Leben.
Doch sonst weiß sie nichts über den Fremden, neben
dem sie aufwacht. Nur dass sie beide in Gefahr schweben …

Das Spiel der MacKenzies
Notlandung in der Wüste! Sunny verdankt Pilot Chance
MacKenzie ihr Leben. Doch weiß sie wirklich, was hier
gespielt wird? Chance hat eigene Pläne …

Linda Lael Miller
Die Männer der McKettricks

Jesse – So frei wie der Himmel
Jesse McKettricks Herz schlägt
für das Land, das seine Vorfahren einst urbar gemacht
haben. Nichts kann ihn von
hier vertreiben. Doch dann
kommt die schöne Cheyenne
nach Indian Rock die ihn mit
allen Mitteln dazu bringen soll,
einen Teil seines Besitzes zu
verkaufen.

Band-Nr. 95044
12,99 € (D)
ISBN: 978-3-86278-709-8
656 Seiten

Rance – Echo der Liebe
Rance McKettrick will Indian
Rock mitsamt seinen schmerzlichen Erinnerungen verlassen.
Kurz vor der Abreise begegnet er der hübschen Echo.
Plötzlich ist für Rance der Gedanke an einen Abschied un-
erträglich. Was, wenn Echo die Frau ist, die seine verletzte
Seele heilen kann?

Keegan – Sturm über der Wüste
Liebe? Nur eine Illusion für Keegan McKettrick. Bis die mysteriöse Molly in Indian Rock auftaucht. Keegan beschließt,
sie nicht aus den Augen zu lassen. Riskant! Denn in einer
einzigen Nacht, vergisst er, was er über Liebe zu wissen glaubte
und sein Herz gerät in Gefahr.

4 Romane
nur 12,99 €

Tess Gerritsen
Nah am Herzen

Verrat in Paris
Beryl Travistock muss es
wissen: Wie sind ihre Eltern,
französische Geheimagenten,
damals in Paris wirklich ums
Leben gekommen? Richard
Wolf hilft ihr nicht nur bei
ihren Nachforschungen …

Band-Nr. 95033
12,99 € (D)
ISBN: 978-3-86278-322-9
720 Seiten

Die Meisterdiebin
Clea Rice kann es nicht fassen:
Sie ist nicht die einzige Ein-
brecherin in dem Herrenhaus!
Bevor sie jedoch fliehen kann,
findet sie sich in den Armen
des Fremden wieder … Wer ist
dieser faszinierende Mann?

Das Geheimlabor
Brisantes Material über illegale Forschungen bringt Cathy
Weaver in Lebensgefahr – nur durch seine Schuld. In Dr. Victor
Holland erwacht der Beschützerinstinkt für die Frau, die er
liebt …

Tödliche Spritzen
Dr. Kate Chesne wird wegen eines tödlichen Kunstfehlers an-
geklagt – doch ist sie wirklich schuldig? Als eine weitere Frau
stirbt, wächst in Anwalt David Ransom die Sorge, dass die
schöne Kate selbst in Gefahr ist …